賽金花

戲夢紅塵的傳奇女子

SAI JINHUA

賽金花再版序

趙淑俠

《賽金花》於一九九〇年，由九歌出版社初版。一九九一年獲中山文藝小說創作獎。接著又獲金鼎獎，緊跟著，根據原著小說改編拍攝成的同名電視劇，也由臺灣電視臺推出，晚間八點檔，香港的氣質女星陳玉蓮主演。所以這本書甫一出來就不寂寞，曾多日站上暢銷書榜首。一般的評論認為，趙版的《賽金花》還給了賽金花「人的本性」和「新的生命」，徹底顛覆了百年來被曾樸等文人用侮辱女性的筆硬給她定的型。

當《賽金花》在臺灣暢銷的同時，大陸的北京十月文藝出版社也託人接洽，簡體版的《賽金花》很快出來。約滿之後，一九九七年安徽文藝出版社出一套六卷的「趙淑俠文集」，計二百二十萬字，其中包括「賽金花」。二〇一〇年，江蘇文藝出版社又將《賽金花》納入「港臺及海外華人作家經典叢書」系列。二十幾年來，這本小說在大陸三度出版。反而在臺灣，長期呈現絕版狀態。但最近一年，不知是否因為另一本歷史人物傳記小說《淒情納蘭》的影響。讓人憶起《賽金花》，一時頗有把它重新排印出版之聲。如今這本厚厚的小說又和臺灣讀者見面了，身為作者，真的感到很欣悅。

回想當時，為寫《賽金花》費了不少功夫做準備工作：考據，追蹤，還原。為了找資料，不知跑了多少次圖書館，還兩趟特別去柏林。在西柏林的市立圖書館裡找目錄，做複印，連洪狀元在柏林做公使時的戶口名簿也找到了。有位專門研究德國華僑史的德國青年漢學家Erich Gultinger先生，那時正在寫博士論文，到處去尋找歷來與華人相關的資料，他知我要寫小說「賽金花」，隔些天就寄點甚麼給我，其中有極具參考價值的，譬如清朝駐德公使館的官員，在使館庭院中的合照等等。

因為中國近百年來，文人雅士們說起賽金花這個女人，便一定要說到她的緋聞，對象是庚子年間八國聯軍統帥瓦德西將軍。說得繪聲繪影活龍活現。論斷基點是：賽金花是風塵女子，行為一定淫蕩。瓦德西是位高權重的高官，大官豈有不好色的！因此有所謂「瓦賽公案」一說。

德國的歷史中也有「拳匪之戰」一說。指的就是庚子年間，歐美八個國家攻打中國的這段歷史。但雙方的觀點和說法相距甚遠，我們說是八國聯軍侵略中國，他們說是拳匪排外，殺害教士，迫使他們不能不派大軍來保護自己人，同時懲罰拳匪和清廷。當問有沒有研究過義和團為何要排外？又說不出個道理，彷彿愚昧兇惡的中國人沒來由的就仇視起洋人來。至於中國方面言之鑿鑿，傳騰一時的「瓦賽公案」，德國人不但斷然否認，亦採深惡痛絕的態度，認為是沒見過世面的土中國人在夢囈，是對他們德國的上將軍，乃至整個德國的嚴重侮辱。

好幾次與文化圈裡的洋朋友聊起這個話題，他們迥異的極端態度頗引我好奇，困惑，很想一探究竟。他們也表示：不如寫出來。其中一位說：「我們幾個人辯論有啥用，寫出來讓廣大讀者判斷。」他的話鼓動我興起要把這段歷史弄清楚，寫點甚麼的念頭。

當時歐美正在流行「女性主義」小說，我並無意追趕潮流，但當我閱讀過那麼多的資料之後，才真正的發現了，在那樣的時代，像賽金花那樣一個父死弟幼的寒門女孩，命運不在自己手裡，養家活口的擔子卻得扛在肩上。一旦墜入風塵，便永無翻身之日，一生在紅塵慾海中掙扎著想做正常人，卻因社會不給機會，受盡侮辱與命運玩弄，最後還是淪為男性社會的犧牲品。我當即定調：這部小說將以賽金花這個風塵女子為經，八國聯軍為緯，點出誰是被侮辱與被損害的，將還她公道。

於是我認真的找資料，不管是直接間接，圖片、報導、散文、小說，一片紙也不放過。在我住的工業城的圖書館裡，借到了瓦德西侄女寫的瓦德西夫人的傳記，書名是《愈發清楚》，還借到了瓦德西《拳亂筆記》的德文原版，和一本作者名不見經傳、叫《賽金花》的英文書。我長住北京的叔叔，寄來了舊日北京街市胡同區域位置的小冊子、劉半農、商鴻達所編撰的原版《賽金花本事》，和賽金花在一八八七年身著古嬋娟裝、任立凡手繪、洪狀元題字的「採梅圖」的照片。一時之間，中外文資料聚集了五六十種，有的還附有珍貴圖片，讓我讀不勝讀，觀不勝觀，從此便掉入了歷史「陷阱」。這些資料讀起來太有趣，也太使人著迷，像做偵探一樣，從一個點發現一條線，再從一條線看出一個面，一層層地剝繭抽絲，便能引出事情的真相。

那一陣子，每天腦子裡總晃動著賽金花、瓦德西、洪狀元等人的影子，把他們作為我小說裡的主人公的意願是無可動搖的了。為此我到西柏林原清朝公使館的故址，海德路十八號去參觀了一次，試想著百年之前，這所庭園裡的女主人，穿著繫了二十四條飄帶的六幅湘綾裙，大宴賓客時的盛況。雖然原來的使館房子在二次大戰時被盟軍炸毀，好在現在的這幢仍在原處，仍是前為馬路後為小河，房子的建築形式也無改變，還是長方形的白色樓宇，一點也不會妨礙我思古之幽情。一九八六年春天的大陸之行，大目標之一仍是追蹤賽金花的遺跡，從北京到上海，再到她的故鄉蘇州。在漫天細雨中，我走過賽金花童年時奔跑過的長巷，尋視了她娘家的故居，也去了洪狀元「金屋」藏賽金花的繡樓。樓已敗破，原來的七進大院被隔得零亂支離，但舊時雕欄玉砌的影子還依稀得見。

賽金花於一八八七年正月，嫁給蘇州才子、狀元郎洪鈞做妾，儘管坐的是八個漢子抬著的綠呢大轎，前面還有樂隊和狀元紗燈引路，說穿了仍不過是妓女從良。妓女從良本也是極平常的事，但是這頂轎子卻把賽金花抬到了另一個世界。從那時起，到今天整整一百餘年，她的故事一直被流傳渲染，根據她的風流史寫成的小說、豔詩、戲劇，多得不勝枚舉。其中最出名的，當推曾樸的《孽海花》和樊樊山的前後《彩雲曲》。這些作品的影響力至深至廣，尤其國人所謂的「瓦賽公案」一節，彷彿已由這堆白紙黑字得了鐵證，沒人不認為賽金花是個無恥之極的齷齪女人，和八國聯軍統帥瓦德西有過「一手」。《孽海花》裡既已露出端倪，《彩雲曲》裡那句：「此時錦帳雙鴛鴦，皓軀驚起無襦褲。」自然就越發地證實了「瓦賽」二人的醜惡關係。賽金花原是妓女，出賣肉體對她應是順理成章的事。她生得花容月貌，又是名震九城的紅姑娘，最為別的妓女所不及的是到過外洋，通曉外語，洋大帥統率萬軍，征城掠地廝殺之餘，找個女人解解悶以調解枯燥生活，在人性上也頗說得過去，「瓦賽公案」似乎並無可疑之處，連我本人也曾信其有。

資料看得多，便不會輕易相信任何一面之詞。某些文人名士站在士大夫立場，一廂情願地憑著幻想編故事，在他們的潛意識裡，出賣靈肉的女子根本算不得是人，是陪男人說笑和洩欲的工具，糟蹋糟蹋又何妨？因此曾樸僅僅是為了「且可鋪敘數十回」，硬是明目張膽的毀人名譽，在《孽海花》裡安排賽金花與瓦德西在歐洲私通。依照齊如山所作《關於賽金花》一文的說法，正好與曾樸和樊樊山等相反：他認為「瓦賽公案」是空穴來風，事實上賽金花壓根兒就不認識瓦德西其人。理由是賽金花是妓女出身的妾，不具備做公使夫人的條件，在歐洲那三年，歐洲人也不會把她當成公使夫人，更輪不到她出來交際，又說她的德文「稀鬆」得很，「不及我」等等。提出的佐證甚多，歸根結柢一個觀點：賽曾為妓女，身分下賤，不值一提。以上的兩種說法是出自中國方面的，那麼歐洲人，尤其是德國人，對這段「公案」的看法又是如何呢？

由於對中國方面侮辱瓦德西的反感，他們特別強調瓦德西對女色無興趣，他四十二歲才和尼爾大公爵的遺孀、紐約女子瑪莉・李結婚。婚前一段長期的單身漢生活裡，居然沒有一點羅曼史和緋聞。婚後的他，是個崇拜太太的體貼丈夫，兩人共同生活三十年，甜蜜得「若天天在度蜜月」。一般好丈夫每逢結婚紀念日，都會送太太玫瑰花表示愛情不渝，瓦德西卻是每個月都要送束鮮花給瑪莉。連在中國戰區那十個月也關照花店按時送到，直到一九〇四年他去世為止，從未間斷過。

瓦德西出身貴族名門，因他長兄在戰爭中犧牲，他便繼承了父親的伯爵名位。他的官運也一帆風順，做過駐法國的武官，自從娶了瑪莉為妻之後，更像運動會裡的三級跳一般，不幾年之間，由一個駐紮外省的上校軍官，升到全國陸軍總部的總管。任八國聯軍統帥之前，已升到軍事參謀總長。他的官運與其妻相關：瑪莉善交際，與德皇威廉第二有師生母子般的交情，連威廉第二的皇后奧古斯塔・維多利亞都是她給拉攏的。

從整個描寫瓦德西夫婦的為人、教養、風度、品位及家庭生活的資料來判斷，他絕不會荒唐到以八國聯軍統帥之尊，跟賽金花大搖大擺地住在慈禧太后的寢宮儀鸞殿。依著這條線推理，是不是齊如山舉證的：賽金花根本就不認識瓦德西一說便成立呢？我認為也不成立。一百年前的柏林，外交使節和德國高官多集中在兩個區域，其一就是《孽海花》中所說的「締爾園」。「締爾園」若翻成中文就是「動物花園」。當時的中國使館和瓦德西的家宅都在這一區，瓦氏夫婦和「洪公使夫人」賽金花都是柏林社交界的名流，也都喜愛設宴請客，想不認識也不容易，但絕不像《孽海花》中描述的，兩人常到「締爾園」的小房子裡去幽會，瓦德西是個「日爾曼的美少年」之類的情形。

那時的瓦德西已年近六十，離「美少年」的階段已遠，而他太太瑪莉就在身邊，風頭比他還健，就算他有心拈花惹草，也得顧及幾分，何況還有個洪狀元在看著呢！而更充足的理由是，當時的環境：德國政壇連續發生一些大事：德皇威廉第一逝世，瓦德西擔任葬儀調配和進行的總指揮；腓德烈三世即位，在位百天便死去，接著威廉第二即位，並舉行加冕大典。瓦德西的上司莫提將軍退休，瓦氏接任參謀總長。威廉第二把鐵血宰相俾斯麥趕下臺，瓦德西鑒於第一號政敵已去，愈發野心勃勃。

在這些大事一波逐著一波而來的動盪時刻，身為重臣的瓦德西恐怕已忙得廢寢忘食，哪裡還有閒工夫跟賽金花到「締爾園」裡去幽會？再說「締爾園」裡綠樹紅花，風景綺麗，咖啡館倒是有幾個，偏偏就是沒有供人幽會的「小房子」。好在有關這一段，連曾樸本人也承認目的不過是「為了鋪述數十回」，所以賽金花與瓦德西在柏林時並無曖昧關係是可以斷定的。

齊如山在《關於賽金花》一文中對西方社會的一些看法和推理，顯然與真實的情形不合，譬如說，齊文認為賽金花的「身分為妾，非正式夫人，因稱呼關係就不會與人交際了」，是不能成立的道理。西方社會的夫妻關係是一夫一妻制，他們對中國人的多妻制度，目為不可思議而帶原始色彩，因此也不理會。對他們來說，夫妻關係純是這對男女間的私事：做丈夫的把哪個太太當做公使夫人來介紹，他們便視那位太太為公使夫人，洪鈞帶著賽金花出去應酬，沒有一個洋人會以為她不是「公使夫人」，因此她在海外三年的公使夫人身分不容否認。

賽金花出國時只帶了兩個伺候起居的「老媽子」，到柏林後雇用了四個年輕的德國女孩，和一個念書通文墨的「女陪伴」。所謂女陪伴，改用現在的名稱就是女秘書。這位名叫蘇菲亞的女秘書，不單掌管一切有關公使夫人對外交際應酬的事務，也每天如影隨形地跟著她，陪她逛街、購物，應貴夫人們的約會去喝下午茶、到動物花園去散步等等。是她的伴隨，也是她的密友。而蘇菲亞是說不通中國話的，賽金花必得跟她說德語，她們就這麼連續說了三年德語。賽金花年輕時髦又好動，跟從中國帶來的兩個老媽子是沒什麼共同趣味的，閒時聊天解悶打交道的，當然是那四個與她年齡相仿的德國女侍。年紀越小學話越容易，賽金花到德國時才十七歲，在德國跟好幾個德國人朝夕相處，說了足足三年德語，應不致「稀鬆」得跟德國人言語不通。

那年在北京見到老作家冰心女士，她問我的寫作計畫。我說了一些，冰心女士道：「我見過賽金花。」她的話令我精神大振，連連追問賽金花到底是怎樣一個人？漂亮嗎？氣質好嗎？冰心女士說，她見到賽金花時，已是賽在死前不久的垂暮之年，漂亮看不出了，皮膚倒還白淨，舉止也算得大方文雅。令她意外的是，賽金花居然跟來訪的美國記者用英語交談了幾句。賽金花在歐洲時只到英倫做過短期遊歷，從未有良好環境學習英語，她的德語定比英語流利得多。假如在歸國四十幾年後英語仍能上口的話，德語總該是曾經說得很純熟的。我想這樣解釋絕對站得住腳。

前面提過，賽金花不可能不認識瓦德西，而且當時能說流利德語，那麼她見外國軍隊欺侮自己人，給解解圍救救人本是很自然的事，瓦德西託她給辦糧食也順理成章，齊如山也承認，當時他們都在做運「土豆」的生意。土豆就是洋山芋。西方人若連著幾天不吃洋山芋，就像我們中國人連著幾天不吃白米飯一樣，從牙到胃都覺得不習慣。中國老百姓被義和團和八國聯軍嚇破了膽，關起大門不敢做生意，洋兵買不著土豆是想像得出的情形，有賽金花這個通德語的舊識可用來幫忙，瓦德西託她是合情合理的。也有的文章說，那時北京已經平穩了，市面已照常開業，用不著賽金花「去敲店鋪的門」。事實上那時北京仍是危城，聯軍的暴行並未停止，在一九〇〇年十一月二十日瓦德西致德皇成廉第二的報告中，還說：「李鴻章最近曾經大膽向著使節團指責聯軍行動，謂中國居民深受其苦。」可見此時的情況仍是極混亂的，市面並未恢復正常。在阿松・史密斯所著《普魯士沒有龐貝度》一書中，曾引述當時尚健在的瓦德西副官的話說：「在中國的整個時間，從沒見過元帥跟任何中國女子在一起過。他倒是曾經跟他最重要的夥伴李鴻章，去騎馬或參觀遊覽。」

瓦氏副官的話不外是為了證明老長官的清白，糟的是他竟越描越黑露了馬腳，毛病就出在他對中國的歷史一無所知，又沒仔細讀過瓦德西的《拳亂筆記》。一九〇〇年十月十七日瓦德西到北京，奉命議和的慶親王奕匡和李鴻章，要求與瓦德西相見，瓦氏大擺戰勝者的架子，到十一月十五日才第一次約見兩人。談了約一小時之久。其時李鴻章已是七十七歲高齡渾身帶病的老人，連上下馬車都需人攙扶，怎麼能夠陪著瓦德西去騎馬遊玩？而且遍讀瓦德西的日記，在華期間總共才見過李鴻章兩次，兩人之間絕無私交，不會一塊兒去遛馬的。但是瓦德西的紅鬃馬荷西亞被帶到中國則是事實，他本人在日記上曾說「常常騎馬」，賽金花也對記者說：「常跟瓦德西元帥在天壇附近騎馬」，連全心全意要維護故世主官的高尚道德的副官先生，也不否認有中國人陪他騎馬。這個中國人是誰呢？最可能的人應該是賽金花。能夠證明瓦德西和賽金花相識、相熟的線索並不只這幾點，小說內描寫得很詳盡，此處不必多加舉證。

既是瓦賽二人相識，為何與瓦氏相關的人硬是咬著牙不承認？答案是：舊中國的文人，用他們閉塞的視野，封建的頭腦，以自己對女性和男女關係的落後觀點編出來的羅曼史，使人家實在覺得是大侮辱，亂栽贓，任意破壞人的名譽（何況瓦德西是德高望重的大將軍，伯爵！），沒辦法承認。

瓦德西與賽金花是朋友關係。當年在柏林，瓦德西伯爵夫婦是上流社會中最惹人注目的一對，特別是伯爵夫人瑪莉，被視為是特立獨行的奇女子，她把從前夫處繼承的龐大遺產，做了許多慈善事業，因而博得社會的欽敬和名望。賽金花年輕貌美，活潑開朗，洋人不會打聽她的出身，只會覺得她比一般陰沉沉的不苟言笑的中國人可親可愛，像個解語的瓷娃娃。加上公使夫人的頭銜，在社交場合中她必定廣受歡迎而朋友眾多。瓦德西以征服者的身分到中國，遇到當年故舊，尤其見洪鈞已死，賽金花淪落為娼，現又受戰亂之害缺衣少食，同情與今昔之感不會沒有，所以在第一次見面時送了她一千銀元和兩套衣服解急「這是賽金花本人對記者說的」。瓦氏在遙遠的中國，生活枯燥寂寞，與賽金花這位老朋友相遇，自是很愉快的事，跟她多聚聚談談，煩她做導遊，四處看看逛逛，屬於人情之常，不見得就表示跟她有曖昧關係。中國人把「瓦賽公案」傳得活靈活現，完全是用一個公式套出來的，這個公式就是：妓女出身的侍妾一定淫蕩，必定人盡可夫。女人（像賽金花這種女人更沒疑問）與男人那樣接近，若不是在搞男女關係還有別的什麼可做？再說，大帥哪有不玩女人的？其實這種想法不但是大男人主義在作祟，也是知識分子的優越感在作祟，最不該的，是他們以知識來欺侮一個無力還擊的弱女子。妓女地位雖賤，唯她們也是血肉之軀，也有感覺和感情。相信賽金花本人也並不以她的妓女的身分為榮，但自幼因家貧被賣入煙花，幾經翻騰，就是做不成一個正經人。社會如此，人心如此，她有什麼能耐改變命運？

勘察遺蹤足跡，閱讀各類中德文相關的書籍史料，在做這些準備工作的同時，我已決定，要以賽金花這個身上充滿疑問的的風塵女子做為主角，寫一本忠於歷史的女性小說。既然牽涉到歷史，特別是寫的是真人真事，用的是人家的名字，就不能天馬行空的胡亂編排，或恣意毀謗，即或是對像賽金花那樣一個死去多年的卑微弱女子，也不可以。寫文章的人並不因為手上有隻筆，就有任意傷人的特權。這是我堅持的信念，自知謹守。寫賽金花如此，後來寫《淒情納蘭》也如此。寫歷史小說，要力求忠於史實是我堅持的原則。資料方面足足用了兩年時間，書寫又是兩年，共四年完成。

《賽金花》又得與讀者見面，要特別謝謝秀威資訊的蔡曉雯女士，她的認真與細心令我感動。

二〇一四年一月二十七日

序幕

民國二十五年十二月四日的午前。太陽羞於露出它憂愁的臉，半遮半掩的躲在雲層後，溢出的光芒晦澀而沉鬱。北風來自塞外，吹得算不得猛烈，但像醉漢的惡作劇，性子起時急如星火的颳上幾下，把樹枝上僅剩的幾片枯葉和牆角邊的垃圾屑，追趕得逃命般的亂躥，隨後又寧靜了；那種充滿了不安與詭譎的假寧靜，誰也說不上它那一刻又發性子。

街道空曠，瓦礫、破紙和牛馬駱駝的糞便比經過的行人多。疏疏稀稀的十幾家攤販，有賣皮貨的，泛黃的蘿蔔絲老羊皮襖，黑而缺光澤的染過色的狗皮領，亂糟糟的堆成一團。「古董」攤上擺的其實是破銅爛鐵、不值錢的錫器、舊玻璃瓶和缺了口的瓦罐。賣紙花絨花的攤子最刺眼，俗艷的紅花綠葉和四周的凋敝對比出強烈的不調和。賣春藥的漢子像在對天傳教：「吃下這顆大力丸，嘿嘿……」他氣壯聲洪，可旁邊並沒有半個聽眾。所有的生意都欠缺興旺，偶爾一個像是顧客模樣的人走過，那守攤子的小販就會做出近乎諂媚的笑容，用最誇張的言詞巴結糾纏個沒完。

幾間簡陋的茶園外面貼著紅紙黑字的說書戲碼，茶資定價不過兩三個銅子，其中一家名字叫得響，「狀元樓」三個褪了漆的大金字高懸在快要倒塌的屋簷下。茶園裡外一樣的冷清，一些短打裝束賣力氣的漢子，圍坐在舊得叫不出顏色的木桌前有一搭沒一搭的談著，間或發出一陣高亢的笑聲。

這兒原是「城南遊藝園」，民國初年繁華一時的地方。二十年風流雲散，如今衰草斷壁的已變成貧民窟，在這個深秋裡的陰沉天，越顯得驚人心目的蕭條頹敗。

幾排同一式樣的小院落集中在三條窄胡同裡，街口上掛著歪歪斜斜的爛掉了邊緣的木牌，牌上的字跡模糊得難以辨認，一個身著花格呢子半長大衣肩背照相機的青年，正推輛自行車在那兒伸著頸子覷著眼，聚精會神的研究呢！這時忽然背後有個聲音道：「喂！老鄭，看啥看得那麼出神？當心眼珠子掉出來呀！」

姓鄭的回過頭，見洋車上坐著北方日報的小魏，便笑出了聲：「滿以為我是第一個搶新聞的，看樣子你更快當。不用說，你自然也是來採訪賽金花去世的消息的！」

「猜得一點不錯，要不為採訪誰來這個好地方？我已經來過一次了，在一個月之前。」小魏一襲長袍，形容瀟灑。

「怪不得你這麼容易就找到了。你看那牌子，黑漆漆的，就算有對電光眼也看不清寫的什麼？是居仁里吧？」

「正是居仁里，鄭大記者。地方都找不到，還跑那門子新聞。」小魏打著哈哈已經下了車。

「你勞駕等等，我半個鐘頭就回去。這地方叫不著車的。」他對車夫說著已和老鄭走成一排往胡同裡去，老鄭一手捏著鼻子直搖頭：「好難聞的味道！所謂的一代名花就住在這種地方，令人難以相信。」

「你先別議論，等整個看完再蓋棺論定。唔，到了。」

居仁里十六號在胡同的東邊，與附近其他房子的款式一模一樣，都是矮矮的灰磚牆，兩扇單薄的木板門，從門外可以看到裡面低垂的屋簷。

門板原上過深紅色的漆，因剝損老舊得太厲害，如不仔細看便會以為是抹滿了醬缸裡的渣滓，粗糙無光的咖啡色上凸起凹凸不平的疙疙瘩瘩。門上貼了一張水漬浸汙，寫著「江西魏寓」的紅紙條。門是虛掩著的，輕輕一推就開了，老鄭和小魏一走進去，四隻長毛狗就汪汪的嗅個不停，直到一個女僕打扮的老太太從左邊耳房出來，牠們才回到窗戶下靜靜的蹲著，黑鼻頭亮眼珠上流露著傻傻的，像似哀傷的表情。

「原來是魏記者！我們太太今早兩點鐘過去了。」

「我知道，所以趕著來看看。遺體已經運走了嗎？」

「沒有，連棺材都還沒著落呢！唉——」老女僕抹著淚。

「顧媽，你別急，我們在報上給號召號召，問題一定能解決的。這位是世界晚報的鄭記者，這就是跟了賽金花三十來年的顧媽。」

「顧媽的長情大義我是很佩服的，待會兒想跟你談談賽金花女士的事。我們可以進去嗎？」小魏頗客氣的問。

「我正疊紙箔，讓我弟弟蔣乾方帶兩位進去吧！有客。」隨著顧媽的聲音，門簾子下面的門檻上邁出一隻穿著破鞋的大腳，一個身量細長眉目清秀的中年男人木挺挺的站出來，楞直著眼珠半天不眨一下。「客……客人？」他齜著白牙說。

「這是兩位記者先生，要採訪太太的事，你陪陪。」

「知——知道了。跟——跟我來！」蔣乾方舉起瘦長的手在空中招了招，把兩人讓進屋去，自己卻一轉身溜了。

魏、鄭兩人進了正屋，不約而同的做出個愕然的表情：原以為他們是消息最靈通，來得最早的，到了裡面才知道，有人更靈通，來得更早。

正屋分內外兩間，界限是一道沒有門也沒有門簾的空門框，四、五個中老年的男人就那麼裡裡外外的穿梭觀望，看過裡間又看外間，看過外間再回到裡間，像參觀博物館一樣。幾個人都不說話，只偶爾的輕歎一聲，其中也有離去的，但新的訪客正在陸續的來，兩間小屋人潮不斷。老鄭和小魏見別人都靜悄悄的，便也不再做聲，默默的跟在人後觀看。

房屋和家具已是極簡陋敗壞。潮濕的泥土地，四壁像是遭遇過水災般霉痕累累，扁長形的窗子上糊著不透明的牛皮紙，光線幽暗得讓人覺得恐怖。正對門口是隻老式的八仙桌，因為只剩三條腿，不得不緊緊的靠定了牆，桌上擺著茶壺，幾隻缺了口的粗瓷茶杯，和一個不知做何用處的大瓦罐。另個小几上供著佛像、香爐、燭臺，佛像兩旁是副紅紙對聯，右寫「苦海無邊」左寫「回頭是岸」，頂尖的橫條上居然是「枉費心機」四個不倫不類的大字。

裡間是賽金花的臥房，地中央一隻西式單人鐵床，上面罩著一頂舊紗蚊帳，骯髒的灰黃色，彷彿從來就沒有清洗過，床上的花布棉被微微凸起，把賽金花的屍體連頭帶腳的整個蓋住了。四周的壁上被各種東西佔得滿滿的，南邊掛著一幅墨蘭，上款是「半癡山人雅賞」，下款是「擷英女史金桂敬繪」，款下是朱砂色的陰書印章，刻著「賽金花」三個字。靠西一幅工筆仕女，上題「採梅圖」，圖中美女著古嬋娟裝，嬌慵孏孏若不勝衣，身後一小丫頭給抱著瑤瑟。

「哦？意外收穫！這畫上的人是賽金花，洪狀元題的字。你看：丁亥竹醉日，文卿醉後題。我來照張相吧！」老鄭興奮的大聲說著已拿起相機對光。

「請安靜些好嗎？別吵了死人。」忽然一個蒼老，冷峻的聲音說。使屋子裡的人都吃了一驚。老鄭和小魏這才注意到，在床後角落的矮凳上坐了一個老人，那老人滿頭銀髮，穿了一身藏藍色馬褲呢長袍，文雅的態度，一臉的憂容，因為被紋帳遮住，所以沒人注意到他的存在。

「哼！」老鄭受了老人的教訓，感到有些丟面子，心中頗是不悅，準備給他個不理不睬，依然照他的相。

「別照啦！看看算啦！」小魏放低了聲音，擺擺手。

「那老傢伙是誰？亂管閒事。」老鄭也把聲音壓低。小魏並不答話，比個手勢，叫老鄭繼續看屋子裡的什物。

「採梅圖」旁邊掛了柄一尺多長的小劍，銀色雕花的金屬鞘，劍柄上鑲著一粒櫻桃大小的褐色瑪瑙，十分美觀精緻，很引老鄭和小魏的興趣，兩人研究了許久，才把目標轉移到正面牆壁懸著的一幅瑰麗的大油畫上。畫裡的人物和景象都顯示出取材自歐洲，只有一個黑髮女子的背影像似東方人。

「這個女子不會是賽金花吧？」老鄭耳語般的問。「誰知道？我覺得這麼堂皇的一幅畫，跟這破屋子太不相稱了。」小魏很是感慨的，也像在耳語。

「跟這屋子不相稱的豈只這幅油畫，你看那兒。」老鄭指著床頭櫃上立在一堆破瓶爛罐中，一座亮晶晶的金質自鳴鐘，鐘擺被十二個小金人擁著，滴答滴答的走得正起勁。

「這不知又是什麼出處？別瞧陋室一間，寶藏無盡呢！」

「看那些照片，哦！居然有結婚照，那個男的就是魏斯靈吧？這對新人面目可不新，倒像舊人。」老鄭的聲音雖低得到了底，還是引起坐在角落裡的老者的抗議，他重重的哼了一聲，老鄭便拍拍自己的嘴唇，不再開口。

老鄭和小魏仔細的滿屋子觀察，連貼得半牆亂七八糟的，從畫報上剪下的胖娃娃像也不漏掉，而且手上飛快的做著筆記，短短的功夫已寫了幾張紙。小魏一邊用眼光搜索一邊道：

「可惜，她跟德國皇帝威廉第二夫婦的合照，在庚子之役的時候怕義和團搜到惹麻煩，自己給燒了。有人看過她跟瓦德西騎馬的相片，怎麼不見呢？算啦！咱們回去寫稿吧！」

「回去？那怎麼行？我老遠的跑一趟，總得給賽金花的遺容拍張照！」

「什麼？你要給死人拍照？」小魏忍住沒讓自己大叫。但角落裡的老人又在抗議：「別人都走了，就剩下你們這兩個年輕人嘁嘁喳喳。我說過的，死人需要安靜。」他仍是一臉哀痛，眼角淚痕未乾。老鄭厭惡的皺皺眉，一聲不吭的拉著小魏出了屋。外間的人已走得不剩一個，空蕩蕩的晦暗加強了陰森怵惕的氣氛。小魏借著窗紙破洞流進的光線看看錶：「怪不得人都走了呢！原來已經過了十二點，人家都去吃午飯了，咱們也打道回府吧！」

「現在就走我真不甘心，難道就白跑一趟。」老鄭撓著他的濃髮，思索了半晌：「我要問問顧媽，賽金花留下那幾件東西是不是拍賣？如果不貴我倒想買一兩樣。」

「好主意！要是不貴我也買。走，問顧媽去。」

顧媽正端了個破瓷盆出來，放在地上餵那幾隻長毛狗，看見鄭魏二人便道：「兩位記者先生還沒走？唉！人都快沒吃的了，還得餵狗。不過這幾個小東西是真叫人疼，我們太太臨終時候兩眼還盯著牠們，意思就是叫我別忘了照顧她心愛的小動物，我怎會忘呢！唉唉！」

小魏和老鄭各從錢包裡摸出兩個銀元，交到顧媽手上。

「一點小意思，留著應急吧！」小魏說。

「這——哎喲，記者先生真好心，謝謝啊！」顧媽小心的把四個銀洋摅進棉襖的口袋裡，態度更友善了。

「顧媽，我們有點事想跟你商量，」老鄭做出討好的笑容，語調也不再那麼直衝衝的。「你們太太留下那幾樣東西，你要怎麼處置？我們想買來做紀念，你不妨說個價錢，我們衡量衡量。」

「不瞞記者先生說，今天來的一屋子人，十有八九都是朝這幾樣寶貝來的。要是我貪財，保不住昧著良心一件件的做價賣了。可是我不能。答應死人的話一定要給做到，何況……何況我跟太太半輩子，太太沒把我當下人待……」顧媽用衣袖不住的抹去臉上的淚水，泣不成聲的又加上一句：「太太死前有交代。」

「有交代？怎麼交代？」小魏趕快掏出記事簿。

「太太交代：十二個小金人的自鳴鐘送給房東。太太說，房東就靠這幾個房租吃飯，我們住了十五年少說也欠了五、六年的租錢，房東老頭跟我們生氣，老說要去告，可也沒真告，告了一次後來又把狀子撤回。太太說：誰遇到我這麼窮的房客都算霉氣，人家已經很有善心了，把自鳴鐘留給他們吧！」顧媽已恢復平靜，說得有條有理。

「別的東西呢？譬如說那柄小劍，那幾幅畫，尤其是有洪狀元題字的採梅圖。」老鄭仍抱著希望。

「劍是魏老爺送給太太的定情之物，太太說絕對不能賣，本想還給魏家，」顧媽說著忽然想起：「魏記者還記得嗎？那次你來，太太還以為是魏老爺的孫兒來了？」

「是啊！她不停的打聽，硬把我當成魏家的人。」小魏說起那次的情形感到有些好笑，便笑了。

「記者先生別笑，你知道我們太太飄飄蕩蕩的，那有知心的親人？尤其是到了晚年，她不是想這個就是想那個。她盼望魏老爺的孫子來看看她，想把劍交給他，太太說：『我活不多久了，這柄劍是寶貝，還給魏家吧！』可是他鐵了心不露面。唉！太太難過啊！我會找人把劍帶回江西魏家的。」

顧媽歎息了一會，又道：「採梅圖上的人是太太，又有洪老爺的題字，當然也不能賣。太太說，這幅畫是個姓任的畫家畫的，姓任的是早不在了，他有個姓葉的學生，也是江蘇吳縣人，來看過我們太太幾次，每次來都不空手，總是十塊八塊送銀元。他非常喜歡這幅畫，說是他老師的手筆，想買。我們太太不肯賣，可是太太交代我，說她去世後把畫送給這位姓葉的老畫家。」

「哦？居然就白送了！」老鄭不勝羨慕的口氣。

「那幅油畫也送人了嗎？」小魏還不肯放棄的試探。

「送了呢！送給北京大學的一位先生。太太和魏老爺的結婚相片也給他，說是做什麼歷史資料。」顧媽如數家珍的說著，語調間有由衷的歉意，好像是賽金花沒有留遺物給鄭魏兩人是她的錯誤。「遺體一搬走各人就來拿東西。唉！也不知什麼時候才能把她收殮了，棺材還沒著落呢！她真是合了她自己的話，光光的來光光的去……」她又嗚嗚咽咽的抹起眼淚，過一會又道：

「太太說把那幅墨蘭留給我，叫我賣了貼補生活。記者先生你們想想，我怎麼能賣太太的親筆畫呢？我把它送給沈老先生了。」

「誰是沈老先生？」小魏不解的問。

「沈老先生同我們太太在一條巷子裡長大，從小玩在一起，太太聊天時講過，說有個鄰居男孩，對她癡心癡意，就指的沈老先生。都是命啊！難得老先生一世都沒忘記我們太太，這些年來一直在找她，現在找到了，可惜太太也去了，連個面也沒見著，想想叫人怪傷心的，我把那幅墨蘭送沈老先生做紀念了。」

「和你們太太在同一個巷子裡長大？」職業性的敏銳嗅覺使小魏以為發掘到寶藏，興奮的提高了嗓子，老鄭也道：「那個沈老先生在那裡？我們可以採訪他。同時我有個請求，我——呵，想給賽女士的遺容照張相。」

「給死人照相？」顧媽猶疑了一會，勉強的道：「好吧！跟我來。你們要採訪沈老先生也不難，他在裡頭。」

「天哪！就是那個討厭的老傢伙，他會接受我們的採訪？」小魏皺皺鼻子，做個無可奈何的表情。

「做一樣是一樣，先照了相再說。」

老鄭和小魏跟著顧媽回到裡間，看到那個姓沈的老人仍坐在矮凳上，上身彎著，臉孔埋在手掌裡。腳步聲驚動了他，他擡起頭來對老鄭和小魏怒目注視著不耐的問：「怎麼又是你們兩個？你們要做什麼？」

「沈老先生，這是兩位記者，專來採訪我們太太去世的新聞的。他們想給太太的遺容照張相。」

「要給死人照相？人死了你們還不肯放她安靜？」沈老先生怒沖沖的站起，氣呼呼的走近來，用顫抖的手指著他們。小魏和老鄭一點也不與老人計較，連忙機警的對望了一眼，小魏做出十分同情的表情：「老先生，我們知道你傷心，聽說你跟賽女士是從小的玩伴，我們還想採訪你呢！」

「不必採訪我，我沒什麼可說的，我只提醒你們一件事；寫文章的時候不要亂編派。我看過一些無聊文人寫的有關金桂的事，簡——簡直是欺侮人。我認識的金桂不是那個樣子的。」沈老先生捺不住激動的比著手勢。

「你叫賽金花女士為金桂？」小魏又掏出記事本。

「不錯，我叫她金桂。那時候，我天天站在井邊上等她，她，梳著兩個小抓髻，臉蛋新鮮得比一朵花還美。她開門出來，看到我等在井邊總叫一聲『沈磊』，我們就一塊玩去了。」老人回憶著，像沉在可愛的夢境裡，先前的剛強怒氣化做如水的溫柔，聲音是和平的，眼梢嘴角蘊藏著笑意。「她呀，真是個頂頂俊俏，頂頂調皮的小丫頭！」

「哦？」老鄭撓撓頭。「你多少年沒見她了？」

「整整五十年。這些年，斷斷續續的聽人傳說她的事，我好難過，我認識的金桂不是那個樣子的。我一直在找她，總是陰錯陽差的碰不著，十五年前我找到櫻桃斜街的魏家，他們說她剛走，去向不明。昨天在一個報館打聽到這兒的住址，今天一大早就趕來，沒料到是這麼不巧，僅僅幾個鐘頭之差，沒得見她一面……」他搖頭深深嗟歎。

「記者先生，你要照相就快，不然等會人多可就不便照了。」顧媽說已把紗帳掀開。

「不行，不可以打擾死人。」沈老先生上前擋住。

「老先生，我只很快的照張相，並不打擾死人。」

「老先生，你五十年沒見過你想念了一世的金桂，不想趁這機會見見她嗎？」小魏的口氣充滿了挑逗性。

「我……」老人果然承受不住這句話，多皺的面孔上現出明顯的愁苦，沉吟了大半晌才迸出一句話：「好，你們照吧！」

顧媽輕手輕腳的，徐徐的揭開蒙在屍體上的花棉被，露出一張白紙樣慘白的老婦的臉。尖尖的下頦，細巧的鼻樑和嘴唇，眼窩深深下陷，稀疏的頭髮很整齊的梳成小髻，腦下面罩了緞套的繡枕已呈灰褐色，一望而知是極骯髒破爛的陳年舊物。死人的神情倒還安詳，彷彿人世間的一切都與她無關了。老鄭正舉起相機拍照，忽然聽到沈老先生道：「不……不……。這不是金桂……金桂那會是是這個樣子？不……」他孩子般哀哀的哭著，不住的叫：「金桂，金桂，我來看你了。」

老鄭相已照完，不想再停留，輕輕碰了小魏一下，兩人就溜了出去。

蔣乾方在院子裡搬煤球，見他們出來便去打開大門，老鄭跟他擺手。小魏跟他說「再會」。他卻不聞下見的兀自呆笑。

走出居仁里十六號，兩人都像從一個巨重的壓迫下掙脫出來似的，長長的鬆了一口大氣。

胡同裡靜悄悄的，凝聚一股正午的死寂，太陽稍稍明亮了一些，但還是躲在雲層下，還是個不爽不快的朦朧天。

老鄭推著他的自行車，默默的走在小魏身邊。「喂！你說那個男的會是她的面首嗎？」他忽然說。

「面首？唉，顧媽不是說得很清楚，是她小時候的朋友。」

「我不是指姓沈的老頭，是指顧媽的弟弟。」

「更不像話了。你看到的，蔣乾方是個白癡。而且賽金花那麼大年紀了，那至於那麼不堪？」小魏有些不悅的。

「我是聽人說的，都說她養了個面首在家。」

「別信那些人胡謅。人哪，是很殘忍的動物。」

「怎麼了？你為賽金花不平？」

「有點不平，更多的是感慨。那次我來採訪，她最後說了一句話，她說：『眼望天國，身居地獄，這樣的苦苦掙扎便是人的一生。』我想這正是她一生的寫照。」

「她的一生確實不平凡，可是我就不懂，像她那麼風光過的人；你算算，嫁過狀元、做過公使夫人、庚子之役時跟八國聯軍大元帥瓦德西同出同進，後來又是紅透半邊天的名女人，拜倒在她石榴裙下的王孫公子成群成堆，她賺過多少錢！怎麼會淪落到這步田地？我真猜不透。」

「滄海桑田，世事多變，你我猜不透的事多的是！我看咱們也別費神猜了，快回去發稿吧！」

小魏以微笑跟老鄭打了個招呼，把袍角子一撩便上了等在胡同口的人力車。

1

上有天堂，下有蘇杭。古城蘇州被濃綠色的流水牢牢的環抱在懷裡，城裡河道縱橫，大大小小的橋就有三百幾十座，是出名的江南水鄉。

蘇州是個花城，茉莉花、玳玳花、白蘭花、女貞花，從初夏開到中秋，水涯山角，一片粉白黛綠，而花中最美、最為蘇州人所熟悉的，當然是桂花。每到金秋季節，一些名園大院裡的桂花樹，便翻雲滾浪的開遍了，香味溢到院外，使得在高牆下經過的文人雅士，情不自禁的會吟起詩來，什麼「雲中桂子落，花香雲天外」之類的佳詞美句。

蘇州也是個出才子的地方。從順治三年丙戌（一六四六）到同治戊戌（一八六八）兩百二十二年間，連同恩科在內，整個大清朝共出的九十八位狀元郎之中，只一個蘇州就佔了十六位。再加上古代的唐伯虎和文徵明之流，誰能不說聲地靈人傑？

蘇州不僅出才子。也出美女，自古以來，才子佳人間悱惻纏綿的故事說不盡，至今一代名花蘇小小墓上的合歡樹，每到春夏之交，仍張開鮮紅色茸茸如絲的花瓣，加入吐芳爭豔的行列。

時間正走到公元一八八七年，也就是在古老神祕的東方的最古老神秘的國家——中國的清光緒十三年。

陰曆年剛過，天還涼著，陽光靜靜的，淡淡的，彷彿不很愛管閒事似的，那麼慵慵懶懶的照著大地。

落光了樹葉的枝幹尚未冒出新芽，春天要開的花也還沒打苞，河水看著冷幽幽綠慘慘的，幾艘青瓦紅柱，亮晶晶的玻璃上描著金色花紋的畫舫，與它的錦繡華麗那麼不調和的，寂寞的傍岸靠著。

鑼鼓在吹打，嗚哩哇啦的。說是喜樂，聽著倒像五音不全的人在嚎哭。一群穿著絳紫色短襖，腰束黑帶，辮梢上打著紅繩髮結的年輕後生，扛著吉慶喜旗，舉著漆了朱砂色大字的狀元紗燈，跟著鼓樂隊慢慢前行。再後面是一頂簷上盪著絲穗子流蘇，下面圍著水波紋綾子的綠呢大轎。八個精壯的漢子好像練過兵操，擡著轎子的腳步同起同落。轎子之後還拖了長長的一串，無非是盛了珍寶玉器綢緞衣物的箱籠盒櫃。

一群胡亂興奮著的孩子吵吵笑笑的追著隊伍跑，看熱鬧的人從巷裡直排到街上，用好事的、帶點嘲諷的眼光，遠遠的觀望，連在河畔石階上搗衣的婦女，也專注的擡起了頭。

迎親的儀隊出了細細長長的思婆巷，轉到大街上。看熱鬧的人越來越多了，鑼鼓點子蓋不住嘁嘁喳喳的議論。

「真格是狀元家氣派大，討小老婆還這樣招搖。」

「狀元家自然是不一樣。再說你也得看他討的是誰？蘇州花船上紅得透紫的姑娘，沒這個排場討得來嗎？一分錢一分貨哦！呵呵。」

「聽說她身價銀子好高，贖身三千兩，還要按月給生活費養活她娘家。」

「三千兩嗎？我聽說五千兩。」

「三千兩、五千兩、七千兩、八千兩。哼！多少兩我也不眼紅。那洪狀元是快五十的人了，嫁過去不過是守個老頭子做小，還不知道人家家裡容不容？有啥好？丟面子吧！」

「唉！說起來我心裡好難過。金花的祖母是我阿嫂的表妹，早幾年有些來往的。」說這話的是個頭髮全白的老婆婆，她悲傷的語調和懇切的口氣分外吸引人，有些看熱鬧的，居然連熱鬧也顧不得看，索性圍過來聽她講故事了。

「老奶奶，你怎麼說她叫金花？她不是名滿蘇州的花國狀元富彩雲嗎？」一個癟嘴的老頭兒眨巴著半瞎的老眼問。

老婆婆見她的話如此惹人注意，便越發的放悲了聲音：「老先生你有所不知。彩雲是她的榜名。在家裡都叫她小名金花。她是十月初九生的，正是蘇州滿山遍野桂花開，全城香噴噴的時候。為了取吉利，她爹爹趙八哥給她取名叫金桂。後來大家見她越長越標致，像朵花似的，就順口叫成了金花——」

「趙八哥，不是給觀前街那幾家老字號挑水的那個癆病殼子嗎？」一個濃眉大眼粗聲粗氣的半老女人插嘴問。

「不錯，就是他。我見到金花的時候，趙家的日子已經很難過了，她爹爹給人挑水過活，常連隔夜糧都沒有。金花總撿她娘的舊衣服穿，大襟上打飯碗大的補釘。那個小姑娘，就是一張臉子生得俏皮，嘴巴又會講，真討人喜歡。四、五年前她爹爹趙八哥病死，日子實在過不下去，才把她賣到班子裡去，從那時候起她就跟著養母姓富。」

「聽說她祖父是個不小的商人，開當鋪的麼？」又有人插嘴。

「做垮了嘛！唉！過去的事說不得了，她祖上還是做大官的呢！」老婆婆又重重的歎氣。

「做官人家淪落到這步田地？賣女兒？」

「說的是啊！自從金花進了班子，她祖母就不肯跟我阿嫂來往了，我也就再沒登過思婆巷趙家的門。想不到今天看到洪狀元家的綠呢大轎，擡著金花從我面前經過。」老婆婆說得動情，聲音有些暗啞，卻也聽不出是悲是喜。

喜慶的隊伍去遠了，敲打得並不起勁的鑼鼓聲仍隱隱傳來。講故事和說故事的人還貪戀的不肯散去，議論過了金花又開始議論洪狀元。

「別看懸橋巷洪府的宅院那麼大，其實洪狀元是貧寒出身，當年洪家逃長毛從徽州到蘇州，窮得鐺鐺鐺分文皆無。他第二次進京考試，連盤纏都沒有，還是徽州老家族人給湊了個數目。」說這話的可不是那個老婆婆了。是個身著長袍手持旱煙袋，商人模樣的老者。

「你從那兒把洪家的底細摸得這樣清楚？」有人懷疑的問。

「我家也是徽州逃來的，說起來我表姑家跟洪狀元的娘舅家還沾些親戚。呵呵，今天人家何等烜赫，這門親戚我們也不敢認了。不過那年他中了進士，回鄉掃墓，鄉親們奉送賀儀紋銀五百兩，壯他行色，是千真萬確的。」老者把旱煙袋塞在嘴上，巴搭巴搭的抽了幾口，又道：「這不是我胡言，這件事是徽州人都知道的。」

「打了五百兩銀子的秋風，就發家發到這個樣子？」

「沒的可說，誰讓人家祖上有德、風水好。」

「天好地好的風水，遇到色劫也就不保。洪狀元不是回來守母喪的麼？三年服期未滿就迎姨奶奶入門？」

「名士風流嘛！未來如何誰也猜不到，還是慢慢的等著瞧吧！」

你一言我一語，圍繞著這個有趣的題目談不完了。

只有太陽還是那麼淡淡的，帶點勉強的、懶洋洋的瞅著大地，漠然得彷彿什麼樣的新鮮事也感動不了它。也難怪，古城蘇州，足足兩千四百年的歷史，才子佳人的韻事從來說不盡，它見的太多了。

2

轎簾深深的垂著，裡面一片漆黑。

金花挺直著腰脊，像個官家貴婦般，凝重而嚴肅的端坐在黑暗裡。惡濁的空氣使她感到懊悶、窒息，還有些微微的暈眩。但她的心思沒有任何一刻比此刻更清醒過，她明白得很；這乘轎子不僅把她擡到洪狀元家，也把她擡離了舊有的一切，貧窮、屈辱，沒有保護，任人擺佈的日子整個過去了。雖說嫁給洪狀元也不過是做妾，照樣要小心謹慎，用察言觀色，奉承服從的態度去處世。名分上也照樣的存在著屈辱，然而，一個像她這樣的女人，還能有什麼更好的歸宿？當她宣佈脫籍從良嫁給洪狀元時，姊妹們個個淚眼滂沱，沒有一個不羨慕她的好命，「苦海無邊，你已經上了岸啦！」她們說。

十六歲，青蔥兒一般的年紀，如果是好人家的女孩兒，不正該是親娘心頭上的肉，親爹掌裡的明珠？生成她這樣命運的，就說不得了；十六歲的她已在煙花堆裡足足浸了三、四年，那日子豈是好過的？想起前塵往事，不由得她不有些辛酸。

被稱讚為具有貞靜嫻淑的美德的女孩兒，一懂事就大門不出二門不邁，在家學做針線，繡枕套鞋面了。她卻不然，家裡那幾間陰暗的老屋和狹窄的小天井，拴不住那顆活躍的心，她要往外跑，斜對面沈家的男孩天天在井邊上等著，「走，沈磊，到橋底捉魚去」，「到塘裡採蓮藕去」，「到路口上看熱鬧去」。她的主意多得很，沈磊像是她的兵，少言少語服從的跟在後面跑，兩隻大眼珠呆呆的望著她。

「我要爬到那頂上去。」有天她和沈磊在石庫門洞上玩耍，凝視著昂立在半空中，白得忒搶眼的雙塔的尖頂，悠悠的說。「太高了，我們爬不上去。」沈磊超乎常態的表示意見。「爬不上去？」她望著深不見底的窄巷，心神兒飛得好遠好遠。「跟我來，一定爬到頂。」她風一般的跑了，沈磊緊緊跟隨。他們沒有爬到塔尖，卻害得家裡人找了大半天。沈磊挨了他娘一頓好打，「不許再跟那個野丫頭瘋在一處，小心我告訴你老子揭你的皮。」沈磊的娘說。

沈磊還是瞪著呆呆的大眼等在井邊，「阿磊，回來，幫我理麻線。」他娘總會變著題目從石庫門上探出頭來叫。

「你心太活了。少往外跑，好好待在家裡吧！」祖母也說。「待在家裡可不要悶殺人！外面多熱鬧，為什麼不可以出去跑跑？」她不服氣的斜睨著眼光，下巴頦兒微微上仰。

不足六歲母親就給她裹腳了，她掙扎、嚎哭，把裹腳布揉成一團甩在牆角。「你想做個醜姑娘麼？你見過那家的太太小姐蹁著兩隻大腳板？」母親柔聲的哄她。

她是不肯做醜姑娘的。趙家小妞的俊俏沒人不稱讚，好幾次她在巷子裡玩耍，經過的左鄰右舍都說：「這孩子生得真標致，長大了可怎得了！」她喜歡聽人讚美，絕不做醜姑娘被人取笑，於是順從的伸出那兩隻又白又嫩的，小肥魚一般的腳。

纏過腳的女孩兒再也走不遠，只好靜靜的坐在床緣上挑花繡朵。她纏過腳卻照樣活動，先是倚在門上望雙塔，望長巷，望附近富貴人家的太太小姐們進出。她們身穿美麗的衣服，頭戴名貴的首飾，坐著擦得嶄亮的暖轎，後面擁著一堆丫鬟老媽子，看上去好不神氣。「我會不會有天也像她們一樣的榮華富貴呢？」她會不自覺的作起夢來。

漸漸的，思婆巷裡的事物看厭了，她便試探著往外走，經過長長的石塊路，到巷外去觀望新事物。河裡的悠悠流水，遠處的脈脈青山，道邊上紅紅綠綠的花木，她都愛看。當她第一次逛蕩到觀前街時，那兒的繁華真讓她吃驚了。

她沒有畏懼或退縮，由這個店串到那個鋪，綾羅綢緞和珍珠翠玉看花了她的眼，松鶴樓瓦青色雕欄鑲朱紅色描金框子的門面，多麼的富麗堂皇！還有那一陣陣湧出的菜香，誘惑得她恨不得到樓上要一碗什麼嘗嘗。在黃天源糕餅店前她站了好一會，為那光潤滑膩的豬油年糕饞得直嚥口水。她用身上僅有的一個大錢，到采芝齋買了幾粒粽子糖，站在房簷下面一邊吃一邊看。

觀前街上的過往行人真是多，老的小的，坐轎的步行的，像浪濤般洶湧。有那坐著官轎的大人老爺經過，轎子已去遠，還掀起後面的小簾子回頭朝她張望，他們望她，她就望他們，直望得他們放下轎簾。那時她就有種促狹後的快意，如果不是因為在大街上，一定會出聲的笑。

「那有姑娘家隨便上街亂跑的？你不可以再去觀前街。」祖母說。「去看看熱鬧又有什麼關係呢？我爹爹不就在那街上挑水嗎？」「你爹爹在那裡挑水你就更不要去。」祖母說這話的時候，蒼老的面孔上浮現一層鬱鬱的陰雲。

祖母的話更增加了她的好奇，爹爹挑水是看不得的嗎？她倒偏要去看看，她終於看到了。

是年關前的一日，牛毛細雨綿綿的飄個漫天。觀前街比平時又熱鬧了許多，人潮像流水，店鋪門框上貼著大紅春聯，張著彩燈，糕餅糖果臘味滷菜的香味隨著寒風湧進她的鼻子。她像每次一樣，站在屋簷下靜靜的觀望欣賞，突然間，她的視線被一個身影吸引住了。

爹爹挑著兩桶水，正由街口蹣跚的慢慢走近。他枯乾的身體裏在一件肥大的舊棉襖裡，又細又長的頸子拚命往前探著，瘦得見稜見角的面孔，顏色灰白，汗滴像珠子般在額頭上發亮。他的步履好艱難，半天才邁上一步。那滿滿的兩大桶水顯然對他太重太重。

她屏住了呼吸，目不轉睛的定定望著，心痛得要碎了，「可憐的爹，你是這個樣子來養活我們的呀！」她噙著淚暗自喃喃。正在這時，一群穿著差官和侍衛衣服的人，挺胸昂首，簇擁著一臺亮堂堂的官轎從岔道上吆喝著出來。行人忙讓開路，一個個的往邊上閃。轎子和差官侍衛過去了，父親卻仆伏在地上，兩隻水桶倒在他的身邊。她嚇壞了，不顧一切的奔了過去，「爹爹，爹爹，我扶你起來。」她擁著父親濕透的身體哽咽。

父親嗆咳了好一陣，張大著眼睛看了她半晌，才帶點惱怒的冷冷的命令：「你怎麼到這裡來了？回家去，快，回家去！」

父親死去幾年以後，在有次談天中，祖母才歎息著說：「你爹爹是個文弱的人，念過幾天書的，淪落到做挑水夫，他心裡苦得很啊，他恨不得讓人家不知道你是他的女兒，因為他想你嫁個好婆家。挑水夫的女兒那個像樣的人家會娶呢！唉！你爹爹那會想到……」

父親是在一陣猛烈的嘔血後去世的。他蓋著的棉被和枕頭被血浸成鮮紅色，蠟灰色的臉上沾著血漬，半張著嘴，露出幾顆雪白的門牙，眼睛直直的瞪著，那樣子好嚇人，好叫她心驚，她一生一世也忘不了父親的死。

父親死後家道更形不堪，母親給左鄰右舍縫補洗衣的進項不能使一家人免於飢寒，弟弟阿祥病得起不了床而無錢請醫生。她為這個家憂慮已極，常常靠在石庫門上望著雙塔尖尖高高的頂，和窄巷長得無盡的石塊路發愁。

井邊上傳來沈磊呆呆的、充滿了同情與關切的眼光，她回給感激的微笑，他們都在長大，很少膩在一處了。

生活的苦難像一座大山，壓得他們一家老少動彈不得，她開始不服氣，不甘心永遠囚在那幾間老屋裡過飢寒日子，當母親跟祖母爭吵哭啼的把她押到富媽媽班子的那天，她也沒有怯怕、抗拒，反以為從此可以創造新前途。

首先是隨著富媽媽姓了富，取了花名富彩雲，接著學唱曲兒，學彈琵琶，喝酒，吟詩填詞，塗脂抹粉，沒笑裝笑，見人就奉承，三句話裡總有一句是假。做錯一件事或說錯一句話，富媽媽就把臉上的橫肉一板，打罵齊來。

第一次回家探親時已在班子裡過了三個月。短短的別離，她對思婆巷的想念達於頂點，以前總嫌那窄街太僻陋，房屋太破舊，離開了才知道沒有一個地方比這兒更親。她想念祖母、母親和弟弟，想念自小一塊玩的幾個朋友，想念左鄰右舍的深情厚誼。但是，她失望了，僅僅三個月的時間，世界整個變了，鄰居們以異樣的眼光看著她，那裡面有譏誚、有輕蔑，也許還有幾分憐憫。長舌婦們聚在門洞裡嘰嘰咕咕，加油加醋的交換消息，好朋友們一個也不上門，遠遠的躲著她，好像她身上有毒，巷子裡的輕薄男人嘻皮笑臉的打趣：「還是清倌吧？我來給你開苞可好？」孩子們跟在背後叫：「看婊子，看婊子！」

到這時她才看清了，原來她的職業是如此的可恥、輕賤，見不得人，也才明白了，何以她祖母和母親都躲著不出大門，何以她回家一天她們就足足哀聲悲歎了一天，何以沈磊那對遠遠送過來的呆呆的眼神，盛著那麼多的絕望。

年紀一天天的增長，富彩雲的豔名漸漸傳開，成了蘇州河舫上最紅的姑娘。穿有流行式樣的貴重衣服，戴有金珠首飾，出門有鑲著玻璃窗的小轎子，後面跟著大姊兒老媽子攙扶伺候。家裡的日子也好過多了，祖母的痛風病、弟弟的氣喘病，都有錢請醫生診治，母親也不需要再給人洗衣服做針線，她深愛的幾個人足以吃飽穿暖。

在富彩雲的名字一天響似一天的當兒，十七歲的沈磊隻身遠離故鄉投奔軍旅。她的心像刀割般的痛了些時，反能更無牽掛的承受命運。屈辱與苦難自然是說不盡道不完。一次到船上出局，跟一堆老爺們一塊喝酒唱曲兒，一位吳大人喝醉，當眾把她抱在懷裡，伸手往她襖子裡亂摸，被她一把推倒在楊妃榻上而惱羞成怒，就借著酒氣撒起酒瘋，又吵又叫的砸了好多器皿，還說要「睡」她。當夜就要點大蠟燭。富媽媽給陪了小心說了軟話，才算把事情穩住。

那次富媽媽拿著柳條藤，結結實實的把她一頓好打：「明明是娼婦的根，倒裝出三貞九烈的嘴臉，你當你是做什麼來啦？老爺們摸摸你逗逗你是瞧得起你。你要當小姐為什麼到這裡來？你娘賣你就是叫你給男人玩陪男人睡的。」

富媽媽說的一點不錯，做她們這一行的女孩兒，都是菩薩不保佑，天地不容納，父母推出門，任人糟蹋的苦命人。

剛滿十四歲那年，富媽媽開始向肯出大價錢的客人推銷她的初夜權，結果選中了一個長駐邊防的朱姓帶統。朱帶統四十出頭人高馬大，滿臉落腮鬍子，開口說話唾沫星子亂蹦，腦袋大得賽過祭拜時供桌上的豬頭。她不單厭惡他，更怕他，最怕他的一雙手；他的胡蘿蔔般粗細的手指在她胸脯上又揉又捏，痛得她直咬牙，心裡連連咒他速死。但是富媽媽看他是活財神，「別人買個姑娘做小不過幾百兩銀子，他點個大蠟燭就給一千五百，真箇是大手筆。」富媽媽說這話的時候眉開眼笑。

她被富媽媽和老媽子大姊們簇擁著，進了門框上紮著紅色彩綢的房間。「孩子啊！從今夜起你就是大人了，要小心伺候哦！帶統老爺春宵盡歡啊！」富媽媽囑咐過她，給朱帶統請了個安，才喜孜孜的帶著眾人關上門離去。

妝鏡前的大紅蠟燭起勁的燒著，大滴的蠟淚順著燭身流在雪亮的白銀燭臺上，閃耀的火舌映得半邊屋子陷在晦澀的紅色光影裡。柔暖的喜氣後面藏著令她戰慄的陰森。

突然，羅帳背後閃出一個全裸的男人，他的軀體是那麼粗獷可怖，圓凸的肚皮，笨大的四肢，被慾火曲扭得更醜陋的五官。她驚駭已極，本能的往後退縮，但終逃不脫那可怕的魔影，被捕獲了。

那是她生命中最恐怖的一夜，像經過最兇殘的野獸的啃噬，心和身體都被傷害得涔涔浸血。

從那以後她便開了戒，雖說是河舫上的紅姑娘，客人要留宿並不容易，但以身體供給男人享樂是她的職業，何況她做不了自己的主，凡事要聽富媽媽的安排，富媽媽只認錢不認人，對她沒有絲毫的憐惜，每次陪宿給她的痛苦和恐懼她視而不見，總叫她「小心伺候」。

「天殺這些殘忍的淫棍，看我那天挖個坑把你們全體活埋。」好幾次在忍無可忍的被蹂躪的惡境裡，她狠狠的聊以自慰的這麼想。漸漸的經歷得多了，雖在其中感不到快樂，痛苦卻也不再那麼尖銳，她會帶著報復性的利用適當情勢去迷惑凌辱她的人，翻著花樣榨取他們的銀錢和名貴餽贈。

裝飾得富麗堂皇的花船，和船上陪客的姑娘，是大運河上的奇景。當季節進入初夏的六月，滿城飄著柳絮、藕花的清香味飄浮在空氣裡的時候，苦讀經年的老爺們都考過試，出了場，開始尋歡作樂。他們是花船上的常客，談詩文、聽曲兒、鬧花酒，跟姑娘們談情說愛逢場作戲。夏天的月光格外清亮，灑在河水上一片閃燦燦的銀輝，那些燈火輝煌華麗耀目，譁笑聲震動著水波中的花船，便那麼驅著月光，從閶門到虎邱，再從虎邱回閶門，來來回回的在河上盪漾。

河上的繁華跟河上的月光一樣不實在，是飄浮在表層上的，在多彩的浮面下，是姑娘們的眼淚，老去的年華，和說不盡的辛酸故事；像跟養母爭得死去活來，硬要嫁給劉四公子做小，受不了他家老太爺糾纏脅迫，吞金自盡的碧霞，跟張老爺做偏房，受大婦妒恨折磨，被用燒鴉片煙的簪子扎得一身是傷的秋鴻，和被買去轉了三道手，流落在印度的淫窟裡受罪，投恆河身死的秀燕。都是眼前事，叫她們這些姊妹怎不心驚膽戰？

最直接的例子是桃桃大姊。桃桃比她年長十五、六歲，她初入班子時，桃桃大姊已經是在風塵裡打了不知多少滾的老姑娘了。每次她挨富媽媽的打罵，桃桃大姊都會偷偷的把她摟在懷裡，給擦眼淚，細聲細語的安慰：「妹妹，在這種地方，再小的年紀也要當大人用，不能鬧孩子脾氣，客人是我們的衣食父母……」桃桃大姊教了她許多做的道理。後來她變得圓通能忍、善察言觀色，不再跟富媽媽硬碰硬的頂嘴，都跟桃桃大姊的教導有關。

然而像桃桃大姊那麼好的心腸，又精通人情世故的人，命卻也是黃連般苦。桃桃大姊曾遇到過一個知心人，談婚論嫁，鴇母百般刁難，桃桃大姊把多年來存下的一點賣皮肉的積蓄，拿出來做贖身費，才得脫籍做正經人家去。桃桃大姊倒是謹謹慎慎的做人家，無奈那家的正太太還是不容，經常為爭風吃醋的事吵鬧不休。最後那個男人為了耳根清靜，趁著有求於一個在邊區做驢馬生意的商人的時候，就把桃桃大姊當禮物送了那個商人。也許抽打慣驢馬的人手閒不住，便也每隔個三日五日的用皮鞭抽打桃桃大姊一頓。桃桃大姊過了一年那樣的日子，實在受不住，才在那商人離家做生意的當兒，背著小包袱逃回家鄉來。「吃上我們這行飯就是入了十八層地獄，永世不得翻身。想做正經人家沒那好命。我還是死心塌地的賣我的皮肉吧！賣一天是一天，到沒有人買那天跳大運河也不嫌晚。」每提起這段往事，桃桃大姊總這麼說。

「老爺們都喜歡找姑娘玩，那裡會沒人買？」她覺得好笑。

「妹妹，你還是小孩子，不懂什麼叫人老珠黃，像我，」桃桃大姊指指她自己。「三十已出頭，就快沒人買了。」

她仍將信將疑。直到有次桃桃大姊帶她去看兩個「沒人買了」的老妓女，一個孤單單的病得躺在床上等死，嘴裡嚕囌著死後沒錢買棺材怎麼辦？另一個在尼姑庵裡吃齋念佛，「上輩子沒做好事，今生吃上這口飯。唉！修修來生吧！」那個花白頭髮的女人說。這時她到底懂得了，原來幹這種營生也會有賣不出去的一天。

上轎前桃桃大姊特地趕來送行，拉著她的手含淚說道：「好妹妹，你人強，命又好，做夫人去了。我們姊妹從此天堂地獄怕難再見面。我看洪老爺是個有情有義的人，願你跟著平平安安的過一輩子。小心做人，大富大貴，多子多孫……」

桃桃大姊叮囑又叮囑。吉祥話說了一籮筐，彷彿就怕她到了洪家耍脾氣鬧性子。其實她那裡會呢？河上的賣笑生涯不過是鏡花水月一場空，她已把事情看透，能早早找到一個好歸宿，嫁給洪老爺那樣的人，正是她的造化，是心甘情願的，她怎麼會不規規矩矩老老實實的做人家呢？

頭一眼看到洪老爺，就感覺出他與她所接待過的客人完全不同。他身材修長，面孔有些蒼白，挺直的鼻樑，微微上斜的長眼睛，眼睛裡沒有一般狎客淫邪的神色，卻有一種清澈如水，深不見底，溫柔多情得與他年齡不相合的光芒。「這位老爺要是倒退二十年，可不知道要怎樣的風流俊雅！」她初識洪老爺時曾這麼想。

洪老爺的心性正如他的外表，是個有情有義的正經人。

「你這孩子，看著好聰明，怎麼小小年紀就吃上這口飯？」洪老爺第一次隨朋友到花船上，一點也不像別的客人那樣的說色情話或動手動腳，他坐得斯斯文文的跟她聊天，笑容裡含著憐惜，聲音裡有真誠的關懷。她被深深的感動了，幾年的風塵生活，她已閱歷過不少男人，但從來沒遇到過像洪老爺這樣的男人。

「老爺，還不是因為日子過不下去了嗎？這是命啊！」她也沒有像對別的客人那樣說假話，一五一十，老老實實的把自己的身世說了。洪老爺聽得連連歎息，握著她的手道：「真是個可憐的孩子。看妳生得玉潔冰清的，多少大戶人家的女兒也比不上，敢情是造化弄人哦！」

洪老爺那時還戴著重孝。據說他從來不嫖不逛，這次到船上，是拗不過朋友們的慫恿，隨便來坐坐的。但打從那天起，洪老爺就成了花船上的常客，有他在身邊她覺得很安全，好像天塌了也有人給撐著。由於怨與恨，她的脾氣隨著走紅的程度在長，常常和富媽媽針鋒相對的反抗，因此洪老爺要為她贖身，富媽媽樂得作順水人情，一口答應。

洪老爺託人雇的兩個媒婆子來說合時，她祖母和母親先還挑洪老爺年紀大，過去又是做第三房的小，有點不情願，惹得她忍不住說了她們一頓：「你們在想些什麼？像我們這種人，難道還想明媒正娶的嫁給少年郎做結髮夫妻？不要作夢吧！洪老爺歲數是大了些，可是人家論人品有人品，論學問是個狀元，論地位是朝廷大官。最重要的，他是真心真意的疼我，又能把我帶離蘇州城。我對船上的生活已經厭了，想到外面去見識見識，洪老爺打算四月間進京……」就這樣，她就坐上了這頂轎子。

金花坐在黑暗中思前想後，轎子走走停停顛顛簸簸，原來從思婆巷到懸橋巷那點算不得遠的路程，變得漫長，長得像似永遠到不了頭。為什麼呢？是轎子走得太慢？還是她的心盼望得太熱、太切？雖說沒資格做真正的新娘，她的心情可也七上八下，跟黃花姑娘出嫁差不多，對未來的新家存著幾分疑慮、幾分不安，而更多的是興奮與期待。她已經憑著幻想，描繪了無數遍那個即將投入的新環境；榮華富貴柔情蜜愛自不必說，最可貴的是從此有了依靠，有了安安穩穩的，屬於自己的家，那該是多麼美好、幸福的日子……

金花忽然覺得轎子停住了，外面響起一陣劈劈拍拍的爆竹聲和嘈雜的人聲。她連忙打住了思想，抿了抿頭髮，理一理衣服，斂目正容，準備下轎。

3

洪狀元宅邸的寬敞豪華在蘇州城是盡人皆知的。前後七進院子，從懸橋巷橫跨過整條街，後門直通到萊霞巷。院裡亭臺樓閣花團錦簇，院外前面臨著小河道，後面斜對著巍峨的北寺塔，出門一擡頭便看見那燕子尾巴形翹起的飛簷，和高聳入雲的頂尖。往前走不遠處就是蘇州著名的奇景獅子林，再往前去便是吳三桂女婿王永寧住過的拙政園。

洪府的建築和地勢是無人不羨慕的，都說面水依山，為奇勝異景環抱，風水越發的好，是要更發的跡象。這個宅邸唯一不夠氣派的是前後兩個大門；不過也是由六塊木板拼搭的，只比平常人家稍寬了一些的石庫門。

石庫門上的六扇門板全卸下來了，門框上紮著喜綵、懸著紅底黑字又圓又大的狀元囍燈，一片喜氣洋洋。

穿著火紅色鑲四道邊大襖，下繫石青色百蝶裙，梳著流行的蚌珠頭，打扮得粉妝玉琢的金花，垂著頭羞答答的從轎子裡出來時，兩名年長的大丫頭已經等在轎前了。

敞大的門廳裡早擠滿了人，幾百隻眼睛盯著金花，女眷們吱吱嘰嘰的評頭論足，男客裡至有一半是金花見過的大人老爺高官名流，都是花船上的常客。

「喲！做新娘子怎麼不穿紅裙子呢？」金花聽到一位女客小聲說。另一個道：「紅裙子？她也配！這是討小啊……」

金花很明白自己的身分，並不在意誰說什麼？小腳踩著蓮步，已被那兩個丫頭扶進了佈置得富麗堂皇的正廳。洪文卿和他的正室夫人早等在那裡了。文卿穿著寶藍色軟緞團花長袍。上身是件黑大絨金釦子馬褂，頭戴黑絨便帽，大襟上別了枝紅緞花。神采奕奕，比平常顯得年輕了許多。

第一步是祭拜祖先。洪文卿夫婦走在前，兩個丫鬟攙著金花在後，在香案前跪拜一番，然後洪文卿與夫人分坐在案旁的兩隻太師椅裡，金花再次下跪，恭恭敬敬的磕了三個頭，接下來是拜見少爺少奶奶。洪文卿的獨子洪洛，瘦得弱不禁風，比金花大了近十歲，少奶奶是陸潤庠狀元家的大小姐，窄長的臉盤兒，細長的身段，不言不笑的。金花正要下跪，洪夫人就微笑著道：「他們年輕人，你不必行大禮，請個安吧！」

「謝謝夫人。」金花先給洪夫人請過安，又彎下身向洪洛和他妻子請安，嘴裡一邊念叨：「見過少爺少奶奶。」洪洛笑笑沒說話，少奶奶淡淡的道：「姨娘好說。」

最後一個要見的是揚州姨奶奶。揚州姨奶奶是洪夫人託人到揚州，從一個小戶人家討來的，也是瘦瘦的身量，一臉病容，聽洪老爺說她已是望四的歲數了，卻未曾生養半個子女，她面貌其實很娟秀，到這個年紀還是眉是眉眼是眼的，可惜的是她的表情，一副心事重重的樣子。在這個家裡，只有她的身分與金花相等，所以金花挺親熱的叫了一聲「姊姊」，「那裡敢當。」揚州姨奶奶輕聲輕氣的說。

該行的禮行過，該拜見的見過，下個節目是送新姨娘入洞房，洪文卿的一幫朋友見他在前面領路，與金花一同往裡走，便有的譁笑有的起鬨：

「新郎不能逃啊！我們等著跟你喝幾杯，擺擂臺唱和唱和呢！你怎麼急成這樣子，現在就要入洞房了！」

洪文卿今天是人逢喜事精神爽，名滿蘇州豔比春花的金花已完全屬於自己，心頭的興奮得意是想按捺也按捺不住的，一時竟忘了夫人和兒子兒媳在一旁冷眼旁觀，態度比平時狂放了許多，回過身朝那堆人深深一拜，笑著道：

「各位別著急，我跑不了。待我把小妾領進去，回頭就跟你們擺擂臺。」眾人聽了又是一陣七嘴八舌的打趣。洪文卿不再理睬他們，逕自在丫頭的簇擁中與金花轉入後廳，走上樓梯。

新房在正樓角上，一排三個套間。中間的堂屋裡面擺著八仙桌，太師椅，彎彎腿的花盆架，精緻的雕花立櫃，小几，几上擺著不同種類的盆景，牆上掛著唐伯虎和文徵明的字畫。朱紅色油漆地板映著猩紅色蘇緞椅墊，顯得光閃閃的滿室祥瑞之氣。

臥房在樓的前方，臨天井是一排雕欄玉砌的紅木長窗，新糊的窗紙上的漿糊味還沒完全褪淨，聞著有股隱隱的霉潮味，合歡床橫置在門的右手邊，也是漆得油亮的紅木浮雕，雪白的紗帳像蟬翼，床上的錦被繡枕全是一式的粉紅色軟緞。屋子的另一端，迎門放著的大梳妝臺上擺著一隻福建漆的首飾盒，幾隻裝胭脂花粉的玉罐和瑪瑙瓶之類的。其中最引金花注意的，是擺在靠牆的圓桌上的一個扇面形的蘇繡，上面繡著一隻肥胖的大花貓，和一隻正在奔逃的灰色小老鼠。

「你喜歡這個？」洪文卿見金花前前後後的看那蘇繡扇面，忍不住笑問。

「嗯，我喜歡這隻大胖貓。好玩。」金花笑瞇著眼。

「你呀，還是個小孩子。」洪文卿說著把金花引到窗前，推開一扇窗戶。「你看，這裡望下去才漂亮。」

洪文卿朝下望望，見天井的左手有個半亭，右手有個六角形的全亭，紅柱綠瓦，旁邊擁著參參差差，脫盡了葉子的樹群。靠南邊的半月形魚池裡汪著一片綠水，池後有座小小的假山，山上堆著奇石，種著異草。「真漂亮。好舒服的居處！」她說著翹起小鼻子，深深的呼吸一下。

「你看看那裡。」洪文卿指著六角亭前面的兩棵小樹。「是我給你種的。種了一年了。」

「給我？一年？剛認識我就種了？」金花瞪大了她的媚眼。

「你是金花——金桂。金花的繡樓下怎麼能沒有桂子飄香。」

「哎喲，原來老爺那麼早就打壞主意啦？」

「你又不是不知道，要不是因為我在守喪，也不會等到——」

「大狀元說話像作詩；桂子飄香。」金花學著洪文卿的調門。

「你這個小搗蛋，總尋我的開心。」洪文卿笑得嘻嘻的。

「尋開心，我敢嗎？老爺——」金花把聲音拖得老長。

洪文卿見丫鬟都退到外面，便一把握住金花的手，體己的道：「為佈置新房我可用了不少心思，連盆景都是找專人新做的。」

「怪不得這麼好看。真難為老爺想得周到。」

「說說看，你怎麼謝我呢？」洪文卿齜牙笑著，把臉靠在金花的鬢邊上，雙手摟住她的肩膀。

金花一下子推開他的手。含嗔帶笑的：「你怎麼動手動腳的，叫人撞見成什麼話，快到外面招呼客人去吧！」

「我這就出去，唉！促成我們這件事，全靠我那幾個好朋友，不然在這個時候，我又這個年紀，真放不開這個膽。」

金花知道他所說的「這個時候」，指的是母喪還差了幾個月才滿三年，而兩個人歲數的相差之大，始終是他躊躇不決的原因。俗話說娶妻奉父母之命，納妾靠朋友起鬨。她和洪文卿的姻緣如果沒有費念慈、謝介福之流的給起鬨，也是成不了的。所以她對洪文卿的那幫朋友心存感激。

「你去招待客人吧！別再讓人抓著笑柄。」

「笑柄總在他們手裡的。其實我自己也想笑。」洪文卿說著真又笑了。「我出去招待客人了，你在這裡做新娘子吧！可是，金花，我先跟你說好；你看夫人為我們的事多開通，多盡心，我不好不表示意思的。所以，假若今晚我到夫人房裡去，你可別介意——」

「嘖，看你這個大狀元在胡嚼些什麼？我那會這麼不懂事。你到夫人房裡去才是對的。」金花打斷洪文卿的話說。

「你這樣懂事我就放心了，不然你在床上哭一夜——」

「老爺好厚的面皮。」金花用手指頭在腮上刮了兩下羞他。洪文卿早已暈迷得到半醉狀態，又打情罵俏了幾句，才一腳高一腳低，雲裡霧裡的出去了。

洪文卿剛出去，金花的一家三口就靜悄悄的走進屋。她祖母和母親穿著新緞襖，頭梳得纖絲不亂，但兩對眼皮都是紅腫的，像似剛哭過。她弟弟阿祥也穿了新袍褂，戴著小瓜皮帽，麻稈似的長脖頸從對他有點肥的衣領裡鑽出來，顯得他比平時益形單薄。

金花對她家的三口人注視了好一會，不由得湧起一陣辛酸：「你們躲到那裡去了？怎麼一直不見影子？現在人家入席吃飯，你們溜到這裡來作啥？」

「你這孩子，也算見過不少世面了，還是這樣說話。你以為我們不想風風光光的站出來麼？我和你奶奶在人堆裡待了好久，也沒個人過來招呼招呼，加之奶奶年紀大的人。想得多，總是淌眼淚，人家看了也沒面子，我們就——」

「我看金花拜了這個又拜那個，誰都比她大，我心裡就難過。」金花祖母截住了兒媳的話，老嗓子顫顫巍巍的：「我們原是清白人家，居然真就把孩子賣了。依著我，是情願餓死也不讓我孫女幹這種勾當，都是你——」

「奶奶又怨我了。要不是賣孩子，你老人家能有今天嗎？那時候她爹一撒手死了，家裡連隔夜糧都沒有，你老人家偏趕著生痛風症，痛得整夜不能睡覺——」

「夠了夠了，不要吵了，吵不清楚的。」金花極不耐煩的打斷了她母親的話。「早知今日，何必當初。假如今天後悔，當初就不該賣我。這口飯我也吃了幾年了，好不容易嫁著洪老爺這樣的正經人，我倒想和和順順跟他過一輩子。好歹今天是我出嫁的日子，你們別吵吵鬧鬧的觸我楣頭好不好——」金花一扭頭見洪夫人帶著一個丫頭進來，便住了口，站起身道：「夫人有事情吩咐？」她祖母和母親也從雕花靠背鋪著大紅緞墊的椅子上站起，陪笑的叫：「夫人。」

洪夫人是當朝何侍郎的小姐，年紀比洪文卿長兩三歲，一派官家貴婦風範，言談舉止沉著穩重，尖尖的面孔上有不容侵犯的威儀。她的賢德在蘇州城是出名的，譬如主動的替丈夫討了揚州姨奶奶，如今又欣然接受被丈夫迷戀不已的金花坐著八擡大轎進門，都是被洪文卿的朋友們交口稱讚，叫他們自己的妻子也要照著這種美德學習，奉為典範的。洪夫人朝金花家裡的幾個人掃了一眼，淡笑著道：

「客人都入席了，我看新親家不在座，就問丫頭們，她們回說在新姨娘屋裡，我就過來看看。連著也問問你，餓了吧？我看要不然就叫新親家跟你一起吃，叫他們在外間開一桌，可不知新親家的意思怎麼樣？」洪夫人的話使金花的祖母和母親聽了大為受用，心想：與其在那些達官貴人之間受冷落，何如在後面跟金花一起靜靜的吃一頓？何況阿祥已喊了幾次餓，也不允許他們虛客氣了，便殷勤的笑著道：

「夫人想得太周到，真叫我們不敢當。」

「不要客氣，今天是送親的好日子，你們一家人吃頓團圓飯是應該的。雖說住得不遠，以後見面的機會怕也不多。金花既做了人家，就不便常出去了。」洪夫人說著吩咐身旁的丫鬟：「春杏，你去告訴一聲，說新娘的飯可以開上來了。叫多開幾份，新親家也一起吃。」春杏應聲而去，洪夫人又道：「金花，你陪陪新親家，我要到前面招呼客人。」

金花連忙應了，她母親又說了些感謝與尊敬的話，並對金花道：「遇到夫人這樣寬厚的好人，是你幾世修來的。你要好好聽夫人的話，好好的伺候老爺跟夫人。」她祖母半天沒說一句話，這時也道：「金花年紀輕，有不懂事的地方請夫人多管教。」

洪夫人敷衍的笑笑便出去了。金花見她去遠，撝嘴笑著道：「我的肚皮都要餓扁了。好怪，為什麼新娘子就不可以到前面去吃飯，其實好多客人我都認識。」她母親聽了正色道：「這樣不懂事的話可不能說。這是洪老爺洪夫人看重我們，照說買個人進門不過是一頂小轎擡過來，那裡會這樣子當回事來辦，今天這個場面……」

一家人正說得熱鬧，春杏來叫吃飯。阿祥頭一個跑到堂屋裡，見擺了一桌酒席，樂得提高了聲音：「乖乖，這樣多的菜，要多少人才吃得完啊！」他說著已經坐在一張椅子上，對著一盤盤熱氣騰騰的紅紅綠綠的菜，伸著脖子仔細研究了。金花母親見旁邊站了兩個伺候的老媽子，有點不好意思，便苛責阿祥：「你不要亂吵亂跳。」

金花倒不在意，對那兩個老媽子道：「你們先下去，有事我會叫。」她們離開後，她開懷的說說笑笑，吃喝自如。她祖母道：「金花，你今天怎麼說也是新娘子，要少說話，東西也不能多吃。我們早先出嫁，整天的吃不下喝不下，就是哭。」

「我跟你爹成婚那天一滴水也沒進。」她母親說。

「那為什麼？為什麼要跟自己過不去？」金花故意蹙起了眉峯。

「大姑娘出嫁，講的就是這個規矩！」她母親說。

金花悶著頭，一匙一匙的把一碗湯喝完了，才慢吞吞的道：「我又不是大姑娘出嫁，也用不著裝腔作勢。」

金花的母親跟祖母對望一眼，沒說出口的話是：「看，她還在怨我們！」於是兩個人都不再說什麼，面對一桌子的山珍海味，胃口也不見佳，只聽得阿祥一會兒說要這一會兒說要那，金花最疼愛弟弟，給他夾了滿滿一碟子。阿祥卻又丟下筷子，說吃不下了。

吃過飯撤去碗碟，僕人們又端上新沏的茶，和幾種精細點心，金花的祖母和母親一邊喝茶一邊朝四周打量，她祖母歎息的道：「富貴人家的這個排場，我們這種人家一輩子也難得見識到。」

「那還用說，狀元府嘛！」金花母親也隨著感歎。

「其實洪老爺出身貧寒人人都知道。他就是個要強，不服輸，不然那裡會有今天？說起來這也是洪老爺讓人特別敬重的地方，直到如今還那麼用功，」金花用手帕托著一杯蓋碗茶，慢吞吞的半天啜飲一口，見阿祥吃飽喝足閒不住，一個勁樓上樓下的東竄西竄，便用帶有責備的口氣道：「你老老實實的坐一坐多好呢，非要猴子樣的亂跑喔？」

「前面飯吃完了，有的客人還在鬧酒。」阿祥答非所問的。

「我看我們也好走了。何必等大家都走的時候趕熱鬧。」金花母親說。金花也不留他們，贊同的道：

「我看你們回去吧！走的時候別忘了跟夫人道個別。你們在家好好的過日子。現在是錢有了，幾年的生活不成問題，將來麼，洪老爺不會不管的。至於我，奶奶媽媽都看見了這家人。只要我小心處世，聽老爺太太的話，必不會出差錯，對於未來的事，老爺不是早有安排，說分一份財產給我，保證我下半生不愁衣食麼？所以實在沒什麼可擔心的。重要的是大家都要注意身體，特別是阿祥的病。」

「聽你這麼說，我也安心了。看樣子我們不能常登門的。方才夫人的話你沒聽出來嗎？她明明在告訴我們，不歡迎我們來，也不願意你回去。他們不想走這門親戚。」

「媽媽又糊塗了，誰花錢買班子裡的姑娘，還帶認親戚的？」

「唔……」金花母親知道話又說岔了，便不再說什麼。攙著祖母牽著阿祥，三人一排的走了出去。

金花望著他們的背影，心裡感到十分後悔，責備自己為什麼要算老帳，使母親難堪？也許今天是特別日子，一些早忘記了的舊事都被勾起，感觸特別多的緣故。其實她是最關愛她這個窮苦、卑微，人丁單薄的家的，為這幾口人那怕粉身碎骨也心甘情願。洪老爺說過，開春進京要帶著她。這一去，可能一年半年，也可能三年五年，不管多長，總是別離，到那時不定會怎樣想念家人。她悵悵的望著正在流瀉進來的漸漸西斜的日影。

4

三月的蘇州，新鮮明麗得彷彿剛在水裡浸過，葉子早已抽芽，柔柔的翠綠色嬌嫩到讓人擔心它會在春風中融化。桃花開遍了，街旁水湄一片殷紅，豔色像美女臉上的胭脂，把清淡得如文人畫的水鄉古城，塗抹得多了幾分醇濃的風情，越發的顯出春的美姿。

繞著城廓的外城河，和城裡縱橫的小支流，沒一處不水波洶湧，過分豐滿的碧綠碧綠的水，像似要從堤上溢出。若是換在別的地方，也許人們要為水會不會真的溢出來釀成災禍而驚慌了。蘇州人卻是不會的，那些水的脈流已被他們熟悉得如身上的血的脈流，春天水漲，夏日乾枯，冬天的冷漠，秋天的悲愴，早已看習慣，他們一點也不擔心水會溢出來，反而為春的訊息發出歡愉的輕歡。

蘇州的幾個名園：拙政園、留園、怡園、滄浪亭、虎丘和寒山寺；春天一到文人雅士便也到了，湖光雲影間的茶樓酒榭中傳出詩聲和樂器聲，河上的花船懶洋洋的向前盪著，姑娘們唱著曲子。嬌滴滴的嗓音由水波送過，蘇州的春天是讓人迷戀的。

洪文卿對故鄉的美景竟不再留戀，丁母憂三年，就和幾個無甚大志的鄉紳老友遊山逛水，吟詩做賦的混了三年。如果說這期間做了點值得一提的事，便是安葬了母親，又寫了兩卷元史，當然，最讓他引為得意的，是娶了年輕貌美的金花；而最令他焦急的，則是等待著期滿的一天快快進京。

洪文卿自從在三十歲時中了狀元，便一直是政壇上的活躍人物，屬於官運亨通的一類，蝸居蘇州三年，悶得他真要發出霉來。所以三月一過，他就關照家人給打理行裝，準備進京。

「離開太久，京裡的人情都生疏了，趁著吳大澂、汪鳴鑾、陸潤庠和孫家鼐，幾個好朋友都在京裡，通過他們託翁同龢、潘祖蔭兩位老夫子給推薦推薦，說不定有好一些的機會。我得親身去看看。」洪文卿早年受過岳父的提拔，夫人比他年長，又精明能幹賢德，因此遇事總跟她商量。

「你這次等於是謀差事，動向還不定。我看我們就先不跟去了，免得又來來去去的顛簸。我最怕坐船，窩在艙裡二十幾天，多難過！你就一個人先去，待事情定了再派人來接我們。」洪夫人胸有成竹的說。

「我倒也是這個想法，不過——洪文卿猶豫了一下，吞吞吐吐的：「不過只帶兩個書僮去怕也不夠用。」

「不夠用？怎麼辦呢？把金花帶去吧！」洪夫人薄薄的嘴唇上掛著諷刺的笑意？語調也是調侃的。

金花人沒進門洪文卿就決定了帶她進京？現在僅僅是要取得夫人的首肯，心事既已被揭穿，他就不再做姿態，順勢用討好的口氣道：「倒是夫人體貼，帶金花去是好主意，叫她正好學學管家務。」

「不要描了，越描越黑。你的那點心事瞞得了我麼？你就帶她去吧！」洪夫人不自覺的隱隱歎了一聲；把丈夫讓給另一個女人當然是她不情願的，但嫉妒總不是賢婦的德行。

「謝謝夫人的賢德啊！」洪文卿半真半假的又捧了一句，便趕忙到金花屋裡。金花正坐在對著花窗的長桌前畫畫，一筆深一筆淺的。畫得很專心。見洪文卿進來，她哇的一聲叫，連忙抽了塊棉紙蒙在畫上。「老爺不許看，免得笑掉了門牙。」

「什麼不許看，我偏要看。」洪文卿一把揭去棉紙，認真的欣賞了一會。「嗯，蘭草畫得不錯嘛！筆墨淋漓的，不久要成畫家了。簽個名送我得啦！」洪文卿說著就想拿走，金花笑得嘻嘻的給按住了：「老爺真想要？不是取笑我吧！」

「我可以起誓，當真想要。而且要你給寫個上款，證明是你自願送的，不是我做賊偷的。」洪文卿也笑得嘻嘻的。

「上款怎麼寫？」金花咬著筆桿想了想又嘻嘻的笑著。「有了，一般文人雅士和做官的老爺們都有個字啊，號啊，筆名啊什麼的，老爺是個大狀元，反倒沒有。成何道理？要是老爺不見怪的話，我倒有個現成的雅號奉送。」

「你這個搗蛋的小丫頭，不定又想出那條壞主意來尋我開心，行，你要送就送吧！可是我先聲明，一定用『山人』兩個字。」

「太巧，我要送老爺的尊號正是『半癡山人』。嘻嘻。」

「半癡？你說我半癡？你這個小壞蛋。」洪文卿說著去抓金花，金花扭身便逃，但很快就被他捉到了。「小寶貝，你送我的號貼切得很哪！對你，我不是半癡，是全癡呢！」他把面孔深深埋在金花的頸窩裡，來來回回的揉蹭。

兩人煞有介事的把畫上寫了上下款：「半癡山人雅賞」，和具金花小名的「擷英女史金桂敬繪」。洪文卿如獲至寶，直說要命人送出去裱糊了掛在書房裡。

「老爺，你說夫人同意帶我進京去？」金花有點不信任的，重複洪文卿剛才說過的話。

「同意了。難道我逗你玩不成。」

「啊！真好，我要進京了。」金花連連拍了幾下手，滿面春風，小麻雀一樣歡悅的叫著。

「到京裡，只是你和我。」

「是啊！只有老爺和我。」金花重複洪文卿的話，內心裡她的感觸是深的。嫁到洪家三個多月，做了三個月的正經人，難的是，正經人更不容易做，別的不提，只時間一樣就難打發。

與往昔相比。她活動的範圍小了許多。洪府的深宅大院前後七進，前門出去沒幾步便到觀前街，後門不遠處就是獅子林，可是那有官家內眷遍地亂竄的？她的繡樓在第四進，活動的天地也就在四、五進之間。雙塔、街市，長久不曾看見了，河上的波光水影也已遠離，從小樓的雕花窗子望出去，第一個映進眼睛的總是那頂綠瓦紅柱的六角亭，和亭前的兩株怯生生的小桂花樹。簷前的鳥兒吱吱的叫得人好心煩，天上的雲朵兒走得慢，老陽兒懶懶散散的照不出一點兒勁頭，連時間也被拖得不願往前進了似的。

家務、傭人，由夫人直接指揮，親戚朋友們的女眷上門，也是夫人親自接待，她和揚州姨奶奶最多低聲下氣的見個禮，平起平坐的談談聊聊是輪不到的。她很明白自身的地位，也並沒奢想板起臉來做人家，更不敢與正夫人一爭長短。她之所以進入這個家裡，自然是因為老爺疼她、離不開她。但真實的感覺是，她踏進洪家的門之後，見到老爺的機會反而比以前減少。以前，洪老爺總帶著一群朋友來打茶圍，喝花酒，吟詩行令，連他們幾個老爺玩牌——打黃河陣，都讓她坐在旁邊守著。現在她成了洪家的姨奶奶，好歹要算個名門女眷。也得學著太太小姐們的模樣，大門不出，二門不邁的蹲在家裡不說，就連老爺那些相熟的朋友，來喝酒行令打牌，她也不便出去招呼。她只屬於洪老爺一個人，洪老爺則屬於三個女人，目前的情形是每星期到她房裡住三夜，兩夜住在夫人房裡，一夜與揚州姨奶奶同房，一晚在書齋裡獨宿。相比之下，她最得老爺眷顧，可她還是覺得總在空著，空得不知該怎樣打發時日？夫人說過不希望她與娘家人多來往，少爺和少奶奶的臉色又總是冷得像掛了層霜，尤其是少奶奶，言語表情間毫不掩飾對她的輕視，這使她特別痛心，感到自己在這個家裡不單是個外人，也是個沒身分的多餘的人。多日以來，她最盼望的一件事就是跟洪文卿進京，一來離開蘇州到外面長長見識，二來暫時離開家裡這幾個人。洪家的家務事全要夫人認可才做準，所以她非常擔心，就怕夫人反對她去。既是夫人同意了，還有比這更好的消息麼？她為此興奮至極。出聲的笑著道：

「聽說北京城門多、牌樓多，一定好漂亮的。嘻嘻，我好開心哦！到底要離開蘇州了。」

「你這麼想離開蘇州？」洪文卿對金花的態度有些詫異。

「我想。想走得遠遠的。」金花肯定的說，嫵媚的黑眼珠閃著夢幻的光彩。

其實早幾年就通輪船了，從上海轉大火輪到天津，再換車船去北京，要快捷得多。但洪文卿考慮到行李件數不少，加上採辦的送人土產和禮物，上上下下的轉換車船太麻煩，所以還是沿用老方法，租個長龍船，順著運河經山東到河北的通縣上岸。

金花跟洪文卿離開蘇州時，正是春色滿江南的四月。洪夫人送到大門口，金花向她行禮道別時，她囑咐道：「你在京裡要小心伺候老爺。我不在跟前，你要學著管家務。穿衣服要莊重雅素，不要打扮得花花綠綠，我們這種人家出去的，不管是誰，都不能忘了身分。」

金花一口一個是的答應著。當船啟了碇，船夫們吆喝著，嗨唷嗨唷的搖動著長槳向前駛去，她不禁仰起頭深深的吁了一口氣。

離開了懸橋巷的狀元府，看不見那些嚴肅的面孔，也不必一舉一動都要守著那些呆板的禮數，或凡事向夫人請示，她真是從心裡輕鬆出來。而現在的洪文卿是屬於她一個人的，他就在她身旁，正用含情的眼光深深的望著她，那光景，就好像他們是情濃意蜜的少年夫妻。這感覺可不真的太好了！她又吁了一口氣。

「金花！你在看什麼？」斜靠在臥鋪上的洪文卿問。

「我在看外面，看水，看天，看岸兩邊的農田。」

「你現在可滿意？要離開蘇州，真就離開了。」

「滿意。」金花點點頭，過了一會又道：「不過心裡還是有點那個，我有些捨不得揚州姨奶奶。」

「唔——」洪文卿的語氣立刻淡漠了。「你好像常跟她在一起。」

「我看她滿可憐的。你們這些老爺也怪，討了人家又不喜歡。」

「我沒要討她，是夫人的意思。」洪文卿理直氣壯。

「我知道，夫人買她來伺候你夜裡讀書的。其實她可是清白人家的女兒，性子又好，不過家裡窮一點——」

「你真是小孩子脾氣。」洪文卿打斷金花的話。「這種事是沒法子打抱不平的。一個人喜不喜歡另一個人，有時候連自己都說不出理由，譬如說：我見你第一眼就迷惑了——」

「老爺好壞，又拿我尋開心。我不是故意要打抱不平。我是覺得，既然不喜歡人家，何必——噯，老爺，我問你，你為什麼不喜歡揚州姨奶奶？」

「說不出原因，也許因為她那張臉——」

「她那張臉好標致的。」

「標致？我看她老沉著臉。」

「人家心裡不痛快嘛！受冷落嘛！」

「所以我每個星期還去她房裡一次，否則我半次也不去的。唉！金花，你怎麼非要拿這個題目來纏我？換個題目好不好？讓我明白的告訴你：我對你是最喜歡的，這次帶你一個人進京，是我最開心的事——」

運河的水勢安詳，靜得興不起波濤，船在上面走，就像在鏡面上滑行。窄窄的河身，平直的河床，兩岸的農舍房屋和綠油油的田畦直入眼底。如畫的風光，如花的美眷，洪文卿依稀的感到歲月在倒退，覺得自己從來沒這麼年輕過。在故鄉蘇州隱居了三年，官場彷彿把他忘懷了，一路上所到之處無人迎接理睬。若是在以往，這情況會令他失望、慨歎。但在此刻，他只會因不被打擾而竊喜。金花嬌憨的輕顰淺笑和孩子氣的談話，把他引入了另一個世界。

船到通縣，洪文卿正在吩咐老家人洪升去找進京的騾車，便聽到有人跟船家大聲大氣的打聽洪老爺。他聞聲連忙過去，道：「我就是洪某人，你是那方面派來的？」那人對洪文卿深深的作了個揖，笑著道：「親家大人，你老不認得我啦！我是陸府的管事陸福，那年我們小姐出閣我也到府上幫助跑腿的——」

「啊！對呀！你是陸福。」洪文卿知道是陸潤庠派人來接，心裡非常高興。「幾年沒見著，我都不敢認了。你們老爺好嗎？太太也好？」

「託親家大人的福，都好。我們老爺算計親家大人和新姨奶奶這時辰該到，派我帶著人馬專程來接。汪大人把房子也給租妥了，家具是全的。幾位老爺就等著大駕光臨哪！請親家大人上車。」陸福說著，就招呼人丁，把行李裝到車上，傭人也都安排了，一行人便上了通京城的大車道。

洪文卿是在江西學政任上丁的母憂，江西幾年加上蘇州三年，已經七、八年沒有進京。此刻坐在搖搖晃晃的大騾車裡，旁面又多了個金花好奇的問東問西，他的心情是既感觸又興奮，但更多的是憧憬與揣測；京華重地，宦海複雜多變，不曉得會輪上一個什麼官兒來做做？他的幾個好友如今都被朝廷重用，不知他們能給說得上話不？他是這麼急切的渴望見到他們。

車在新府邸的大門口停下，洪文卿正要進去。就看到幾個人說說笑笑的迎出來；仔細一看，正是他想念了幾年的陸潤庠、汪鳴鑾，和吳大澂。

「你們真會神機妙算，怎麼知道我這個時候到？已經等著了！真不敢當。」洪文卿喜出望外的和大家一一招呼。

「新姑老爺駕到，我們不敢失禮呀！」說這話的是洪文卿的同年把弟汪鳴鑾，跟著他的話，比洪文卿大了四歲的把兄吳大澂也笑著道：「賢弟名士風流，聽說新寵可不是等閒之姿，我們特地趕來瞻仰新姨奶奶的風采的。」陸潤庠也湊趣的道：「我的親家嫂子度量是真大，就任你帶著新姨奶奶遨遊四海，得其所哉。我看你比上次見面時又年輕了幾歲，真是人逢喜事精神爽。怎麼樣？把新姨奶奶給引見引見。」

「你們不要拿我尋開心，我等會有正事要跟你們談。居然能趕上大澂和鳴鑾也在京裡，真是不容易。」洪文卿笑逐顏開，從心裡高興出來。他把金花給幾個人引見：「陸老爺是咱們少奶奶的父親，親家翁，你是知道的。吳大人和汪大人就是我跟你提過的，當年進京趕考時在路上拜的把兄弟，我們自稱『海天四友』——」

「海天四友」不是還有一位方老爺嗎？」金花向三個人請過安，落落大方的問。汪鳴鑾道：

「原來文卿把什麼都告訴新姨奶奶了！海天四友裡的方仁啟，如今在他家鄉常熟開館授徒，很久沒來京了。」

「提起仁啟，倒叫人想念，多少年不見啦！」吳大澂說。

一邊說著，金花已把從蘇州帶來的土產禮盒，分送到各人面前，道：「好歹是家鄉口味，帶回去給夫人少爺小姐們嘗嘗！」幾個人一看采芝齋、稻香村的大紅印金字的標紙，不禁鄉愁大發，便欲罷不能的說起江南舊事。說了一陣陸潤庠道：

「你們好像都返老還童了，我家還等人去吃飯呢！」

「我這就走。真要好好的聊一聊。」洪文卿隨著幾人說笑著出了門，臨別時金花道：「京裡氣候不比南方，晚上寒，老爺回來時別忘了披上斗篷。」

陸潤庠見金花一本正經的表現賢慧，心裡有些好笑，出了院子便對洪文卿道：「這個豔名滿蘇州的富彩雲，果然不平凡，做起良家婦女來也不脫鋒芒，做派很不錯。」

洪文卿對陸潤庠的輕蔑口吻聽得不很順耳，便正色道：「金花原來也是清白人家出身，因為日子過不下去，才走上這條路，其實向上的心不是沒有。在蘇州老家。人人比她大，她想表現也沒有機會。現在她獨當一面，總想做得好一點。讓人看重。」

「看得出的，這位新姨奶奶是個要強的人物。」吳大澂說。

到了陸潤庠家，一進院子就聞到撲鼻的菜香味，陸夫人迎出來見過禮道：「菜早準備好了，怎麼才到？」陸潤庠笑著道：「親家翁捨不得新姨娘，慢拖拖的總不肯走。」

洪文卿見陸潤庠當著眾人開他玩笑，急著申辯：「沒有的事，親家太太別信潤庠胡說。」陸夫人笑道：「我沒信家我們老爺的話。不過總是要給親翁道個賀的。怎麼沒把新姨奶奶帶來坐坐？」

「新來乍到，雜事太多，她在打理呢！過幾天一定叫她來給親家太太行禮。」洪文卿說。陸夫人又打聽了一些蘇州方面的情形，洪夫人如何？女兒女婿可好之類的，洪文卿詳細的描述了一遍，才到席前坐定。

老友重逢，又有美酒佳肴助興，話是多得談不完。四個人裡洪文卿和陸潤庠是狀元，吳大澂和汪鳴鑾是進士，沒有一個不是提筆能文開口是詩的才子，為了慶祝這次的重聚，詩酒唱和一番是免不了的。酒飯之後，下邊已經擺備好茗茶，於是幾個人有的靠在榻上，有的歪在太師椅裡，便天南地北的聊上了。從朋友們的近況，談到國家大事，宦場風氣，和一些道聽塗說來的傳聞內幕。文士原本多慮，加上讀書人的憤世嫉俗，幾個人越說越激動，題目也越說越不能控制，吳大澂道：

「這些年，我盡在外面跑，經驗了許多在京裡看不到聽不到的事。前幾年在吉林，為了跟俄國人交涉邊界的問題，可以說把最後的一點精力也用上了。洋人看中國地大物博，是塊肥肉，人人想分一口。你們聽說了嗎？英國人在背後出主意，叫我們把澳門給葡萄牙託管。」

「沒聽說過。你是廣東的撫臺。自然知道得詳細。到底是怎麼回事呢？我在故鄉待了三年，什麼都不清楚了。」洪文卿書卷氣忒重的臉上浮起一層酒後的紅暈，眉宇間現出憂慮。

吳大澂把酒杯往桌上砰的一放，忿忿的道：「就是那句話，人人想分一杯羹，葡萄牙也想分贓，想要澳門！」

汪鳴鑾聽了嘿嘿的冷笑兩聲，一腔激奮之情。「分贓也要講平均！這些年那些洋夷國家，誰沒在中國得到好處？鴉片戰爭打爛紙老虎，牆倒眾人推，這幾年咱們盡忙著讓地方了，安南不也讓法國給搶去了嗎？嘿嘿，李鴻章的洋務也不知道是怎麼辦的，我看他像個送禮專家，把土地一塊塊的全送了。」他說完拿起酒杯一飲而盡。

「這倒不能全怪李鴻章，仗打不過，不講和委曲求全怎麼辦？國家太不行，他一個人又有什麼好辦法？」陸潤庠說。

「潤庠的話有道理。國家不爭氣，一兩個人也使不上力，說起來我倒還同情李鴻章，這幾年他盡在挨罵，其實是事情本身太難辦——」

「不然！」汪鳴鑾把手一揮，打斷洪文卿的話：「他的毛病是太軟弱，見了洋夷就矮一截，其實是事在人為，遠的不說，就說大澂吧！他不硬把吉林那邊的交界線弄清楚了。如果換上李鴻章，準定不會同著俄國人這樣強硬的。」

「大澂兄這幾年的成就真是有目共睹，聲譽也高，我們這般兄弟都跟著沾光了。」洪文卿說。

「那裡，賢弟的學問才真叫我佩服。」吳大澂連忙謙讓。

「總之，在京裡幾年，我看得已夠多。我看這樣下去問題還多著呢！你們只看看治國的都是些什麼人吧？那些滿州的親王大臣，肚子裡有文墨的挑不出兩個，大半都是無知愚蠢之輩。國家大事由這些人管，好得了嗎？」跟著陸潤庠的歎息，吳大澂道：

「滿州人認為江山是他們的，擺在手裡要怎麼擺弄就怎麼擺弄，你們只消看看，像榮祿那樣的小人，居然能做到工部尚書。當當官也罷了，居然還舞弊納賄，算什麼？」

「不是說太后為他受賄的事震怒，免了他的職嗎？」汪鳴鑾使勁揮了一下手，冷笑著截住洪文卿道：

「免職不免職你都認不得真。今天免他職，明天復他職，而且保證他的官位比你我都高。想想看，他是什麼後臺？」

「話又說回來。榮祿討厭是討厭，可是絕對沒有剛毅討厭。剛毅那個人才真叫卑鄙猥瑣。就因為他光緒三年的時候審理了楊乃武和小白菜的案子，莫名其妙的就變成青天大老爺了。你們看他這幾年爬得多快。他這位山西巡撫，據說對老百姓最苛，刮錢的手段最精道。山西老百姓真是倒楣。」洪文卿聽了陸潤庠的話，苦笑著道：

「剛毅這個人嗎？我在家鄉聽到的，說他明年可能到咱們江蘇省去主持大政。你們沒聽說過麼？」

「有此一說。」汪鳴鑾點點頭，從鼻孔裡噴出一股怒氣。「他到江蘇可不許他胡來。我們念了一輩子書，管做什麼的？他不好好幹就參他，一個人力量小，多人就力量大，怕什麼？」

「榮祿和剛毅這種人無非是欺下瞞上，做不出好事來的。所以我們不能總責備李鴻章，至少他提拔了一些真正的人才。譬如在朝鮮交涉通商事務的袁世凱，多麼的有手腕，精明能幹。他不是李鴻章手下的人嗎？」洪文卿說。

「冰凍三尺，非一日之寒。積弊太深，就處處出毛病，風氣如此啊！」陸潤庠摸摸鬍鬚，仰天長歎，吳大澂道：

「這次進京，感覺到風氣是益發的敗壞了。進宮、拜官，據說用銀子買都不行了，還得用西洋的稀奇玩藝或珍貴古董賄賂。說是不討得總管太監的歡心便事事行不通。」

「說起用小玩藝賄賂，讓人搖頭的事可就多了。如今是出使外洋的使臣，外交辦不辦得好是其次，能搜集到珍奇古怪的外國玩藝，討得王公大臣總管太監高興才是第一。有那不識時務的，只管辦國事不懂拍馬屁，回了國就被貶被參。唉唉，是沒有多少道理好講的。」汪鳴鑾由激動轉為悲歎。

「真有這樣糟？」洪文卿越聽越奇，心情也越沈重。

「這算什麼？比這更糟的事多著呢！」汪鳴鑾說。

「唉，你們聽說咱們的協辦大學士徐桐老夫子的趣事了麼？」陸潤庠忍俊不禁的表情在告訴大家，他又想出了笑話。

「徐老頭有什麼趣事？潤庠消息靈，笑話多，說出來讓我們笑笑開開心。總歎氣也不行。」吳大澂湊趣的說。

「據說徐老頭早年的一個得意門生，做了二十年來的鄉官，頗想到京裡補個缺。誰能說上話幫上忙呢？當然是徐老師。學生見了老師，三拜九叩，說明了心願，老師也一口答應了，這還不算，還叫學生住在家裡，真是恩師情重啊！這學生在徐府住了兩個月，缺也眼看要補上了，卻被徐老頭一陣亂棍打得抱頭而竄，叫他立刻滾出京去，永遠不許上門——」

「喔，這是為了什麼？」洪文卿聽得有趣，笑著問。

「因為他為了表示感謝恩師，送了徐老頭一個名貴的西洋鼻煙壺。你們都知道，徐老頭是恨透西洋的，恨西學、恨西洋人、恨西洋玩藝，凡是西洋的全恨。」陸潤庠說。

「就算恨西洋玩藝，也犯不上做得這樣過火！這徐老頭果然頑固得像塊石頭，呵呵！」吳大澂笑著搖頭。

「他這學生也蠢。人人知道徐老頭恨西洋，他偏不知道？為什麼要送洋玩藝呢？不是自討沒趣嗎？」洪文卿也笑。

「他不是不知道，他原想送古碑帖的，是徐承煜給出的主意。他想知父莫若子，徐承煜當然比他更了解徐老頭的胃口。那裡知道這麼一來官吹了，人也得回老家。」

「徐承煜難道不了解他老子的脾氣，出這個餿主意？」

「他太了解他老頭子的脾氣。他是故意調理那個土貨的。那個土貨進得京來看得眼花撩亂，每天又有大師兄徐承煜帶著吃花酒逛窰子，好不快活。壞也就壞在這個逛字上。原來徐承煜有個相好的姑娘，一眼就看上了這土貨的人高馬大孔武有力，兩個人勾勾搭搭，被徐承煜知道了。徐承煜那個人一肚子鬼道兒，就不動聲色的想出這個好法子調理他。」陸潤庠說完，四個人齊聲哈哈大笑，吳大澂道：

「也難怪，徐承煜乾枯瘦小加上一臉奸相，假如我是那窰姊兒我也看不上他，也要變心的。」

吳大澂的話可真的把幾個人逗樂了，笑了一陣，陸潤庠打趣道：「大澂你是什麼？我直當你還是個童男子呢！」

說笑夠了，汪鳴鑾正起顏色：「話又說回來。徐老頭雖然妒惡外國事物，他那寶貝兒子徐承煜可是專門搜集外國珍奇玩藝，用那些玩藝去籠絡貴人，聽說他現在跟幾個王爺走得很近，專給王爺們物色姑娘小子，他的那頂官帽，不就靠了他老頭子和拉皮條兩個門路得來的！」

陸潤庠聽了笑道：「全北京城，除了鳴鑾和大澂兩個柳下惠，那個王公大臣不出去逛逛？人家沒有你們那個道行哪！鳴鑾也忒憤世嫉俗了些，逢場作戲，吃吃花酒、玩玩姑娘小子不能算罪狀。」

「你忘了還有個更大的柳下惠李大人呢！」洪文卿說。

「哦，李鴻章大人哪！他敢嗎？他夫人是高廉道趙畇家的姑奶奶，家規嚴啊！管我們的肅毅伯像管兒子，據說訓戒的方式是連打帶罵還帶罰跪。此說真假不知，他不逛倒是不假。」陸潤庠說。

大夥兒又是一陣笑，吳大澂道：「這樣說啊，我倒情願他出去逛逛，多兩段柔腸，也許可以少割兩塊地。」

聽到「割地」兩個字，汪鳴鑾不屑的道：「洋務再讓咱們的肅毅伯李大人辦下去，說不定有一天北京也得割掉，那時候你我就都是洋人了。哈哈！」他仰天大笑了兩聲。

「我不是為李鴻章說話。」陸潤庠壓低了聲音。「有些事他不是不想辦，是辦不了。就譬如他要買戰船、擴建水師。經費也籌備齊了——你們聽說了嗎？聽說太后受李蓮英的慫恿，把這筆銀子用來修園子，擴建水師的事不談了——」

「決定了嗎？」吳大澂急切的問。陸潤庠悻悻的道：

「說是決定了呢！說是李鴻章跪在太后面前不肯起來，請求擴建水師，結果挨了一頓好罵，說他心裡只有洋船沒有太后老佛爺。傳說李鴻章下朝在車裡一路流著眼淚回去。」

「這樣下去可就確讓人憂慮。」洪文卿的臉上又露出憂色。

「誰知道，也許得換換樣了——」汪鳴鑾怔怔的思索了一會，又道：「據翁老夫子講，皇上是個聰明穎悟，有新頭腦的，等兩年訓政時期一過，準定會出現新局面。唔，文卿，明天你應該去拜望拜望翁、潘兩位老夫子，他們知道你服期滿了，正在保舉你呢！」

「保舉我！」洪文卿感到意外。這次進京的目的志在謀官位？可沒料到人還沒到，兩位老夫子已先想到這件事，他的喜悅與感激是難以形容的。「就是沒有保舉我，我明天也要去拜望——不知他們往那方面保舉我？」

「你不會想到，要保舉你做出使俄國、德意志和奧地利三國的欽差大臣。」陸潤庠有點掩不住羨慕的。

「真的沒想到，」洪文卿更感到意外了，到外洋走一趟，做個獨當一面的欽差大臣，何等的榮耀？但那總得通些外國事務，甚至認幾個洋字會幾句洋話才行，而自己對這一門並不在行。他想著便道：「若真放了欽差，出去看看長點見識固然是好，可是我對洋務——」

「你別謙虛了。你研究了二十多年元史，蒙古人西征的那一段比誰都清楚，對洋歷史最懂不過。李鴻章那種材料能辦洋務，你更能。翁老夫子就基於這一點才推薦你的。他就不服氣李鴻章那一套。」汪鳴鑾說。

汪鳴鑾的話使洪文卿定了心，同時也竊笑自己，怎麼忘了半生研究元史下過的真功夫？「如果能成，當然是很好的。」他說。

語氣。

「好是很好。不過，老把兄、老親家，你恐怕就得跟新姨娘兩地相思了。」陸潤庠半真半假的語氣。

「唔，為什麼？」洪交卿不解的望著陸潤庠。

「因為，洋人是一夫一妻制，咱們大清國的欽差也不好意思帶一堆女人去。你不把新姨娘放在家裡難道還帶著不成？」吳大澂也忍不住笑的說。

「唔——」洪文卿有點猶豫了；出使外洋的機會多難得，絕不能放棄，離開金花三年，他更捨不得，如何才能萬全呢？「成不成還不知道，現在用不著想那麼多。」他裝做若無其事的說，其實心裡已開始矛盾。

5

金花剛洗過臉，正對著當窗的妝臺梳妝，因為天氣太好，便打開窗子，一邊望著後院裡的春景，一邊任著老媽子給梳頭。自己則畫眉塗唇，把張臉抹得白是白紅是紅。

五月的北京，乾爽多風，杜鵑花的香味飄浮在空氣裡，沉默了一冬的鳥兒跳在綠透了的樹枝上吱吱的叫，早霞像雨後的彩虹，東邊天上飄著一片深深淺淺的紅雲。

到京城裡一個多月，日子對金花是嶄新的第一個大變化就是早起；京裡的生活不比蘇州，在蘇州時洪文卿是閒散家居，下棋品酒吟詩，與朋友們聚會玩耍就算大事，可說無所事事。現在可不同了；身為朝廷大臣，每日清晨絕早要上朝，雖有一堆聽差小子們跟隨伺候，金花仍要擺出管家主婦的勤快周到模樣，親自起身照料。

洪夫人不在，這個家全由金花做主主持，偌大的四進院子，上下二十來個僕人，不停的酬酢邀宴，皆由她來支配籌畫。事實證明她的管家能力不弱，洪文卿曾幾次稱讚說：「想不到你這麼能幹，把家調理得井井有條，我們家比誰家也不差的。」

老爺的讚美對她是最大的鼓勵，加上不服輸的性格，她要求自己必表現得比那些真正的官府貴婦，更像一個官府貴婦，改去了許多以前的習慣，譬如吸煙、飲酒、做惹眼的打扮、穿樣式花俏的衣服。最使她感到難改的，便是早起。做她們這一行的女孩兒，看月亮上升是常事兒，看到太陽出山可就是稀奇事兒了。

想想那幾年在河上混的日子；出條子上船總是在月亮由水沿上冉冉升起的時候。玻璃燈罩裡閃動的火苗映著杯裡黃澄澄的酒，也映著老爺們臉上的醉意和姑娘們臉上厚厚的脂粉也掩不住的倦意。月亮升到中天，靜靜的照著河水和河上的人，吹彈說笑的聲音一點也驚動不了它，它便是那麼靜靜的、冷冷的照著，直到尋歡作樂的人下船歸去，還在那麼照著。

尋歡的老爺們下了船並不意味著回他們的家，也許他們要到相好的，或剛看中的姑娘處去過夜，租賃她們低賤，專供人洩慾的身體，給自己尊貴的身體恣情享用。被風流貴客翻雲覆雨的折騰了一夜的姑娘，最需要的莫過於沉沉的睡上一覺。沒有陪宿，卻跟客人打情罵俏嬉笑吟唱了半夜的姑娘，也倦得只想上床。鴇母雖刻毒，管姑娘的手段賽過管囚犯，覺倒是允許她們睡的，「覺要睡足，覺睡足顏色才好看。青青的面孔，看上去癆病鬼一樣，那個老爺看得中？」富媽媽常這麼說。

青樓姑娘過的就是那種日子；別人起床時她們睡覺，看到的黑夜比白天更多。到了洪老爺府裡，比在富媽媽那裡光景是不同了，但大門大戶的人家排場大，譜兒足，老的少的都要躺到日上三竿才叫丫頭打洗臉水。仔細算算，她可真是有些年月沒看過太陽出山了。如今面對著東邊天上那片紅殷殷的早霞，她不禁想起孩子時代在思婆巷的老家，耐不住盛夏季節屋裡的燠熱，絕早清晨跑到大門外，看到一輪火，紅的大太陽從雙塔頂尖的天空，冉冉上升的心情。

那時，她的心就像那隻正在升起的大太陽，又熱又亮。今天，這份消失了許久的感覺驟然復甦，此刻滿心滿眼熱呼呼明光光，好像能夠這麼精精神神的活他幾百年似的。

她每天親自伺候洪文卿穿戴，待他出了門，才開始梳妝，指揮僕人工作。該去市場買菜的該打掃漿洗的，在廚房烹飪的，出去送禮走人情，打聽事的，全一一吩咐到。她要把這個家治理得有規律有氣派，讓任何客人來都不會感覺到這是一個沒有主婦的家。

金花早聽說了了北京是個古城，幾百年的帝王之都，光是城門樓子就有二十來座。要是換在以前她早就出去逛逛走走見識見識了。現在做了正經人家，當然不能再起這種胡思亂想。她所見的北京，都是從轎簾旁邊的縫子裡望到的。

京裡應酬多，洪文卿來往的盡是高官顯貴，女眷們不免也有些往還。金花出去做客，總穿著素淨的上品質料裙襖，佩戴名貴首飾，乘著官家主婦坐的軟轎，後面跟著丫頭，老媽子，聽差的，風光派勢比那家的官太太也不差。坐在搖搖晃晃的轎子裡，她便忍不住掀開一角轎簾，把眼光探出來。要看看北京到底有多大？北京的街市是什麼樣子？北京人怎麼在過活？和蘇州有多少分別？她看到紅牆綠瓦和巍峨的城門樓，看到掛著黑漆招牌的老字號商店和城外來的駱駝隊，也看到腰掛大刀的兵勇，癱在路邊的乞丐，和車馬激得塵土飛揚的道路。然而，她喜歡北京，願意在這裡長住，雖然仍然存在著某些陰影，譬如：姨奶奶就是姨奶奶，不管到那一家，正太太對她都不是很熱絡，她們的驕傲明顯的擺在臉上，當然是有意的要保持距離；走得太近了豈不失了她們的身分！願意跟她來往的，也都是些姨奶奶，根柢也都跟她差不多，不是出身青樓就是小戶人家吃不上飯，把孩子賣了。她們同她拜乾姊妹，邀她打牌、聽戲，跟她抱怨受大太太壓制，以及與別的姨太太爭寵不均爭風吃醋的閒話。

照說身世相同的人應該是最能知心的，偏她不知是怎麼回事，跟那些姨奶奶們並不很談得攏，她們的生活內容對她來說是太狹窄了。如果她的一生也就像她們一樣，就終日終月終年的打牌、聽戲、偷人、爭風吃醋的話，該是多麼的悲哀呢？但是，話又說回來，不過那樣的日子，又過什麼樣的日子？家管得有條理，穿著素雅，應對得體，那怕再加上幾百種德行，人家就會不把你當姨奶奶了嗎？上天就是這麼待人的，對某些人那麼好，對某些人那麼壞，下過火坑的就鏤了烙印，一生一世別想出頭……

「姨奶奶，頭梳好了，您看中意嗎？」

「啊——」金花正想得出神，被老媽子阿祝的話驚了一下。她對著鏡子左顧右盼的照了一陣，道：「行，就這樣吧！你叫春杏把我那件老綠鑲黑邊的庫緞夾襖找出來。我換了衣服就吃早餐。今天老爺下朝不回家，直接去弔奠魏侍郎的老太太。不過晚上有客人來吃飯，要關照廚房準備六個人的席面。你叫老劉來我自己吩咐他。」

金花打扮停當，剛坐到早餐桌上，忽然聽得外面一片喧嚷，正想叫春杏出去問問發生了什麼事？就聽得一個男僕在窗子外面叫「姨奶奶，前頭擠滿了報喜的。老爺外放欽差大臣的摺子下來了，說是要去外洋呢！到什麼德、俄、奧。要給點賞錢吧？」

「到外洋去？」金花快愉的輕叫一聲。她並不知道出使外國的大臣只帶著他們的正室夫人，以為她是一定可以到外洋走一遭了，而她是不畏懼多聽聽、多看看的，從蘇州到北京已使她開了不少眼界，將來還要開更多更廣的眼界，坐大輪船到洋人國去，該多新鮮！她簡直為這消息欣悅得想歡呼。「要給賞錢的，」她說著進內室拿出一袋銀錢，交給春杏送給那男僕，隔著窗子道：「謝謝人家好意來報喜，要厚賞。」

那男僕拿著錢忙不迭的去發放了。「老爺高升」、「老爺升官」的呼聲一陣陣的傳進來。家裡正鬧哄得熱活，洪文卿也帶著洪升回來了。洪文卿清癯的臉孔上滿布笑容，平日溫和寧靜的眼神中掩不住煥發的光彩，一副意氣風發的情態。金花一見便笑得嘻嘻的迎面道：

「恭喜老爺呀！說是外放，可不曉得放到外洋。我真高興，老爺歡喜吧！」

「怎麼不歡喜呢？你快把我的朝服準備好，明天五更我就進宮謝恩。」洪文卿說罷坐在太師椅上，喜孜孜的。

「老爺不是常上朝嗎？是明天要打扮得格外光鮮一些，顯得像個欽差大臣嗎？」金花用揑了條輕紗大手帕的手，朝洪文卿指了指，還在嘻嘻的笑。

洪文卿見丫頭們不在旁邊，便瞅著金花低聲道：「你這個小壞蛋，專拿我尋開心。」

兩人嘻嘻哈哈了一陣，洪文卿才給金花解釋：「像我這樣的官，平常上朝只輪到在宮門口磕頭跪安，連謝恩也進不到裡頭去，到現在還沒跟上頭交過一句話。這次可不同了，欽差大臣是代表大清皇太后和皇上出使外國的，太后和皇上要親自賜見，還要訓話。」

「真的？太后和皇上要賜見？哎喲！我真要好好的給你準備準備。」金花毫不遮掩她的興奮，又樂得小雀子般的吱吱喳喳的說了半天，跟著便翻箱倒櫃的把應用的衣物全部找出，把十幾串色質不同的朝珠平放在桌子上，叫洪文卿：「老爺快來挑挑，那一串好？」

「拿一串也就好了，挑什麼？」洪文卿坐在椅上不動。

「不，要挑的，要讓太后跟皇上看你特別順眼才成。」金花過去硬把洪文卿拉過來，兩人比來比去挑了一串光澤最好的。

第二天不到五更金花就起身幫助洪文卿穿戴。他身著石青色八蟒四爪官袍，頭戴飾藍寶石鏤花金座朝冠，足登三道雲式的福字履，乘著華車率著眾僕，躊躇滿志的直奔紫禁城。

來上朝的王公大臣已黑壓壓的等了一地，見洪文卿到來，有的就上來說幾句恭賀的話，也有的遠遠舉起馬蹄袖跟他打招呼，一時之間彷彿多了許多朋友，使他深深感到官居高位的不寂寞。例行朝儀完畢之後，他和一堆等著叫起兒的大臣等在廂房。看那一堆人裡，有大學士、有尚書和侍郎，論權勢地位只有比他高不會比他低。他不禁暗想，輪到他的時候怕頂早也要近午牌，那知還不及思索完，值勤的小太監就來傳話，說傳新放的欽差大臣洪文卿。洪文卿怔了一怔，立刻跟著小太監往儀鸞殿去。

「欽派駐德、俄、奧公使洪文卿上殿。」一個大太監老遠的站在殿外朝裡面叫，嗓子提得尖尖的，像男又像女。

洪文卿走進去，見慈禧太后面色嚴肅，薄薄的嘴唇緊閉著，渾身金鑲玉繞，腰桿子挺得筆直的坐在寶座上。她旁邊坐了位身著黃袍的少年，後面站個細高身材，太監打扮的人。他立刻認出，太監是內廷總管李蓮英，至於穿黃袍的，不用問，自然是當今的皇上。

「臣子洪文卿叩見太后老佛爺和皇上。」洪文卿屈膝下跪，頭碰在地上久久不擡起。

「行過禮就站起來說話吧！」慈禧太后用命令的口氣說。

「謝太后的恩典。」洪文卿謙恭的站直了身子，等著慈禧問話。慈禧太后目光朗朗的打量了洪文卿一會，才道：「皇上極力向我推薦你。說他老師翁同龢說的，你有學問，不單點過狀元，對元史和地理也有研究。自從鴉片戰爭，吃了割地賠款的虧以後，朝廷就改變政策，不再閉關自守，而要跟洋夷來往，不但來往，還要來往得好，摸清他們的心性，不再上他們的當。所以現在朝廷很注重出使外國欽差大臣的人選，總要挑那能辦事，有才學的。你對去俄、德、奧三國，可有什麼想法？」

洪文卿從同僚那兒聽來的資料，都說太后嚴厲，出語鋒利如刀，從不給人留情面。因此不免有些緊張。現在見她和顏悅色，說話非常平和，心頭的一塊石頭便落了地。他整頓一下情緒，不卑不亢清晰的道：

「承太后老佛爺的恩獎，萬歲爺的金口推許，做臣子的怎麼敢當！臣半生讀書，對史學和地理確有小小心得。」洪文卿擡頭看看慈禧太后和光緒帝，見兩人都很注意的聽，便放膽的說下去：「這些年來，我國與俄國的邊界問題始終沒弄清，總有糾紛，臣這次到俄國，一定想法子把這件事辦妥。至於德意志，是兵器造得最精的國家，臣會利用三年駐德的時間，與德國的朝野多接觸，打聽他們的那些兵器最是價廉物美，列表上摺給朝廷做參考。」

慈禧太后聽了點點頭道：「你的想法不錯，跟俄國的邊界問題，不知讓我們惹了多少氣，你若能把這件事辦好，倒是國家之幸。」她講完了光緒皇帝接著道：

「兵器也重要。西方的洋槍和大砲比咱們厲害是事實。咱們要是不在改良兵器上下功夫，永遠不是他們的對手。」

「臣一定不辱聖恩，決使盡全力去辦。」洪文卿對著皇帝那張年輕英秀的臉，有種說不出的感動，覺得他會是個仁厚愛民的君王，而自己是願意為他盡忠的。

「臣不但要以多年研究史地的心得，弄清楚中俄的邊界問題，也會設法與德國的軍事專家接觸，請教有關兵器的知識，為國家採辦一些精良有用的武器。」他慷慨誠摯得顯得有些激動的說。

請訓既畢，洪文卿正要跪安，忽聽李蓮英對慈禧太后道：「老佛爺，聽說德國人手巧，小玩藝做得棒著哪！趕明兒園子修好了，要有幾樣新奇好玩的放在裡面可有多好！」

慈禧太后聽了微微一笑，淡漠的道：「園子還不知那天修好呢！到時候洪大人自然不會忘記這點小事。」

「臣怎麼會忘記呢？」洪文卿帶幾分惶恐的說。

洪文卿罷朝回家，金花已經等得不耐煩，劈面就問：「應過訓了？太后和皇上說什麼？」

洪文卿把賜見的經過形容了一遍。金花聽得興味盎然，一再打聽太后穿用什麼衣服首飾？臉上有沒有皺紋？皮膚黑白？光緒皇帝面貌可英俊？個頭大小，洪文卿只好不厭其詳的再描繪一番，最後道：「皇帝是個聰明和善的人，一看就知道。其實太后也還可親。就是那個李蓮英，真是討厭死了——」他把李蓮英叫買東西的話告訴金花，繼續罵道：「他是一隻狠心狼，最貪，大臣誰不恨他，可誰也不敢惹他。太后專信他的。」金花正在幫他換下長袍，聽了這話停住手道：「老爺，你可別方正得過了頭，誰敢得罪李總管！幾樣玩藝也不值什麼，就買給他嘛！」

「我不是捨不得錢，是恨他的卑鄙！」洪文卿把腳一跺。

「哎喲，老爺好大氣，不會笑了吧！」金花冷不防的在洪文卿的下巴底下搔了幾下癢，逗得他幾乎從椅子上翻倒。

「你這個小壞蛋。」洪文卿要抓往金花，被她一閃逃脫。

洪文卿京期近，外放出洋。一別整整三年，好友們固然臨別依依，一些沒有深交的也要巴結新貴，日日都有設宴擺酒餞行的，幾個出名的大班子都被他們吃花酒吃遍了。這日李鴻章跟前的大紅人盛懷由天津來京，大夥兒湊鬧著要他作東。盛宣懷也是江蘇同鄉，跟洪文卿幾個是青年時代的伙伴，近年來靠李鴻章的提拔。官運如風箏般上升，他也確有表現；整頓了招商局輪船公司，創辦了電報局，被認為是辦商務的長才，朋友們戲稱他「大買辦」。陸潤庠和他同樣愛玩，兩人見面總開玩笑：「大買辦要給我們換換口味，班子裡的花酒吃厭了，今天不吃了。」

「要換什麼口味，只要你想得出我無不照辦。」盛宣懷笑咪咪的一張圓臉，相貌忠厚，精明已深刻到不露相的程度。

「今天捨女色取男風，找幾個相公來湊湊趣？」陸潤庠說。「算了吧！女的已經多餘，還要男的？這個胃口我沒有。」吳大澂擺擺手。汪鳴鑾接著道：「我和大澂意見一致，文卿就要出洋，清靜的談談才是，何必找群鶯鶯燕燕來打擾。」

「不能問你們兩個的意見，你們跟敝恩師李大人一樣，貌似良家子弟，骨子裡是懼內的。老太傅，你怎麼說？要女要男？」盛宣懷問坐在那兒不做聲的孫家鼐，孫家鼐和翁同龢同為光緒皇帝的老師，不過地位遠沒翁同龢重要，他已六十歲，是這群人裡最年長的，顯得莊重含蓄些：「我沒意見。你們都是玩中翹楚，花樣向來多，那用我多嘴。」

「今天可奇怪，有大手面的人請客，倒不知怎麼取樂子了。」陸潤庠敲敲兩下太陽穴，彷彿要強迫自己想出更好的主意：「有了，文卿是主客，他說了算。文卿，由你決雌雄。」

「我算是什麼客，你們要怎麼辦就怎麼辦！」

「潤庠也糊塗，怎麼叫文卿拿主意呢？你們忘了，他自從娶了新姨扔奶，什麼奇花異草都視而不見，打不動他的心，他貞節得像個黃花大閨女。」盛宣懷的話逗得大家都笑，洪文卿並不在意，也不爭辯。吳大澂湊趣道：

「好了，你們的色心已亂，不必再東問西問的往人家身上推賴，要叫條子就快。」

於是盛宣懷立刻寫了條子，叫車子去接人。汪鳴鑾道：「說起相公，倒讓我想念起方仁啟，他是最好這一道的。」洪文卿也道：「那是不錯，那年仁啟來京趕考，跟個叫素芬的相公一見傾心，兩人的悱惻纏綿我可看到了。仁啟落第回南，素芬很是傷心，據說有好長一段時間不肯接客，被他師父責備。」盛宣懷道：「你說素芬？等會素芬也來的。」洪文卿聽了詫異道：「我說這話是五、六年前的事，算算今天素芬也二十三、四歲，早該出師了。他還在吃這口飯？」陸潤庠道：「師當然是早出了，不過他們唱小旦的，要不幹這一行怕也行不通，王公大人能拒絕嗎？再說師父還要錢呢！」

一夥人正說得熱鬧，如花似玉的四個美男兒便春風拂柳般，含羞帶怯的娉婷而入。洪文卿一眼便認出了素芬。素芬也認出了他，到面前深深的請了安，細聲細氣的道：「這不是蘇州的洪狀元老爺嗎？多年不見了，洪老爺什麼時候進京的？」

洪文卿含笑的打量素芬，見他穿了一件蛋殼白的杭綢長衫，外罩羅蘭紫的真絲小坎肩，臉上的皮膚吹彈得破，兩隻大眼睛秋波流轉，唇紅齒白，比好些女的還嬌豔鮮麗！「幾年不見，你出落得倒更標致了。」他回答了素芬的話，拍拍身邊的椅子叫他坐下。素芬告了罪，羞答答的坐了。

另外的三個璧人名字是怡雲、翠雲、晴芳，全是北京城裡出名的雄姑娘。幾個人向老爺們請過安，一一入了席，接著酒菜香噴噴的端上桌，素芬、怡雲等起身斟酒，鬧哄了好一陣，才安靜下來吃飯。

「洪老爺，這些年見過方老爺嗎？他可好？」素芬忽然挨在洪文卿耳邊低聲問。

「我臨離開到常熟去看了他一遍。他現在開館授徒，身體沒毛病，家庭和睦，日子過得不錯。」洪文卿說著不禁回憶起那年方仁啟動身回南方前對他說的：「色即是空，空即是色，人生那有不散的筵席？如果他是個真女兒，我拚著娶他做個偏房也罷。一個男兒身叫我怎麼處置？趁他還年輕，我不再耽誤他。我自己家裡還有老婆孩子呢！怎麼能再荒唐下去！」方仁啟大有一劍斬去煩惱絲的堅決口氣。

事隔數年，又見素芬，再想想方仁啟的話，能不感慨，「素芬，你歲數也慢慢大了，聽陸老爺說眼前已算名角兒，包銀也不少了吧？我看你不如收山，專心唱戲，正正經經的娶房媳婦。」

素芬低頭尋思了一會，才柔聲細味的：「多謝洪老爺替我著想，像我們這種人，那家姑娘肯嫁呢？我早就想專心唱戲，不出來混了，可是那兒辦得到啊！要是那些老爺們都像洪老爺這樣憐惜我們可就好了。」

「我本來真想給文卿立個貞節牌坊呢！現在才知道受了騙，你們看他跟素芬嘰嘰咕咕的說得多親熱。」陸潤庠幾杯酒下肚，滿臉紅光。旁邊的怡雲翹著兩個手指頭在替他剝蝦仁。翠雲和晴芳都比素芬會說話，跟盛、吳、孫、汪談得好熱鬧，間或嬌笑一陣，面面顧到，沒冷落任何一個。

「素芬問起方仁啟的近況，我在跟他說呢！」洪文卿說著指指吳、汪二人，笑著道：「你們兩個裝腔作勢的。原來是個假道學，瞧你們那副酒不醉人人自醉的勁兒。」

吃喝說笑，盡歡而散。離京的日期一天近似一天，洪文卿官運正隆，興致匆匆，每日忙著拜望王公大臣，進出衙門。奏准帶出國的各類隨員已定。到主要使署德國的：計參贊二人，翻譯三人，供事二人，武井、醫生各一人，隨員四人。其他駐兼使的俄、奧兩國的使署，各帶參贊，翻譯隨員，供事一名，這算是定額。另外承上面恩准，為了加強與外國接觸，還可帶幾個額外人員。

新任命的欽差大臣照例可以保舉部分親信，但洪文卿一向做的是編修和學政之類的官，跟隨他的也都是念舊學趕考場的，辦洋務全是外行。唯一可保舉的只有他的學生汪鳳藻，這人是廣方言館及同文館出身，精通英、法兩國語言，並是光緒八年順天鄉試壬午科南元，不過三十五、六的年紀，已把五部西書翻成中文，可謂學貫中西，而人也圓通幹練交遊廣闊，足可倚恃為左右手。於是便保舉汪鳳藻為駐德使館的二等參贊。

汪鳳藻在庶吉士散館任編修，得了洪文卿的親筆信便立刻到洪府商量事情。他膚色白皙，細長的吊梢眼，與洪文卿屬於一型，讓人一眼就能看出是書生。

「鳳藻，我們師生關係不比尋常，我帶你去，一則因為你書念得好，又通洋學，再則也因為你交遊廣，辦法多。」

「老師過獎——」

「你別插嘴，聽我說。」洪文卿面色鄭重，沉吟了片刻，又道：「現在朝廷重視與西洋各國的交往。派我出使德意志和俄羅斯這樣重要的國家，不是沒有原因的。兩宮賜見的時候親開御口說：因為我研究元史有成就——」

「那是當然，老師對元史研究的精深，海內外無人能比。」

「所以，我這個心情是戰戰兢兢，很想有點表現的。」洪文卿頓了頓，眉峯微微一皺。「我的短處是，手下沒有辦洋務的班底，想多帶幾個親信都不可能。我保舉的高級館員就你一個，其他的人員都是各方面推薦來的——」

「老師就保舉了我一個？」汪鳳藻有些訝異的插嘴。

「我就保舉了你一個。不過，有幾個人員需要你去物色，譬如會計，」洪文卿說著不覺的浮上微笑。「真是不經一事不長一智，要不是外放欽差，我還真不知道這些過程。原來使署三年的經費，使署人員的三年薪俸和往返川資，都一次領足，而且算是皇家包銀，不須報銷的。」

「這一點我倒聽人提過。三年的經賣、薪俸，可不是小數目。主管會計的人必得可靠。但不知出使人員的待遇怎樣？比照國內的衙門如何？」

「只有多，沒有少。說也奇怪，咱們大清國的外交官待遇要用英鎊計算。像我這種公使銜的欽差，一個月兩百多鎊。其實德國的貨幣叫馬克，據說一個英鎊是二十馬克，也不知確不確？不過比國內衙門的待遇好是沒疑問的。」

「照這個數當然比國內好。可是話又說回來，大清朝的官有幾個像老師這樣清正，靠薪俸和自家產業過日子的？做官的上臺先搜刮，有的做了幾年七品芝麻官就家財萬貫。」

洪文卿被汪鳳藻捧得有點不好意思，岔開話題道：「你想，在這種情形下，是不是管銀錢會計的，不只要可靠，也需要幹練？其實我有個族弟，叫洪鑾，在銀號做事，人還很能幹。我本來有心帶他的，後來想想，還是別帶自家人為妙，免得遭議論。」

「老師顧慮得對。找個合適的會計人才，包在我身上，這樁事不難。倒是我要提醒老師，翻譯也不能全由別人推薦，總得有一兩個凡事不用避諱的。」汪鳳藻精明的笑笑。

「翻譯已經有了兩個，都是同文館出身的年輕人。還有一個名額，你要能推薦個知近的是最好。」

「我有個朋友，叫黃為禮，上海廣方言館出身的，說得一口好德語，現在上海的德國銀行裡當通譯。我鼓動他跟著去德國。」

「那太好了。鳳藻，這些事就交給你去辦了。」洪文卿覺得保舉汪鳳藻真是一著高棋，言詞間溢露出內心的愉快。師徒二人說得欲罷不能，金花已命小聽差阿福來喚用飯，說是準備了可口的家鄉菜，包括松鼠桂魚，他們不妨邊吃邊說。

一應事情交代妥，洪文卿便開始做離京的準備。北京夏日，盛暑當頭，他每天乘著騾車到同僚好友處拜別辭行。由翻譯陪同拜會了德、俄、奧三國公使，最後又蒙兩宮召見，頻頻叮嚼切切垂詢，並賜准兩個月返鄉修墓的假，洪文卿深感皇恩浩蕩，千謝萬謝，更堅定了此去必不辱國的宏願。

該盡的禮數盡到，該辦的事務辦完，洪文卿便攜同金花動身回蘇州。

6

放洋出國對金花充滿了吸引力，她不能想像那會是多麼奇異的新景象？她生平還沒見過一個洋人，只聽說洋人的頭髮是黃的，眼珠是藍的，鼻子又高又尖，渾身寒毛生得好長。也聽說他們兇惡野蠻，專造洋槍大砲欺侮中國，用大火輪運來成船的鴉片煙硬逼中國人買，不買就用砲轟。洋人看中國的土地既大且好，總想搶了去，前前後後已經割了不少地方給他們，據說仍嫌不夠，而且越來越貪心。到他們的地方上過生活，該是什麼光景？可不知過不過得慣。

金花嘴上不說，心裡竟有幾分畏懼和不安，很怕過不慣西洋生活，又怕受洋人的欺侮。但她的年輕好動和永無終止的好奇心，給了她無比的勇氣。她一向愛新事物，新衣服、新首飾、新朋友都是她喜愛的，何況一個完全新的生活。十分重要的，是可以離開蘇州的家，和老爺單獨在一起三年，這三年沒有洪夫人在前面擋著，在旁邊管東管西，她可以像在北京一樣，自己主持個局面，天高皇帝遠，老爺對她又向來少干涉，洋人再兇惡想也不會跑到使館裡把她綑走！所以她雖抱著幾分冒險的心情，倒是極願意出洋的。她一路上興高采烈，笑得小酒窩就沒平過。

洪文卿帶著心愛的侍妾金花，以欽差大臣的身分，乘著華麗舒適的長龍船，順著春水洶湧的運河南下返鄉，沿途受到的款待、奉承、巴結，是他在宦場沉浮了二、三十年來的新經驗，達到了風光榮譽的頂峯，使他深深的感到揚眉吐氣。

從青年時進京趕考，到今天名成業就歸鄉，運河是洪文卿最熟悉的路。流水依舊，唯人已漸入老境，思前想後，他的感慨是深的。回想幼年時家貧，祖父洪啟立終生是個國學士，可謂不曾顯達。父親洪垣不過得了個候補從九品，連個起碼官都沒選上。

號稱書香世家，連著幾代都沒得到書香的實惠。父親在悲憤失望之餘，誓言洪家的子弟永遠不再進考場，乃決定叫他學生意。十一歲的他，哭泣著跪在地上哀求，立志要讀書，求功名，終於哭軟了父親的心。

他少年時便有上進的恆毅，肯努力苦讀，教過他的老師沒有一個不認為他穎悟過人。除了早年在考場一帆風順，近十幾年又精研元史，要搜集異族絕域的軼聞，豐富中國的歷史。目前已有相當的成績，寫完了二十餘卷。這次的外放出使大臣，可說是多年來致學奮鬥的結果，也算是壯大門楣，光耀祖宗了。

唯一困擾洪文卿的，仍是帶誰出國的問題？跟金花共同度過的幾個月，是他生平沒有過的歡樂生活，她活潑，會講話，有孩子氣的調皮，也有婦人的嫵媚，她白天有白天的面貌，晚上有晚上的面貌，在床上，她像個瘋狂的小妖精，軟綿綿的肉體一點也不留空隙的緊緊吸住他，彷彿要把他最後一滴精髓吸乾，他常常在那一瞬間幸福得幾乎昏死過去，而這種幸福是他以前從來不知道的，連洞房花燭的一夕都不能比。跟金花在一起他便年輕，年齡、妻子、兒子，一切歲月的痕跡都看不見，全部的筋骨精神都換了新，依稀的返回渾身是勁，滿腦子是夢的青年時代。這種感覺是多麼奇、多麼好，他是多麼珍惜，而這種感覺是金花給他的。唯有她能給他。

但是凡事都離不開個理字，按理欽差大臣應帶正室夫人，如果自己的正室夫人要跟去他怎樣拒絕？洪文卿並不如金花那麼輕鬆，他有心事。

回到蘇州懸橋巷的狀元府，洪文卿和金花都吃了一驚；不單張燈結綵大開酒席的慶祝，還擠了滿屋子吵吵叫叫的人。洪文卿一進院子洪夫人就迎出來道：「恭喜老爺高升。」

「謝夫人的口彩。夫人在家辛苦了。這是怎麼回事？」洪文卿用眼光指指廳堂裡的人，放低了聲音。

「聽說你外放欽差大臣，徽州鄉下的親戚族長都趕來道賀，要見你。」洪夫人也放低聲音：「已經來了幾天了。」

洪文卿怔了怔，便邁開大步走進去，廳裡的堂叔表姑族兄族弟的已是一窩蜂的把他團團圍住，道好的、祝賀的、叫他回徽州鄉下祭祖訪舊的，嘰嘰喳喳直吵得客廳成了茶樓，人人都想跟他表示親熱。當他們看到跟在洪文卿背後的金花時，注意力便轉到了她的身上，女人們道：

「新姨奶奶打扮得俏皮啊！」

「新姨奶奶的頭髮濃得很啊，又黑又亮。」

「新姨奶奶的衣服值錢哪！這種緞子一尺就五兩銀子。」

「新姨奶奶頭上的珍珠才更值錢呢！」

七嘴八舌，好像專門要估計她花了洪家多少銀子？男人議論的又是另一套：

「文卿真是衣錦榮歸了，官做得這樣大，多討幾個姨娘也是應該的。」洪文卿的一個族叔說。

「卿叔外放德國，能不能把姪兒我當隨員帶去？」

「文卿弟弟現在是富貴雙全，可別忘了徽州老家的人啊！」

「文卿哥人才文才錢財都好，才能給我討來這樣體面的新嫂子。諾，我給新嫂子見個禮吧！」說這話的人，窄窄的瘦臉，矮小的身量，雙手一拱，對著金花一揖到地。

「不敢當。你叫什麼名字？」金花和氣的問。

「我叫洪鑾，新嫂子多教導。」洪鑾笑得慈眉善目的。

「鑾弟在那裡做事？」金花進來僅僅一刻功夫，便深深的覺察到，這些族人對她並不友善，他們對她猜疑、嫉妒，甚至敵視和輕視。只有這個洪鑾對她謙恭有禮，認她為洪家的人。她的孤零感在洪鑾的笑容中化解，已把他當成了真親戚。

「我在銀號做事，新嫂子。」洪鑾恭謹的說。

洪文卿依著祖例，升官回家先祭拜祖先，接著與親族們共享酒宴，飯後依著輩序坐在大廳裡閒話家常。

「文卿姪兒放洋，姪媳也得跟去吧？」本來洪文卿要無外人在場時，單獨跟夫人商討的問題。已被族叔當眾提出。

「聽說洋夷見了生人不請安不作揖、毛毛躁躁的上去就拉手？」說這話的是洪文卿的族伯母，一位七十各歲的老太太。

「洋人見面是握手的，那是他們的習慣禮節。」洪文卿說。

「我在上海看過不知什麼人翻譯的一本洋圖畫。……嘻嘻……洋人面還往腮幫上亂啃呢！」洪鑾笑紅著臉。

在座的女眷們都羞得面泛紅暈，男的垂頭不語。七十歲的老伯母怒聲道：「阿鑾定是得了呆癡症，虧他啥話都用嘴說？」

「伯母別說鑾弟。親臉也是西方禮節，見到親近或有交情的人他們是那麼做的。」洪文卿耐心的再給族伯母解釋。

「你去了外洋也要跟人拉手啃臉的嗎？」族伯母兩隻深陷在眼膛裡的老眼直勾勾的盯住洪文卿，彷彿在警告他不可做敗壞洪家門風的醜事。

「我——」洪文卿一臉尷尬，不知該說什麼。

「我想我是不跟老爺出洋的。」洪夫人忽然鄭重的說。「我是官宦之家出身的大家小姐，絕不能去跟洋人搞那一套。」

「唔——」洪文卿差不多有點不相信自己的耳朵；沒想到事情這麼容易就解決了。「那我——就一個人去？」他故意的。

「你可以帶金花去。」洪夫人說。眾人也附和道：「對，新姨奶奶去最合適，新姨奶奶不在乎。」

這種場合輪不到金花說話。她靜靜的坐在揚州姨奶奶身邊，聽任別人用輕辱的口吻，決定她出不出洋的問題。她的身分不允許她露出冷漠或不悅的表情，實際上她原有的興奮勁兒差不多完全雲消霧散。

親戚們連著鬧哄了幾天，最後索性就提出要求，有的要銀錢，有的要官職，只有洪鑾像個謙謙君子，沉默著不言不語。把親戚們打發走了之後，金花對洪文卿道：「我們的這些親戚，也太厲害了。我看只有鑾弟是個老實人。別人？哎喲，我真怕他們。」

不到一個月汪鳳藻也回到蘇州，到家第二天就到洪狀元府磋商事情，其中最要弄清楚的是買多少張船票？

「師母也去嗎？」

「不，她年紀大了，禁不住舟車勞累，又過不慣西洋生活。我帶金花去。」洪文卿垂著眼皮，有點理虧似的，但一抹幸福的笑意已不自覺的，隱隱的飄在唇角上。

汪鳳藻是何等乖巧的人，立刻道：「老師考慮得極對。老師請放心，我三兩天內就去上海料理一應事務。」

「你辦事我還有什麼不放心的？」洪文卿素來看重汪鳳藻，有他給辦事，他真的無可勞神，只等擇日動身了。

汪鳳藻到上海奔走料理了半個月，回來向洪文卿報告結果，果然事事周到；要羅致的人全部找齊，出洋的川資、經費，已從上海江海關領清，交德國銀行匯出。訂了船票，連欽差大臣的行轅天后宮都接洽好日期，命人整理打掃，準備新任公使一行人去居住。

洪文卿用了這樣得力的幹員，萬分嘉許，滿心欣悅，自己樂得享受清閒，每日裡修修元史，和夫人閒話家常，跟金花躲在房裡打情罵俏、纏綿廝磨，日子過得格外輕鬆愜意。他念著一家人將一別三年，決定過了中秋佳節才動身赴歐洲。

金花年輕好奇，等出洋已經快等得不耐煩。她如今忙的是製備新裝、訂做首飾、招雇傭人。新裝與首飾都好辦，雇傭人可就困難，丫頭們，連春杏在內都哭哭啼啼的不肯去。「我拚著一死也不去那種生番地方。饒了我吧！」她們哀求著說。重賞之下只找到了兩個勇婦：仍是阿祝與阿陳，「我們既然服侍姨奶奶，就服侍到底，生死由命了。」她倆慷慨的表示忠誠。

秋季的蘇州城像浸在香海裡，桂樹的金色花瓣開得滿山遍野，桂子馥郁的香氣飄浮在每一個角落裡。觀前街上的兩家老字號糕餅店、稻香村和黃天源的姑蘇月餅堆得山一般高。店裡擠滿了人，家家忙著過中秋。今年的中秋節對洪府不比尋常，洪文卿和夫人商量過，要好好的慶祝一番。

金花繡樓前，六角亭畔的兩棵桂樹繁花盛開，濃密重疊的花朵織成一片金色的雲，整個院子都被映亮了。洪文卿本來興致高，正巧他的好友名畫家，號稱「四任」之一的任立凡來訪，酒酣耳熱之餘兩人忽然同生靈感，想給金花畫張寫生像。洪文卿怕金花不依，特別親自探詢她的意見，沒料到金花比他的興致更高，滿口應允，還說要改個裝束，「既做畫中人就要有畫中人的意思。」她說著便去打扮，當金花回到園子裡時，洪文卿和任立凡都眼光一震，吃了一驚，洪文卿連連說著他的口頭語：「妙、妙、真妙。」

金花穿著肥腰大袖的黑綢古裝，頭上梳著平髻，烏黑的髮上繫著一串雪白的珍珠，鬢旁垂著兩穗柔髮，臉上薄施脂粉，晶瑩的肌膚現出年輕人特有的光彩，整個人顯得黑白分明嫵媚秀婉，與她平日的豔麗又是另番風韻。洪文卿原已半醉，此刻竟越發的飄飄然，帶幾分得色的問任立凡道：「小妾這樣子可以入畫嗎？」

「這樣的人材不入畫，什麼人才能入畫呢？」任立凡打量著金花，思索著道：「姨奶奶這身清豔脫俗的打扮，若有梅花來配襯便會更恰當，整個畫面也才能顯出絕塵之美。」

「那不簡單，你把這桂花樹當成雪中寒梅就得了嘛！呵呵！」洪文卿高興的湊趣。

「洪兄的建議不錯，我們索性就給這張畫取個名字叫『採梅圖』，你說好不好？」

「很好，妙，妙，就畫張採梅圖。」

「請稍待，小丫頭在換妝。她就來。」跟著金花的話，一個十二、三歲的小丫頭，穿著紅襖白裙正手抱瑤瑟走進月洞門。

金花站在叢樹累石間供任立凡動筆作畫，洪文卿在一旁含笑觀賞，滿面喜意。因任立凡擅長工筆，足足畫了大半天，直到近晚才完成，洪文卿心情好興頭高，趁著酒意遮臉，也不顧夫人和兒子媳婦及眾親戚在冷眼瞅著，提起筆來美恣恣的先題三個大字：「採梅圖」，然後在旁邊寫了一行：「丁亥竹醉日，文卿醉後題」的小字。任立凡抖抖袖子道：「有老兄這筆勁秀的楷書增光，拙畫也可跟著不朽了。」

秋節剛過完，上海道派的專人和官船就來迎接，親朋好友送到河畔，金花的祖母、母親和弟弟阿祥也趕來相送，遠遠的站在一邊觀望，不住的抹眼淚。洪夫人和揚州姨奶奶直送到船上，夫人又囑咐了金花許多做人的道理，無非是舉止穿戴要穩重，細心照顧老爺的飲食起居，洋人野蠻，最好少跟他們來往，謹言慎行，不可逾越身分等等。

揚州姨奶奶仍是一臉落寞，勉強擠出來的笑容裡透著讓人感覺得出來的辛酸。她先給洪文卿請安道勞，隨後便一把抓住金花的手，含著眼淚：「金花，我會想你的，可不知你會想我麼？」金花趕快親熱的抱住揚州姨奶奶瘦削的肩膀連連拍著：「姊姊，我會想你，你要小心身體啊！」

離別惹人傷懷，金花的雙眼已被淚水浸痛。

船到上海金利源碼頭，迎接欽差大臣的大小官員和富商巨賈，翹首在碼頭上等候。金花身披孔雀毛鑲邊的銀灰色錦緞披風，髮髻上珠翠顫盪，在一群男女傭人攙扶簇擁中跟在洪文卿後面嬝嬝的下了船。岸上早是砲聲三響，寒暄問候恭賀祝頌之聲此起彼落，欽差大臣的氣勢果然不比尋常。

在歡迎的人群中，最有身分的是上海道魯伯陽和掌管整個江蘇省織造業的立山。立山是蒙古正黃旗人，生得體格雄偉眉目開朗，方方的圓字臉極具大將氣概。同治元年起他任了九年外官，後來又做過武備院卿，近年來常住上海，主管江蘇省織造局，做的盡是肥缺，若論富貴，立山在宦場中算得數一數二。蘇州是絲織中心，立山常常要去親自視察，一向是花船上的豪客，與當時花名富彩雲的金花有過幾次過往，那時他雖認為金花美麗可人，卻覺得她還是個青蘋果一般的小孩子，所以並沒有深入交往。今天他以朝廷高官的身分站在眾人之前，看到已經成熟得像個小婦人的金花，如此的雍容華貴，美極豔絕，竟然看得怔住了，暗想：為什麼我會慢了一步？若是早打主意的話，也許她就跟了我。他想著甚至有些憾意。

金花也看到了立山，昨日的一切已成過去，今日的她是洪老爺的愛妾，立山大人是洪老爺官場上的朋友，男女授受不親，她只恭謹而矜持的，款款的向立山道了個萬福。

金花意外的發現，歡迎的人群中有幾個洋人。這幾個洋人穿著差不多，都是細直到腳面的褲管，尖頭皮鞋，齊膝蓋的毛呢外套，頭上一頂高帽子。其中有兩個滿下巴鬈鬈的鬍鬚，也有兩個戴著眼鏡，有一個肚子挺得鼓溜溜的，又高又胖，幾個人最相同處，是眼珠和鬚眉的顏色；果然是黃頭髮藍眼睛，跟傳說的完全一樣，只是這幾個人倒看不出什麼兇惡之相，彷彿還很彬彬有禮似的。

金花生平第一次見到洋人，便不自覺的看得仔細了些，當她覺察到那幾個洋人已經知道她在看他們，並且已向她走來時，竟禁不住有些心慌。

幾個洋人已經笑嘻嘻的站在金花的面前，摘下高帽子鞠個躬，嘴裡同時嘰哩咕嚕說了一堆。黃為禮翻譯連忙說道：「他們是德、俄、奧三國使館派來的代表，說：歡迎公使夫人到敝國，祝公使夫人旅途平安，願夫人在敝國生活愉快。」

一口一句「公使夫人」，對金花真是太奇妙，太美好，太讓她衷心感動了。誰說洋人野蠻？她認為他們才叫懂禮貌。「黃翻譯，請你告訴他們；說我一定會在他們的國家過得很愜意。謝謝他們的多禮。」她說。

黃翻譯把話照轉過去，幾個洋人又微笑的嘰哩咕嚕了一陣。又摘帽行禮，挺胸昂首的風度翩翩而去。

晚上在天后宮，金花對洪文卿道：「我看洋人並不野蠻，滿有禮貌的。比好多中國人還有禮貌呢！」

「那怎麼可能，咱們中國是禮義之邦，有幾千年的文化，他們比不得。」洪文卿嗤之以鼻的說。

欽差大臣的行轅天后宮，布置得富麗堂皇，王府一般。道賀送行奉禮品獻詩詞的大小官員富商紳士，連著幾天不斷的上門。洪文卿有的接見，有的婉拒，自有一副高官氣派，可也真夠忙碌疲憊的，直到上了德國的豪華大郵輪薩克森號，才得安靜。

7

秋天該是長風起浪的季節，老陽兒都還是照得那麼和平溫暖，已足足照了一天，此刻正在偏西，像隻燃得透明的大火球，懸在水天之間，把最後的一點餘暉灑在海上，使逐漸暗淡下來的海面，抹上一層倦倦的紅暈。

海在顫動，水上擠著魚鱗狀的波光，像一面閃爍的大網，漫漫無際的散開，光燦、開闊，無風無浪，也無海鳥和船隻，空蕩蕩的，在一條淡灰色的線上，與天空連成了一氣。

金花伏在臥鋪上，凝著目光從圓形的小窗口望出去，望到的海洋竟是那麼廣闊得嚇人，使她不得不對世界重新估計。

其實她最認識水，根本是在水上長大的，但她認識的水只是窄窄的一條；坐在鑲玻璃門窗的花船裡，從閶門盪到虎邱，再從虎邱盪到閶門，兩岸是熟悉的樹木和房屋，頭頂是幾朵易過的浮雲，那也就是她全部的世界了。後來跟洪老爺上京，坐著運河的長龍船，也是窄窄長長，緩緩流著的一帶水。她從不知道水可以這樣雄偉，這樣深沉，這樣壯闊得彷彿足以吞沒天地。

這景象令她震撼——像這些天經過的新奇事務給她的震撼同樣的強烈。自從隨著洪文卿起程赴任，各種意想不到的事就如湧起的浪潮？一波隨著一波的湧來。她會情不自禁的回味起在上海的送別場面，多麼的隆重莊嚴，多少人投以羨慕的眼光，特別是外國使館派來的幾個洋人，不但口口聲聲的稱她為「高貴的公使夫人」，還請她要「不吝指教」。她能指教什麼呢？洋人真好玩，這一切多麼奇妙啊！金花想著，不覺莞爾笑了。

這艘名叫薩克森的大輪船上，有上千的乘客，中國人卻只有洪文卿帶領上任的，連署員和廚師，男女傭人，加起來一共三十來人。

洪文卿和金花住頭等艙，汪鳳藻和另外三個參贊及職位較高的人員住二等艙，低級人員和僕人傭住三等艙。洪文卿多半留在頭等艙裡陪金花，教她識字，念詩詞，但也常常到二等艙裡找汪鳳藻等人談天。此刻又去了，金花獨自在艙房裡看海，看久了，竟有些無聊賴。她好盼望老爺回來。

有人推門走進，金花不必回頭，就知道是洪文卿。「你在看什麼？」洪文卿從後面抱住金花，貼緊她的臉。

「你不陪我，我只好看大海。」金花轉過臉，怨怨的。

「我現在不來陪你了嗎？來，把唐詩拿出來，繼續昨天的。」

「琵琶行嗎？我早會背了，你聽著；潯陽江頭夜送客，楓葉荻花秋瑟瑟……」金花一口氣背完了全部琵琶行。洪文卿聽完詫異的道：「真會背了，好聰明啊！」

「聰明有什麼用，像我們這種人！唉，門前冷落車馬稀——」

「你是怎麼了？心裡不爽快？」

「沒有。不過背這首詩心裡有點那個。你們在談些什麼？」

「鳳藻他們說有些欽差，不懂西洋禮節，在外國鬧笑話。」洪文卿把那些使節出醜現眼的笑話說了一遍，笑得金花伏在枕頭上半天擡不起頭，笑完了道：「老爺一定是個體面欽差。」

「但願如此。不過不懂洋話總是個缺點。」

「老爺為什麼不跟黃翻譯和鄧翻譯學？」

「八十歲學吹鼓手？算了吧！」

「洋話聽著嘰哩咕嚕的，滿好玩，你不學我學。」

「你學？」洪文卿立刻想到，自己在京裡待過好幾年，至今還是一口蘇州官話。金花只住了幾個月，已是半個京片子，可見她若學洋話一定能學會。但他仍是說：「不太好吧！大清國還從來沒有過學洋話的女人，別人會笑話。」

金花聽了笑容頓時隱去，癟癟嘴道：「怪了，我們女人好像生來就理虧，什麼都不可以做。我正想問老爺；我到上面大廳裡看看成嗎？」她的眸子裡溢著期待的光芒，使洪文卿不忍拒絕，答應又怕下屬們說閒話，「你想去看看，唔——」他猶疑了一瞬，終於讓步：「好啊，去看看吧！」

有了洪文卿這句話，金花立刻精神百倍，興匆匆的略略梳妝了一下，就由阿陳阿祝兩個老媽子攙扶著，穿過甬道上了扶梯。

大廳是乘客歇閒交誼、用餐的場所，裡面設有酒吧和咖啡部，裝飾得美輪美奐，雨傘大小的玻璃穗子大吊燈，印花的絲絨壁紙，猩紅色的厚毛地毯。四周的沙發上坐著十幾個盛裝的女洋人，她們在慢慢的飲啜咖啡，低聲閒聊，都穿著拖地的長裙子，腰勒得細如柳條，裙腳下露出她們的大腳上穿的尖頭皮鞋。臉上一派悠閒。

中間的十幾隻圓桌差不多全被占據；男士們有的在打橋牌，有的在抽著煙斗讀報紙，也有幾個在認真的討論什麼？屋角上有兩個人在弄音樂，一個坐著彈，一個站著拉。金花從沒見過這種西方樂器，只覺聽來迴蕩悅耳。

金花揮開了兩個老媽子，邁開蓮步嫋嫋娜娜的往裡去，就在那同時，她明顯的感到，所有的眼光，從紳士淑女到跑堂，全集中在她的身上，把她從頭看到腳，當觸及到那雙三寸金蓮的當兒，眼眸子竟是瞪得直溜溜的半天轉動不得。她被看得好不自在，正在躊躇該進去？還是退出？突然在人群中走出一個年輕女子，她圓圓的臉模子，黃髮上戴了一頂絲絨小帽，灰綠色的眼珠裡滿是友善的笑意。

「你好。願意跟我坐在一起嗎？」那女子用生澀的中國話說。

「我——願意的。」金花止不住驚奇，不懂這個洋女人怎麼會說中國話？在這個節骨眼上遇到這樣一個人，她像遇到救星一樣的高興，便隨著進去坐在沙發上。

「喝過咖啡嗎？要不要試試？」那女郎笑殷殷的。

「好，試試吧！」金花仍有些不安。

「他們沒有壞意，只是沒見過你這樣的中國人。」

「唔——」金花直覺的想到自己的一雙腳。

「我是說，她們沒見過你這麼美麗的中國姑娘。」那女郎解釋著說，見金花的臉上有了笑意，又道：「我聽說到德國上任的中國公使在這艘船上，你是公使的小姐吧？」

「我──」金花笑得有點窘。「洪公使是我們老爺，我是他的──」她對自己的身分難以啟齒。

「我明白了，你是洪公使的夫人。」那女子很知趣的不再問什麼。正好跑堂把咖啡端來，兩人便加糖加牛奶的調弄。金花生平第一次看到咖啡，就怕弄錯，很用心的隨著模仿。

「我是德國人，叫蘇菲亞・勞爾。原來是個教小學的教員。我哥哥是天主教神父，在山西傳教，我去看他的。」

「唔，原來如此，怪不得你的中國話有點山西口音。」

「我去看他，居然就住了三年。我幫他傳教，住在一個教友家裡，那家有兩個男孩，我教他們德文，也跟他們學中文。中文比德文難，不好學。」蘇菲亞・勞爾說著笑了。

「你說你是教員，會教德文？」

「是啊，我是德國的教員，專門教德文。」

金花和蘇菲亞・勞爾一邊飲啜著咖啡，一邊談著。「勞爾小姐，你看我能學德文嗎？」金花鼓起勇氣問。

「為什麼不能呢？你年紀輕，人又聰明，學起來一定快。」

「真的？」金花受了鼓勵，信心大增。「我問過我們老爺再回答你，勞爾小姐。」她跟蘇菲亞・勞爾談了好一會才回到艙裡，伏在桌子前看書的洪文卿見她進來，笑著打趣：

「看你到大廳裡走一轉，就春風滿面的，見到有趣的事了？」

「還說呢！那些洋鬼子就盯著我的腳，幸虧我遇到……」金花把蘇菲亞・勞爾形容了一番，最後說出想跟她學德語的願望：「我得在德國住三年，言語不通，豈不成了啞巴。」

洪文卿把金花順手一拉，她就坐在他的腿上，「好，你要學就學吧！你當學生，可得勤快用功哦！」

「我可不會像你那麼啃書，一天到晚就蒙古這個蒙古那個的，嘻嘻，你不會把自己啃成蒙古人吧？」金花撥弄了洪文卿的耳朵又撥弄他的鼻子，撒嬌的故意齜牙咧嘴。

「淘氣的小東西。」洪文卿抱緊了她，把臉貼在她胸脯上。

「告訴你件有趣的事：洋人以為我是你的女兒呢！」

「這——有什麼趣！」洪文卿訕訕的，笑容變得十分勉強。

第二天金花就開始跟蘇菲亞·勞爾上德文課，每天兩小時，還留作業，回到艙裡又讀又寫，很是當回事來做，因此進度十分快，慢慢的，遇到德國人居然敢開口說幾句簡單的日常用語。這自然使她十分自豪，越發的又讀又念，卻不知跟同的隨員們，連汪鳳藻在內，都在背後竊竊議論；一個妓女出身的姨奶奶學洋話，成體統嗎？他們的憂慮已經表現在臉上了。汪鳳藻仗著關係夠，對洪文卿直言：「洋女人多少都有點放肆？不懂三從四德，新師母年紀輕，跟那個什麼勞爾小姐學德語，可合適？」

「正因為金花年紀輕，好動，到了外洋又不比在國內，一個親戚朋友也沒有，怕她受不了悶，她願意學洋語，總算有個事做。說不定將來還能給我幫幫忙呢？像我們這樣的人，在國內是讀萬卷書，出來就又聾又啞。」洪文卿輕描淡寫的，但語氣堅定，不容動搖。

汪鳳藻見老師如此寵姨太太，只好見風轉舵：「老師本來就讀了幾萬卷書，出來走這一趟，又多了一萬卷。」

「不敢指望增加那麼多學問，倒是有心找張準確的中俄邊境地圖。這些年，為了邊界問題，跟俄國總糾纏不清。我出使一回歐洲，能把這個問題幫忙解決的話，也算盡了點人臣之心。鳳藻，你要注意這件事。」

「我一定注意。老師放心。」

洪文卿每天和汪鳳藻等人談天下棋、讀書。金花每天跟蘇菲亞•勞爾念德文之餘，常坐在大廳裡喝咖啡、聽音樂。漸漸的，大家都知道了，這個花朵一般嬌豔的東方女子，是大清朝欽差大臣的夫人，對她都另眼相看，男人見了會把帽子朝上一掀，微微彎下腰，說：「高貴的夫人，你好。」女人見面總報以友善的笑容，有幾個竟主動的找她說話，邀她一同喝下午茶。

這一切對金花太新，也太美好，覺得日子比在國內可愛了不知多少倍。長了這麼大，她還是初次體會到一個低微如她的人，也會受到尊敬，也可以有尊嚴，而這一點是她在自己的國家裡永遠得不到的，是洋人給她的，所以她願意與洋人交朋友，特別是跟蘇菲亞•勞爾，由於天天在一起，已經相處成直呼名字無話不說的知己，有天蘇菲亞問她：「金花，問你一句話：你怎麼這樣小的年紀就結婚了呢？你只有十幾歲吧？我看洪公使比你大得多。」

「我——」金花悻悻的，吞吞吐吐的：「蘇菲亞，你不會想到，唔……我們是好朋友，我告訴你的話可別對人說。你知道，蘇菲亞，我原是個風塵女子，在蘇州河的花船上……」她坦白的說出了身世。

「天哪！早就聽說中國是多妻制，想不到真是這個樣子。你丈夫的正太太怎麼不來？要你來呢？」蘇菲亞的灰綠色眼珠裡充滿疑問。

「她出身高貴。從來大門不出二門不邁，怕見你們洋人，又怕過不了外國生活，再說年紀也大了，怎麼能放洋呢？」

「你們中國人太神祕，真難懂。」蘇菲亞歪著頭想想，不解的道：「金花，你對你的地位沒有反感嗎？甘心接受嗎？」

「反感？接受？」金花把毛茸茸的丹鳳眼瞪巴了幾下，白玉般的面頰上泛起一層淡淡的紅暈。「我從來就沒想過這些。在我們中國，女人就是這個樣子的。別說我們老爺做這樣大的官，就是一般小戶人家，只要有錢，誰不娶幾房三妻四妾。」

「太不公平。難道女人就不是人嗎？」

「我們中國也有神氣的女人，你看我們太后老佛爺，不也是女人？可那個男人不受她管。」

「她嘛！也不算正常，而且那樣的女人也不過就她一個。」蘇菲亞說著好奇的問：「金花，你見過她嗎？」

「我？」金花笑了。「我那有那麼高的身分？我們老爺見過，說老佛爺的樣子可威嚴哪！兩個眼睛一瞪，誰也不敢做聲。」金花繪聲繪影的，把兩個眼睛孩子氣的一瞪，惹得蘇菲亞噗哧一聲笑出來。

「蘇菲亞，你怎麼不結婚呢？」

「我並不拒絕結婚，問題是還沒遇到我愛的男人。」

「哦！喔！我的天老爺——」金花用大手帕堵住嘴，吃吃的笑。一個年輕大姑娘說出這種話，真是太好笑了。

想的。」

「你覺得怪嗎？其實一點不怪。結婚是一生的事，兩人沒有愛情怎麼成？我們歐洲女人都是這樣

「嘻嘻！愛情！」金花笑著搖搖頭。「我一點也不懂那是什麼？」

金花交了蘇菲亞這樣一個朋友，日子自然過得快樂適意。薩克森號郵輪航行了四個星期，在義大利的根奴瓦靠岸。前任公使許景澄，派了他兼使的義大利使署的署員來接，一個參贊同著兩個供事，恭恭敬敬的把洪文卿一行迎上岸，連火車也給定妥。包了兩節專車，洪文卿、金花和汪鳳藻等高級人員乘頭等，低級職員和僕傭乘二等，加上帶的衣箱行李——只金花一人就帶了十隻衣箱，公家用物，兩節車裝得滿滿。

蘇菲亞與使署一點也拉不上關係，金花卻堅持她也坐進專車，兩人因此又多聚了幾天。火車穿過瑞士駛往德國，一路上看不盡的青山綠水，車行又穩又快，金花覺得新奇有趣，一點也感不到旅途的疲倦。洪文卿、汪鳳藻，和幾個年紀較大的人員，早已經累得腰痠背痛。

蘇菲亞是巴伐利亞省的人，車經慕尼黑就要告別。金花同她分手時兩人都不免黯然，蘇菲亞雙手抱住金花，親著她的臉頰道：「我們的友誼不會終止的，我會給你寫信。金花！願你一切如意，開始一個幸福的新生活。」

火車足足走了五晝夜才到達柏林安哈特車站。金花一出車廂就被站臺上的景象驚住。站臺中間擺了一張鋪著繡龍鳳錦緞桌圍的香案，案上供著香燭，煙霧繚繞，空氣裡飄著濃烈的燻香味道。香案後站了長長的一排中國人，全部穿著袍褂禮服，頭戴官帽。一個身量魁偉，長方面孔上劍眉虎目，穿著欽差官服的大人站在列隊的前面。金花知道這必定是許景澄了。

許景澄見到洪文卿，立刻一個箭步上前，一揖到地，道：「歡迎歡迎，洪兄一路辛苦了。」兩人還來不及寒暄，那排穿禮服戴官帽的已經直挺挺的跪在地上，開始迎接儀式。

這時許景澄和洪文卿連忙面對面的站在香案兩旁，洪文卿的隨員，從汪鳳藻到廚子聽差，全部排成一大排跪在洪文卿的背後，大夥兒全跪定了，就有人高聲唱叫叩首，於是滿地的中國男人便又磕頭又作揖的行起大禮來。許景澄和洪文卿一邊揖拜一邊嘴上念道：「卑臣率領全體人員恭請皇太后和皇上聖安，恭請皇太后和皇上萬壽，大清國萬壽。」

金花在一旁看著，聽到圍著看熱鬧的洋人竊竊私語，摀著嘴直笑。

迎接新公使上任的馬車共是二十五輛，每個馬頭上插著大清國外交使節的標旗，浩浩蕩蕩的走在路上，惹起兩旁人的駐足觀望。

許景澄讓洪文卿和金花坐正座，自己坐倒座，三人共乘一輛欽差的專用馬車。他與洪文卿原是舊識，又都是江南人，異國重逢分外親切，一見面便談得熱絡。

「我倒不曉得使臣上任還有這麼一套禮儀。真是孤陋寡聞。」洪文卿說。許景澄笑笑道：「這倒不能算孤陋寡聞，別的國家別說使臣上任，就是皇帝登基也不需要這樣子張揚。這是大清國的規矩！不如法炮製不行，那些滿州館員在那兒冷眼看著，稍有一點差錯他們就往回打報告。洪兄你也要小心才好。」

「居然有這等事？真沒想到。」洪文卿噓歎了兩聲又道：「古語說：知己知彼，百戰百勝。我頭一次出使外國，對一些事務不免生疏。許兄在歐洲三年，一定有許多寶貴的經驗和心得，還希望指教指教我。」

「你我老友，我也不跟你虛客氣。說句誠實話，在歐洲這幾年確是體驗了不少，可以說是寒天飲冰水，點滴在心頭！」許景澄不勝感歎的搖搖頭，「國家不爭氣，使臣要用勁也用不上。目前跟歐洲各國的情況還算平靜。德國呢，這些年就看俾斯麥首相一個人的文治武功啦！不過這老先生不含糊，有他的一套，讓人服氣，人也還講理，骨子裡嘛，他跟英、法、俄國差不多，野心勃勃，總想在中國得點利益。」

「哦？」洪文卿感到事關己任，十分注意的聽。

「前兩三年他在非洲弄了好幾塊殖民地，現在把眼光已經轉到亞洲，俄國和英國是他極力拉攏的，如果他想在中國弄什麼手腳的話，那兩國不會說話。」

「你認為有可能？德國人真的會？」一向多憂慮的洪文卿已經又是憂上眉梢。

「目前不至於，將來是早晚的事。眼前最難纏的是俄國跟英國，他們是食髓知味慾望無窮。唉！國家積弱，人人都要欺，洋人是尊敬強者，瞧不起弱者，假若我們想避免受欺的話，第一要務就是要自強。所以，我一直主張加強兵力，鞏固海防、杜絕貪汙，採用西方的優良兵器。」

「許兄見多識廣，說的全中要害——」洪文卿面色沉重的沉吟了半晌。「可惜，積弊已深。像我們這種為朝廷重臣的人，不便說病入膏肓之類的話，但病根已經深植，愛國憂時有遠見的人無能為力，確是事實。許兄不是上過疏，建議加強海防的麼？」

「是的，我前後幾次上疏，頭兩次都沒下文，聽說這次的效果不錯，李鴻章已經籌足款子，要著手擴充北洋水師了。」許景澄一直面容嚴肅，說到這件事才露出笑容。

「李鴻章確是東湊西湊的籌到筆錢，不過——許兄，說了你會難過。那筆錢要分出一半用來修頤和園，李蓮英已經監督動工了。」

「有這種事？」許景澄的臉上有憂慮，有驚愕，更有悲憤。

「說是再過幾年太后就要歸政，要在頤和園頤養天年。」

「這個樣子下去，可就沒辦法了。」許景澄深深的歎息，洪文卿不再說話，兩人的心情都有千斤重。

洪文卿和許景澄談得激動，金花把臉偎在車子的玻璃窗上，一邊注視著外面的街道行人，一邊沉默的聽著兩人對話，他們的沉重也感染了她，窗外的景物令她感慨；多寬的大馬路啊！居然灑掃得沒有一點紙屑果皮，樓真高！灰灰的大方磚、亮堂堂的大玻璃窗，房簷下面的雕刻多麼精美，喲！怎麼還雕了光著身子的人呢？樓上伸出那圍著鐵欄杆，像個小戲臺的一塊，是陽臺？從那上面往下看該多有趣？路旁邊還有噴泉！男男女女的多少人在街上走！果然如蘇菲亞所言：「在我們那兒，男女差不了多少。」那些洋女人就那麼大模大樣的在街上走，有說有笑的，也有的在看櫥窗裡光怪離奇的東西。那些櫥窗飾置得太美，要是能下去仔細看看該多好。柏林，真是一個漂亮的大都市！

金花看著想著，車隊已轉到另一條路上。這條路也是那麼寬敞潔淨，不同的是沒有店鋪，也幾乎看不到行人，有的是濃鬱的樹木，連綿不絕的小樹林、一座座美麗廣大的庭院，鋪著紅瓦的尖形屋頂，在樹影和圍牆中隱隱的翹出。

車子在兩扇黑色鏤花的鐵欄杆大門前停住了。金花伸頭看看，門旁的大柱上釘了個銅牌，她用蘇菲亞教的拼音方法念道：「海德路十八號。」

「嫂夫人通德語？」許景澄頗是吃驚。

「學了幾個字罷了，連皮毛也談不到。」洪文卿說了一些金花在船上學德文的經過。許景澄道：「會點皮毛也比不會的好。咱們的洋務官員大半都對洋文缺少功力，包括我在內。柏林官場的應酬很多，別國的使臣都帶著太太一塊去的，只有我們大清朝的使節夫人難得露露面，言語不通嘛！其實國與國的交情也是慢慢交出來的，總躲著不睬人，怎麼交朋友……」許景澄說著，馬車已經由打開的大門踢踢踏踏的進去，停在一幢白色樓房的石階前。金花還來不及問話，車門已被人打開，一個穿著官服的中年官員深深一揖：「請兩位欽差大人下車。」

金花隨著下了車，快速的把周圍掃視一遍，發覺這是一個極廣闊，極有氣派的大院子，裡面有成群的樹，有小水池，大片的草地，階前和路邊立著式樣新奇的玻璃燈，院牆是灰色大磚砌的，樓房不是像中國樓宇的尖頂，而是平頂，上面翹著幾隻花盆狀的石雕，正門是個尖頂的玄關，四隻雪白的大柱子看著好不雄偉，「這就是我未來三年的家嗎？」她想著不勝愉悅，甜甜的笑容盪漾在臉上。

幾個彎腰低頭的官員，正站在門前等他們進去。許景澄陪著洪文卿在前，金花由阿祝和阿陳兩個老媽子攙扶著跟隨，魚貫的走上鋪著紅地毯的白色大理石臺階，穿過立著精美塑雕，擺著水缸大小的中國瓷花瓶，掛著中國山水畫的甬道，進入接待廳。一群人早就一字排開站成一大隊候在那兒了。「這是新上任的洪公使和——」許景澄本想說和「夫人」，但從在車站見到金花起，就聽到跟隨的人左一句右一句的叫姨奶奶，既是姨奶奶，怎能稱呼夫人呢？他正在猶疑著說不下去時，一擡頭，見自己的妻子從裡面出來，便順勢轉了話題道：「你快來見見，這是洪兄，這是——」

「這是非今館裡的新主婦，洪公使夫人，是吧？」許夫人最是機警，見許景澄為難，立刻把話接了過去。於是大夥兒齊聲叫「拜見公使和公使夫人」，金花微笑著答禮，覺得活到今天才算真正的揚眉吐氣，她從深心裡感激許夫人。

連著幾天，許景澄忙著與洪文卿辦交接。汪鳳藻也從前任參贊接下他的工作，許夫人則向金花介紹使館裡的日常生活程序，僕人及廚房的管理調度，宴會的習慣：「洋人最怕油膩，請他們客，要特別注意這一點。你們的廚子手藝不錯吧？是新雇的還是原來用的？」

「是家裡用了多年的。我們老爺講究吃，怕用新廚子不習慣。」金花說著笑了。跟許夫人在一起，她覺得很適意。

「那就好，這些小地方你注意一些就成，我看你聰明，人又年輕漂亮，做公使夫人一定比我強。」

「夫人太過獎了。夫人是什麼身分，我那裡敢比。」

「別這樣說。公使夫人做得好不好？主要看做得稱不稱職，身分再高，若是什麼都不會做，有什麼用處呢？你會洋話，只這一著就比別的中國使節夫人強。你應該像那些外國的使節夫人一樣，找個女陪伴，該去的場合要去，該認識的人要認識，也算是替國家做事。」

「唔，我一定記住夫人的話。」金花望著許夫人那張五官生得平常的圓臉，心裡有種說不出的信賴與尊敬。她聽洪文卿說過，許景澄的太太讀過書，還會畫幾筆，是個才女。她先前還想不通才女跟別的女人有什麼不同？在她的看法，唯有美貌才是對女人頂重要的。自從認識了許夫人，這個區別終於被她看清了；原來有才學的女人是這麼坦誠大度，有見解，一點也不像一般的大家閨秀那樣，除了憑著身分高，擺架子看不起人之外，只會縮頭縮腦的活著。她對許夫人是崇拜的。想著又加一句道：「夫人真是個有文墨的人，說話處事跟別的人都不一樣。」

「在國外住久了。多少受點洋人的影響。」許夫人笑笑，又道：「你也別口口聲聲的叫我夫人。要是你願意，咱們就拜個乾姊妹，我就認了你這個乾妹妹吧！」交接完畢，許景澄夫婦和卸任人員返國時，金花與洪文卿送到火車站。許夫人拉著金花的手，鼓勵的道：「金花，你不要膽小，要做什麼就放手去做，我知道你能做好。」

「姊姊，你對我太好了。我一定牢牢的記住姊姊的話。姊姊這一走，我不定多想念！」金花跟許夫人姊妹相稱，許景澄也就由許大人變成了姊夫，姊姊姊夫乘的火車開動，嘁喳嘁喳的出了站臺，金花悵悵的望著，許夫人說過的那些話，反反覆覆的在腦海中縈迴不去。

當天下午，金花就叫阿陳阿祝陪著，把非今館的裡裡外外巡視了一遍，每一處都看得仔細，不忽略任何角落。

海德路十八號是柏林城內有名的建築物，是一個姓海德的貴族，在部長任上雇用名建築師造成的，部長死後，他的兒子便將別墅出租給中國第一任駐德公使劉錫鴻，非今館的名字也是劉錫鴻給取的。十年來曾經在德國買兵船受賄的李鳳苞，和出名的清官許景澄幾位公使住過，他們的夫人全是官宦之家的名門閨秀，而自己是蘇州花船上出身的側室，但今天她和她們一樣的，是這幢美麗雄偉的大白樓的女主人，她能任人比下去嗎？自然不能，她要做得比她們更好，要叫人人稱道，要叫人說：「這才像個公使夫人。」

金花披著狐皮斗篷，在園裡足足盪了一個時辰，儘管秋風吹痛了她嬌嫩的面皮，堅硬的石塊路疙痛了她不便長走的纖足，她仍一點也不怨。她已深深的愛上了這個環境，試想著春天來臨時會如何的美！尤其是後院外長長的運河，最能引她遐思，使她會情不自禁的想起蘇州的大運河。都是波平濤靜的一脈流水，然而蘇州的河水裡有她羞辱的過去，柏林的河水裡卻湧現著榮耀的未來，如今的她是非今館高貴的女主人，姨奶奶的稱呼是再也聽不見了，上上下下都稱她為公使夫人，連汪鳳藻在內。這使她無限自豪，益發的想表現一番作為。

金花已經決定：吩咐黃翻譯往慕尼黑寫封誠懇的信，請蘇菲亞來擔任她的女陪伴，也打算增添幾個年輕女傭，只阿陳阿祝兩個實在不夠用。非今館的幾十間大大小小的廳、房，應該重新做番調度和佈置，待春天到來，定要在院子裡栽些竹子，以增雅致。她料想洪文卿不會不同意她的這些計畫。她的未成形的計畫和構想還有更多，總要讓它一一實現。新生活像正在升起的旭日，光明而美麗。

8

黃翻譯的信寫出不到一個月，蘇菲亞就來到柏林。

「我自己都難以相信，真的就來了。也許你還不知道你的吸引力是多麼大！我本來已經答應一個伯爵夫人，給她女兒去做教席，收到你的信，我考慮了又考慮，還是把她回絕了。金花，你這些日子都在忙些什麼？喜歡柏林嗎？」蘇菲亞一見面就擁抱住金花，笑得格格的。

「我呀？我在忙著做公使夫人！」金花雙手摟著蘇菲亞的脖子，快樂得小麻雀般的叫著。「蘇菲亞，我們又在一起了，我好高興！蘇菲亞，我……」她們說著別後的情形，特別是金花，要說的事太多了，差不多不知該從那裡說起。對於蘇菲亞她是信任的，毫不保留的把這段期間所做的得意與不得意的事，不厭其詳的講著：「前任的許公使夫人說：柏林的外交界應酬很多，說是別國的使節夫人都出席，只有我們大清國的使節夫人不露面。蘇菲亞，你看我——我能去嗎？收到過好幾次請帖，都叫黃翻譯給回絕了。」

「為什麼要回絕？」

「沒人陪去，也沒膽子去。」

「下次再有人邀的話，你就答應。我陪你去。」

「有你在，還有什麼好說的？再有人邀我準定去。不過，蘇菲亞，我也做了些事情。你覺得這房子布置得怎麼樣？」

「布置得——」蘇菲亞朝四周掃視一圈，加重語氣道：「漂亮極了，古色古香的中國風味。是你的主意？」

「嗯，我的主意。」金花帶笑的揚揚眉毛。

把非今館裡的幾十個房間重新調度，布置了一番，是金花的得意之舉。她原是個生性好強的人。許景澄太太的一席鼓勵的話，和館裡人員背後嘰嘰咕咕：「怎麼裝模作樣也變不了真的夫人」之類的冷嘲熱諷，加倍的激起了她絕不服輸的意志。「變不成真的夫人又怎麼樣？準定比真的做得還好，叫你們開開眼！」她想著已經決定，非表現點什麼給他們看看不可。

金花的第一個措施是雇了四個德國女侍，以協助人手的不足。接著就把上上下下的房間重分配布置，「要看著富麗堂皇，也要叫每個人都住得舒服。」她對洪文卿說。他當然是支持她的；從來她做什麼他都不反對。

三樓右手邊的十幾間房，是金花和洪文卿的居室；包括伺候她梳頭更衣的阿陳阿祝，也包括給蘇菲亞的一間陽光充足、寬敞、有壁爐的房間。雖然那時候還不確知蘇菲亞會不會接受她的邀請，何時來到？

三樓左側的房間大，設備也齊全，便分配給汪鳳藻之流的高級職員，地位較低的館員住在旁邊的平房裡，男傭、廚師、車夫，住在最下層。一樓是接待客人和辦公用的，她也指揮傭人重新裝飾過，擺上帶來的古玩玉器，掛上名家字畫。她最喜愛西方的塑雕人像，硬叫幾個精壯的男傭人把三樓上的大理石雕像全搬到樓下大廳裡。她愛盆景、愛鮮花，親自動手跟傭人們做了十幾盆盆景，並叫黃翻譯到花店約定，每星期供應兩次鮮花，因此在這草木凋零的初冬季節，非今館裡卻到處看得見紅紅綠綠的植物。

金花帶著蘇菲亞把非今館整個看了一遍，最後到裝飾得華美耀眼的大宴會廳裡。蘇菲亞看看墜著碧綠翡翠球和紅絲穗子的宮燈，再研究研究雕花紅木家具上的各類精緻擺飾、蘇繡、徽雕、玉瓶、瓷罐之類的，連連讚歎：

「太美、太美。金花，你是個藝術家，真有你的！」

「哦，蘇菲亞，你的話多讓我開心。」金花把兩隻丹鳳眼笑得彎彎的。「蘇菲亞，你猜我最喜歡什麼？我喜歡這個地——」

「地？」蘇菲亞沒聽懂金花的話。

「嗯，這地。你看這白色大理石多好，又白又亮，簡直可以和我們中國的漢白玉亂真。哦，我知道了！英國的白金漢宮和美國的白宮一定是用白色大理石鋪地的，不然怎麼帶個『白』字呢！」金花恍然大悟的認真地說。她的話把蘇菲亞逗笑了，過來摟摟金花的肩膀道：

「連白金漢宮和白宮也知道了？金花，一個多月不見，你的知識可真是大增啦！不過他們到底是不是用白色大理石鋪地我也說不準呢！你是公使夫人，也許將來會看到。」

「希望有那麼一天真能看到。蘇菲亞，跟你說了你別笑，不到外國來，看不出天地有多大！到了外國，我才懂得世界外面還有世界，好看的事物太多了，你不知道我多想到外面去走走逛逛。到柏林那天，從火車站到非今館的路上，我不住的從馬車裡朝外望，看見那些太太小姐們逍逍遙遙的在街上閒蕩，我好羨慕！」

「從馬車裡朝外望？來到柏林這樣久，難道你還沒上過街？」蘇菲亞吃驚的睜大灰綠色的眼珠。

「沒有沒有，一次也沒去過。」金花把頭搖得博浪鼓一般，說著壓低了聲音。「我這樣大門不出二門不邁的在非今館裡做人家，他們還看不慣呢！總在背後議論，在他們的眼睛裡，我不是正經人，怎麼做都不對。」

「笑話！他們是人你也是人，你又不是為他們看不看得慣而活的。凡是你覺得想做，應該做的事，你就去做，用不著管他們。有我陪你。」蘇菲亞幾乎有點憤怒的說。

自從蘇菲亞到來，金花的日子就好過了，兩人整天嘰嘰咕咕的說個不完，一會兒中文一會兒德文，相處得親如姊妹，十二月的初冬季節，金花收到首相俾斯麥夫人邀請各國使節夫人，到官邸喝下午茶的請帖。當然是立刻回帖答應了。洪文卿本來不贊成金花出去拋頭露面，但禁不住她的撒嬌嗔怒，心不軟也得軟。好在有蘇菲亞陪伴，德國人對人的態度總是客客氣氣，想必出不了什麼差錯，便答應了。

赴會的前晚上，金花興奮得坐立不安，第一次以公使夫人的身分去跟洋人交往，對她可真是又刺激又新鮮的大事，穿那件衣服？梳什麼頭，戴那些首飾？有些洋人生平還沒見過中國人，他們不會用看怪物的眼光來看她吧？特別是她的一雙腳，這對在中國被認為又美又俏的金蓮，在洋人的眼睛裡卻是又醜又怪的東西。再有，聽說那些洋太太們都是念過書，說話出口成章的。而自己，雖說身為公使夫人，到底是蘇州河上賣笑姑娘出身，當時號稱花國狀元，世面也見過不少，惟一個紅妓女見過的世面總跟官太太們的世面不相同，要是出了漏子現了眼才叫糟糕，如果她們弄明白了她的侍妾的身分，不會看輕她？

第二天，蘇菲亞按例給金花上德語課時，見她有些心事重重，就問：「你怎麼看著不快樂呢！」金花把所顧慮的老實說了，蘇菲亞拍拍她的肩膀道：「金花，你放心，這裡是德國，不是你們大清國。德國人只承認一個太太，既然你丈夫跟你住在一起，當然你就是。德國人也不打聽人家的出身，只要你公使夫人當得稱職，什麼出身又有什麼關係？你不是說洪欽差的太太是官小姐出身嗎？可是她連陪丈夫到外洋來都不敢，只會在家裡裝高貴，光是出身好又有什麼用？金花，你要把心放開，別緊張，像你這麼年輕標致的東方美女，恐怕她們連作夢也夢不到，一定會喜歡你的。」

「蘇菲亞，聽你這一番話，我的心真暢快不少，但願真如你說的。」

「一定的，你經驗一次就會知道。金花，還有件事咱們要先說好，在家咱們是朋友，我叫你名字，出去我得叫你欽差大臣夫人。公事公辦，我是你的祕書嘛！這樣才更會擡高你的身分。」蘇菲亞鄭重的說。

「蘇菲亞，你想得好周全。你說說，咱們像不像在唱戲？」金花笑得格格的，又眼角眉梢全像被春風撫弄過的了。

茶會訂在下午兩點，金花關照過廚房，給她跟蘇菲亞早開飯，飯後立刻更衣打扮，兩個老媽子在一旁伺候，給梳了個漢族貴婦們最流行的五套頭髮式，金花的髮質好，烏黑油亮，別上四塊透水綠的翡翠穿成一排的小簪子。斜插一根雪白的珠花大簪，再配上她那張粉撲撲的臉蛋，可真是色彩鮮明光耀奪目，逼得人不能把眼光移開。

金花披上狐皮斗篷，正要跟蘇菲亞上馬車，洪文卿帶著幾個隨從恰好從外面回來，見金花一派雍容華貴豔麗絕塵，不覺怔住了，頭上腳下的打量了她半天：「怎麼今天收拾得這樣漂亮？」

「第一次去赴宰相太太的宴會，可不能叫人比下去，也不能丟你洪欽差大人的臉。」金花說著就跟蘇菲亞上了車。她們到的時候，首相夫人的大客廳裡已經坐滿了盛裝的各國使節夫人，金花進去，喊喊喳喳的談話聲立刻停止，大家全把眼光朝向她。首相夫人迎上來跟她握手寒暄！金花忙用德語說著「幸會」、「非常感謝」一類的話，首相夫人微微吃驚的笑著道：「原來洪夫人不僅是個美人，也還會說德語呢？真是太好了。」

接著首相夫人給金花一一的介紹過使節夫人們。這時金花的不安已經消失，信心相對的大增，覺得要爭取洋人的好感一點都不難。她拿出在蘇州河上的交際手腕，輕顰淺笑，溫言柔語的，一下子就把那些年齡足夠做她母親或祖母的太太們征服了。她們有的說認識她是幸運的事，有的立時就說要邀她小聚，而幾乎沒有一個例外的，都為她的美麗傾倒：「洪夫人太美了，沒看到你以前我從不知道中國人裡有這樣好看的」，「天使一般的人」，「嬌得像個瓷娃娃」，「你美得令人嫉妒」……金花嬌笑著說著謙虛的話，並把身旁的蘇菲亞介紹：「這是我的祕書勞爾小姐。」看看既有身分，又應對得體，自然而然的成了宴會的中心人物。

金花和蘇菲亞回到非今館時已是掌燈時分。下人們聽到公使夫人回來，連忙迎到門口，阿陳幫著脫下狐皮斗篷，接過帽子，四個年輕的德國使女早提著燈籠等在一旁，金花在她們的簇擁中；前後各兩盞燈籠，微微泛痛的小腳邁著蓮步，一階一階的慢慢上了三樓。

到臥房不見洪文卿，金花便直奔書房。洪文卿果然又在伏案振筆疾書，見金花豔光四射的笑盈盈的站在眼前，便丟下筆仔細打量她：「看你春風滿面的，茶會一定很有意思。」

「真好玩。我也算見著世面了。那些外國太太們個個打扮得珠光寶氣，高貴得不得了。她們都喜歡我，想跟我交朋友，都要請我呢……」金花繪聲繪影的把茶會的情形形容了一番，羨慕的道：「依我看，洋女人的日子比我們中國女人的日子好過得多。中國女人凡事要聽男人的，洋女人可就自己說了算，她們好神氣！」

「神氣？這正證明她們野蠻，不講禮教。你可別跟那些洋女人學壞了。」洪文卿雖在笑著，語氣可不是說笑話的。

「老爺放心，我不會學壞，我乖得很。」

洪文卿被金花嬌憨的神態逗得心裡癢絲絲的，見眼前沒人，就一把將她拉在懷裡，摟住她的纖纖細腰：「你現在就聽蘇菲亞的話，連我的話也不聽了，老看你跟她在一起。」

「喲，原來我們洪狀元老爺醋罈子打翻啦！」金花笑得把臉藏在洪文卿的懷裡，裝癡撒嬌的喃喃：「乖老爺，你不該吃醋，你該謝謝蘇菲亞陪我，要是沒有她，我準定跟你生氣。」

「跟我生氣？為什麼？」

「因為你一有空就寫這勞什子的『元史』，也不陪我玩。」

「寫『元史』不是勞什子，是著書立說，很重要的。再不寫就沒日子能寫完。」一說到他的著作，洪文卿就嚴肅的正起顏色。

「對呀！你寫你的書，蘇菲亞陪我玩，不是很好喔？告訴你，下個禮拜英國公使的夫人請我喝茶，我已經答應了。」

「你出去見識見識場面也好，不久我們也要請請客。」

「我們請客？要請多少人？」

「要分幾次請。德國的各部大臣、高級軍人、各國的使節，特別是俄國跟奧國的，都得請請。我們那個大餐廳不是能坐七十人嗎？每次就請七十個吧。請客要吃中國酒席——」

「中國酒席？天知道——」金花沒聽完就叫起來。「一共三個廚子，一個還是洋的，請七十個人——」

「不請客怎麼交朋友辦洋務呢？公使夫人，這就要看你的本領了。」

洪文卿一口一句「公使夫人」叫得金花心裡好不舒坦，她想：正如蘇菲亞所說，洋人只承認一個妻子，現在她是獨當一面，眾所公認的洪公使夫人，從館裡最老派的官員到男女傭人，誰不叫她一聲「太太」或「奶奶」，把在國內時的「新太太」、「姨太太」稱呼上的「新」、「姨」兩個字都給去掉了。這種情況，是她們這種做偏房的女人一生一世也求不到的。別人礙著面子和對洪文卿的奉承，表面上敷衍著叫叫也就罷了，他本身也這麼叫，口口聲聲說她是「夫人」、「公使夫人」，可見他對自己是多麼重視、寵愛，而且把蘇州老家的正太太忘得多麼乾淨，此情此意能叫她不感激嗎？金花一樂，就爽快的道：「你要請誰？請多少人？那天請？叫他們張羅去。我保證不讓你丟臉就是。」

有了金花的承諾，洪文卿就關照手下開名單發帖子。到了歐洲，這些清朝的外交官們才知道：原來洋人都是信教的，把十二月二十五日的耶穌誕辰看得奇重，稱為「聖誕節」，不單要熱烈慶祝，還要家人親戚趁這時節團圓，在這個時候請客人當然是請不到的，所以他們把這個新公使到柏林後的第一個大宴會定在一月中旬，帖子發了七十份，請的全是德國軍政要人和活躍的外交使節。

金花求好心切，老早就張羅起來，和廚子商量菜單，跟管事的關照怎樣布置房間，如何接待客人，一副做人家的主婦嘴臉，館裡的職員和下人們便在背後嘁嘁喳喳：「倒看不出，咱們這位蘇州河花船上出身的姨奶奶，真還有她的一套！」

時光易逝，聖誕之後是西曆新年，新年之後離請客的時間可就近了。金花仔細周到，事必躬親，由於人手不夠，自己下廚房幫著撿燕窩挑魚翅，光是鮮蝦就買了十公斤，四個洋女孩子一整天坐在廚房裡剝蝦仁，剝完了全叫手指疼，金花笑道：「你們的手指頭痛了嗎？讓我來犒勞你們。」她說罷找出四個從蘇州帶來的白銀鑲寶石的小戒指，給了每人一個。女孩們得了戒指，立刻變得歡天喜地，直喊謝謝。

「聖誕節沒送你們禮物，這就是補送的聖誕禮物。」金花說著發現正在拿著鐵熨斗熨桌墊餐巾的阿陳和阿祝面有憾色，便又道：「你們別急，咱們中國人過中國年，到時候都不會空手。」

金花的話說得兩個老媽子有點臉上掛不往不過也都安了心，相處過這些時候，下人們對這位年輕的女主人已有認識：她快人快語，出手大方說話算數，她說「不會空手」，便一定除了最初講好的一年三節的賞錢之外，尚有別的什麼賞賜。

忙了十來天，宴會的日子終於來臨，使館裡負責接待的人員一概按品穿戴。洪文卿穿上他的正式官服、長袍、頸掛朝珠、頭戴拖著花翎的涼帽，足登三道雲式的福字履。金花更是早早的就開始加意打扮，把她黑濃潤亮的秀髮，在腦後挽了一個光滑飽滿的大髻，鬢邊斜插兩排晶瑩透剔的珍珠花，耳墜兩枚盪來盪去的水滴形珠子耳環，把她那張年輕的臉，襯托得出奇的嬌嫩嫵媚。

宴會定在六點半，過道上描金的大自鳴鐘敲過六響不久，客人們便陸陸續續的到來。金花原是出過鋒頭的，到德國後參加了幾次高級社交場合，見識了大場面，也學會了擺派頭，而且別出心裁的想些新花樣，要格外的表現出大國官家貴婦的風儀。

洪文卿、汪鳳藻，和兩個高級館員，由黃、鄧、齊三個翻譯陪同，與貴客們握手寒暄，說著柏林的天氣和一些並無趣味的閒話。高高懸在屋頂上的大玻璃吊燈、手繪的中國宮燈，散射著柔和的光芒，把個原已金碧輝煌的大廳，越發的形容出一派豪華景象。

高官貴婦們衣香鬢影觥籌交錯，部長們的金絲眼鏡框，將軍們胸前的勳章，和夫人們裸露的頸項上的金珠鑽石，在燈光下輝映閃爍。氣氛是和諧可愛的，然而沒有女主人的宴會正像沒有花朵的春天，明顯的顯出欠缺了什麼。這時，忽然一陣輕微的銀鈴聲由遠來近了，眾人不約而同的舉頭朝上望，只見四個穿著同式拖地長裙的金髮碧眼的德國女侍，手上各提一隻大紅紗燈在前引路，引著一位豔光燦爛的佳人緩緩走下樓來。

金花今天穿上了狀元夫人的大禮服；火紅繡緞大襖上罩著五彩孔雀毛的披肩，頸上掛著珍珠、翡翠、瑪瑙三串大珠，下身穿著二十四條飄帶的六幅湘綾裙，每條飄帶的尾端擊著一枚亮晶晶的小銀鈴。長及地面的裙子遮住了她踩著弓鞋的金蓮。弓鞋的後跟是手藝高明的師傅巧心設計的，凹形式樣，裡面裝了個摻著桂花精和荳蔻末的粉包兒。人沒到香氣已隨著銀鈴聲隱隱而至，人到跟前只見珠顫翠晃眼波流盼，走一步在大理石地上踩上一個粉印，真是步步生花豔色絕倫。金花下了樓，斯文而有韻致的搖動著裹在錦緞襖子裡的纖腰和戴著鐲子的手臂，姿態優雅的和客人們說著「幸會」、「非常榮幸」、「歡迎」之類的應酬話，大方又得體。

那些高貴的客人全被金花感動了，說著傾服與讚美的詞句，居然有個好說話的老公爵問她：「是不是中國的公主？」金花笑著說不是，心裡卻忍不住有些自憐的想：「公主嗎？哼，正好相反，在公主的眼睛裡我還不如一塊爛泥。」

「這是瓦德西伯爵和夫人。」在一位穿著將軍戎服，和一位裝扮得十分樸素的貴婦面前，黃翻譯介紹說。

「高貴的夫人您好！」瓦德西伯爵握住金花伸過來的手，吻了一下她雪白粉嫩的手背。他圓圓的面孔，膚色紅潤，頭髮和眉毛都是金黃色，說話聲若洪鐘，神情之間有軍人的豪邁之氣，令人一眼就看出是個赳赳武夫。

伯爵夫人的文秀含蓄跟她丈夫恰好成對比。「被你這樣一位美人請來做客，是我們特別的榮幸。」她輕聲輕氣笑容可掬的，一舉一動都顯示著家世和教養是如何的尊貴。

「伯爵夫人，您高貴的儀態真叫我羨慕。」金花用前兩天才從蘇菲亞那兒學來的德語說。但她說的不是假話。在場三十來位貴夫人中，最引她注意的就是瓦德西伯爵夫伯人。其實這位爵夫人年紀已經靠近五十歲，穿著又那麼素淨，甚至連首飾都不像別的夫人們戴得那麼多，臉上是不描眉也不塗胭脂，整個人看著就那麼靜靜的，淡淡的，眉宇笑容間含蘊著彷彿容得下天地的寬容大度。

「夫人，我新近來到德國，怕有很多事要向您請教。」金花用中文說了，叫黃翻譯用德文再說一遍。

「你太謙虛，不過我們一定可以交成朋友，我就住在附近，也在動物園區，海威德路二號（Horwarthstr. 2），要請你來玩。」瓦德西夫人和藹的笑著，語氣是誠懇的。金花簡直就被她迷住了，聽說要請她，連忙高興的道：

「能到伯爵夫人家做客是令人興奮的事，先謝謝了。」

大餐廳裡的長形桌子鋪著漿得板挺，漂得雪白的檯布，擺著高腳玻璃酒杯，鍍金刀叉，和江西景德鎮的五彩瓷盤，棚頂上是三盞墜著玻璃穗子的大吊燈，洪文卿坐在上首堵頭男主人的位子，金花坐在下首堵頭女主人的位子，兩人背後坐著黃翻譯和鄧翻譯。

金花記住了許景澄太太告訴她的話：洋人不慣吃油膩和鹹味太重的東西，也採納了蘇菲亞的建議：菜式要擺得漂亮悅目，因為西方人注重這一項，說什麼「要藝術化」。關於這一點金花本身已有經驗：洋人常常是擺了花花綠綠的一大盤，東西也不過就是那麼幾樣，跟種類繁多的中國烹調比，未免顯得變化太少。金花有心要讓眾人心服口服，兩個帶來的大廚也想表演手藝，菜單是頗費了一番功夫磋磨出來的，要既講究又能迎合西方貴客的胃口，而菜樣還不能太零碎，否則兩個掌廚的忙不過來。

兩個大廚之一的田師傅，早年出身於蘇州第一名菜館，百年老店松鶴樓，這晚上他摩拳擦掌的把絕活亮了一手。

第一道菜是花式冷盤，金花別出心裁，叫四個德國女侍換上一式的鵝黃色錦緞中國大襖，下著繡著五彩花邊的白綢子百褶裙，把四個皮膚白裡透紅的大姑娘打扮得鮮豔又俏皮。四個人各端一隻大花瓷盤，盤裡的十種葷素冷菜擺著孔雀開屏的畫面，看得這些西方貴客們瞪直了眼睛，直讚歎道：「這太美了，吃了多可惜！」，「了不起的烹飪，簡直就是藝術品。」，「等我欣賞一下再拿菜。」

眾人驚歎了一陣，待佈完了菜吃到嘴裡，驚歎聲可就更高漲：「味道忒鮮，是什麼做的？中國烹調真了不起！」

冷盤上過是雪花雞球、翡翠蝦斗、松子東坡肉。田師傅本想做他最拿手的松鼠桂魚，金花聽蘇菲亞說西方人最不慣見到連頭帶尾的雞鴨魚類上桌，就沒讓做，而讓他表演了另一絕技——櫻桃肉。當配著碧綠的大蠶豆，血紅滾圓的櫻桃肉端上來時，客人中有人道：「季節還是冬天，怎麼就有這麼新鮮的櫻桃？」

「這新鮮的櫻桃是從我故鄉蘇州運來的，請貴客們嘗嘗。」金花說著做了個「你吃過才知其中秘密」的笑容。

「啊！這那裡是櫻桃，原來是肉！」

「怎麼燒的？怎麼這樣鬆，這樣軟！」

「這道菜叫什麼名字？」

客人們果然又吃驚了，金花春花似的臉蛋笑出深深的兩個小酒窩，「這道菜叫蘇州櫻桃肉，是我家鄉的名菜，據說我們太后老佛爺最愛吃。」

一頓大宴吃得客人酒足飯飽讚不絕口，但他們更驚歎的是這位年紀輕得像孩子，笑容甜得像蜜，豔麗活潑像彩蝶，一步一陣銀鈴顫響，一動一陣香氣襲來，打扮得瑤池仙子似的女主人。她自然是宴會的中心，沒有那個客人不過來跟她談談聊聊，瓦德西伯爵夫婦是跟她談得最多的。

「想家嗎？過得慣此地的生活嗎？」伯爵夫人問。

「剛來時有點寂寞，現在好了。我喜歡這裡的生活。」金花說著就想：這裡的生活多好啊！我在這裡變得多尊貴多受重視，家？我那個家有什麼好想的呢？「我不想家，我喜歡這裡。」她想著又加重語氣的說。

「那就好。」瓦德西伯爵夫人溫柔的笑笑。「你知道，我跟你一樣，也是外國人。」

「哦？伯爵夫人出生在那裡？」

「美國紐約，原來到巴黎找我姊姊，在那裡讀書，想不到居然在德國落了戶。」伯爵夫人說著用她淺藍色的大眼睛含笑的掠了身邊的瓦德西伯爵一眼。伯爵摸了摸嘴唇上的小鬍子朗聲笑道：「她呀，被我俘虜了。」他挽起伯爵夫人戴著鑽石手鐲的手臂，輕拍了兩下。「公使夫人，跟你說句真話，能娶到瑪莉是我這一生最大的幸運。」

「阿弗瑞德又說笑話了。最親愛的，你總知道我是以你為榮的。」伯爵夫人薄薄的嘴唇笑得朝上彎著，聲音和平極了。

「當然，我的親愛的。」瓦德西伯爵拿起他妻子的手深深吻了一下。

金花見這對過了中年的夫妻，當著外人如此表示親暱，非常吃驚，覺得西方人跟中國人實在太不相同，但她打心裡喜歡這位伯爵夫人，認為像她那樣的人才稱得上真正的貴婦。碰巧瓦德西伯爵夫人對金花也特別欣賞，很願意跟她交談，當瓦德西伯爵走開去跟別的客人應酬時，她還在跟金花談著。伯爵夫人見多識廣，從紐約的唐人街，華盛頓的白宮，倫敦的白金漢宮，巴黎的藝術和時裝，談到柏林的社交圈子和一般工人的生活。

金花自知知識淺陋，德語又不高明，所以總是用心的聽，間或點點頭說兩聲「是的」。這不單為她自己藏了拙，也給了伯爵夫人一個好印象，認為這位美麗的中國小女人思想和看法很與她相近，可以交為朋友。

「不久要請你和洪公使到我家做客。」伯爵夫人說。

「那是我的光榮，我盼望那一天早早到來。」金花從容的說著蘇菲亞教她的話。

「那一天不會遠，不過要等到春天。因為，你知道，我的生活很忙，社交、應酬，主要是我做一些社會福利工作，成立了一個基金會，幫助窮苦的工人和無家可歸的婦女，譬如說未婚的年輕母親——」

「哦？在德國有沒結婚就有孩子的女人？」

「在那個國家都會有。遭遇到這種命運的女人是非常不幸的。所以我要幫助她們。我造了一幢房子——」

金花正跟瓦德西伯爵夫人說得熱絡，忽見伯爵端著酒杯眉開眼笑的朝她們而來。

「方才我們在談那幅字畫。」瓦德西指著遠處壁上掛著的一幅中堂。「這是東西方的文字最不同之點；西方的文字就是文字，東方文字卻是藝術，你看，那字寫得不是跟畫沒有分別嗎？真美，神祕啊！」伯爵說著轉過身對金花微微的一躬身。「尊貴的公使夫人，你能告訴我那黑黑的兩條大字寫的是什麼嗎？據說是詩呢！」他的藍眼珠含笑的望著金花，等她的回答。

「是——」金花無法不感到窘迫。雖說在富媽媽班子裡學吹彈酬唱，跟洪老爺學識字讀詩，究竟只是一點皮毛，絕沒本領一口氣把字畫上那筆飛墨舞的行書詩句解釋清楚，何況她學的那點可憐的德語又不夠用，連聽沒聽懂瓦德西伯爵的問題都沒有把握。「是——是藝術——」她用甜美的笑容遮掩窘態，內心裡對本身的無知產生了難言的自卑，自卑的程度就像對她那無法改變的微賤出身一樣。

「親愛的阿弗瑞德，你看洪欽差不是正在那裡給大夥兒解釋那幅字畫，翻譯先生在翻譯嗎？我們何不一同去聽聽？」伯爵夫人對金花友善的笑笑，說待會兒再見，便挽著瓦德西伯爵走進人堆裡。金花朝他們的背影注視良久，對伯爵夫人不僅傾服，更多的是感謝。

金花自知宴會成功，再加上洪文卿的極口讚美，使她的興奮難以平復，不斷的和蘇菲亞討論與會的人物，說得最多的自然是瓦德西伯爵夫人。

「那樣子才叫真高貴，我喜歡她！她確是個不平凡的女人，居然還弄什麼勞工，什麼沒結婚就生孩子的婦女的什麼福利！我簡直不太懂那是怎麼回事？在我們中國，越是貴婦越是大門不出二門不邁，她這個貴婦可不一樣，居然做男人做的事情。」金花連著累了多日，這時放鬆的靠在沙發椅上，任蘇菲亞把她頭上頸上的飾物一件件的取下。甚為享受的半瞇著眼說話。

「你說瓦德西伯爵夫人？告訴你，那可是個不平凡的女人。有人說她是美國來的女冒險家，她的身世和你一樣具戲劇性。她父親不過是個開食品店的商人，當然是發財的商人嘍！不然怎麼會那麼有錢，幾個女兒都到巴黎念書！她有個姊姊嫁給德國貴族，因為這層關係她才進了歐洲的高級社交圈，據說她常進法國皇宮的。你別看她那副樸素含蓄的模樣，年輕時候是出名的大美人，會交際得很。跟瓦德西伯爵結婚前已經嫁過一次，那個丈夫身分更高，是個公爵，比她大了三十六、七歲——」

「三十六、七歲？西洋也有這種事？」金花驚異的打斷了蘇菲亞的話，心想：「這不真和我的情形差不多了嗎？」

「怎麼沒有呢！在他們這些貴族裡什麼怪事都會有。」蘇菲亞正小心的為金花取下髮髻上的碧玉簪，一邊笑著。「她的前夫給她留了四百萬馬克的財產——」

「四百萬馬克？我的天，那是多少兩銀子啊？」

「那個尼爾公爵跟她結婚幾個月就死了。他們兩個到埃及去旅行，補度蜜月，就在那時候公爵留了遺囑，說是把所有的財產都留給新婚的太太。也怪，遺囑寫了沒幾天他居然真死了，所以公爵的家族控告她謀財害命——」

「什麼？謀殺親夫？嗯嗯——」金花大為瓦德西夫人不平，激動得提高了聲音。「她那裡像？她又不是潘金蓮那種人。」

「誰知道她是那種人？當時事情鬧得好大，是轟動整個德國的大新聞。到今天我母親那代人講起這段歷史還津津樂道呢！」

「結果一定是她打贏了官司，不然那麼多財產就到她手裡了嗎？」

「是她贏了。據說奧地利國王幫了她不少忙。總之，她是個不平凡的女人，這個瓦德西伯爵對她還不是言聽計從，對她佩服得什麼似的。你想，瓦德西跟她結婚以前不過是個上校，駐防在哈努瓦，現在升到大將軍，是首都的防衛副司令，誰都知道是靠他太太的關係。」蘇菲亞已把金花頭上頸上的首飾卸完，一樣樣的裝回首飾箱裡。「太晚了，你去休息吧！我也要上床睡大覺了。」她睏得直打呵欠。

「我就去睡了，可是我還要問你一句：瓦德西伯爵夫人有什麼能耐能保舉她丈夫升官？」金花也倦得睏貓似的，可仍要追根刨柢的問。

「王儲威廉第二對她特別信任，很多事要跟她商量。有人說，他對瓦德西伯爵夫人比對他母親威克多瑞亞王妃還信任呢！」蘇菲亞說著忍不住笑。「你對她的事這麼有興趣？你想學她嗎？」她有點調侃的。

「學她？怎麼學得會呢？我是覺得好奇怪；怎麼西方女人想做什麼就可以做什麼？要是在中國——」

金花跟蘇菲亞就著瓦德西伯爵夫人的題目說了大半夜。

9

柏林的春天比江南來得晚，但畢竟來了，像一面巨大無形的輕紗，漫漫的罩著大地，使得每一株小草，每一棵叫不出名的樹，都在她暖烘烘的覆蓋中勃發，掀動著生命的活力。

非今館的庭院裡洋溢著冬眠後的復甦氣象，樹木在春風的吹拂中結成一片蒼碧的雲，階前的熱帶植物爆出了新芽，嬌柔嫩綠得像要滲出水來。花在打苞，大門兩旁的玫瑰，窗前的杜鵑，院牆角上的大百合，就那麼一片醉紅，一片淡粉，一片羽白的爭奇鬥豔著。

雪已融盡，運河的水也漲了，浩浩淼淼的一脈長流，悠悠的趕著漣漪東去。河上有笑聲，是來自那些乘著小木船在水上盪漾的青年男女的，姑娘們撐著彩色鮮麗的小陽傘，跟坐在對面的少年郎談笑，美得像畫兒，像用春天的顏色畫出的畫兒。

金花臥房外面的陽臺，形狀像半個大月亮，圍著精緻的雕花欄杆，憑欄而立，近處院外的風光，遠處淡淡的青山，便那麼清晰的展現在視線裡，特別是動物公園那一片綠油油的，濃密得不知何處是盡頭的森林，格外引人遐思，彷彿那裡面不定蘊藏著多少奇譎的故事。金花常站在陽臺上觀望外面的天地，秋天望，冬天望，春天來了，當然更望得多。她一天比一天的更看清，世界是多麼的大？大得摸不著邊，而人的生活是可以怎樣的尊貴、有趣！

到柏林半年，對金花來說，比她過去整個生涯中所聽到、看到、學到的還要多。三月九日老皇帝威廉一世以九十一歲高齡去世，十六日舉行盛大隆重的葬禮。洪文卿以使節的身分去致祭，金花跟蘇菲亞擠在路旁的人群中看熱鬧。

送葬的人群數以萬計，瓦德西伯爵身著將軍戎裝，騎在一匹高大的棕毛馬上擔任總指揮，戴著亮閃閃的鋼盔帽子的士兵，在樂聲悠揚中邁著整齊的步伐，大皮靴發出劃一的響聲，在又寬又直，長得幾乎望不到頭的林頓大道上浩浩蕩蕩而過，好不氣派，看得金花直隱隱歎氣。

老皇帝的葬禮一過，人們的注意力便都投向了新皇帝腓德烈第三和皇后威克多瑞亞。腓德烈第三是個長年臥床的病人，皇后威克多瑞亞是英國公主——當今英國女王威克多瑞亞的女兒，傳說中他們夫婦與長子威廉之間的感情並不是很融洽。這些消息金花都是從蘇菲亞嘴裡聽來的，蘇菲亞還說：「你看吧，這個皇帝做不長久的，他的身體太衰弱。不久太子威廉就會上來，嘿！那可是個厲害的。」

「威廉有那麼厲害嗎？我只看他那兩撇鬍子就夠受，在我們中國，只有戲臺上的三花臉才留這樣的鬍子。」金花對著報紙上威廉太子的相片，故意皺起眉毛惡作劇。

「這個樣式的鬍子不算怪，是貴族男士中最流行的。你別笑他，他真的很能幹，聽說對俾斯麥首相都不服氣。」

「我沒笑他呀！我怎麼會笑他？我還想見他呢！」金花笑得格格的，像個頑童。她真的想到皇宮做次客人，開開眼界。初到柏林時，洪文卿向皇帝威廉一世呈遞國書，回來對金花描述德國皇宮的氣派、覲見的過程，說皇帝曾問了一句：「公使的家眷也來了吧？對德國的生活習慣嗎？」這就越發的引得金花雄心勃勃，覺得如果不見見皇帝和皇后，便是辜負了這得來不易的公使夫人的名號，和迢迢的遠洋之行。她把這個願望對洪文卿表示，文卿道：「據說皇帝皇后照例會接見使節夫人的。我們不能要求，只能等。你就耐心的等那一天吧！」

金花一直在盼望中等待，但等到老皇帝死去，新皇帝上臺，仍沒有召她覲見的跡象。「我等得好不耐煩！」有次她嘟著嘴對蘇菲亞發牢騷。蘇菲亞道：「你必須要耐煩。現在皇宮裡一定特別忙，你想，四月底英國女王來訪問，五月裡二王子亨利要跟伊蓮娜公主結婚，皇帝又總是病著，那裡顧得到召見外國使節夫人？這事急不得。」

「在歐洲，王子一定得娶公主才成嗎？」金花好奇的問。

「就算不是公主，至少也得有貴族血統。難道王子會娶一個平民女子？」

「啊！這不跟我們中國一樣。那些貴族出身的闊小姐命可真好啊！」

「好什麼？我才不稀罕她們那種呆板受拘束的生活，我喜歡自由自在，過我喜歡過的日子。」

「蘇菲亞，我羨慕她們，我覺得一個女人的出身好，是前世修來的，這輩子怎麼使勁都不行。」金花的語調裡攙著深深的感歎。

「你在歎氣？是為了那些人嗎？」蘇菲亞朝樓梯的方向努努嘴。

金花默然不語，只用萬分委屈的神情望著蘇菲亞。

提起使館裡的那些人，金花的心立刻有千斤重。她明顯的感覺到他們瞧不起她，用輕蔑的眼光看她，她的行動和作風早令他們看不慣，認為不是良家婦女路數。西方人所稱讚的她的優點，正好被他們看成了她的恥辱。「還不夠她張揚的呢！往後準有好戲看，你們就等著瞧吧！」「虧她，見了洋人又說又笑又握手，真拉得下來臉！」「她三天兩頭的往外跑，非令館就要裝不下她啦！」之類的竊竊私語她也不是沒聽到過。這自然使她困擾。當她把話學給蘇菲亞聽時，蘇菲亞不平的道：「金花，你別傻，不要理會他們的想法。他們有什麼資格議論你呢？你的生命是屬於你的，又不是屬於他們的，他們管得著嗎？」

「我的生命屬於我？」金花完全被這句話弄糊塗了。多麼難懂——生命？什麼是生命呢？怎麼屬於自己呢？母親把她賣給富媽媽，她就屬於富媽媽，洪老爺花了大把銀子把她從富媽媽手上買來，她就屬於洪老爺。別說像她這樣出身的女人，就是那些官宦之家的千金小姐，太太奶奶，敢說一句什麼「屬於自己」嗎？

「金花，別忘了我跟你說過的；做你認為對的，想做的，做了會使你快樂的。那些人認為你應該永遠過在中國那種生活，不應該過現在這樣的生活，可是你為什麼要在意他們呢？再說連洪公使都不干涉你，他們干涉得了嗎？」蘇菲亞又忿忿的說。

蘇菲亞的話點醒了金花，她想：真的，我為什麼要在意他們說什麼呢？他們越認為我卑微，我便偏要尊貴給他們看。

事實上金花已漸漸打入柏林的上流社交圈子。她的德語已說得相當流利，在使節夫人中算是說得好的。她的綺年玉貌，別致華麗的衣著與名貴新奇的首飾，可愛的笑容和帶有幾分稚氣的談吐，使得她成為每個宴會中的寶玉名珠。不久前瓦德西伯爵夫婦在他們的紅色大廈中舉行盛大餐會，大清朝洪公使的夫人又是光芒四射的人物。期望跟她做朋友的貴婦名流，要宴請她的政界顯要，多得使她連名字都記不清。中國使館和使館裡的人，甚至洪文卿公使本身，都引不起西方人的注意，引得起注意的唯有金花，因為對公使夫人印象好，竟彷彿連帶著對大清朝、使館，和中國人的印象都好了。金花有時便會暗中得意的冷笑著想：「怎麼樣？你們看不起花船姑娘出身的人嗎？我給國家做的事，恐怕你們這群讀了一肚書的老爺們累死也做不到呢！」

金花常常叫蘇菲亞替她讀報，聽到有趣的新聞會一問再問，有時兩人還要討論，國家、民族、自由、革命之類的新名詞學了不少，連哥倫布發現新大陸，俄國曾有個好厲害的女皇叫凱塞琳大帝，法國一七八九年有過大革命，美國只有總統沒有國王等等都知道了。有次她對洪文卿說：「真是自古紅顏多薄命。像瑪麗安東妮那樣的美人也給送上斷頭臺，多可惜。」「誰是瑪麗安東妮？」洪文卿不解的問，「不是法國國王路易十六的皇后嗎？」「哦哦，你連這段歷史都知道了，可了不得，我們金花夫人真是知識大開啦！」

洪文卿口上稱讚，心裡卻無端又擔上一份心思。雖是貴為一館之主的公使，也受不了人多嘴雜；下屬們背後議論他太寵慣金花已使他不受用，蘇菲亞一再的灌輸金花奇奇怪怪的觀念更讓他不安。「你又要出去嗎？」有時他會故意試探，「你不高興我出去嗎？待在家裡多氣悶，外面天氣那麼清爽，出去走走多好！你看那些洋人小姐不都逛街散步的嗎？」金花會說。「你並不是洋人啊！」洪文卿會笑著反駁。「可是我是人，並不是野獸，不想被關在籠子裡，想出去！」金花說這類話的時候，總是半嗔半怒的。「呵呵，你不是野獸嗎？我看你像隻發威的小老虎。」洪文卿只好投降，他對金花向來是百依百順。

有蘇菲亞的鼓勵和洪文卿的首肯，金花真的不再顧忌，非今館裡有限的空間已無法拴住她，她的心像鳥兒的羽翼，有振翅欲飛的昂揚，常會翱翱得好遠好遠。她去赴宴，去逛街購物看商店，看漂亮的時裝和首飾，天晴的時候也會到動物公園裡去散步。蘇菲亞像是她的影子，片刻不離的陪伴在側。

春光五月，正是仕女們添製新裝的節令，柏林市中心的大商店早就展出了時新貨色，金花也早就想出去看看，買些心愛的什物了。每次去赴宴或逛街之前，她總照例的去對洪文卿招呼一聲，今天便也不例外。午飯過後洪文卿一向有臥床休息的習慣，金花輕手輕腳的推開臥房的門，不料跟正從裡面出來的洪文卿撞了個正著，嚇得她手撫心口，嬌氣喘喘的斜睨著洪文卿：

「哎喲，老爺可把我嚇壞了。怎麼不睡午覺，倒穿戴得整整齊齊的，上那兒去？」

「我不去那裡。是一個叫什麼貝也可夫的俄國人要來談買地圖的事。」洪文卿看到金花就像整個人浴在春風中，渾身舒坦，掩不住倦意的笑容在他清瘦的面孔上浮動。

「有汪老爺、黃翻譯陪著談還不夠嗎？非要老爺親身把陣！待會又犯頭痛了。我看你倒下睡一會吧！」

「不行，」洪文卿搖搖手，鄭重的道：「這件事太重要，我一定要親身在場。我不是跟你說過，中俄兩國為了疆界問題糾纏不清，吵了好多年。我要在我的任上把這件事弄清楚也，不枉朝廷派我出使一場。」

「老爺要是把這件事辦成了，就是給朝廷立了大功，兩宮不定多高興呢！可是，老爺——」金花含笑的不說下去。

「你又有什麼花樣？要出去做客？要買首飾？嗯？」洪文卿看金花的表情就知道她有所求？體貼的柔聲問。

「老爺只猜對了一點點。我要去街上逛逛，看見喜愛的首飾衣服什麼的保不定要買。」

「買首飾我贊成，衣服啊，我看最好不要買，洋女人的衣服你穿著也不像樣，你看你這身衣服多好看——」洪文卿說著欣賞起金花的裝束來。她今天穿了一身湖水綠的杭綢夾衫，下面一條月白色的褲子，尖尖的金蓮在褲腳下若隱若現。金花見洪文卿目不轉睛的盯著她，嬌憨的將頭一扭：

「老爺像蜂子似的盯著人做什麼？我身上有蜜？告訴你，老爺，我一定要買幾套洋衣服。」

「一定？我明白了，準又是蘇菲亞小姐的主意。你呀，現在只聽蘇菲亞的，不聽我的。」提起蘇菲亞洪文卿就不禁悻悻然，他擔憂她把金花帶壞了，但又不能辭退她；金花倚為左右手的人，他敢說不接納？

「是我自己出的主意。洋裝的好處是裙子長，可以遮住這對怪東西。」金花把一隻腳微微翹了翹。「有次我上街，差不多全街人都回頭看這雙腳。我羞得臉都紅了，恨不得地上有個洞鑽進去。」她說著已經嘟起抹得鮮紅的小嘴。

「有什麼好難為情的？腳小才好看。西方女人那兩隻大腳像男人一樣，真嚇壞人！」洪文卿摟住金花嘻嘻的笑。「我可就愛你的三寸小金蓮。」

「啐！好厚的臉皮，虧得還是個欽差大人？」金花用小指頭在洪文卿的腮幫上輕輕的刮了幾下，「我買洋衣服只是上街穿，在家一定穿中國衣服叫你高興，還不好嗎？你也別總看不慣蘇菲亞，她實在是我唯一的知己。你不也有根亞先生嗎？你跟他整天關在書房裡沒完沒了的講，都不曉得理睬我們了，我還沒吭聲呢！你吃那門子醋。」

「根亞先生幫助我研究元史，替我找成吉思汗西征的資料，又不是陪我玩耍。」一說起他正在撰寫的元史，洪文卿就表情嚴肅，儼然那是什麼經天緯地之業一般。根亞先生是個粗通中文的比利時人，他重金聘來做秘書的，任務是隨時到各圖書館替他找查資料，並翻譯給他聽。兩人合作融洽，常常在書房裡一關大半天。

金花聽洪文卿用根亞先生來貶蘇菲亞，便故意挖苦：

「老爺是狀元郎，有學問。老爺研究元史，我只能研究玩耍，老爺要根亞先生陪著研究，我也得要蘇菲亞陪著研究。」

洪文卿從來說不過金花的伶牙俐齒，又覺得她那刁鑽調皮的模樣比平時更惹人愛，便縱容的笑著道：「你這張小油嘴是真不讓人。你要逛街就快些去，我叫他們關照馬車伺候。錢在保險櫃裡，你用多少自己拿。我非到樓下不可了。」

等洪文卿出去，金花就換上洋裝，從保險櫃裡取出一疊鈔票，和蘇菲亞一同興匆匆的去逛街。她們的計畫是：先乘馬車抄近路到波茨坦廣場，在那兒看個夠，再沿著腓德烈大街往上逛，走累了正好到與林頓大道交叉的街角上，出名的鮑爾咖啡館歇腳，等著馬車來接，再從林頓大道回到非今館。

波茨坦廣場是柏林最熱鬧的地區。廣場中間車水馬龍，四周盡是大商店，櫥窗裡陳列的首飾、服飾、手袋和皮鞋，五彩花色的長柄小陽傘，俏皮的小帽子，裝在精緻的瓶瓶罐罐裡的香粉、香水、潤膚霜、唇膏之類的化妝品，直看得金花眼花撩亂。她和蘇菲亞走了一家又是一家，一邊說說聊聊，愉快輕鬆的心情使她們看上去像兩個不知憂愁的小女孩。

金花險些擾亂了路上的秩序，從趕馬車的車夫，擺攤子的小販，到行人道上經過的紳士淑女凡夫俗子，都會向她投來探索的注視，她的雪白粉嫩的臉蛋，黑雲似的濃髮，緊緊貼在纖腰上，領口鑲著滾浪式花邊的上衣，拖到地面的長裙，斜插兩根備毛的小帽，無一不引起他們探索的興趣。有的已在低聲議論了，這個標致的小姑娘是中國人嗎？她的皮膚怎麼一點也不黃，鼻子那麼高，眼睛生得多麼好看啊？她是誰呢？怎麼會到柏林來呢？有的已經在跟金花施禮微笑的打招呼了，金花也和氣的與他們點頭為禮。她看出他們是善意的，因此一點也不懼怕。

「他們從來沒看過中國人吧？」金花小聲問。

「我想沒有看過。中國離得太遠，對歐洲人也太神祕，他們差不多想像不出中國人是什麼樣子。」蘇菲亞手上大包小包的提了一大堆，都是金花採購的東西。經過一家服裝店的門前，她指著櫥窗裡的一件衣服道：「你看，這種線條現在最流行，這叫公主式線條。」

「為什麼叫公主式？」

「因為公主們最愛穿這種裁法的衣服。我們的二王子不是就要跟伊蓮娜公主結婚了嗎？聽說她是最愛穿這種式樣的衣服的。公主領先大家緊跟著，就流行起來了。」

「哦，原來是這個樣子的！說不定我也買一件來試試。」金花說著忽然轉了口氣：「啊呀，蘇菲亞，你一定要帶我到幾個最高貴、最特別的商店去看看，我要找點東西。」

「找點東西？找什麼？」蘇菲亞被金花慎重的樣子弄笑了。

「我要找稀奇古怪的好東西。蘇菲亞，你不知道，大清國的駐外欽差，為了每年兩次孝敬兩宮的禮物，差不多把腦袋瓜也想痛了。人人都想找到又稀奇又珍貴的，真是挖空了心思。我們洪老爺第一次外放欽差，對這一套沒有經驗，叫下面的人給出主意，有的說送擺飾，有的說送茶具，全不高明。我們老爺正愁著呢！我不如順便給找找，要是找到合適的東西，老爺準高興。」

「那不難，到林頓大道去找。」

金花的腳使她沒辦法走得快，好在天氣暖，人行道寬，林頓大道的壯麗繁華又讓人目不暇給，慢慢的走著看著非但不覺得累，反而感到像胸口被打開了個通道那麼輕快舒坦。蘇菲亞帶金花到一家豪華的大商行，金花仔細的在架上巡視，蘇菲亞在一旁介紹說這是中國公使的夫人，想找幾樣新奇的名貴禮物孝敬皇帝和皇太后。那售貨員一聽立時肅然起敬。忙到後面把經理喚了來。那經理也是必恭必敬的，把珍奇的好貨色叫人一樣樣的擺在檯子上，任金花左挑右看，回答問題。金花說要跟公使本人商量過才能差人來買，那經理耐心而客氣的連連稱是，臨走時給了一疊貨品目錄，直送到門外。

要買要看的東西已買過看過，最後的節目是坐咖啡館。鮑爾咖啡館在柏林是無人不知的，不管從林頓大道或是從腓德烈大街上，都能遠遠的看到遮在二樓陽臺上紅白條子的遮陽棚，棚下坐著喝下午茶的男男女女，他們那副悠閒自得的調調兒，早就吸引著金花想去試試。把這想頭告訴洪文卿，他不以為然的道：「你要喝茶家裡有的是，要吃洋點心叫人去買，何必坐到咖啡館裡跟人去擠呢！外國女人稱得上不安於室，連喝東西也要坐到當街去喝。」

洪文卿認為坐咖啡館有損婦德，金花就沒敢去試，但是，幾次坐在馬車上經過，望著那惹眼的遮陽棚，想到那下面去坐坐的慾望便油然而生。金花多少是懷著些冒險的心情走進鮑爾咖啡館的。

腰上紮著白色小圍裙的女跑堂，在臨街的欄杆邊給找到一張空桌子。金花為自己和蘇菲亞各要了一杯咖啡，一塊新鮮草莓蛋糕。

金花的出現已使正在吃喝的客人吃了一驚，聽她居然能說德國話，他們的吃驚更加深了，一個個投過來訝異的眼光。金花是不怕被人注意的，也擡起眼光去看他們，她看出那些眼光裡全無敵意，是友善而和悅的，甚至含著讚美與渴望接近的意思。她對他們微笑，他們也對她微笑。不久咖啡和草莓蛋糕端來，她和蘇菲亞說著吃著，看著街上車馬行人經過，討論漫步在寬寬的人行道上仕女的時裝和帽子。淡淡的斜陽從遮陽棚的邊緣上透進兩道清亮的光輝，一道正停在金花的臉上，照映得她那水泠泠的白裡透紅的皮膚，嬌嫩得像要滲出漿汁來。她半瞇著眼睛，嘴角掛著淺笑，長長的吁了一口氣，道：「蘇菲亞，我們不要回去吧！就永遠坐在這裡吧！坐在這兒好舒服。」

「你覺得坐在這兒這麼舒服？」蘇菲亞笑了。

「我喜歡這個調調，多愜意啊！你看，車、人，在底下走，雲彩、鳥兒，在天上飛，都離得我這麼近。這些人也離得我這麼近。」金花嘟起鮮紅的嘴唇朝座間努了一努。

她們在咖啡館裡足足坐了一個時辰，要付帳離去時，那女跑堂道：「你們的帳已經付過了，是那位先生付的。」

「付過了？」金花大出意外，朝女跑堂指示的方向望去，見一對中年夫婦正在笑容可掬的向她走來。

「我是畫家馬克思・立柏曼。」畫家微微一鞠躬，極有禮貌的自我介紹。金花跟他握手寒暄了幾句，他接著道：「我第一次看到中國的女孩子，沒料到是這麼純潔，美麗，可愛，如果我有幸能請你到我的畫室來，為你畫一幅像的話，將是我的大光榮。」

「你想給我畫像？」金花見立柏曼一派紳士，穿著考究，料想不會是騙人的。她已看過好幾位貴婦的畫像，特別是瓦德西伯爵夫人青年時代的那幅，秀麗而高貴，如果自己也有那樣一幅大大的油畫像，該多麼好！

「金花，立柏曼先生是出名的畫家。立柏曼先生，這位女士是中國洪公使的夫人。」蘇菲亞在一旁介紹。

「失敬了。」立柏曼客氣的握起金花的手，輕輕吻了一下。

「立柏曼先生，有你這樣出名的畫家願為我畫像，是我的光榮。而且我非常希望有一張又大又美的油畫像。待我回去商量一下，找個合適的時間到你的畫室去。」

「好極了，我等待著那一天。」立柏曼送了金花一張名片。

馬車沿著林頓大道往下走，三匹棕色的駿馬像受過特殊訓練，整齊並有節奏的邁著同一步伐，馬蹄鐵踏在石塊路面上，發出踢踏的響聲。夕陽尚未落盡，天邊溢浮著寧靜的紅雲。車篷是敞開的，微風陣陣掠過，把金花裙腳上的滾浪式花邊吹得直顫抖。金花望著遠天，暢快得心像飛出去了。

「哦，好舒服，我好開心！蘇菲亞，現在天氣這樣好，你要常常陪我出來走走，坐坐咖啡館。」她說。

金花和蘇菲亞回到非今館時，正遇到幾個館員從大門出來，他們對金花淺淺的施禮，敷衍與輕蔑藏在表情裡。金花對這些已習慣，並不很在意，叫侍女給提著買的大包小包，興致匆匆的上了樓，直奔書房。洪文卿像每次一樣的坐在書桌前專心閱讀，她湊上去叫了一聲「老爺」。他放下書本，轉過眼光對著她。那眼光是陌生的，有點冷。

「哦，回來了？」悶悶的聲音。

「嗯，回來了。你怎麼了？」金花不解的問。

洪文卿朝金花上下打量著，從頭頂的帽子看到蓬開的裙腳。「你穿著這身衣服，去坐咖啡館？」他仍悶悶的聲音。

「對呀！我是穿了衣服坐了咖啡館。」金花一聽就知道有人路過咖啡館底下，看到了她，回來「告密」了。「這有甚麼不對嗎？再說你知道我會穿洋衣服去逛街的。坐咖啡館也不是秘密的事，我反正要告訴你的。又有甚麼人放我暗箭了麼？」金花板起了粉臉，小嘴抿得鐵緊。洪文卿見金花真動了怒，心中老大不忍，自己的怒氣瞬間消了一半。

「金花，你聽我說；不是誰放暗箭，而是大家都得顧到顏面。事關國體。你想想看，可曾有過大清朝的公使夫人，穿了洋衣服坐咖啡館的事發生過？你年輕好動，喜歡熱鬧，所以我也不很限制你，總任你自由。可是你也得為我，為大體著想，太過火的事不能做。」

「坐坐咖啡館就太過火了嗎？奇怪，別的國家的使節夫人都可以坐咖啡館，進戲院，只有我們大清國，這也不行那也不行。」金花生氣的使勁一扭身。洪文卿卻笑了。

「每個國家的規矩不同。再說，我就不懂，坐在咖啡館裡，當著那麼多人喝一杯苦藥一樣的咖啡，有什麼好？」

「我也不懂有什麼不對？我已經當著那麼多人喝了一杯苦藥一樣的咖啡，你看我變了嗎？缺了塊肉、少了隻手？」金花先在自己的臉上捏捏，再伸伸手臂，兩隻黑白分明的亮眼珠烏溜溜的轉。

「小東西，小寶貝，你真叫我沒辦法。」洪文卿把金花拉坐在膝上，用嘴唇廝磨著她的鬢腳。「你叫我怎麼辦呢？」

金花回過身，一把抱住洪文卿的頸子，將臉埋在他的肩膀上。「老爺，你放心，我以後不去坐咖啡館了。」

「你是個乖寶寶，金花。」洪文卿托起金花的下巴，含情的道：「告訴你個愛聽的事；你不是喜歡看新奇事物嗎？秋天我們要去旅行，到奧地利和俄國的兼署使館看看。」

「要去外國？那敢情好。」金花果然轉嗔為喜。「老爺買地圖的事談妥了沒有？」

「還沒談妥。所以我們有必要去趟俄國。一方面觀察一下使署的事，另方面要親自選那地圖。貝也可夫說他能弄到珍貴祕本，可是都在俄國，今天帶來的圖等於是個大綱，簡化了的。他說在聖彼得堡可以找到波斯人拉施特哀丁作的《集史》。這兩樣東西都是我夢寐求之的。」說到地圖和《集史》，洪文卿的聲音充滿興奮，嚮往之情洋溢在臉上。

「老爺只想買地圖、買書，更重要的東西買不買呢？」

「更重要的東西？」洪文卿想了想，「想不起來。」他搖搖頭。

「老爺是個粗心人。奉獻兩宮的貢禮也可以忘的嗎？還有皇上大婚的賀禮呢？就是像李蓮英那樣的小鬼也不能忘呀！」

「啊呀，我真是個粗心的書呆子，多虧你這個小精靈心思活，事事給想著。你說，送甚麼妥當？駐外國的使節都換著花樣進貢新鮮玩藝。跟人送同樣的不好，送的不如人更不好。說起來可笑，好像是在比賽。」

「本來就是比賽，能討得兩宮歡喜，有大太監在旁邊給打邊鼓說好話，老爺的官運才能亨通，不然可就要吃虧了。」

金花的話直說到洪文卿的心中痛處，他感歎連連：

「你說得對。唉！說起來這是病，沒有道理的。我看洋人的官場是沒有這樣腐敗，唉唉！說不得了，只好隨俗！你給想想主意，送甚麼好？」

「我今天在街上看到，有家鋪子盡賣特別玩藝，有上了機關就能滿地跑的小滑冰車，有自動小火車和小火輪，看了真叫人愛。我想那就是最新奇的玩藝了，應該獻給兩宮。皇上大婚的賀禮也看妥了；一個聚寶盒兒，盒蓋上面站了個小人，把蓋子一掀，那小人就奏起音樂，叮叮噹噹的，更是稀奇極了，皇上準會喜歡，聽說李蓮英喜歡搜集名貴鼻煙壺……」金花又比又說的。

「你可不真是個小精靈，多有心，不聲不響的全給看妥了，不必我動腦筋啦！」

「唔，這會兒又歡喜了，又不拉長臉了。」金花癟癟嘴，斜睨著洪文卿，佯怒的：「我不去逛街會找到這些新奇的玩藝？嗯？你說說看。」

「我沒有不讓你去逛街，只是不要逛得太多。咖啡館是不好坐的，不像話，肯坐在那裡面的恐怕也沒多少好人。」

「好了，閒話少說，快快把東西買了叫人帶回去要緊。園子也該造完了，放幾個小火輪在水裡跑，太后看了會多歡喜！」

「對，明天就叫他們去辦。」

「唔──」金花本來想說遇到畫家立柏曼的事，想想洪文卿的論調，便不做聲了。

10

火車正在越過阿爾卑斯山，隆起的險坡和迴曲的山路使它顯得笨拙而用不上力氣，輪子擦著鐵軌，時時發出乾澀刺耳的響聲。

兩旁的山巒如通天的峭壁，高得望不見頂，陽光卻在它的阻擋中黯淡了，石縫裡綻出的野草殘花色調深沉，遠遠看去，像似青灰色的巖石上，沾滿著枯乾得已經變成褐紅色的蘚苔，凋敝頹敗間盡是秋的蒼茫。

由柏林出發整整一天一夜了。金花與洪文卿占著一個單間，兩張軟墊臥鋪的中間，靠窗處有張小桌子，桌上擺著洪文卿看了一半的書，他人卻歪在鋪上睡得香沉。金花坐在桌子的另一端，逆著車行的方向。她收拾得依然衣潔人鮮，如意髻兒梳得纖絲不亂，眉梢兒勾得彎彎細細，兩隻鳳眼睜得精精神神的，絲毫看不出倦意。這是駛往維也納的快車，他們打算在那裡停留一星期，然後去聖彼得堡。

金花望著外面的秋景，心上也被染上了些許秋的蕭瑟，隱約的有些惜春悲秋的傷感。但她仍是快樂的，旅行的興奮與新奇感不曾受到影響，而想起半年來一連串美好的節目，她的心便舒適得像有條溫暖的小溪潺潺流過，愉快得差不多想高聲唱起曲子來。

前些時候朝廷遣專人傳旨到柏林；派洪文卿兼任駐荷蘭公使。一身擔當四國使節銜，是何等的榮耀？對在朝廷裡並沒有強硬靠山的洪文卿來說，官運似乎太順暢了，順暢得令他自己都有點難以置信，怎麼解釋呢？「怎麼解釋呢？一定是沾了你的光，自你跟了我，我就像變了一個人，半輩子都沒這麼順遂得意過。一定是你有旺夫運。」有一夜，在兩人纏綿了一陣之後，洪文卿對金花這樣說。

「真的嗎？但願你說中了，我好帶給你更好的運氣。」金花說的是由衷之言，她希望能給老爺帶來更大的官運，更多的財富。她想得明白，像洪老爺待她這麼寬厚憐愛，凡事任著她的性子來的人，再也不會有第二個。老爺的一顆心整個在她身上，他越騰達，她的日子就過得越美好。自從跟了洪老爺，她就像飛上高枝的鳳凰，雖說有些陰影永遠揮之不去，但今天的這些榮華尊貴，是她以前作夢也不曾出現過的。

四月間英國女王威克多瑞亞到德國訪問；探望她的女兒和女婿：皇帝腓德烈和皇后威克多瑞亞。首相俾斯麥為她舉行盛大酒會，邀請朝野名流和各國的使節。金花隨著洪文卿去參加，大清洪公使的夫人照例豔驚四座。威克多瑞亞女王對她比對別國的使臣夫人更感興趣，十分的表示親近，當面邀請她到英國去遊玩，「歡迎你來做客，你這樣美麗的客人會使白金漢宮引以為榮。」女王握著她的手，笑容滿面。

五月二十三日，德國的二王子亨利與伊蓮娜公主在夏露蒂宮舉行婚禮，隨後開大型酒會慶祝，中國洪公使夫婦也在賀客之列，洪公使夫人自然又是滿園繁花中最炫麗醒目的一朵。亨利王子的大婚熱潮還沒退盡，六月十五日皇帝腓德烈三世便去世了，柏林不免又激起一陣大震盪。接著是皇太子威廉登基，號稱威廉第二。

二十九歲的新皇帝，作風跟他的年齡一樣年輕，處理事務完全不像他的祖父或父親那麼緩慢無力。他顯得生氣勃勃精力充沛，即位不久便把應做而積壓下來的大小事情一一了結，其中包括接見中國公使洪文卿和他的夫人。

覲見德國皇帝是金花期待了許久的，想不到從威廉一世等到腓德烈三世，從腓德烈三世又等到威廉第二，從祖父在位等到孫兒登基，才達到了心願。

這一天對金花可不平凡，她很是用心的妝扮了一番；五綹貴婦髻，純白色鑲銀絲錦緞襖，二十四條飄帶六幅湘綾裙，透綠欲滴的翡翠首飾，清雅端麗得像一株出水新蓮。

威廉第二和皇后奧古斯塔•威克多瑞亞在一間金碧輝煌的客廳裡接待他們。

新皇帝威廉第二果然像報紙上登的相片一樣，長方臉盤，炯炯有神的眼睛，兩撇小黑鬍子朝上翹了個八字，鬍梢兒尖尖的，使他看上去在威嚴中有點滑稽感。皇后奧古斯塔長身玉立，黑色亮緞的大蓬袖長衣裙襯得她的膚色白如凝脂。見洪文卿與金花進去，皇帝和皇后便起身迎接，金花向威廉第二夫婦鞠躬為禮，用德語道：「皇帝和皇后陛下好。」

威廉第二握起金花的手輕輕吻了一下，客氣的道：「高貴的夫人你好。你在敝國生活可習慣？夫人的德語說得很流利，是在中國學的嗎？還是在德國學的？」他腰桿挺得筆直，威風凜凜，雖是笑著，仍明擺著皇帝的尊貴。

「我在貴國過得很習慣，交了許多朋友。我的德語是跟我的祕書學的，她是巴伐利亞省的人。謝謝皇帝陛下的過獎，其實我的德語還差得遠。」金花從容大方的答。

奧古斯塔皇后是個和善的人，美麗的臉上不笑也帶著三分笑，她和金花談家常、談天氣、談藝術，說聽瓦德西伯爵夫人說過；中國洪公使的夫人會畫畫。「洪夫人是個藝術家，了不起。中國文化古老、豐富，對我們來說，還有些神祕。中國畫跟我們歐洲畫不一樣，但是同樣很美。不知洪夫人同意我的看法不？」皇后坐的姿態優雅，說話的聲調和表情也優雅，令金花心折而感動。

「皇后陛下的看法很對，我完全同意。不過陛下和瓦德西伯爵夫人太過獎了。我只是閒時畫畫蘭草消遣，不夠資格稱藝術家。」金花謙虛的笑著。「總聽說中國人謙虛，跟洪夫人談過話才知道果如所傳。」

與威廉第二夫婦見面不足一小時，金花竟連著興奮了好幾天。生活太美妙了，像神仙賜給的寶鏡，每輕輕轉動一下，就出現一片意想不到的奇景。昔日花船上陪酒賣笑的姑娘，成了國際間知名的貴婦，隨時隨地的與貴族、王子、公主，甚至皇帝和皇后接觸，他們稱讚她美麗高貴也罷了，居然還認為她是「藝術家」，而且是德國皇后說的，這是何等的光耀！上天是不是對她太厚愛，太仁慈了呢？她是多麼的為自己慶幸，為自己驕傲！這次到奧國和俄國，不知會不會被邀到皇宮做客？可是老爺說了，明年開春將到荷蘭使館視察，回程時繞道倫敦和巴黎。巴黎有些甚麼活動她不敢說，在倫敦，白金漢宮總是要去的，威克多瑞亞女王親口邀請過……金花想得高興，不自禁的笑出聲來。

「你笑什麼？」洪文卿被笑聲驚醒，毛毛楞楞的睜開眼睛。

「我？」金花笑得露出編貝般的小白牙。「我笑你呀！」

「我有什麼好笑？說夢話了？」洪文卿懶腰一伸，坐直了。

「嗯。說夢話了。」金花點點頭，一本正經的。

「我說什麼惹你笑成這個模樣？」

「你說：地圖啊地圖，這張地圖難得喲！集史呀集史，這本書真有用嘍！妙！妙！妙！」金花收住笑容，把小鼻尖一捏，學著洪文卿的腔調。

「頑皮！」洪文卿也噗哧一聲笑了。「我睡這一覺，把口睡渴了，你叫阿祝給我倒杯茶來。」

「何必叫阿祝，我伺候伺候老爺吧！」金花說著從桌上的保溫壺裡倒了一杯熱氣騰騰的茉莉花茶，遞在洪文卿手上。洪文卿喝了幾口茶，睡意全消，舒適的吁了一口氣。

「日有所思，夜有所夢，我是白天就作起夢來了，一心想快快看到地圖和那本《集史》，希望能夠成交，對我有用啊！」

金花見洪文卿把她逗他的話當了真，忍不住抿嘴直笑。「你笑？笑什麼？我說了好笑的話？」

「老爺的話句句好笑。一開口都是跟寫那元史有關的；對我有用啊！」金花用洪文卿的口氣說了這幾個字，又道：「幸虧根亞先生不在我們車廂裡，不然兩個人準定什麼成吉思汗啊，蒙古人西征啊！說個沒完，老爺還會理我？」

「是啊！幸虧蘇菲亞回家度假了，不然你那會理我？」洪文卿瞇眼看著金花，發現她比在國內豐潤了許多，越顯得細皮白肉的，人也出落得更俊俏了，眼角眉梢流露著成熟婦人的韻味，舉止言笑居然有那種大家閨秀的嫻雅。

「你盯著我看什麼？」金花覺察到洪文卿在研究她。

「我看你在外國待得好適意，有點樂不思蜀了。」

金花聽過沉默了一會道：「老爺『思蜀』了？」

「我麼，覺得出來走一趟是不錯，不過比起來還是願意在自己國家。在這洋地方，連朋友也沒有，想吟吟詩唱和唱和都沒搭檔。唉！」洪文卿的鄉愁被金花的一句話全給勾起。

「我不『思蜀』。一點也不思。如果能夠永遠留在這裡我才求之不得。」金花望著窗外的遠天，一絲笑容也沒有。

火車已經進入平地，收割後的農田和農家屋頂上嬝嬝上升的炊煙，把原野形容得開闊而美麗，一輪大太陽正在西沉，天邊上的雲彩被染得透紅。金花定定的看著那片悅目的雲？拒絕去想將來回去的問題。

車到維也納已近午夜，站臺上仍是燈火明亮。駐奧使署的梁參贊率領全體人員；連聽差都來了，居然湊了十幾個人站得整整齊齊的兩排迎在車廂外。梁參贊見到洪文卿立時長揖到地，口稱歡迎公使和夫人蒞臨。洪文卿和金花感到出乎意外的滿意，尤其是金花，兩天來的旅途勞頓整個消失，此刻已忙著向梁參贊打聽，維也納可有好的風景名勝，能不能帶她去遊遊看看的問題了。梁參贊道：

「夫人不必擔心，車馬和陪伴的人已預備好了，待公使指示過館務，就可去遊覽。呵，維也納可看的地方可多啊！」

梁參贊的形容引得金花興致大發，恨不得第二天一早起身就出去遊逛。但是洪文卿連著三天聽取館務報告，拜會奧國的外交部門，與下屬們討論未來的工作方向。奧國使署沒有女眷，蘇菲亞又沒有同來，這三天對金花真是度日如年，只好命小聽差阿福跟館裡的祕書討了筆墨紙硯，以畫蘭打發時間，第四天洪文卿將一切公事辦完，他們一行才由梁參贊和祕書陪同，乘了兩輛馬車，連著遊逛了幾天。

梁參贊是個新式人物，戴金絲眼鏡，穿皮鞋，還能說外語。他帶他們到維也納森林，到多瑙河畔，到匈牙利餐館聽吉普賽人唱情歌，還訂了包廂請他們看歌劇。金花在柏林已看過一次歌劇，歌詞雖然不懂，覺得唱腔還不錯，至少聲音是洪亮動聽的。但從洪文卿起其他的人全是第一次進歌劇院，一致認為歌劇是不堪入耳的番音野調，看到一半紛紛打呵欠。如果不是因為金花堅持要待到終場，半中間早已離開。

維也納總共停了一星期，臨行時梁參贊又是率領全體館員送到車站，在車廂前站排恭送，口稱祝公使和夫人旅途愉快，多多保重。並且贈送了幾樣手工藝品，說是留做遊奧國的紀念，買了一些吃食糕點，供他們在車上享用。這一切，使金花對維也納之行感到格外稱心，洪文卿也對梁參贊的周到稱讚不已。說他是個辦外交的人才。

車往北行，逐漸進入酷寒地帶，近俄國邊境時，已是冰天雪地，白茫茫的滿眼荒涼，車廂裡的溫度隨之下降，洪文卿和隨行人員都凍得拱肩縮背，金花把狐皮斗篷也披上了。「希望快些到聖彼得堡，你猜我在想什麼？我想喝碗熱騰騰的黃魚湯。」她說。

「你放心，到了聖彼得堡要什麼都不難。駐俄國的使署比奧國的有規模，奧國接待得都那樣隆重，俄國的還用說，他們就等著迎接你這位公使夫人了。」洪文卿說。金花覺得他的話大有道理，想想在維也納受到的奉承與尊敬，再描繪一番到聖彼得堡歡迎盛況的幻景，她的心便被快樂的情緒脹得滿滿的，只盼望火車快快到達。

火車終於到了，也是在夜間，燈光下的車站看來富麗而空曠。洪文卿和金花下了車，出乎意外的，並沒有使署人員排成兩隊恭候在車門外，也沒有大堆人馬迎在站臺上。他們一行，除了洪文卿、金花、黃翻譯和比利時人根亞先生外，只帶了阿祝阿陳兩個老媽子，和十六歲的小聽差阿福。七個人帶了一大堆箱籠行李，又多半是手不能提肩不能扛的，見無人來接，大伙兒全傻了眼。

「怎麼回事？別是把日期弄錯了吧？」金花又冷又餓，兩隻穿著緞面繡花小靴的腳凍得開始發痛。

「一定是弄錯了，不然那會不來迎接？」洪文卿的確這樣認為。他不相信任何一個下屬膽敢漠視主官，也不相信使署人員知道公使到來會不理不睬。「先把行李搬下來再想辦法，也許根亞先生要到使館通知一聲——」

洪文卿話說到一半突然停住。金花隨著他的眼光朝站臺出口的方向望去，遠遠的看到一個人高馬大，身著官服的中國男人邁著闊步在前，兩個僕役模樣的人跟隨在後，正往這邊走來。

「看，那不是接的人來了嗎？」金花訕訕的說。

「唔。」洪文卿沒說話，直望著那三個走近的人。

那大個子的人生得濃眉大眼，寬寬的下巴頦向上翹著，見了洪文卿把馬蹄袖一抖，淺淺的打了個千：「是洪欽差吧？我是這裡使館的二等參贊繆征藩。」他說話聲音也大。

洪文卿對繆征藩那大剌剌的態度已是滿心不悅，聽他那大言不慚的言語更是無法忍耐。「喔，原來是繆參贊。你們的頭等參贊何祖望呢？」他冷冷的，帶點諷刺的。

「何參贊前天生病，正住在醫院裡。現在館務就由我主理。」繆征藩跟黃翻譯和根亞先生微微點頭為禮，對金花卻視若無睹，連招呼也不打，彷彿眼前壓根兒沒有這個人。

繆征藩對金花的忽視使洪文卿越發的不滿，故意指著金花清晰的道：「這是公使夫人。」

「哦？」繆征藩掠了金花一瞥，並不理會。「知道今天欽差到，我特別帶了兩個聽差來幫忙拿行李。」

「館裡別的人呢？」洪文卿憋著氣問。

「我沒叫他們來。天寒地凍的，這麼晚了。」

「繆參贊真是個體貼下屬的主官。難得！」洪文卿氣得面色鐵青，言語也就更尖銳帶刺。

「不敢。承欽差大人誇獎。」繆征藩挺不在乎的笑笑。

依洪文卿的書呆子脾氣，真想一甩袖子轉身就走，從此不再與這個狂妄不馴的繆征藩見面。無奈時辰已是深夜，又在人生地不熟的聖彼得堡，如果跟繆征藩翻臉，大概只好在車站受一夜罪。旅途的跋涉已使他單薄的身體不勝負擔，下了車又遇到這樣不通情理的人，他的疲憊已達到了極點，連生氣發怒理論的力量也使不出，此刻唯一的願望是快快找張舒適的床鋪睡覺，萬事不想。他感到胸腔裡跳得較平時急促了許多的那顆心，比身體還要疲憊百倍。

洪文卿甚麼話也不再說，和金花默默的上了馬車。受了侮辱的金花自始至終沒有一句話，小嘴抿得緊緊的，臉色蒼白得像一塊乾淨的白紙。馬車走了好一會，她才喃喃自語般的道：「像我這樣的，也許是沒有資格活在世上？我誰也不招不惹，可人家偏要踩我。」

「你別往心裡去。繆征藩這個東西太無理，我非訓訓他不可。做了半輩子官還沒見過這種下屬。」洪文卿安慰金花，自己卻氣得聲音發抖。

坐落在克爾斯街的中國使館美輪美奐，公使用的臥房豪華寬敞，洪文卿和金花都懶得再為不愉快的事費心思，勉強吃了些東西，便去入寢。

由於繆征藩的緣故，金花對聖彼得堡的興趣大減，本來想遊遊逛逛的計畫全部取消，每日就待在使館裡憑窗看雪景，畫蘭花，預備等洪文卿的公務料理完及時回柏林。洪文卿也不想在俄國久待，日程排得緊湊，拜訪過首相吉恩思，到外交部會談，覲見俄國皇帝，皇后也在座，問公使夫人同來了沒有？洪文卿答是同來的。皇后立刻就說要請進宮聚聚，於是金花又盛裝赴會，做了一次皇宮的客人。這是金花在聖彼得堡的黯淡日子中僅有的光彩，她鬱鬱不樂的臉上也浮現了一些笑容。

洪文卿每次外出拜會，辦事，繆征藩總跟著。經過幾天的相處，他倒也不認為繆征藩是奸險之輩，只是繆征藩的傲慢驕狂，特別是對金花的有意的輕蔑與敵視，令他無法忍受。偏偏有些話又不便挑開了明說，這就使他心裡原有的疙瘩越結越大。幸虧在醫院開刀割盲腸的何祖望參贊正在逐漸復原，雖然人沒出院，已開始料理工作。那天洪文卿去探望他，就直截了當的表示對繆征藩的不滿：

「一國有一國的規矩，欽差大臣是代表朝廷的，到使署視察，就算不擺香案行大禮，列隊迎送也是需要的，所謂大國風儀。駐奧的梁參贊最懂得尊制守禮，做得很好。怎麼繆征藩就狂妄到這個程度？不懂禮制，把誰也不放在眼睛裡？」

何祖望清瘦儒雅，是個典型書生，恭謹溫厚的態度跟繆征藩恰恰相反，聽了洪文卿的話，不安而歉意的道：「繆參贊武舉出身，家道富有，性子不隨和，人是特異了一些。不過也是不巧，碰在公使來視察的這個節骨眼上我住進了醫院，不然也不會出這些錯。公使別介意，我幾天就出院了，一定把事情辦得像個樣。」

何參贊的話說得洪文卿很覺寬慰，對繆征藩這個人也就冷冷淡淡的不很放在心上。在俄京要辦的事，要見的人，大體上已辦完見完。天寒地凍，金花又欠興致，不肯出去遊逛，已問過幾次何時回柏林？如今洪文卿唯一未了的心願是購買地圖和《集史》的事。到俄京的日期早叫根亞先生寫信通知了貝也可夫，誰知那俄國商人到如今還不來。他又不甘心沒有地圖空手回柏林，等得好心焦。這天他午睡剛起，小聽差阿福就來敲門，說是貝也可夫來訪。洪文卿連忙到樓下的小客廳，見把八字鬍笑得像兩把倒插的刷子般的貝也可夫，已抱個大紙包等在那兒。

「尊敬的公使你好。柏林一別幾個月，公使的氣色益發的紅潤了。知道公使忙，重要的事多，所以我等到今天才來，希望沒有打擾公使。」貝也可夫極有禮貌而謙和的。

「你把地圖和書都帶來了？」洪文卿透過根亞先生問。

「帶來了，全在這裡，請公使過目。」貝也可夫把紙包放在桌上。小心翼翼的打開，一連剝掉幾層皮才拿出一疊泛黃的紙。再小心翼翼的打開，果然是一張繪裝詳盡的地圖。洪文卿讓根亞先生幫著仔細看，何處是山，何處是河，一一的向貝也可夫問明。貝也可夫像個研究地理的專家般，無所不知，對答如流，說得洪文卿大為心動，拿著放大鏡在圖上看了又看。

「地圖是不錯。你怎麼會有這張圖呢？」

「公使先生，這地圖的故事可說來話太長，我就簡短的說吧！」貝也可夫笑嘻嘻忒有耐心的。「這張圖是一個出名地理學家畫的，公使請看，」他用粗粗的指頭指在圖上。「這是中國疆界，這是俄國疆界，畫得清清楚楚。因為畫得準確精細，我們的國防部門就收購了存入檔案。買的是正本，這個是稿本，一直由那地理學家私藏在家裡。現在那地理學家去世了，他的子孫需要錢，只好把地圖拿出來賣掉。說起來應該是個祕密，外人並不知道有這個稿本呢！」

「哦？」洪文卿聽完了根亞先生翻譯，臉上現出興奮的喜色。這樣的一張地圖正是他朝思夢寐的，如果把中俄交界線弄清楚，使俄國的貪求無厭再也找不著藉口的話，他的功也就算立得不小了，至少能跟吳大澂在吉林邊界立界碑建銅柱的功勞相比。他想著便道：「這張圖多少錢呢？」

「不多，一千個金鎊。」

「一千個金鎊買張地圖？還不多？」洪文卿確為這價錢嚇了一跳，卻又不甘心說不買的話。

「尊敬的公使先生，你要知道，要不是為錢，那個地理學家的後代原是不想賣的，有人打聽過，他們都不肯——」貝也可夫一邊說一邊把地圖慢慢的摺起來。洪文卿見他有不賣的意思，忙阻止道：「你先別收，我再看看。價錢不能減些嗎？」「本來是不能的，因為公使先生是歷史學家，用得著這張地圖，我就擅做主張減兩百吧，賣主責備我也認了。」

「八百金鎊？」洪文卿算算竟一萬多馬克，當然還是貴，但他已決定買下。

「公使先生忘了這本《集史》嗎？」貝也可夫遞過一本厚書，洪文卿忙交給根亞先生：「你看這是不是俄文？你能翻譯？」根亞先生接過翻翻，說：「是俄文，我能給公使翻譯。」根亞先生的話使洪文卿萬分歡喜，正要問書的價錢，貝也可夫竟微微一躬身，恭謹的道：「書不必付錢了，送給公使做個紀念。嘿嘿，這本書是絕版的呢！」

生意總算成交了。當洪文卿捧著地圖和《集史》，貝也可夫捧著八百金鎊一同從屋子走出時，碰巧繆征藩挺胸凸肚大搖大擺的打門前經過，他直聲直氣的對洪文卿道：「公使，你可要小心，俄國人詭計多端，你花大錢買張地圖，可靠不可靠？他們是專唬外行的，說不定你已經上當了。」

洪文卿本來就厭惡繆征藩，聽他說話如此掃興，越覺得不耐。這時貝也可夫早已喜孜孜的離去，他便權當沒聽見繆征藩的話，看也不屑得看他一眼，逕自正著顏色無限威嚴的走上樓。

洪文卿一行離開聖彼得堡的前兩天，何祖望參贊銷假辦公，臨別前夕命廚房準備了名菜美酒，率同全體館員為洪文卿餞行。金花因為受繆征藩的歧視，心中一直氣悶，又感到失面子，不想跟這使署中的任何人接近，拒絕參加宴會。使署裡上下人員，也都認為這個宴會是屬於男人的，絲毫沒有因為金花的缺席而不安，他們猜拳行令高聲譁笑，說葷笑話，吃到半夜方散。

第二天黃翻譯和根亞先生隨同使署的兩個供事，帶著阿福和幾個聽差，押運大批行李先上車站。洪文卿和金花兩人乘著專用馬車，在開車的前一刻才到。

金花身披雪白銀狐斗篷，頭戴同色質的高加索式皮帽，由阿陳阿祝攙扶著走進站臺時，見由使署全體人員組成，何參贊帶頭的一個隊伍，已經恭候在那兒了。洪文卿正在與何參贊道別。何參贊看到金花，作揖笑著道：「這次公使夫人到聖彼得堡，不巧我生病住院，招待不周之處要請原諒。」

金花見何參贊身旁的繆征藩，仍然是瞪著兩隻大牛眼朝天，一副瞧不起人的嘴難過得心都在泛痛，對何參贊的友善也就產生了真誠的感激。「那裡話。何參贊，你大病初癒就頂著冷風來送我們，真叫我不敢當，你要保——」

「不行，這個排誰愛站誰就站，我是不站的。」繆征藩冷硬的聲音打斷了金花的話。金花愕然怔住，其他的人也都楞呆了。繆征藩抖抖袖子正要離隊，被何參贊一把拉住：「繆兄你這是做什麼？凡事——」

「不，我是不站定了。」繆征藩把身子一閃，逕自往出口的方向去，邊走邊道：「我姓繆的大小也是大清朝的官，給大使公使站班也罷了，什麼下三濫也要我站班伺候？嘖，辦不到，那怕拚掉我這個小小前程我也不站。嘿嘿！我繆某人就是這個脾氣。」

繆征藩昂首闊步的出了站臺，留下的是難堪與窘迫，大家你看我我看你，面面相覷。何參贊急得額頭冒汗，不停的搓著兩隻手，出不得聲。洪文卿臉色紅一陣白一陣，過了好半晌才說出一句話：「這種叛徒一樣的人我是沒法子用了。等著吧！我要把他解職，遣送回國。」

金花石像般呆站了許久，才漸漸的恢復了知覺，也才意識到受了多麼大的侮辱。她面色死白，渾身發抖，一聲不響的垂著頭默默的上了火車。

金花差不多是一路流著眼淚回到柏林的。「我到底做了什麼呢？我也不喜歡下三濫的出身，我也喜歡生在富貴人家，當小奶奶。沒那好命，我該找誰去理論？」她委屈的自怨自艾。洪文卿也安慰不了她，氣得只反覆的道：「這種狂妄之徒，非革職不可。」

「回到柏林洪文卿立即吩咐汪鳳藻辦公文，內容是繆征藩「不守外交禮節，有失國體，遣送回國。」

「這——不太過分嗎？他究竟犯了什麼錯？」汪鳳藻感到難以下筆。

「我看他好像故意跟我搗亂。」洪文卿把情形吞吞吐吐的說了一點。汪鳳藻道：

「老師，寃家易結不易解，繆征藩這個人怕也不是好得罪的。他雖是武人，筆下可不弱。姑丈是御史，舅舅是巡撫。得罪他他會甘休嗎？」

「怪不得他故意跟我過不去，原來有恃無恐。我這個人倒也不信邪，我清清正正的給朝廷做事，不貪不枉，他不甘休又怎的？還參我一本不成？鳳藻，這公文非辦不可，如果不了了之，人人都對公使這種態度，還像話嗎？」洪文卿已把繆征藩恨之入骨，決心將他革職，汪鳳藻只好照辦。

金花受了沒來由的羞辱，接連著生了幾天悶氣，經過蘇菲亞的開導、勸慰，才又轉憂為喜。如今每週兩次跟一位教英語的女教師上課，學習簡單會話，預備明春到白金漢宮做客，以英語與威克多瑞亞女王交談，既顯出另一方面的才能，又可得女王稱讚。「你們越要把我踩成賤草，我偏要過得高高貴貴的活給你們看。」她總對自己這麼說。

11

把繆征藩處分了，洪文卿的煩惱也就勾消，從貝也可夫手上買的那張地圖，是他得意的大收穫，忙不迭的拿出來給汪鳳藻看。汪鳳藻的英文造詣深，法文也能應付，對俄文卻是一竅不通，看了半天，仍是不敢下斷語。「我對地理不懂多少，說不出好壞。老師是這方面的專家，自然識貨。」他說。洪文卿道：「這是一張俄國政府檔案中收藏的珍本手稿，太難得了。鳳藻，你去找家印刷廠，叫給印四分，並且要上五彩顏色。然後我親自來畫線寫註。」

汪鳳藻自然遵照吩咐去辦，但那地圖至少要一兩個月才能印出來。洪文卿倒也不急，連忙翻開那本「集史」，由根亞先生給翻譯，兩人又寫又說的，從此足不出戶，終日坐在書房裡，一個月後汪鳳藻取回翻印的地圖，色彩鮮豔線路分明。洪文卿異常滿意，立即開始工作，拿著放大鏡和透明尺同著根亞先生在圖上找個不休，用西洋墨水筆小心的畫出一道交界線，又用蠅頭小字在下面寫下注解。足足弄了兩個星期才完成。洪文卿命黃翻譯用特別郵寄的方式，把地圖寄到總理衙門。

中俄交界圖的事情辦完，洪文卿的一樁大心願便已解決，現在最急於要做的事是寫他的元史。能找到貝勒津翻譯的「集史」是他不曾料到的，等於無意間發掘到寶庫，他往寶庫裡越進越深，沉迷在裡面不思回頭之路。

近兩年來國家無事，頤和園正在興工，修得仙境一般瑰麗，太后已決心歸政，在園內頤養天年，而西曆一八八九年春，也就是中國的正月，光緒皇帝舉行大婚典禮。皇后是太后的親姪女，也是葉赫那拉氏。並且同時選貴妃，侍郎長敘的兩位千金，大的叫瑾，封為瑾嬪，小的叫珍，封為珍嬪。據說都是花容月貌冰雪聰明的女孩兒。十八歲的少年皇帝是人民所愛戴的，他結婚成家，一日氣得三位佳人，雖是婚禮靡費，老百姓平白的又增加了納稅銀子，吉祥喜氣仍是掩住了怨懟之聲。

國內既是普天同慶的氣象，海外的使節們也不能沒事人兒一般。新奇名貴的賀禮是早進獻了，慶祝的儀式也總得有一個。這事又得金花動腦筋，她一眨眼就想出好門道：反正中國農曆年左右照倒要大宴賓客，何妨同時加上個名目。日期一決定，金花就請黃翻譯發帖子，她本人開菜單和計畫布置，帶著全體僕人開始籌備。

宴會是在皇帝大婚的正日子舉行，那天非今館的門上掛著紅底描金的雙喜字大宮燈，燭火通明，館裡人員一律穿宮服，金花則是紫衣繡裙滿頭珠翠。客人進門小聽差阿福便替在襟前別上一大朵紅絲絨花，顯得喜氣洋洋，彷彿真在辦喜事一樣。

「今天是我們皇上大婚的日子。等會兒還有喜糕吃……」金花跟客人們說。西方人對中國皇帝知道得極少，唯一的印象是他權力大，專制獨裁。有那好問事的就問光緒皇帝到底是怎樣的一個人？金花便依著洪文卿描述的印象，加添些華詞美句，把皇帝如何的少年英秀穎悟好學形容了一番。她讚美皇帝的同時，也沒忘記對慈禧太后的表示尊敬，使那些豎了耳朵聽，想挑她錯的館員也挑不出刺兒來。

這次宴會，畫家立柏曼夫婦也是貴賓。立柏曼對盛裝的金花愈為傾倒，稱讚她是他生平所見的第一美人。「純潔、美麗、高貴。公使先生，我決定要替你夫人畫一張像。」立柏曼對洪文卿說。洪文卿笑而不語，金花天真的道：「我真希望有張大大的油畫像。喔，立柏曼先生，你不知道我多喜歡藝術，我自己也亂畫呢！」她說著有點羞赧的笑了。旁邊的瓦德西伯爵夫人道：「洪夫人會畫中國畫，畫的蘭花很美，她是藝術家。」「真是失敬。我能不能看看洪夫人的傑作？」立柏曼說。金花謙虛了幾句，便叫蘇菲亞到樓上把她畫的幾張蘭花取來。立柏曼還是第一次看到水墨蘭草，當眾大為讚賞，貴客們都圍攏來看，嘖嘖稱奇，全說洪公使夫人不單美豔絕倫，才情也是罕見的。金花被讚美得臉蛋兒泛紅，嫵媚的鳳眼亮晶晶的像含著一包水，在洪文卿的沉默和館員們的冷漠之中，自覺光芒萬丈。

宴會一散，洪文卿就發了大脾氣：

「你也太招搖了。想想看，你惹的麻煩還不夠嗎？讓你這樣胡鬧下去，我的這個官也不必做了。」金花從沒聽洪文卿說過這樣重的話，一時又驚又氣，反問道：「我胡鬧了什麼？把畫給立柏曼先生看看有什麼關係？畫畫不是你贊成的嗎？」

「我贊成你畫畫玩，是怕你悶，叫你消遣的，並沒叫你在洋人面前招搖。這下子可好了，洋人居然要給你畫像了。」

「為什麼不能畫像？那些外國貴夫人都畫像的。」

「你要弄清楚，你並不是外國人。我們中國女人就是不作興那麼放肆。你這個樣子人家怎會看得起呢？」

洪文卿的最後一句話真的傷了金花。她咬咬嘴唇，道：「人家？就是館裡的那些老爺們麼？算了吧！他們自覺不錯，見了洋人就像耗子見貓，一件事都辦不成，什麼話都不敢說。別的不提，我問你，五月間去英國，你能進白金漢宮，要不是女王喜歡我，英國大使夫人是我的朋友，就憑你手下的那些人，辦得到嗎？他們的本領就是欺侮我……」金花說得委屈，抽抽噎噎的流起眼淚。洪文卿對自己的魯莽萬分後悔，急忙好言安慰。做妾的人只有低聲奉承祈老爺憐愛，那有大聲大氣爭吵的？金花對自己的不懂事也感到後悔。兩人互相說了些道歉的話，又雨過天青。

由於洪文卿的反對，金花打消了請立柏曼畫像的念頭。她為失信而感到不安，讓蘇菲亞去代她表示道歉。蘇菲亞回來說，立柏曼先生不在意，並且不久會贈她一幅畫。

一幅鑲著描金雕花框子，桌面大小的油畫不久就送到使館，卡片上寫的「洪公使及洪夫人共賞」。金花仔細看看，畫的是鮑爾咖啡館的街景；道上走著行人，道邊停了一輛新型馬車，一個身段婀娜，穿著拖地長裙，手拿長柄花陽傘的女子正要上去。那女子戴了一頂翻邊插翎毛的小帽後露出一個黑亮飽滿的大髻，風姿綽約。

金花掩不住興奮的仔細看；悄悄的問蘇菲亞：「這女子真的是我嗎？」蘇菲亞道：「當然啦！我供給他不少材料呢！」金花聽了越發的珍視這幅畫，囑咐蘇菲亞：「不管對誰，那怕對老爺，也不要說是我。」她把這幅畫掛在自己小客廳裡，心中竊竊私喜。

五月來臨，暮春風華最盛，洪文卿帶著金花，按預定日程到荷蘭使署視察，幾天之內辦完了公事，便乘客輪渡過海峽，到英倫上岸。中國駐英使節薛福成帶著大小官員在碼頭上迎候，接到使館內下榻。金花與薛夫人談得很融洽，因怕被看輕，沒敢出去遊覽，只應威克多瑞亞女王之邀到白金漢宮做了一次客，見識了大英帝國的宮廷氣派。

威克多瑞亞女王和金花能用英語交談，有出乎意外的喜悅，對洪文卿道：「洪公使，你的夫人不僅美麗、可愛，又聰明好學。上次見面她跟我說德語，這回竟說英語了。洪公使，你真是個幸福的人。」

威克多瑞亞女王對金花表示特別喜愛，與金花談家常，帶金花看她的藝術收藏品，還找了照相師來攝影留念。威克多瑞亞女王頭戴珠冠，身穿黑色緞裙，金花梳著五股大髻，斜插兩排珠花，穿著狀元夫人的禮服，二人併坐在一張金色靠背的絲絨長椅上，照了一張相。

倫敦之行給了金花最大的快樂，大得把在聖彼得堡帶回的不快樂整個掩蓋。她興致勃勃，盼想著下一站到巴黎定要好好的遊覽一番，久聞盛名的凱旋門和巴黎鐵塔總得看看，聽幾位使節夫人說：法國的香水味道最純最香。應該帶幾瓶回去。據說巴黎有個綽號叫「花都」，不定怎麼繁華漂亮呢！金花一路計畫著，卻不料到巴黎的第一天就病倒，頭暈、疲倦、連續嘔吐。洪文卿道：「路上吃得太雜，你是吃壞了肚子。」金花躺在床上有氣無力的道：「老爺，我的經期已經過了三個月，也許——」

「啊？」洪文卿恍然大悟的叫了一聲，是啊，怎麼沒想到金花可能是有了身孕？她已經十八歲，該是做母親的年齡了，不知她生的孩子是什麼模樣？他想著就道：「金花，你要是給我生個一兒半女的，我多高興。我們家人丁太單薄。我五十出頭的人，就那麼一個病病歪歪的兒子。」

「不管生什麼？還是先回柏林要緊，我難過得很。」金花苦著臉。

回到柏林，使館的柳醫生給金花把脈，斷定確是懷了孕。洪文卿對金花道：「你現在少出去吧！動了胎氣可不好。」「你就是請我多出去，我去得了嗎？你看我吐得多難過。」金花病懨懨的伏在枕頭上，從此連樓也少下了。

洪文卿元史寫得順利，終日不出書房那扇門，專心得幾乎連公事也無暇料理，陪伴金花的責任自然仍由蘇菲亞擔負。有蘇菲亞坐在床邊陪著閒談，給讀報，金花雖躺在床上也不覺寂寞。有天兩人談著，金花話說到一半就收住。把眼光停在蘇菲亞的臉上，定定的半天不移開。

「你在看我？我有什麼不同嗎？」蘇菲亞被看得有點窘，摸著她紅撲撲的臉蛋，藍眼珠瞪得老大個，含笑著問。

「你是有不同。你比以前漂亮了。瞧你的樣子多快樂，好像每一分鐘都在笑。你近來信特別多，又總見你託黃翻譯給寄信。你是怎麼啦？不是有愛情了吧？」

「你好厲害！像個大偵探。」蘇菲亞想了想，解下頸上掛著的金雞心，打開來遞到金花面前，金花接過仔細的看；雞心裡的小照是個年輕軍官，眉開目朗的，相貌稱得上英武。「啊呀！你真是有愛情啦！說說看，他是誰？」金花十分感興越，幾乎有點羡慕。

「他叫彼德。今年二十七歲，官階是上尉。」蘇菲亞邊說著把雞心掛回頸子上。「去年秋天我回家度假認識的。啊！金花，他太好了，我簡直形容不出他是多麼的可愛，我的心整個被他占據了。他也同樣愛我，每隔一天就給我寫一封火一般熱情的信。金花，我是掉在愛情的漩渦裡了。為我祝福吧！」

蘇菲亞的圓臉上現出異樣的光彩，聲音裡聽得出激動，與平日的她彷彿是另一個人。金花注視著蘇菲亞，好像要從她的臉上發現更多的東西，看了半天才訕訕的道：「愛情就是這個樣子的嗎？蘇菲亞，我就祝福你吧！不過，說句老實話，到現在我還不懂那到底是怎麼回事呢！」

「我告訴你，那是最美妙的事，只有戀愛過的人才知道。」

「所以我永遠不會知道了。你們會很快的結婚嗎？」

「先訂婚，結婚大概是明年秋天。」

「明年秋天我們老爺的任期滿三年，我就要離開德國了。」

「這就是為什麼我把婚禮定在明年秋天的原因。我不想讓你感到寂寞，要陪你到回國。」

「蘇菲亞，謝謝你，認識你這樣的好朋友，我跑這一趟就很值得了。」金花仍在想，愛情到底是個什麼事呢？她想起沈磊，那個總用帶著傻氣的癡迷眼光望著她的鄰居男孩。他們之間有愛情嗎？她說不清，沈磊對她的忠誠和看重似從未變過，當別人都因她流落風塵而賤視她時，他卻傷心得離家遠行，自那時起便再沒他的消息。她想著不覺有些憂鬱。「蘇菲亞，讓我為你們的愛情祝福吧！」她悶悶的說。

金花的嘔吐期終於過去，緞襖下的肚皮像灌滿氣體的風球般，鼓溜溜的膨脹著。漸漸的，她感到肚子裡有東西在動，在拳打腳踢。「這個娃娃一定是頑皮的，在肚子裡都不肯老老實實。」她會懷著喜悅的心情想。像所有的母親一樣；孩子尚未出世，她已在用整個的生命去愛他。

西曆新年過去了，金花的肚子已鼓得讓她看不見自己的纖纖金蓮的尖。嬰兒不出一個月就要出世，金花很為該去醫院，或在家裡生產而躊躇。依蘇菲亞的形容，柏林的醫院有婦產科，設備完善技術精良，助產的不是接生婆，而是在大學堂裡習過醫技的專門醫師。「在醫院生產，無論對孕婦還是對嬰兒，都比在家靠一個接生婆安全得多。」蘇菲亞說。

金花知道蘇菲亞的建議是對的。但醫院裡的醫師都是男人，洪老爺怎會答應，就算勉強答應，館裡那些人恐怕也要笑破肚皮，不定會用多難聽的話來糟蹋她，然而她還是試探：「現在文明的德國家庭，都到醫院去生產……」

「又是蘇菲亞給你出的花樣吧？」像每次說起蘇菲亞一樣，洪文卿微蹙著眉，一語氣裡透出不耐與不屑。「她真是個不知進退的人，我們請她來是給你做陪伴，並不是叫她來做謀士，她話說得太多，這個洋女人真沒分寸。」

「你不要罵蘇菲亞，她是為我的安全。」金花不悅的頂他。

「聽你的口氣，好像只有蘇菲亞才關心你似的。你想想，醫院裡的醫生全是男人，洋人，他們給你接生你不在乎？就算你不在乎，我的臉面掛得住嗎？要說安全，接生婆接生也是安全的。你、我、我們認識的人，誰不是靠接生婆來到人世的？別亂想，還是在家裡生。我們是中國人，禮義之邦的泱泱大國，跟洋人不同。」洪文卿絕口反對到醫院去生產，只一句「我們是中國人」就令金花反駁不得。

那一天終於到了，金花經過整整一晝夜的陣疼，昏厥了三次，才在奄奄一息中產下了她的孩子。

「是個女娃娃，多美的臉蛋！高鼻樑，黑頭髮，皮膚粉撲撲的。夫人，她真像你。」接生婆把洗淨的嬰兒抱給金花看。

「她像我嗎？」金花倦得半闔著眼睛，笑嘻嘻的端詳著那個小得像玩具娃娃一般的嬰孩。「她好可愛！好小！調皮的寶寶啊，你可是把媽媽疼壞了。你要乖啊……」她端詳著，喃喃著，無限自豪，從來沒像此刻這麼驕傲過。

洪文卿對新生的嬰兒十分疼愛，一心要給她取個高貴，響亮的名字。「德宮，是個合適的名字。她生在德國京城，你懷她的時候進過皇宮威廉二世的皇后還派人送了鮮花和小衣服。都是跟皇宮有關的。對，就叫德宮。」他興致勃勃。五十出頭的人，突然又做了父親，並且是這麼可愛的一個小女兒。他感到心滿意足。

見洪文卿喜愛德宮，金花便釋懷了，她原本還擔心他會不會因生了個女孩子而失望。他的態度給了她信心和鼓勵。「下次一定要生個兒子，叫他長大了也點狀元。」她說。

「對呀！再生嘛！我定效勞。」洪文卿有點不懷好意的，笑著睨視金花把乳頭塞到德宮的小嘴裡。「嘻嘻，我還行的。」他輕輕的拍拍胸脯。

「你行什麼？你整天就悶頭寫你的元史，萬事不管。」金花嗔怪的瞟著洪文卿，任德宮的小嘴用力的吮她的乳頭。小娃娃吮得那麼用力，疼得金花禁不住「哎喲」一聲。「疼嗎？我看還是僱個奶娘吧！」

「不，我要自己餵，餵到奶不夠了再說。」金花的背脊挺得筆直，俏皮的尖下巴朝上昂了昂，語氣中有不容商量的堅定，那神情就像正在施行一樁偉大的使命那麼莊嚴。

自從德宮出世，金花便有一種奇異得難以形容的感覺，她依稀的覺得自己與嬰孩出生的同時重生了一次，如果說不可能重生，便至少也被從裡到外的整個沖洗了一遍。髒的、壞的、恥辱的，全隨著汙水流淨盡，如今的她是個乾淨的母親。她的被男人蹂躪過的身體是她孩子最依恃的溫床，她的被戲要玩弄過的雙乳是養育她孩子的源泉。如今她可以理直氣壯的對那些瞧不起她的太太奶奶們說：「我也是母親，我跟你們一樣。」

做母親的感覺太好了，這般程度的好是她從不知道的。有了德宮，她才真正的懂得，原來母親對兒女的愛是這樣深，這樣切，這樣熾熱。

「你是狀元家的大小姐，將來要嫁給有才學的貴公子，你父親要給你許多許多的嫁妝……」金花有時會突如其來的對德宮說。說著說著，她會驚覺的一下子停住，也會滂沱的流起淚來。有次洪文卿進臥房，見金花淚痕未乾，詫異的問：「咦，你是怎麼了？」

金花只顧有一下沒一下的拍著懷裡的德宮，面色沉沉的，過了好一刻才道：「我想起我母親。一個做母親的把親生女兒送給人家去糟蹋，心裡一定痛得滴血。生了德宮我才體會到我母親的心境。我總是怪她，怨她，說話刺她。我不應該——」她說著眼圈又紅了。

「過去的事，何必再去想。將來把你母親接來和我們一起住，讓她也過過享福的日子。金花，你要放寬心，你看到的，你這一生再也不會吃苦了。有我呢！」洪文卿溫柔的說。

「唉！我也弄不清是怎麼了？自從有了德宮，我想得好多。老爺，你將來要請教席教德宮讀書認字，我多麼想把她養成一個知書識禮的大小姐。」金花已經破涕為笑，開始重複她一長串計畫中的一個。

「用得著請教師，狀元老子還教不了自己的女兒？將來我老了，就每天在家教德宮讀書寫字，我們的女兒是琴棋詩畫無一不精的……」洪文卿也說了一串他的計畫。

德宮是個美麗的孩子，繼承了父母雙方所有的優點，她一天天的在長大，笑比哭的時候多，很是討人愛，上從洪文卿，下到小聽差阿福和老媽子阿祝、阿陳。整個館裡的人沒有一個不疼她愛她，正如蘇菲亞所形容：「德宮給安靜得叫人受不了的非今館，帶來了笑聲和春天。」

天氣漸漸暖和了，金花常常像那些年輕的德國母親一樣，推著嬰兒車，到動物公園裡去散步。園裡樹木葱鬱，春天清新的植物味飄浮在空氣裡，滿眼一片綠油油。她和蘇菲亞談著，走著，逗著德宮，會在林間小道上繞半個下午，一派悠閒逍遙。她不是沒有憂慮，每想到越來越近的回國日期，便產生一種無以名之的不安，每思及蘇菲亞不久將返回故鄉慕尼黑成婚，就會情不自已的陷入惋惜與悵的情緒中。

蘇菲亞與她的男友彼德於六月間正式訂婚，請金花去參加典禮。金花道：「等你們結婚我再去吧！現在也走不開。待把德宮慢慢的交給阿祝，我離開幾天也放心些。」

「一言為定，我們的婚禮你準要到，否則我多難過啊！不知道洪公使願不願意做我們婚禮的貴客？」

「他嗎？算了吧！你看到的，為了寫那個元史，他不單起早貪黑，簡直連茶飯也不思了，每天從早到晚就同根亞先生悶在書房裡，那裡肯離開一步。」金花說罷不自覺的隱隱長歎。

「洪公使是個做學問的人，真是用功，不過他也應該有些活動，總悶在書房裡不健康。」

「我也是這樣勸他，他聽嗎？主要是，秋天我們回國，就沒有根亞先生給他幫忙，他要趁著在這裡的機會，把要找的資料找齊全。」金花說著在蘇菲亞的臉上打量一會，笑著道：「你的臉色好新鮮，我從沒見你這麼漂亮過。蘇菲亞，你是越來越美麗了。」

「謝謝你的讚美。我不是說過嗎？愛情的力量可以改變一個人。」蘇菲亞格格的笑，快樂的樣子讓金花從心裡羨慕。

「愛情？到底是怎麼回事呢？我不懂。」金花又說她說過好多遍的話，笑著搖搖頭。

12

金花穿了件湖青色杭綢肥腰齊膝夾衫，月白色綢子夾褲，腦後鬆鬆的挽了個圓髻，年輕的臉上薄施脂粉，兩隻水滴子珍珠耳環搖搖顫顫的，整個人淡雅得若清風閒雲。

她剛午睡起身，無限慵懶，倚在三樓半圓形的陽臺欄杆上無目的的望著，滿院秀色帶給她的竟是悵悵輕愁，無聊賴得升起一種彷彿不知該怎麼打發時光的懊惱。

七月盛夏的柏林，老陽兒仍保持著它的寬大穩重，炙熱卻不肆虐，暖烘烘的空氣中有覺察得出的溫柔。正是盪舟的好季節，小河上的歡笑聲在花陽傘下隨著水波陣陣傳來，有男有女。望著那些玩船的年輕情侶，金花想起蘇菲亞所說的「愛情」。愛情？到底是怎麼一回事，看樣子那些人便是在談愛情吧？看他們那種彷彿浸在春風裡，沉沉欲醉的神情，彼此間互信互慕的眼光，便能想像到，愛情的滋味一定很甜美，很奇特！蘇菲亞曾說：「愛情的結果是結婚。兩個人真心相愛，才能幸福的一生一世守在一起。」

相愛、結婚、一生一世守在一起？金花實在想不出那是個什麼情形？對她來說；正經人家的女兒，憑著父母之命媒妁之言嫁到男家做兒媳婦、正太太，像她這種風塵女子麼，就由有錢的老爺買了去陪侍枕蓆，伺候日常起居，做一名侍妾。這彷彿是順理成章的事，誰會懂得什麼叫「愛情」？愛情的結局既然是結婚，不也是要在一起同床共枕？

有了愛情的肉體關係可不知是什麼感覺？談戀愛的經驗她沒有，跟男人交合的經驗則不可謂不豐富。從十四歲那年，富媽媽以一千五百兩銀子的代價賣了她的童貞，迫她跟一個四十多歲的軍人過夜，到嫁給洪老爺為止，她沒算過跟多少男人上過床？高級妓女賣的是風雅，不輕易陪宿，然而妓女就是妓女，男人花大錢來找她們，最終的目的總是那一個，她那還沒有長成的嬌嫩的女孩兒軀體，便是那麼在男人們淫暴的取樂中變成婦人之身的。

許是與男人的交合留給她痛苦的回憶太多，也許是習慣了洪老爺文弱書生式的輕憐蜜愛，她從沒渴望過，甚至是厭惡的，得到更多更強的床笫之歡，她感到身體起了變化，極需男性的慰藉，是在生了德宮之後。

做了母親的金花，像顆漿汁飽滿的大葡萄，臀顯得更圓，腰顯得更細，皮膚顯得更光潤滑膩，那一對乳房，雖用束胸緊緊的綑著，也不能完全掩蓋住在夏季薄綢的衣衫下，隱隱凸起的一片高原。她的頭髮越發的黑濃，眼眸子越發的水汪汪。每次當她從樓上下來，經過長長的甬道出大門，那些家眷留在國內、隻身在外待了兩三年的館員們，便會賊眉賊眼的偷偷窺望。

蘇菲亞並沒辭職，但自從訂了婚就很少來到館裡。金花沒有蘇菲亞，像缺了一隻手，又像丟了自己的影子，不便、孤單、寂寞，而最令她本身驚異的是：她確確實實的感覺到，她渴望慰藉、渴望情愛，她的身體像包著一團火那麼灼熱，彷彿只消輕輕的觸碰，就會砰的一聲爆開。可是，天知道，她此刻是多麼需要那一下子強有力的觸碰，多麼需要來一次徹底的大爆破！

金花交叉著兩隻手臂，緊緊抱著自己的肩膀，她的飽滿的身體依稀的正在被掏空，在萎縮、在慢慢消失。她把自己抱得更緊，宛若怕真的消失在這醉沉沉的斜陽裡。河上的笑聲吵得她的心無端慌亂，紅紅綠綠的人影看得她頭暈目眩，她怔了怔，霍地扭轉身，風一般的跑下樓，衝進洪文卿的書房。

洪文卿和根亞先生靜悄悄的坐在書桌前，金花的突然出現，驚得兩個人不約而同的擡頭凝目，愕然的望著她。「發生了什麼事嗎？你怎麼慌慌張張的？」洪文卿問。他戴了副德國製的金絲框子老花眼鏡，手握毛筆，正在寫書稿。長期的缺少陽光，他的臉色蒼白得近於病色，裹在長袍裡的身體也愈看著單薄清瘦。

「我——」金花也不禁愕然，連自己也弄不清是做什麼來了！「我來看看，阿祝是不是把德宮抱來這裡？」她遮掩著吞吞吐吐，有如做了什麼虧心事似的那麼羞恥。

「阿祝不會抱德宮來書房的。他們可能在院子裡。」

「是啊！他們可能在院子裡，我去看看。」金花說罷便悻悻的離開書房，懶洋洋慢吞吞的踱上樓梯，回到臥室。

夕陽把屋子照得通明透亮，梳妝臺前的大鏡子反射出刺眼的銳光，金花坐在鏡子前，看了鏡中人美麗的臉蛋又捋起袖子看那兩隻白得玉藕般的手臂，撫摸了又撫摸，終至摸出眼淚來。大粒的淚珠像珍珠，一滴一粒的落在她的月白色薄綢褲子上，溫熱熱的直透肌膚。

好長的一天，好不容易盼到入夜。夏夜晴空，幽朗的月色像白燦燦的碎銀子，從薄如蟬翼的透明窗紗上映進，灑在金花的皇后式雙人軟床上。附近教堂的鐘聲剛敲過十點，苦寫了一整天的洪文卿進來了。一進來就被屋子裡的情景弄傻了。在淡淡的光線裡，他清晰的看到床上躺著一個人，這個人似乎沒有穿衣服，月影掩映中顯得肌膚雪一般白。不用問。這個人當然是金花，但是，「你……怎麼不開電燈？」他走到床前，囁嚅的試探著問。

金花拍的一聲打開了床頭上的玻璃穗子電燈，雙人床立刻變得戲臺一樣的明亮。她又拍的一聲關上了電燈。

「啊！你——」洪文卿感到身體內外都在起變化，有股火正在燃燒，熱得無法抵禦。雖然只是一眨眼功夫的照耀，他已把金花看得纖絲不漏；她上身無衣，胸上繫了一條水粉色的繡花紗料兜肚，裡面凸起的部分隱隱若現，腰部以下，圍纏了一塊繡著五彩小蝴蝶的白色杭綢。她淺笑盈盈，眸子像浸在水裡的墨晶石，又黑又亮，散下來的濃髮烏雲般瀑開在繡緞鴛鴦枕上。好一幅美人思春圖！他一輩子都沒見過這麼誘人的胴體。「迷死人的小妖精，你……」他連忙上床將金花擁在懷裡，氣概青春的狂猛使力，嘴上嘀咕著英雄式的囈語「我要把你揉爛，我要……」但他仍是很快的就倒頹下來。像一隻垂死的老山羊，軟塌塌的癱瘓在金花胸脯上，大汗淋漓得彷彿剛洗過澡，渾身濕漉漉的。「金花，乖乖，你……」洪文卿夢囈般的喃喃。

「老爺，你看看我，看看我。」金花見洪文卿真要入睡，急得坐直了身子，拍的一聲打開電燈。

「唔……」洪文卿閉著眼睛，嘴角上飄著滿足的笑意。「老爺，你睜開眼睛，你別睡啊！」金花祈求的叫。

「……」洪文卿已經睡熟了，鼻息均勻，神態安適。

「老爺——」金花楞坐了片刻。關掉電燈，放棄的躺回到枕頭上，她覺得身體裡有一股力量在蠢動，有如爆發前的火山，高熱的岩漿在澎湃沸騰，即將決口而出，這股力量太猛烈，衝擊得她青春飽滿的身體要崩潰，要融化，要碎成片片。她不由得懼怕起來，好像自己真的就要在這場燃燒中化為灰燼，但又彷彿在祕密的渴望，寧願在強有力的男性的蹂躪凌虐中死去。

金花把隻繡枕抱在懷裡，牙齒咬著枕角，抱得緊緊的，咬得緊緊的就像那是她心愛的男人的軀體。她渾身顫抖，不停的在床上輾轉滾動，隱隱的呻吟著。突然，她摸起床頭几上的金簪子，朝著自己的大腿猛力的刺去。她終於在疼痛中冷靜了，血從傷口涔涔的流出，像是懺悔者羞愧的眼淚。她抱著那隻痛腿蹣跚的到陽臺上，倚欄而立。

夜已深，靜悄悄的了無聲息，月亮像隻剛拭抹過的明鏡，潔淨清亮的懸在中天，如洗的光輝安詳的灑在水面，河上已無人跡，只有空蕩蕩的緩緩長流，在月色下閃爍著深邃詭祕的幽光。

腿上的血仍在流，傷口仍在痛，金花也不去理睬。她凜冽的板著臉孔，目光炯炯，彷彿面對一個可惡的罪犯。「你果然是娼婦的根，多麼淫蕩啊！那一個高貴的太太奶奶會這個樣子？你不羞嗎？你能怪人家瞧不起你嗎？」她絕望的對自己說。

日子像病馬拖著的破車，緩慢而少節奏的向前踱著。蘇菲亞不在，金花就失去了逛街和到動物公園散步的伴，她如今最大的樂趣乃是逗女兒，每當抱著德宮軟綿綿的小身體，看她張著小嘴咿呀咿呀的叫，寂寞與孤單的感覺便漸漸的離她遠去。懶洋洋的夏日午後和懊悶的黃昏前，最是難過的時光，有時竟會無聊賴得不知該把自己寄放在何處？動物公園那片濃綠色的樹林，和小河上盪舟歡笑的男女是她看厭了的。但為了要呼吸到外面的空氣，要看看海洋般蔚藍的遠天，她總是倚在陽臺的躺椅上消磨整個下午，直到那隻大火球似的大陽落到半山腰，熱烘烘的暖風吹透她單薄的綢衫，撫弄著她的身體，她才懷著還清了債似的心情離去，暗叫著：「多麼好！一天又過去了！」

蘇菲亞終於又到了非今館，是來取她的行李衣物的，並帶來了結婚喜帖，重複說過幾次的話：

「你一定要去參加我的婚禮。不然我會失望。」

「當然，我是應該去的。可是天知道，慕尼黑那麼遠，叫我怎麼去？」金花確實很猶疑。她估計洪文卿會反對，使館裡的人又會喊喊嘈嘈。

「金花，你來散散心吧！瞧你，一個多月不見變得這副愁眉不展的樣子。慕尼黑遠是遠一些，好在有火車直達。住處嗎，我已經給你安排了。我們的鄉下房子自然不能跟非今館的大樓比，不過住幾天還是滿舒服的。」蘇菲亞故做調侃的口氣，她是越顯得年輕活潑了。

「好吧！我盡量想法子去。蘇菲亞，你這一結婚，我秋天一回國，咱們兩個這段緣分也就算盡了。」金花悻悻的。

「你怎麼變得這樣悲觀呢？你想得太多了。笑一笑！笑一笑！」蘇菲亞輕撫著金花的臉蛋，直到金花真笑了，才接著道：「世界太大，我們離得太遠，很可能我們沒有再見的一天了。所以，你一定要來。」

「我一定來。」金花肯定的點點頭。

金花要到慕尼黑參加蘇菲亞的婚禮，在非今館裡惹起了不小的風波。首先是洪文卿反對，「蘇菲亞跟你的交情深，照說你是應當去吃她的喜酒。不過我們是中國人，婦女不作興在大庭廣眾中拋頭露面，何況慕尼黑離得那麼遠，要在火車上過一夜，對你一個年輕的婦道人家太危險，我看你不要去。我們加倍送禮，表示對她的看重就是了。」他連續幾次這麼說，說得金花幾乎要打消去的念頭，直到她發覺使館裡的那些人已經把她要去慕尼黑的意願，當成笑話與醜事在傳播議論，茶餘酒後說個沒完時，才真正的打定了主意；誓必要去，絕不罷休。

那天她下樓去找德宮；阿祝常常把德宮抱到院子裡去看金魚。經過二樓的一間房子，聽到幾個人在講話，「這可好，柏林也放不下她了，居然要匹馬單槍的去慕尼黑。這位公使夫人是有心要給咱們大清朝開開新風氣吧？」「公使夫人？呸，她也配！天生窰姊兒的習性，不出去招搖招搖過不了日子的。」「不是正路出身的人，就怎麼都正不了。上年在聖彼得堡受的教訓還不夠，還不知收斂。」「輕賤的人永遠貴重不了。你們想，她有膽子去坐咖啡館、搭訕洋畫家，那畫家送畫她也敢要，這樣的貨色什麼事做不出來？到慕尼黑去不定又出那種花樣呢！等著瞧吧！」「就憑她長那麼個玩藝，把公使迷得死去活來。要是我有這樣一個小老婆，不叫她拿根繩子自己了斷，也要把她送人。」

從聲音金花就分辨得出來是那幾個人。他們越說越有興味，這個題目對他們顯然是太有趣了。那些侮辱的、輕賤的、骯髒的字眼，聽得金花血液上湧，憤怒得要發狂。她想衝進去跟他們理論，可又覺得不能真那麼做，繆征藩給她的教訓還不夠？如果他們當面侮辱她，她將怎樣下臺？洪老爺也給她做不了主，難道他能把他們全體撤職？卑微的出身是她深入骨髓的病，如果論理她永遠是理虧者，反而自我羞辱並給人增加笑料。她想著便悄悄的走開，沒上樓也沒下樓，只輕輕的推開了洪文卿書房的門。

洪文卿坐在大書桌前，根亞先生和黃翻譯分坐在左右兩邊，小聽差阿福在一旁給端煙倒茶，幾個人正忙著，見金花進來，八隻眼睛全睜得大大的盯著她。

「老爺，」金花滿面寒霜，也不理會幾個人表情裡的驚異，一個字一個字清清楚楚：「慕尼黑我是去定了。誰要擋嗎？我會放把火，燒掉這個非今館。不信就試試看。」她說完就走，立刻回到臥房整理旅行的衣物。

金花前腳踏進門，後腳洪文卿就跟了來，陰沉著臉道：「你這是做什麼？在人前這樣塌我的面子？太過分了。」

「像我這種生來就沒面子的人，那裡懂得塌不塌面子？如果老爺實在不能原諒的話，就把我送人吧！」金花頭也不擡，賭氣的一個勁往箱子裡裝東西，洪文卿看她那光景，知道準是又聽到了什麼閒話。讓下屬們把妓女出身的姨太太當成公使夫人來尊敬，使大家不服氣，閒語閒言的總不斷，這一點他明白得很，也替金花抱屈，但是舌頭長在人家的嘴裡，他如何能控制？為了一個繆征藩已弄得丟盡面子，經驗使他悟出，只有裝傻一途最聰明，雖然心裡為此終究有些不安，覺得對不住金花。

「你真的要去慕尼黑？」洪文卿氣消了，照例的讓步。

「一定去，不去就放火燒房子。」金花仍然不擡頭。

「好吧！你一定要去就去吧！」洪文卿無可奈何的隱隱歎了一口氣。心想：送佛送到西天，把蘇菲亞這個擅於煽動挑撥的洋婆娘送上花轎，金花也就會老實，從此天下太平，豈不是好！「我叫黃翻譯往慕尼黑打電報，讓他們去接。」他想著又說。

金花帶著一個叫英格的德國女侍，和一個叫約瑟夫的德國聽差，踏上了去慕尼黑的頭等快車。臨行時對阿祝和阿陳叮囑了又叮囑，叫她們要仔細的守護德宮。對於德宮她是萬萬的不放心，若不是為了賭一口氣，她簡直不能相信自己會真的去慕尼黑，離開女兒三、四天之久。

非今館受到的震撼，並沒因金花的離去而稍減。洪公使居然真放年輕的姨太太單身去慕尼黑參加洋人的婚禮，多麼的令人難以置信！而這位潑辣的姨太太居然想燒房子，婦人女子那有這般放肆的？

果然是娼妓的賤根根深柢固，不僅是個蕩婦也是個悍婦，想想真替公使不平，要是換了我，哼……之類的議論像水波驅著漣漪般不斷擴散，洪文卿從早到晚就在書房裡寫他的元史，連午晚兩頓飯也叫阿福端到書桌上吃；他不想看到下屬們憐憫的眼光。

13

金花從車窗裡便看到，蘇菲亞和一個年輕軍官依偎著等在站臺上。她知道那個軍官就是蘇菲亞口口聲聲說著的彼德。

「你真來了！我高興得差不多不敢相信自己的眼睛。」蘇菲亞快樂的親吻著金花的臉頰，彼德則輕輕吻了一下金花伸過來的手，「歡迎公使夫人。」他說。態度和善而多禮，兩撇小鬍子笑得微微朝上翹著。

「別客氣，叫我名字吧！彼德。」

「對，不要用公使夫人的名銜把她綑住。金花好不容易出來一次，叫她痛痛快快的自由幾天。」蘇菲亞說。

「蘇菲亞，你真懂得我的心。一路上我就在想：也許我這一輩子只有一次這樣的機會，我要好好的享受它。」

「你會的。巴伐利亞是最美的地方，說不定你住過幾天就永遠不想離開了。」彼德湊趣的說。幾個人已上了三匹馬拉著的敞篷大馬車。他們三個坐前一輛，英格和約瑟夫同來迎接的兩個僕人坐後一輛。

蘇菲亞•勞爾的家在慕尼黑郊外的鄉間，路途不近，車子出城後走上鄉間的馬車道，兩旁是綠油油的大草原，成群的牛在安適的吃草，牛鈴聲響陣陣傳來，噹噹的震動著曠野。農家屋頂上的炊煙在隨風擴散，淡霧閒雲般盤桓在空中久久不去，遠處的樹林像一道翡翠築成的城牆，幽深綿長得看不到盡頭。泥土和植物的香味飄浮在空氣裡，金花隔上一會就翹起小鼻子深深的呼吸一下。

車子進村莊時，人家的玻璃窗上已經燈影閃爍，在月亮還沒出山的黯淡光線裡，金花看到前面半山腰的大草坡上，立了幢巨大的白色農舍，蘇菲亞指著：「那就是我的家，我就是在那片大草坡上跑著長大的。」

蘇菲亞有三個哥哥兩個姊姊，除了做神父在中國傳教的一個，全已結婚住在外面，大白房子裡只住著蘇菲亞和她的父母及幾個男女工人。蘇菲亞的父親勞爾先生挺著啤酒桶般的大肚皮，面色紅潤，見了金花拉著兩隻手道：「美麗的小姑娘，叫我怎麼稱呼你呢？小美人嗎？」「叫我金花。」蘇菲亞也道：「爸爸媽媽，把她當成你們的么女，叫她名字，讓傭人稱金花小姐，夫人這個字眼我們要暫時忘記。」

蘇菲亞的母親正在廚房指揮傭人工作，聽到客人已到連忙匆匆的趕出來。她穿了一身深色的衣裙，體格碩健，面貌和藹，抱住金花親了左臉又親右臉，「我親愛的孩子，你是多麼的嬌嫩可愛，多麼美啊！怪不得我的女兒那麼喜歡你，我比她更喜歡你呢！你可不能客氣，就把我的家當你的家。我們這個農舍四周大得很，有牛有馬，有山羊和小野鹿，當然還有貓和狗，牠們都喜歡客人，你不會寂寞。要看什麼你儘管看。後面是樹林，散步夠你足足走一天。」

勞爾太太氣足聲洪，說起話來滔滔不絕，金花幾乎連答應一聲「是」或「不是」的空檔都找不到。她的心已被愉快的情緒填滿，勞爾一家人的熱情，對她的真摯和看重，深深的感動著她，「謝謝啊！我也同樣的愛你們。」金花從心底說出這句話。

蘇菲亞把她的臥室讓給金花住。這是個佈置得非常樸素，看起來非常可愛的房間。金花躺在軟而厚的床墊上，扎扎實實的睡了一個通宵覺。推開百葉窗，一片青山無盡伸延，好唱的鳥兒在樹梢吱吱喳喳，她貪婪的深深呼吸了一陣，才梳洗打扮了去樓下餐廳。長木桌上鋪著雪白的檯布，上面擺些冷肉、乾酪、小腸子、奶油、果醬、黑白麵包和鮮紅肥大的蘋果。桌子四周已坐滿了人，一臉喜氣的蘇菲亞在跟大家說笑話，她用目光迎著金花進來：「睡得香吧？鄉下安靜，最適合睡覺。」

「睡得是香，你沒見過這樣懶的客人吧？對不起，讓各位久等了。」金花有點不好意思的對眾人抱歉的笑笑，蘇菲亞道：「你睡得長一點是對的，我也剛起來不久。今天的節目是通宵，不養足精神怎能支持？讓我給你介紹吧！」

蘇菲亞一一介紹了，原來都是她的哥哥姊姊和他們的配偶，「這是我的好朋友金花小姐，你們見過這樣美的人嗎？」

「確實沒見過！」女人們異口同聲的說。男人們全微微的站起身和金花握手。金花窺探他們的表情，是友善而熱情的，並沒有絲毫歧視的跡象，便放開了心，和大家一同吃喝說笑。蘇菲亞今天就要做新娘子，可一點也沒有中國新娘那種又羞又怯又傷心，哭哭啼啼彷彿就要赴鬼門關似的樣子，她顯得特別興奮，話比平常多了許多。

「蘇菲亞，你看來多麼快樂！」金花忍不住說。

「請你相信我是完完全全快樂的。你想，我就要跟我愛的人開始新的人生了，我怎麼會不快樂。」蘇菲亞笑著指指她的哥哥姊姊們，「他們也替我高興，特別回來恭賀我，參加我的婚禮。今天是我的大日子呀！」

「她總不戀愛，我們真以為她要做老姑娘呢！」蘇菲亞的一個姊姊說。「她怎麼會做老姑娘，她在等我。是不是？親愛的蘇菲亞？」坐在蘇菲亞旁邊的彼德摟著蘇菲亞的肩膀。

「當然是的啊！親愛的。」蘇菲亞握住彼德摟在肩膀上的手。

金花在一旁冷眼旁觀，心裡一陣陣的驚歎。

早餐吃完已近正午，蘇菲亞道：「金花，我現在必得去梳妝打扮預備做新娘，不能陪你了。你帶來的英格和約瑟夫，說是來次巴伐利亞不容易，兩人剛才跟著便車進城去了。你一個人怎麼辦？叫我嫂嫂陪陪你吧！」

「你去專心的準備做你的新娘，不要管我。我正想一個人到外面去看看。你們這附近的風景好美！」

「你儘管去看看逛逛，丟不了，這片草地就夠你走的。去吧！到教堂以前可要趕回來。」蘇菲亞說著興匆匆的去了。金花戴上絲絨小帽，拿著荷包和小花傘，一個人輕輕鬆鬆的走出大白房子。

金花順著坡上唯一的道路往前走，秋天的陽光照在她少見天日的皮膚上，舒服得竟有些癢絲絲的。山坡的左手是深得不著底的森林，右手是居高臨下的村莊全貌，前面是平直的灰色馬車道和無邊無垠，一尺來高的深草。蒲公英黃色的花朵由綠色的海洋中片片湧現，陽光的映輝下搶眼得像點點燦爛的黃金，幾隻小蝴蝶在花間飛繞，野兔子從樹林裡躥出來，在草叢裡騷動一陣，又箭一般快的躥回樹林去。天空藍藍的、靜靜的，顯得那麼開闊、寬容，彷彿能容納得下任何一個微小的生命去放肆。

金花漫步踱著，走走停停，朝四周望望，覺得自己已變成了高天上飄浮的幾朵白雲中的一朵，逍遙自在得想飛。

金花聽到有聲音遠遠傳來，那是馬蹄鐵踏著沙石路面的迴響，越來越清晰的震動著靜寧的原野。先是一張年輕的臉出現在坡上，接著是穿著戎裝的英挺身材，和他騎著的大白馬。金花連忙讓開路，站在草叢裡。陽光從側面射來，映得他制服上的金鈕釦和帽子上的金徽閃閃爍亮。他來得更近了，兩隻比海洋還深還藍的眼珠含笑的盯著她。那眼光使她直覺的憶起童年玩伴沈磊，但沈磊是怯生生的，退縮的，這個人卻是熱切前進而含有探索意味的，他使她初次在男性的注視中感到羞澀驚慌。

大白馬在金花面前停住了，馬上的人像研究一件稀世珍寶般的仔細研究著她。「迷路了嗎？高貴的小姐。」年輕軍官開口了，鄭重而禮貌的。

「我——」金花依稀自夢中醒來，笨拙的連連搖頭：「我沒有迷路，我在散步，這兒的風景好美。」

「哦，這裡的風景是美。對不起，打擾你了。」軍官舉手行了個軍禮，騎著大馬踢踏踢踏的走了，留給金花的是無盡的迷惘，「唔，這個人，不會是廟裡的金童騎著馬跑出來了吧！」她怔怔的想。望著馬上那挺直的背影在陽光中漸行漸遠；迎接過他回頭的燦爛一笑。

婚禮在村中的教堂裡舉行，金花與蘇菲亞的兄姊們坐在一處，當唱詩班的歌聲隨著管風琴響起時，她會忍不住偶爾回頭望望，總望到那雙深如海洋的眼光注視著她。「他要做什麼？」她一再納悶的想。他使她不安，從裡到外，從頭到腳，似乎全起了變化，她變得不認識她自己了。

從教堂出來金花與蘇菲亞的父母同乘一輛馬車，她注意到他和幾個軍官走在一起，別人大聲大氣的談笑，他一語不發，只長腿邁著大步往前走，而眉宇間流露出的情，已如洪水般淹沒了她，她感到他們的心已靈犀相通了。

勞爾家門前的大草坪生起了野火，松枝清馨的植物味伴著烤豬肉和煮酸菜的香味，散佈到整個山頭。一個矮胖的紅臉漢子，站在一隻比他凸起的肚皮還要肥圓笨重的啤酒桶旁，專為客人裝酒，間或響響的打上一聲酒嗝，滑稽的高叫兩聲，故意引人發噱。

長條木桌木凳圍成了一個大大的凹形，空著的一邊像似表演臺，火光熊熊，燃著的樹枝偶爾發出劈拍的爆裂聲。賓客們愛湊趣的就站在那兒說幾句祝詞，也有講笑話，朗誦詩，和彈著吉他唱歌的。大家吃著、說著、飲著大杯裡的啤酒，譁笑聲一陣陣的響起。

金花笑不出也聽不清別人在說些什麼？盤子裡的烤肉、酸菜和煮洋芋只吃了幾口，心不在焉的慢慢嚼著。她感到身體裡有股力量在騷動，在翻盪，這是她以前從沒有過也不知道的，她幾乎為這奇特的現象怕起來，不安與緊張使她變成了一隻受驚的小兔子，默默的躲在人堆裡。她的眼光始終沒放棄搜索，看到他在很遠的斜對面，仍與那幾位軍官在一處，他們都脫了帽子，他的淡黃色的鬈髮在夕暉中看來金燦燦的，多麼美啊！他的眼光總在跟著她，當他們的目光相觸時，她會像受到電擊一般，耳鳴心跳。

太陽落盡了，西邊天涯塗上透明的紅色，黃昏漫漫而至，手風琴隊奏起巴伐利亞的舞曲，在眾人的歡呼聲中，穿著白紗禮服的蘇菲亞挽著新郎彼德在草坪上婆娑起舞，跟著他們，一對、兩對……草坪上已擠滿了跳舞的人。

「高貴的小姐，我可以請你跳舞嗎？」金花忽然聽到有人說。她緩緩的轉過臉，果然是他。她知道應該說「不」，但已遞過她的手，讓他擁著擠進人堆。

他們立刻不再陌生，像兩個不懂世事的嬰孩膩著母親胸懷那樣貪婪的，彼此信賴的互望著。他開始說話了，低柔的聲音，羞赧而故做成熟氣概的微笑。他說是彼德的部下，剛從軍校畢業不久，為了參加彼德的婚禮，特別請假出來的：「明天絕早我得和那幾個傢伙一同回營，」他指指人群中的幾個軍官。「我是個少尉，叫華爾德，慕尼黑的土貨，嘻嘻！」他背誦了自身的歷史又說些軍營裡的趣事，顯得很是胸無城府。

整個晚上，華爾德只圍繞著金花，沒有跟任何一個別的女客跳舞。他和金花也不是真的在跳，只是隨著節奏盪漾，低聲說著並無多大意義的帶些孩子氣的閒話，直到手風琴隊奏起約翰·司脫勞斯的華爾滋舞曲「維也納森林」，他們才身不由己的快速轉動。

跳舞對金花是新經驗，纏過的纖足和心中深重的罪惡感，使她以為自己不能輕鬆的展開舞步，但此刻她像被一陣旋風吹著，腳尖不著地的轉了一個圈又一個圈，那隻擁著她的臂膀像鋼鐵，堅實有力得讓她足以放心的倚在上面。手風琴的拍子正合腳步，夜風撩動著她肥大的裙腳，野火染得半壁雲天泛紅。他們旋轉著，旋轉著，金花逍遙得閉上了眼。樂聲、人聲、嘻笑聲，漸漸遠了，非今館、洪老爺、蘇州的大運河、河上的畫舫，甚至德宮，也遠遠的離開了她的意念。

突然，華爾德停了舞步，他鼻息中的熱氣散在她的臉上，暖暖的、柔柔的，惹得她差不多想笑。她睜開眼睛，發現離開歡聚的人群已有很遠的距離，野火在幽暗的原野間閃爍，跳舞的人影影綽綽的蠕動，清揚的樂聲在靜夜中悠悠傳來，樹林鬱森森的深不見底，梢頭懸著一彎透明的上弦月，月光下的華爾德只是個模糊的影子。

「你還沒告訴我你的名字。」

「我叫金花——你知道我是誰，從那裡來的嗎？」她有意試探。

「我知道的，你從中國來，聽說——」

「唔？」金花敗興的哼了一聲，悲哀的想：「糟了，他知道我的底細，並不是愛我，和別的男人一樣，他認為占占我的便宜我不會在乎，因為我下賤——」

「聽說中國公使的夫人來參加婚禮，她當然是你親愛的媽媽嘍！怎麼沒見她呢？」

金花沉到地底的心又復上升，像找回一件遺失的珍寶那麼驚喜和感動。「是——是的，她是我的母親，她因為身體不舒服，先回柏林去了。」吞吞吐吐的。她並不想欺騙他，但是不能讓他知道真正的身世，如果他知道，她這一生僅有的一點點驕傲、純潔、幸福的感覺，就會消逝在一瞬間。她珍惜這可憐的一點點，不能不說謊。

「我猜你在女子學校念書，對吧？」

「你從那兒看出來的？」

「你的年紀。你還是個小女孩，只有十六、七歲吧？」

「十九歲。並不在女校念書。我們中國女孩子不作興進學校的。」

「中國真是一個神祕的國家，要不是遇到你，我永遠想像不出中國人是什麼樣子。看到你，才知道中國人是這樣可愛可親。金花，你美得不像在這個地球上生存的人，我第一眼見你，真以為你是天外飛來的神仙。」

「我是的，我還要飛回天外的。」

「你？」華爾德急了，握緊了金花的手。「金花，你聽著，我是一個德國農夫的兒子，你是中國公使的小姐，我知道我們離得像月亮與太陽那麼遠，但是，愛情可以把人拉近。我愛你，我必得跟你交往，我要到柏林中國使館去找——」

「不能，你不能去找我。」金花慌亂、急切的道：「我們中國女孩子不可以講愛情，那是絕對不可以，是會被人嘲笑，認為沒有道德的。那會給我帶來大麻煩，請你千萬不要去找我。」

「哦？你的意思，我們以後不見面了？」華爾德頹喪的問。

「華爾德，我們中國有句話：天下沒有不散的筵席。讓我們好好的享受這一刻，不要想以後。」

「我曾經讀過一本書，那上面說：中國女人是絕不接觸男性的，如果她把她的手給你，就表示她已經把她的整個人交給你了，所以我猶疑了許久，直到確定我能不顧一切困難，為爭取與你在一起和周圍去爭抗，才敢把手伸給你。我以為你也是這樣的。」華爾德失望的，悻悻的說。

「華爾德，我的人已經是你的了，以後嗎——我們不要去想他。」

「你的人已經是我的了？」華爾德重複這句話，聲音微顫，把她握得更緊些。金花注視著華爾德，等他可能提出的要求；既是整個人已屬於他，他不會不想真正得到她的身體。男人對女人的最終目的總是這一個。如果他要求，她便不拒絕，她曾經與那麼多男人交合，都是為了換取金錢而供人享樂。洪老爺對她雖然寵愛嬌慣，也是大老爺對小侍妾的恩典，與華爾德對她的一片情完全不同。她不能想像為了愛情把身體獻給一個男人會是什麼樣的感覺，只知道她甘願那麼做。她靜靜的望著華爾德，等他說下去。

「哦！金花，你真是一個可愛的小仙女，你的話太叫我感動。你知道我想做什麼？我想吻你。可是我不敢，你是一個貞節的中國女孩，你太乾淨了，乾淨得叫人覺得自己髒，我真怕我沾汙了你。」華爾德說著，雙手捧起金花的臉，在她的額頭上輕輕的吻了一下。

金花的眼睛濕潤了。在他的心裡，她竟是這麼乾淨？居然會有一個人把她看得這麼尊貴崇高！這是什麼樣的殊榮啊！「華爾德，我謝謝你，我今生今世忘不了你。」她心裡大聲呼叫，淚花模糊了眼睛。

他們並坐在一根折倒在地的枯樹幹上，遠遠觀望跳舞的人群。野火仍燒得熾旺，光豔耀目的火苗一陣陣的往上躥，寧靜的夜空裡傳來輕曼的樂聲。他們說著。華爾德回憶童年和少年時在巴伐利亞農村中的生活，如何的跟隨同伴們在池塘中捉魚，如何的爬到櫻桃樹上吃櫻桃吃到肚子痛，少年時如何的幫助父親在田間工作，「田裡的工作是很累人的，譬如拿著大鐵鏟翻土，呵呵，真會翻得你滿身大汗。」他說著出聲的笑了，露出那口雪白的牙齒，金花也跟著笑，覺得從來沒聽過這樣有趣的談話。

「當然，這種故事對你是粗野而可怕的。我知道中國的秀氣女孩子整天待在繡樓上，是不知道這些事的。」

「我並不像你想像的那麼秀氣，我看過很多東西，譬如說大運河，我故鄉蘇州是個水城，像義大利的威尼斯，最大的河道是大運河，河上有畫舫，美麗極了。」

「我想那一定是很美麗的，希望有天我會去蘇州，坐著畫舫遊大運河。」

金花和華爾德不倦的說著，說的全是沒有特殊意義，平凡而帶稚氣的話。金花是快樂的，彷彿真的忘了以往和未來，已擺脫了一切的牽掛和煩惱，「我願意跟你這樣坐到地老天荒，我願意這一刻永遠不要過去。」她內心裡又在嘶叫。但這一刻終於過去了。野火的光芒在暗淡，歡聚的人在散去，手風琴停止了樂聲，月亮變成了透明的奶白色，正在隱入雲層裡。

草坪上已無人跡，歪歪倒倒的桌椅在迷濛的光線中，像一堆堆重疊的岩石，野火只剩下了灰燼，只有當一陣風襲來時，才會吹起幾點鬼火般的火星。

「宴會已經散了。」金花顯得很懼怕，怯生生的。

「宴會已經散了。」華爾德也說，聲音裡有覺察得出的無奈與悲哀。

這時有幾個軍人牽著馬匹，從勞爾家的花園裡走出，停在通大路的空地上。

「奇怪，華爾德那裡去了呢？我們必得上路了。」

「我看他一直跟那個中國小姑娘在跳舞，後來就不見了！」

「後來再沒見到他的影子，不知他躲到何處？」

「可是我們不能再等，否則將回營太遲。」

幾個人大聲大氣的談話聲，畫破山坡上安靜的空氣，清晰的傳過來。

「快走吧！他們在等你回營呢！」金花先站起身。

「唔，回營，他們在等我。」華爾德也站起身。

那邊幾個人仍在談論：

「奇怪，華爾德那裡去了呢？土遁了不成？」

「也許在樹裡。」

「說不定跟那個中國姑娘去中國了！」

「我在這裡。」華爾德忽然大聲說。牽著金花走近他的同伴們：「這位女士是中國公使的小姐金花。」

幾個人脫下軍帽對金花施禮，其中一個道：

「對不起啊！打擾你們了。主要是到了回營的時間，我們要騎馬走三、四個小時。」

「你們沒有打擾。鬧了一夜，也該散了。華爾德應該準時回營。」金花從容的說。眼光不時的掃著華爾德。華爾德顯得疲倦，頹喪。他已戴上同伴遞過來的軍帽，牽住了那匹大白馬。「是的，我想我該回營去了。金花──」他把她的小手緊緊的握在自己的大手裡。「我不相信我們沒有再見的一天。我不放棄的。你懂嗎？我不放棄的。」他深深的望著她，語氣堅定。

「華爾德──」金花睜大了眼睛，仔細的端詳著華爾德，從他的額頭看到鼻子，再看到下巴，不放過任何一點。心中反覆的道：「我要看清了他，做我這一生永不忘懷的紀念。我要永遠記得，在這個世界上，有過一個純良俊秀的年輕人，像愛貞淑的處女那樣愛過我。」

「華爾德，你還沒有告訴我你姓什麼？多少歲了？」金花柔聲的問。

「我姓瓦諾，二十三歲，從沒真正戀愛過，除了你──」

「華爾德，我謝謝你，我──到死都不會忘記你。」

天已亮了，太陽在出山，東邊天上浮起一脈鮮豔的紅霞。

「華爾德，我們該走了。」一個軍官說。

「是，我該走了。」華爾德自言自語的。

「你走吧！」金花擺脫了華爾德的手。

幾個軍官全上了馬，最後華爾德也騎了上去。「我不相信我們沒有再見的一天。」他又重複這句話。

「華爾德，我會永遠記得你。」金花也重複她說過的。

幾個軍官已等在路口。華爾德遲疑了片刻，便掉轉了馬頭，朝他的同伴走去。

五匹大馬瓜搭瓜搭的慢慢往前踱著，華爾德頻頻回首，金花挺直了疲倦的背脊，一瞬也不放過的注視著他們，她忽然聽到華爾德「嗜」的一喝，馬鞭一揚，大白馬便衝出老遠，接著另四匹馬也跟了上去。五匹馬立刻在晨曦中躍下山岡，留下的是一片揚起的塵土，和一個死寂的空蕩蕩的曠野。

14

從慕尼黑到柏林的特快車，金花獨自坐在頭等車的小包廂裡。發出巨響的鐵輪不捨晝夜的奔馳，早已離開了巴伐利亞省。那兒的景、物，美麗的田園景色，特別是可愛的人，仍分明得若一張張沖洗精良的相片，清清楚楚的印在她的心版上。

金花通宵未眠卻了無倦意，兩眼凝視窗外，思想追著車輪的速度急轉，腦子裡盡是華爾德的影子；他的言語，他的微笑，他的誠實的目光和強勁有力的臂膀，像溫泉的暖流，熱活活的流過她渾身的每一條血脈，她差不多以為自己變成了另外一個人，所受過的侮辱欺凌，一夜之間全被洗淨了。

蘇菲亞和彼德曾從他們的新家趕到車站送行。

「金花，你像突然變了個人。」蘇菲亞銳利的注視著她。

「蘇菲亞，你信不信？我懂得什麼叫愛情了。」她認真得近乎嚴肅的說。

「我信。你的樣子已經在告訴我。」

「蘇菲亞，千萬不可讓華爾德知道我的底細。你不會了解，他對我的看法對我是多麼重要，多麼珍貴。」

「我了解，我不會說。不過我要問一句：金花，你們未來怎麼辦？」

「未來？」她嘿嘿的傻笑了幾聲。「親愛的蘇菲亞，聰明如你的人居然問未來？我認為未來即是終點。」

她確實相信未來即是終點，就像這串奔跑的列車一樣。

金花一路上思緒如濤，幽靈般靜悄悄的回到非今館。

洪文卿正心不在焉的跟根亞先生查資料，小聽差阿福來報說夫人回來了。洪文卿頓時喜上眉梢，丟下筆直奔三樓。金花剛脫去大襖，把一件綢面夾袍朝身上套。洪文卿連忙抱住她那不盈一握的小蠻腰，笑嘻嘻的緊膩著她。「你不在，我書看不下去，文章也寫不出，心像沒了底似的不舒服。小寶貝，再也別離開我，我一刻也不能缺你。」

「羞不羞？堂堂的欽差大老爺說出這樣沒氣質的話。」金花心中慚愧，有意要表示親熱，用一個手指在洪文卿的臉上輕輕刮了兩下。洪文卿受了鼓勵，越發的膩著金花不放：「別人面前我是欽差老爺，在你面前我是一隻等著疼愛的小哈巴狗。」金花被洪文卿的話逗得嘻嘻直笑，笑夠了把洪文卿推開些距離，上上下下的打量他。

金花看出洪文卿又清瘦了一些，臉色是蒼白中透著黯淡的青灰色，身架子單薄得彷彿只有骨骼沒有皮肉，一襲寶藍色的絲夾袍寬蕩得好像四處冒風，襯得他越發的羸弱和衰疲無力。雖然那雙清睿的眼眸仍含蘊著與他年齡、身分不配合的情的光芒，竟也是遮不住隱隱現出的老態了。

金花無意把洪文卿與華爾德相比，但已很自然的把他們比在一起，她想：如果說華爾德是一棵漿汁飽滿風華茂盛，昂然挺立的茁壯的大樹的話，洪文卿縱不能說是槁木，頂多也只能算棵枝葉凋零，接近枯萎的老樹。

「咦！出去幾天你怎麼變得更好看了！」洪文卿也在注視金花；她臉上浮動著一種奇異的光彩，眼神是深邃莫測的，說是喜悅又像背後藏著憂傷，說是憂傷又像有壓抑不住的歡愉要奔放而出。水淋淋潤亮的黑眼珠鑲在白玉般光潔的瓜子臉上，清純嫻秀得倒像深閨裡不沾人間煙火的處女。「說說看，蘇菲亞的婚禮有趣嗎？」他仍在盯著她。

「有趣。洋人的婚禮跟咱們中國人可不一樣——」金花把婚禮的過程和蘇菲亞的一家人描繪了一番，有關舞會和華爾德其人則隻字不提。洪文卿很感興趣的聽著，待金花敘述完了才道：「很好，你總算沒白來歐洲一趟，什麼新鮮事物都見識了。你現在應該收拾行李準備回國。昨天接到總理衙門的電報，接任的還是許景澄，他一到，辦完移交咱們就動身。」

「這麼快？」金花本能的一楞。雖說回國是早經決定的，乍聽到還是有突如其來的感覺。

三年的海外生活開了她的視野，給了她新的經驗，她體悟到尊卑、光耀，與屈辱的距離是何等遙遠。離開柏林的另個現實是，她的日子由燦爛陷入晦暗，由名滿德京的公使夫人變回無足輕重的小侍妾，一生的榮華尊貴的極致將整個過去，這使她惋惜、不甘，何況她在心靈深處有更多更深的不可告人的祕密。回國，她真不情願。「太快了。」她又重複一句。

「快什麼？這三年待得我好氣悶，早離開最好。」

洪文卿人沒回國新職就已派定：兵部左侍郎。出使歐洲三年，西方式的社交生活他始終不慣適應，又缺老朋友談心飲酒吟詩下棋，他一直是個懷鄉者，回國是盼望已久的，何況還有朝廷高官的名位在等待。另方面，金花的活躍，沾染的一身歐洲習氣，從蘇菲亞那兒吸取的一些離奇古怪，不合中國婦德的觀念，令他日甚一日的難以忍受，繼續擴展下去，沒人知道她又會有什麼新的舉動，下屬們看他的眼光不定會怎樣的更充滿了憐恤，只有離開歐洲才能徹底結束這種彆扭的局面，因此，他和金花正相反，自從回國有了定日顯得格外的精神煥發心情愉悅。

館員們，在打理公私行李，洪文卿最關心的是他的書籍和文稿，親自指揮傭人裝箱，非今館裡的人個個興奮，唯有金花提不起勁頭，她心裡的秘密在蠢動，華爾德的影子像縈迴不去的魔影，把她牢牢纏住。她想念他，不能遏止的想看到他，又知道不能，也不該。回國將是這段奇異的感情真正的終結，每念及此，她便陷在絕望的沉思裡。

動身的日期更近了，金花在三樓的臥房裡收拾衣物，一種難以忍耐的鬱悶、煩躁，使她覺得非得到陽臺上透透氣，深深的呼吸一下不可。於是，她去了，倚欄而立，看到的是漫漫秋色，枯葉在秋風中飄零，小河裡的水寂寂流過，滿心的離情愁緒，正不知該怎樣安排自己，一擡頭，一個景象嚇住了她；她看到一個年輕的軍官徘徊在使館門前。他兩手插在大衣袋裡，表情猶疑凝重，似乎為該不該進來拿不定主意？而他是華爾德，是她不會看錯、一生一世都不會忘記的華爾德。

金花真的驚慌了，如果他闖進來——哦，不，他絕不能進來，只要他邁進使館門，她的真實身分就立刻被揭穿，她在他心中的聖女地位便將變成可笑的謊言，她視為生命中奇異至寶的一點真情與驕傲會立即化為烏有，她的這點可憐的幸福是建立在虛幻上，禁不起觸碰的。天真傻氣的華爾德，你為什麼要闖來？她想必得設法制止，命英格去擋住他。她倉皇的跑下樓，在樓梯間聽到華爾德的聲音：

「我請求觀見公使的小姐。」

金花幾乎從樓梯上一撒手栽了下去，她的世界已碎成片片，宇宙天地化為沒有人煙草木的洪荒，眼前是望不著邊際的空茫詭霾，「完了，一切都完了。」她喃喃著神智中僅存的幾個字，一個盲人般摸索著坐在樓梯階上。「我們公使的小姐？你是說德宮？她剛一歲。」黃翻譯的聲音。「不，我是說金花小姐。我們在慕尼黑勞爾家的婚禮上認識的。」華爾德十分有禮貌卻不無懷疑的口氣。

「你弄錯了。我們這裡沒有叫金花的小姐。請你走嗯！」

華爾德走了。金花以為自己死了——她是多麼希望從此人間不再有她，多麼希望真正死去，她這姨太太偷人——而且偷洋男人的可恥下賤的罪名已人證物證俱全的成立，當然，她的災難也就跟著來了。

金花依稀的聽到有人上樓，一擡頭，洪文卿鐵青著臉站在眼前，他喘氣急促，太陽穴薄薄的皮膚下微藍色的筋脈在膨脹，眼光是陰陰狠狠的，像面對一個不共戴天的仇敵。金花驚得怦然一震，呆呆的瞅著這個陌生人，他是誰？自然不是她的洪老爺，洪老爺何等的溫柔多情，那會變成這副兇惡的臉嘴……

「你跟我到房裡去說話。」一個嚴峻的聲音打破金花迷迷糊糊的夢境。她踽踽跟著回到臥房。洪文卿關緊了門，怒極的指著金花：「你也是個人，難道沒長人心嗎？我是怎樣對待你的？大事小事任著你的性子鬧。你說要去慕尼黑，我忍著讓大家背後議論也讓你去，沒想到你真是個上不了檯面的賤人，不過出去三五天，就做出這種醜事，姦夫居然找上門——」

「誰是姦夫？」金花微微揚起下巴頦，冷冷的打斷洪文卿。

「你居然有臉狡辯？你敢說不認識他？」洪文卿氣得楞了半晌才冒出一句話。

「我沒有狡辯，我認識他，不過他不是姦夫。」

「你是說你跟他沒有——唔，沒有——」

「沒有姦情。沒上過床，也沒野合。」還是冷冷的。

「真……真的？」洪文卿的表情已漸漸緩和，口氣也不那麼嚴酷了，雖然還是鐵青著臉。

「真的，分毫不假。」

「那你跟他做了些什麼？他——他是誰？」

「他是一個年輕的軍宮。洋人的婚禮都舉行舞會，我就跟他跳跳，後來坐在樹林邊上談了天，如此而已。」

「哦！你真的跟他沒有——」

「沒有睡過覺。」

「金花，你擡起眼睛給我看看。」洪文卿走近金花，雙手輕扶著金花的肩膀，一如他平時的溫柔。

「給你看眼睛？」金花的表情柔和了，洪文卿的寬容令她慚愧，覺得該為自己的行為道歉，正當她想說什麼，忽聽洪文卿又道：「眼睛是最傳神的，一個人說謊與否可以從眼神裡看出來。」

這句話真的把金花激怒了，如果從別人的嘴裡說出，她不會如此介意，從洪文卿的嘴裡說出這樣的話，她就不得不感到極度的失望和受辱，甚至認為洪文卿平日對她的關愛體貼是虛情假意。「你不相信我？指我在說謊？」她瞅著他齜牙微笑，帶有調侃的神氣。

「小寶貝，給我看看。」洪文卿輕輕的托起金花的下巴。

「放開我。」金花像一隻靈活的小兔子，霍地一下子掙脫了。「聰明的狀元大老爺，你以為男人跟女人最近的關係就是上床睡覺嗎？你真的就那麼在乎我跟別的男人有什麼樣的關係嗎？你是知道我的出身的，在進你洪老爺的門之前我也不是黃花閨女——」

「住口，住口！」洪文卿厲聲喝住金花。他額頭上冒著豆粒大的汗珠，氣喘吁吁的半天才說出。「這就是你的話嗎？你真就這麼不講情義良心嗎？你的以前我不管，既然跟了我就該規規矩矩的做人家，顧及我的面子，那怕裝吧，也要裝個正經人的樣子。」

「當然，老爺有錢又尊貴，可以花大把銀子買一堆小老婆叫她們去裝正經人。其實我已經很賣力的在裝，如果老爺還不滿意可也想不出更妥的辦法，好在姨太太不是人，是玩藝，不滿意不如賣掉或當禮物送掉，那值得生那麼大的氣。」金花的舌頭像片銳利的小刀子，巴啦巴啦的說得淋漓痛快，洪文卿已經氣得搖搖欲倒連連悲歎：「好了，你也不必再說了，我總算認識你了。自作孽不可活，我倒要問問自己，為什麼要做這個孽？」

「我也正想問問你們這些大老爺，為什麼要做這個孽呢！」洪文卿不再跟金花論理，一甩袖子逕自下樓鑽到書房裡，連著幾晚在書房的榻上過夜，白天也不答理金花。金花悽惶不安，偏硬著頭皮不肯示弱，同樣的擺著一張冷臉，終日的躲在臥室裡不露面。

對於非今館裡的人來說，天下豈有比這更熱鬧的新聞？花船上妓女出身的小老婆冒充公使千金，明目張膽的姘洋人，那傻裡傻氣的洋鬼子居然尋姦上門，若換個別人怕羞也羞死，說不定一頭撞了牆投了水，偏這位姨奶奶不同凡響。不但不知罪反倒浪聲浪氣的跟公使頂撞，好像她淫蕩成性是應該的，洪公使已經被氣病了，以後不定還有多少好戲等著瞧呢！「唉唉，公使倒了幾世的楣，遇到這個妖孽！鬧得太不像話。」人人都在搖頭歎息。

金花外表剛強內裡矛盾，十分為自己到底是個什麼人而困惑，經過如許的難堪和艱窘，她想的念的全身的血肉所感覺的仍舊是那一個人——華爾德。她自知有罪，不貞、放蕩，離好品德差得太遠，可用盡力氣也無法從那泥淖裡掙扎出來。她恨自己，就像她有時會驚奇於自己的聰慧美麗而愛自己一樣。

幾天了，兩人的冷戰仍未結束，這日傍晚金花坐在妝臺前拿著一把大梳，懶洋洋的攏著黑緞子般的齊腰長髮，在鏡子裡看到洪文卿推門而入，洪文卿沒往近走，她也沒回過頭，氣氛很僵持。洪文卿悶著嗓子叫了一聲「金花」，金花沉吟了剎那，便丟下梳子一扭身撲在洪文卿腳下，「老爺，我錯了，原諒我年輕不定性，我答應老爺，一生一世都不會再有這種事，我會安安分分的……」她抱住洪文卿的腿哭得肝摧腸斷。

「別哭，小寶貝，回國就好了，讓我們完完全全的忘記，再也不提起這件事。明天許景澄就到，下個星期咱們就動身。」洪文卿把金花摟在懷裡像往常那樣有情的安慰。

臨行的當天蘇菲亞從慕尼黑趕來相送，旁邊無人時金花悄悄的問：「見過華爾德嗎？他到底知道我是誰了吧？」

「是的，他已經知道了。」

「唔，天哪！」她的心冷得凍結了，面孔皮倒羞恥得發熱。

「他會怎麼樣的輕視我呢？上天為什麼對我這樣苛，連這麼一點點虛偽的尊貴都不肯施捨給我？」

「他沒有輕視你，他只是纏著我叫我告訴他你的底細。」

「你全說了？」她悲哀得想哭。

「我說了。你知道，他那樣子使我不能不說。結果——」

「結果他說什麼？」她定定的望著蘇菲亞，緊張得彷彿在等待宣判死刑。

「他什麼也沒說，難過得眼圈泛紅，過了半天才大聲叫一句，說：『這是殘忍的，不應該的。』」蘇菲亞打量著金花，又道：「他叫我告訴你，你在他的心裡永遠是潔淨的。他愛你，永遠不會忘記你……——」

「我的親愛的蘇菲亞，別再說了，我的心要碎了。華爾德，我謝謝你，今生今世也不忘你。」金花把緊握的雙手舉在胸前，仰面對天像祈禱般虔誠的說。

15

薩克森號在上海停泊，接官的照例把歸國欽差接到行館天后宮休息。由於洪文卿是新發表的兵部左侍郎，來聯絡示好探望的各方官員終日不絕，在上海足足忙了三、四天，才帶著金花和隨從僕人們，坐上官派的專船回蘇州。蘇州的大小官員，洪府的親戚朋友，早得了消息，碼頭上黑壓壓的，站滿了歡迎的人群，船尚未靠岸就響起劈劈拍拍的砲竹聲。

洪文卿與眾人寒暄過，便乘上官轎，浩浩蕩蕩的一長串隊伍回到懸橋巷的狀元府。洪夫人和少奶奶都身著貴婦盛裝，等在二門裡。見到洪文卿，洪夫人道：「老爺辛苦了。在那洋地方一住三年，不知過得慣嗎？」

「過得不錯。有金花伺候，總關照廚房做家鄉口味，倒也覺不出是在洋地方。」

洪文卿注意到：在碼頭上，兒子洪洛只給他作揖行禮，對於金花冷淡得彷彿沒有這個人，連句問候的話也沒說。

他當然不能因此責備兒子的不是，但心裡確為金花抱不平，在夫人與兒媳婦的面前，便有意的強調金花的功勞，以引起她們對她的重視。「在國外三年，辛苦了金花，她會德語和英語，裡裡外外的許多事就靠她。」洪文卿說著回頭掠了一眼跟在後面的金花。

金花是何等機靈的人，趕忙笑盈盈的上前去給洪夫人和少奶奶請安施禮。「夫人好，少奶奶好。夫人的氣色比三年前豐潤，想來必是身體比以前硬朗了。人參和燕窩還每天吃吧？我還給夫人和少爺少奶奶帶回了一些洋補藥呢！」

「難為你了。快回房換上衣服洗洗臉，下來吃團圓飯！我叫廚房準備了好酒好菜。」洪夫人一臉是笑。少奶奶也客氣的道：「姨娘路上辛苦了！」

洪文卿見妻子和兒媳都善待金花，感到異常安慰，連忙歡喜的湊趣：「夫人想得周到啊，還準備了團圓飯！金花，你就上去收拾收拾，快點下來吧！」

金花回到空了三年的繡樓，推開雕花木窗，首先映入眼簾的，是六角亭前那兩棵盛開的桂花樹。三年的時光，小樹已長成了大樹，深黃色的桂花織成金色的雲霞，成片的飄在綠葉間，濃郁的香味隨風四散，一陣陣的撲面吹來，她皺皺鼻子，貪婪的吸了幾下，不禁有些慚愧的想：「我怎麼會那樣留戀外國呢？最好的地方還是自己的家啊！」

團圓飯在樓下的花廳裡吃。金花到的時候，洪文卿、洪夫人、洪洛和少奶奶、族叔洪老太爺、族弟洪鑾，和另外幾個親戚，已經圍著一張大圓桌面坐定，正在聊天談笑。

金花告過罪，在下首坐了，默默地聽著大家說話，雖然有些話，譬如議論到外國的，說的是那麼可笑愚蠢，缺少見識，她也能忍住了不笑，不出聲。

去國三年，這個大門裡的人，金花唯一懷念的是揚州姨奶奶，特別帶了兩樣好玩的小擺飾預備送給她。惟是進門這許久，還沒見她出現，吃團圓飯她應該上桌的，為何不見人呢？瞧洪老爺那副談笑風生的得意神態，怎麼也沒打聽一句？他雖不中意揚州姨奶奶，總不能否認是她的枕邊人吧？難道她病了嗎？金花的心裡充滿狐疑，又不便探問，以致對著滿桌子的山珍海味，食不下嚥。直到撤去碗筷，丫頭們奉茶上點心的時候，金花才聽到洪文卿並不很在意的問：「唔──揚州那個呢？為什麼不來吃飯？」

「她啊？」洪夫人收了笑容，長長的歎氣。「唉！老爺剛進門，雖得一家人團聚，圖個吉利，本來不想現在告訴老爺，惹老爺傷心的。既然老爺問起，也只好說了。揚州姨奶奶得了癆症，病了一年多，今年春天故去的──」

「哦？」金花驚得叫了一聲，幾乎把手裡的茶杯掉在地上。「她──不在了？」洪文卿驚得怔住了。

「因為怕老爺擔心，誤了公事，所以沒敢告訴。不論怎麼說，揚州姨奶奶跟了我們家一場，不容易，我總不能虧待她。姨娘的身分是不能入祖墳的，那是沒辦法的事。不過我給她買的上好棺材，包給廟裡做了一天道場，在城邊上買塊墳地，入土為安，她這一生不愁吃不愁穿，上上下下都敬重她的為人，雖說壽字頭上短了一點，也就算不錯了。」洪夫人的儀態威嚴，說完話隨手拿起茶杯慢慢品酌。

「她娘家有人來嗎？怎麼說？」洪文卿悶著嗓子問。

「她娘家沒什麼人了，父母已死，只有一個癱瘓的哥哥。她嫂子來了，貪得很啊！把她屋裡值錢的細軟全部搜去，我另外還開發她三百兩銀子。」

「三百兩太少了，應該給二千兩。最後一次了嘛！」洪文卿苦著面孔，有些悲戚的。

「太少了？」洪夫人見洪文卿不單不謝謝她，反而為了一個死去的姨太太當眾派她的不是，心中大不受用，臉上也就露出了失望的神色。

「姪媳婦的賢德是出了名的，單說揚州姨娘的那口棺材，一般人家的正太太還怕輪不到呢！」一直在巴搭巴的抽著旱煙袋的族叔，這時慢條斯理的說起來了。「那有姨娘死了還打發娘家人錢財的？只有我們姓洪的才這麼大方，其實用不著的，有那多餘的銀子不如便宜自己人……」

金花木頭人一般的僵在椅子裡，眼皮重重的垂著，揚州姨奶奶那張清秀而愁苦的臉在腦子裡飄飄忽忽的晃動。她想哭，自知不合時宜也不是地方，強忍住了，上湧的淚水衝得眼眶子一陣陣泛著酸熱。

團圓飯終於吃完，金花向眾人告過罪後退出。她悄悄的溜到後進院子，登上揚州姨奶奶的小樓，推開房門，裡面空蕩得悚人，大木床上的緞子錦被仍然光鮮耀眼，牆壁卻已經因潮濕現出腐痕了。

金花站在門口呆望了好一陣，才無精打采的晃回房去，洪文卿進來，見她哭得淚痕斑斑，沉默了片刻道：「別傷心了，人死不能復生，唉！想不到她就死了。」

「她好可憐……」金花抽抽噎噎的哭得更厲害了。「都是爹娘生養的人，有的人命就那麼不值錢。這就是做小老婆的下場……」她斷斷續續，有些憤慨的說。

「咦！你這又是怎麼了？是誰虧待了你嗎？還是為揚州姨奶奶不平？其實——唔，也沒有誰薄待她，緣分的事是強求不了的。」洪文卿有點沒好氣而頗感慨的。

金花看出洪文卿多少有些悔愧，便不再同他爭辯。她尋思了一會，改成祈求的聲音道：「老爺在夫人面前代我求求情吧！整整三年沒有我娘家的消息，今天接船的人那麼多獨不見他們，也不知他們三個人過得怎麼樣？我好擔心。想明天帶德宮回去住兩天——」

「早去晚歸好了，何必住。」洪文卿從沒去過金花的家，唯想像得出貧窮簡陋的程度，很怕德宮受不了。

「不，我要住。雖然我家窮得把我賣了，可到底是我娘家，他們三年沒見我，不定怎麼想念！說不定我祖母已經哭瞎了眼睛。就求老爺給說說情，成全我吧！」

「你今天是怎麼了？一進家門就怨氣沖天，說話全是有刺的，嗯？」洪文卿好脾氣的淡然笑笑，一手托起金花的下巴，端詳了一會她那帶雨梨花似的，剛哭過的嫩臉，歎了氣：「好吧！小寃家，我就給你去當當說客。」

洪文卿去了不到半個時辰就回來，後面跟著洪夫人。

「金花，你要回娘家去看看是應該的，我那裡會不准呢？還用得著請老爺來求情？你可以在娘家住兩三天。」洪夫人坐在金花讓出的軟椅上，慢條斯理中自有威嚴。

「謝謝夫人！我打算帶著阿祝，德宮總膩著她——」

「德宮啊，她是不能住下的。依我說她小孩子家身體弱，最好不去。如果你一定要帶她給娘家看看，就叫阿祝中午帶她回來，我叫下面派轎子去接。」洪夫人面含微笑，語氣和善，但有不容商量的堅定。

「好吧！吃過午飯就叫阿祝回來，我住一晚。」金花深深失望，又不便露出不悅之色，很勉強的笑著。

第二天早飯一過，金花就攜同德宮與阿祝，分乘兩頂軟轎回到思婆巷。窄窄長長的巷道，遙遙相望的雙塔高聳的灰色尖頂，人們帶有嘲弄的看熱鬧的眼光。思婆巷的景物人物全依舊，看不出絲毫改變。

唯一有改變的，是自己娘家的大門；石庫門兩旁的灰色門框刷過了，六扇門板也都換了新，看著好搶眼，似乎有些許興旺的氣象。金花看得滿心歡喜，又急著想見到祖母、母親和弟弟，下轎就興匆匆的叫門，把門上的鐵環子拍得鏗琅鏘琅的響。

門開了，弟弟阿祥站在陰暗的門洞裡。他長高了許多，足可跟金花比個齊頭，只是身架子更形單薄，瘦得尖尖長長的臉上。就顯出兩隻大眼睛，像條金魚。

阿祥先怔了一怔，接著就大聲叫：「姊姊，姊姊……媽媽，姊姊回來啦！姊姊回來啦！」他急忙衝到裡院去，金花的母親應聲而出，嘴裡反覆著：「金桂回來啦？金桂來啦！」

「媽媽！」金花一步上前抱住了母親，仔細的打量，母親的頭髮已白了一半，額上添了幾道皺紋，嬌小的身體摟在懷裡像摟了一堆骨頭。但她的笑容像三月的春風，暖透了金花身上的每一條血脈。

「媽媽，快看看我給你帶回了什麼？」金花從阿祝手上接過德宮，抱到母親面前。「叫婆婆，叫婆婆啊！」

「喲，這個娃娃生得好俊俏，跟你小時候一模一樣。叫什麼名字？滿周歲了嗎？」金花母親抱過德宮。母女兩人說說笑笑的進了小天井。「不知道你回來，沒有準備，亂是亂了一些，你將就著住幾天吧！」母親抱歉的口氣。

「嘻嘻，媽媽跟我客氣。」回到娘家，金花整個人感到自由自在，舉動言笑都不必像在洪府那麼拘束。她走進堂屋，不見祖母，便到兩旁和裡面的暗間裡去找。幾間屋全是空的，金花不由得呆住了。「奶奶呢？」她驚懼的望著母親。

「你奶奶在你走的第二年就去世了。」

「奶奶死都不告訴我，我一點消息都聽不到。」金花黯然而泣。進門時的歡樂頓時化為烏有。

「我怎麼告訴你呢？離得這樣遠，讓你知道有啥好處？你愁壞身子我更不放心，洪府這門親戚門第太高，平常沒有走動，為你奶奶的事也不便去報信，就算去報，人家——」金花母親見阿祝提著大包小包的進來，便改了口道：「祝家嫂子你坐。我們這地方小，不要見外。」

阿祝道過謝，對金花道：「公使夫人，我把轎子打發回去了，叫午飯過後來接德宮小姐，明天晚上來接你，對吧！」

「對是對的。」金花抹乾了眼淚，眉宇間的悲愁並沒稍減。「阿祝，我說過幾次了，公使夫人這個名號絕不能再提，會惹亂子的，你要記住。」

「我這人沒記性，總忘。這回一定記住。」阿祝紅著臉說。

金花把阿祝提進來的幾個包裹打開，取出送家人的外國稀奇玩藝。「媽，你摸摸這羊毛毯子多柔軟，蓋在身上又輕又暖，我買了給奶奶的，想不到——唉！」她深深感慨，到外洋三年，好像轉世成了另一個人，眼前的這個世界已變化得讓她不相識。

礙著有阿祝在旁邊，金花和母親不便深談，多半說些在國外的見聞：柏林、倫敦、聖彼得堡、維也納等大城，建築是如何的雄偉。街道如何的寬闊清潔，西方男女的裝束打扮，西方人吃飯只用刀叉不用筷子，「外國人吃飯是先喝湯，然後就是一大塊肉，嘿嘿，還帶血色呢！你就切吧！」金花繪聲繪影的描述，阿祝偶爾也添枝添葉的插兩句嘴。

金花母親聽得津津有味，阿祥不時的發出笑聲，說著說著。幾個人又逗逗德宮，好不容易捱到晌午，吃過中飯，轎子來接，阿祝帶著德宮離關，母女倆才得說說體己話。

「好沒道理！德宮明國是我生的，回到蘇州就變成洪夫人的孩子。她要德宮叫她媽媽，叫我姨娘。少奶奶在一邊幫腔，老爺也說這是規矩。我好不服氣，可也不便說什麼。媽媽，你說說看，這是那門子的鬼道理？」

「金花，你看事要看透。為這種事生氣不是傻嗎？洪家又不是獨一分，那家偏房生的孩子能叫親娘一聲媽？依我看洪夫人算是厚道的，除了要占足威風，擺擺官家奶奶的架子，對你並不算虧待。你就別把這些小事放在心裡吧！」

「這是小事？我生德宮差點死過去，到頭來孩子叫我一聲姨娘，這還不算，現在我簡直不能管德宮了，要她說了算。我想叫德宮住下，她一定叫她回去。」

「回去也對的，我們家小門小戶，狀元家的小姐住著也不相宜，要是涼著熱著生了病的話，你也要受埋怨的。」

金花細想母親的話，確是有見識，做姨太太本來就是這麼一回事，不服氣就不做，既然做了，就乖乖的別埋怨。

「我離開這三年，你們就跟洪家一點來往也沒有？」

「沒有。」母親戚然的搖搖頭。「你祖母病重那陣子，想你想得受不了，我特叫阿祥到洪府去打聽你的消息，問洪老爺可有信來？結果他們都沒讓阿祥進去坐坐，就讓他等在門房裡，由門房去傳話，回說柏林有信，過得很好，叫我們不必擔心。另賞了阿祥十兩銀子。好像是打發小聽差，那裡把我們當親戚待！自那以後，我們便再也不上門，他們也沒人來，連過年過節都沒一點聲息。所以你祖母去世我也沒通知洪家，你生德宮我也不知消息。」她說著解嘲似的笑笑，心平氣和的：「我也想得開，並不為這些事計較，窮想攀闊親戚跟登天一樣難，只要他們善待你，我就心安了。」

金花聽了母親這一大段話，也不說什麼，只把一張粉繃得緊緊的，越發的悶悶不樂。

「我看他們對你還不錯。只看你這套裝扮，」母親的目光掠過金花手指上綠得透水的翡翠戒和藍寶戒指，及腕上頸上的黃金鑽鑽的手鐲、項鍊，髮髻上插的兩排珍珠花。「你的這些首飾，件件值錢，多少大戶人家的正太太怕也戴不起。」

「這些首飾？」金花擡起兩隻手來細細欣賞，臉色漸漸柔和了。「很多是在外國買的。媽媽，你想不到我在外國那三年多神氣，洋人把我捧得好高，老爺是任著我的性子，我說什麼是什麼，用多少錢他也不心疼。」

「也就夠了。洪老爺待你好才最重要，別的你還求什麼？」

「洪老爺待我是沒話好講，不過有洪夫人在旁邊就不同了。家事全由洪夫人作主，連老爺也不能不聽她幾分。」

「這你都不要計較。想想看，洪夫人什麼年紀？她活得過你嗎？老爺待你好，如今你又生了德宮，肚子再爭爭氣，生個男孩了你的位子就會同石頭一樣的穩固了。要是洪夫人——唔，我看洪老爺一定把你扶正。你就安心的熬吧！」

金花思索著，感到母親倒是一把年紀的人，看事看得深。真的，洪夫人大了她三十七、八歲，爭得過她嗎？她總有一天會出頭的，暫時的委屈就忍忍何妨？這麼一想，金花的不愉快就雲消霧散。她和母親、弟弟，親熱的說著笑著，為未來計畫著。

「阿祥應該繼續念書。」金花笑眼盯著阿祥。

「我叫他繼續念，他不肯嘛！」母親悻悻的口氣。

「我才不去呢！在姚家那兩年，天天受氣，他們都瞧不起我，笑我罵我，說啥我也不去了。」阿祥伸長了細脖頸，氣呼呼的。

「唉！咱們家是怎麼說也沒法子請先生來家的。其實姚老先生在家開館，學費不貴，地方又近，阿祥每天早去晚歸滿好。可是他不肯去，我也沒辦法。」母親面現愁容。

「我不去。你當那些閒言閒語好聽啊？我不要去讓人尋開心，讓人用話來刺。」阿祥激動得臉通紅，語氣堅決。

不必細問，金花便能猜出弟弟受了什麼樣的羞辱，曾被多麼不堪入耳的話刺痛。她只好故做不在意：「實在不肯念書就不念，可也不能小小年紀就在家賦閒，去學個手藝吧！」

「學什麼手藝？他身體底子虧，成年的咳嗽，重事也做不了。」母親對金花的提議並不熱心。

「那怎麼辦？難道就一輩子待在這個大門裡？外國的少年人個個生龍活虎，身架子挺得筆直，愛運動，有氣力。我們中國人可奇怪，年紀輕輕就一身是病，像個小老頭。」

「唉！金花，你這孩子！怎麼去了趟外國就拿自己的弟弟跟洋人比呢？」母親不以為然。阿祥也嘟起嘴，面露不悅。

「中國人是人，洋人也是人。我在外國交了不少洋朋友。覺得他們很易相處，也很講禮貌。中國人總把洋人看成野蠻人或是妖怪，是不對的。」

「金花，你這話只能在這個大門裡說。讓別人聽到可不好。誰不知道洋人野蠻，這些年盡在欺侮中國。」母親冷笑著說。阿祥也忿忿的說道：

「姚老師說過幾次；洋人看中國地方大，眼紅，用各種方法來欺負中國、搶中國的地方，說是上海還有什麼租界？姚老師說洋人是鬼子。」

「洋人欺侮中國是不錯。不過話又說回來，要是中國人個個壯得像洋人一樣，做事也像人家那樣一是一、二是二的話，他們敢欺侮嗎？說穿了還是自己不爭氣。」金花把阿祥細瘦的手掌握在手裡，搖了兩下。「你快把身子養好，我帶回的那些外國補藥要按時吃。身子壯了才能做事。姊姊找地方給你學手藝，你學成了，姊姊想辦法籌本錢給你開店，再給你娶房媳婦，你這一生也就很過得去了。」

阿祥被金花說得臉紅到耳根子，母親聽得呵呵直笑：「聽你姊姊，不過二十歲的人，說話老聲老氣的。阿祥啊！好好吃藥養身體吧！看你姊姊多疼你。」

金花回到懸橋巷，按規矩先到洪夫人房裡稟明。正巧洪文卿在跟夫人談家常，見金花回來，心裡自是歡喜，無奈當著夫人的面，不得不裝出幾分冷漠。反是洪夫人先開口：「你母親和你弟弟都好吧？聽阿祝說，你祖母過世了。唉！這幾年你娘家人沒上門，也沒人來告訴，我居然一點也不知道。你祖母是什麼病去世的呢？」很關切的口吻。

「我祖母身體本來就弱，各種病根總不斷。也說不上是什麼病，年紀大了，就那麼故去了。」金花並不熱切的答。

「人死不能復生，你也不要難過，唉！你祖母那個老太太真是個和善的人。」洪夫人一手拿著水煙壺，直直的坐在鋪著大紅緞墊的太師椅上，無限的端莊尊貴。

她吸了兩口水煙，又道：「現在你娘家人口更單薄了，你要常回去看看你母親和弟弟，需要什麼東西跟我說。」

「他們的日子還過得去，就是那樣子。承夫人關心，要是缺什麼少什麼我會稟告夫人。」金花的態度恭謹，語氣是淡淡的，心想：我在國外三年，你對我娘家一點都不照顧，我弟弟來打聽消息也不肯讓進來坐坐，未免忒看不起人了。現在當著老爺的面，就說蜜糖一般的甜話，我會領情嗎？她想著又道：「我三年不在，他們也不來給夫人請安，也太不知禮了，我已經說了他們。」

半天沒作聲的洪文卿，悶著嗓子哼了兩聲對洪夫人道：「我看最好吩咐帳房叫個人送點錢過去，金花的弟弟長年的咳嗽，應該徹底的診治休養。要用很多銀子的。」洪夫人聽了洪文卿的話，先吸了兩口水煙，然後笑道：「真巧，我要說的話，老爺倒先說了。」

洪文卿在蘇州不到半個月，京裡的電報已來了兩次，催新侍郎速去兵部上任。洪文卿不敢拖延，一方面囑咐相關衙門給安排舟車，另方面命家人加緊收拾行李，即日進京。洪夫人道：「老爺的公事重要，儘管坐海輪去。我受不了海浪顛簸，情願走運河，一路上不用換船，又不吃暈船的苦，多好著呢！金花和德宮我帶著，你就放心的先走吧！」

金花心裡很盼望與洪文卿同行，礙於說不出口，便索性做個順水人情，隨聲附和：「夫人說得對，坐海輪無非是受苦，走運河多舒服。我是情願跟著夫人一塊兒走的。」

行程便這麼決定了，洪文卿與金花和洪夫人同乘官船到上海，然後換乘海輪。包的長龍船則順著運河直駛北方。

臨行前金花把弟弟送進做窗格子的木匠鋪學手藝，給母親留下一筆安家銀子，頻頻叮囑：「我短期內不會回蘇州，你們格外小心身體，有病痛立刻去看醫生，銀錢方面不要擔憂，我跟洪老爺開口，他總給的。老爺本來答應我，接媽媽到京去享幾年福。現在夫人在旁邊，一時辦不到，他有這份心就成，將來再說吧！」她母親聽了越發辛酸：

「孩子，你的一顆心總在家裡這幾口人身上，這些年我們太拖累了你，如今你祖母已不在，我和阿祥生活簡單，沒什麼好擔心的。倒是你那傲氣的性格讓我不放心。你記住，對洪夫人那怕心裡不服，面上也要守禮，和氣相處，凡事謹言慎行。你的身分做人最難，稍有差池就會招來一堆嘲笑糟貶，所以要格外小心，總不要忘了一個禮字。凡事守禮，人家便沒的可說。」

以前金花每聽到母親用教訓的口吻說話，多半要趁機報復，怨諷幾句。自從生下德宮，她對母親的怪罪之心漸漸消失。到今天，她不單不再埋怨母親，甚至竟覺得母親心上所受的創傷，比自己身體上所受的還要重，還要痛。

「媽媽，別為我費神，」金花笑笑，彷彿很輕鬆的。「洪夫人不過是要擺足正室夫人的身分，要我聽她的。我聽她就是了。她並不難處。難處的是少奶奶，啊呀！她那張狀元家千金小姐瞧不起人的冷臉，白眼尖嘴；才真叫人受不了。她的尊駕不進京，我的日子就大不錯啦！呵呵！」

「金花啊！你早先處世圓到得多，去了趟外洋，大概就是跟那些洋毛子學的，說話變得不管不顧。你在家裡說的這些話。可不能跟別人說啊！」母親又是很憂心的。

16

洪文卿所乘的招商局大火輪，比運河的長龍船快了好幾倍，六、七日便到了天津，碼頭上接新官的又是黑壓壓的一群。洪文卿不願招搖，只休息了一夜，便坐上借來的騾車，帶著老僕洪升和小聽差阿福阿順，輕車簡從的一路向京城前進。進入北京城已是深更半夜，街上鴉雀無聲，只有一輪滾圓的朱紅色大月亮孤零零的掛在當空。季節進入初冬，寒風颯颯。洪文卿旅途疲勞，衣衫穿得也不夠厚實，這當兒只想找張溫暖的床，舒舒服服的睡上一覺。

「洪升，天太晚了，我看今晚上不要去驚動陸老爺，就近找家乾淨的旅店過夜吧！」

「前面那一片掛燈籠的全是旅店，有兩家很大，在北京是數得著的。老爺先別下車，待我去問問。」洪升說著逕自去問了，過一會回來道：「那家大店還有三間空房，可惜是廂房，說是正房有貴客，沒法子空出來。」洪文卿搖搖手道：「不過住一夜，管他廂房正房，快休息要緊。」

洪文卿走進客店，見裡面亭臺樓閣燈火輝煌，果然不是小店。而正房的一排五間，窗紙上人影綽綽，吹彈歌唱的聲音畫破夜空，傳遍全院。洪文卿苦笑歎息：「這旦角的嗓子真不錯，一段西廂唱得黃鶯出谷。糟的是我非好好的睡一覺不可。他們這樣吵鬧，怎能睡得著。」

「我們不如到別處去。老爺等我去問。」洪升說罷就走，洪文卿連忙叫住他：「橫豎只一夜，湊合著住下來吧！」

旅店的掌櫃是個白胖的中年人，聽到洪家主僕的對話，拱著手過來低聲道：「這位大人海涵，暫且稍忍忍，正房的就快散了。」他把眼光朝正房溜溜，曖昧的一笑。「有大官從外省來，徐三老爺大請客，叫了一群相姑作樂子，鬧了整晚上啦！」

洪文卿一路上舟車勞頓，渾身的筋骨疲倦得像要鬆散開一般，那有閒心打聽誰是大官？誰又是徐三老爺？只道：「我們現在就進房，你快關照廚房弄點湯麵之類的吃喝給消夜，吃過東西才好入睡。」

「老爺先進去歇歇，吃的立刻就來。」掌櫃的說罷匆匆去了。

洪文卿一行進了東廂房，見窗明几淨，雕花木床上的枕套被單雪一般白，很是滿意。洪文卿由阿福伺候著換上便裝便鞋，用熱水好好的漱洗了一番，覺得好不舒暢。而這時一碗香味四溢的雞絲湯麵，和幾碟清淡的小菜已經擺在八仙桌上。

洪文卿獨自在裡間吃，洪升和阿福阿順在外間吃，熱麵湯一下肚，主僕幾人的胃口大開，吃得津津有味。

「你們聽，正房的吹唱已停。真要散了。」洪文卿滿懷欣悅。「可不是停了。老爺可以安靜的休息了。」阿福說。

洪文卿慢慢吃著，忽然聽到正房裡人聲嘈雜，接著有奔跑的聲音，只聽一個男人道：「擋住他，不許他走。天生的賤胚狗崽子，擡舉他他不懂。我看他能逃到那裡去？」

「三老爺，求您開恩，饒了我吧！我真的不行……」也是男人的聲音，但嬌滴滴軟綿綿的。「好歹，我……我也是個男人，我兒子都一歲了，我實在……實在不能……」

「廢話！你兒子一歲又怎樣？又沒人要買你兒子！張大人看上你是你的造化，要多少錢你只管說，要這一套算是那齣戲？你一個做相姑的，想立貞節牌坊嗎？」還是原先那男人的聲音，他的話引起一陣哄笑，有人跟著道：「整晚上又吃又唱，大爺們玩得挺開心，讓你這麼一鬧，確是殺足風景，我看你就識點相，別耍性子嘍！」

「老爺們，我不是耍性子，我是真的不能……」那相姑哽咽得語不成句。接著那男人厲聲一喝：「素芬，往那裡走？你給我回來。我告訴你，你要是敢不就範，北京城可就由不得你混了。這年頭怪事真不少，連賣屁股的也要講道德了……」又是一陣戲謔性的哄笑。

聽到素芬的名字，洪文卿才恍然大悟；何以聲音是如此的熟悉。但另外的兩個聲音也不陌生，他們又是誰呢？京師重地，朝廷的官員居然公開迫人賣淫，未免太不像話。想起赴歐之前素芬對他表白的，要重新做人的願望，及老把弟方仁啟對素芬的關懷，他已是怒火中燒，無法沉默，筷子往桌上一摔，三腳兩步的趕了出去。一出去就愣然楞住。

正房廊簷下站了四、五個官員模樣的人，其中尖嘴猴腮滿面怒氣的，是大學士徐桐的三公子，北京城裡最有名的惡霸徐承煜，他身旁高大得像半截塔狀的黑臉漢子不是別人，正是自己硬給免職資遣返國的繆征藩。

徐承煜和繆征藩見是洪文卿，也楞住了，彼此面面相覷了片刻，才聽到繆征藩道：「原來是公使大人，真沒想到在這裡遇見。」徐承煜早是一個箭步跨下臺階，笑嘻嘻的對洪文卿作了個揖。「幸會幸會，想不到是洪狀元。是不是我們鬧得太熱鬧了些，擾了你的清覺？」

洪文卿萬沒料到，寃家路窄會到這般地步！對自己魯魯莽莽的闖出來已是後悔不及，他鎮定了一下精神，強笑著道：「我從海外回來初次進京，見天色太晚，就在這裡落腳，聽到外面的聲音很熟悉，忍不住出來看看，想不到竟然會遇到兩位。」徐承煜笑道：

「張大人到京裡來辦公事，我今晚上在這裡給他洗塵，要是早知道洪大人也在，請來一塊兒玩玩多好呢？我給介紹一下吧！」徐承煜把那幾個人一一的介紹了，原來姓張的是個商務官，想來徐承煜這般的巴結，必定是有利可圖。但他也懶於為此去費神尋思，只是覺得既然已經挺身而出，就沒有沉默的理由。他注視了擋在門口的兩個僕傭模樣的人，和垂首立在東廂窗下的素芬一會，客氣的笑道：「說起來可真是巧，素芬我也認識的。」

「哦？洪公使不愧名士風流，各色人等都熟識。」繆征藩彷彿是無意的插嘴，洪文卿當然一聽就明白是借機報復，便也帶點諷刺的意味道：「我原是個不長進的，不像繆兄一般清高。素芬在七、八年前跟我的一個把兄弟很熟，所以我認識他。他曾經向我表示，想改頭換面重新做人，正正經經的把戲唱好，別的閒事洗手了。他有心長進，我們何不成全他？各位說我的意見對不對呢？」

「洪公使確是憐香惜玉的，令人欽佩。」繆征藩說。那個姓張的商務官也客氣的插嘴：「我們也沒人認真，不過逗他玩玩，他就當真了。」

徐承煜把他的猴子眼笑成一條縫，深深的對洪文卿作了個揖。「跟素芬說笑話，他以為是真的。吵吵叫叫的，驚動了洪大人，可真不好意思。其實天已經很晚，大家都想休息了。」他說著對那兩個擋在門口的僕傭喝道：「你們兩個還站在那裡幹什麼？還不趕快讓路。」

「素芬聽到嗎？徐大叫你回去呢！」洪文卿有意點醒素芬。

素芬一直垂著目光，木頭人人一般固定的站著，任由別人討論他的事，說著他的名字，既不插嘴也不出聲。聽了洪文卿的話，他才緩緩的擡起頭，像受驚的小動物似的，用怯生生的大眼睛朝幾個人掃掃，便上前跪在臺階上面：「謝謝徐三大人和張大人的恩典，給各位大人叩頭。」那幾個人大剌剌的，連腰也沒彎一下，就受了叩頭禮。素芬最後到洪文卿面前，正要跪下，已被洪文卿扶住，「你快走吧！不必多禮了。」

「洪老爺，趕明兒素芬專給你老磕頭去。」素芬婉婉秀秀的站直了，聲音嬌脆中有悲切，頗有戲臺上蘇三進都察院受審時的情調。在朦朧的月光下，直看得洪文卿都呆住了，心想：這不是造化弄人嗎？明明是個男兒身，偏偏比個真姑娘還嬌柔豔麗，怪不得那個姓張的商務官非要他陪宿不可！

素芬對眾人又彎腰施了個禮，才帶著呆在一旁的琴師，邁著小快步，婀婀娜娜的出了旅店。直到素芬穿著淺紫色緞袍，拖著烏油油的大辮子的背影消失，幾個老爺才互相道了安，離去的離去，入寢的入寢。

洪文卿一夜好睡，醒來已是日上三竿，阿福伺候他穿衣梳洗時道：「正房空了，裡面的人大清早就走了。」

「走了最好，免得碰面彼此難為情。」洪文卿鬆了一口氣。

主僕四人打理停當便直奔陸府而去，陸潤庠和夫人迎出來，陸夫人道：「以為親家翁昨天到呢！房間早打掃好了，總不見人來。」陸潤庠朝洪文卿上下打量了一會，笑道：「咦！喝了幾年洋水的人，怎麼看不出一點洋氣？說說看，此行的心得如何？」

洪文卿雖在海外三年，多半的時間總悶在書房裡研究元史，和西方人的接觸並不多，跟金花那種廣交朋友，見識各種新奇事物。在高級社交圈子裡引人注目的情形不能相比。但他略略描繪一點，陸潤庠夫婦已是聽得嘖嘖稱奇。陸夫人問：「聽說新姨奶奶在外洋過得很慣，還學了洋話？」她抿嘴笑笑，沒說出的話是：「真是個不正經的女人！」

洪文卿聽得出陸夫人話中有話，便鄭重的說：「金花天資聰明，學東西快，德語英語都能上口，這幾年有她在旁邊，給我幫了不少忙。」

「是啊，姨奶奶是個能幹人，喲！忘了給親家翁恭喜呢！恭喜親家翁添了千金！」陸夫人識趣的改了語調。

陸夫人陪著聊了一陣才離去，洪文卿與陸潤庠獨對，便把昨晚上旅店裡發生的事，三言二語簡略的說了一些：「也怪，路竟窄到這個樣子！京還沒進，冤家倒先出現了。」

「文卿，你是不是有的事做得太過分了呢？譬如說繆征藩，他說幾句閒話你裝沒聽見就是，何必革他的職？惹得他恨你，到處罵你，你太欠思考了。」陸潤庠不以為然的口氣，那張平日笑嘻嘻的圓臉上全無笑容。

「如果他說幾句閒話，我會裝沒聽到。可是他太無禮了，簡直──簡直是有意挑戰，公然的當眾侮辱我。」一想起繆征藩在聖彼得堡的態度，洪文卿激動得聲音也提高了。他把事情的經過大約敘述了一下，道：「你說，這樣的囂張粗野，要是換個別人。能夠受得了的嗎？何況我是他的上官！」

陸潤庠一手輕輕的理著小鬍子，沉吟久久：「文卿啊！你我是要好的把兄弟，又是兒女親家，論交情沒有比你我更近的，所以不管你愛聽不愛聽，該說的我就要說，你自從討了金花，就像變了個人。說穿了她不過是個侍妾，在屋裡侍奉老爺太太才是本分，你任著她的性子胡鬧，到外國去招搖，打著公使夫人的旗號在毛子堆裡翻騰。你想，別人能看得順眼嗎？」

洪文卿也沉吟著，神色黯淡。他承認自己管不了金花，但認為金花的行為絕不像大家以為的那麼不堪。

「關於素芬的閒事，你也不該插手的。徐承煜也好隨便得罪的嗎？為了一個戲子，實在值不得去跟他衝突。」陸潤庠見洪文卿若有所思的不出聲，便繼續說。洪文卿沉默了好一會，才解嘲的笑了笑：「閒事已經管了，人嘛！想來也總是得罪了，料想他們也不會怎樣，隨他去吧！明天我就去衙門報到，辦正事要緊，這些雞零狗碎不想也罷。」

駐外使節歸國，各部新任侍郎就職，皇上照例的要召見，聽取報告或賜訓。洪文卿兼具兩種身分，光緒皇帝又特別關懷與西方各國的邦交，所以他進京第五天就被叫了起兒。

賜見的場所是養心殿。洪文卿跨過一尺來高的門檻，斂目正容，對著金鑾寶座上那個穿著黃緞袍的影子，恭恭謹謹的匍匐在地。皇帝年輕爽利的聲音湧進他的耳底：

「洪大人僕僕風塵，出使遠洋，辛苦了。你這三年在德、俄、奧幾國，觀感如何？覺得他們對大清朝可懷有敵意？我聽說你在德國與朝野上下都有交往，相處融洽。這對中德兩國邦交是有促進功用的。情況到底怎樣？朕要知道得清楚，你仔細的說。」

「微臣在歐洲三年，託太后和皇上的洪福，工作很是順利，與各國政府建立了良好關係。特別是德意志一國，表現得最是友好，無論官方和私人，都有密切來往——」洪文卿想起自己終日的在書房裡撰寫元史，與外界少有往返，幸虧金花善於與西方人交友，在柏林的社交圈裡活躍，否則誰會注意到中國使節的存在？金花立的功勞，由他來承受皇帝御口的稱讚，使他不免有些慚愧。

「你年紀大了，站著回話吧！咱們大清朝多年來閉關自守，在外面沒有一個朋友，吃了不少虧。現在看出來，洋人有許多事物確實值得一學，與他們的友誼也十分重要。你要說得詳盡些，朕願意聽。」光緒皇帝見洪文卿說著忽然頓住，以為他跪著回話吃力，便用體貼的口吻說。

「謝皇上聖恩。」洪文卿叩了個頭才站起來，見皇帝雖然仍是清瘦，但顯得眉清目朗，面色秀潤，眉宇間有股君臨天下的英氣。與三年前相比，宛若換了個人，已不是那個青澀怯弱的少年天子，而是一個真正過問社稷大事、憂國憂民的成年皇帝了。有些守舊的大臣在背後議論，擔憂，唯恐太后撤簾歸政，年輕的皇上撐不起大任，他的想法卻正相反。本來就崇愛皇帝，現在目睹龍顏，更覺得一切的憂慮都是多餘的，有這樣一位愛國愛民的皇帝，豈不正是蒼生之福，社稷之幸！他聽說皇帝對珍妃極端愛寵，十九歲的皇帝和十四歲的妃子，不正是兩小無猜郎情妾意的年齡！瞧皇上這副青春煥發的神采，便知他此刻的生活是多麼的美滿和諧了。

洪文卿想著，便將在歐洲幾年的情形，挑最重要、光采，能引起皇上注意的，述說了一些。如覲見英國女皇威克多瑞亞，德國俾斯麥首相宴請、會談，德皇威廉第二夫婦接見等等。光緒皇帝很專心的聽著，偶爾插嘴一兩句。

「德皇威廉第二是個有新見解的，年紀輕，才華高，做事果斷有魄力，即位不久。就把三朝重臣俾斯麥換下去了。」

「哦？」光緒皇帝彷彿在聽說鼓書，神往得似乎忘了皇帝之尊，眼光流露著一般少年人的單純和好奇。「你剛才說，威廉第二召見了你好幾次？」

「是的，很多次。公定的大典、慶祝會之類，中國公使照例應邀。另外，威廉第二皇帝和皇后，還單獨請過臣和——」洪文卿差點說出「小妾」兩個字，話到嘴邊連忙改了口：「請過臣到皇宮喝下午茶。洋人是講究喝下午茶的。」

「單獨邀請，那表示對中國是很重視，很客氣了。」

「是的，威廉第二皇帝和皇后，特別向太后和皇帝問安，祝中國國運昌隆。」

「依你看，他們對中國的態度到底如何？」

「西方人看中國地大物博，落後積弱，都有覬覦之心。依臣看，德國人很想和英國一爭長短，到中國來做買賣，或得到些別的好處。」

「唔，」光緒皇帝的面色又嚴肅起來。「不錯，列強都有覬覦之意，我們非要善自圖強不可。你可注意兵器了？」

「臣不敢忘記聖上的叮囑，對兵器的事很是注意，在德國，參觀了軍火製造廠，造船廠，和火車頭製造工廠。臣不是長他人志氣，滅自己威風，而是——而是由衷之言。臣有句話，不知該不該說？」洪文卿恭謹的垂下頭。

「忠君體國的大臣要勇於進言，你有話儘管說吧！」

「謝聖上的恩典。臣參觀了外國的兵器工廠，應邀看了一次閱兵，一次軍事演習後，可說震動得肝膽欲裂。」洪文卿上前一步，聲音也不自覺的激動了，「西洋製造兵器的技術，已到出神入化的程度。船堅砲利，洋槍子彈，加上兵士們強壯的體格，要是有一天真來侵犯中國，我們是一點招架的力量也沒有。一句話，西方太強，中國太弱。」

「唔，」光緒皇帝仔細的聽著每一個字，待洪文卿說完，隱隱地歎息一聲：「中國確實太弱，非圖強不可！」他想想又道：「朕看到總理衙門的奏摺了，知道你在俄國買到祕本的中俄交界圖。中俄為了邊境界限的問題，交涉了許多年，始終不得要領。這個祕本地圖對事情會有影響嗎？」

「回皇上，臣在俄國買的祕本地圖，是俄國政府庫存檔案中的，正確性應該是靠得住。將來若再談邊界問題，我們這方面也就有了根據，不必受俄國的矇蔽。」

「很好，你到底是有學問的人，做事深謀遠慮，有見解。你的奏報朕很滿意。你回來後，覲見過太后嗎？」

「回皇上，臣到京的第二天，就到頤和園給太后老佛爺叩安，呈上在歐洲採辦的一些新奇小玩意。」

「唔，」光緒皇帝嘴邊飄起一抹笑意，淡淡的道：「你獻給朕的電動小火車，朕已經看過了，挺有意思的。西洋人的手真巧，小玩藝都做得這麼好，真的自然更精采。」

通常的情形，皇帝賜見不過說個三言兩語，簡單扼要的稟報完就叫跪安。洪文卿這次進殿，竟然足足一個時辰，君臣二人聊得老朋友一般投機。這不僅使洪文卿本人感到躊躇滿志，有難以掩藏的興奮，皇宮內外，從太監到也在紛紛傳議，說洪文卿得到聖上的賞識，不久將會越發的烜赫。

洪文卿到兵部走馬上任，辦了交接，由陸潤庠協助，在前門外的小草廠租了一所寬敞的大宅院，找了聽差、老媽子、車夫、花匠等二十來個傭人，買了騾車和軟轎，置了家具。陸夫人親身指揮打掃佈置，連紅漆大門上的銅環都擦得黃金般燦亮。

洪文卿喜好風雅，給新宅取了個名字叫「蘇園」，以示不忘故鄉蘇州之意。當洪夫人率領金花、聽差的、丫頭、老媽子阿祝阿陳和兩個廚子到達時，各事恰好準備停當。

金花在船上捱了二十多天，又沒有洪文卿在身邊，感到活動的空間既侷促，旅途又漫長難耐。這時跨進蘇園，頓覺眼前一亮，心胸舒展，礙著洪夫人在，不便跟洪文卿說體己話，惟兩人眼光交換，情意已在默默不言中。

蘇園的前後四個套院，前院待客，後院住家，第二進院子中央有個小小的湖，左手一座假山，右手一座小亭連接著迴廊，迴廊曲折幽深，盡頭是直通後院的月洞門，門內又是一番天地；寬敞的四合院房子，紅柱灰瓦，朝天井一排透亮的玻璃窗。天井中間鋪著灰色的大石板地，四周沿牆種著梅樹、桃樹，和高過院牆的大棗樹。

「你們看這裡還住得嗎？」在一旁引導的洪文卿用帶有討好的口氣問。他欣喜於與金花團聚，別離不過一個月，對他已是太長。

「不錯，還算寬敞，住得的。」洪夫人說。

「我愛那小湖，裡面有魚嗎？」金花暗中朝洪文卿瞟了一眼。

「這我倒不知道。要是沒有，春天時候買些金魚放進去就行了嘛！」洪文卿微笑著，也暗中瞟了金花一眼。

「院子裡亭臺樓閣的，氣派確是滿好。礙眼的就是那座假山，要是它不擋在那裡，風光可就更好啦！」洪夫人說罷抿嘴一笑，洪文卿和金花立刻莊重起來，不敢再眉目傳情。

臥房在最後一進院子裡。洪文卿和洪夫人住正房七間，金花住西廂房五間，阿祝和新雇的年輕奶媽，帶著德宮住在東廂房裡。當天晚上。金花正在寬衣入寢，忽見洪文卿輕飄飄的走進。

「咦？老爺怎麼不去夫人房裡，倒來我們這兒？」金花故做刁鑽的癟癟嘴，忙把脫了一半的襖子再穿上。

「夫人路上勞累，已經睡了。」洪文卿說著已把金花往上穿的襖子強行脫了下來，要繼續解她貼身內襖的鈕子。

「嗯——」金花用鼻子長長的哼了一聲，笑著閃開了洪文卿。「我也累了，我也要睡了。」

「我來陪你睡還不好嗎？」洪文卿不再解金花的鈕子了，坐在床緣上，開始脫靴子和袍褂。

「喲！老爺怎麼自己動手呢！讓我來伺候吧！」

「你本來應該伺候我嘛！你不伺候我誰伺候我呢？」洪文卿一把摟住過來幫忙的金花，把臉貼在她撲撲跳著的胸脯上。「我想你已經想得受不了啦！小寶貝，小心肝。」

「一個月不見就這副德行啊？新上任的兵部侍郎大老爺！」金花噗哧一笑，揪揪洪文卿的耳朵，又揪他的鼻子。

「我一天不見你都不行，沒有你在身邊好像沒著沒落，沒你陪我睡覺我就睡不著。這一個月，我沒有一天不想你。金花，小妖精，你把我的靈魂兒給勾去了吧！」

「好意思，好意思！老爺的臉皮好厚，嘻嘻——」

兩人調情逗俏的已經滾到床上，洪文卿在軟綿綿的錦被裡抱著金花軟綿綿的身體，心顫神飛，滿足得連連歎息。

洪文卿想像個壯年的偉丈夫一般，把自己與金花的身體緊緊的融在一起。他的額頭上冒著豆大的汗珠，氣喘吁吁的好像要斷了呼吸。「我要……我要把你……哎喲！太……太妙……我要……」他語不成句的說著征服性的話。

「老爺，老爺，分開一個月，金花天天想你，夜夜想你，你要多疼疼我。」金花的身體軟活得像一條蛇，纏在洪文卿肩上一刻也不放鬆。半睜的眼光是一汪春水，微啟的紅唇上飄著冶蕩的笑容，聲音是慵懶的，彷彿來自夢裡：「老爺，我要你，我要你……」

「你要我？哎喲！小寶貝，我把你這個……」洪文卿呻吟著，喃喃著，滿足的醉笑著，但像每次一樣，很快的就鬆懈下來，一翻身便沉沉入睡，像過去的許多日子一樣，留給金花的是一個難熬的漫漫長夜。

17

時節已進入臘月，北京城下了入冬以來的第一場雪。

雪花輕過羽毛，縹縹緲緲，在無風的冷空氣裡浮游，天井、屋瓦、彎彎上翹的房簷、月洞門旁邊的兩棵大棗樹，全像剛從漂白的染缸裡撈起，白得不見一絲雜色。只有廊前的大圓柱子，仍然又紅又亮，在漫天漫地的潔白之中，反而更鮮豔搶眼。

金花隔窗外望，思緒黯淡得如正在下著的白雪；綿綿不絕，無條理又無色調。

洪文卿原本是朝廷高官裡學養最深的，出使了一趟歐洲，越發的顯得見多識廣，學貫中西，加上有人給說話，年輕的皇帝又特別眷賞，一時之間成了官場裡的紅人，兵部侍郎之外，還兼任總理衙門行走及幾個別的頭銜，每日總有登門求見或投靠找事的，而京華重地酬酢繁多，蘇園裡經常是華燈盛宴，訪客下斷，往來的不是尚書，就是大學士、侍郎、總督、巡撫、御使或欽差大臣，盡是京華貴人。

洪老爺越是忙碌，金花就越是閒得不知怎樣安排自己。管理家務的大權照例在洪夫人手裡，德宮的飲食起居，也由洪夫人直接關照阿祝和奶媽料理。不滿兩歲的德宮，口口聲聲叫洪夫人為「媽媽」，叫自己為「姨娘」，如果姨娘想跟孩子親近親近，洪夫人便會找個名目命把孩子抱開。

洪夫人和陸潤庠夫人不但是兒女親家，也是知己，兩人從青年時代就和汪鳴鑾、吳大澂、孫家鼐幾位通家之好的夫人，是閨中密友，結拜姊妹。這些年來，每家的男人都顯赫了，做官的人，難免遷徙動盪，影響得太太們也各自東西，長久不得見面。現在大家都住京城，正可一償姊妹們想聚聚聊聊的夙願。洪夫人常到那幾家去走動，那幾家的夫人也來蘇園作客。她們來的時候，金花每次都按規矩去請安見禮，但見過禮就退出來，坐在一處吃喝談家常輪不到她，她在京中沒有朋友，又不甘心參加姨太太們的小圈子，每次出去之前要先稟明夫人，更是她最不情願做的。她的活動範圍就在這個院子裡，擡頭看天，彷彿也就只能見到天井上面那小小的一塊。畫蘭、繡花，偶爾為之還算有趣，當回事來做，她便不是那種人。因此她煩悶、抑鬱，常常就這樣漫無目的的對著寂寂長日。

在孤寂中，金花最多想起的就是國外三年的生活。與目前的日子相比較，那三年真是她生命中的精華，太光彩美好，而外國人是尊重她的，他們不單不像中國人這樣踩她、壓她、賤視她，還擡舉她、讚賞她，給她榮耀。每想起華爾德、蘇菲亞、瓦德西夫人，她便會陷在迷醉的回憶裡，他們是對她何等的真誠，何等的友善，可歎的是他們已在她的生活中永遠隱去了，再也聽不到見不到，每想到這裡，她竟會傷感得落下淚來。

金花有時會情不自禁地談起柏林三年的生活，跟阿祝阿陳談，跟老家人洪升和小聽差阿福談。非今館的白樓、綠草如茵的大花園，院牆外的小河，都是她愛談起的。但她懂得該適可而止，傭人們也各有分寸；金花在海外「婢子充夫人」的一段，是除了洪文卿之外，任何一個洪家的人不願提起，引以為恥的。

金花每天清早伺候了洪文卿上朝，跟著的是一天長長的等待，千盼萬盼的把他盼到自己的身邊，看到的乃是一個疲憊的老人，於是她的渴望立刻轉成了失望，天井上的那一小塊天，剎那間變得越發的狹小灰暗。

這幾天是過年，洪文卿不必上班畫押，閒在家裡跟夫人和金花談談家常摸摸骨牌，日子顯得少有的寧靜和樂。有個洪夫人在中間，金花不便跟洪文卿說體己話，但能看到聽到他已是不易，因此她終日笑嘻嘻的似乎很是滿足。

初三傍晚洪文卿正靠在軟榻上跟洪夫人聊閒天，金花倚在洪夫人坐的太師椅背上聆聽，忽然門上來報，說伶人素芬來給洪老爺請安。

洪文卿腿上蓋著絲棉被，暖和舒適得不想移動，「奇怪，素芬怎麼挑這個時辰來拜年呢？」他說著正了正容，坐直了些。「叫他到這裡來好了。你們也不必迴避，他磕個頭也就走了。倒是把賞錢拿出一份。」

金花立刻到抽屜裡取個紅封套交給洪文卿，忙又倚在椅背上等著觀望。她雖是妓女出身，因為當時年紀太小，又早早的從了良，很多賣笑姑娘們見過的世面還沒輪到一見。她看過幾次戲，卻沒看過戲子下臺後的面目，也知道有相姑；明明是男人倒跟青樓女人做一樣的營生，但從沒見過相姑是個什麼長相？素芬是戲子又是相姑，金花心想：非把他瞧瞧仔細，看跟常人有多大分別不可。

素芬跟著阿福走進來，他身上一襲寶藍色緞面羊皮長袍，足踏黑大絨高統粉靴，雪白的面孔，鮮紅的櫻唇，兩隻大眼睛波光流盼，走路時縮著肩膀邁著碎步，果然比真正的女兒身還要標致鮮豔。金花看得暗中嘖嘖稱奇。

「素芬給老爺和夫人拜年，願兩位老人家福如東海壽比南山，來年好運氣，家和人興。」素芬跪在地上先給洪文卿叩了三個頭，又給洪夫人磕。洪文卿忙叫阿福扶他起來，遞過紅包，用目光指著金花道：「那是我們姨奶奶。」

「給姨奶奶拜年。」素芬說著又要往下跪，洪文卿道：「不要磕頭，請個安就成了。你也別太多禮，坐下談話吧……」

素芬給金花道了個萬福，告過罪，側著身子坐在榻旁的花瓷凳上。「今兒個素芬是來跟洪老爺辭行的。」他細聲細氣的。

「哦？」洪文卿大惑不解。「辭行？你要去什麼地方？」

「搭老王家的班子到外地去唱兩年。北京城我待不下去了。」素芬憂戚的低下頭，兩隻手輕輕的互搓著。

「北京待不下去了？為什麼？」洪文卿更不懂了。

「唉！說起來是罪過，大人老爺要做什麼也輪不到我們這種人來多嘴的。」素芬說著輕歎了一聲，似有滿腹憂怨：「洪老爺，在北京城我這戲是唱不下去了。從那次旅店的事情之後，總有人跟我過不去，不是叫倒好就是找碴，挑刺兒，在戲上得頂熱鬧的時候吵鬧。整整一年，總是這個樣子。」

「有這種事？你是說——」洪文卿大感驚異。

「誰都知道是徐三大人支使人幹的。真叫我們一點辦法也沒有，這不光是我一個人的事。戲院的營業也大不如前了。戲院掌櫃的跟我師父都叫我出去避一避，正好王鶴青老闆組班子跑碼頭，青衣的人選總談不妥，我師父就替我一口答應，我想出去避兩年再回北京，說不定徐三大人的氣兒就消了。」素芬無可奈何的笑笑，腮邊的酒窩若隱若現。

「唔——」洪文卿也說不出什麼，只是很感慨，覺得徐承煜身為朝廷大臣，老頭子徐桐官居極品，父子烜赫到這等程度，居然費心思跟戲子相公找麻煩，確實是無聊卑鄙之輩。但他也不願當著素芬批評徐承煜，只好言安撫，勸慰幾句。素芬沒坐很久，喝完一杯茶就告辭。他走後洪夫人道：「他那裡像個男人？比女孩兒還嬌嫩呢！怪不得那個徐承煜要起歹心思。」

金花在一旁做壁上觀，抿嘴含笑的不出聲，直到晚上替洪文卿寬衣就寢的時候才冷笑著道：「你們這些大人老爺們也忒貪了些，女也要，男也要，什麼都要。」

洪文卿停下脫了一半的襖子，有點不悅的望著金花：「聽你這話，好像大人老爺全是一個模子刻出來的？」

「老爺請別多心，我說的大人老爺可不包括你洪老爺。老爺的心思兒性情兒我最知道，最是憐香惜玉的。我是看了素芬的例子，有些不平，覺得像我們這種人的命太苦，一輩子都受人擺布，擺布不了就欺侮，連個喊冤訴苦之處都沒有。」金花一邊替洪文卿換內衣一邊感歎。

「我們？你把你自己跟素芬比在一起？」

「我沒比現在，是比以前，富媽媽、吳三老爺，假如——」

「別假如，你永遠不會再遇到他們，我不在這兒護著你嗎？」洪文卿終於明白，金花是觸景生情感懷身世了。他憐愛的親吻她的臉頰，卻又忍不住逗她道：「你看素芬生得夠標致吧？」

「醜夫人，俊奴人。這句話一點也不錯。其實無論男人女人都不需要那麼標致，太標致了就會惹人眼紅。唉！還是平平實實的過家常日子好。你瞧，這麼大個北京城，就容不得一個素芬。這樣子的命你怎麼說？」

洪文卿聽金花的話說得這麼老實本分，心裡著實很感動：「你過的不就是平平實實的家常日子嗎？難得你聰明伶俐、會做人，一家大小都喜歡你。昨天少爺的信上還說他跟少奶奶問候姨娘好呢！」

「少爺來信了？」

「嗯。他說要跟少奶奶到北京來探親，早的話，端午節以前到。」

「唔！」對金花來說，這差不多要算壞消息，她向來怕看少奶奶那張冷冰冰的臉。

端午節前兩天，洪洛夫婦果然到了，帶著四個僕人和幾大箱籠的土產禮物，連金花屋裡也分到四匹絲綢，和一些采芝齋、稻香村的點心糖果。時逢佳節，一家人團圓，洪府上下一片喜氣，一進蘇園的紅漆大門，就聞到煮粽子和蒸臘肉的香味。

過節的當天，洪夫人請陸潤庠夫婦來吃晚飯，讓他們跟女兒團圓。廚房準備的菜肴色香味俱全，又是冷盤又是熱炒的一共十二道，席上沒有外人，洪文卿與陸潤庠老友閒聊，洪夫人與陸夫人手帕交談家常，洪洛和少奶奶與陸氏夫婦翁婿，父母女兒談心，只有金花插不上嘴，幸虧新到京的洪鑾也在座，他向來是個周到細心的，見金花冷落，每隔一會便找題目跟她說幾句。

大夥兒吃喝得興致正濃，阿福進來報告，說汪鳳藻等在前廳，有重要事情跟老爺談。洪文卿放下筷子道：「從柏林回來後，大家都忙，很少見到鳳藻。他在這個時候來訪，必是真有重要事情。」他說罷匆匆的去了。

阿福給推開前廳的門，洪文卿見汪鳳藻背著雙手在徘徊，神色顯得很焦慮，使他顧不到客套的直接道：「看你的光景，好像很煩惱，有什麼事嗎？」

「是有事呢！而且是與老師密切相關的。」汪鳳藻的口氣沉重臉上毫無笑容，一反他平日的輕鬆圓滑，洪文卿一聽就知道事情必定不簡單：「什麼事情呢？你坐下來慢慢談。」

汪鳳藻和洪文卿隔著茶几坐下，沉吟了剎那，道：「老師，繆征藩的事爆發了，他原是個不好惹的。」

「繆征藩？」洪文卿差不多已經把這個人完全忘記，聽汪鳳藻提起，才又想起在聖彼得堡繆征藩跟他做對的情形。「爆發什麼呢？無非是因為我革了他的職，惹他怨恨罷了。可是我清清正正的做朝廷的官，盡忠職守，並沒可挑的，他怨恨又能怎樣？諒他也找不著把柄報復。」他說著忿忿的冷笑。

「老師，他就是找到了把柄。我急忙趕來，就是來告訴老師這個不好的消息；聽說大理寺少卿延茂已經向上面參了一本，說老師向俄國人貝也可夫買的地圖是錯的，老師畫的邊界線也不對，使國家吃了大虧，還說可能是俄國人給了老師好處，雙方串通的。」

洪文卿的臉色像驟然轉陰的天空般，立時黯淡得泛起烏雲，他頹喪的靠在椅子裡，怔怔的瞪著眼，半天才有氣無力的迸出一句：「這是從何說起？」

「地理的學問，學生不懂。只是聽說老師畫的那條線，把帕米爾歸到俄國去了。本來朝廷正派人跟俄國交涉疆界問題，叫他們不要染指帕米爾。可是因為有老師畫的交界線為證，帕米爾既在俄國境內，他們就可以名正言順的占領，現在這個責任就全推在老師的身上了。」

「其實那條線是原有的，我不過重新勾畫了一遍，難道要承當出賣國家領土的罪名？」洪文卿悲憤的提高聲音。

「我想他們不至於用那麼大的帽子來壓。不過老師還是要小心。如果只是繆征藩一個人找題目報復倒罷了。據說是一堆人，譬如徐承煜就是個手段最毒的，他仗著他老子徐桐的勢力，在官場結幫結伙，要掀誰都掀得倒。據說還有要參的，京裡、外省，都會有參摺。看樣子他們是有計畫，有布置的。老師要小心。」汪鳳藻顯得憂心戚戚。

「假如他們那一幫真要借這個題目掀我，也就掀了。事到如今，我小心也沒用了。」洪文卿放棄的勉強笑笑。

「不然。老師千萬不能放棄，官場裡凡事都靠人情。老師交遊廣闊，朝廷裡不會沒人肯給講話。學生趕在這個時辰來報告老師這件事，就是請老師早早想辦法。」

汪鳳藻又談了一陣子才告辭。洪文卿獨自在客廳裡悶坐了半晌，才像受過重刑似的，拖著癱軟的腳步回到後面。

飯桌上的人正在說笑。看到洪文卿的神色，都不約而同的安靜下來。洪文卿坐回位子上，一語不發，只是歎氣。

「老爺喝碗魚翅湯吧！還是滾熱的。」金花剛要盛湯，就被洪文卿一揮手止住。「你不要盛，我什麼也不吃。」

「汪鳳藻說些什麼？有重要事情？」陸潤庠試探著問。

「有哦！呵呵，我被人參了。」洪文卿解嘲的笑笑。

「有人參你，怎麼回事？」陸潤庠吃驚的問。別的人也都把眼光集中在洪文卿臉上，每對眼光裡都流露著困惑與關懷，尤其是金花，兩隻水泠泠的眼珠子亮得像蒙了一層水幕。

「還不是因為得罪了小人，人家借題來報復。」洪文卿不想多說，只輕描淡寫的把汪鳳藻的話略重複了一遍，最後道：「被參也罷了，大不了拋下這個紅頂帽，回到蘇州當個老百姓。叫我受不了的是，研究了半生歷史地理，到頭來犯了這種錯誤，豈不是予人笑柄。好像空占大位，有名無實，沒給國家做事。盡給朝廷惹禍了！唉！想到這裡，我真是無地自容啊！」他神色落寞，聲音裡充滿了深重的自責、悔愧。與汪鳳藻來訪之前。像似變了個人。

「你不必難過，事情一定可以轉圜的。我現在立刻去找汪鳴鑾和孫家鼐，讓他們明天進宮去探探底，問問翁老夫子事情的來龍去脈。唉！所謂宦海沉浮，誰起誰落全說不定的，真是不能隨便得罪人。」陸潤庠說罷就叫套車，帶著幾個壯丁小子直奔汪鳴鑾家而去。陸夫人本來就打算住下跟女兒聚兩天，這時便和洪夫人、少奶奶，一同到洪夫人房裡談天。洪文卿情緒惡劣，不想見人也不想說話，說是要睡在書齋外的暖閣裡。金花不敢作聲，默默的服侍了洪文卿睡下，便回到自己的西廂房。

金花仰面躺在床上，思前想後，覺得洪文卿之所以得罪繆征藩，主要是因為她的關係，這使她內疚，也使她多了一份憂慮；怕洪家的人怪罪她。心情不寧，一夜未得安睡，幾次起身掀開窗簾朝正房望望，見朝院子一排七間房的窗子，倒有一大半是亮著的。這就更增加了金花的不安，怔怔忡忡的幾乎一夜沒合眼。

第二天早晨金花見到洪夫人、陸夫人和少奶奶，向她們道安時，果然三張臉都像結了寒霜一般，冷淡中有覺察得出來的不屑。

陸夫人住了兩天才離去，少奶奶本擬跟著去娘家小住。因洪文卿自那天聽到被參的壞消息，獨自睡在暖閣裡之後，就病倒了，一陣發冷一陣叫熱，脾氣比平時暴躁了許多。家裡瀰漫著不安的氣氛，她便知趣的不提回娘家的事。

為了照顧方便，洪文卿已移居到金花房裡。金花侍奉湯藥，伺候便溺和更衣，餵漿水飲食，做得細心又盡心，沒有絲毫的不耐，她很期望能以這份誠懇與辛勞，博取家人與親戚的諒解。然而情勢是如此的困難，從各人的言語表情上，她看出每個人都在怨她怪她。洪夫人曾經正面問過金花：

「聽說老爺跟人結仇是因為你。說是你讓老爺強迫使署的官員給你排隊站班，姓繆的不肯站，你就鼓動老爺把他撤職？」洪夫人的口氣冷得讓金花心都在打寒戰，她連忙辯解道：

「夫人，我並沒有讓誰給我排隊站班。這是規矩，那國的公使和公使夫人來來去去，下屬們都排成隊在站臺上接送的。那位繆大人不肯排也就罷了，他口出惡言，弄得老爺面子上下不去。老爺撤他的職也不是我的主意，憑我，是什麼身分？敢過問老爺的公事嗎？」

坐在一旁的少奶奶吸了金花的話莞爾含笑不語。洪夫人冷笑了兩聲道：「你說你不敢過問老爺的公事，我相信嗎？聽你一口一個公使夫人，倒像真把自己當成夫人了。聽說你在外國連上下樓都要四個丫頭在前面打燈籠。譜兒也擺得太大了，我這真的正室夫人還從來沒有過那麼大的氣派呢！」

洪夫人輕蔑中帶著嘲笑的語調，羞得金花連頸子都泛紅，她原也不是怕事受氣的一類，便正著顏色頂過去：「夫人不必損我，我雖是個姨太太，也還知道進退。當初去外洋，是因為夫人不肯去，我才跟去的。我自問公使——」她警覺的把「夫人」兩個字嚥住了，繼續道：「做得不錯，並沒有丟大清朝的臉——」

「姨娘也忒不懂事了，怎麼跟夫人頂嘴！」少奶奶開口了，一個字一個字的，說得慢吞吞。「姨娘要是不自吹自擂呢，我就什麼也不說。姨娘說到這兒，我可就忍不住了。怪不得給老爺惹了這麼大的禍，姨娘招搖得實在太過分了。聽聽看：『並沒丟大清朝的臉』。姨娘總也應該知道自己的身分地位，不管姨娘做了多露臉的事，跟大清朝也扯得上關係嗎？」少奶奶說著掠了金花一眼，見她還是一副不馴的樣子，便更輕蔑的搖搖頭：「姨娘知道點好歹吧！我父親說的，第二個參老爺的奏摺又上來了。姨娘把老爺害到這種程度，還要嘴硬？」

「老爺是個老實的讀書人，一輩子正正當當的處世，向不做過分的事，跟人連臉都不紅的。弄得讓人左參一本右參一本的，可是從何說起！」洪夫人傷心得直落淚。

金花聽說有第二個人參洪文卿，真的震動了，覺得自己確是罪孽深重，又擔心洪文卿會受朝廷處分，一時又悔又恨，也不再為自身辯護說詞。

這晚上金花伺候洪文卿吃過藥，見他躺在枕上若有所思，便挨身坐下柔聲問：「老爺好些了嗎？在想事啊？」

洪文卿半天不答話，只定定的注視著金花，過了好一會才長長的歎一聲：「我在想，這個世界好像容不下我啦！我這病還能好嗎？」

「老爺——」金花熱淚上湧，一陣陣的在眼眶裡轉。「老爺，我對不住你，都是因為我，害得你……」

「跟你不相干。官場的恩怨你那裡懂呢？」洪文卿平靜的淡笑著，把金花的一隻手握在掌裡，鬆一下緊一下的捏著。「金花，要是我不在了，你可怎麼辦呢？」語氣也是淡淡的。

「老爺——」金花已是滿面淚痕，抽抽噎噎的說不出話，心裡的惶恐與慚愧達於頂點。想：事情明明是由我而起，每個人都在怪我，只有他這個受害人不單一句怨言沒有，反倒還替我著想，他是多麼的情深意重，我是多麼的對不起他呀！金花越想越難過，哭著道：「老爺……別嚇唬我……要是沒有老爺護著，我……我怎麼活呢！老爺！你是一定要好起來的啊！」

金花的話使洪文卿感動得肝腸寸斷，不覺也流下淚來，把金花摟在懷裡，輕聲道：「是啊！就是為了你，我也得好起來。問題是，我現在已是身不由己的人，如果罪名成立，上面要懲辦——」

「老爺，他們會嗎？陸老爺和汪老爺不是在託人求情嗎？唔……老爺……」金花伏在洪文卿身上，哭得擡不起頭。

「你別難過，也許不至於那麼糟的。」洪文卿扳起金花的臉，從她衣襟下抽出紗巾，小心地替她拭乾眼淚。「皇上對我還看重，在朝廷裡我也有些朋友，想來他們不會不為我說話，不過……呵呵，不過丟臉就是了。」

「喔！求菩薩保佑我們老爺度過難關，求菩薩讓陸老爺汪老爺帶來好消息！」金花不哭了，雙手合十朝天上拜了兩拜，逗得洪文卿差點笑出聲。陸潤庠和汪鳴鑾、孫家鼐來了，直到病榻前，汪鳴鑾道：

「你不要太憂心，事情可以轉圜的。我去拜託了翁老夫子，請他在皇上面前給開脫幾句。老夫子一口承應了，他說，這不過是書生無心之過。其實並沒有那麼嚴重。說穿了無非是私仇公報，有心人故意把事情鬧大罷了。」

「我做了半輩子官，到今天真是心灰意冷，從心裡感到慚愧，研究這多年史學，會弄出這種錯誤，有何面目見人！乾脆回老家韜光養晦吧！呵呵！」洪文卿自嘲的笑笑。

「問題並不全在你這方面。俄國人向來鬼道多，大清朝駐外國的官員也未見得都本分。誰知道他們是不是做了圈套來引你上當呢！」孫家鼐有意安慰洪文卿。洪文卿想了想，道：「那當然也是可能的。不過主要責任還是在我，如果根本就沒買那張圖，那會有這些事呢？」

「依我看是天下本無事，完全是你得罪繆征藩、徐承煜這班人惹出來的。」陸潤庠說。

「事到如今，沒有必要再追究原因了，解決問題才最重要。文卿，你總要為自己辯解辯解，幫忙的人也好依著辯詞替你開脫。就是兼駐俄國的許景澄、駐英國的薛福成那裡，你也要寫封親筆信去，請他們跟駐在國的外交部門說說，叫不要再抓住這個題目不放了。來個釜底抽薪。要不是英國為了怕俄國人染指他們的屬地阿富汗，提出要清廷與俄國交涉，叫俄國退出帕米爾的話，也不會被人利用機會，把事情鬧得這樣大。」汪鳴鑾說。

「對，待你身體漸好些，寫個摺子辯解辯解。朝廷方面鳴鑾和我自會去運用，就是王交韶、盛宣懷幾個老友也極關心這件事，盛宣懷說要託李鴻章給打點。」

「李鴻章是個滑頭，他說給打點怕也不過是空頭一句話。我不相信他會真給盡心。」汪鳴鑾緊接著陸潤庠的話說。陸潤庠知道汪鳴鑾跟他老師翁同龢站在一條線上，與李鴻章水火不相容，便微笑不作聲。

四個人正談著，阿福來報告：「吳大澂老爺來了。」洪文卿聽了詫異道：「他不是在外地監督改河道嗎？怎麼這時候來了？快請進！」他一句話沒完，官服考究滿面紅光的吳大澂已進屋道：「文卿，我在外地聽說你有大麻煩，而且聽說還要有奏摺從外省來，覺得這可不是容易應付的，特別趕回京跟你商量辦法，預備託託有力的人。」

「你來得正好，我和鳴鑾也正談這件事呢！」跟著陸潤庠的話，汪、吳、陸、孫四人又說了許多辦法，反倒當事人洪文卿沉默不語。過了好一會，待幾人討論告一段落，他才悻悻的，感慨的道：

「想我固然結了幾個仇人，可也有你們這些生死之交的朋友，活總是得活，官也是得做的。好吧！我就寫個摺子辯解，給許景澄、薛福成也寫封信吧！」

汪鳴鑾、陸潤庠、孫家鼐和吳大澂離去後，洪文卿吩咐阿福給備紙研墨，叫金花幫助穿上鞋襪，狐皮袍子往身上一披，就坐在書桌前。自從洪文卿病倒，洪夫人每天都到西廂房來探望兩次見洪文卿一臉病容的伏在案上振筆疾書，不禁搖頭歎息，用帶點責備的口氣道：

「老爺怎麼起來了？寫什麼這麼要緊，非要趕在這個當口上？金花，你怎麼不看好老爺呢？」

「我勸老爺別起來，身體要緊，老爺不信嘛！」

「好了，你們不要吵我。我讓人連著幾參，輕則受申斥，丟面子，重則丟官服刑。我現在正在起草，寫個辯解的奏摺。這個當口上還顧得了什麼病不病？夫人體貼我，最好就叫我安安靜靜的寫。有金花伺候，出不了錯的。」洪文卿神衰聲弱沒好氣的。

洪文卿的話使洪夫人大為反感。心想：明明是你慣縱姨太太惹的禍，怎麼倒給我臉子看，冷言冷語的？但她到底有涵養，也不想在洪文卿生病時跟他頂撞，只嘲諷的說了句：「是哦，有金花伺候就好了，出不了錯的。」便逕自推門走了出去。

洪文卿體力不濟，寫寫停停，金花在一旁侍奉茶水湯藥，直到深夜還未把草稿擬定，稿內寫道：「……大理寺少卿延茂謂文卿所譯地圖、畫蘇滿諸卡置界外，致邊事日棘，迪痛劾其貽誤狀，事下總署察復，總署同列諸君以文卿所譯圖本，以備考核，非以為左，且非專為中俄交涉而設，安得歸咎於此，事白而言者未息……」

金花見洪文卿氣喘吁吁的歪在椅子裡，恐他病情轉重，「老爺上床休息吧！明天再寫。病人不好熬夜的。」她說。

洪文卿不言不語，把筆丟在桌上，跌跌倒倒的到床上躺下。金花替他脫去皮袍，蓋好絲棉被，摸摸他的額頭，竟是熱得燙手。「天哪！這病是越發的重了。」她自言自語的念叨。心中一急，就顧不得已是更深夜靜，一鼓作氣的跑到正房去敲門。敲了半天，洪夫人的大丫頭翠環才探出腦袋，睡眼惺忪的問什麼事？「告訴夫人，老爺病得厲害，發高熱，恐怕要立刻請大夫。」

洪夫人披著衣服走出來，陰沉著臉，看也不屑看金花一眼，只是連連歎氣：「唉！家運太壞，真是從何說起！」她說著由翠環扶到西廂房，見洪文卿躺在被裡發抖，而臉色熱得泛紅，也是急得心裡一跳，連忙叫人把洪升和阿福叫醒，快到前門外去請常來的御醫陳大夫。跟著洪洛和少奶奶也起來了，上下急成一團，直到陳大夫給診了脈，開了藥，扎了金針，慢條斯理的道：「洪大人的體質原本就弱。這次的病因全因為憂慮過甚所致。帶病熬夜寫奏摺，又著了涼，可不就病上加病，更大發了。這病急不得，要靜心休養，按時候吃藥，心裡舒坦，病自然就好了。」

陳大夫說罷飄飄然的走了，留給洪府一家人仍是沉重與惆悵。洪洛道：「這位太醫說話等於沒說，誰不知道老爺的病是憂慮過度造成的？心裡舒坦！哼！要怎麼樣才舒坦得起來？」口氣是焦灼也是怨懣的。少奶奶道：「看樣子老爺的災難一時還完不了。我父親說，有個什麼姓楊的御史要正式提出彈劾。」

「唉！你們別說了，越說我越心亂。想我們這種詩禮傳家的人家，從祖上就乾乾淨淨不沾一星汙點的，老爺這樣的人，到這個歲數，落到這等下場，真是横禍臨門。唉！家門不幸啊！」洪夫人悲怨的苦著臉，越顯出老婦人的龍鍾之態。

金花聽得出，這個家裡上上下下每個人都在怨她，認為她是禍根。

18

洪文卿的病情隨著案情的發展而起落，當同僚中的有力人士，如李鴻章、盛宣懷之流為他疏解開脫，他的病就有起色，若某個御史某個大臣又遞了奏摺，認他貽誤國家大事，應該嚴厲制裁，他的病便立刻轉劇。病有起色時他總掙扎著到兵部去畫押上班，一方面自覺長期臥病請假會遭人議論。久不過問公事亦有虧做大臣的職責，另方面，他的頂頭小上司：兵部侍郎張蔭桓，是個恃才傲物心胸狹窄的人，由於張蔭桓沒進過考場，對於他們這些科舉出身的，就有種既是羨慕又是輕視的複雜心理。洪文卿與張蔭桓雖然稱不上是至友，平日卻也有些交情。特別是張蔭桓的一手詩文，最令洪文卿佩服，幾次在酬酢時當著眾人說：「張蔭桓確是才高八斗，看了他的詩文，我們考場出來真要愧死。」

但是，錯買地圖的事件爆發以後，居然有傳言說張蔭桓公開嘲笑他：「原來狀元出身的史學家也不過如此！」這對洪文卿不但是個刺激，也使他提高了警惕，看出了四面八方都有人等著落井下石。經過這次事件，他變得格外小心、謹慎，不敢再開罪任何一個人，也不給人逮住任何把柄的機會，他拖著病弱的身體上班，隱約的覺得每一對眼光裡都含著譏諷。在外面忍氣吞聲，回到家脾氣便暴跳如雷，罵丫頭打聽差，從小養大的阿福也被他搧了耳光，攆了出去。洪夫人不敢再多話，只是暗自歎氣，背著洪文卿埋怨金花：「好好的家變成這個樣子？招搖的好結果！」

洪洛探親假期已滿，少奶奶有意避開蘇園裡不安的氣氛，中秋一過，夫婦倆就動身回蘇州了。

洪文卿錯畫地理交界線的案子，足足喧騰了一年方告平息。

徐承煜、繆征藩一伙，鼓動了那許多人來彈劾、參奏、圍剿洪文卿而未得逞，主要還是得歸功於許景澄和薛福成在海外的奔走；薛福成說服了英國外交大臣，不再要求清廷為帕米爾的事與俄國交涉。許景澄從俄國方面得到證明；在俄國政府的庫存檔案中，帕米爾早已畫在俄國境內，而且大兵也早就駐紮在那兒多時了。失地，外國駐兵的事實並非起因於洪文卿畫的交界線，自然亦不該由他負這責任。釜底之薪已抽出，光緒皇帝平日對洪文卿的印象本不壞，旁邊又有翁同龢為之美言，慈禧太后每日在頤和園裡，由妃嬪宮女太監陪著遊玩做樂，每見到在昆明湖裡跑著的小火輪，就會想到奉獻者洪文卿，有次還跟李蓮英說：「多虧他的孝心。」聽說洪文卿被彈劾，她說過一句：「倒是有沒有事？沒事不要為難他。」因此洪文卿的案子才得大事化小，小事化無，算是虛驚一場。

但是這一年裡，洪文卿畫錯交界線的大新聞，一直是大小官員們茶餘酒後的談論資料，有的同情有的譏誚挖苦，有那見他官運亨通家有美妾，平時已是嫉妒得心裡發癢的，就恨不得置他於死地。加上洪文卿受不往這場風浪的衝擊憂鬱成疾，三天一小病五天一大病，一家人在驚恐擔憂中，一年多沒得平靜日子。如今案子了結，災難已過，大家自是歡喜，洪夫人久不了露笑容的臉上也出現了笑容。

這晚洪文卿跟夫人商談過家務，到西廂房過宿，見金花神態寂寞的坐在床緣上發楞，想起生病以來金花晝夜衣不解帶的伺候他，忍受所有人的冷言和責怪，確實不容易，便道：「一年來你那裡也沒去，可別悶出病來。你年輕好動喜愛熱鬧，我是知道的。出去走走玩玩吧！」

「走走玩玩？」這幾個字令金花振奮。在家裡整整伺候了一年病人，她感到筋疲力盡，與世界整個隔絕，無聊賴得已經難以忍受了。「前天周侍郎的三姨奶奶有帖子來，說她們老太太過八十整壽，家裡有堂會。你說我去好嗎？」

「去玩玩吧！周侍郎的三姨奶奶不是你的乾姊姊嗎？總拒絕就會連朋友的交情也淡了。何況你又愛聽皮黃。」洪文卿說話時已把金花的衣鈕解開好幾個，並拉過金花的雙手，暗示她替他脫掉衣服。

「老爺病剛好，保重身子要緊，別胡鬧吧！」金花有意遮掩她的淡漠，並不去解洪文卿的衣裳。這一年的經驗是可怕的，病中的洪文卿情慾特別高漲，只要稍有起色就向她糾纏，然而他是那麼衰弱無能老態畢露，她感到痛苦、無奈，和甚至含有厭惡意味的不耐煩。

「我病好了，我要親近你。」洪文卿摟住金花不放。

衣櫥門上的穿衣鏡裡出現兩個半裸的身體，女的肌膚白膩如雪光潤如緞，胸前圍著水蓮色的繡花兜肚。男的骨瘦如柴，肌肉鬆弛得像要跟骨頭分家，重重的下墜著。金花朝鏡裡睥視了一會，急切的低聲叫道：「老爺，吹了燈，吹了燈。」

金花久未出外應酬，這次到周府拜壽聽戲就成了大事，她坐上青皮大騾拖拉的華麗的大安車，興匆匆的盛裝前去。堂會已開始多時，戲唱得正熱鬧。周侍郎的三姨太太見金花到來，連忙起身迎接，笑著道：「哎喲！可真是稀客。長久沒見到妹妹了，想不到今天居然能夠光臨。」

金花握著周姨奶奶的手低聲道：「我倒早想見姊姊談心，可惜這一年我們老爺總病著，家裡不寧靜，走不出來。一年不見，姊姊倒是出落得更年輕了。」

「年輕什麼?我要回到你那歲數可就好啦!」周姨奶奶一邊說著一邊把金花讓到座位上。「你先看兩齣好戲,待會再帶你去見老太太。」其實她雖已靠近三十,看上去也還是個美人兒。

「什麼好戲比見老太太還重要?」金花笑得花眉花眼的。重新置身於繁華世界,她鬱悶已久的心,像打開了一個大通口,舒暢無比。

「你別急,看看就知道。」周姨奶奶故做神秘的說。這時,臺上鑼鼓點子齊響,臺旁劇目牌子上貼的三個大字是「戰馬超」。

「戰馬超不是武生戲嗎?」金花一句話沒完,只見一個身著銀甲白袍,頭戴銀盔白纓,個頭魁梧的少年英雄,隨著急風驟雨的鼓點子,從上場門出來了。他臉形長圓,高鼻大眼,滿面威風凜凜的英氣,一舉手,一投足,一撩袍子,都是那麼美妙。金花看得不由得呆住,心裡叫道:「天哪!好個俊馬超,這才是個真正的男子漢!但不知他叫什麼名字——」她正在想著,只聽周姨奶奶低聲道:

「你看怎麼樣?不錯吧?演馬超的是個票友,叫孫少棠,因為他兄弟幾個他行三,大夥兒都叫他孫三。」

「唔,他就是孫三,聽說他的拿手戲是白水灘。」

「那還用說,他的蕭十一郎的扮相沒人能比,真俊!聽說他過幾天要到敬王府去唱白水灘。我跟敬王的六福晉有交情,到時候帶你一起去。」

「那敢情好。」金花心不在焉的說。兩隻眼睛盯在臺上勇猛廝殺的英雄身上,一刻也離不開。而臺上的馬超,也注意到了金花,眼角眉梢一陣陣的送過情意。金花感到乾枯的心田正在春風的拂弄中復甦,僵硬了的身體正在溫泉的浸潤中軟化。此刻的她,忘了蘇園,忘了洪老爺、洪夫人,也忘了自己。她整個人，就跟定了臺上的英雄。他使她憶起了遙遠的德國，風光旖旎的慕尼黑鄉下，和她一生一世都忘不了的華爾德，「他倆是多麼的像啊！都是那麼年輕英俊，勇猛強壯，這才是真正的男人！」她想。

「我可以給他個賞封兒嗎？」金花試探的問。

「當然可以。賞封兒越多他就越有面子。」周姨奶奶解人意的笑笑。

果然，一齣戰馬超唱完，聽差的遞了一堆紅紙封套給馬超——其中最厚的一份是金花的。

飾馬超的孫三見這許多達官貴婦捧他的場，笑得露出兩顆俏皮的大虎牙，走下臺來一個個的道了謝，到金花的面前，兩隻大眼深深的望著她道：「謝謝夫人的賞賜。」

「不要謝。」金花從容大方的說。見孫三還站在那兒，便又加了一句：「孫三爺的功夫可不平凡，把馬超演活了。」

「謝夫人的過獎。」孫三挺瀟灑的作了個揖，才挺著胸膛去了。金花望著他高大的背影，不禁又跟自己說：「瞧，這才像個真正的男子漢！」再回味一下他那左一句右一句的「夫人」，覺得太久沒這麼風光，這麼快樂過。

從這天起，金花的心裡有了孫三這個人；或者說有了戲臺上的英雄「俊馬超」。她想著他的雄偉英姿，想著他的唇紅齒白，想著他的彬彬有禮和裝滿了崇拜孺慕的大眼睛，「他下了戲裝不知是什麼樣子？」她有時會不自覺的想。當洪文卿瘦弱的身體，鼓足了力量在她身上老牛破車般的氣喘吁吁，想表現一番男子漢的威武的時候，她也會情不自禁的想：「多沒用，多可憐啊！要是換了孫三……」

孫三的影子足足纏了金花好些天，正在漸漸淡忘的當兒，周姨奶奶親身來邀金花到敬王府欣賞堂會。金花稟明了老爺和夫人，跟著歡歡喜喜的一塊兒去了。

敬王府裡的豪華奢靡，讓見過大世面的金花也增了新見識。但她並未用心的去注意，她的興趣全在等著看孫少棠的白水灘。

金花和周姨奶奶坐在前排的斜座上，面對著上場門。王府唱戲比朝廷大臣家熱鬧，這天是京朝名角全到齊，好戲連臺，幾齣戲過去，金花等得望穿了眼，白水灘才上場，門簾子一掀，頭戴雪白捲緣氈笠，身穿銀光四射鑲滿珠鑽戰袍的十一郎，神威凜凜地邁著闊步出現了。他那兩隻大而靈活的吊梢眼，一出場就跟金花的目光鏗鏘相碰，電光石火般，擊得金花神智惶惶沒處藏躲。

十一郎顯然比馬超解人意得多，在臺上頻頻的眉目傳情，似在明白的告訴金花：「我愛你，咱們找個地方會面吧！」

從敬王府回到蘇園，孫三的影子比原先更清晰了，金花的心像一隻飛出籠子的鳥，再也無法收住。這以後金花又跟著周姨奶奶去聽了幾次孫三的戲，天霸拜山、長板坡趙雲救阿斗，功夫高強相貌英俊的子都，每次看完，金花的不平靜就增加一分，幻想著臺上的英雄是如此的可敬可愛，臺下的孫三不定多麼的瀟灑迷人，她不自覺的，已經產生了一種強烈難忍的、想見到孫三的渴望。

金花牽著德宮在前院小湖旁看金魚，她的車夫柱兒鬼鬼祟祟的溜到了身旁，神祕地壓著嗓子：「姨奶奶，孫三爺叫我來傳話，說明天下午在東交民巷的玫瑰番菜館等您。」

「哦！」金花心裡戈登一響，上湧的血液沖得她頭昏眼花。「倒看不出，你有膽子給人通風報信，我要告訴老爺和夫人，怕不剝了你的皮。」她冷著面孔卻並不認真的說，想了想，又接著悠悠的道：「明天下午我要去剪幾段衣料，你備車吧，別走露風聲，我自然有賞。」

第二天金花梳妝了正要出去，洪夫人的貼身丫頭翠環忽然來叫，說是夫人有話要吩咐。金花滿心狐疑，忖猜著洪夫人有什麼話要趕在這個時辰說？莫非是孫三約她相會的事已被知道？如果真是如此。她的消息也未免太靈通了，那就真應了那句：「魚兒沒吃著，倒惹了一身腥」的粗話。她想著，便惴惴不安的去到正房，洪夫人坐在太師椅裡。捧著一杯熱茶慢慢的喝，面色顯得很凝重。她朝著金花開門見山的道：「又要出去？你這些日子出去得可真不少。戲就那麼好看？今天什麼地方有戲？周姨奶奶約你的嗎？」

「今天什麼地方有戲我也不知道。周姨奶奶也沒約我。我是想去剪幾段衣料，挑挑首飾。有阿陳跟著，出不了錯。」

「要買衣料、首飾，叫洪升傳他們掌櫃的拿新貨到家裡來多方便，何必你自己出去跑？」

「不，我要出去走走，老待在這園子裡快悶死了。」

「悶死了？」洪夫人的唇邊掛著冷笑：「金花，你也不是笨人，應該看事清楚，總該知道，這個家再也禁不起風浪啦！因為在外洋那三年你太招搖，給老爺惹上一身禍，雖然案子算是了結了，老爺的一世清名總是沾了汙，身體也垮掉一半，從那以後，一直病病歪歪，心裡面並不暢快。現在大家求的就是個平安日子，什麼風風雨雨的都受不住了。」

洪夫人面色嚴肅，說出的話句句站在理上，而且話中有話，使得金花不免心虛，但她冷靜一想：她與孫三的關係，至今也不過到眉目傳情兩心相儀的程度，並沒有可以給人抓住把柄之處，就算外面有些閒言閒語，也沒有確切的證據。洪文卿被參奏這一年多，她已遭夠了冷嘲熱諷，嘔盡了氣，洪夫人又擺出正室夫人教訓小侍妾的架式，她就不接受。金花想著便把下巴頦一昂，震得滿頭的珠翠亂顫。

「夫人忘了嗎？老爺的病都是我在伺候，整天侍奉湯藥，連大門也少出的，就算老爺的禍是我惹的吧！好在現在已經真相大白，證明是冤枉的，我沒功勞有苦勞，吃苦受氣的，總多少能抵消一點罪過。我不過跟朋友出去湊湊熱鬧，聽聽戲，就有風風雨雨嗎？這些人也太厲害了！」金花說罷嫣然一笑，滿不在乎的神情。

洪夫人被頂得半天說不出話，直直的盯了金花一會兒，長歎一聲：

「金花我說你是為你好，你不要不知好歹的跟我擺出這種嘴臉。老實講，周侍郎的三姨太名譽不好。成年的忙著聽戲捧戲子，京裡人都當笑話講。周侍郎年老糊塗，什麼都看不見，要是換個人不早把她打發了。」洪夫人停了停，轉為異常和善的臉色：「別人家的事我們不必管，我只說我們家。你跟周姨奶奶這種人在一起，不是自貶身價嗎？再說家裡近來事情特別多，你看到的，族裡親眷五、六個住著，方仁啟老爺的公子到京裡來趕考謀差，一直住在汪老爺家。方老爺跟老爺是把兄弟，我們能不接方淨來住住？我精神不夠，這些事你得幫忙張羅。而且老爺的身體一直沒有完全復元，要人照顧，你沒事少出去亂跑吧！」

在洪夫人說一大串話的當中，金花已經幾次現出不耐煩，兩隻手扭著一條淡綠色的大紗巾，臉上飄著點淡笑，待洪夫人說完才慢吞吞的道：「原來周姨奶奶的名譽不好，要不是夫人告訴我還真不知道。可是姨太太那有好名聲的！正室的誥命我又高攀不上，那種尊貴的人也不會理我，我不交周姨奶奶交誰呢？那家的姨奶奶不聽戲？我也犯不上例外。老爺的身體我會注意。不管什麼人來住，夫人吩咐我做什麼事我做就是，反正家裡事都是夫人說了算。我出去走走待會兒就回來，誤不了事的。夫人不是也常到汪夫人、陸夫人家去散心嗎？」她說完轉身就走，臨出門時回過頭道：「我去去就回，耽誤不了事。」

金花坐上車，問柱兒道：「你知道玫瑰番菜館在那裡嗎？」

「知道，周姨奶奶的車夫成順哥指點過我，他們姨奶奶跟小百紅老闆見面也在那兒。」柱兒笑著答。

「哦，怪不得！」柱兒一句話說得金花心裡彆扭，想：原來周阿姊姘唱小生的小百紅是真的。一般人總說姨太太姘戲子是賤味相投，我這不也上了這艘船，應了這句話。

金花先到綢緞莊買了衣料，才懷著七上八下的心情往東交民巷而去。到玫瑰番菜館，命阿陳等在車裡，自己匆匆下去，偷眼朝四同掃掃，見無相識的人，便一閃身進了門。她走得太急，幾乎撞在一個男人邊上，「喲！」她窘得輕呼一聲，羞紅了臉。那男人倒開口了：

「我在這兒等了夫人大半天，總不見大駕，以為不來了。夫人肯來會我，真是天神下凡一樣的難得。剛才我魯莽，沒碰著夫人什麼吧！」孫三口齒伶俐，態度謙恭，彷彿頗為自慚形穢。他的這種態度倒把金花的不安和羞赧驅走了，她挺挺脊背，仰起頭，仔細的打量著這個人高馬大，下了臺的臺上英雄。

孫三濃眉大眼，寬鼻樑，黑黑的一張長圓臉，頰上浮著幾顆淺麻子，像雨點兒打過的灰沙地，看著不乾不淨。他五官中生得最好的是嘴；不薄不厚，不大不小，油潤光澤，輪廓如一隻飽滿的菱角，一看就知能言善道。他穿了件海藍色綢夾袍，上罩雪青色巴圖魯坎肩。雖比金花想像的唇紅齒白，英武飄逸的丰姿差得太遠，卻也算得有些男子氣概，別的不提，只那肩寬腰細的體格，就是千裡挑一的

「這兒不是說話的地方，請夫人裡頭坐。」孫三把腰深深一彎，一隻手朝裡指了指。

金花在前，孫三在後，進了最裡面的雅座，雅座大得像個小單間，兩扇對開的彈簧門，與外面隔成了兩個世界。金花在德國的時候，曾跟蘇菲亞進過幾次餐館，但還沒見過這個樣子的。桌上粉紅罩子的小洋燈，泛出柔和的粉紅色光芒。輝映得孫三的大臉黑裡透紅，金花的嫩臉越發的嬌豔如醉。

「你叫我到這裡來做什麼？」金花平靜的正著顏色。

「哦？」孫三被她問得楞住了，兩隻牛眼般的大眼盯了她半晌，笑道：「你不知道到這裡做什麼？嘻嘻！」

金花怔怔的望著孫三，久久無語，心中自言自語的道：是啊，我知道是來做什麼的？不是來會一個威武英俊，超凡不群，像馬超、黃天霸、華爾德那樣的年少英雄的嗎？怎麼坐在我跟前的是這樣一個油頭粉面，粗鄙猥穢的傢伙？臺上的他和臺下的他怎麼差得這樣多？為了這樣一個人，我冒了個偷人養漢不守婦道的罪名，值得嗎？要是老爺知道，怕他不傷透了心？老爺雖說年老體衰越來越沒趣味，但是跟這個孫三比在一處，差不多也就是鑽石比石頭了……金花想得出神，冷不防的，放在桌上的手被孫三滾熱的大手握在掌裡了。

「你瞪著兩隻媚眼在想什麼？你就這個神氣兒最勾人魂，那天我唱馬超，一出場，好傢伙，就撞上你這副勁勁兒。我心裡立時戈登一跳，心想，這是誰家的姨奶奶啊？瞧這副秋水為神玉為骨的模樣！我非跟她套上交情不可。嘻嘻，從你那神氣上我就知道這事成了。人家告訴我說：這個姨奶奶可不平凡啊！是欽差大臣洪狀元夫人，公使夫人。」

「你說什麼？」一直在失望的震撼中的金花，被狀元夫人、公使夫人幾個字猛的喚醒。這兩個她最珍愛的稱號，已經許久沒人叫過了，聽孫三叫得這樣親切順口，她不由得對他產生了兩分好感。「我在外國的事你也知道？」她試著想抽回那隻被握住的手。孫三握得太緊，她抽不出。

「你在外洋那些光彩的事誰不知道，全北京城裡的飯莊戲院酒樓，處處聽得見你的故事。所以啊！沒見你面之前，我對你是早就佩服得五體投地了，心想那可不定是個什麼樣風采的美人呢！沒想到見面嚇了人一跳，原來世上真有下凡仙子也比不了的絕色，我孫三活到二十多歲，也算長了見識了。」孫三的嘴像抹了油，說得金花滿心舒潤。

「孫三爺不單戲唱得好，話也說得動聽。不過——我想咱們今天是個誤會，我……我不應該來的，要是我們老爺知道……我該回去了。」金花垂下頭，說走可又不動。

「來了那有回去的道理。」孫三怕金花真走，索性坐到她這邊的絲絨長椅上，把臉偎在她的鬢邊：「金花，你別想不開，你跟我一樣，天好地好也不過是給大人老爺們解悶取樂的。難道你還想做貞節烈婦？算啦！那輪得到咱們做嗎？呵，沒有水的魚會乾死，我是你的大海。」

「我要回家了。」金花的口氣堅決，卻還是坐著沒動。

「哎喲！別裝蒜啦！你回家幹麼！啃你那個老狀元啊？你要是錯過今天準會後悔一輩子。」孫三說著猛一下把金花抱在懷裡，連連親她面孔。

「讓我走！」金花一句話沒完，一聲清脆的巴掌打在孫三臉上。孫三楞了剎那，冷笑著道：「嗨！這是怎麼回事？打是情罵是愛嗎？姨奶奶要是不疼我幹麼到這兒來跟我見面？姨奶奶要走我也不敢強留，不過我這一巴掌也不能白挨，總得討個賞做紀念。」孫三說著硬從金花頭上取下一枝珠花。「我倒不是貪財，是提防你變心不跟我好。」他把珠花在手上掂了掂，袍角子一撩，推門倒先走了。

金花沒料到孫三有這一著，心理直叫晦氣，垂頭斂目的快步出了雅座，正要登車，一個跑堂的追過來，恭恭敬敬的遞上一張帳單：「太太，還沒付錢呢！」

金花付過帳，便一股作氣的回到蘇園。走進西廂，迎接她的是濃郁的藥香味，她吸吸鼻子，滿腹狐疑，還來不及想是怎麼回事？已看到面色清灰的洪文卿躺在床上。洪文卿本在半睡狀態，見金花進來便張開了眼睛。

「我等了你好久。」洪文卿注視著金花，衰弱得有氣無力。

「我去剪衣料。多跑了兩家。老爺又不舒服了？」金花挨在床緣上坐下，摸摸洪文卿的額頭，竟是冷得冰手。「唉！可不是又病了。」她愁得蹙起了眉。

「我一生病就累你受苦。」洪文卿苦笑的輕聲說。

「老爺說到那兒去啦？我伺候老爺是天經地義的事。」金花說著便發起呆來，回想過去一年中伺候病人的日子，她便不寒而慄。那種生活太可怕了，她希望永遠不要再來。

19

沉靜了多時的蘇園裡的空氣，因方淨和徽州原籍幾個族人的到來而熱鬧了一陣，但很快的又轉趨於冷寂。主要是主人洪文卿提不起精神，金花因懷孕身體不適，洪夫人想強撐著也帶動不了氣氛，何況她也是個終年不離藥罐子的。

從遭參奏那天起，洪文卿就變成了另外一個人；達官顯貴們慣有的春風得意，在他的表情上再也難以找到。他的修長身材上獨具的倜儻飄灑，似乎已徹底的消失，他慣有的雋永睿智的談吐彷彿已凝固在他的嘴裡，出不來了。他背脊日漸佝僂，鬚髮斑白，面孔上蒙著重重的憂鬱，話少而沉默。當別人說笑他不得不插一兩句嘴，或湊趣笑一兩聲的時候，竟是顯得那麼勉強和愁苦，他變得多疑而神經質，同僚間偶爾一句玩笑的話，他總以為是蓄意的譏諷，會連續幾天悶悶不樂。奮鬥半生，讀萬卷書，名重四海的清譽毀於一旦，雖說在表面上事情已成過去，但失去的名聲和面子是再也挽不回來了。這使他耿耿於懷，原本就不壯實的底子，越發的虛弱，他已經成了一個頹喪的老病之人。

目前唯一讓洪文卿感到安慰的，是金花又有了身孕。「這次給我生個兒子。我這支的人丁太過單薄。少爺到今天還無後，身子又多病！你給我生個白白胖胖的大小子，我這倒楣官就索性丟下，回家教兒子去。」他說。金花與孫三在玫瑰番菜館私會過後，便陷入在一種奇異的矛盾裡，她輕視孫三，覺得他根本不是馬超或黃天霸那樣的英雄，而是一個靠勾引女人過活的流氓，俗鄙、粗野，從那一方面講都趕不上洪文卿，她是絕對值不得為這樣一個人去冒險的。但是，每當看到洪文卿那副病弱的樣子，特別是她渴望撫慰、盡歡，而他一點也無能為力的一刻，便會強烈地懷念起孫三來，她回憶著他的每一個小動作，幻想著，如果把洪文卿換了他，可不知是何等驚心動魄的情景！

金花為孫三強拿去那隻珍珠花而惴惴不安，惟恐他有把柄在手來敲詐要脅，曾叫阿陳帶了二百兩銀子去換珠花，阿陳回來道：「孫三爺把銀子拿去了，珠花並不還，他要姨奶奶放心，說是不會來找麻煩的。只要姨奶奶別忘他就成了。」金花聽罷無言，只望著自己隆起的肚圍發呆。

徽州來的幾個族人。全是不懂察言觀色的鄉巴佬，蘇園裡的低氣壓絲毫不曾影響到他們的豪興，每天派人派車陪著去逛城聽戲，吃北京各種名菜，回來還要埋怨，不是嫌天氣不夠溫煦，風沙太大，就是嫌菜不可口，不如南方的細膩。一會兒吵著要喝蓮子羹潤喉，一會兒要吃紅棗桂圓湯補氣，伸手要東西要錢也不紅臉，洪夫人應付了幾天，筋疲力盡地道：「客人比主人還厲害！老爺當年用了他們五百兩銀子進京趕考，這些年來還了百倍不止，他們還是不知足，看樣子，這個債是永遠還不清了。」她說著竟託病丟開手，招待客人的任務便落在金花肩上。

金花挺著圓圓的肚皮，要照顧老爺和夫人的病，要招呼客人，儼然一家主婦的風儀。因為客人中有方淨——洪文卿把弟方仁啟的兒子，交情不比尋常，所以金花很盡心的款待，每頓飯都關照廚房準備豐盛的菜肴，並親自陪著用餐，談笑風生的，應付得面面俱到。

方淨的名字跟他的外形很切合；乾乾淨淨的一張容長臉子，身量不高，神氣上總帶著幾分羞赧，一開口先紅臉。金花早聽洪文卿說過，他父親方仁啟對男色有偏愛，和素芬有過一段纏綿的感情，心中頗是好奇。又聽說方淨是個才子，中過舉人，出過幾卷詩集，據說還立志要寫小說，做曹雪芹第二，而年紀不過二十剛出頭，顯然也是個不凡人物，所以對他很有幾分好奇，常會跟他問問話、談談天。

方淨的父親雖是洪文卿的把弟，他對洪文卿的稱呼卻是太老師——他的啟蒙師父是洪文卿的學生。稱洪夫人為太師母，金花則是小太師母。方淨近視眼鏡後面的眼珠，好幾次半天不眨一下的盯在小太師母的身上。

「小太師母的皮膚太好，白嫩得像小豆腐。」有次旁邊無人時，方淨紅著臉說。「看你老老實實的一個人，原來也會調皮，小心我告訴你太老師，怕他不一個耳光把你搧出去。」金花笑著瞟他一眼。

「你會告訴太老師嗎？小太師母，你不會的。」

「我不會的，你放心吧！不過你要好好做人，不要學得油腔滑調。你不是想做大文豪嗎？沒品德怎麼做。」

「小太師母也講品德？」方淨不信任的笑笑。「做不做文豪倒跟有沒有品德沒關係，文人無行自古而然啊！」

「我不跟你說話了。你已經學壞了。」金花說這話的當兒就在想，假如孫三有方淨這份談吐才情多好呢！方淨有孫三那種偉男子的體格又多好呢？她感到世事實在太難十全了。孫三不值得她愛，方淨也不值得她愛。

有關小太師母跟晚輩方淨之間有私情的故事，已在幾個族人的嘁嘁喳喳捕風捉影中成了鐵案。閒話傳到洪夫人耳中，她越發的懊惱，想趕方淨離開，又怕因此得罪了方仁啟，對不起朋友。正在無計可施的時候，一天洪文卿在工地暈倒，被硬生生地擡了回來，上下都慌了手腳，洪夫人也就趁機把方淨打發出了蘇園。他一離開，洪夫人便把金花喚到房裡，氣悶的道：「你問問良心，到洪家這幾年上上下下都對你不錯吧？可是你報答了我們什麼？老爺的一世清名完了，現在眼看命也要賠上。你當你瞞得過我嗎？搭戲子還不夠，連世交晚輩也不放過——」

「夫人——」金花想辯解，被洪夫人厲聲喝住：「你不用強嘴，難道我還不認識你嗎？我現在正式的告訴你，要本分一點，我們丟不起臉。我話說完了，你走吧！」她說罷到房間床上歪著去了，金花服不下這口氣，但也只好退出來。

洪文卿自從被參，心中抑鬱，原本體質又虛，做下的病便時時重犯。而上面派給他的任務，是督修東西陵和天壇的工程，他求好心切，每日親到工地視察，受不住辛苦顛簸和北地風沙，竟至當場暈倒，這一倒下，病情竟如洪水決堤，迅速惡化，一日重似一日，蘇園裡的人個個愁眉深鎖。金花除愁苦外，更多的是彷徨、不安和恐懼。這天她輕手輕腳的走進西廂，不料洪文卿正醒著，枯瘦的面孔像塗了畫畫用的雄黃，泛著可怖的青黃色，看到金花，他泛黃的眼珠上飄起一抹笑意。「我在等你。」他說，聲音微弱得像垂死的小蟲兒在嗡嗡。「我就要離開你了。金花，你以後怎麼辦啊？」淚水沾在他的睫毛上，亮晶晶的。金花膽怯的顫聲道：「老爺，你別嚇唬我，我怕聽這樣的話。」她頓時驚慌得像一隻被追逐的小兔子，不知該把自己藏在那兒似的。

「我也怕，可是大限已至，沒辦法啊！唉！我是多麼不放心你啊！」洪文卿的眼淚順著太陽穴流到枕頭上，金花抽出腋下的紗巾輕輕替他拭抹。「你去把鑾弟叫來。」他忽然說。

「你叫鑾弟？」金花不懂洪文卿為什麼叫洪鑾，狐疑的去了，不一會功夫洪鑾便跟了來。「文卿哥的病可好些了？要少說話，多休養。」他的聲調和面部表情都流露出關切。

「鑾弟，我叫你來，是有事情交代。」洪文卿把眼光停留在金花的身上許久，又道：「我是來日不久了。金花跟了我一場，很不容易的。她又懷孕在身，未來的處境很難的。我是不能再照護她了，能給她足夠的生活費，讓她衣食不愁。這樣吧！我一過去，你就在帳上支五萬塊錢給她。不管她守不守，這筆錢我都是要給的。這事你也不要跟你嫂子和洪洛說，免得人多嘴雜出變故。金花一向相信你，你又給我管帳多年，就拜託你。」

「文卿哥放心，交代我的事一定辦妥。不過文卿哥一定會好起來的。你想到那兒去啦？」洪鑾忠厚的臉上掩不住悲傷。

洪文卿說了一長段話，已是喘得上氣不接下氣，言語不得。金花早已哭成了淚人兒，雙手抱住洪文卿叫道：「老爺，求你，別走，別走！你走了誰管我和德宮？還有肚子裡的這塊肉？老爺……」

洪文卿終於走了。

兵部左侍郎是當朝高官，欽命大臣，喪禮自應隆重，洪洛夫婦事前已趕來籌備，加上陸潤庠、汪鳴鑾、孫家鼐、吳大澂幾個老朋友的出主意託人情，洪府的喪事辦得富麗堂皇，只一具上過七十二道漆的特質木料棺材，就耗去二千兩銀子，陪葬物有二十五串上好的翠玉朝珠，四個名貴鼻煙壺、翡翠、瑪瑙、白玉，和金銀製成的小擺飾與文房四寶。朝廷念洪文卿一介書生忠貞為國，因地圖事件又受了委屈，格外的給予優渥禮遇，賞賜恤金，派大臣李鴻藻相國致祭，可謂備極哀榮。一應儀式完結，家屬伴靈回籍。經聖上特別恩賜，洪文卿的靈柩得以在城裡神燈彩馬的繞了一圈，才出朝陽門到通州上船，順運河南下。

洪洛終年咳嗽，辦過喪事症候越發加劇。洪夫人因悲傷、勞累過度而病倒，都受不了運河漫長旅途的顛簸，搭乘招商局的大火輪先行離去。真正伴靈的，只有金花和洪鑾等幾個族人。

深秋，是漲水的季節，原本平靜無波細窄平直的運河，因水勢洶湧顯得壯闊了。金花抑鬱難忍，又嫌艙裡燠悶，常常便坐在船頭的木凳上。看水、看天，看兩岸的蕭瑟凋零。她已在運河上往返過幾次，回想第一次隨同洪老爺進京，是多麼的興奮、快樂，不知憂愁！那時她還是個十六歲的大孩子，風塵生活並沒有磨蝕盡她的天真，對未來、對人世，她滿懷著好奇和熱望。洪老爺給她的比她想像的更多，在外洋那三年，使她懂得了什麼叫尊貴，什麼叫美好的人生？她的生命是附屬於洪老爺慷慨的給她的，他在，便保護和依靠，如今他不在了，她不知將要來的是什麼？在懸橋巷狀元府的繡樓上，在眾人冷嘲熱諷的白眼中度過寂寞的一生麼？她今年才二十二歲，守這個節不是容易的事，也許有兩個孩子伴著會好過一些吧？洪夫人雖然不許德宮叫她為媽媽，然而母女連心，德宮還是跟她親近，明年第二個孩子出生，情形也會如此，何況洪夫人已經近六十歲的年紀，無論如何活不過她，那麼，她的後半生應該是過得去的。糟的是還有個少奶奶，那樣冷漠驕傲的人，如何能朝夕相處……

紛亂的思想像被抽亂了的繡花線，找不出個頭緒來，而灰沉沉的前途使她不安，要來的究竟是什麼？她到底該屬於何處？疑慮、茫然、憂傷，金花常常便那麼怔怔的坐在船頭上，看天、看水，或什麼也不看。

「嫂子，不要太難過，你年輕，文卿哥對你有安排，手裡有五萬塊大銀洋，又有孩子，下半輩子不是過得滿好。」洪鑾不只一次的這樣勸過金花，極誠懇的。

這時金花便會想，對呀！俗語說：錢是人的膽。有大把銀子在手裡，還怕什麼？這時她便會說：「對將來的事我的確不必擔心。不過我真想念你的文卿哥，他對我太好了。他這一去，丟得我好慘！」說著她便淚眼模糊。

「人死不能復生。新嫂子，你要往開處想。」洪鑾總這麼勸她。「這些年，你存的名貴首飾也夠活半輩子了。」有次他說。

「珠寶首飾是有一些，可怎麼也不夠活半輩子。」金花據實說。對像洪鑾這樣忠厚誠實的人，當然該說真話。

一河滿滿的秋水，平靜得彷彿連波濤也不會起，長龍船穩當得如在鏡面上滑行，時間慢得凝固了，旅程像似永遠到不了頭，「那天才能到蘇州呢？」當金花鬱悶得不能忍受時，便會自言自語地問。

船到蘇州了。迎靈的儀隊、雪白的紗燈、藍緞子繡金繡銀的旌旗，紙車紙馬紙糊的華屋和百寶一堆紙糊的僕人——包括八個翩翩如生的美貌丫鬟。穿著素色衣服，臂上戴著黑紗的親友，在寒風瑟瑟的碼頭上圍成了一串大屏風。家屬們披麻戴孝、匍匐在地；抑揚的嗚咽聲像地獄裡的寃鬼在訴苦，聽得人毛骨悚然心為之摧。

穿著重孝的金花，跟在棺材後面。彎腰縮背半跪半爬的下了船，她偷眼看看，見分離幾年，已蒼老了許多的母親，和長高得像個成人，瘦成一條的弟弟，也夾在人群裡。和洪夫人一道秉輪船先回來的德宮，小腦袋上罩著麻布帽子，端端正正地跪在少奶奶身邊。當她們的眼光相遇時，她清楚的感覺到德宮對她的思念和重逢的欣喜。「我的孩子是愛我的，有她，有肚子裡的這塊肉，我的日子能過，我必得打起精神來過。」她對自己說。

蘇州市官方的一些接官儀式完成，整個迎靈大隊便浩浩蕩蕩的到一座大廟裡做佛事——佛事做過才到墓地安葬。

廟宇因太大而顯得空曠，慘灰色的高牆，朱紅色的廟堂，飛燕式高高翹起的五彩琉璃瓦，陰風森森的空氣。不調和得讓人感到壓迫，在原有的悲哀裡更添了幾分悲哀。

剎那間，鼓樂齊鳴，笙管悲切，百十來個和尚繞著棺木念誦梵經，香燭紙錢的燃燒味飄浮在空氣裡，家屬們嚎哭著，來弔孝的親戚朋友上香的上香，磕頭的磕頭，廟門外圍滿了看熱鬧的人群。原來冷清空寂的大廟，突然之間喧嘩得像在唱堂會。

金花匍匐在洪夫人和少爺少奶奶的後面，高高隆起的肚皮使她跪得笨拙又吃力。在回來的這短短的時間內，她已深深的感覺到洪家上下對她的冷淡；她帶著身孕扶柩回籍，是多麼不易，竟沒有一個人向她道句辛苦，甚至沒有一個人跟她交談過一句。這使她越發的體悟到處境的艱難，前途的黯淡迷茫。想起洪文卿生前對她的寵愛嬌慣，寬厚大度，而自己曾經那麼對不起他，新愁舊恨一齊來到眼前，悔愧，思念，往日的恩情，未來的茫然，都化成了眼淚。她哭一陣叫一陣：「老爺啊！你狠心拋下了我，我要給你守……」

金花正在悲號，忽然覺得有誰在後面觸碰。她回過頭，見母親隱隱使眼色。「你別哭了，跟我出來。」母親說。金花抽抽噎噎了一會兒，終於止了哭，悄悄的隨著母親和弟弟到一個冷清的廊簷下。

「金花，我和你弟弟是來接你回家的。洪夫人派人叫我到過懸橋巷，談你的事。他們人多，也不容我說什麼，給了三千兩銀子，叫我接你回家，說是從今以後你跟洪家斷絕一切關係。」母親委委屈屈的說。

「哦？」金花大出意外，半天接不下話去，一腔哀痛也給驚走了，代之的是悲憤、怨恨、不平。「好啊！老爺屍骨未寒，他們就這樣對付我！我要跟他們論理。」過了好一刻，金花才狠狠的吐出這幾個字。

「你何必跟他們論理呢？人家是那等人？咱們是那等人？論到頭來也是你沒理。我看這樣也好。你年紀輕輕，守什麼？跟他們在一起會有痛快日子過？回家跟媽媽弟弟不是滿好，等孩子生下來，找個合適人家，求個下半生平安……」

金花怔怔的望著對面的高牆，母親的話一句也沒聽進去，只覺得天塌地陷，世界已經整個變了，變得寒冷、荒涼而恐怖，沒有一分一寸的空間容她立足。

「你要給老爺守節的心我們感激，而實際上是不必。你年紀太輕，沒了老爺，家裡的生活你不會慣。所以，你還是回娘家最為妥善。事情就這樣決定了。」洪洛說。佛事做完，發引之前的一段時間，眾人在後廳用茶休息，洪夫人、洪洛、少奶奶和洪文卿的族叔、族兄弟夫婦，聚在側面的一間小廳裡，跟金花展開正式談判。洪文卿已死，兒子洪洛就成了一家之主，因此由他先開口。

「可是，少爺——」金花挺著肚子站在地中間，像在受審。

「你不要說，等我說完。」洪洛擺擺手：「老爺一過去，夫人就跟陸老爺汪老爺商量好，決定把你送回娘家——」

「陸老爺和汪老爺管得了我的事麼？」金花又搶話說。

「陸老爺和汪老爺是我們的至親好友，別說管你這點子事，就是更大的事也管得的。」洪夫人冷冷的插嘴。

一手拿著旱煙袋，一手端著茶杯的族叔也開口了：

「你也忒不懂事了，夫人和少爺決定的事，你還敢頂嘴？告訴你，你別想賴在洪家不走，洪家沒有地方放得下你。你守，守什麼？老爺活著的時候你都不老實，人不在了倒反而要守，誰知道你心裡打的什麼主意？叫你回娘家你回去就是了，還有啥好嚕嗦的……」

「這年頭怪事真多，連青樓出身的女人也要守節！」

「也配！她心裡另有算盤，我們千萬不能上當……」

人多嘴雜，冷嘲熱諷汙衊責難的話像一塊塊堅硬的石頭，重重的打在金花身上，擊得她直疼到心根裡，悲怒得恨不得仰天大哭，或是撕扯著上去跟他們拚命。但她並沒有那麼做，她已把事情看得透徹；洪府上下看不起她的出身，不服氣洪老爺對她的愛寵。在他們的眼睛裡，她無異於一隻豢養取樂的小動物，一隻金絲雀，或是一隻哈叭狗。主人在，又餵食又取樂，主人不在，便一丟了之。這種情形下，還有什麼理可論？想到這兒金花冷笑一聲，正要開口，只聽得洪洛拍拍手，嗆咳了一陣道：

「大家靜一靜，聽我把話說完。這是家事。當然全家人都可以說話，可是說話也要和和氣氣，不要弄得不愉快，洪家一向詩禮傳家，對人對事講寬厚，姨奶奶離開，我們也不會虧待她，三千兩銀子的現錢已經給了她母親，老爺這些年在國內國外，給買的名貴首飾也由她帶走——」

「少爺，你說給我三千兩銀子？」金花直了直背脊，高聲的打斷洪洛的話。

「當然給的。我們這種人家向不虧待人。你母親已經把銀子收下了。」洪洛正著顏色說。站在屋角的金花母親，囁嚅的道：「三千兩銀子我是收下了，不錯。」

「不對。」金花上吊的鳳眼黑亮得像要滴出水來，睜得大大的，看看洪夫人又看看洪洛。「當初我歸洪家的時候，媒人說好的，老爺年紀大，要給我五萬塊錢做下半世的生活費。這話老爺親口跟我說過好幾遍——」

「老爺從來沒跟我提過，我一點也不知道。」洪夫人冷冷的說，洪洛也說不知情。少奶奶詫異的道：「姨娘弄清楚了五萬塊錢是多大的數目嗎？老爺怎麼會隨便許你呢！我不——」

「你不信也得信。」金花憤怒的打斷了少奶奶的話。「老爺臨危的時候交代過洪鑾，叫他在帳上支給我五萬塊銀洋。不信你們問洪鑾。」她說著便朝四周巡視，期望洪鑾出面主持公道，為她做證。但連找了幾遍，那裡有洪鑾的蹤影！那些等著看好戲的族人已經在出聲的冷笑。族叔道：「你別往臉上貼金了，誰不知道你從小就賣賤！想用騙恩客的花頭來騙我們姓洪的？辦不到！」他說罷就猛力吸煙。

「好極了，你們這種詩禮傳家的名門大戶，的確太寬厚、太慈心了。你們這樣欺侮我，用這樣陰狠的手段趕我出門，你們不慚愧嗎？我出身下賤，你們看不起，哼！其實你們也不像你們自己以為的那麼高貴。告訴你們，我非拿到那五萬塊錢不可，相信洪鑾不會賴，除非他也喪了良心。」

金花的一番話，說得大家面面相覷，驚愕得嘴都合不上，廟裡先是靜得連喘氣也聽得見，接著就哄鬧之聲四起，咒罵的，喊打的，嚷粗話的，吵成一團。金花母親嚇得哭了，洪洛啞著嗓子叫了半天，才又安靜下來。「姨娘，事情就這麼定了。你走吧！墓地你不必去了。」他說。

「德宮我要帶走。我的女兒總是我生的。」金花堅定的說。

「好，好，叫她帶走。不過是個丫頭。」洪文卿的族叔重重的抽了兩口旱煙，吐出一堆濃霧，兩眼不屑的望著房簷。

「不，德宮我留下了。」洪夫人口氣嚴峻，面容沉著。「無論怎麼說，孩子是老爺的骨肉，洪家的人。你這一出去，將來是怎麼打算我們也不知道，弄得不妥壞了老爺的名聲可不行。」

知道洪家要留下德宮，金花的銳氣盡消，轉為溫言好語：「夫人，我保證不會壞老爺的名聲。我回娘家，有德宮，明年小的也生了，就老老實實的守著兩個孩子過下半輩子。那怕怎樣苦，我也不會再出去拋頭露面。求夫人讓我把德宮帶走吧！」她已經是一個就要失去孩子的可憐母親，一臉惶恐。

「不行，」洪夫人說得斬釘截鐵，毫不容商量的口吻。「我是德宮的嫡母，你不過是她的姨娘。我歲數大了，又沒了老爺，有個孩子在跟前日子好過得多。你不能帶她走，我留下了。」

「夫人，求你開開恩，我雖然是德宮的姨娘，她總是我肚子裡出來的！夫人，那個親娘能離得開自己的孩子。」金花從腋下抽出大手帕，不住的抹眼淚。在一邊旁觀，半天未出一言的少奶奶，這時哼了一聲，清晰的道：

「姨娘不必爭，也不必傷心。姨娘跟老爺到過外洋，見過不少世面，當然知道一國有一國的規矩，一家有一家的規矩。我還沒有聽說過那家的姨娘出去，連孩子也帶走的，我說句話姨娘可別多心；姨娘的出身，我們總不放心的。德宮是個姑娘，要是將來……」少奶奶頓了頓，彷彿是安慰的繼續道：「把德宮留下，不單可以給夫人解悶做伴，她又有身分，說起來是狀元家的官小姐，將來出嫁也是做大戶人家的少奶奶。你還有什麼不放心的？跟著你能辦到這些嗎？」

金花無言了，眼睛瞪得直直的，把少奶奶的話在腦子裡翻來覆去的念叨著：「跟著你能辦到這些嗎？」答案是一連串的「不能」。不用少奶奶點明她也想得出，德宮跟著她，日子是十分卑微的；回到思婆巷，左鄰右舍不外是以看戲的心情來看熱鬧，嘴巴刻薄的會說：「那個小婊子嫁了個老頭，好像轟轟烈烈的熱鬧了一陣，現在還不是又回來了。她的女兒德宮那個小ㄚ頭，長大了準定跟她娘吃一碗飯。」

「吃一碗飯！」這個想頭使金花渾身血液沸騰，她想，她就算凍死餓死，或是給人家當傭人老媽子，也不會讓女兒重蹈自己的命運。她要把德宮撫養成一個嬌貴的小姐，堂堂正正的嫁到高貴門第去做夫人。要給她豐富的嫁妝，免得被人看輕，洪老爺不是給她留了足夠的錢嗎？可是，有些東西是錢買不到的，譬如說身分，她在洪家的身分是侍妾，離開後便是「下堂妾」，跟洪家的關係便正式斷絕，而人們永遠也忘不了她的妓女出身的老底子。誰會娶這樣一個女人的女兒來做夫人呢？不，沒有人會，她的女兒將和她本身一樣的被人踩在腳底下，擡不起頭……「我——我辦不到……」金花絕望的搖搖頭。「你們留下她吧！我不帶她了。」金花說。她不再流淚，也不再爭辯，只是聲音有些微微的顫抖。「等第二個孩子生下來——」

「第二個生下來我誰也不給，不要想打主意。」金花不待少奶奶說完，就冷冷的搶著把話接下去。

「姨娘會錯了我的意思，沒有人想要姨娘的第二個孩子。」少奶奶一點也不動氣，斯文的微笑著，一派大家閨秀風範。

「哦？」金花不解的望著少奶奶那張精明的臉。

「我們——夫人人、爺、叔爺，我們幾個商量過，姨娘的孩子生下來，可以跟姨娘姓，不必姓洪。」

「為什麼?洪老爺的孩子不姓洪姓什麼？」金花憋著氣，忿忿的問。

「為什麼你心裡明白。」橫眉怒目的抽著旱煙的族叔，突然噗的一聲把煙桿從嘴裡拔出，輕蔑的說：「我告訴你，那孩子不許姓洪。洪家絕不承認。也不要妄想借孩子的名義分一星半點的家產……」

族叔滔滔不絕的說了許多，金花一句也沒聽清楚，不過孩子生下來不可以姓洪這一點總算弄明白了。她感到天地在旋轉，自己化成了一片浮萍，不知被轉到什麼地方去了?

「好吧!都依你們。可是讓我跟德宮再聚一天，我要把我的小女兒緊緊的抱在懷裡，跟她說話，看她笑。往後，等我老了，見不著她，想想也是好的。」金花直著眼光，輕聲的，慢緩的，彷彿夢囈般的。

「不要再做非分的要求，我早已經命令阿祝帶著德宮先上轎了。」洪夫人冷硬的聲音像冰，悚得金花打寒戰。她朝四周看看，可不是德宮跟阿祝都不在了。

「你們好狠的心，老爺屍骨未寒，你們就趕走了我，搶去我的孩子——」金花哭著數叨，眼淚像大運河的水，源源不絕的淌在她憔悴的臉上，似永遠不會流完。「走吧走吧!吩咐下去，可以動身了。」洪夫人說。

少奶奶和族叔也跟著張羅，不一會功夫屋子就空了。金花愣了半晌，連忙跑到外面，只聽人聲沸騰車馬紛亂，正準備起靈，女眷們乘坐的小轎已被擡起往外走。她連思索也來不及，便鼓足全身力氣衝上去，用力攀住最後一頂轎子的轎杆，尖聲叫道：「德宮，德宮，我的孩子，媽媽在這裡。」轎裡的德宮聽到金花的聲音，也尖著嗓子哭叫：

「姨娘，姨娘……」她拳打腳踢，把轎子弄得直搖盪。

「德小姐，你別跳啊，我都要抱不住你啦！」阿祝在轎裡哭聲的說。

「我要我的孩子，還給我我的孩子。」金花緊緊的擊住轎杆，像一個溺水的人攀住一根浮木那樣不肯放鬆。她的髮髻鬆了，鬢腳亂了，衣衫皺了，瘋人樣的胡亂喊著，兩個轎夫也怔怔的呆住，不知該前行還是該後退？迎靈的親族朋友都用怪異的眼光看著金花，私下裡切切嘈嘈的議論。

「姨娘，這算什麼？凡事要顧及些大家的體面。」說這話的是洪洛。他的面色青裡透灰，身子單薄得好像一陣風來就能吹走，說話時夾著輕咳。

「少爺，我──」金花放開了轎杆，羞愧得低下了頭。

「姨娘放心，我們不會虧待德宮的，你放心吧！」洪洛說著對轎夫一擺手，他們就飛一般的把轎子擡走了。

送靈的大隊隨著樂聲出了院子。叮叮咚咚的鑼鼓喇叭聲漸行漸遠，聽著矇矇矓矓。金花的身子恍惚間從地面騰空升起，依稀的坐在一頂綠呢大轎裡，樂隊在前面吹打，豔紅色的狀元紗燈好搶眼啊！一街人又羨又妒又輕蔑的眼光，一個賣笑的小女孩對新生活的憧憬，陰沉沉的正月天，風在吹，光禿禿的樹影兒從牆後探出頭來，太陽始終不肯露出笑臉……轎子好顛簸，忽上忽下忽左忽右，金花被搖盪得要昏迷了，眼前的景物一陣清晰一陣模糊，終至潰散成一朵朵飄浮在半空中的飛絮，飄得那麼高，那麼遠，一朵也抓不住……

「金花、金花。」金花聽到有人叫她的名字。她定了定神，看到母親和弟弟憂愁的臉。「金花，你怎麼了？你嚇壞了我。你看，人都走光了，我們也好回家了。」母親說。

「姊姊，雇的車和轎子都來了，回家吧！」弟弟阿祥也說。

金花朝空地上望望，可不是，兩個拉車的漢子正把丟在空地上的一堆箱籠行李往車上裝，兩頂孤零零的小轎子等在灰色的高牆下。

宇宙天地變成了沒有人煙草木的洪荒。「對，我們好回家了。」她說罷露出雪白的牙齒慘淡一笑。

20

冬來了，院裡幾棵桑樹鬼打架似的爭著落葉子，枯葉遍地。風把木質窗檻吹得發出輕微的隆隆聲，幾十年的老屋了，直讓人擔心會不禁得住風的凌虐，破散開去？

金花斜靠在一張舊得褪了顏色的楊妃榻上，脂粉不施，容顏黯淡，深思的眼神裡有深不見底的落寞。

回到思婆巷一個月了，日子像被浸在黃連水裡，苦得無法往前推動。算一算她手上的那幾個現錢，三兩年內的吃喝不會成問題，但是人世間的事並不僅止於吃飽穿暖，或金錢可以解決的。德宮被洪家強行留下，就像她身上的一塊肉活生生的被割掉，痛得她的心鮮血直淋。多少個夜晚，她終宵不能合眼，躺在床上望著月亮上升，直望到月亮下落，淚水流在枕頭上，濕濕涼涼的一大片。

無眠的夜是思想的夜，如潮的往事浪潮般湧來，她憶起在柏林，德宮初生時的情景；年輕的小母親抱著心愛的小女兒，她的小嘴吸吮著她嬌嫩的乳頭，吸得那麼用力，痛得她直想笑。她想笑，因為她幸福，因為她清清楚楚的知道，這個可愛的小嬰孩是完完全全屬於她的，連丈夫也不屬於她，只有她的女兒真正屬於她；那小東西是從她的身體裡分出來的，不屬於她屬於誰呢？然而，她竟真的不屬

了。如今她才真正的悟出來：她不是一個真正的人，只是一個依附在洪狀元身上存在的假人，洪

狀元活著，她便擁有一切，洪狀元死去，她便也不存在，曾屬於過她的也不屬於她

因此她不僅思念德宮，也思念丈夫，洪文卿雖然年長得幾乎可以做她的祖父，與她之間毫無少年夫妻的柔情蜜意，但他對她的疼憐、無微不至的呵護、嬌慣與容忍，使她懂得了什麼叫幸福。洪文卿去了，她的幸福便也飛了，沒了丈夫，又沒了女兒，未來是一望無際的空茫茫，她覺得自己也正在死亡，只有在肚子裡的胎兒拳打腳踢的一刻，她才能確定這個軀殼仍是活的。

失去女兒的悲痛使金花不勝負荷，她幾次認真地想到死，死彷彿最能解決問題，尤其像她這一類的苦命女子，以死做為解脫的方式不算是稀奇的事，但是對她來說，死比活更難，怎麼死呢？難道讓尚未出世的孩子與自身同歸於盡嗎？不，她不能那麼做，她的孩子就是她的希望，她要為他活，做個好媽媽。她、母親、弟弟，和未來的嬰兒，四個苦命人將牢牢地抱在一起，活在一處。鄰居們不是早在咕咕嘰嘰的議論了嗎？不是已在譏笑她「風光了幾年，還不是給退回來了」嗎？說儘管叫他們去說，笑儘管叫他們去笑，她偏要活給他們看。當然活更不容易，最起碼的條件，譬如說錢，沒錢可怎麼活呢？

洪文卿留給金花的五萬塊銀洋，全數被洪鑾給吞沒；從靈柩上岸那一刻起，洪鑾那張忠厚的笑臉就從人群中消逝，再也不曾出現過。她叫母親到洪府去打聽，答覆是不知道洪鑾的下落。後來又差弟弟去探問，阿祥回來形容門房老孟的話道：「聽說鑾老爺在上海。這是我老孟私下告訴你的。以後別來吧！上面吩咐過，姨奶奶家的人不許上門。」

沒有錢，日子怎麼過呢？她不是只活三年兩年，是要活長長的一輩子。長長的一輩子！這幾個最平常的字對她來說是奢侈而充滿諷意的，像她這樣的一個人也能計畫一輩子的事嗎？嫁給洪狀元的時候她以為是一輩子，生德宮的時候也以為是一輩子，然而他們都像幻影一樣的在她生命裡隱遁了，她是沒有資格談「一輩子」的人……

金花呆呆的望著窗外的樹影，任思想浪潮般在腦子裡轉盪起伏。忽然，她聽到大門響，有人走進來，正納悶是誰？她母親已掀開門簾，帶了個濃妝豔抹的女人來到眼前。金花定睛看看，想不到是桃桃大姊。

「妹妹，聽說你回家，我早就想來看看你，又怕不方便，拖到今天才來。這是上好的藕粉，這是幾種酥糖，都是你小時候最愛吃的。」桃桃把紅紙包著的禮品盒放在桌上。

「有什麼不方便？我已經不是洪府的姨奶奶了，已經又變成原來的我了。不過多了個讓人取笑的把柄，和這個沒父親的孩子。」金花諷刺的笑笑，一手摸著隆起的肚皮。

「妹妹，咱們這種人的命就是這個樣子，你要看開。」桃桃把身上的緞子大襖理了理，坐在金花對面的紅木椅上。

「不看開成嗎？我早看開嘍！」

「看開就好。你嫁給洪狀元總還享過幾年福，又出過洋進過京，見過大世面，比好多別的姊妹已經命好多了。」

「大世面？出洋進京？現在呢？還不是一場空，連自己親生的女兒都保不住——桃桃大姊，他們搶去了我的德宮。」金花說完直著眼睛愣了一會，便淚如雨下的哭泣起來。

金花母親歎氣連連的，對桃桃使了個眼色道：「金花為這些煩惱事很傷心，桃桃大姊開導開導她吧！」便退了出去。

「金花，洪家欺侮你，你當然是傷心的。可是比起別的姊妹你的命確是好的。你還有家，有親娘，別人呢？像我，要是有個家能容我，倒真不想吃這口造孽飯了。沒地方能容身啊！苦海無邊，爬不上岸的。」桃桃說著眼圈也紅了。

金花見桃桃陪著傷心，很是不忍，連忙止了眼淚：「桃桃大姊，我們姊妹已有六、七年不見面，你這一向可好？」

「唉！好什麼？吃的還不是那口飯。」桃桃把手上的大綢巾抖了一抖，搖搖頭。「像我，就要上四十的人了，想賣也沒人願買。我把存的一點錢買了兩個姑娘，立了個門戶，生意還過得去。不過……不過這口飯吃得罪過。我這幾年信佛信得誠啊！信佛的人……唉，沒辦法，等著入地獄下油鍋吧！金花，你今後是什麼打算呢？」

「我——」金花想了想，也搖搖頭：「不知道啊！」

「還想嫁人？」

「呃呃，」金花的頭搖得更兇。「嫁人，別費事了，這次的教訓還不夠嗎？」

「難道你還打算再下海？」桃桃抹了厚粉的臉現出困惑。

「呃呃，我要我的孩子做清白人，不能讓人笑他，說他媽媽是個妓女。」金花的態度和口氣都是堅定的。

「金花，沒有用的，那怕只賣一夜身，也是一生一世沾汙。這個頭銜我們是摘不掉了。」桃桃點上水煙袋，呼嚕呼嚕的吸。

「我知道。可是我不管。我丟了女兒，非要把肚裡的孩子撫養成清白的孩子不可。」

「唔，金花——」桃桃不再下評語，只呼嚕呼嚕的抽煙，噴出一縷縷的雲霧。「苦海無邊，上不了岸的。」她又重複這句話。

金花的情緒漸漸穩定，兩人開始談起別後的幾年生活。

「想想往昔，好像是一場夢，離得太遠了。你們的日子還過得去？有天晚上我特別坐轎子到河邊上看看，看到幾艘亮晶晶的花船，好熱鬧的樣子。」金花的神色是飄忽的，回憶的，彷彿往事真的離她很遠了。

「金花，那種熱鬧是假的。唉，我丟不下這個飯碗，造孽啊！你不知道，我每次進廟都不敢擡頭，沒臉見我佛啊！」桃桃被脂粉蓋著的憔悴的臉上有愧色，煙霧從泛烏的嘴唇角上源源流出。「造孽啊！」她又說。

桃桃坐到太陽落山才告辭，金花送到大門外，看她上轎，直到那頂綠呢小轎出了巷子，仍依依的望著，而對面和斜對面鄰居家大門縫裡偷窺的眼光，嘁嘁喳喳的議論，她已察覺到了。不需去問，就知道他們在看，說什麼？無非又是：「一個懷了身子的下堂妾，還好意思到外面來招搖。」，「洪家根本不承認她肚子裡的野種，可見她偷過多少人」，「婊子生女是婊子，生男是王八、戲子」，「這種賤貨住在我們巷子裡，丟盡了我們的臉面。」……之類的。那些眼光當然是輕蔑的，不恥的，甚至是仇恨的。

這些想頭令金花憤怒。她非但不立刻躲進門，還故意誇張的挺起襯絨綢褂下面的肚皮，裝出不在意的，諷刺的笑容，心想：「你們想我觸楣運，我偏要穩穩當當的活給你們看。」

金花在門口站了好一會才進院，她母親剛把晚飯燒好，阿祥在擺碗筷，燉魚的味道香得直沖鼻子。

「金花，你嘗嘗黃魚雪菜湯。多吃魚胎兒的骨架才長得結實。」她母親怕金花又以沒胃口拒絕吃，盛了一碗熱氣騰騰的湯，巴巴結結的端到她面前。

「對胎兒的骨架好嗎？那我就多喝兩碗。」金花說著已坐在八仙桌前，一匙一匙的慢慢喝起來，喝了一會道：「媽媽，我們要離開蘇州，離開思婆巷。」

「離開，為啥離開？離開了到那裡去？」她母親懷疑的問。

「為啥離開？」金花停下喝湯，激動得面色泛紅。「你當真不知道啥嗎？蘇州這些清白的人容不下我。桃桃大姊說得對，那怕只賣過一次身，妓女的名字也要頂一輩子。住在這裡我永遠是妓女，我的孩子永遠是妓女的孩子，永世不能出頭。」

「唉——」她母親的心病又被挑起。「家裡對不住你，拖累了你。」愁雲罩在她蒼老的面孔上，聲音是苦澀的。

「現在說這種話有什麼用？還是離開吧！去上海，在那裡沒人認識我。」

「上海是大城，聽說東西貴哪！你那幾個錢，能夠支持多久呢？在蘇州有自己的房子——」

「不，媽媽，你別說了。我決心去上海，船到橋頭自然直，像我這種人還會餓死嗎？」金花不耐煩的打斷她母親的話，牽著嘴角冷笑兩聲又道：「我要找洪鑾討銀子。他別想賴，他跑不了。」

「上海那麼大，你到那裡去找洪鑾？」

「上海再大也得找，我的活命錢就任他吞了不成？」

「要去也該等孩子生下地。你的身子太大了，經不起車船顛簸的。」她母親總覺得離開蘇州便失去依據，很是躊躇。

「車船顛簸不要緊，了不起生在路上。有你跟阿祥跟著我還擔心什麼？別三心二意了，快收拾東西。」金花不容商量的說。一碗魚湯喝完又叫阿祥給盛了一碗。

21

火盆裡的炭燒得正旺，紅紅的火苗顫動著往上竄，偶爾會發出剝剝的木炭爆裂聲。產婦在床上呻吟，一陣陣的，像被獵人射中的動物垂死前的哀鳴。

「太太，你要用力呀！再不下地胎兒就要悶壞了。」接生婆連續的用手在金花隆起的肚皮上推按。她約莫四十多歲的年紀，矮胖的身材，紅潤的臉上透著精明，顯然是個有經驗的。「奇怪，怎麼生第二胎還這樣難？」她煩惱的說。

「金花，你再用力，再用用力。」母親坐在金花背後，雙手抱著她的肩膀，焦慮掛在她清瘦的面孔上。

「我沒力氣了，我的力氣用完了……」金花的氣息微弱得若一線游絲，額頭上的汗珠一批批的滲出。「何媽媽，你修修好，可要保住我的孩子。我的德宮讓人搶走了，這個不能再丟掉。何媽媽，你修修好……喔，天哪，疼死我啦……喔喔……」她渾身痙攣的顫抖著，一陣悲號。

「你別叫啊！越叫越費力。」母親越發焦慮的。用一方白布大手帕替金花抹去額上和臉上的汗水。

「太太，你用力，我推，你就咬緊牙，用力，用——力。」接生婆不理會金花的話，只一個勁的在她肚子上用功夫。

「喔喔，哎喲……痛死我了……哎——喲——」金花狼嗥般的尖叫一聲，便不動彈也不再出聲了。

「天哪！她昏過去了。怎麼辦？她昏過去了！」母親驚慌得哭了。「她死了嗎？她——」

「她昏過去了，不妨事的，你用力掐她的人中，對，用力，女人嘛，養孩子那有不吃苦的，看，小娃娃不是出來了，是個男的呢！」接生婆一邊從金花赤裸的下體間拉出那個紅通通的小東西。

初臨人間的訪客哇哇的啼叫著，屋子裡立刻有了生氣。阿陳端進熱水盆，接生婆嘩喇嘩喇的給他洗濯，一面道：「這個小人不很壯，瘦得皮包著骨頭，像個不足月的。」

「她怎麼還不醒呢？別是真死了吧？」做母親的真慌張了。

「老太太，你別急，我就去端薑湯。」阿陳說著就捧著一碗冒著熱氣的紅糖薑湯進來。「一匙一匙的慢慢餵，立刻就會清醒，太太在德國生德小姐的時候也是我伺候。那時太太年輕，又是生頭胎，比今天吃的苦還多得多。」

母親用湯匙把薑湯一匙匙的灌進金花微張著的嘴裡。甜熱的液體緩緩的流進金花虛弱的身體，終於產生了一些功效。首先映入她視線的是火。豔紅、灼熱，給人無窮希望的閃閃耀耀的火。她半張著眼睛，呆呆的凝視著那盆火，試著追想這是什麼地方？

壁爐裡的火燒得旺，四個助產士忙得團團轉，阿祝阿陳忙進忙出，洪老爺坐在外面的起坐間裡等消息，急得在地上邁著方步兜圈子。她痛苦得以為自己要死去了，但她沒有死，而且得了一個可愛的小女兒，長圓的小臉、亮晶晶的眼睛、柔軟白淨得小粉糰似的。她是多麼愛她呀！孩子的父親也說：

「金花，難為你，給我生了這樣好的小女兒，我們給她取什麼名字呢？叫德宮吧！」……平日跟她交往的那些高官的太太，和各國使節夫人都差人來送花，玫瑰、鬱金香、康乃馨、瑪格麗特，插了滿滿的一屋子，粉白黛綠幽黃淡紫，多麼悅目啊！然而任何一種美麗的花都不會比她的小女兒更可愛，她是怎麼樣用整個的生命在愛著她、護著她……

「把德宮給我抱來。」金花忽然大聲命令。

「德宮？金花，你在說夢話，你醒醒——」一個聲音說。

金花猛的驚醒了，眼睛睜得又圓又大。她看到母親矮小的身子站在床前，蒼老的臉上每條皺紋都盛著憐惜。她真的清醒了；這裡是上海灘上的一幢小民房，她正在接受上天給女人的折磨，尖銳的疼痛凌虐了她整整一夜，耗去了她最後的一分精力。她以為自己已經死去了，看到母親，才知道還在活著。身子像被掏空了肚腸那樣空虛，痛楚卻在減退，屋子裡有嬰兒在啼哭，那是她的孩子嗎？

「金花，你醒了，你嚇壞了我。是個男孩呢！你生了個男孩。」母親強笑著，餘悸猶存的。

「太太，看，一個小少爺。」接生婆把包在小錦被裡的嬰兒放在金花身邊。

金花蒼白的臉上立刻浮現出奇異的光彩，她半側著頭對嬰兒的小臉凝視了好一會，嘴角浮上：一抹幸福的笑意，眼光裡溢滿慈愛的柔情。「小東西，你怎麼這樣瘦，這樣小？像個剛從蛋殼裡爬出的小雞。像個小老頭。你多像你老子啊！長大了也是個念書的？要是你點了狀元，你娘也就知足了，吃多少苦也值得了。」金花對嬰兒細聲細氣的說了一陣，又轉對她母親：「媽，洪家不許我的孩子姓洪，我偏要他姓洪，他是洪老爺的兒子，不姓洪姓什麼？他姓洪，叫承元，繼承他父親點狀元，呵呵。」她得意的笑了。

「洪少爺這一死，洪家要是知道你生了個男孩，改了主意也說不定。」洪洛不久前因病死去，金花母親因此又產生了些新幻想。聽母親如此說，金花怔怔的想了一會道：「其實少爺還算是個厚道人，唉！你們出去，叫我睡一會吧！」

炭火和洋油燈的光影在黑暗的屋子裡映出幽淡的光影，襯托出感人的靜謐。金花在那片靜謐中冷靜了，倦意漫漫的瀰漫上升，一些現實，惱人的問題也漫漫的纏上來。

一到上海，就租下了垃圾橋保康里的這幢民房，大大小小六間屋，倒也夠住了。她拖著笨重的身孕，母親又出門找不著東南西北，一個人不敢上街，弟弟阿祥生性靦覥，身體多病，也不能跑街辦事。幸虧離蘇州前她福至心靈，想起了阿陳，而阿陳不忘舊恩，願意追隨，跟著來到上海，探事購物找產婆，都一把抓了。雖辨得不是椿椿讓她滿意，日子倒還能勉強的維持，如今有了承元，她像在黑暗的夜空上看到一線星光，心裡敞得透明。儘管未來仍是一片茫然，無依無靠無金錢來源，她也要咬著牙關活下去，為了她的兒子，她願做一切能做的。

「一切能做的」，這句話引她感歎。以她這樣一個人，身世如浮萍，如任人踐踏的賤草，連一己的去留榮辱都做不了主，又能為自身以外的人做什麼？別的不提，只如何撫養承元一項便使她憂心忡忡，她不能給他榮譽，為了有她這樣一個母親，他必定會終生受人嘲笑，擡不起頭。

她不能給他一個父親；拖油瓶的命運都是悲慘的，而嫁人從良的下場到頭來不過如此，她不想再去嘗試。她沒有錢，洪鑾帶著她的五萬塊銀元隱遁了，她給承元吃什麼？喝什麼？用什麼來給他請老師，教他讀書，上考場，像他父親一樣的點狀元？她能給他的，只有她的愛，和她的乳頭，她要把乳頭塞在他的小嘴裡，任他吸吮，讓她的愛隨同著乳汁一同流進他小小的身體。她又想起了柏林，那令人懷念的人和事，可愛的生活，從蘇菲亞那兒她聽到愛情這個字，從華爾德那兒她經驗了愛情的神奇，美麗的回憶使她堅信人間有愛情的事實，她也相信自己胸腔裡的那顆創痕斑斑的心仍能去愛，像她此刻愛承元。儘管她的力量有限得可憐，儘管她命苦，她也不會退縮或畏懼，她要像一隻老母雞保護小雞那樣保護承元，誰要搶她的孩子她便跟他拚命，失去女兒已是奪了她的半條命，剩下的半條她至死不會放鬆。

思緒似衝不破的雲層，金花在其中飄飄浮浮、迷迷濛濛。小腹的部位仍在作疼，過度的疲乏支解了她的身體；她的被人撫摸、玩弄、洩慾，從來不曾真正屬於過她的身體，也散成一片片，東一隻腳西一隻手，零零碎碎的飄落在晦暗的雲層裡了。盆裡的炭火鬼眼似的閃著幽光，清晰的事物漸漸模糊，柏林、懸橋巷的狀元府、洪鑾、大運河、妓女富彩雲，全讓濃霧般的雲吞沒了，她只清楚的知道，她的孩子，她的乾乾瘦瘦的小小的兒子，平安的睡在她的身邊，於是她便沉沉的睡熟了。

洪家始終沒有承認承元的意思。承元三天兩頭的咳嗽發燒，大病小病不斷前生，但是他在長大。金花整個的心寄放在承元的身上，一切的喜怒哀樂全與承元有關，他生病，她便愁得茶飯不思，夜不能眠，他病轉癒，她便像獲得了財寶，喜形於色。「這孩子，真是他老子的兒子！體質也是這樣弱。」金花常常端詳著承元拳頭大的小臉自言自語。「媽媽，這孩子太單薄了，不會養不大吧？洪家的男人好像都短命，你看洪少爺不也年紀輕輕的就死了。」有次她說。

「你這孩子，怎麼可以這樣說話？孩子生下來底子弱一點，照樣可以養得好，阿祥生下來還沒有承元硬朗呢！」

「假如他體質像阿祥那麼弱的話，是不適合像他老子那麼苦讀的。其實不點狀元也不要緊，平平安安就是福氣。將來做什麼營生呢？做生意吧！開水果行？你看十六鋪那邊有多少新開的水果行，生意滿興旺。」多慮的母親為兒子計畫著未來。「也許開當號要好些，你祖父就是開當號的嘛！水果行多辛苦！承元那吃得消。」老外婆陪著一起作夢。「不管做什麼，一定要把承元養大，洪老爺也算留下點骨血。」金花說。「唉！說起來洪家也太過火了，連承元也不肯承認。要是他們肯承認承元，洪家也就不致絕後了。」母親照例歎氣。母女二人便這麼常常的以承元為題目談個不完。有時金花會突如其來的道：「不行，小赤佬，你還是要多多的吃，多多的睡，長得壯壯的，好念書點狀元。」她把奶頭塞進承元的小嘴裡，他用力的吮著，吮得金花格格的笑。「對呀！這樣才會長大，才能點狀元。乖寶寶，你點了狀元的第一件事就是到洪家討你姊姊。你坐著八擡大轎，打著狀元紗燈，鳴鑼開道，浩浩蕩蕩的一口氣跑到懸橋巷，指著他們的鼻子說：把我姊姊德宮立刻交出來，不然哪！嘿嘿，看我不把你們交到衙門裡去查辦！」金花說這話的當兒，眼角眉梢浮動著傲氣，儼然她的狀元兒子真替她報仇雪恥了。

但是，承元並沒有像金花期望的那樣；長得壯壯的，相反的，他一天比一天更弱，終於在滿了十一個月後的幾天，因出麻疹而結束了他的小生命。

金花瘋狂了。她不進食，不洗臉，衣履不整，披著齊腰的濃髮，緊緊的抱住承元僵硬了的小小的屍體。「他沒有死！承元沒有死！我的孩子沒有死！」她破開嗓子大叫，兩眼直直的冒出兇光。母親、弟弟、阿陳站得遠遠的望著她，誰也不敢走近。

「乖寶寶，你沒有死，你是睡熟了，是不是？寶寶啊！這就好了！你多吃多睡生得就壯啦！生得壯長大了才能讀書，進考場，點狀元。像你老子一樣的點狀元，嘻嘻……」金花對著懷裡的屍體說一陣笑一陣，忽然又面孔一板嚴肅起來：「你可是答應媽媽的，點了狀元第一件事就是到洪家去搶回你姊姊。你不要怕他們，理直氣壯的跟他們論理：我姊姊是我的親娘生的，你們憑什麼留住她？想拿勢力壓人嗎？嘿嘿！碰巧我洪承元也是個狀元郎……」

金花時而連說幾個小時不喘一口氣，時而幾個小時不出一絲聲息，但無論說話還是沉默，兩隻眼睛都是瞪得大大直直的，一副戒備的神情。

「金花，你聽我說；承元已經死了。」母親悽苦的哀告。

「他沒有死，他睡著了。你們不要吵。」金花固執的搖搖頭，一手輕拍著屍體，悠悠的唱起曲子。

「金花，把承元交給我，我把他放到床上去睡。」母親強笑著張開雙臂。

「不，床上冷，我的懷裡暖。你們不要吵醒他。」金花身體一晃一晃的輕搖著懷裡的承元，繼續哼著曲子……

足足的鬧了三天兩夜，金花終於在體力不支下昏迷過去。她像一棵被利斧砍斷的樹那樣，頹然倒下，兩手一鬆，承元小小的屍體便掉落在地上。

母親和阿陳趕快安葬了承元。醫生給金花開了催眠藥方，金花安靜了，如果不在沉睡，便準是定定的怔坐著，眼光是癡迷，空茫，懷疑的。

「金花，你在想什麼？」有時母親會問。

「唔……」美麗的嘴唇蠕動了幾下，卻發不出聲音，只把眼光冷冷的掠著，還是那副癡迷，空茫，懷疑，傻楞楞的神情。

22

金花脫掉水綠色鑲銀邊的襖子，又穿上桃紅色滾三道黑邊的寬下襬長袍，摘去髻上的翡翠頭飾，又戴上雪白的珍珠簪子，箱子櫃子是敞開的，花花色色的衣服首飾絲巾丟了滿滿的一床。夕陽方殘暉落盡，天色現出冬季裡晝短的幽暗，盆火已經疲弱得接近熄滅，屋裡的暖意在減退。金花對這一切都不去理會，只是一件件的換衣服，換首飾，換完了對著鏡子照前照後，照完了再脫再換，已經折騰了半個下午。

母親、阿陳、弟弟，到承元的墳上去了，他們不讓她去，她也不敢去，一個人留在這荒塚般空曠的家裡也夠可怕，處處都是承元的影子，他的小臉緊繞著她的腦子轉，她簡直沒膽子靜下來，只好用不停的換衣服來忙碌自己。自從承元死去，她便常常做這類可笑的事。有天母親看得忍不住了，問：「金花，你這樣不停的換衣服做什麼？」她說：「我試試那件穿了最稱身，配那副首飾最好看？媽，上天不許我做正經人，我看我也別裝相了，還是賣我的老本吧！」她說著吃吃的笑，一笑就笑了好久。

「看你把話說得多難聽。」母親想了想，重歎一口氣。「唉！我們這種人家，捨了這條獨木橋也沒別的路好走，你既不想再配人，不如就出去混混，賺些錢老來用。」

「是啊！賺些錢老來用。我老了可沒有女兒養活，是應該賺些錢老來用。」

母親被頂得不能開口，像每次受她埋怨一樣的愁著臉。

「媽，其實我早就想出去了，我愛熱鬧，這種悶死人了的正經人日子真過不了。」她安慰母親，說的也是真心話，幾年正經人的生活不過是惡夢一場，反不如賣笑來得痛快。

「命比山重，真壓下來誰也逃不了。」母親上月回了一趟蘇州，回來便總重複這句話。

「逃不了的，讓它壓著吧！」她會譏諷的加上一句。

「那時候我說不要來上海，你不聽，不然遇上沈磊……」母親照例惋惜的歎息。

母親在蘇州聽鄰居說起：流浪四海杳無音訊的沈磊突然回鄉，他做了軍中醫生，駐防北方邊境，曾向人打聽金花的下落。「我們悄悄的就走了，誰也說不出去了那裡。」母親由惋惜轉為埋怨，沈磊至今沒娶親，她認為是由於對金花的癡情。「媽媽，沈磊的娘以前不許他娶我，今天更不會許他娶我。」她比母親更能正視現實，沈磊的出現已激不起她的任何幻想。

金花正脫掉桃紅色的長袍，忽然聽得樓下的敲門聲。「會是誰呢？去墳地的人這麼快就回家了？」她納悶著便把雕花木窗掀了個小縫，對著下面問：「是媽媽嗎？」

「是我啊！狀元夫人。」一個男人的聲音。

「你是誰？」

「我是孫少棠，狀元夫人。」孫三帶笑的說。

金花怔了剎那，關上窗，兩手交叉著放在心口上。

了樓。

「砰砰！」敲得更響了一些。

「不要敲了，我開門。」金花抓起件外襖要穿，想想卻又擲下。她小腳邁著快步，一溜煙的下了樓。

孫三穿著絳紫色大團花緞袍，不知噴了多少花露水，一進門帶進一陣香風。金花的裝束使他本能的怔了一怔，但他是見過世面的風月場中老手，腦子及時的便轉了過來。

「狀元夫人這一向好？兩年不見，風韻越發的華貴了。」孫三恭恭敬敬朝金花作了個大揖。

「華貴？」金花看看自己身上的小內襖，調侃的笑了。「你知道我一個人在家？」

「那兒知道啊？這是天可憐我。」聽說金花獨自在家，孫三把臉一涎，齜牙而笑：「狀元夫人摟我那一巴掌，是個好紀念，我到今天還沒忘呢！」

「沒忘！你要怎樣？算帳來啦？」金花斜睨著他，嘴角微微牽著一點笑意，藕荷色小襖子底下的胸口一起一伏的。

「算帳我敢嗎？我只求你別再賞我巴掌——」孫三一句話沒完已把金花摟在懷裡，一邊親嘴一面就解鈕釦，嘴裡嘟囔著：「真要算帳怕你還不起哩！」

「死鬼冤家——」金花用拳頭捶打孫三。

「死鬼，冤家？你還裝相啊？嘻嘻。」孫三的長胳膊一伸把金花抱在空中，三腳兩步的跑上樓，把她丟在衣服堆裡，壓到她心口上問：「說，你要我麼？」

「要，要……」金花躺在一堆紅紅綠綠之間，像個垂死的人般無力的喃喃，雙手緊抱著孫三的腦袋不放。

孫三掙扎著站起，先脫光自己再剝光金花。「你還打我嗎？還裝正經嗎？」他詭笑著。把金花那比他窄了一半的小身體像揉麵糰一樣的揉搓著，大粒的汗珠在他黝黑的額頭上閃動。

「孫三，該死的寃家啊……」金花斷斷續續衰弱的呻吟，依稀身體正在縹縹緲緲的懸空而起，五彩的雲，紅的綠的黃的白的，翻盪沸騰得那麼急，形成一片無垠的雲浪，她在雲浪的漩渦中身不由己的隨勢旋轉。接著，另股力量把她吸進了最深的海底，是啊！她看過海，那麼廣闊無垠找不著邊緣的，掉下去還能掙扎得出？會溺死吧？一定會的，她想自己已掉在大海裡，快被狂浪捲去，被急湍的漩渦吞沒，她相信她必得叫，叫救命。可是她的喉嚨被水堵住了，發不出聲音，這多讓她著急，她真急，急得冒汗，渾身火一般熱。驟的又是一股猛力，把她彈得老高，一直到天上，忽的又落下來，落在地上豈不要摔得粉身碎骨？幸而接住她的是軟綿綿的雲，五色的；紅的綠的黃的白的，霧氣騰騰，千變萬化的雲，咦，到底是怎麼回事呢？又是雲又是海又是天又是地的？她到底在何處？她到底是誰？她的身體在那裡？不是已經被雲捲走海吞沒了嗎？她……金花在一聲尖銳的呼叫聲中清醒過來，看到氣喘吁吁滿臉是汗的孫三在咧嘴，大瓷盆裡的炭火只剩下點點殘紅。「喔，孫三啊！」她緊緊的抱住他的頭，淚珠漣漣。

「你還哭？我才真應該哭呢！」孫三喘得老牛般的說，一邊把涔著鮮血的肩膀扭到金花的面前給她看。「你咬的！」

「別出聲，別動。」金花仔細的看孫三的傷口，用嘴輕輕舔去淌出的血，接著就把那張又黑又大的臉，摟在她柔白的胸脯上。

她依稀的感到，身體起了根本的變化，像結了凍的土地在春風的吹拂中復甦，有種難以形容的柔和、調順、舒暢和溫柔的感覺。活到二十三、四歲，自幼吃賣笑的飯，有過這麼多男人，竟是到今天才懂得男歡女愛的滋味，多麼可笑。她想著真就帶淚笑了。

「看你瘋得起勁不？把簪子都晃掉了。」孫三把他的大腦袋從金花懷裡擡起，舉起那隻光芒四射的頭飾。「這值不少錢吧？是真鑽石的呢！我爹開首飾店出身，我也挺識貨。」

孫三的話驚醒了金花。她像衡量一個從不相識的陌生人那樣注視著他：「洪老爺在柏林花四千馬克給我買的。你不說我倒差點忘了。你拿去的珍珠花呢？還我。」

「虧你！你這麼見過世面的人，那會在乎一隻珠花？我──那一陣子我手頭緊，給當了。」

「當了？」金花一把拿過鑽石花，推開孫三，一骨碌爬起身匆匆穿上衣服：「你快穿戴好，他們快回來了。」她眼皮也不擡的說。孫三一邊扣著鈕子道：「金花，我看咱們結婚得啦！我沒娶過親，你嫁給我可是正宮娘娘啊！」他自覺十分幽默，嘻嘻的笑。

「你二十五、六的人，為什麼還不娶親？」金花正對鏡梳頭，帶點調侃的問。

「我──還不是好玩嗎？添個老婆添累贅──」孫三說了一半便改換口氣道；「也是我太挑挑揀揀，高不成低不就。」

「你太挑揀？我問你，你娶親用什麼來養活？」

「原來你怕我養不起你？」孫三撓撓後腦勺，一個大步衝到金花身旁。「你別看不起人，我在江湖上還有幾個朋友，保保賭檯、護護戲園子，總能混口飯吃。至不濟大不了下海唱戲，我孫少棠大小還算個名票吧！再至不濟，我們老爺子在天津還有個首飾金寶店呢！」見金花一個勁的對著鏡子梳頭，連眼皮也不眨，彷彿沒聽到他說話似的，他便又陪笑的討好道：「我不是恭維你，像你這樣要什麼有什麼的女人，也不稀罕男人養活，你——」

「好了，別嚕囌了，我曉得你要說什——麼！」金花砰的一聲丟下梳子，回過身來微笑的望著孫三。「結婚？我看最好別費事。更何況，我嫁過洪老爺那樣的人，現在又跟你結婚，總不像回事吧？是不是？」

「敢情你——」孫三以為金花在拒絕他，急著要強辯。

「你別急，聽我說完。」金花朝他搖搖手，仍是微笑的。「你呢，人生得魁梧，性子又溫順解事，戲也唱得不錯，生龍活虎的一個大小夥子，我還真挺疼你的。」

「哦？」孫三被金花弄糊塗了，眼珠子瞪得楞沖沖的像兩個大棗子。

「你不是在京裡的時候就想搭訕我嗎？那時候我不敢，今天我自由了。洪家搶去了我的女兒，我的兒子死了，洪老爺的節也輪不了我來守。這些年來吃苦受罪，為的想做個正經人。現在看，正經人也輪不到我的頭上。所以，我想通了，看穿了，趁著青春貌美好好的過幾年。一個風塵女子除了浮在風塵裡，也無處可去。我要重新掛牌了。」

「你要真掛牌的話，別人還有煙抽？那什麼四大金剛也要給比下去了。可是我——」

「你別急呀！我沒忘記你。」金花慢條斯理，好耐性的。「立個門戶，那能沒個當家撐門的人？這個人我就找定了你。」

「我？」孫三終於明白了金花的意思，眨眨眼道：「做這個好差事倒也不算頂有面子，不過，誰叫我們兩個有交情呢？行，我就做這個撐門當家的人。你給我什麼待遇呢？」

「待遇？你聽著：你跟我一天，吃、喝、穿、住就都是我的事，銀子少不了你花的。我買的姑娘你不許碰。我呢，你可以碰……」

23

古老的中國，像一具腐朽的龐大屍體，蛆蟲在滋生，啖食的蒼鷹正圍繞著旋轉，尖銳的眸子一刻也不放鬆的在虎視，想撕下一塊最肥美的標肉享用。

中國的屬地朝鮮對清廷日漸離心，明顯地倒向強鄰日本，李鴻章雖然委曲求全，命令駐朝鮮的袁世凱小心處理，中日戰爭還是無可避免的爆發了。戰爭前夕袁世凱逃回天津，遺職交給唐紹儀。結果是海陸軍全部戰敗；海軍在劉公島全軍覆沒，山海關外若干大城縣失陷。李鴻章因此遭遇到褫奪三眼花翎黃馬褂的處分。但最後還是投降求和，由李鴻章本人出面，簽訂了馬關條約，條約的內容是：承認朝鮮獨立，割臺灣和澎湖群島給日本，賠軍費二萬萬兩白銀，開重慶、沙市、杭州、蘇州為商埠。

戰費和賠款的負擔，沉重的壓在本已貧窮的中國人民的身上，江南的物價激烈波動飛漲，小民們叫苦連天，上海的外國租界卻出現了空前繁榮的景象；新的鴉片煙館、妓院、雜耍場、洋行、戲院，時時在增加。大興里一帶的低級妓女也在增加，花花綠綠的緞襖裹著她們枯瘦的、被病毒侵蝕著的身體，昏暗的屋簷下，一張張淫笑著的臉上，抹得厚厚的脂粉遮不住可怕的死亡色，「來白相白相吧！老相好。」她們彷彿很快樂的叫喚。

乞丐當然也在增加，年老半癱瘓的，年幼剛會跑的，斷腿的，瞎眼的，瑟縮在街角上，向過路者伸出他們骯髒的手，用最卑微的態度，最奉承的語言求取施捨。

頸間結黑領花，頭戴高帽的西方人在馬路旁邊走過，金絲眼鏡夾在高鼻樑上，罩著氈蓋的尖頭皮鞋瓜搭瓜搭的踏著石塊地，每走幾步把手杖揚一揚，那架式好威風。土頭土腦的中國人嚇壞了，瞟起又長又細的眼睛掠了掠，忙把肩膀一縮，脖子一低，倉倉皇皇的溜得不見蹤影，也有那膽子大的，不但不躲，還要笑嘻嘻的跟那洋人打個照面。於是洋人樂了，覺得中國人並不如他所想像的那麼不可親近，「哈囉！」他也笑嘻嘻的。然而他身後跟著的那個中國人卻動怒了，「走開！」他仰著黃黃的臉皮，像對待一隻狗般喝退那跟他長著同樣外表的人。

租界裡便是這樣的一個世界，人們在追尋，在享樂，在麻痺，無知小民為一日三餐而奔走，大人先生為請客歡宴，擺排場換花樣而傷神。如今上海最華貴清雅的請客場所，已是非狀元夫人曹夢蘭的香閨莫屬。

曹夢蘭是金花為掛牌新取的花名。她說做便做，一打定主意重入風塵，便湊了些錢在二馬路的彥豐里，租了間五樓五底的房子，裡裡外外扎扎實實的佈置一番，邀了兩個同輩姊妹；月娟和素娟，自己躲身在幕後，明明暗暗的操起舊業來。

儘管金花安排月娟與素娟打前陣，本人琵琶半遮的半露面，曾為公使夫人的狀元娘子重操賣笑生涯的大新聞，還是震動了整個上海灘。上海和附近縣市的大人先生們奔走相告，情緒沸騰，想一親香澤的人不知有多少？有的舟車勞頓，大老遠的趕來，卻不得一見；金花仗著自己沒掛牌，只在熟客到訪才出來聊幾句，不識者一律迴避。這自然使許多名士貴人感到失望，於是他們便託請有力的人士向金花勸說，求她體恤大家的情意，掛牌應客，給他們瞻仰芳顏的機會。

勸說最切的人是掌管江蘇織造業第一號頭目，出名的大富翁立山。立山對於洪文卿佔有金花這樣的美妾，早就羨慕垂涎了多時，金花重入花花世界，他是第一個登堂入室的，豪富的人出手自是不凡，頭一次見面不過喝了一杯茶，嗑了七、八顆瓜子，就給了一千兩銀子。這等手筆連見過大世面的金花都吃了一驚，孫三吐吐舌頭說：「這個老蒙古是造孽錢多得沒處放了，瞧他多大方。」

「他勸我掛牌呢！說是想認識我的大人物太多，總是謝絕見面，早晚會得罪人，還說，我正式出來，對大家都方便，要請請客擺擺酒也名正言順。」金花的口氣猶疑。

「說得也對，可是——」孫三也拿不定主意；金花正式報捐掛牌財源便會滾滾而至，可是，她也就正式成了大夥兒共有的，這使他不情願，而且，如果在嫖客裡遇到個年輕頂用的小白臉，難保她不會變心。

「我拿不定主意。狠不下心丟洪老爺的死面子。再說，還有德宮呢！她慢慢懂事了，要是知道她母親——」金花不忍說下去，想起德宮她便心如刀割，一切興致盡消。孫三跟她恰恰相反，聽她的矛盾原來是顧及洪家，便冷笑著道：「假如你不肯掛牌是為了洪家，我勸你大可不必。想想看，如果洪老頭子真為你打算，怎會空口無憑的把五萬大銀元交給洪鑾了事？他自己兄弟是那路貨他該知道，說不定他們兩個演雙簧哄你的——」

「你放屁！洪老爺不是那種人，也輪不到你多嘴。」金花臉色一變，喝斷了孫三。孫三癟癟嘴，繼續道：「你別光跟我厲害，有辦法跟洪家厲害去。跟你說真話，你不愛聽，這叫忠言逆耳。你怕丟你女兒的臉，可是你女兒根本不知道有你這個娘，阿陳學給我聽；人家問德宮你姨娘呢？德宮說我姨娘死了。人家再問你想你姨娘嗎？德宮答得更好了：『不想。我跟我媽媽嫂嫂在一起，不想姨娘——』」

「夠了夠了！」金花雙手堵住耳朵，瘋狂的大叫。「你敢再嚼舌，我就趕掉你。」

「好，不嚼就不嚼。這叫忠言逆耳。」孫三帶笑的說。

寫著「曹夢蘭」三個大黑字的紅燈籠終於掛起來了。從此上海灘的花國多了一朵奇葩，達官貴人富商巨賈，來投刺求見一睹芳顏的夜以繼日綿綿不絕，連亭子間和過道上都擠滿了等著求見的人，上海名妓四大金剛，林黛玉，金小寶，陸蘭春等的客人紛紛轉移目標，於是四大金剛連忙合計商量，決定以拉攏來緩和情況。她們與金花拜了乾姊妹，金花顧念姊妹間的義氣，凡是有四大金剛的客人到來便道：「你是我阿姊的客人，還是到那邊去吧！」

立山新發表為總管內務府大臣，立刻要束裝回京上任，江蘇一住十幾年，結識許多朋友，碰巧這幾天李鴻章和盛宣懷之流的幾個當權人物都在上海，他念及做上京官，將來與他們往還的過場必多，此時正是籠絡的好機會，所以這天便在綽號狀元夫人「曹夢蘭」的香閨中大宴賓客。

彥豐里不寬的街道上，靠右手邊停了一排華貴的馬車，已經擠得找不出空間，但還有馬車繼續的來。孫三穿著新緞長袍，時興的坎肩，一條烏亮的大辮子束著指甲大小的珍珠辮梢，頭戴嶄新的青大絨小帽，正在煞有介事的跟車夫們打交道，對著一輛剛停在門口的雙馬大車道：

「我說趕車的師傅，這兒是實在停不下了，勞駕停到隔壁寶豐里去吧！停到二馬路上也成，就是別停在這兒——」

「這是那處來的烏龜王八，擋在這兒管閒事？停不下？停不下也得停，你知道車裡坐的是誰嗎？

說了怕不把你尿也嚇出來。」孫三一句話沒完，那神氣活現的車夫已經開罵。

孫三被罵得一臉是屁，依著性子本要頂他幾句，但轉念一想，金花總在囑咐：客人的另外的一個稱呼就叫「對」，對也是對，不對也是對，沒有論理頂撞的分，吃這行飯，頂重要的是個人緣，何況，聽那車夫的口氣，裡面坐的像是十分顯赫的人物，會是誰呢？立山大人已到，盛宣懷大人也到了，鼎鼎大名的李鴻章大人還沒到呢！哎，可不會是相國大人來了吧？

孫三這麼一想，已是汗流浹背，連忙三腳併做兩步氣急敗壞的跑了進去：「夫人呢？快去報告，相國大人到了。」

「夫人和盛大人、立山大人他們在廳裡說話呢！我去叫！」阿陳說罷匆匆的去了。不到一眨眼的功夫，金花、立山、盛宣懷和一堆有頭有臉的人物全一擁而出。而面孔和身量都瘦瘦長長，望之年近七十，穿著便服的李鴻章，背後跟了個小廝，也閒雲野鶴般的輕輕飄進了門。

「歡迎李大人，能請到大駕光臨，真是我的榮幸。不過還是要謝謝金花，若不是狀元夫人的名氣響亮，請不到大駕也說不定。」立山朝李鴻章深深一揖，滿臉是笑。盛宣懷也笑嘻嘻的接上道：

「你還不快給狀元夫人引見李大人——」盛宣懷話沒說完，金花早邁著蓮步挺身上前，深深的請了個安，乖巧的道：「李伯爺大人光臨，真是使我們這小地方蓬蓽生輝了。小門小戶的，請大人多包涵。」

緊接著一堆大人老爺都上前奉承問候，把個前廳弄得擁擠嘈雜得像城隍廟一般。金花提高嗓子道：「各位大人老爺，這兒不舒服，後面坐吧！」她說罷在前引路，一群人全湧到後面的大客廳。

李鴻章從進了大門，還沒有言笑過，只嗯嗯唔唔的哼了幾聲，兩隻下塌的老眼皮也還沒真正的擡起來過。他的道貌岸然，使本來歡喜言笑的大人老爺們不免有些敗興，連金花也擔上了一份心思，想：要是這位相國大人始終就是這副嘴臉的話，可不掃盡了興，也顯得我太沒本領了吧！她想著便道：「各位大人老爺請入席。承立山大人擡舉，在我這小地方招待貴客，實在太給我面子，使我惶愧難當。無以為報，待會兒我唱段曲子給老爺們聽聽！」

跟著金花的話，是一聲雷動的歡呼。立山笑著道：「這可不對，太偏心了，我認識了你這樣久，你都沒唱一支曲子給我聽過。李大人第一次光臨，你就要亮一手。唉唉，沒話說，還是相國大人面子大。」

「立山大人別說酸話，我曲子唱不好，是獻醜。本來還想藏藏拙的。誰叫你今天請了這許多貴客，要藏也藏不住了。立山大人，給幫幫忙，請大家入席吧！」金花笑得面如芙蓉，一頭珠翠搖搖顫顫，把大人老爺們看得眼花撩亂。她一聲令下，他們就入了座。兩張鋪著雪白底子繡五彩花桌巾的大圓桌子坐得滿滿的，李鴻章坐上首，他的右手是盛宣懷，左手留了個空位子給金花，立山坐在主人位子上。

李鴻章坐定，擡起眼皮靜靜的朝四周打量，看看牆上糊的豆沙色凸花絲絨壁紙，再看看玻璃大櫃和上面的金殼自鳴鐘，天花板上的五彩保險洋燈，和腳下踩著的又厚又軟的天津剪花地毯，心裡不由得暗自喟歎：「瞧這個紅妓女的派頭多大，她用的一些洋玩藝只怕太后老佛爺還沒見過！」誰都知道他夫人監督嚴密，活到這個年紀，進妓院的紀錄不過五、六次，每次都像做賊般的心虛，施展不開。看到立山、盛宣懷他們那樣會調情湊趣風流自賞，他確從心裡羨慕出來。今天到號稱狀元夫人，上海第一名妓的家裡吃花酒，算是開了眼，世上真有這樣美麗靈巧的女人，如果跟她……他想著不自覺的笑了。

「你們看到沒有？李大人笑啦！呵呵，這可不容易啊！還是狀元夫人有辦法。」山立打著哈哈。

這時孫三在外面招呼調度，上菜上酒，烏師大姊們已經捧著樂器在下面伺候。席間有人迫不及待的拍手道：「各位請安靜！狀元夫人要唱曲子啦！」

眾人果然立刻停止了談笑，都把目光集中在金花身上，各個聚精會神，鼓溜溜的眼珠兒半天不眨一下，專注得彷彿在研究國家大事。

金花站定了，半瞇著鳳眼朝上瞟瞟，見那群半老或全老的大人老爺一副色迷迷的模樣，心裡又是好笑又是痛快，心想：你們這群現世報既然要給老娘當孝子，要拿銀子孝敬老娘，我不如成全了你們！

「我就唱段崑腔，驚夢那一折。」金花淺笑盈盈無限嬌媚的。

「那敢情好，你就快唱吧！我們等得都坐不住了，再不唱要造反啦！」立山說，跟著他的話是一聲哄堂大笑。

「那我就獻醜啦，但願別震了大人老爺們的耳朵。」金花又微微的請了個安。然後回頭朝烏師們比了個手勢，一霎時立刻樂聲齊鳴，胡琴咿呀咿呀的拉著，鼓板兒搭搭的敲到節骨眼上，一個半瞎的老烏師吹起洞簫，尖尖的調子像女人的尖嗓子在哭，兩個眉清目秀的姑娘，穿著一式的杭緞褲襖，一個粉紅一個黛綠，懷裡抱著琵琶和月琴，熟練的撥弄著弦子。一段過門奏完，金花微微的清了一下喉嚨，便綻開塗得鮮紅的、肉嘟嘟的小嘴唇，唱了起來：

「原來姹紫嫣紅開遍，似這般都付與斷井頹垣。良辰美景奈何天，賞心樂事誰家院！朝飛暮捲，雲霞翠軒，雨絲風片，煙波畫船，錦屏人忒看的這韶光賤！

「青山啼紅了杜鵑，荼蘼外煙絲醉軟，牡丹雖好，他春歸怎占的光。閒凝眄眄，生生燕語明如翦，嚦嚦鶯歌溜的圓。」

金花穿了一件杏黃底子，黑絲絨攙銀線大花的法國亮緞大襖，下面是同樣質料黑底黃花繡褲，黑絲絨鑲銀邊的小快靴，一雙尖尖的小金蓮站的姿態可夠俏皮，一會兒略略交叉，再會兒輕移漫轉，斜斜的削肩膀，不盈一握的水蛇腰，手裡鬆鬆的捏著一方天藍色的輕紗，越顯得那纖纖十指雪一般白，水葱兒一般嫩。她妙音天成，並不需十分用力，一個個的字便如翠鶯吐珠般，清清脆脆圓圓潤潤的從紅唇裡滑流出。那方天藍色的紗巾在她手裡也變得活靈活現，她忽而掩腮而莞，忽而掩目而悲，忽而花蝴蝶般舞動幾下，輕顰淺笑，萬種風流，看得眾人目瞪口呆出聲不得。

一曲終了，樂聲悠然而止，老爺們仍那麼呆楞楞的坐著，直到金花請過安告過罪，才如夢初醒，呼出一口重氣，把裝著大把銀子的賞封兒，交給伺候局面的老媽子。

「相國大人，你看怎麼樣？」盛宣懷笑著問李鴻章。

「好，好。果然名不虛傳。」李鴻章輕咳了一聲，正了正顏色，臉上的每一個皺紋裡都透著喜氣。立山道：

「名不虛傳，是吧？相國你有所不知，當初洪狀元在德國，上至皇帝下至大臣都拉得上交情，一半要歸功金花。」

金花聽得「哎」的一聲叫了起來，笑著道：「立山大人可別在相國面前出我的醜吧！我當初在德國就是個好玩好動，那裡談到有什麼功？說到洪老爺我更是要羞死，他待我恩重如山，到今天我還在這兒給他丟臉。」

「說起洪文卿，我跟他有些交情的。」李鴻章淺淺的酌了一口酒，老眼盯在金花花一般鮮豔的面孔上。

「我知道：那年洪老爺從歐洲回國，由天津進京不是李大人借的車子嗎？後來洪老爺被參，李大人和盛大人都幫忙給開脫的，我全知道。洪老爺大小事都不瞞我的。」金花淡淡的說。提起洪文卿，她不由得不感慨，那些事，那些人，過去得太久太遠了，久遠得彷彿從來沒有屬於她過！洪老爺——那真正疼愛過她的人，如今在那裡？屍骨已腐爛得不成形了吧？如果他知道她正在陪著他的朋友玩樂，賣笑，會怎麼想？他——

「文卿被參的事，李大人和我都曾給設法開脫。說起來其實是寃枉的，所以事情不算很難辦。否則，呵呵！可就不見得能辦得成。」盛宣懷說。

金花聽了揚揚眉，瞇眼媚媚的一笑：「今天各位貴客大人聚在我這個小地方，是我求也求不來的。為了謝謝貴客的盛情，我還要孝敬一段曲子，這回我唱段『思凡』。人生如夢，對酒當歌，咱們只說樂的，不說不樂的。」

金花說罷又嬌啼婉轉的唱了一段。眾人酒醉飯飽，聽了好幾首曲子，各個滿意，鬧到午夜才盡歡而散。立山興頭兒還沒完，把客人全打發了，便到金花房裡跟她說體己話：「金花你今天可給我幫了大忙，瞧他們那樣子，都是領情的，你是真能幹，今天席辦得夠講究不說，狀元夫人還親自露了一手，可不平凡。明天我叫人送三千兩銀子過來。」

「太多了，三百兩也用不完。立山大人可大方！」金花睨著立山吃吃的笑，把個立山笑得又心思活動了。

「金花，說真的，你別當我說笑話；我是真捨不得你，回京我不定會怎樣想你。」立山斜靠在榻上，金花坐在身邊給他剝橘子，剝完了撕開一瓣餵在他嘴裡。

「新的總管內務府大臣可不定有多少人要爭著巴結！還會想起我們？」金花刁鑽的癟癟嘴，嬌嗔無限。立山道：「你這丫頭嘴是真不饒人。」立山把金花的柳腰朝近摟了摟，道：「金花啊！我老話重提；你就跟了我吧！我給你的金銀珠寶，外加我這個大壯漢，只會比洪文卿多，不會比洪文卿少。你打發班子裡的人，我拿錢出來不就得了。」

金花低垂著頸子一味的沉思，半天不言語，立山道：「你考慮什麼？不信麼？還是又想起了洪狀元？剛才大夥兒提起他，我看你臉色都不對了。老洪在你心裡這樣重要？」

「立山大人，」金花握著立山的手，目光水汪汪的凝在他臉上。「人心都是肉做的，你對我的一片情我知道，就像當初洪老爺對我情深意重我知道一樣。照說，吃我們這口可憐飯的，誰不盼望找個多情多義的好主兒，好歸宿！你立山大人看上我是我的造化，本來是連考慮也不必的。可是——」她頓了頓，隱約的歎口氣：「可是，糟就糟在我把事情看穿了；我們這行，到那個正經人家去都被人看不起。老爺在，過得好像是高枝上的鳳凰，老爺不在了，就像沒家的野狗，讓人亂棍子打出來。出身不行，怎麼好強也是白費力。所以，我早已想開，反正這碗飯已經吃了，何妨索性吃到底？尊貴榮華跟我無緣，遊戲享樂我盡可隨心所欲，我為什麼再把自己綑住呢？我為什麼再自找煩惱呢？立山大人，你總懂得我的意思了吧？我不想做人家啦！」

立山被金花的一席話說得半晌無語，沉默了一會兒道：「對，你說的也有道理，我不勉強你。金花，我愛就愛你這個豪爽的性子。行，你不跟我就不跟吧！咱們就交個真心朋友。金花，雖然我在北京，有事要找我的話你就找，不必客氣。我這就走了，明天一早上船呢！」

孫三見眾人散去，獨那立山靠在金花房裡卿卿我我，早是一肚子的醋火上升，在門外探頭探腦鬼祟祟的盤桓了好一陣，待立山一離去，便立刻一屁股坐進金花屋裡。

「這個老蒙古像醬缸裡的大肥蛆，頂膩煩人，來了就不走，嘖！他又跟你嘀咕點子嘛事？」金花一樣樣的摘下身上頭上的首飾，大聲吆喝下人給打洗臉水，睏倦的連連打了兩個呵欠。對孫三的話彷彿沒聽到。孫三見她不理睬，便繼續道：「聽那李鴻章的名字挺嚇人，見著他才知道不過是個填棺材的材料，就是那個什麼盛大人——」

「快閉住你的嘴。」金花霍地轉過身，沒好氣的。「我告訴過你好幾次了，不許批評我的客人。你看他們不好，你給人家提鞋也不夠料。立山大人你尤其不許批評，我在上海的局面一半是靠他給捧場。你瞧瞧，手筆多大，明兒就要送來白銀三千大兩，衣食父母呢！吃醋撚酸也得先照照鏡子，照照自己配不配？難道我沒有客人你才高興？沒有送錢的你能打扮得這麼珠光寶氣？能坐著雙馬大車到馬路上兜風？我只守著你你能養活我不成？」

「瞧你這神氣，我不過閒話一句，你就把我挖苦成這個德行。我問你，要不是我一片心在你身上，我會吃醋撚酸嗎？我還問你，要是沒有我撐門當家，你這個買賣做得成嗎？人別沒良心，想過河拆橋可不行。」孫三板著大臉站起。

「我沒想過河拆橋，我知道你的心，好三爺，別找麻煩了，我累了。」金花不想跟孫三爭吵，語調轉為和平。孫三見金花氣已消，便上前膩她：「今兒晚上我陪陪你吧！」

「不要不要。」金花不耐煩的推開孫三。「你沒看到嗎？我又說又唱又張羅的忙了一整天，累得筋骨都快散了，現在就想安安靜靜的睡場覺，不需要陪，你就別妄想了。」

「妄想？哼！你不要我我就去找月娟。」孫三威脅的挺起腰。

「你敢！」金花兩隻鳳眼睜得好大，直盯著孫三半天不動。

「這算什麼？你要跟誰就跟誰，我要碰碰家裡現成的都不可以，太不公平了吧？」孫三避過金花的眼光，嘟囔著。

「公平？嘻嘻，」金花輕蔑的笑了。「我陪人睡覺是為了賺錢，我這行道賣的就是這個。你跟人睡覺也能賺錢嗎？」她摸摸孫三的下巴，又拍拍他的臉頰，哄著他道：「別找氣生，讓我好好的休息。你放心，我不會冷落你的。那些老傢伙就是個官大錢多，全是沒用的，那能跟你比？我是真心真意疼你呢！只有你能逗我開心。別吵了，也去睡吧！」她說著踮起腳尖，在孫三的嘴唇上響響的親了一下。孫三被金花又辣又甜的擺弄了一陣，終於滿臉不情願的走了。

金花連忙反鎖上門。但她並沒上床去睡覺，卻意興闌珊的歪在楊妃榻上發呆。她有些怪罪那些人，不該提起洪文卿，冠她一個「狀元夫人」的綽號已是很過分了，為什麼還要在這種場合提他的名字？她覺得大人老爺們的心好狠。

立山回京了，他貴為內務府大臣，可一點也不忘記在上海的金花，逢便人到上海，不是託帶些北方的土產食物，便是帶些綢緞首飾，有次帶來一對質地精純綠得透水的翡翠花瓶，愛得金花不忍釋手，睹物思人，倒真懷念起立山來。

立山每帶一次東西，孫三就借題跟金花吵鬧一次，有次居然動了武，他甩了金花一巴掌，金花把一隻茶杯擲在他腦門上，砸得他鼓起饅頭大的一個大青包。

「這可好了，居然動手打我了。你管我，你配麼？」金花狠狠的啐了一口。「你給我滾！」她指著大門。

「滾？哼哼！」孫三摸著腦門上的包，齜牙咧嘴。「迎鬼容易送鬼難。叫我進這個門就別想把我請出去！不信你試試看，白刀子進紅刀子出，我情願賠上一條命，認了。」他說著摸摸靴子統裡的小尖刀，不懷好意的瞟瞟金花。

金花知道孫三結識了幾個黑道上的朋友，都是開賭場、開煙館販賣人口的。自己雖是紅得發紫的妓女，認識的多半是文弱書生闊家公子，如果有流氓癟三來搗亂，還真非仰仗孫三不可。要是跟他鬧翻，別說他那柄刀子，就算他不殺她，找幾個流氓來同她找找麻煩也是承受不住，何況他不見得不會殺她，同居幾年，她早摸透了他的性格，了解他是說得出做得出的。

她想著便放軟了口氣：「寃家，我是那世欠了你的？明明讓你氣得心窩子發疼可還捨不下你。你想我會真的叫你走麼？你走了我到那兒找這麼知心的人去？咱們老夫老妻的，要過一輩子呢！別人全是送錢的瘟生，你犯上吃那個洋醋嗎？」

「其實是犯不上的。可是你看我腦門上的大包。」

「是你先動手的，不然我不會用茶杯砸你。」

「算我錯，我給你賠罪。」孫三已把金花按在床上，剝她的衣服。金花吃吃的笑，只有在這一刻她才感到孫三的可愛。「你放心，立山對我怎麼好我也不會跟他的。我那會那麼笨，去自投羅網？我就要過現在這樣子的日子，有你，有孝子賢孫送錢，要玩要吃要穿隨我自己的意，多自在！請我做娘娘我還不情願呢！」她摟著孫三的脖子，緊緊的，像一隻貪婪的吸血蟲。

24

金花今天起得比往常早，正在臥房裡喝蓮子紅棗燕窩湯，老媽子阿陳神色詭祕的進來道：「夫人，前面有客。」

「真有早起的鳥，什麼時辰啊？就來找熱鬧？」

「夫人，不是平常客人，是陸老爺。」

「陸潤庠？」金花放下湯匙，想了想，輕蔑的笑了。「陸潤庠天天講禮義廉恥，難道也想嫖嫖老把兄的下堂妾？這麼早來，許是怕遇到熟人。」

「也許為別的事。他拉著長面孔，背後還跟了兩個聽差，我看那樣子不像來玩的。」

「哦？我出去看看。」金花到前廳，果然陸潤庠板著臉，背著手，直挺挺的站在廳中間，背後一左一右站著兩個家人。「真是稀客，幾年不見了，陸老爺你好。請坐啊！」

「不必坐。我今天來是有事跟你說，立刻就走的。用不著張羅。」陸潤庠嚴肅的說，還是直挺挺的站著不動。

金花感到陸潤庠的敵意和冷漠，便知他此行定有緣故。「陸大人有什麼事只管說。」她不在乎的笑笑，心裡已有戒備。

「姨娘，我問你，洪老爺在世時對你如何？」陸潤庠冷冷的問。

「陸老爺怎麼到今天還問我這句話呢？洪老爺待我恩重如山，寵得我像公主娘娘，只差沒把天上的月亮摘下來給我，這是親戚朋友都知道，都服不下氣的。難道陸老爺反而不知道？大清早起就來問我這件事？」金花的表情也不熱絡。

「既是洪老爺對你這樣好，你就該感恩圖報，就算不願待在蘇州娘家，也不該再做這個行道，丟他的臉。」陸潤庠吐字硬如鋼鐵，儼然在審犯人。

「我不做這個行道做什麼行道？我十二歲入班子，當年到船上吃花酒的客人裡也有陸老爺哪！貴人可真容易忘事，難道陸老爺忘了嗎？」金花冷冷的沉著粉臉，譏諷的挑著眼梢兒，字字說到節骨眼上。「我掛牌報捐，大人老爺們多個玩玩鬧鬧的去處，大夥兒高興著呢！要是沒人捧場我就回蘇州娘家老鼠似的躲著去了，可是捧場人太多，欲罷不能。」

「你先聽我說，姨娘，你是出過洋見過世面的人，總也懂得些道理的，你在上海沒天沒地的招搖也就罷了，居然號稱狀元夫人，這算什麼呢？是故意開死人的玩笑？還是開我們這些考場出身的人的玩笑？狀元是皇上欽賜的科名，也好亂用？太過分了吧？」陸潤庠見金花對他的威嚴毫不理睬，舌劍唇槍的頂撞，知道動硬的未必有效果，便放軟了態度，對她以理相勸。

「喲！說了半天原來是為狀元這個嚇壞人的好名兒啊！陸老爺，我怎麼沒天沒地也不至於自稱狀元夫人。這件事你得去問你們那些大人老爺。這個好名兒是他們叫起來的。依我看，要不是怕犯衝撞，他們叫我聲娘娘也說不定，叫得越高越響，對他們才越擡舉。」

陸潤庠被金花的話氣得直皺眉。看她軟硬都不吃，也懶得再敷衍，咳嗽了一聲道：「姨娘，我不是來跟你說閒話的，是來談事情的。洪家的人託我來跟你辦交涉，叫你偃旗息鼓，別再吃這碗飯，說是好歹大家在一起處過幾年，做事總要為大家想想。否則也對不起洪老爺的在天之靈。姨娘，我看你好好跟個人，安安靜靜的過下半生才是正經。」

金花噗哧一聲笑得吃吃的。「跟誰呀？陸老爺不是給我做媒來了吧？」陸潤庠說起洪家，正觸到她的恨處和痛處。

「我跟洪老爺的帳，由我自己到陰間跟他算去，不勞陸老爺費心。洪家的那些人嗎？我跟他們沒關係，我做妓女賣我自己，又不賣他們，丟不著他們的臉，就算真丟了他們的臉，也跟我不相干，誰讓——」

「這叫什麼話？姨娘，別忘了你還有個女兒在洪家。你做事要有點分寸。」陸潤庠怒聲打斷了金花的話。

「我的女兒認為我死了，根本不知道她有個娘在世上。你們這種名門大戶的官宦人家，就這樣昧著良心欺侮人，吞了老爺給我的生活費，搶去我親生的孩子，現在倒反過來叫我給你們留面子，瞧瞧看，道理全在你們手裡了。我告訴你陸老爺，身體是我的，我願意怎麼賣就怎麼賣，愛賣給誰就賣給誰，別說洪家的人和你陸老爺，就是玉皇大帝也管不了我。」金花挺了挺背脊，像隻發威的小母獅子。

「姨娘——」

「請你別叫我姨娘，我早不是洪家的姨娘了，陸老爺沒看到燈籠上的大字嗎？現在我的花名叫曹夢蘭。」

「無恥之尤，簡直不知羞恥為何物。」陸潤庠被激怒得忍無可忍，聲色俱厲的鄙夷的道：「你胡鬧得也太不像話了，連洪老爺的老朋友也拉得下臉接待，真虧得你！對於寡廉鮮恥的人也許自覺滿風光，害得那樣多無辜的人羞得擡不起頭做人——」

「誰是那無辜的人？洪家的夫人少奶奶嗎？還是你陸大人？假如你們因為我而羞得擡不起頭做人，我也幫不上忙。陸大老爺是狀元才子，怎麼一下子糊塗了？跟青樓裡的女人還談廉恥哦？你應該跟你們那些大人老爺談去，叫他們都別來答理我曹夢蘭就得了嘛？」金花說著欻的一聲抽出腋下的紗巾抹抹嘴，白眼向上瞟著陸潤庠，氣得陸潤庠指著她道：「我告訴你，你這樣不知好歹——」

「你不要告訴我。你要嫖我就拿銀子來，不然就請走。」

「你——」陸潤庠簡直不能相信自己的耳朵，怔怔的怒視了金花半晌道：「好吧！給你敬酒你不吃，你可不要後悔。走，我們走。」他朝兩個聽差一揮手，便氣呼呼的邁著方步往外走。

陸潤庠前腳跨出門，孫三就一撩袍角，從楠木鑲翡翠的屏風後面大半截黑塔似的閃出來。「什麼玩意？狀元，呸，我他媽的才瞧不起。嘿嘿，他倒管起我們來了，依著我的性子，嘖，跟他拚了——」

「你別嚕嚇好不好？吵得我心煩。」金花懊惱的打斷了孫三的話，一手撐腮靠在太師椅裡，抹得紅紅白白的俊臉，繃緊得像一隻灌滿怨氣，隨時會爆炸的風球。

「我又沒惹你，幹麼拿我出氣——」孫三仍在嘰嘰咕咕。金花既不聽孫三的話也不看他，只一味的直著眼光思索。「好極了，看到底誰厲害！」她忽然拍了下桌子大聲說。把正在嘟囔的孫三驚了一跳。「你抽冷子來這麼一下子算那門兒？瞧把我嚇的！」

「喂，三兒，過幾天我帶你痛快的玩玩去。」

「這又是怎麼啦？風一陣雨一陣的？剛才還氣得跟什麼似的，這會子又笑嘻嘻的了。你帶我去那兒玩？」

「隨便那兒都去玩，要玩遍上海灘。你看著吧！準有意思。」金花有成竹在胸，又是意氣飛揚春風滿面。孫三不懂金花心裡的計畫，不過聽說要去痛快的玩，便知又可借機會提出些要求。「要是到講排場的地方，我就得添幾件穿戴，舊的穿出去丟你的臉面。」

「你有大半櫃子的衣服都還沒上過身，現又要新的！好啦！別急別急，這次我準給你做新的，不單新，還要別致，漂亮，洋氣。哈哈！叫上海佬開開眼。」金花笑得花枝亂抖，像個頑童。孫三從沒見過她這樣子，都看傻了。

金花到大馬路的洋行裡買了幾匹外國緞料，從箱底翻出在歐洲製的白貂皮帽子和披風，找了兩個手藝精湛的裁縫，命他們按照她設計的式樣，給她和孫三各做幾套歐洲風味的中國衣服。半個月不到新裝完工，金花和孫三便對鏡穿著打扮。

金花上身是窄腰高領小緞襖，下面一條蓬蓬鬆鬆的大裙，肩上一襲短及臀部的白貂披風，頭上一頂西伯利亞式的白貂小帽，帽統上別著一朵鮮紅的絲絨芍藥花。孫三是高加索式的半截大襖，緞面鑲狐皮寬邊，腰上一條寬皮帶，腳上是尖頭嶄亮的洋式皮靴，腦袋上一頂狐皮大帽子。

「我的老天，打扮成這副德行，恐怕狗都要追著咬啦！」孫三對著鏡子欣賞自己，又是好笑又是得意。

「你不是喜歡新奇嗎？這回叫你新個夠。也連帶著給洪家和陸潤庠那群有面子的人，再爭多點面子。」金花瞅著穿衣鏡裡的洋裝美人，一臉促狹的笑容。

金花把她的雙馬大車也裝飾了；車身上了新漆，烏黑油亮，敞篷座上鋪著血紅色的光面緞墊子，兩旁一邊一盞全新金骨玻璃罩的氣死風洋油燈。兩匹棕毛大馬也穿了新裝，頭上高高翹起一綹大紅纓，腰上搭著黑底綉花彩披。連車夫也給從頭到腳打扮過。

「我們這麼招搖好麼？太惹眼了吧！」孫三猶疑的。

「我就是要惹眼，就是要招搖。你怕什麼？看你白長半截塔似的大個子，其實是個膽小鬼。我叫你幹麼你就幹麼，最好少囉嗦。」金花沉著臉。孫三只好坐上馬車。

馬蹄鐵踏出悅耳的節奏，車子亮麗華貴得像宮廷的鑾輿，車上的兩個年輕男女奇裝異服，男的高大魁梧，女的豔光四射，逼得人不敢正視。路人驚奇得停住了正在前進的步子，路旁商店裡的顧客伙計奔出來觀望，眾人交頭接耳嘁嘁喳喳，都在研究車上的人是誰？這時有那見過金花的就說了：「是花國魁首狀元夫人曹夢蘭啊！」，「原來是狀元夫人？果然名不虛傳。可是她旁邊那個扮得洋鬼子似的男人是誰！」，「還用問？一定是她養的小白臉！嘻嘻，據說狀元夫人洋水喝多了，作風大膽，要學武則天呢！」，「不錯，那個男的是她養的面首，一個唱戲的。」一個生得眉目清秀的店伙計說。他的話引起周圍人大大的注意。

「哦？一個唱戲的？妓女姘戲子是天下最齷齪的事，我以為狀元夫人是見過世面的聰明人呢？想不到她的行為如此的不檢點。她混到今天這個局面也不容易，應該知道愛惜才對，怎麼可以這樣胡鬧！」說這話的人看上去頗有幾分文墨，像似大商號的帳房先生。

「人往高處爬，水往低處流。她是在往低處流呢，一個養面首的賤女人，那個有身分的老爺還會睬她。」一個生了一對色眼的中年人，嗤之以鼻的說。

金花和孫三併肩坐在敞篷車上，旁若無人顧盼神飛的只管蕩馬路，路人的竊竊議論雖聽不見卻也猜出了幾分。但她滿不在乎，陸潤庠代表洪家的人來干涉她的生活，不僅激起她憤恨，也再一次的提醒她，她永遠不是一個真正的人，她的行動永遠要受人管束，她永遠要在別人的賤視和踐踏下討日子。這使她不由得想起了蘇菲亞說過的話：「你的生命屬於你自己。」她終於悟出這句話的涵義了。

「我的生命屬於我自己。我願意做什麼就做什麼！他們的面子跟我何干？」金花對孫三說。孫三不懂何謂「生命屬於自己」？只知道玩得痛快。上海市的每個熱鬧場合都有他們的足跡，戲院、賭場、雜耍場、番菜館，處處看得見這一男一女兩個金碧輝煌的人。金花本來的目的是要報復，不料這麼撒開來一玩，竟發現上海的娛樂場所是這等的新奇有趣，她和孫三常常是看了髦兒戲又去看鬥蟋蟀，再去番菜館吃消夜，盡興的尋歡作樂。幾年來的積蓄半年內揮霍掉一半。孫三對錢財的事從不放在心上，金花卻為此大起恐慌。「再玩下去可不得了，還是賺錢要緊。」她說，可是當她摩拳擦掌，預備拿出渾身解數振門戶賺大錢時，發現昔日的老客人上門的減少了。這還不算，由陸潤庠鼓動的江蘇士紳，居然聯名發佈檄文，指名道姓的說她傷風敗俗寡廉鮮恥，淫賤汙穢，有損世道人心，非得迫她停止賤業，離開上海灘不可。

金花沒料到洪家和陸潤庠會以這種手段對待她，感到丟盡面子聲名掃地，而營業更受到不利的影響，有身分有地位的客人全躲得沒了蹤影。「陸潤庠這幫大人老爺忒奇怪，放著那麼多國家大事他們不管，倒山搖地動的來對付我，把我當成死敵。」金花氣悶的說，一邊思索著對策。她決定親身去找上海道、總督，和江蘇的巡撫趙舒翹，他們都是她的熟客人，在她身上花過大錢，對她的姿容儀態表示過激賞，口口聲聲的稱她為狀元夫人，讚她是女中英傑，風塵中的奇花異卉，並曾叫她有任何困難都要不見外的去找他們，「能給狀元夫人辦事是求之不得的。」其中一個說過這句話。其中另一個動過心思，想討她做妾。有過這樣的交情，她估計是可以去求他們幫忙，制止那些跟她做對的人，繼續出檄文的。

金花打扮得華貴素淨，輕車簡從的去登門拜訪幾位大人，出乎意外的，沒有一處肯見她，不是說大人不在府內，就是直說大人不欲見客。金花失望而歸，檄文一篇連著一篇的出來，他們指她為妖孽，罵她下流淫蕩，帶壞了社會風氣。以致她走在街上背後就有人指點謾罵，稱她是髒水、賤貨、千人壓萬人騎的爛婊子。金花看出事態的嚴重，知道上海灘已無立足之地，乃考慮換碼頭。幾個月之前立山還託人帶話來，要她到北京去開班子，說是新班開張的一應開支由他想辦法，並且要給她介紹朋友，「北京的老爺們久聞你的大名，望眼欲穿，你來到京都重地，局面一定比上海強。」立山這兩句話此刻很是打動她的心。因為書寓的業務鼎盛，她的豔名震動整個上海灘，翻手為雲覆手為雨，大人老爺全溫順得像跟在她金蓮後面的哈叭狗，當時她並沒認真的去分析立山的建議。現在眼看上海沒法住下去，北京自然就是最理想的新碼頭，有立山那樣有財勢的人給撐腰，還有什麼可猶疑的？於是她決定去北方。但是孫三這時也表示意見了：「上海這地方我住不慣，早就想回北方的。可是我不贊成去北京，要去天津。」他口氣堅決。

「北京我有熟人，天津我認識誰？」

「認識我呀！」孫三拍拍胸脯。「我們姓孫的世世代代天津人，我老爺子是當地叫得響的人物。天津是我們的家，你回家是少奶奶。放著少奶奶你不當，到北京混那門子！」

「哼！少奶奶？」金花重複著這三個字。覺得做一個經營首飾店家庭的少奶奶，對她並不是很大的榮耀，不過，少奶奶這個頭銜對她倒是具有絕對的吸引力；少奶奶的意思就是少爺的正妻，對她這種身分的人來說，正妻的地位是燒香拜佛，把頭磕出血來也求不到的。瞧洪家那少奶奶多神氣，老是挺著腰桿子繃著面孔，擺足主人的架子。她的心思被孫三說得活動了：「到你們孫家當少奶奶，難道你們家能養活我？不用我掛牌賺錢？」

「聽你這個瞧不起人的勁兒！我老爺子的首飾店是天津頂大的店面我家房地產遍地。你要擺王母娘娘的排場是不成，過平常人家的日子夠你豐衣足食。」

金花摘了「曹夢蘭」的牌子，給阿祥在蘇州開了間窗格店，娶了個憨厚的鄉下姑娘為妻，把母親交給他們奉養。一切安頓妥，就同孫三乘輪北上。

到達天津，等在碼頭上的幾個男女，笑嘻嘻的趕上來叫孫三和金花「三弟」、「弟妹」。金花見他們穿著不稱身的過時綢緞袍褂，形銷骨立一臉煙容，便有三分瞧不起，但他們的口氣和態度是那麼親切和善，一口一聲「弟妹」，叫得她彷彿立時脫胎換骨變成了黃花閨女出身的少奶奶。因而她能忍耐他們的庸俗猥陋，也親親熱熱的叫哥哥嫂嫂。

金花和兩個嫂子坐一輛驢車。

「弟妹，你不知道公公婆婆多疼你，老盼著你回家。」，「弟妹呀！你真是個有福氣的人，瞧三弟多疼你呀！那副捧著護著的勁兒。」，「可不是，我就不知道三弟是這麼有情有義的人，他對前頭那個弟妹——」

「前頭有個弟妹嗎？」金花吃驚的打斷了兩個嫂子的談話。

「瞧瞧，大嫂你說話好不清楚。弟妹，你別擔心，以前那個去年頭上故去了。你現在是堂堂正正的三少奶奶。」二嫂瞪了大嫂一眼，討好的對金花擠著眼笑。

金花這才知道受了孫三的騙，想發作，又覺得丟面子，只好裝得若無其事。「什麼病故去的？他們夫妻不合嗎？」

「別提了，三弟對他媳婦可厲害，性子上來舉起唱戲的馬鞭子就往身上抽，打得三弟妹癱在屋角裡不敢出來，有次要吞金——」

「大嫂的嘴像輛破車，該不該的都要嘮叨。弟妹，一句話，你命好，三弟對你有情有義。以前那個癆病胚子——」

妯娌三個說說講講的，車子已在一個破大門前停住。

兩個嫂子擁著金花下了車。金花朝四周掃掃；庭院房子舊了些，可還都算得寬敞，看樣子孫家確曾有過興旺的日子。但這時她最想做的事是抓住孫三的辮子，問他為什麼要欺騙她說不曾娶過親？正在金花用目光搜索孫三時，一舉頭，看到正房的大炕上坐著一個面貌奇特的老人。那老人鬚髮皆白，一隻眼睛上蒙著黑眼罩。另隻眼睛大若銅鈴，睜得圓溜溜的半天不眨一下。他兩頰下凹，右邊臉上三寸長的一條刀疤。身上穿著蘿蔔絲老羊皮袍，翻出的皮毛已經髒得變成黃褐色。他腿上蓋了一床大棉被，見金花進來，便用那隻圓溜溜的獨眼盯著她。

「快給公公婆婆磕頭吧！」大嫂說著，二嫂已遞過一張跪墊。

金花跪在地上，百感交集；想當年進洪家的門，是給老爺和夫人磕頭，如今，竟是以兒媳婦的身分拜見公婆大人，雖說孫家不配跟洪家相提並論，好歹她的名分是大大的不同了。這個頭她是情願磕的。但是婆婆在那裡呢？既是拜見公婆，為何只見公公不見婆婆？

「喔……」金花正在狐疑的想著，忽然聽到一個奇怪的聲音從炕的另一端發出來。這時她才注意到，在一堆亂七八糟的棉被中，探出一張枯瘦蒼灰的老女人臉，她的兩個眼眶凹成了兩個黑鬱鬱的洞，嘴巴癟得像下陷的坑。她的兩隻爪子般又細又硬的手，正顫顫巍巍的從被裡伸出，要去拿起面前的鴉片煙槍。「喔……嗨……這個不錯……那個死癆病鬼……嗨……不好。總偷我煙抽……喔……」她哼哼嘰嘰的，終於拿到了煙槍，對著煙槍笑得露出一排殘缺不全的黃牙。像一具死去多時的骷髏。

金花強忍住幾乎脫口而出的驚叫。她震駭極了，不是因為怕，而是因為奇；像孫三父母這樣奇怪的老人，和這樣奇怪的家庭，完全超出了她的想像之外。只進門這一刻功夫，她便看得清清楚楚；幾桿煙槍抽垮了這個家，看樣子從老到少個個都是鴉片鬼，怪不得連空氣裡都飄著濃香濃香的鴉片氣味……。

「快給公公婆婆磕頭吧！」二嫂的尖嗓子震醒了正在發楞的金花。「媳婦叩見公公婆婆。」金花一邊念叨著叩了三個頭。

「你起來吧！」公公的獨眼仍在盯著金花。「要混事業也應該在自己家門口，有照應。在天津，你要做什麼只管去做，是咱們的天下，凡事有我呢！」他人雖瘦，說話卻聲若洪鐘。

「爹、娘，對這三媳婦可中意？」孫三不知什麼時候進來的，一臉得色中有撒嬌邀功的味道。

「嗨……行。這個媳婦不錯……長得眉是眉眼是眼……」伏在棉被底下的骷髏拔出嘴裡的煙槍，哼嘰著說。

金花便在孫家住了下來。

從她到的那天，一家人便討論著她掛牌營業的事，有的說應該先搭別人的班子，看看情形再做道理，有的說不如就直接掛牌，吃自己的飯比吃別人的飯更實惠。熱心的程度超過金花本人。金花心裡有數，故意問孫三：

「你不是說我回家儘管當少奶奶，不用出去混了嗎？」

「我爹娘看你人才太出眾，悶在家裡太可惜。」

「依你說，誰家娶了標致的兒媳婦，都該叫她賣去？」

「話也不是那麼說。」孫三曖昧的笑笑。「你本來是幹這行的嘛！再說你過得了我們家的日子嗎？」

金花冷眼瞟著孫三，心裡就在想：跟這些人怎麼能住在一個屋簷下呢！從早到晚被鴉片鬼圍著，讓鴉片煙燻著，來了不到十天已經給偷掉兩樣首飾，繼續住下去還得了？何況孫三說的也對，本來是幹這一行的嘛！「我倒也想出去，不過預備先搭別人的班子，看看情形再作道理。」她的打算是騎馬找馬，情形不好的話便到北京去找立山。

「那好辦，全天津的樂戶班子我全熟，憑我一句話，你要搭誰的班子都成。」

「你全熟？虧得你有臉說，原來你年紀輕輕的什麼正事都不做，盡忙著逛窰子了。」

「聽聽，說不上三句話又挖苦我。」孫三擺了個戲臺上的姿態，得意的挑起眉毛。「你是新來乍到，什麼事還不知道呢！你出去多走幾趟就會明白，整個天津衛，凡是吃這行飯的，不把咱們老爺子孝順好，他想做買賣成嗎？現在老爺子是老了，我兩個哥哥又沒出息，什麼也不做，就抽大煙。你當我回來幹麼來啦？我是重振孫家的聲威，接老爺子的衣缽來啦！」他把「衣缽」兩個字說得清晰又高昂。

於是，金花又捧起了她的老飯碗，先搭高小妹的班子，做一名普通的姑娘，花名賽金花。當津京一帶的花花公子，高官巨賈，知道賽金花就是滬上名妓，別號狀元夫人的曹夢蘭時，高小妹的班子便每日人潮洶湧。金花見自己的號召力在北方也這樣大，賺錢這樣容易，加上孫三一家人在旁不停的慫恿，乃決定自挑門戶。

金花命孫三到上海去接月娟、素娟和老僕人阿陳。孫三喜匆匆的去了，用金花的銀子在上海天高皇帝遠的狠狠玩了一個月，才帶著月娟、素娟回天津。阿陳不願再回到妓院為傭，推說年老不便遠行，借題回絕了。

新班子叫金花班，坐落在江岔胡同。賽金花的豔幟像渤海的怒潮，席捲了整個北地風流，內務府大臣立山，巡撫大人德曉峯，朝廷重臣富商巨賈，像鬧春的貓兒一般，躑躑躅躅的往返在京津道上。金花煙視媚行，甜如蜜糖的笑容後藏著嘲弄的冷眼，靜靜的遠觀這群愚蠢的男人煞有介事的打轉轉，爭著把金銀珠寶古玩名畫獻到自己手裡。

孫三一家人樂開了，金花是他們的活金庫，吃飯穿衣買煙土全有了著落，孫三果然繼承了他老頭子的衣缽，成了天津的大混混。他每日打扮得齊頭淨臉，穿綢披緞，一手提著鳥籠一手撩著袍角，煙館酒樓妓院，忙忙活活的到處串，手下的一群小混混尊稱他一聲「三爺」。三爺的威名在天津是無人不知的。孫三很是為此洋洋自得，常常文不對題的叨咕著兩句漢高祖的詩：「大風起兮雲飛揚，威加海內兮歸故鄉。」照他的解釋是：人要威風就得歸故鄉。他覺得歸故鄉這一著真是做對了。

25

車道直得像天梯，長長遠遠的伸到無盡遠方。道旁的大槐樹已生出嫩綠色的新葉，陣陣隨風噴出初春的幽香。

凹凸不平的路面顛簸得車身搖籃般動盪，繡錦簾帘是掀開著的。金花盤腿坐在厚實的棉褥子上，穩固得比得一尊泥人，只那兩隻眼睛東觀觀西望望的烏溜溜的轉。

離開六、七年了，北京一點也沒有變，天空還是那麼明爽剔透，藍汪汪的。城門牌樓也還是那麼多，沒添一個沒少一個，也看不出新舊。穿綢戴緞的王公大人乘著華車駟馬呼嘯而過，乞丐們蜷縮在高牆下，向行人伸出他們枯瘦骯髒的手。一切沒變，只是她變了。

在洪府做姨奶奶的日子不好過，但好歹算是有個自己的窩。洪老爺疼她愛她護著她，女兒德宮是她的心上肉、命根子，她的一舉一動都要合乎官家內眷的身分，坐車簾子要放下，看街看人看景只能從縫裡朝外望。

如今可不同了，老爺已死，女兒被搶走，自己重落風塵，燈紅酒綠生張熟魏送往迎來，過的就是這麼個日子，用不著裝賢德貞烈，坐車也用不著放簾子，賣笑的女人可以光明正大的睜著眼睛看她想看的，大宅院裡的夫人奶奶偏就不能，她們只能躲在後院的天井裡看天看地，跟妯娌鬥小心眼，跟姨太太爭寵，受男人的冷落和閒氣，而她，賽金花，今天是不必受這些的，她受男人玩弄，她也玩弄男人，用身體和甜言蜜語去騙取他們的財勢，哄得他們像一群入了迷魂陣的呆癡，爭著孝敬她取悅她。今天的金花可不是靠人吃飯，逆來順受的小可憐了，她養了一群人，這些人要看她的臉色吃飯，要聽她的支使，她叫他們往東他們便不敢往西……想到這兒金花傲然的牽牽嘴角笑了，感到一種說不明的解恨似的快意。

金花進京，是為了給立山的母親拜壽，同時為立山升官道賀。

立山新近升任戶部尚書，又逢老太太七十整壽，有意大事慶祝，前後數個大廳，全部描金油漆粉刷過，除了府裡的廚師外，東來順，全聚德，沙鍋居幾個老字號的名廚都給找來了。從正日的前六，七天就開始唱堂會，擺壽席，王爺貝子，各門各部的滿漢大臣、尚書、侍郎、堂官、新舊屬員，每日輪流宴請，吃喝聽戲，天天鬧到午夜。

金花到京，立山吩咐管事的派騾車到馬家堡車站迎接。依立山的意思，想安排金花住在府裡，金花覺得自己雖是妓女，在這許多賀客和立山家人之前，也要保持顏面。便婉謝了。她先乘車到李鐵拐胡同的鴻升客店，更衣梳洗安頓妥，才珠搖翠顫的到立山府上。

立山見到金花，笑得眉飛色舞的直說不敢當。金花道：「立山大人不敢當誰敢當？別說客氣話啦！帶我去見見老祖宗和夫人吧！」

到了內廳，金花見一個慈眉善目身穿青色團花緞袍的老太太，盤腿坐在暖炕上，就知是立山的母親。「給老太太賀壽！祝老太太福如東海壽比南山……」金花念叨了一長串吉祥話，雙膝往軟墊上一跪，恭恭敬敬的磕了三個頭。

「真也有這麼俊的人！你過來讓我看看。」老太太上上下下的打量了金花一會，點點頭道：「瞧，生得眉眼多齊整，是個美人胎子，怪不得這些大人老爺讓你哄得團團轉。」

老太太的話把一旁陪著的立山夫人，和兩個姨奶奶都逗笑了。金花和她們一一見過禮，才拿出一個小小的畫軸，交到老太太手上。「老祖宗的大日子，我簡直想不出該孝敬點什麼？府上金山銀山，樣樣好東西都有，送什麼也不稀罕，所以我就厚著臉皮獻醜啦！」

「喲！你還會畫畫兒！」老太太打開畫軸，跟立山夫人和兩個姨奶奶一同欣賞那幅水墨蘭草。

「老太太可別見笑，我本來畫得也不好，幾年荒廢下來更不成樣子。一番孝心罷了。」

「行，我看畫得挺好。」老太太笑嘻嘻的，彷彿很欣賞。

「前頭好些客人要招呼，你去見見吧！」立山對金花說。

立山帶著金花去到前院，邊走邊道：「你還會畫兩筆，怎麼我不知道呢！」

「別說了。獻醜！」

「獻什麼醜？連太后老佛爺也親筆畫了幅畫送我們老太太呢，畫了三隻大壽桃。」

「太后老佛爺還會畫畫？在那兒？我想看看。」

「掛在前頭壽堂裡，你一會就看到。」他們正走過一排房子，立山打開一扇門，向金花招招手：「來，我讓你看點東西。」金花倚在門口探探頭，只見偌大的一間屋子，堆滿了壽屏、壽軸、壽幛、壽對，金玉和珊瑚瑪瑙的擺飾。看得她眼花撩亂，連連讚歎。「這不都是賀禮？怎麼不擺出來？」

「擺出來？」立山笑著搖搖頭。「擺不過來呀！你到前頭看看就知道，沒地方擺啦！」立山再笑笑，放低了聲音。「王爺貝勒軍機大臣送的，沒地方擺也得擺。這裡堆著的，大半是各省督撫之流的外官送的。反正他們人不來，擺不擺他們也不知道。

「聽聽看，你們這些官場的大老爺！」金花瞟了眼立山。振了振精神，跟他走進前面的大廳。

臺上正唱著戲，是金秀山的「草橋關」。臺前的幾十張八仙桌坐著滿滿的人，身穿同一式壽緞褲襖的僕傭們穿梭在其間忙著上酒菜。金花一進門便引起了全廳的注意，正在聽戲的也不聽了，喝酒的也不喝了，都把眼花凝聚在她身上，「這不是狀元夫人賽金花嗎？」有人喊喊喳喳。立山把金花帶到正面的一張桌子前，壓低了聲音道：「王爺，看我把什麼人給找來啦！金花，來認識認識，這是莊親王，這是慶親王，這位是端王爺，這位是瀾公爺。你給敬杯酒吧！」

金花含笑著向幾個男人一一請過安，拿起酒壺道：「不敢打擾王爺貝子們聽戲，先給敬杯酒，待會兒再陪您說話兒。」

金花酌酒的當兒，十多對色迷迷的眼睛就像蒼蠅黏在血上那樣的死死的黏著她。從臉蛋溜到緞襖下微微隆起的胸，再溜到捧著酒壺的雪白的纖手上。立山為人最是圓滑知趣，對金花道：「我叫添張椅子，你就這兒坐了吧！」

草橋關唱完，鑼鼓點子急風密雨之中，楊小樓的「長板坡」上場，接著是「能仁寺」，金花覺得那個唱旦角的很眼熟，看了一會才恍然大悟，原來是素芬，那時素芬被徐承煜一幫人逼得在京裡待不下去，到外埠去跑碼頭，為他的事把洪老爺也牽連在內，遭到小人報復。事隔七、八年，他又明目張膽的在北京唱戲，想必是一切難題都解開了。金花想著不免感觸，而素芬也同時認出了她，用眼神跟她打個招呼，下了場子不一會就過來了。素芬先給王爺大人一一的請安，謝過他們的賞封兒，再告過罪討了隻凳子在金花旁邊坐下。「洪老爺過世的時候我正在南方，也沒能祭拜他老人家的靈。這事我想起來心裡就彆扭。」素芬說。

「別去想。過去的事反正過去了。我給洪老爺披麻戴孝，扶著靈柩回籍，到頭來還本是這個下場。凡事別多想，過得痛快才算數。」金花注意的看看素芬，見他雖是三十多歲的年紀，仍是唇紅齒白的璧人一般，說話也還是細聲細氣的，便忍不住問：「現在還有人找你麻煩嗎？什麼時候回京的？」

「回來兩年了，就唱戲，別的閒事不問。」素芬露出編貝似的小牙笑了。「我已經過了那個歲數，再說，有立山大人這樣的老爺照顧，情況好得多。」

「我倒不知道你跟立山大人這麼近。」

「立山大人對我們梨園行，只要叫個角兒，全照顧，出手又慷慨大方，真了不起。」金花聽素芬極口讚美立山，不由得想起洪文卿跟她說的，素芬念念不忘他的老相好方仁啟的事：「你還記得方老爺嗎？」「那會不記得，我在南方時候，還去常熟拜望過他呢！」「哦？」金花越發的感到有趣，素芬卻告過罪匆匆走了。譚叫天的「打漁殺家」已經下場，最後一齣是「賈志誠」，所謂的「賈志誠」其實就是「大嫖院」，內容無非是妓院裡的打情罵俏調侃逗笑，不需真正功夫，跟前面幾齣戲全不相同。立山別出心裁，把北京城裡的紅相姑一網召來，要他們扮演窰姊兒。那些相姑個個生得婀娜多姿，抹上胭脂花粉穿上女人衣裝，簡直豔麗得讓人喘不過氣，比女人還像女人，做著讓男人想入非非的媚態。

這時大廳裡可真熱鬧起來了，平日道貌岸然的王爺大人們樂得忘了身在何處？喝采的，怪叫的，說葷話的，猛喝酒的，腿亂顫屁股坐不穩的，醜模怪樣的全現了形。

「你的班子在那兒？我怎麼不知道你來京？」慶親王問。金花把原委說了一些。莊親王道：「你這樣的名望、人才，怎麼躲在天津呢？你要是在北京，我們也多個去處。」正好這時立山到別桌招呼回來，端王爺一個指頭指著他道：「立山大人，這是你的不對了，怎麼不把狀元夫人接到北京來，把她藏在天津呢？」立山笑道：「這可賴不著我，我早就叫她來京的，她偏撇不開天津那碼頭。金花，聽到沒有？王爺都開口了，說不許你回天津，我看你就留在這兒吧！」

金花見幾位王爺貝勒對她如此迷戀，再想想孫家一大家人怎樣的吃她喝她，把她當成搖錢樹，便很同意似的淺笑著：「其實我倒願意來北京，不過搬個家也不容易——」

「有什麼不容易？這事包在我身上，我找人替你辦。反正不管怎麼說，你這次可是不許回天津。」立山拍拍胸脯。

立山說辦就辦，壽慶節目一完，就託人帶金花看房子。這人名叫盧玉舫，生得修長身材，劍眉朗目手神秀逸，是北京城裡有數的名公子、游俠兒，上至王侯公卿下至凡夫娼優，無人不識，無事辦不通的場面上的人物。他對金花的豔名早有所聞。如今見了面更覺得她談吐不俗，尤其欣賞她那副落落大方的爽朗勁兒。立山便起鬨道：「你跟金花這樣子投緣投契，不如兩人拜了把子吧！」

「立山大人專挑笑話說，我那兒配跟盧大人拜把子，別折損我們！」金花欲笑還休，腮上圓圓的小酒窩蕩蕩漾漾。

「金花不必謙虛，我是爽快人，告訴你實在的；你別看我交遊廣辦法多，其實說穿了什麼也不是，一輩子沒進過考場，祖先留下的產業給散了一大半，自以為任俠行義，真格的是個浪子，登不得廟堂的。你也不要客氣。咱們一見如故，談得攏，換個帖就是好兄弟。」

金花聽盧玉舫說得誠懇，便不再推辭。立山吩咐下面擺上香案，金花和盧玉舫換過盟單，對著關帝像叩了三個頭，盧玉舫長幾歲算是大哥，金花是二弟，立山做東擺了兩桌席，從此金花多變的名字又加了個新的：賽二爺。

賽二爺一面找房子買家具準備掛牌，另一面差人到蘇州去迎接老母來奉養，決心在京華重地試試她的魅力。

金花在北京西城口袋底的班子仍叫金花班。金花班從開業那天起，王公大人們就在家裡坐不安穩，火燒屁股般成靠結隊往這兒跑，打茶圍，擺花酒，結識新交交涉事情，商談時政大計，彷彿不到金花班就辦不了，或就算辦得了也辦得不夠好似的。因此有人說笑話：「朝裡商討大事的地方是軍機處，朝外商量大事的地方是賽二爺的金花班。」

亮晃晃的大騾車，爺們騎的大駿馬，堵得胡同裡一片亂糟糟，成了堆貨棧。有的王爺不願去跟著擠，便召金花到王府裡去應酬陪客。賽金花的赫赫豔名像正午的大太陽，照得北京城熱烘烘的。

金花本心性靈敏，見過世面，連像俾斯麥那樣頂尖兒的政治人物也交談過，現在常聽這些貴客們談古論今，不知不覺中又增加了見聞和知識，某人正派某人鄙劣能看得清楚，吃這行飯多年，她雖生來心直口快，卻也練得世故圓熟，當大人老爺談論事情的時候，該開口該沉默總做得恰到好處。

最近被談得最多的話題是皇上在六月十一日，下「明定國是」詔，宣布維新變法後的一些情況。這天莊親王載勛在府裡大宴賓客，由立山叫條子把金花召了去。酒過三巡，王公大人們不禁飄飄然的有了些醉意，嘴管不住舌頭的議論起朝政來。

「我說句冒犯的話，咱們萬歲爺做的事，我是越來越不懂。怎麼把禮部尚書懷塔布、許應騤幾個撤了職，第二天忽然把什麼譚嗣同、楊銳，幾個白丁賞了四品卿的頭銜？充做軍機處章京，說這四個人是什麼康有為、梁啟超之流的新黨，隨便通報一聲就跟皇上關起門來商量事，軍機大臣連聽一聽的分都沒有。我倒想問：這是那一朝的規矩？這樣下去還得了嗎？」說這話的是高齡七十九歲的理學大家，北京最出名的惡少，刑部左侍郎徐承煜的父親，體仁閣大學士徐桐。

徐桐蒼老的聲音，彷彿暮鼓晨鐘般驚醒了在座的王公大臣，有的搖頭有的嗟歎，也有人面色凝重的沉思。立山聳聳肩膀道：「皇上這樣做必是有太后老佛爺的支持。這是他們母子間的事情，咱們做大臣的不必多管。」

「立山大人是公認的風流教主，終日流連在花叢間還怕時間不夠，那有閒心管朝廷裡的事。依我說，皇上受奸人的包圍，眼看大清江山就要不保。身為家族親王的不單不能不說話，吃俸祿的朝廷大臣也不能不管。」說話的人聲音高亢，擺出一臉凜然的正氣，是端王載漪的親弟弟載瀾。他瘦小個兒，光光的一張酷似太監的面孔上，浮著不懷好意的嘲弄的笑容。

立山知道載瀾故意找他麻煩，出他的醜，但礙於他是王爺親弟，封號輔國公，勢大力強，犯不上得罪，便不再開口。這時端王載漪冷笑了兩聲道：

「你們也用不著瞎擔心，孫猴子功夫再高強也逃不出如來佛的手掌兒。太后老佛爺可是個明白人，凡事會有安排，嘿嘿！」他的長相跟他弟弟相反，紅通通的豬肚子臉，膀大腰粗，要不是靠那身王爺穿戴，人人會以為他是做屠宰營生的。

「王爺的話有道理，老佛爺心裡有面明鏡，凡事不會沒安排。」幾個滿漢大臣笑嘻嘻的奉承。

金花在一旁幫著斟酒布菜，偶爾低聲的說兩句俏皮話，心裡可就在想：「瞧這位端王爺的人才吧！除了命好，真也沒別的話好說。他福晉是太后老佛爺的親姪女，還有風聲說他兒子溥儁要被立為大阿哥，誰敢不奉承？唉！人哪，就是個命。」

一場大宴吃到午夜，散席之後金花隨著立山的車一同離去。立山自我解嘲的歎了口氣道：「你聽到嗎？載瀾那個王八蛋故意找我的碴呢！我真不容易忍住這口氣。」

金花半天不做聲，過了好一會才語重心長的道：「你要是自己不說呢，我也不好多嘴，說了好像我吃醋似的。你跟碧柔姑娘那麼親近，犯了瀾公爺的大忌。聽說瀾公爺在碧柔姑娘的身上已經花了上萬兩的銀子，還有人說要討她回去做側福晉呢！半路殺出你這程咬金來，怎不叫他恨？」

「原來你知道這麼詳細？呵呵！」

「我知道得比這還詳細。你跟碧柔姑娘到六國飯店過夜，出來跟瀾公爺碰個正著。我也知道。」金花說著嘻嘻的笑。

「你知道，就不瞞你，我看你也不是撚酸吃醋的小心眼。金花，說了你也許不信，我對碧柔就是個放不下——」

「想討她？」

「有這個意思，可是不容易，想她心思的人太多，裡頭有載瀾之流的大腦袋。她那個管家媽也不是東西。」

「原來如此！如果你早跟我說，我早就想法子幫忙玉成了。」金花頓了頓，輕拍了兩下立山的手。「你應該懂得我們之間的交情，早就不是客人跟姑娘的關係了。我不知道立山大人對我怎麼想？我可是把立山大人當成推心置腹的老朋友，大恩人的。你這樣疼碧柔姑娘，我高興還來不及，巴不得成全你們，那會撚酸？再說，幹我們這一行，輪得到吃醋嗎？那是夫人奶奶們的事。」

立山被金花說得倒有些難為情，自顧自的乾笑了兩聲。

「這麼看，倒是我這個大男子漢小心眼了。金花，你就真給使使勁幫幫忙吧！」

「使勁？幫忙？說得好容易！到現在我還不知道那碧柔是高是矮是胖是瘦哪？」金花故意拿喬的提高聲音。

「原來你還沒見過她？真想不到。怎麼形容呢？她跟你不一樣。」

「她當然比我年輕標致多了，是不是？」

「不是，比你年輕有之，她才十八歲，標致嗎？她是比不了。你像一朵玉堂富貴的大牡丹，她呀，就像一枝不沾煙火的白玉蘭。嗳，這樣吧！明兒個我介紹她跟你認識。」

金花和立山一路說著講著，就談到了剛才徐桐和端王載漪幾個批評皇上的話，金花道：「依我看，皇上有決心維新是好事情，我在外國那幾年，譬如說在德國，多少也見識到一點他們宮裡的情況。人家可跟咱們不一樣，像德國皇帝威廉第二多神氣呀！可是他也得凡事先替德國著想，後替他自己著想。而且他也得聽信大臣拿主意，並不因為他是皇帝就天生的萬事通，要幹麼就幹麼，威廉第二倒也有個母后，她可是什麼也不管——」

「咦，你今天是怎麼啦？」立山一隻手蒙往了金花的嘴。「居然議論起朝廷的大事。」金花拂掉立山的手，噗哧一聲笑了。「我有什麼資格議論朝廷大事？我在想，皇上既然有心變新政，不過就是想學西洋朝廷那樣子，對咱們大清朝是有好沒壞的，大夥兒該給他幫忙，怎麼倒扯腿呢？那時候洪老爺叩見過幾次皇上，回來形容說皇上英明著呢！我想他要做的事總不會錯吧？」

「不然，這裡面內情複雜得很，不是你能了解的。我也不能跟你多說。不過，我看不久就會有大麻煩出來——」

立山話說到一半，便被馬車夫敲簾子的聲音打斷：「大人，回府嗎？還是先送賽二爺回去？」立山思索了一下道：「都不用。去六國飯店吧！」

「你也不問問我願意不願意？就叫去六國飯店？」金花撒嬌的往立山身上靠。「我知道你願意的。你願意，對不對？」立山重重的親了金花一下。把她摟在懷裡不放。

「唉！去六國飯店比較妥當。孫三那傢伙不然又——」

「又什麼？他還想干涉你？也是你不好，為什麼把他弄到北京來？你來北京就該跟他一刀兩斷。」

「你們這些大人老爺說話可真便當。」金花兩手勾住立山的脖頸，聲音懶洋洋的。「幹我這一行，能沒個撐門撐戶的人嗎？再說，我跟孫三也這麼多年了，一日夫妻百日恩，我還算是他們孫家的少奶奶呢！說到這裡也許你會好笑，可是像我們這種人，外面看著錦天繡地，裡面還不是就是這麼個見不得人的日子！」

金花和立山在六國飯店住了一宿，第二天睡到近午才起身，吃過西式早餐，便各自歸去，約好明天晚上在金花班擺席面，把碧柔叫來相識。

金花關照廚房做了一桌精緻的蘇州菜，立山請了他的幾個老朋友，德曉峯、盧玉舫、端方、江標、聯元等六、七個人，加上碧柔。

金花確是第一次見到碧柔，心想，一個十八歲的姑娘就有這樣大的名氣，迷得大人老爺們明爭暗鬥窩裡反，能耐真也算不小了，必有過人之處吧！她想著便把碧柔仔細的看了個夠。

碧柔身材高䠷、皮膚潔白淨亮，右邊唇角上一顆黃豆粒大的黑痣，最傳神的地方是眼睛，黑眼珠漆黑，白眼珠泛藍，清得像深潭裡的水，泛著溫柔的光輝。她淡妝素抹，上身一件月白色鑲繡花邊的短襖，下面是同色質的長裙，一個圓圓的小髮髻梳在腦後，真是個冰雪為神玉為骨的人。金花笑著讚歎：「怪不得大人老爺們迷成這個樣子，連我看了也動心！要不是親眼看到，誰能相信風塵裡會有這樣的人才？憑著碧柔妹妹這個神采，怕李香君、董小宛見了也要退避三舍。」

「金花姊姊太過獎了。姊姊狀元夫人的大名才是讓我如雷貫耳，見了面更覺得風韻不凡，果然是個經過大世面的美人。」碧柔挽著金花笑殷殷的。立山看得有趣，連連的點頭讚許。「好啦！你們兩位大美人也不用再客氣，既是惺惺相惜，不如就拜個乾姊妹，以後遇事也好打打商量拿拿主意。」

跟著立山的話，別的人也跟著起鬨，盧玉舫拍手笑道：「快拜快拜，二弟認了碧柔姑娘做妹妹，在下我也就成了碧柔姑娘天然的乾哥哥！立山老兄的這個主意好哇！」大夥兒先還沒回味過來這句話，待回味過來便笑做一團，德曉峯道：「碧柔姑娘想認金花做乾姊姊，可沒想認盧老大做乾哥哥。盧老大白撿了這門乾親戚，非乾了他乾妹妹敬的三杯酒不可。」金花立刻笑得花搖柳顫擋著道：「三杯太多了，一杯吧！」有人又道：「瞧瞧，多體貼，當乾哥哥的滋味多好！」

於是金花和碧柔就在眾人的起鬨中結了金蘭。金花送碧柔一枚鑲鑽紅寶戒指做信物，碧柔解下頸上的金鍊翡翠墜子贈給乾姊。一場戲演得有聲有色，到場的老爺們個個心滿意足，尤其是立山，他是信得過金花的，她做了碧柔的乾姊姊，那碧柔還有不向著自己的嗎？他載瀾是王族又怎樣？徐承煜給巴結拉皮條又怎樣？不過白費力氣罷了。立山心裡得意，朝金花和碧柔道：「你們結乾姊妹是我拉攏的，我總得表示點什麼？那天去挑樣好首飾，叫帳單送到我府裡來。」

「碧柔妹妹，你瞧立山大人想得多周到，那天得閒，咱們一塊去逛大柵欄，到首飾鋪瞧瞧去。」金花湊趣的說，把場面支撐得熱熱鬧鬧。心裡卻是深深感觸的，由碧柔的年輕她看清了歲月在自己身上輾過的痕迹，轉眼就是三十歲的人了，仍在風塵裡打滾，還有多少年可混呢？年輕多麼的好！想想在碧柔那個年紀，不也是嬌嫩得水做的一般？那時候有華爾德那樣的人把她當成玉女來愛，今天誰還會對她產生這樣的感情？看著碧柔那張帶點稚氣的傻臉，金花竟然有些像遺失了什麼似的悵惘。

26

金花和碧柔原約好在九月二十一日那天，一同去挑首飾。想不到人還沒出大門就給擋了駕。

「你們還想出去？免了吧！一街都是兵。聽說紫禁城都被包圍了。」孫三一手提著鳥籠一手撩著袍角，氣急敗壞的從外面進來，黑裡透紅的大臉上現出慌張。

「紫禁城被包圍！」金花吃驚的輕呼一聲，便不再議論。這些日子從立山、端方幾個朝廷高官那裡，聽來的有關皇上改新政，太后反對，守舊大臣和王族親屬的趁機挑撥，造成母子失和等等情形，她聽得不少，能夠想像得出發生了什麼事？這使她不免義憤，而且為皇上擔了份心思。

「外面謠言多的是，說太后要把皇上下監。」孫三又說。

「真的？」金花失望已極的。她想起那時候洪老爺上朝歸來總對她形容，說皇上是個愛國愛民的好皇上。用新人行政有什麼罪過？為什麼連他的母后也容不得？這樣子的一個國家怎會有希望？怪不得洋人都瞧不起，都來欺侮呢！「唉！但願老天保佑！」她長長的歎了一口氣。

事情終於明朗了。原來皇上因為太后阻擾施行新政，聽信康有為的建議，要借重袁世凱的兵力包圍頤和園，迫使太后退位。誰知袁世凱竟到太后的第一親信，直隸總督榮祿跟前告密，出賣了皇上。

如今皇上被囚禁於四面環水的瀛臺，他所寵愛的珍妃被打入冷宮「三所」。康有為、梁啟超逃走了，譚嗣同、劉光第、林旭、楊銳、楊深秀，和康有為的弟弟康廣仁被逮捕在監。一切維新的法令全部廢止。整個北京城處處在搜捕維新黨，連金花的班子也來人搜查過，弄得滿城風雨人心惶惶，彷彿隨時會有大禍臨頭，平日常到班子裡尋歡做樂吃花酒的大人老爺，突的一下子全沒了影兒。姑娘們閒來無事，聚在一處繡鞋面、打骨牌，早起早睡，悶得好無聊賴。這天金花一大早起來就約了碧柔一同去逛街散心。

金花和碧柔先到花市去買了幾盆花，又抄近路到大柵欄，各選了一樣名貴首飾，剪了幾段衣料，再叫車子沿著順治門大街往前走。到了菜市口附近，車子忽然被前面的人潮擋住。金花朝外面望望，只見萬頭聳動，一片低喊的嗟歎議論聲，便不解的問車夫：「什麼事這麼多人看熱鬧？」

「殺維新派。六個維新派要砍頭。」一個站在車旁邊的路人，不待車夫開口便氣沖沖的搶著回答。

「維新派！是譚嗣同、劉光第他們麼？」金花吃驚的問。

「正是他們——」那人一句話沒完，只聽碧柔叫道：「哎喲！快回去吧！我不敢看！」金花倒還鎮靜，卻也說不想看這種熱鬧。車夫折騰了好一會，那匹大青騾竟是一步也動彈不得，前後左右擠的全是人。金花苦笑著道：「你別再費勁，反正這熱鬧不看也不成了。」

說話之間，嘈雜的人聲驟然靜謐下來，轟隆隆的車輪聲由遠而近，像天上掉下的悶雷般，重濁的敲著人們的心扉和耳鼓，聽著那麼悲傷悽慘。

一隊七零八落無精打采的兵士，押著六輛囚車走近了。為首的一輛裡坐個三十來歲的白面書生，他一路上高聲談論，面含微笑，似乎一點也不懼怕。群眾中有人說：「他就是譚嗣同，別吵啊！聽他說些什麼？」大家果然不再吵叫，漸漸安靜下來。

囚車正從金花的面前經過，只聽那譚嗣同道：「翻遍中國外國歷史，黑暗的時代裡沒有不發生政變的，政變沒有不流血的。我很驕傲這次流血由我開始，朋友們，不要難過……」車子過去了，譚嗣同還在激昂慷慨的說。金花心中熱血沸騰的嘶喊：「天哪！這幾個鐵錚錚的漢子真要被砍頭麼？老天，你好不慈悲！」

行刑開始了，第一個就是譚嗣同。他體格頎長，穿了一襲玄青色的外褂，頭戴烏絨暖帽，兩手被反綑在背後。幾個兵勇在後面和左右擁著，彷彿怕他拔腳逃跑。譚嗣同一點也沒有惶恐的顏色，翹首闊步面含笑容的走到刑臺上。執行的官員驗明正身，命兵士摘去他的帽子，等在一旁的一臉殺氣的劊子手，已經舉起了亮晃晃的大刀，準備動手了。

看熱鬧的人屏住了呼吸，擁擠的廣場上靜得連一根針掉在地上也聽得見，午前的太陽柔和的照著大地，劊子手握著的大刀在陽光下閃著刺眼的寒光。這時金花聽到譚嗣同大聲叫道：「有心殺賊，無力回天，死得其所，快哉快哉！」他接著面向群眾微微一彎腰，笑道：「朋友們，再見了，國事也要靠你們。」說完就跪下身去，把頭伏在斬臺上。監刑的宮員又嘀咕了幾句話，劊子手已高高的舉起大刀，一聲鼓響，大刀霍地剁了下去，眾人尖銳的驚呼一聲，一顆血淋淋的人頭已經落地。

「啊——」半天沒出大氣的碧柔，木樁般的倒在金花懷裡。

「碧柔，你醒醒——」金花原已一腔難忍的悲憤，見碧柔頹然暈倒，益愈發激起滿心翻江倒海的亂潮。「碧柔，你醒醒啊！」她用力的搖晃著碧柔，輕輕拍她的臉頰。

碧柔終於在金花和車夫的擺弄下甦醒了，醒了就不住的低泣：「我怕，我怕，我好怕啊……」

「誰不怕呢？你當別人把砍頭殺人就不當回事麼？碧柔，我告訴你，吃咱們這行飯的，不作興這麼弱不禁風。」

「我知道，可是我真害怕……」碧柔仍含淚喃喃。

直到斬刑完畢，六個人頭一溜排開掛在大街盡頭，立在煤灰堆上的一個丈許寬，三尺多高，荊條編成的矮籬上，群眾才在靜默中漸漸散去。

金花先把碧柔送回，分手時碧柔道：「金花姊姊，找個時候咱們聊聊，我有話要跟你說。」金花道：「真巧，我也有話要跟你說呢！」過了幾天，碧柔來找金花，見面就道：「姊姊有什麼話要對我說？你先說了我再說。」

「碧柔，立山大人和瀾公爺為你都快動刀了。兩個人都想討你，可不知道你中意那個？」金花調侃的抿嘴笑，沒料到碧柔把雪白的脖子一揚，傲氣的道：「我誰也不中意。」

「誰也不中意？你不知道立山家財有多少嗎？雖說歲數大了一些——」

「姊姊誤會了我的意思。我不是說立山大人不夠闊。全北京的人誰不知道立山家裡金山銀山，也不是挑他歲數大。瀾公爺更不要提，雖然歲數不大，人是真討厭。」

「瞧你把這些王公大人糟蹋的？」金花佯怒的搖搖頭。

「姊姊可別以為我不知進退，生我的氣。」碧柔垂著頭思索了一會，紅著臉道：「老實說吧！我心裡有人。」

金花正捧了一杯茶在喝，驚得差點把杯子掉在地上。「你心裡有什麼人？」她有點不信任的望著碧柔。

「一個年輕的念書人，也是個很新派的。我總擔心他，所以見那六個維新派被處死，我真嚇死了。」

「哦？你怎麼會認識這樣的人？」金花真的不安了。

「半年前，他跟一群朋友來打茶圍，我……我們一見就好了。趁著我當家媽沒發現，我就叫他少來，他現在已經很少來了。」碧柔娓娓的說，臉蛋紅得像塗了胭脂般。

「你不是說，你們已經不見面了嗎？」

「面是見的。很少，總在外面。」

「既然他跟你這樣知心，必是要討你嘍！」

「他娶過親，太太過門一年就死了。他是反對納妾的，他說要正式娶我。」碧柔的語氣是堅信不移的。

「哦？有這種事？」金花仍是半信半疑。「他家裡同意嗎？」

「他父親早故，母親前兩年也故去了，只還有幾房叔叔，他們對他母子一向很欺侮，所以他的事也不必他們同意。」

「哦，真有這種新派人？」金花砰的一聲把碗放在桌子上。「他既是有這樣大的決心，為啥只說不做呢？」

「不是只說不做，是做不了。一是他行蹤不定，還沒法子安置我，二是我的贖身銀子要二萬兩，他怎麼也拿不出。」

「二萬兩?你當家媽那老鴇子的胃口可真高!你既是跟他好,幹麼不把私房錢拿出來,跟了他去?」

「姊姊說笑話了。我那有什麼私房錢?我的私房錢全叫我舅舅拿去做了賭本。自從我十五歲那年舅舅把我賣到窰子裡,就沒有一個月不來要錢。幾樣值錢的首飾全在我當家媽手裡。」碧柔說著眼圈又紅了。「想我爹是個教書先生,我娘把我當命根子,他們在地下要知道我是這麼個下場,怕不傷心得眼睛也要哭瞎。」

「唉!聽聽看,這就是北京城裡數一數二的紅姑娘的身世!」金花氣得幾乎想罵碧柔幾句,但轉念一想。一個十八歲的孩子能有多少辦法?自己這個歲數的階段不也正在洪家受氣?「好吧!下禮拜我在玫瑰番菜館請你們兩個吃飯,把你的心上人帶給我看看。」金花沉重的長長歎息一聲。

「姊姊肯給拿主意敢情好。」碧柔又有了笑意。

金花和碧柔到玫瑰番菜館的時候,一個文質彬彬的年輕人已經等在雅座裡。碧柔紅著臉與他會心的一笑。「這是唐光賢,這就是我姊姊,大名鼎鼎的狀元夫人賽二爺。」

「別瞎吹了,點菜吧!」金花大模大樣的坐定,點過菜,才仔細的打量唐光賢。他確是屬於文弱書生的一型,個頭不大,面孔白皙,令人不得不另眼看待的是那一臉神采。金花開門見山的道:「我這種人,本來是沒資格跟唐先生攀交情的,不過碧柔是我的小妹妹,她要寄託終身的人我總得見見,給拿拿主意。唐先生,你是怎麼個計畫?」

「目前我在北京還有些事要做。待事了結，就打算回南。我的計畫是把碧柔帶走，困難的是——」

「困難的是湊不出那筆贖身銀子？對吧？」金花接上話。

「是的，別說二萬兩，就是二百兩我拿出來也難。」唐光賢說著不在乎的笑笑。「買賣人口根本就是封建行為，依我說管他什麼贖身銀子，跟我走就得了，碧柔不肯，她怕。」

「碧柔是對的。那樣子走掉，她當家媽那會罷休，告到公堂事情就鬧大了。小不忍則亂大謀。忍一忍，別急，讓我來想想可有什麼辦法？困難的可不光是她當家媽那一關呢！」

說話間酒菜已端上，炸豬排烤洋山芋、羅宋湯和拌生菜。碧柔和唐光賢都是第一次吃西餐，兩人皆不會用刀叉，切得豬排在盤子裡打滑，這便更增加了他們的新奇感，嘻嘻的直笑。看他們那種純情的樣子，金花不禁憶起了華爾德，和他在一起的時光雖是那麼短促，卻足以令她懷念一輩子，她明白得很，今生今世，是再也不會有人那麼愛她了。對於碧柔和唐光賢她是從心底羨慕起，決心幫助他們。

譚嗣同等六個人死後，慈禧太后又把給皇上謀策獻略的張蔭桓發配新疆，原已告老還鄉的翁同龢老夫子革去原銜，交地方官吏嚴加管束，另外徐致靖、陳寶箴、李端棻等監禁的監禁，充軍的充軍。在野方面則大事搜捕革命黨，風聲鶴唳草木皆兵，喧騰了好一陣子，鬧得驚天動地的戊戌政變終算平息。

慈禧太后原本寵信榮祿，經過戊戌政變，更認為他是第一忠臣，特命他為軍機大臣兼管北洋各軍。裕祿為直隸總督，許應騤為閩浙總督，袁世凱因為告密有功，升為山東巡撫，對於傾太后的守舊大臣來說，是雨過天青，大獲全勝，叛逆反賊差點兒一網打盡。

叛逆既平，北京官場裡的王公大人，恢復了他們多彩多姿的享樂生活，口袋底一帶的妓院生意興隆，金花班的門口和以前一樣的車水馬龍，堵得連過路也難，立山和盧玉舫是第一批光臨的。金花見了立山就打趣：「立山大人把我們忘了，兩三個月照面都不打一個。」

「事情鬧得那麼大，老太后心情不好，誰敢出來尋樂。」

「我看到砍頭，哎喲，嚇死了。其實他們都是文質彬彬的讀書人，秀才造反三年不成，何必大開殺戒？過火。」

「你可別把這些『秀才』看得太簡單。就說那個叫譚嗣同的湖南人，在他家鄉很有一些死黨，最積極的一個叫唐才常，一個叫沈藎，姓唐的抓住殺了，姓沈的逃亡到日本去了。唉！也確是過火，連審也沒有審，太后御筆一批六個人的腦袋就掉地。說起來這金鑾椅上的母子兩個也確是都夠硬。」

「都夠硬？不是說皇上凡事都得聽太后的嗎？」

「不盡然，有的事他聽，有的事就說什麼也不聽。要是他能順著太后的意，跟皇后把感情弄順，母子倆也不致像現在這樣勢同水火，就算有什麼齟齬，皇后仗著一邊是親姑姑，一邊是丈夫，在中間也好給轉圜調和。他可好，心裡眼裡就一個珍主兒，對皇后冷若冰霜，激得姑姪兩個聯成一氣吃酸醋，關係越變越糟。就拿這次維新變法的事來說，皇上硬得賽過石頭，誰說什麼也不成，一個勁的往前衝著要維新，他老師翁同龢勸他慢慢腳步，沒想到學生一變臉把老師趕了，叫他『告老還鄉』。其實他是太欠考慮，要是翁老夫子一直在他身邊的話，也許不會走到這步田地。」

「皇上跟他老師那麼親，怎麼會狠心趕掉他呢？我聽洪老爺說『皇上小時候愛坐在翁老夫子的腿上念書，常常念睏了就睡在老師懷裡，老師還得抱他上床。』」

「是啊！問題是他一心要維新，誰擋路他就趕誰，別說翁老夫子，連太后老佛爺那麼威嚴的人他也敢下手。裡頭的人跟我描述，說是那天皇上聽到老太后往紫禁城方向來，前面有榮祿的大兵開道，立刻知道事情不妙，趕緊派親信去通知康有為梁啟超，叫他們火速離開北京。他自己倒很鎮靜，只是口口聲聲的咒罵袁世凱，說袁壞他大事，將來非給教訓不可。待太后前呼後擁，浩浩蕩蕩的進了宮，他也唯有硬著頭皮迎出來。呵，他們形容太后——」

「太后發了大雷霆。」金花聽得緊張，忍不住插嘴。

「雷霆自然是發了，不然會人頭落地？他們說從來沒見過太后這副神氣，說她怒沖沖的進了門，太陽穴上的青筋亂蹦，兩隻眼睛像兩道霹靂光，又威又亮又冷，直凜凜的盯著皇上不說話。皇上見太后不開口，只好明知故問：『皇爸爸怎麼不在園子裡享清靜，突然進宮啦？』那老太后聽了差不多直啐到他臉上，咬牙切齒的罵：『我應該在園子裡等你派大兵來殺才對，是不是？你這個沒良心的東西，我瞎了眼才會挑上你！』她把皇上罵了個狗血淋頭，旁邊的人都嚇壞了，有個小太監嚇出了驚風症。不過也有那大膽的，譬如說珍主兒。」立山說得口渴，金花連忙倒了一杯新沏的雨前龍井茶遞到他手上，一邊道：「聽說珍主兒知書識字，人也生得齊全，嘴又會說。」

「糟就糟在她太會說，膽又大，跟太后也敢你來我往的頂撞，這次她又說話了，說皇上施新政是為了救大清江山，結果話沒說完就挨太后兩個耳刮子，說皇上是被她這個狐狸精給勾引壞的，跟著就把她打進三所。她這叫禍從口出，要是收斂一點也許還不致下冷宮。總之，這母、子、媳三個人是碰到一塊兒啦！誰也不服誰。據說太后說過這麼一句話：『誰要是讓我不痛快，我就叫他一輩子也痛快不了』。依我看，這法還要鬥下去的。」立山連喝了幾口茶，長歎了一口氣，金花幽幽的冷笑道：

「依我看也沒什麼可鬥的了，皇上妃子都進了牢，維新派的大臣殺的殺散的散，天下不又回到太后的手裡。」

「是啊！眼前就是這個局面，太后旁邊那群守舊大臣最可惡，總在煽風點火，現在正吵著要廢立呢！叫得頂響的就是載漪載瀾兄弟。」

「廢立？堂堂的皇上怎麼可以廢立？一定是端王爺和瀾公爺有私心！」金花白嫩的臉上泛起一層激動的紅暈，兩條眉毛高高挑起，正在給立山剝蘇州酥糖的手也停了。

「他們沒有私心誰有私心？載漪早把他老婆和兒子送到宮裡侍奉太后了。要是他兒子坐上大龍椅他不就是皇爸爸，載瀾不就是大清皇叔了嗎？據說載漪那寶貝兒子頑劣成性，念書之類的正經事怎麼也學不會，壞事不學就會。」立山沉著臉頓了片刻，狠狠的加上一句：「這兩兄弟豬狗一般。」

「唉——」金花煩惱的沉吟一會，把一塊酥糖餵到立山嘴裡：「你知道嗎？瀾公爺纏碧柔纏得更緊了，碧柔和她當家媽很難撐住。」

「聽說了，載瀾這個東西，不照鏡子，碧柔那隻眼看得上他？哼，他也別得意，我饒不了他。」

立山見金花抿嘴含笑不語，只直眼看著他，便問：「咦，你這樣相我做什麼？」

「我在想：當朝一品的立山大人是真的還是假的？為一個青樓姑娘要跟身當步兵統領的瀾公爺翻臉？」

「也不全是為碧柔，大丈夫不可受人欺。」

「原來你對碧柔並沒什麼？那又何必跟瀾公爺鬧成這個樣子？把碧柔讓給他算了。」

「你是拿我開心嗎？你明明知道——」立山帶笑的不說下去。

「是嘍！你是真愛碧柔的，是吧？」

「我就承認了吧！怎麼樣？你能給幫忙成全？」

「立山大人，你真愛一個人，你是希望她好呢？還是壞？你當然希望她好，是不是？可是我告訴你，假如你真把碧柔討回去做五姨奶奶，可就害了她。」

「哦？」立山彷彿淋了一盆冷水，笑容頓失。

「你只看看我的例子吧！當初洪老爺也是這麼疼我的。可惜人敵不了歲月，兩個人差了三十多歲，他不能護我那天，我就掉進了火坑，一輩子翻不得身。」

「難道把她讓給載瀾她一輩子就好了？」

「我不是那個意思。瀾公爺是見一個愛一個，碧柔又特別討厭他。我是說——」金花猶疑的打住。

「你說，我不會生氣。」

「好，我就說，立山大人，如果我是你，我就放生。」

「這話怎麼講？」立山困惑的扭著眉毛等回答。金花躊躇了半晌，便把碧柔和唐光賢的事淡淡的描述老人一遍。「立山大人，你想，一個班子裡的姑娘，能遇到個知心人願意跟她一夫一妻的過日子，是幾世也修不來的。碧柔有這樣的機會，你立山大人又是慈善心腸的大好人，又疼她，依我說，你善心就善到底，成全他們算了。」

「你這主意可真怪，要算今古奇觀了，呵呵——」

「一般的大人老爺就曉得玩姑娘，那會把姑娘當個人看待！只有你立山大人是菩薩一般的心，有情有義——」

「行啦，行啦！別灌我米湯！你有什麼主意，就說吧！」

「我的主意是把碧柔買過來。」

「你把她買來？」

「是，買過來，從我這裡把她打發走。」金花胸有成竹的。「因為她當家媽沒那膽子。也不會甘心便宜那個姓唐的年輕人。」

「你就有那膽子，你就甘心？你究竟為什麼要這樣做？」

「我——」金花茫然的半天答不出。「我也說不明白為什麼要這樣做？總之，碧柔的事我不能不管——」

金花跟立山商量定：先由她去跟碧柔的當家媽打商量，講價錢，立山在一邊施壓力，非做成成交不可。賣身銀子不管是多少數，都是金花和立山各出一半。「碧柔到了我的門裡，瀾公爺就別想霸占了。我不怕他。」

「你不怕他難道我怕他？不過——」

「別『不過』了，立山大人，好心有好報，你會生生世世大富大貴，老有美人愛你——」金花伏在立山肩上，柔白纖長的手指撫摸著他的小鬍子，弄得立山癢癢的忍不住笑。「你這張小油嘴真能說，我的美人叫你給弄走了，你這個美人又不肯進我的門，那還有美人愛我？」

「我愛你呀！想不想留在這裡？還是去六國飯店？」

「六國飯店吧！」立山說著便吩咐套車。

碧柔是她鴇母的搖錢樹，那裡捨得讓給金花？但禁不住金花的一番遊說，尤其那句「你搪得過瀾公爺嗎？搪不過，是吧？可碧柔跟我說過，要是你硬把她賣給瀾公爺，她就自盡，那時候你可就人財兩空。」說得恰在刀口上。碧柔的當家媽媽終於鬆了手，價錢殺殺講講，一萬二千兩銀子成交，金花本人負擔六千兩，立山幫助另一半，從此碧柔就移住到金花班。載瀾聽說碧柔轉到金花名下，便轉移陣地到金花班來尋芳擺酒，指明要碧柔陪伴。

「瀾公爺看中那個姑娘我立刻叫她來。碧柔嘛，她已下牌，不見客了。公爺也許不知道，碧柔是我妹妹。我當姊姊的願意養活她，不讓她吃這碗苦飯啦！」金花笑得甜蜜蜜的。

「碧柔是你妹妹？下牌了？」載瀾將信將疑的拉長著臉，看上去就像一匹要發怒的馬。

陪他來的徐承煜冷笑著道：「狀元夫人的花樣最多，我們倒真不知道碧柔是你妹妹。我看並不是碧柔下了牌，恐怕是你賽二爺給立山大人拉縴，故意布上的疑陣！」跟著徐承煜的話，載瀾一個字一個字的咬著牙道：「碧柔她下了牌也好，沒下牌也好，我叫她她就得乖乖的伺候，大不了是個窰姊兒裝什麼蒜？叫她出來。」金花向來看不起載瀾，對徐承煜則是恨，認為當初要不是他跟著繆征藩一幫人與洪文卿為敵的話，也許洪文卿至今還不會死。金花見載瀾和徐承煜說話這樣不顧面子，越發的感到厭惡，仗著自己交遊廣闊，認識的王公大人多，便也不再敷衍：「碧柔不在這裡，我叫她到鄉下去了。」

「到鄉下？不可能！我不信。」載瀾橫眉怒目的。

「不是送到立山大人的府上去了吧？」徐承煜仍在冷笑。

「瀾公爺手裡有的是兵，不妨派一隊來搜查搜查。不過徐大人是管刑部的，當然知道，班子裡的姑娘下了牌就算是良家婦女，按理是不用陪客的——」金花用了好大一番口舌才把載瀾和徐承煜打發走，載瀾臨出門時不懷好意的道：「爺們也不是白受氣的，等著瞧吧！」

「瀾公爺和徐大人別見怪，空了來坐坐。」金花又裝得沒事人兒似的。送走了兩個人，金花立刻到後院碧柔的房裡。碧柔斜倚在枕頭上，揑了塊大絲巾在抹眼淚。「瀾公爺和徐三大人的話我都聽到了。怎麼辦啊！我給姊姊找了這麼大的麻煩，我對不起姊姊。」

「別哭，現在不是哭的時候。」金花安慰的拍拍碧柔的頭，思索了一會。「這裡你不能長住了。這樣吧！我一不做二不休，乾脆成全你們到底，盡早嫁了你。」她說著就派人去請立山和盧玉舫明天來商量事情。孫三在一旁冷眼相看，氣得直跺腳。「你別是瘋了吧？你在做什麼？像碧柔這樣的姑娘到那兒去找？你居然要放她走？」他急喘喘的說。

金花並不理會他，只吩咐套車，要帶碧柔出去。碧柔也被金花一連串的措施弄呆了，怯怯的問：「我們去那裡？」金花並不答話，直到在車上坐定，才悠悠的道：「傻姑娘，你就要做新娘子了，新郎還不知道呢！總得找你那唐相公把事情弄弄清楚啊！」

經過幾天的商量籌備，碧柔居然穿上了紅裙紅襖，坐上八擡大轎正式出閣，禮堂設在城外立山家的一幢空房裡，見證人是立山和盧玉舫，男方家長是唐光賢的表兄——一個日本留學生，女方家長便是金花。

婚禮後新婚夫婦來不及進洞房就上了路。借了立山的騾車，盧玉舫給安排了兩個會武功的朋友，騎馬跟隨保護，交代把兩個人送到天津，看他們上了去上海的英國輪船才算任務完畢。

碧柔和唐光賢對立山和盧玉舫謝了又謝，對金花更是感激涕零，她攀伏在金花肩上哭得語不成聲：「我父母死得太早，撇得我好苦。姊姊……你就是我的再生父母……對我的大恩大德，我……我一生一世也報不完。」

「談什麼報答？好好的做人家過日子吧，人都是個命，你命好——」金花摟緊了碧柔，已是淚眼模糊。

碧柔走後，金花連著幾天若有所失，有時覺得是做了一件大好事，有時又有點像似羨慕又像嫉妒的矛盾。孫三幾次埋怨：「你知不知道你在做什麼哪？別是真有癲病吧？」立山和盧玉舫也說過：「你真是個奇女子，讓人猜不透你心裡在想什麼？」有時她自己也會迷惘的問：「我為什麼要這樣做？為什麼？為什麼？……」

送走了碧柔，引來了更大的煩惱。載瀾和徐承煜又來糾纏了兩次，還是聲言不見碧柔絕不甘休。金花覺得碧柔已經離開了他們的掌握，索性就明人不說暗話：「碧柔正正式式的出嫁做人家去了。請兩位大人別再提她的名字吧！」

「出嫁了？嫁給誰？」載瀾和徐承煜異口同聲，滿面狐疑。

「一個普通的年輕人。難得的是做正，不是做小。」

「哦？有這種事？」載瀾感到受了愚弄和欺騙，氣呼呼的。

徐承煜一向是載瀾尋花問柳的總參謀，這次又自告奮勇的去給做調查，查得的結果是：金花和立山聯起手來開載瀾的玩笑，出他的醜。碧柔出嫁是假，出了北京城是真，而且是立山派車把碧柔送走藏匿起來，目的是不讓載瀾「吃天鵝肉」。載瀾聽了氣得吹鬍子瞪眼，惡狠狠的道：

「他媽的，不過是個賤婊子，什麼天鵝肉！立山這個東西別以為他官大位尊，君子報仇三年不晚，我總有方法對付他。賽金花不過是個窰姊兒，仗著她認識的貴人多，居然敢跟我做對，好吧！叫她等著瞧！」

「公爺，為個窰姊兒氣壞了身子不上算。我想辦法給您治她。」徐承煜說話的同時，已在陰沉沉的動起陰謀。

過了不幾天，口袋底一帶的樂戶曲班妓館就傳開了，說是衙門就要有正式禁令下來，城裡不准有操賤業的，違者一律問罪監禁。金花一聽就明白是事情發作了，碰巧那天立山來閒坐，她便不屑的道：「大清帝國的王公大臣也怪，放著那麼多的國家大事他們不管，可大動干戈的專跟我們這種賤民小民過不去。我看提督衙門的這陣大雷就是對我轟的。」

「一點不錯，就是對你。我今天來主要就是告訴你這件事。我看你得準備準備，避一避。」

「真晦氣！」金花轉著滾亮的黑眼珠想了想，輕蔑的笑笑。「他們以為就把我難住了嗎？嘿嘿，我回天津去。在天津大不了是孫家那幾桿大煙槍跟我要錢，給不給還得看我高興。在租界裡開班子。賣的是我自己，誰也管不著。那些王公大人見了洋人就像耗子見了貓，響屁也不敢放半個，人家也不買他們的帳。」

立山沉吟著半晌不說話，金花以為是不贊成她回天津，沒想到立山道：「也好，你離開北京一段時期吧！最近朝廷內外的頭痛事件太多，載漪的兒子已經正式立為大阿哥，廢立的事已在部署，一些沒良心的大臣正在對皇上落井下石，要廢他不算，還要侮辱他，有人提議說廢立之後給他個『昏德公』的封號。」

「牆倒眾人推，明擺著是欺侮人，好沒道理！」

「沒道理的事多著呢！你是出過洋交過洋朋友的，不過說老實話，洋鬼子也不好。那些洋教會嘴上說的是大慈大悲憐貧扶弱，實際上是擺出洋大人的架式欺壓咱們中國人，山東一帶的農民被整得受不了，先是練拳自衛，後來變成殺人放火，朝廷天天收到奏摺，大臣們吵吵叫叫，我看事情要鬧大，金花，咱們的好日子八成已經過去了。」

「瞧立山大人說得多傷心，這可真不像你。」金花想逗他笑。

「你不知道——」立山吞吞吐吐的。

「怎麼又不說了？怕我走漏了話？你放心，我的嘴最牢，消息到我這兒準不會出去。」

「你當然最牢，我還不知道嗎？」立山噗哧一聲笑了。

「哎喲！不來了，立山大人好壞。」金花說著就去推立山，立山把她摟在懷裡連連親吻：「乖迷人精，說真格的，你離開了我怕要害相思病。」

「虧你好意思說。」金花用一個指頭在立山的臉上摸來摸去。「你想我的時候就到天津去找我。」

「我想你，可暫時也不會去找你。你知道，載瀾那小子仗著姪子立了大阿哥，更張牙舞爪了，而且手段卑鄙厲害，你當他只對付你嗎？他也對付我，擺出正經人的面孔說：『聽說有朝廷大臣到口袋底去遊逛玩樂吃花酒，太不像話，一定要嚴加禁止。』你聽聽，這不是對我是對誰？」

「哈哈，『聽說有朝廷大臣？』他瀾公爺和徐三大人是不是朝廷大臣？我還想問問：當朝大臣有幾個沒來過我這兒的？王爺貝勒們把我召到府裡算不算？我虧他有臉講，呸！」金花鄙夷的啐了一聲，又激動得兩頰紅撲撲的，像抹了胭脂。

「你也犯不上生氣。這叫欲加之罪，何患無詞。要攻擊一個人總得找個題目，我不理他就是了，也許這陣雷過去天又青了。金花，但願我們後會有期。」

「當然有期，立山大人，你幹麼老說喪氣話？」金花嗔怪著說，心裡真覺得疙疙瘩瘩的。

27

金花聽說許景澄從歐洲回來了，任總理各國事務衙門大臣兼工部左侍郎。每憶起他和他夫人對她的親切友善，從不曾因為她出身低微而有絲毫輕視，便滿心的感激與思念之情，很想到許府去做次拜望。但是否該去，以自己今天的身分是否適合？頗令她費躊躇。她想了又想，終於淡妝素抹的乘了一頂小轎到許府。

經過門房通報，說是許夫人有請，金花先正了正顏色，懷著忐忑不安進了內院。許夫人笑面相迎，金花叫了一聲「姊姊」，便理虧似的垂下眼瞼。

兩個女人隔著一隻小茶几交談，許夫人並不探問金花現在的情形，只描述她在柏林的生活：「從你開始，使節的家眷也不像以前那麼避諱了，有男人在的場合自然是絕對不露面，女太太們的活動偶爾去交際交際，我還參加過兩次茶會一次慈善義賣呢！可惜我不會洋文，跟她們沒法子直接交談，要是像你一樣能說洋話可就方便多了。」

「唔，柏林——」談起柏林，金花便陷入無垠的沉思，回憶的道：「那真是個好地方，繁華，風景又美。柏林高級社交圈子的女太太們花樣最多，隔些天總要弄個什麼會熱鬧熱鬧。姊姊一定認識瓦德西夫人嘍！她是頂活躍的。」

「說了你會笑，我白去了幾次，也沒弄清誰是誰？言語不通嘛！不過有幾個太太打聽你，她們都記得你年輕漂亮，又活潑口才好！」

「喔！」金花的臉上浮現一種悲喜交集的複雜表情，黑眼珠深幽幽的。「居然還有人記得我！姊姊——姊姊說了我的——」

「我沒說你現在的情形，只說洪老爺故去了，你的下落不清楚。」不待金花的話問出來許夫人就先答。

「唔，謝謝姊姊。」金花注視了許夫人一會，看出那張圓圓胖胖面孔上的笑容是誠懇友善的，與十多年前第一次在柏林相見，要認她做乾妹妹時沒有分別，便放了心。而一種因羞愧、感觸、委屈交織的悲傷情緒，鬱雲般密密的包圍了她。「姊姊不會看不起我吧？」她訥訥的問。

「金花——」

「跟洪老爺的時候，我作夢也沒想到會走上這一步。人哪，都是個命，不認命也不成……」金花百感交集泫然欲泣，眉間深深鎖著愁結。

「過去的事別去想了，倒是該為下半生留意，你總不能就這樣子下去。」

「姊姊說得對，不過——」想到未來，金花越發沒了好情緒，她情願去回想那些美的好的，永不願忘的：「非今館的庭院還是那麼好看嗎？我親手種的幾棵竹子不知死了沒有？」

「那幾棵竹子長得滿好，已經高過牆頭了，就是太纖細，加肥料也長不粗，唔，」許夫人忽然想起什麼來：「你認識一個太太？她娘家好像姓勞爾。」

「娘家姓勞爾？是蘇菲亞。你認識她？」金花掩不住驚喜。

「我不認識她。有天我正要出去，在大門口遇到一個很文雅的太太，推個娃娃車，旁邊還牽個四、五歲的小男孩，她對我們的院子看得很出神，半天沒動地方見我出來她有點不好意思，笑著打招呼，跟我說她曾在非今館住過三年。」

「不錯，她是住過三年。她現在怎麼樣？住柏林？」

「她說她丈夫調到陸軍部工作，家長住柏林。她很喜歡談到你，說了很多你們在一起的有趣的事，還說你去過她的家，到慕尼黑參加她的婚禮。」

「不錯，我是去過的，慕尼黑，唔，也是好地方。」提起慕尼黑和蘇菲亞的婚禮，華爾德的聲容便閃電般的來到金花眼前，她又見到那個在她心裡永遠年輕純情的人。但許夫人又說：「勞爾太太說：她新近回過慕尼黑，為了參加一個朋友孩子的洗禮，說她那朋友也認識你，好像叫什麼華爾德。」

「唔，是嗎？是叫華爾德嗎？」金花感到臉上的肌肉在痙攣。

許夫人留金花吃晚飯。許景澄從衙門回來，看到金花先愣然的楞了一下，但幾乎是立刻的就嚴肅的板起臉，從頭到尾也沒跟金花說上幾句話。金花一頓飯吃得食不下嚥，飯後連忙識趣的告辭。

「出身不正的女人走的總是歪路。以後她來就叫門房說你不在。」金花走後許景澄對他妻子帶有命令的口吻說。

「看樣子她是不會再來了。其實她今天真格是一番好意，說是後天就要搬回天津，什麼時候再來北京不知道，多年沒見我們，怪想念的，總念著我們對她的好處，是特別來看望看望，連帶著辭行。」許夫人欷欷歔歔的喟歎個不停。「我看她也不見得一定不肯走正路，沒正路給她走，叫她怎麼辦？」她本想多為金花辯護幾句，但許景澄反應冷漠而心事重重的樣子，使她看出必然另有事端，便改了口問：

「老爺心裡有不痛快的事嗎？」

許景澄默然了一會感慨的道：

「在今天這樣的局面下，那個有良心的大臣會痛快？早朝上，載漪、剛毅、徐桐幾個混人稟奏的意見簡直不像話，無知得連三歲小兒都不如，居然建議朝廷重用拳匪，認為他們練得一身神技，可以刀槍不入，說是用他們來打西洋人就會把西洋人完全消滅。你看這不是天大的笑話嗎？」

「他們要把西洋人消滅，為什麼呀？」

「洋人欺侮中國是事實，這幾年來外縣不停的發生教民橫行霸道的事，不是搶人的牛就是占人的地。告到官裡，地方官顧忌西洋教會給教民撐腰，也不敢管。這些鄉下人有冤沒處訴，就集在一起練拳做法，抵抗教民，雙方面已經起了很多次衝突。最近這些練拳的越來越變質，仗著人多勢眾，演變到殺人放火打家劫舍，騷擾得老百姓不能生活。朝廷再不想法子約束，任著他們胡鬧下去，會是什麼結局？英、美、德、法四國已經有照會給總理衙門，說是假如兩個月內匪患不平，他們就要出兵代剿。」

「代剿？那不是要打仗？」

「打仗？我們又窮又弱，用什麼去跟人家打？不過是等著那些強國合起來殺我們的人，亡我們的國罷了。居然有些無知的王公大臣說要重用拳匪，真也不知他們打的那種算盤。」

許氏夫婦正在聊著，門房進來通報，說太常寺卿袁大人來訪。許景澄立刻一躍而起，披上外褂忙迎到前院。只見在朦朧的黃昏中，月洞門裡站了一個衣袂飄香的頎長身影，讓人不必看清他的臉，便能嗔出那種屬於書生的清傲之氣。許景澄和袁昶是多年老友，見面也無須客套，急急的就進了書房。當兩人從書房出來時，已是更深院靜月滿中天，樹上的老鴉開始聒聒的夜啼了。

第二天早期時候，端郡王載漪第一個發言，說山東河北一帶的拳民全是技藝高強的忠義之士，信奉洪鈞老祖和驪山老母，可以做法使神明附體，神一附了體，就能念咒做法令敵人的槍砲不燃，而房舍自行燃燒。「洋人無視老佛爺的聖威，常常擾亂我國的內政，包庇康有為梁啟超之流的亂黨不算，還干涉宮廷裡的事，膽敢批評太后老佛爺。現在就更不把咱們大清朝放在眼睛裡，支使了一堆傳教的來欺壓咱們的良民。幸喜在這個節骨眼上上天派來了這些通神術的義民。奴才請皇太后下懿旨，把義民編整成團，叫他們把洋人一口氣殺光，咱們大清朝就從此清靜了。」載漪盪浪著圓呼呼的胖腮幫子，說罷洋洋自得的朝四周掃掃。

「臣以為拳匪不能重用，而且互相仇殺並不能夠解決問題。」說這話的正是袁昶，他面色恭誠目光炯炯，聲音寬宏清越，引得滿朝文武連慈禧太后在內，都全神貫注的傾聽。「中國自鴉片戰爭以後，國勢積弱。內有貪官汙吏，外有列強欺奪，而民智不開，百姓生活困苦，是不爭的事實。一個國家貧弱到這個程度，是難免被人欺凌的，西方教會支持教民橫行霸道，不外也是這個原因。但是臣以為國有國法，國與國之間也有不成文的規律，凡遇困難問題，應該盡量通過談判交涉的方式來解決。施諸暴力，不過逞一時之快，非但於事無補，反會擴大事態，在內引起動亂百姓遭殃，在外則激起公憤，列強群起而攻之。目前的情況已經非常嚴重，任由發展下去，後果不堪設想，若是誤信拳匪通法術而加以網羅，則無異鼓勵暴虐。因此，臣冒死恭請皇太后降懿旨，限期剿平鬧事的匪幫。」

袁昶的話剛說完，許景澄便朗聲道：「臣在外任職多年，對西洋人的習性和實力有些認識。蓋西洋人見中國地大物博國勢積弱，雖然有虎視蠶食之心，奈礙於國際視聽不便妄取，亦無藉口。如今我們的暴民燒人家的教堂，殺人家的教士，藉口可就有了。要是真開大軍來攻，那樣的堅甲利兵豈是法術和什麼刀槍不入的謊話擋得了的？事實上民教相仇的事由來已久，不過調停賠償了事。為什麼要把事情鬧得這樣大？臣的看法，拳匪不但不可重用，而且要立刻約束，再鬧下去將如何收拾？」

慈禧太后穿了一身黃緞青龍鑲金的大襖，頸上鏗鏗鏘鏘的掛滿翡翠、珍珠、瑪瑙、璧玉等一堆項鍊。白淨的臉子上找不出一個皺紋，塗了唇膏的薄嘴唇緊緊的抿著，一邊聽一邊望著房樑眨巴眼睛，待幾個人把話說完，她才一下子把眼光收回，寒星般的掃著寶座下黑壓壓的一群男人。

「你們的話我都聽明白了。端王爺贊成用義民打洋人，袁大人和許大人認為拳民是土匪，應該剿。倒讓我該信誰的呢？剛毅，你不是到外縣去視察過拳民的情形嗎？依你看他們到底可信不可信？有法還是無法？」

「稟皇天老太后，老祖宗。」一個滿臉鴉片煙容，身體瘦得彷彿來陣風就能颳走的人，搗蒜般連叩了幾個頭。「奴才親眼看到拳民做法：見那大師兄光著上身，口裡念念有詞，念著念著神就附了身，一附體就刀槍不入啦！他狠狠的照自己光肚子上連砍幾刀，嘿，說也奇怪，竟是文風不動，只砍出幾道白印。」剛毅挺著他枯瘦的胸脯子，兩隻手先做運氣狀又做刀砍狀。人群中隱隱傳出竊笑和讚歎聲。剛毅擡頭看看，見慈禧太后聽得很有興趣，就接著說：「他們的法術是不容懷疑的。人數又眾，最難得的是忠義精神。他們一心一意的要保護大清，殺光洋人。」

「太后老佛爺明察，剛大人是親眼見到的，絕對假不了。假如朝廷不重用義民，準定會失去人心。」載漪搶著說。

「拳匪打家劫舍，殘殺無辜老百姓，重用他們才會失去人心。端王爺為什麼要重用拳匪？不是有私心吧？」立山突然高聲說。載漪聞言怔了一下。載瀾狠盯著立山久久不移開眼光。

「無論如何，請大家要考慮後果，現在約束也許還來得及，再晚就來不及了。」許景澄急著說。

「許大人一向崇拜洋人，愛用洋貨，據說家裡還擺了隻德國電鐘呢！呵呵，在外國住了幾年，吃的是國家俸祿，回來倒替洋人講好話！」一個蒼老的聲音慢吞吞的。許景澄掉過頭去探看，原來是徐桐，正想頂他兩句，徐桐又接著說了：「拳民是忠於大清朝的義民，會神術，洋夷是鬼，所謂堅甲利兵也不過是鬼術？以神降鬼那有不靈的？太后老佛爺天威，重用義民就是救了大清。」

「重用拳匪就是毀了大清……」袁昶激昂慷慨的說了一大段。載漪、載瀾、剛毅、徐桐等一群支持拳民的異口同聲道：「我們這裡是不是有奸臣啊？」立山、袁昶、許景澄、聯元，和頭髮爾子全白的徐用儀，反唇相稽：「這裡的確有奸臣，為了私利而斷送國家前途。」慈禧太后怒喝一聲：「你們不要意氣用事，待我問問榮祿的意思。榮祿，你怎麼一句話也不說呢？」她注視著衣冠華麗身材魁梧的榮祿。「稟奏太后，」榮祿說著跪在地上。「奴才也不是很拿得定主意。洋夷欺我們太甚，是可忍孰不可忍？確實應該想個有效的辦法去對付，不過拳民是烏合之眾，法術也不見得靈驗，依奴才的意思，可能還是不要重用他們為好。」

「榮祿身為軍機大臣，卻拿不出一點辦法來對付洋夷，有義民供他使用，他又怕事。這樣的人能當什麼大任，奴才建議太后老佛爺革他的職。」剛毅一向嫉妒榮祿的得慈禧太后寵信，趕緊趁機會打擊。一直沒開口的載瀾這時道：「請聖母皇太后別忘了洋夷全站在皇上的一邊。專門跟聖母皇太后作對，不給他們點厲害看看，怕他們還不罷休。」

「好了，你們的意思我都明白了。待我想想再告訴怎麼辦？現在就散朝吧！」慈禧太后嚴峻的說著站起身，寶座旁站著的李蓮英連忙彎腰扶持。慈禧把腰桿子挺得筆直，一隻手有節奏的隨著腳步搖盪，一步一步的走進陰暗的後宮。

載漪和載瀾的話特別提醒了慈禧太后；洋夷是痛恨她，瞧不起她，總想轟她下位的。如果不是因為洋人給皇上撐腰，她早就把他廢立了。事情擺得很清楚，洋人在一天，皇上就一天有仗勢，她就動不了他，而自己的權位總有威脅在，與其如此，何不利用拳民把洋人全趕走呢？她想著就問李蓮英：「我想拳民還是可用的，你說呢？」

「老佛爺是天威聖母，想的說的沒一樣不對。我站在一邊聽著，早就覺得義民可用。洋人不趕走，那一位，」李蓮英一手朝西邊指了指，嘴角牽著詭笑。「是隨時可以再來的喲！」

第二天早朝時候慈禧太后不待大臣發言，就鄭重宣布：拳民是義民，法力可信，剿除義民會失掉民心，利用他們保衛國家才是上策。載漪、載瀾、剛毅聽了喜色洋溢，連忙派人去通知拳民首領，叫他們火速進京會師，大舉扶清滅洋。

拳民得到鼓勵，越發的沒了顧忌，破壞鐵路，拆毀電線，焚燒民居，任意殺人，如洪水猛獸一般的流竄進鄉村城市，不上半個月，北京城裡湧進了幾萬頭纏紅布，腰繫紅帶，手持大刀的拳民。大街上遍是作法的壇場——是個用木板搭起來的臺子，上面擺著供桌，桌上「洪鈞老祖之位」的牌位前供著香燭，臺邊插滿了「扶清滅洋」的彩色旗幟，並貼著擡頭為「告白」的告示，下款自稱為義和團。

義和團的任務是殺盡仗著洋人勢力欺人的教民——二毛子。而二毛子的身分並不需要查證，凡是有新仇宿怨稍有不和，或家裡搜出半截洋煙，一隻洋銻洋碗，或毫不相干的過路行人，都有可能被指為二毛子。一時之間，北京城裡一片血腥，全家被殺的二毛子處處皆是，義和團殺人刀矛齊下剖胸破肚，連老人和婦女、嬰兒也不饒恕。

載漪和兄弟載瀾商量，認為不把洋人趕盡殺絕，便永遠不能廢掉光緒皇帝，那麼大阿哥溥儁便登不了皇位，而只憑義和團的力量是不夠的，必得有軍隊相助。於是，載漪又連夜的把他的好友，武衛後軍統領董福祥招進京來。董福祥是土匪出身，因平回教軍立功升到高位，便率領上萬的甘肅兵士，浩浩蕩蕩進了北京城。

陽曆六月十一日這天，日本使館書記杉山彬步行出永定門，董福祥的部下不由分說上前持刀就砍，杉山彬立刻死在血泊之中。十三日義和團放火燒燬右安門內的教民住宅，那一區的教民，無論男女老幼沒有留下一條性命。十八日從宣武門內起，連燒了幾間教堂。十六日正陽門外的四千多家殷實鋪號，北京幾百年來的富商集中地，全部融於火海之中。大火連燒了三日夜，漫天通紅，全城的人民在戰慄哭泣，慈禧太后看出事態已經鬧大，頓時心慌意亂，連夜召集了大學士和六部九卿的大臣，進宮商量對策。因為不願單獨負擔後果，特命人把光緒皇帝也喚了來。

「洋人欺我太甚，趁著有忠勇神兵在手，乾脆一不做二不休，把那些使館炸為平地，把洋人統統殺光，就完事了嘛！」第一個發言的又是載漪。

「自古以來，兩國交兵不斬來使，何況我們並沒跟人家宣戰。就算真把在京裡的幾百個洋人殺光，洋人就真光了嗎？洋人會派軍艦運上萬的大兵來殺我們，我們能抵抗嗎？義和團是一群無知亂民，絕不可以再縱容，要有效鎮壓，否則亂局更無辦法收拾。」許景澄板得一臉正氣的大聲說。

「義和團的法力無邊，又有董福祥的大兵助陣，洋人用兵艦運洋兵來又怎樣？念個咒他就有來無回，連兵艦都沉在大海裡。」剛毅很有把握的昂著下巴。袁昶喝了他一聲，氣極道：「身為國家大臣，說話要負責任。亂民已經把京城蹂躪到什麼程度，你們沒看到嗎？再不鎮壓，惹得西洋人進兵，內訌外患齊來，這個國家還能存在嗎？」他說得激動，竟有些泣不成聲。慈禧太后默然不語，似乎有動於中。這時載勛道：「袁大人和許大人也忒膽小了，有什麼可擔心的？董福祥的大兵就在京城，他能討平回軍，難道不能抵抗洋夷——」

「不能。」坐在慈禧太后旁邊的光緒皇帝，忽然打斷了載勛的話：「回軍是烏合之眾，洋兵有精良武器嚴格訓練，根本不能相提並論。甲午之戰的教訓還不夠嗎？連日本一國都抵抗不了，英、法、德、俄這些國家比日本強十倍不只，合起來攻打我們，董福祥就能抵抗？」

「嘿嘿，依大皇上的聖意，咱們大清朝的官民，就朝著洋大人的牌位叩頭作揖得啦！」載漪輕蔑的冷笑了兩聲。光緒皇帝臉色一沉，想發作，但看慈禧太后面帶微笑，含著幾分嘉許的望著載漪，只得忍住。

連連召集了幾天御前會議，主戰、主和的兩派爭論不已，袁昶聯合許景澄連上了兩道疏而無回音，正在這時，天津方面有急電到京，說英法德各國聯軍攻陷了大沽口，載漪、載勛、載瀾和剛毅、徐桐一幫人興高采烈的道：「這下可好，洋鬼自投羅網來了。立即跟他們宣戰，殺他個片甲不留的回去。」慈禧太后在這群人的包圍，和李蓮英的慫恿下，終於決定宣戰，並且首先攻擊使館。經由慶親王奕劻、許景澄、袁興一般人的申述利害，光緒皇帝和榮祿的力爭，總算同意了不斷來使，但各國使節必得在二十四小時內離開北京，否則不保障安全。

照會送到各國使館，德國公使克林德男爵第一個就不同意，認為滿清政府的措施不合國際慣例，亦太過分，二十日這天帶著翻譯，乘了一頂小轎蓬到總理衙門去辦交涉。經過東單牌樓時，幾個義和團員叫道：「那天就是這個洋鬼子叫洋兵開槍，殺了我們二十來個兄弟。不能讓他這麼順當的過去。」

跟著這句話，載漪手下的神虎營士兵一擁而上，那幾個義和團員也往前擠。克林德公使見勢頭不好，掏出手槍便朝人堆裡射，而對面來的子彈已射進了他的身體。克林德公使當場死亡，翻譯帶著傷倉皇而逃。

慶親王奕劻和袁昶、許景澄等人聽說克林德被殺，知道事情已鬧到嚴重得不可收拾的地步。幾個人連忙進宮去稟奏太后和皇上，商量善後問題。慈禧太后愁眉苦臉的在儀鑾殿接見，載漪一幫人也早聞風而至。「聖母皇太后用不著發愁，殺一兩個洋鬼有什麼關係？我還想把他們殺光呢！」載漪像每次一樣的發表言論。

「據我所知，殺死一個公使可不是小事。太后，事情已經不可收拾了，各國一定派大軍來討伐我們。」奕劻說。

「洋夷不足畏。從天津來打北京的兩千洋兵，不是在廊房給打退了嗎？北京各使館的洋兵加起來不過四百，一口氣就消滅乾淨。姑息洋夷的人就是奸臣，請太后降旨斬他的頭。」載漪狠狠的叫。載勛、載瀾、剛毅、徐桐跟著呼應。

「只逞個人私慾，不顧國家安危的才是奸臣。請太后明察，懲治奸臣。」袁昶高聲頂過去。慈禧太后想了想，把薄嘴唇用力的抿得鐵緊，威嚴的掠了眾人一眼。「你們不必辯論了。既然已經宣戰，就沒有後退的路。義民是可信的，幸虧國家有這些忠義之士，假如都縮頭縮腦的怕事，祖宗的江山可就真要不保。」

許景澄和袁昶見慈禧太后已明顯的站在載漪、剛毅一邊，而且話中有話，諷刺他們怕事怕死，難過得肝膽俱裂，心彷彿掉在冰窖裡一般寒冷，想要再稟奏兩句，慈禧太后厭惡的把眉頭一皺，手一揮，冷冷的道：

「你們不用再說了，說來說去不過是那幾句。國家養兵千日，用兵一時，你們這些個漢人大臣，自稱讀聖賢書，連這點忠心都沒有，仗還沒打呢！劉坤一、張之洞、李鴻章這群書呆子倒精明起來了，一個個的自掃門前雪，跟洋人通上線，弄什麼東南自保，連朝廷的命令也不聽了。這種大臣值得我信任？」

慈禧太后的話說得尖銳鋒利，不單漢人大臣沒有作聲的，連滿洲的親王大臣也不敢開口，慈禧太后尋思了一會，命令的道：「莊親王載勛，大學士剛毅，我不是任命你們兩個擔任總提督嗎？就由你們負責攻打洋人的使館。載瀾和戶部侍郎英年兩個佐提督，協助作戰。另外還有董福祥的兵呢！怕什麼？東交民巷才多大？怎麼會打不下來？榮祿，不管你願意還是不願意，你要親自督戰。」榮祿聽了伏在地上惶恐的道：「聖母的懿旨，奴才萬死不辭。」

「聖母，使館打不得的，事情鬧大沒法子收拾。」光緒皇帝突然從寶座上下來，撲通一聲跪在慈禧太后面前。

慈禧太后先愣然一下，接著就生氣的道：「快起來，你這個當皇上的怎麼一點樣子也沒有？我決定的事誰也別想改。」她說完把袖子一拂，由李蓮英扶了進去。

光緒皇帝撲了個空，絕望中急步走下座臺，拉著許景澄的雙手，熱淚直流語不成聲的道：「我並不怕死，可是老百姓怎麼辦啊？」許景澄低頭垂淚，大受感動，這時袁昶也奔了過來，扯著皇上的袖子痛哭。而載瀾已溜到後宮告狀去了。

榮祿領旨不敢輕慢，命董福祥部隊、武衛中軍和義和團兵分三路輪番上陣，本身手持洋槍親自督戰。義和團聲言教民和二毛子也得斬草除根，以絕後患，提著大刀闖進民居，手起刀落，殺人變成了最有趣的遊戲。

砲聲整夜不斷，凌厲得賽過強烈的雷電霹靂，震動得地面和屋瓦在翻騰。驚恐的人們以為世界末日已到，不知何處可以躲藏？有的縮在屋角戰慄，有的赤足披髮的爬上屋頂，對著蒼天號哭。每當一星火光掠過或一陣砲響，後面總跟著悚人毛髮的呼救聲。北京城變成了地層下的煉獄，無助的蒼生哀苦的問：「老天爺，我們犯了什麼罪？你要把我們怎麼樣啊？」

剛毅曾對慈禧誇下海口，說五天之內一定攻下使館，然而五天、十天過去了，守使館的洋兵和中國教民不過傷亡幾個人，反是大清朝的神虎部隊和義和團，被洋槍射死了七、八千。榮祿見這情形，對他的勁敵剛毅自然不會放過：「你不是說五天就把使館攻下來嗎？哼！我們的性命都要送在你的手上了。」

剛毅並不理會榮祿，轉對載漪說：「使館攻打不下，主要是因為洋教會做了邪法，不如轉移陣地，先攻西什庫教堂。」載漪也正在為打不下使館而懊惱，聽了剛毅的話立刻下令進攻西什庫教堂，任命幾個驍勇善戰的將領為前鋒。

連續攻打了幾天，槍砲齊下，西什庫教堂的牆壁和屋頂毀壞了幾處，義和團員和兵士竟又死亡上千。「義和團怎麼這樣沒用？連個教堂都攻不進去。」載漪生氣的說。剛毅道：「不是義和團沒用，是洋教主在裡面做邪法，要是義和團的大師兄做法破了他們的邪法，教堂就一定攻進去了。」榮祿在一旁冷笑著道：「據我知道並不是什麼洋教主做邪法，是有上千的教民在裡面幫著挖戰壕，做各種防禦工程，同時也拿著槍在作戰。他們的槍好，咱們的槍破，所以打人的反被人打。」

「你幫敵人說話，你是賣國賊。」載漪不悅的板下肥臉，剛毅默然的莞爾而笑。

使館和西什庫教堂攻打不下，義和團和兵士每天有死有亡，載漪卻向慈禧報捷，並且為部下論功行賞，封爵位的義和團首領三十多人。他本身則自稱九千歲，昂首闊步的進出大清門，隨意的斥罵王公大臣，誰若敢反抗論理，他就指誰是奸臣，說應「殺奸臣」，以致沒有人不怕他。

28

孫三從一開始就反對離開天津，因金花聽了立山一幫人的慫恿，堅決要去北京，他也擋不了，只好跟著遷移。後來為時勢所逼，不回天津也不行了，就正中他的意。

回到天津，孫三的神采彷彿是猛虎歸山，一掃在北京時那種滿肚子牢騷的受氣相。他先是每天提著鳥籠酒樓煙館的竄，後來忽然改變了作風，做成短打打扮，腰纏紅巾子，頭包紅布，進進出出手裡總提著一把刀柄上紮了紅條子的大刀，臉上洋溢著激昂慷慨的表情。

「喲！三爺怎麼啦？要上臺唱三岔口嗎？」金花斜眼瞧著。

「你別老是瞧不起人，我這回做的可不是小事。我問你，你聽過義和拳這個名字嗎？」

「義和拳，好像從立山大人那兒聽過，怎麼？你去練義和拳啦？我勸你不如少惹事。聽說這些練拳的殺人放火什麼都幹，朝廷正在傷腦筋。你吃喝玩樂也就罷了，這種麻煩可別去沾。」口氣一點也不認真。

「你想，朝廷都在傷腦筋了，足見是大事，是不是？」孫三得意的挺挺鼻樑骨，把插在腰上的大刀拔出來晃幾下又插回去。「洋人太混帳，支使那些二毛子教民來欺侮鄉下的種田人，嘿嘿，現在種田的也不好惹了，練拳作法要跟他們拚命。我這身打扮就是為了練拳……」孫三比比畫畫的形容了一大串義和團的法術和流派，什麼刀槍不入，金鐘罩，鐵布衫，紅燈會之類的。金花一句也沒認真的聽，在她的思想裡，凡是孫三能參與的便絕不會是「大事」。但是這次她確是小看了孫三，實際上義和團的勢力已像氾濫的河水，蔓延得無處不在，遍街是香煙繚繞的壇場，和頭纏紅布手提大刀的義和團員。一天金花外出，轎子被擁擠的人潮擠得進退不得，她伸出頭去望望，見壇場上正有一堆義和團在審問二毛子，一個大師兄模樣的人，一手拄著長柄三爪大叉，另隻手指指點點的對著一個跪在地上的二毛子問話：「你說你不是二毛子？不是二毛子怎麼穿洋襪子？」

「這種襪子那個百貨店裡都賣，穿的人多得是。我穿它是因為它穿了比布襪子舒服，並不知道是那裡的貨。」跪在地上的二毛子──是個眉清目秀，書生模樣的年輕人。

「得啦！你也不用硬咬著牙不認帳！你們這些二毛子，仗著你們那洋爺爺的勢，專門欺侮小百姓，兩隻眼專朝著外洋瞟，那把自己人放在眼裡？好在冤有頭債有主，洪鈞老祖自有定奪。我們也不冤枉好人，你到底是不是二毛子，我焚三道表一問就明白。」

那大師兄也直挺挺的跪在地上，捧著三張黃紙，對著各念了一頓咒，又連磕了三個頭，爬起來道：「這個人是二毛子與否？焚過表便知分曉，真的假不了，假的真不了。」

「瞧這位大師兄，油嘴滑舌，像個說書的。」金花忍不住笑的對轎夫說。

「您別當他說著玩，這個人的死活可就看焚表的結果了。」旁邊另個轎夫很緊張的說。金花還沒回味過這句話來，就聽那師兄道：「各位兄弟姊妹，你們看到的，燒了三道表，沒一道升起來，都是沈在下面的。這不明擺著他是二毛子嗎。」他又朝那個青年指指點點，「我說二毛子，你還有啥可賴的？你死到臨頭還不認錯？」

「紙灰不往上升是因為沒起風，並不能代表我是二毛子。」那青年人面色青白，聲音有點顫抖。

「好哇！你不認罪不算，還敢頂撞洪鈞老祖？你好大的膽。」大師兄朝壇場上幾個頭纏紅布手持刀矛的人，猛力的一招手，「不能便宜這個二毛子，給我殺。」

幾個人刀矛齊下，那個青年人立刻倒在地上，血肉模糊。群眾中的義和團歡呼拍手叫好，其他的人連大氣也不敢出只是一臉死灰色的驚恐。金花備得雙手蒙著面孔，低聲的喃喃：「天哪！這是什麼世界？這是什麼世界……」

金花回到家，孫三也正匆匆的從外面進來，金花上上下下的打量了他一遍，鄙夷的哼了一聲：「我告訴你，假如你還想跟我過的話，就立刻停止練什麼義和拳，把這身打扮也趕快卸下來，我怕看。你們的口號喊得好聽，其實是一群殺人不眨眼的惡鬼，好狠的心——」

「嗳嗳，罵夠了沒有？別那麼大的火氣，更厲害的在後頭哪！你聽了可別嚇著。」孫三把大刀往桌上一丟，解下紅布頭巾和紅腰帶。「聽說洋人的大砲都瞄準了，就要朝租界裡轟。說是要把祖界裡的義和團掃光，你說咱們怎麼辦？」

「洋人要攻租界？」金花真的受驚了。

「不轟則已，要轟咱們是第一家。」孫三垂頭喪氣的。

「我看三十六計，走為上策。雇艘船先去通州，說走就走，晚了怕走不出去。」

「對，通州號稱太平洲，銅牆鐵壁，洋人的砲是打不進去的，先到那兒避避也是辦法。」

金花班的人馬不算少，三個姑娘一堆男女僕傭共是二十來口。拖拖拉拉的走到河邊，竟是只見流水不見船影，金花急得直跺腳：「天哪！太晚了，走不出去了。」直到近黃昏時刻，才遠遠的見幾隻敞篷的小船，排成一條直線，順著河沿冉冉而來。金花道：「那不是有船來了，你快去問。」孫三剛邁出兩步，就縮頭縮腦的退了回來。「不行，這個船不能問，你看是什麼人在裡面？黃蓮聖母，她是到下游做法的，咱們有幾個頭啊？敢打擾？」

經孫三這一說，一夥人誰也不敢出聲，都屏住了呼吸，鐵釘一般筆直的佇立觀望。

那一溜船順著水流輕快的滑過，每一艘船上坐著十來個身著紅衫紅褲，頭梳丫爾雙髻，頭頂尖戴一紅色小帽，一手提著紅燈籠，另手拿著一把紅摺扇，年紀不過十六、七歲的小姑娘。頭艘船上有個年紀較大的，紅衣紅褲之外還披了件紅斗篷，雄赳赳氣昂昂的站在船中間，兩眼直直的瞪著前方，半天不眨一下。待他們遠去了，孫三才喘了口氣：「看到嗎？站著的那個就是黃蓮聖母，法力神得很，說是巡撫大人裕祿想用黃轎子接她進京。」

「她就是黃蓮聖母？三爺真會說笑話。我認識她，她是搖船的小黑兒。」說這話的是四十多歲的劉媽。

「你認識她？」金花好奇的問。

「我怎麼不認識她？我幾次回家都坐她的船。我知道她船搖得很快，可就沒聽過她會什麼法術。」孫三道：「劉媽，假如你不想腦袋搬家的話，最好機靈一點，別說這種蠢話。」

他們終於找到了一隻大木船。但是船主人說，沿河岸的村鎮已全被義和團占據著，他們恐怕婦女衝了法術，不許婦女露面。「你有蓆子嗎？把我們蓋在下面就得了。」金花的話提醒了船家，他找出一張又大又破的蓆子，把他們全蓋在下面。

洋兵已經在進攻天津，砲聲隆隆不斷，船經過一座橋下時，上面正在廝殺，槍聲、吼聲、喊殺聲，聽得金花心膽俱裂，「天知道，義和團就光著兩隻手去跟洋兵打嗎？那不明擺著去送死，洋人的武器兇得很，城牆房子都打得穿，那會打不入他們的身體？」金花在蓆子底下小聲跟孫三說，不料搖船的老頭接嘴道：「肉身那有刀槍不入的。可是人也得跟洋人去拚，不拚就只好過豬狗一樣的窩囊日子。」

「船老大說得不錯。我不是說應該忍氣吞聲，是說也要用武器去跟人拚。這樣白送死是很笨的。」

「武器？呵呵，老百姓那懂什麼叫武器？前幾年說是要給水師營買洋人造的大兵船，我們也跟著傻樂了一陣。後來又說不買了。呵呵，老百姓沒別的，就一條命，不拿命去拚拿什麼去拚？」老船夫說罷哼哼嘰嘰的吟唱起曲子，槳聲快速而重濁，彷彿有多少憤怒從那聲音裡盪漾而出。

到達通州，金花在長發客棧租了個跨院，暫時安頓等候消息，然而消息一天壞似一天，先聽說洋兵已經占領天津，水師營被打得落花流水，後又傳說北京正在殺人放火，半個城已被燒光。接著滿街是成群成夥的敗潰下來的兵，通州的富貴人家堆著成車的行李開始逃難。金花看這情形，決定離開通州，到北京去。

「這個時候你要去北京？你不知道那裡正在打仗嗎？路上兵荒馬亂，連車都找不到，你怎麼去？」孫三大不以為然的。從天津到通州這一段他吃了苦，已是怨聲不絕。

「我是打算一個人去的。你害怕可以留在通州。」

結果孫三還是隨同金花一起前往。金花把所有的細軟，包括洪文卿在歐洲給她買的鑽石寶石，和立山送的珍珠翠玉，全部裝在一個空的茶葉筒中。她像逃難的普通婦女一樣，肩上背著一隻舊花布包袱，茶葉筒藏在包袱裡。

金花和孫三直出通州南門，一口氣步行了七、八里，金花的兩隻小腳痛得她鑽心，實在寸步難行，便坐在道旁歇息。路上滿是推車挑擔的難民，擠得像是趕集的市場，每當一夥散兵經過，人民便受一次騷擾，他們搜查行李，拿走值錢的東西，有時還要調戲婦女。金花冷眼旁觀，心裡忐忐忑忑，很為她那茶葉筒擔心。

「你們到那兒去？北京嗎？」可巧一隊兵就來了，帶隊的年輕小軍官問。金花打量了他們一會，見個個穿著整齊，不像是敗兵，便道：「是啊！我們是去北京，你們呢？」

「我們剛剛送巡撫大人的靈回來。」

「什麼？裕祿巡撫死啦！」金花大驚，裕祿曾是她的熟客。

「打敗了嘛！自殺死的。聶士成大統帥也犧牲了。中了洋鬼的砲彈。唉！兵敗如山倒。」那軍官仰天長歎。

「你有北京的消息嗎？」

「莊王爺，端王爺和董福祥還在攻洋使館，攻了四十多天，偏他文風不動，京裡人心惶惶，說是連太后老佛爺都沒主意了，幸虧長江巡閱水師大臣，李秉衡大將軍率領大兵北上勤王，奉太后的命令去擋住洋兵，天津雖然丟了，北京是一定保得住的。」

「有李大將軍在前線，洋兵一定過不來。」孫三順著他說。

「當然過不來，李將軍率兵三十年，大小戰役不知經過多少，他的兵最能打仗。」軍官很是篤定的口吻。

「他這麼能打仗，怎麼沒守住天津？」金花訕訕的問。

「那是因為他的兵由南方來，人睏馬乏，洋人以逸待勞，又有大兵船和洋砲，還有不占便宜的。」那軍官說著對金花怪罪似的看看，彷彿怪她不該問這樣愚蠢的話。

金花知趣的不再做聲，靜聽著小軍官和孫三稱讚李秉衡的英勇和功勞，如何的支持廣西關外軍務幫辦馮子材，在與法國軍隊打鎮南關之戰時取得勝利，三年前德國軍隊藉口巨野教案，強行在膠州灣登陸，他如何的主張抗擊，「李大將軍今年整六十，倒有三十年在戰場上，大大小小的仗不知打多了少？有經驗，有膽子，又不要錢，說句實話，他的兵吃穿都比我們強，他不搾油嘛！部下替他拚命也是情願的。」那年輕軍官口若懸河，腦子裡知識忒多，滔滔不絕的說了又說。直到孫三把鼻煙壺掏出，他才改了口氣，笑嘻嘻的伸出手：「老鄉，給我點鼻煙試試，哈，你這煙壺可講究，雪白雪白的，什麼料子？」

「極品的漢白玉，長官，要是你不嫌棄的話，就留著玩吧！」孫三把心一橫，話說得大方。

「太擡愛了，不好意思，謝謝啦！」軍官把煙壺收進衣袋裡。

談得如此客氣，金花以為她的財是保住了，沒想到他們還是拿去了她的茶葉筒。

金花拄著一根大樹枝，拐著兩隻小腳，餐風宿露走走停停，終於到了安定門的城牆根下。兩晝夜滴水未進，她已飢渴得頭暈目眩，「我不能走了，讓我歇歇。」她癱瘓的坐在一塊大石頭上。孫三一把拉起了金花急切的道：「那有你歇的？你聽！」金花豎起耳朵一聽，旁邊的高粱田裡傳出陣陣女人的哭喊聲、呼救聲，便再也不敢逗留，急急的攀在孫三脖子上進了城門。

北京城變了樣，處處是斷牆頹壁和火燒過的殘跡。道旁丟著腐爛的死屍，街上行人稀少，住戶把門關緊得彷彿連一粒水滴也休想流進去。七月盛暑天，太陽暴烈的凌虐著大地，空氣裡飄浮著衝鼻子的惡臭，偶爾一聲砲響掠過空中，震得人心和屋瓦同時戰慄。天子腳下的京華重地，呈現出猙獰醜惡的面貌。

「我實在走不動了……」金花呻吟著靠在一家店鋪的牆上。

「你們從那裡來？路上怎樣？」幾個人過來打聽消息。孫三一一的回答，其中一個道：「你們不往西逃，這早晚還到京裡來？京裡的人還不知該往那兒逃呢？」金花接口道：「我們到京裡投奔立山大人的——」

「你投奔立山？今天正是立山的斷頭日。」接著指著街口上經過的一隊人。「你看，那一群就是剛斬了立山回來的——」

「啊……」一聲尖叫打斷那人的話。金花已經像被突然抽去了筋骨般，軟綿綿的沿著牆根昏倒在地上。

金花甦醒過來時，發現自己躺在一間只剩半邊房頂的破屋裡。「這是什麼地方？我怎麼進來的？」她問守在身邊的孫三。孫三拍拍胸口：「哎喲！你可算醒過來了！你昏過去好久，幸虧那幾人告訴我有這間破空房，幫我把你擡了進來——」他思索了片刻，顯得很惋惜的口氣：「剛才那幾個人說；朝廷大開殺戒，初三那天殺了袁昶和許景澄——」

「天哪！許景澄也被殺了？」金花驚得霍地一下坐起。

「說是許景澄和袁昶連著上奏摺，不贊成攻使館，還指端王載漪和剛毅是禍首，建議殺他們。他們這個帳是算錯了，太后對載漪一班人的話是信的，對這些書呆子大臣的話那裡會信？結果人沒殺成，反而被人殺。唉唉！說是人都嚇壞了，不出半個月連殺五個重臣，是多少年都沒有的事。跟立山一起被砍頭的，還有兵部尚書徐用儀和禮部侍郎聯元。說是榮祿跪在太后面前給求情，著太后罵了一頓，我告訴你，你怕也得小心點，據說殺立山是瀾公爺慫恿他哥哥載漪堅決處死的。你想這是為什麼？五個人砍頭監斬的都是徐承煜——」

「徐承煜？哼！又是他！」金花輕蔑而憤恨的。「這個壞胚子，我才不怕他，說穿了我不過是個妓女，難道他會動刀殺我？他別得意，有機會我非替這幾個好朋友報仇不可。」

「那幾個人不知死活，還特別去看砍頭呢！說是幾個大臣都是穿著官服行刑的，許景澄說：『只說處刑沒說撤職，誰也不可以脫我衣冠。』那袁昶更不害怕，還笑呢！跟徐承煜逗樂子說：『賢弟，我看你的氣數也快盡了，我在地下等你嘍！』你瞧，他們真不在乎。」孫三把嘴巴嘖嘖的弄了兩響，覷了金花一會道：「那時候我勸你你不聽。說是人人知道，瀾公爺千方百計的要殺立山，就是為了報碧柔事件的一箭之仇——」

「你別嘮叨了，我又煩又餓，大概氣數也快盡了。你說，咱們怎麼辦？總不能就在這破房子裡等死。」

「找個熟人家暫時安身吧！」

「死的死了，逃的逃了，那還有什麼熟人？就算有，誰又肯接納我這個在外洋待過幾年的二毛子！」

「我想起來：以前管門的老杜，自從你花錢葬了他的老娘，他倒一直很知恩。說不定他肯收留我們。」

「知恩是一回事，是不是有那膽子又是一回事。眼前也沒別的辦法，就去試試吧！」

老杜家住西城，由安定門去要穿過半個北京市，金花和孫三沿著安定門內大街往裡走，一路上盡是稀稀疏疏的壇場和散兵遊勇狀的義和團員。住家的緊關著大門，也有的敞開著門戶，被戮殺的屍體橫陳在街巷，蛇行四散的流血深深浸入泥土裡，變成了晦暗的焦褐色，屍體堆裡有男人，有被剝得赤身露體的女人，也有尚在稚齡的孩子。

金花震駭得渾身戰慄，為自己憂，也為北京的百姓悲，她想問天，無辜的人們到底做了什麼惡？犯了什麼罪，為什麼要用這樣殘酷的手段懲罰他們？

金花不敢稍停。跟在孫三身旁急急的往前走，而旂旗圍繞的壇場和頭包紅巾腰纏紅帶，赤裸著上身的義和團員已漸形稠密，到了東黃城根、地安門，和鼓樓一帶，竟是三步一個壇場，五步一個團部，密密麻麻、擠擠攘攘，接天蓋地無邊無垠的一片刺眼的紅。樹梢、牆垣、房簷，全掛著兩三丈長的大塊紅布，壇場上插著「扶清滅洋」的大紅旗，多得像大雨前搬家的螞蟻般的義和團員手中亮晃晃的大刀長矛，也繫著火紅色的繐子。黃色的土地，綠色的草木，藍色的天空和白色的雲朵，全被凌厲得逼人眼目的紅色遮住，在紅豔豔的大太陽下如汪洋血海，閃閃動動急急緩緩的鼓盪著萬頃紅色波濤。

光裸的肌膚被汗水染得嶄亮的義和團員，舞動著手裡的武器，滿面殺氣的審判「二毛子」。待審的二毛子像屠宰場上待宰的羔羊，一堆堆的被反綑著雙手跪在烈日之下。臉上的絕望顯示出自知難逃一死的命運，並無奈的準備從容接受。

每個壇場都是香燭高燒，也都在焚符表，香煙繚繞中大師兄有耐心的對著一張張的黃紙念咒，照例是紙灰上升的得救，下沉的證明是罪大惡極的二毛子將被當場處死。炎夏的無風天，符表燃燒的灰燼正如同沉悶的人心一樣不得昂揚，於是，刀矛齊下後的屍體開膛破肚，心肺五臟血淋淋的滑流在地上。世界整個浸在血海之底，被殺死的二毛子已顯不出顏色，只能嗅出溫熱的鮮血與腥酸的舊血混合成的一股濃烈刺鼻的惡臭。

「這個娘們，看著妖妖嬈嬈，準是個二毛子。」忽然兩個義和團員擋住金花，其中一個伸手就往她身上摸索。

「兄弟，她是我家裡的，不是二毛子。」孫三說著從衣袋裡掏出一張紙；他練義和拳時大師兄賞的符表。「你請過目。說起來咱們是一家人。」他陪笑的巴結，腰彎得像個駝背。

兩個義和團員把那張紙翻來覆去的看了半天，終於放行。半路上經過幾次盤問，金花又驚又怕，到達老杜家的胡同口已近黃昏，正要敲門卻見一個白髮蒼蒼的老者，背了個口袋蹣跚而來，「老杜。」她像見到救星一樣的招喚。

「這不是夫人和孫三爺嗎？」老杜愕然的半張著嘴。

「你瞧我這灰頭土臉的德行吧！」金花苦笑著撫了撫衣服上扯破之處。「我們足足三天沒進米粒，來投奔你啦！」

「成，有我老杜吃的就有你吃的。」老杜引導金花和孫三走進小四合院，小心翼翼的打開口袋。金花伸頸看看，原來是上好的白米，高興得用鼻子長長呼了一股氣。

「人餓得受不了啦！這幾天總有搶米店的。我熬點粥給你們壓壓驚，幸虧院子裡有口井，不然不餓死也渴死。」

金花喝了兩碗香噴噴的白米粥，擦了個熱水澡，身體彷彿從一隻堅硬牢固的罈子裡掙脫出來那麼舒服。

義和團仍在攻打西方使館和西什庫教堂，莊親王載勛以步兵統領之尊下令「能補斬一番鬼者賞五十金，生擒者倍之。得女鬼及小鬼者以差次受賞。」告示貼了滿街，卻是一個「番鬼」、「女鬼」和「小鬼」也沒捉到。

戰爭在北方大地上進行，南方各省的封疆大吏按兵不動，忠於王室的將軍帶兵在前線廝殺，雖然捷報頻傳，天天說殺了多少夷鬼，收了多少失地，人民還是不能拋開他們的恐懼，人人知道大禍即將臨頭。

槍砲聲仍在不斷的響，而且更加劇，一陣連珠密雨的轟轟隆隆之後，常會爆出一響高亢劇大的霹靂聲，震得窗搖戶動桌椅翻騰，讓人以為天將塌，地已陷，世界既將化為灰燼，絕望的人們驚恐的問：「好大的聲音！別是洋兵攻城來了吧？」連深宮裡的皇太后慈禧也沉不住氣了，直問：「這砲聲跟以前的不一樣，是不是洋兵攻京城？」

「洋兵過不來，有李秉衡的大兵和義和團擋著，就算洋兵來也攻不進，義和團法力無邊，準制服他們。」載漪說。

「義和團真有那麼大的法力？怎麼使館到現在攻不下呢？」慈禧太后重重的啐了載漪一口。「你這個東西，一顆貪心，滿嘴謊話，禍都是你惹出來的。」

「奴才不敢。」載漪趕快跪下，胖臉笑得像三歲孩子一樣的天真無邪。

「嘖！」慈禧太后愁眉深鎖卻不敢再說下去：如今義和團在宮裡擺了壇場，每天練刀做法，幾扇大宮門隨意進出，走路時嘴裡念念有詞，說著順口溜，其中一句是：「當滅盡諸夷，不受賜，願得一龍二虎頭。」有天載漪問領頭的大師兄：「你們所說的一龍二虎，指的是什麼人？」大師兄把腰一扠，嘿嘿的冷笑幾聲：「我說王爺，你那腦子真就笨得母豬一樣？一龍指的當然是那個沒用的瘟皇上——二毛子教主，他不是頂反對我們義和團的嗎？二虎嘛？一個是專拍洋人馬屁的慶親王奕劻，另一個就是洋人走狗李鴻章。這太后也不懂事，八成是老糊塗了，居然又任命這兩個老二毛子做全權大臣，使館也不許攻了，不是要跟洋人講和吧？看吧！要是他們講和，我就先取頭。」他下巴頦朝天，連正眼也不看載漪，說完大搖大擺的進了太和殿。

載漪被沒頭沒腦的奚落了一頓，卻不敢不陪笑臉，義和團的勢力如洪水怒潮一般，已席捲了京城裡的每一個角落，任何人，包括太后在內，也控制不了他們的行動，好幾個王公大臣的家人都逃不了被殺的命運，榮祿的好友，剛毅的親戚，自己的心腹愛將慶恆，一家十三口統統死在義和團的刀下，可是誰又敢有一句怨言，他們還想要「一龍二虎頭」呢，別人又算得了什麼。利用義和團來打洋人，原以為把洋人趕盡殺絕就沒人替皇上撐腰，便可慫恿太后下召廢立，兒子溥儁一登基，自己不就是個掌握實權的太上皇，那時候誰敢不聽他的？就連太后也得讓他三分吧！確實不曾料到義和團這樣沒用，洋人沒傷幾個，反而把自己人亂殺亂砍，現在事情鬧得如野火燎原，如何收場？

載漪思前想後的頗是憂鬱；雖然騙太后說洋兵沒有攻城，事實上他本人和全北京的人都知道，洋兵正集中了砲火全力進攻，誓言要拿下北京城。

載漪越想越怕，連忙找榮祿、剛毅、載勛、載瀾、董福祥會同義和團的幾個大師兄，商談退敵之計。榮祿自始至終不發一言，剛毅一群人說事已至此，只有信賴義和團到底，義和團的大頭目拍著胸脯道：「你們急什麼鳥？我們既然承擔扶清滅洋的重任，便自有我們的辦法，要破洋鬼的槍砲邪術，一定要用女人的穢物。大提督你快下命令，叫全城婦女的穢物都不可丟掉，一概收為官有，直接運到城下。」

大提督載勛不敢輕慢，緊急下令執行，不出半日，便拉了幾十車的裹腳布、月經帶、便桶和洗腳盆到各城門。義和團的大師對著一車車的穢物念過咒，立即指揮布置，一日之間，幾十車的垃圾便飄飄搖搖的全吊在城牆之上。

洋兵的砲火足足轟了兩天一夜，這天晚上竟悄悄的沒了聲息，當慈禧太后召集六部九卿的王公大臣做御前會議時，剛毅握著一把鐵釘諂媚的道：「承太后聖母的宏福，昨晚大師兄的法術忒靈驗，把洋兵的砲給封上了，砲上的釘子也拆下來了。」

「真有這麼靈？」慈禧太后半信半疑，有了些笑容。

「奴才稟奏聖母：洋兵停止砲轟，是稍做休息養精蓄銳，準備做更大的進攻。實際的情況是，八國列強的聯合部隊兩萬大軍集在城門之外，已經兵臨城下，通州兩天前失守，李秉衡兵敗自殺身亡。」榮祿伏在地上悲聲說。

「啊！李秉衡也沒擋住洋兵，那我們靠誰呢？」慈禧太后驚呼一聲，絕望得流下眼淚。慶親王奕劻叩頭道：「現在敵人大兵隨時可以破城進來，唯一的退兵之計是殺死剛毅、載漪一班誤國的奸臣，顯示我們的誠意，洋人才會退兵。除此之外沒有其他辦法，洋兵一進城，老佛爺和皇上的安全會怎樣呢？請老佛爺採納奴才的意見。」

「聖母，接受慶王爺的建議吧！要是洋兵進城，北京老百姓可就太苦了……」光緒皇帝的話被一堆聲音打斷：

「請聖母殺奸臣奕劻和榮祿，他們全是洋人的奸細。」

「我們保衛大清，忠心耿耿，受奸臣的嫉妒。」

「義和團是愛國的義民，攻擊義和團的就是奸臣。」

「奸臣要殺我，求聖母救命！」

「請殺掉奕劻，他身為懿親王爺，不向著自己人，專替洋鬼說話，居心何在？」載漪雄赳赳的怒聲說。

「夠了，你們不要再吵。我是叫你們給拿退敵之計，不是叫你們來吵架的，到這個時候還你要殺我我要殺你的起內鬨，這個國家能好也就怪了。你們先退下去，待我安靜的考慮一下看該怎麼辦？」慈禧太后不勝煩惱，揮手斥退眾人，把身體重重的靠在龍椅上。她嘴角旁陷下兩道大紋，腮上的肌肉米袋般鬆鬆墜下，只有眼光還沒失去平日的冷凌嚴厲。

慈禧太后並沒得到她所預期的安靜，攻城的砲聲足足響了一夜，黎明之前砲聲停了，有燃燒物的焦糊氣味流進深宮裡。慈禧太后心神不寧，披起衣服到寢宮外的走廊上探看，只見半邊天被火燒得通紅，黑色的濃煙像暴風雨前的烏雲在空中擴散。「你快到前面去問問，外頭的情形怎麼樣？」她對李蓮英說。李蓮英匆匆去了，不一刻功夫連滾帶跌的跑進來：「老……老佛爺，可……可了不得啦！洋兵要進城啦！廣渠門、朝陽門、東便門快給攻破了，咱們怎麼辦啊？」他急得東張張西，望望的滿地打轉轉，好像要找個安全的洞穴鑽進去。

慈禧太后木樁般直挺挺呆住，高䠷的身材彷彿在一瞬間矮了一半，肩膀瑟縮的向下傾斜，以致那肥大的龍袍像隨時會滑落在地，過了好一會才迸出點微弱的聲音：「趕快召集六部九卿和大學士到御前，把皇上也叫來。」

李蓮英忙傳話叫去召集，慈禧太后在儀鑾殿枯等了半日，只有皇上一人慌慌張張的趕來，六部九卿竟沒有一個到的，慈禧太后傷心的道：「這些王公大臣，朝廷對他們不薄，這個時候居然丟下我們母子！」

「連殺了幾個忠臣，已經沒有人敢再進言，他們已經放棄了。載漪之流的不過是利慾薰心的奸臣，見大勢已去，早忙著逃命去了，那還顧得了我們。」光緒皇帝的口氣中有埋怨。慈禧太后聽了又橫眉豎目的道：「怎麼？你想派我的不是嗎？」「孩兒不敢。孩兒把事情已看明白，到必要時只有一死以謝祖宗和百姓。」光緒皇帝鎮靜的說。

慈禧太后和光緒皇帝在宮中過了最孤單，最驚恐，最難耐，和最漫長的一夜。天剛冒白，榮祿和載瀾忽然氣急敗壞的來到宮裡。「洋兵已經在攻紫禁城，東華門就要破了。老佛爺快避一避吧！」載瀾說。慈禧太后冷笑道：「洋人的大兵已經逼宮了，到那兒避去，你們這當口才來，昨天叫人怎麼沒一個到？」榮祿連忙下跪：「昨天已有洋兵入城，奴才身為軍機大臣，不能不做應付之計，一方面叫載漪準備白旗表示休戰求和，另方面想找人送照會到洋使館，求他們退兵。」

「照會送去了嗎？」慈禧太后顯然不那麼生氣了。

「沒人敢去。再說洋兵已經進城，送去也未見有效。」

慈禧太后朝榮祿睇視了一會，見他六十四高齡的人，仍未失青年時代的英挺秀拔，又始終如此的忠誠可信，在危難的時刻也不逃避，是多麼的難得！她觸景傷情，一時心軟，竟至眼眶酸熱。「這是什麼時候，你還多禮，快起來吧！張羅車馬出京。」她的語調使皇上和載瀾都有奇怪的感覺，因為從來不知道威嚴的她也能發出這麼委婉的聲音。

慈禧太后認為逃亡不能讓人識出真身分，決定改換民裝，也不乘宮中車轎。命幾個太監到大馬路上去攔騾車，好不容易得到幾輛。這時載漪剛毅之流和早在暗中準備逃走的王公大臣，聽說太后也要離京，一個個急忙趕著車到皇宮會合，隆裕皇后、瑾妃珍妃也被喚而至，光緒皇帝道：「國事弄到這個地步，身為一國之主，我要留在京裡。幸好有這麼多的王公大臣保護聖母出京，我就不隨行了。」

「你不隨行？誰許你的？」慈禧太后不悅的拉下臉。

「老佛爺，」珍妃恭敬的請了個雙安。「皇上說得對，他應該留下，家有家長，國有國主，就算收拾殘局吧！也得有個做主應分的人——」

「二妞，你別出聲吧！」光緒皇帝急切的擋住珍妃的話，怪罪的用眼光向她示意，提醒她認識事情的嚴重。由於他跟珍妃太親近，對隆裕皇后太冷淡，太后就總替自己的親姪女撚酸吃醋，對珍妃視為仇敵，百般刁難，偏那珍妃又是小火炮一般的性子，不懂逢迎，說話直來直往，若在平時也罷了，在這個重要的節骨眼她怎麼可以插嘴呢？他正想再暗示她兩句，只聽得慈禧太后狠狠的喝了一聲：「我以為是誰？原來又是你這個狐狸精。別人都換上民裝了，為什麼你還打扮得花枝招展的？你不想走嗎？」她陰森森的朝珍妃打量。珍妃並不畏縮，清晰的道：

「婢子沒有逃走的打算。身為大清王妃也沒有改穿民裝的道理。再次跟老佛爺請求，讓皇上留在京裡——」

「二妞，閉住你的嘴！」光緒皇帝急得額頭上冒出汗珠。

「我本來還拿不定主意讓不讓你走。你既然要做個貞烈的大清王妃，我不如就成全了你吧！」慈禧太后指著站在一邊的總管太監崔玉貴，「崔太監，你來做這件差事，把這狐狸精推到後院的井裡。」

「聖母老佛爺，她不懂事，您老罰她打她都應該，可別判她死。」光緒匍匐在慈禧太后腳邊，瑾妃也哭著跪下，喃喃的道：「老佛爺，饒了我妹子年輕不懂事。」

「你們都給我爬起來。」慈禧太后厭惡的把手一擺。「你們用不著囉嗦。我叫誰活他能活，我叫誰死他就得死。」

「老佛爺的話不實在，老佛爺想叫洋人死光，結果他們都活著。老佛爺，皇上不該走，國無君就不成其為國。」

「二妞，你瘋啦！」

「崔太監，你也不想活了嗎？還等什麼？把她給我推下去。」慈禧太后氣得膚色泛青，一臉殺氣，崔玉貴不敢怠慢，拖了珍妃就往外走，珍妃一甩頭掙脫開，仰面鄙夷的道：「別碰我，我自己會走。」

光緒皇帝急得連連的喚著珍妃的小名，掙扎著要奔過去，李蓮英和幾個太監七腳八手的拉著他，使他動彈不得。珍妃出門時對他回眸深情一瞥：「請皇上保重，來生再見了！」過一會崔玉貴進來回道：「稟告老佛爺，珍主兒已經壯烈殉節。」

慈禧太后板著臉無動於衷，有條理的分配出京的人馬。光緒皇帝倒不叫不吵也不掙扎了，像個沒知覺的行屍般任人擺佈。慈禧太后說：「我坐載瀾的車，大阿哥載儁跨沿，皇上跟溥倫貝子坐一輛車。倫貝子，我可把皇上交給你啦！你要負責照顧好。」光緒皇帝聽著一點表情也沒有，順從的跟溥倫上了車。慈禧太后又道：「沒有大兵跟著保護怎麼成？董福祥的兵呢？」「董福祥連招呼都沒打一個，昨天帶著部隊往西去了。」答話的是載勛。「唉！這個土匪胚子，終是靠不住的。顧不得了，快走吧！」慈禧太后穿著粗布褲褂，頭上包條大汗巾子，咳聲歎氣的坐上騾車。載漪、載勛、剛毅、奕劻、載瀾跟隨在後，李蓮英隨侍在慈禧車內，護送的兵勇不過兩百人，一行倉倉皇皇的出了紫禁城。

29

「洋兵進城啦！洋兵進城啦……」人們駭極的叫喊。聲音悽厲悲慘直入雲霄。老人、孩子，連婦女也顧不得體面了，散亂著頭髮，披邋著衣服，鞋襪不整，在街上狂奔而過。他們不知要奔向何方，也不知是不是能找到地方躲藏？只是直覺的感到洋兵是比野獸更殘暴的魔鬼，會吃他們的肉，吸他們的血，取他們的性命。

火在延燒，八月盛暑的燠悶中益增灼人的焦熱，人臉上被汗水與淚水浸，得泛出膩亮的油光，像一隻隻在炭火竈裡烘著的掛爐烤鴨，被摧毀的生命復等待刀剪宰割。

道旁的屍體在潰爛，腐肉滲出淡紅色的血水，白花花米粒般的蛆蟲興奮而忙碌的鑽爬，死人敞開的肚膛或半張的眼眶是它們的遊戲場。

空氣的惡濁腥臭逼得人窒息，但受了大驚恐的北京市民已渾然不覺，他們唯一存活著的一線知覺，告訴他們要逃命，要生，不要死。

槍聲咻咻的一陣陣劃過半空。絕望的人民有全家服毒尋求解脫的，有放火焚屋自甘結束生命，免被洋兵淩辱的。但更多的是要繼續活，要找個安全的角落躲進去。

洋兵真的進城了，廣渠、朝陽、東便，三個城門被攻破，馳著駿馬的騎兵隊像自天而降的狂流，滔滔不絕震耳欲聾的鐵蹄聲驅著滾滾煙塵，由東到西浪潮般急急瀉開。騎士們各個年富力強體魄健碩，寬寬的肩膀挺直的背脊，手上揮舞著的長劍閃閃生光。

兩萬之眾的步兵緊跟在騎兵之後，步伐服裝整齊劃一，結實的大皮靴重重的踏出登登的，像用一柄巨斧，硬把一枚鈍拙的大鐵釘鑿進人的腦子裡那麼可怖的聲音。接著是新式的戰車，堅固得彷彿足以擊碎整個世界的大炮，大車輪揚著塵土轟隆轟隆的前進，把沙土地壓出深深的溝痕。軍官們制帽上的金徽，和兵士們扛在肩上擦得嶄亮的長槍，在陽光下交互輝映出霜雪般寒冷的幽光，征服者勝利的笑容似水面的漣漪，在他們像剛從漂白劑裡撈起那麼白的面孔上盪漾。

中國的老百姓被這從來不曾見過的景象嚇壞了。洋兵要把整個北京城的人殺得一個不留的傳言，在絕望的人群中高聲擴散。

朝廷裡的王公大臣，守城的官兵，立志要扶清滅洋的義和團，逃的逃躲的躲，彷彿在一瞬間全部土遁，一個也不見蹤跡。宣武、朝陽、東直、安定、德勝，所有的城門大大打開，手持武器的西徉兵沉著他驕傲的臉守在門口盤查，中國人禁止出入，外國人通行自如。兩天之內北京城被整個佔領，洋兵的聲勢遠勝於叱吒一時的義和團，如決堤洪水般流入每一個角落，街頭巷尾無處不是穿著筆挺軍裝，白臉上鑲著高鼻樑和淡色眼珠的官兵。

原來在街上盲目奔跑的人群驟然消失，哭喊聲、呼救聲、槍炮聲也歸於沉寂，只有樹上的鳴蟬仍在不知愁的哇啦哇啦的嘯唱。骯髒、零亂、遍地瓦礫和腐屍的大街上，店鋪把門窗上的木板關緊得連一滴水也休想進入。義和團的紅布標幟，已從汪洋血海衰落成退潮後的岸灘，星星點點的紅色像暴雨打過的殘花，不帶一絲生氣的被踐踏在腳下，空蕩蕩的壇場上剩下些歪歪倒倒的桌椅，洪鈞老祖和驪山老母以及所有神仙的牌位都成了可笑的垃圾。

胡同裡的住戶人家門框上懸著臨時做成的白布旗子，無風的季節裡沉重的垂著頭，白花花一片像喪事中的招魂幡，在酷熱的烈日下凝聚著冷冷的陰氣。餓瘦了的狗在路旁咬著死人的內臟貪婪的啃嚼，一頓純肉的美食把肚皮吃得圓溜溜的鼓起，泛紅的眼珠子閃著野狼般的兇光。北京已是一座千年無人居住的荒城，被死亡和毀滅的氣氛牢牢罩住，偶爾一陣洋兵的大皮靴聲走過，震動得天地亦戰慄。

中國人口中的「洋兵」是由德、奧、英、法、美、俄，和義大利及日本聯合組成的。京城既已佔領，各國司令官開始座談會商，其中以英國的蓋斯里將軍，美國的沙飛將軍，法國的福里將軍和日本的山口素臣將軍，聲望最高，尤其是蓋斯里和沙飛，一個征服印度有功，一個平定菲律賓得名，是有經驗的亞洲通。會商的結果，將軍們認為兵士不遠千里，飄洋過海到中國來執行神聖任務，攻城奪地的辛苦作戰，又趕上夏季炎熱，飲食多不合胃口，如果不讓他們放鬆一下，調劑調劑身心的話，恐怕會有怨言，生厭戰之念，何況中國人實在可恨，居然殺害傳教士，攻打使館，非嚴加懲罰不可。於是一致通過，兵士們可以公開搶劫三天，這三天是他們的假期，任何行動不受約束，做為他們萬里長征獲取戰果的犒勞。

已經被義和團和自己軍隊蹂躪過的北京人，又面臨了新的災難。洋兵用槍托和大皮靴砸開大門，闖進民宅，搶去值錢的古玩字畫和金玉首飾，強姦婦女，搗毀房屋，整整三天，北京城沉在地底的煉獄裡，黑暗遮住了日月的光輝，罪惡成了自由翱翔的和平鴿。

征服者的大目標是要瓜分中國，小目標是要把北京畫界自守，免得利益被別的同伴國家侵佔。佔領區即是口袋中的捕獲物，可以隨著性子處理，各區有不同的告示貼出，有的說要搜捕義和團，有的命令各家負責門前清潔，瓦礫死屍垃圾糞便限期打掃乾淨，違者重罰。而幾乎所有的告示都叫人要安心生活，因為他們遠來中國的目的，就是鎮亂平反，解救中國人民於水深火熱，中國人應該放開心胸過日子。

告示歸告示，事實歸事實，領略了洋兵兇殘的北京人已經嚇破了膽，不出一絲聲息，悄悄的清掃過自家門前，又趕快把修復的大門關得嚴嚴密密。昔日繁華的京師重地，是一個沒有市集，沒有貨攤，沒有沿街叫賣的小販，沒有店鋪商號飯莊的破碎城市。入夜以後，黑漆漆的大街小巷杳無人跡，偶然有點風吹草動的聲息，人們便說是鬼魂的腳步。相傳有成隊的無頭寃鬼，一身是血的在各處遊蕩。話傳得真切，連洋兵也不肯夜間上街行走。

槍炮聲不響了，表面上戰爭似乎已經結束，實際上北京以外的城鎮仍在廝殺，俄國人不聲不響的進兵東北邊境的吉林省，八國聯軍搜尋遍了北京的每寸空間，要找出慈禧太后和載漪載勛剛毅之流的戰爭禍首，也要找出義和團來報仇。當他們知道慈禧太后已經西逃，自然是失望而惱恨的，便尋了王室的親族洩憤。得寵的王族全隨著太后西逃，留下來的盡是太后不屑於理睬的。怡親王溥靜，因為同情皇上而遭太后厭惡，平日既不蒙召見，逃命更輪不到份，洋兵竟不管原由，聽說抓到個親王連稱是又一次勝利，命溥靜做搬石頭連死屍的奴隸，用皮鞭活生生的打得他皮開肉爛，嚥下最後一口氣。

謠言在慌亂的人群間傳播：「太后和皇上已經逃走，我們沒人管啦！」，「洋人要做皇上啦！已經打掃三殿，就要登基啦！」，「洋人最喜歡李鴻章大人，想是要扶保他做皇帝吧！」，也有人說：

「皇上已經自縊殉國，太后躲到五臺山的廟裡去啦！」有的人家已悄悄的供上了光緒皇帝的牌位，早晚對著叩頭祈禱，請求保佑。

金花在老杜家住了些時候，見他一家大小幾口經常的缺米少麵，長期打擾於心不安，既是情況慢慢的趨於平靜，就壯著膽子帶了孫三離開杜家，往南疾走。街上每個轉角處都有洋兵佈哨。金花打著藍粗布包頭，抹了一臉竈灰，再憑著能說德語英語，竟是通行無阻的到了南城——德軍佔領區。到了一家熟識的客棧去租房，店主人逃難遠行，房門空著，他們就自做主張的住進安身。

十月十七日這天正午，金花溜到大街上，想敲開一家糧食店的門，買一點米麵下鍋。她和孫三已經整整兩天沒有食物下肚了。剛走出胡同，就看到遠遠的街口有大隊人馬在經過，雄壯的西方軍樂聲悠悠傳來，城牆上的洋炮每隔上一會砰的響上一下，懶洋洋的，不像在打仗，倒像在跟誰開玩笑。這是怎麼回事呢？金花心裡好納悶，忍不住快步跑了一段路，想走近些看個究竟。

在前引導的是美國騎兵，和穿著英軍制服的印度騎兵隊，接著是一堆穿戴考究，帽簷和袖口上鑲著金線，胸脯上掛滿了五顏六色的勳章，表情肅穆莊嚴，背脊挺得筆直的各佔領國主將。在他們後面，是一個面孔紅撲撲，眉毛和鬍鬚在淺黃中泛白，頭戴草編的遮陽軍帽，身穿硬挺的軍服，跨著一匹棕紅色毛皮油亮的駿馬，驕氣騰騰的大將軍。他的前後擁著幾個騎馬的衛士，其中一個舉著顏色鮮豔的帥旗，再往後又是大隊的日本騎兵，浩浩蕩蕩，看著好不威風！那麼，這個老頭兒一定是八國聯軍的大元帥嘍！他是誰呢？為什麼看來這樣眼熟？他穿的是德國軍服，一定在柏林見過的吧？她想起來了，是瓦德西伯爵。近十年不見，他老了不少，但那張紅撲撲的臉和騎馬的姿態沒變，他使她憶起威廉第一出殯時他擔任總指揮的情景。

金花沒敲糧食店的門，無精打采的往回去的方向走。路上經過了幾戶人家的門口，聽到裡面女人哭喊孩子驚叫，洋兵綑著成串的男人在街上吆喝，用皮鞭抽打他們的身體，她看得眼睛裡直冒火星，不加考慮後果就衝了上去。「你們這算做什麼？」她用德語說。「哦？你會說德國話？」領頭的小軍官驚異的眨巴著藍眼珠。「是的，我會。我還去過德國呢！我記得德國人大半有禮貌有教養，很愛朋友，對人和和氣氣。我想知道，你們為什麼這樣對待中國的老百姓？」

「我們抓義和團去砍頭，義和團殺我們的人，我們也照樣的對待他們。」德國小軍官理直氣壯的望著金花。

「這個時候到那裡去抓義和團，他們在城破之前早逃光了。這些都是善良的老百姓，你們不該冤枉好人。」

「他們不是義和團？你敢保證？」

「絕對不是義和團。我敢保證。」金花拍拍胸脯。

「不是——」小軍官朝綑人的兵揮揮手。「放掉他們。」

「哦？」金花沒料到事情這麼順利，那幾個人更沒想到能夠死裡逃生，跪在地上就要給金花行大禮，稱她為「救苦救難的活菩薩。」金花道：「別說謝，幫助你們是我的本分。快快回去吧！別在街上晃蕩了，說不定又遇到別的兵。」那幾個人聽罷連忙一溜煙的跑沒了影。

金花回到家，孫三見她兩手空空心事重重，便問：「你沒敲開糧食店的門？」

「我沒敲。」金花重重的靠在炕上，兩眼直直的在想事。

「瞧你，跑出去一趟，又不敲門——」

「少煩我。我就是沒敲。你為什麼不去糧食店?你為什麼等現成?膽小鬼!」

「哼!你別罵人啊!你沒聞著味兒嗎?瞧火上煮得咕嘟咕嘟的。」

金花這才嗅出小米粥的香味,精神不覺一振。

「你到那兒弄的小米?」她打開親用力吸了兩下鼻子。

「嘖!這又不氣了。我跟前院的老大娘討了半碗小米。」

「老大娘心腸真好,這個時候還肯送半碗米給人。等我弄到吃的一定也要給她。」

「你到那兒弄吃的去?就是太后在,怕也要挨餓了——」孫三見金花又直著眼睛像在思索,便改了口氣:「你是怎麼啦?上了一趟街,回來就這麼直眉楞眼的犯呆?」

「唉!有些事,確是作夢也料不到的。剛才我看到聯軍的大元帥騎馬經過——」金花把那支隊伍詳細的描繪了一番,「那個人我認識呢!在柏林時去過他家。」

「你認識聯軍大元帥?那還有啥說的?去找他幫忙。他拔根寒毛比咱們的腰還粗,他一句話咱們的問題就都解決了。」

「你說得好簡單!在柏林的時候我是大清朝欽命全權代表洪公使的夫人,榮華富貴樣樣有,跟他平起平坐,今天我淪落到這步田地,又是打敗仗的,去涎著臉求他?不。」金花用力的甩了一下頭。

「打仗時候,誰也沒有好衣服,怎麼叫淪落?」

「我不是指衣服,是指身分。」金花又有些不耐。

「身分?我們這種人講啥身分?你本來也是幹這一行的嘛!」

「閉嘴!」金花極不耐煩的止住孫三。「盛碗粥給我。」

孫三因參加過義和團，很是心虛，謹慎得不敢外出，張羅柴米油鹽仍是金花一個人的事。這天金花上街，連看到兩張一式的告示，具名者是議和大臣慶親王奕劻和李鴻章中堂。告示的內容是諭令商民各安生業，勿須懼怕。至於各國撤兵，則要等達成和議方可定局等等。

金花把告示讀了兩遍，信賴的程度卻是一分也沒有增加。和議那天開始似乎遙遙無期，聯軍方面安民的告示已出過幾次，但他們仍然以戰勝的大老爺自居，隨意騷擾民宅，從早到晚的抓義和團，抓到可疑分子不問究竟推到廣場上就殺。自從聯軍進城，不知多少老百姓做了刀下鬼。聽說日本和英、美幾國的佔領區已漸漸的在恢復，有些商店已開市。但是在這德軍區域內，要人民不害怕可不容易，只抓義和團一樁事就足以讓人嚇破膽，這些天她故意大街小巷的轉，靠著能說德語，救了怕不只上萬的人。在這樣的情況下市面怎能恢復正常，百姓怎能安心生活？她想著不覺憂慮重重。

金花敲開糧食店的門，買了一斤玉米、一斤白麵，又去到油鹽店弄到一小瓶麻油和一包醬菜。還沒到家，就聽到德語的怒罵聲，和孫三驚恐的掙扎聲。她快步進去一看，果然是兩個德軍年輕軍官帶了兩個兵，正拿著繩子要捆孫三。「你們又要抓義和團啦？可惜這裡沒有義和團。」金花正言厲色。

「唔，好厲害！我們也喜歡漂亮姑娘，連你也抓走。」一個小軍官嘻皮笑臉的湊近金花，要拉她的手。

「你想撒野？」金花閃開那軍官，傲然的挺挺背脊。「你知道我是誰嗎？我是以前駐德洪公使的夫人，你們的皇帝皇后我都見過，跟俾斯麥首相也認識。」

「唔，你連我們的大皇帝也見過？」不很信任的口氣。

「當然見過。你不信回到柏林去打聽打聽，那時候的高級社交圈裡，誰不知道中國洪公使的夫人？就連這位新上任的瓦德西大元帥也曾經是我的朋友哩！」

「唔，你認識我們元帥？」兩個軍官漸漸的莊重了，和金花談了一些德國的近況，並說要回去稟報瓦德西元帥，在融洽的氣氛下告辭。

「這下子可好了，認識聯軍大元帥，不就等於遇到了活神仙！」孫三眉飛舞色，一反先前的窩囊相。

「你別樂得太早，此一時也彼一時也，人家還認不認識我可不敢說。」金花的語氣和表情都是自嘲的。往事如煙，遠得彷彿屬於另一個世界，美麗的非今館，庭院後面的小河，忠誠的朋友蘇菲亞，英俊癡情的華爾德，唉！可惜時光如流水，過去便永不回頭……她陷在深深的回憶裡。

30

「皇上陛下，余因任務繁忙，今日始得將進入北京後的情形詳加報告：聯軍佔領北京之後，曾特許軍隊公開搶劫三日，而後更繼以私人搶劫。北京居民所受之物質損失甚大。如今各國互相推諉搶劫責任，但當時各國全盡其所能搶了他們所要的，乃是不容否認的事實。

「余駐紮天津時，因遵照陛下之命令，對於李鴻章之屢次要求晤談，均加以拒絕……」

瓦德西思索著，便不知不覺的放下了筆，習慣性的把煙斗插在嘴上，點燃了慢慢吸著。

戎馬一生，怎會料到臨老來到中國？對於一個六十八歲高齡的老人來說，萬里迢迢的到這偏遠落後，傳染病流行不斷的中國來征戰討伐，是何等的艱難冒險之舉！而別離賢慧美麗的瑪莉——是的，儘管她已六十出頭，在他的心裡她是永遠美麗的，獨在戰亂的異國過孤獨日子，固然官高位尊，統帥八國十一萬餘大軍，仍不是很舒適愉快的事。但是軍人以身許國，皇帝又特別重視他的能力與威望，雖說表面上是八國齊心合力對付共同的敵人中國，其實內裡的玄機正多，中國地大物博，國勢貧弱政治腐敗，是開闢殖民地的理想天堂，英法諸國，根本就明白表示過，索性把中國瓜分成八分，各居一方。在這種情形下，為了保護自己的利益，各國都派了有經驗的重臣來，皇帝指派到他，可見對他的信任程度，這個崇高的位置可說非他不可以勝任，身為人臣的，只有不負所託，忠實的執行任務。

瓦德西坐在慈禧太后專用的雕龍描金書桌前，重新整頓思緒，斟酌字句繼續寫報告，正要落筆，管通報的軍官忽然進來道：「元帥，洪夫人已到。是不是請她進來？」

「請她進來。」瓦德西放下筆和煙斗，站起身整整身上的軍裝，挺著胸膛邁著大步出了辦公室，他的心裡充滿了好奇和疑問：聽那兩個少尉軍官說：洪夫人窮得住在一間破爛的門房裡，自然可能是受了戰禍的災害。可是，又說跟她在一起的是個高大的青年人，那顯然不是洪公使了。分別多時，她的境遇必有很大的變遷，想當年在柏林，中國洪公使的夫人是何等的光豔美麗，風華絕代，誰能料到十年後在這樣的情況下重相見！他走進會客室，見一個穿著一身藍布衣褲，腦後梳著小髻，脂粉不施，面帶愁色的清秀女子坐在太師椅裡。他立刻認出是洪夫人，衣著變了，面容憔悴了，但她還是她，讓任何男性不得不多看幾眼的美婦人。

金花矜持的、不安的，甚至有些敵意的，緩緩的站直了，不發一語也無笑容。

「哈，洪夫人，多年不見，在這裡又重逢，多麼不可思議啊！」瓦德西元帥笑容滿面的迎上前，禮貌的握起金花的右手，在手背上輕輕一吻。

金花恍若回到柏林的非今館，從白色大理石的樓梯上緩緩走下，二十四條飄帶的六幅湘綾裙，一條帶上懸著一隻小銀鈴，人未到而聲先至，繡花鑲金的雙宮鞋，一步一個荳蔻色的痕印，上百隻的眼睛驚讚的睜大了，他們稱頌她美麗華貴，傾服又恭敬的向她行吻手禮，他們是友善而仁慈的，但是，昨天的朋友已經變成了今天的敵人。

「確實不可思議。我從沒想到在這樣的情況下重逢。伯爵是勝利國的大將軍，我是戰敗國的小國民。」金花縮回了她的手，臉上浮起一抹帶有諷刺意味的淡笑。

「戰爭不是可愛的東西，不要提它。我們還是老朋友，是不是？這些年，柏林的朋友並沒有忘記你，常提到你。呵呵！洪公使和夫人請客的中國菜，嘖嘖！」瓦德西做了個其味無窮的手勢。「洪公使在那裡？他現在情況還好嗎？」

金花和瓦德西對坐在一隻紫檀木雕龍茶几的兩端，她深沉的注視著那張紅撲撲的臉：雪白的鬚髮，鬆弛的皮膚，灰藍色眼珠裡有真正的關懷。這個西方老人似乎並無意在她面前擺出戰勝者的姿態，他還是十年前在柏林時那個老朋友，而他問起洪文卿，這份真誠是可感的。金花想著便喟歎的道：「洪公使已經去世好幾年了。他死後我就成了無依無靠的孤兒，這幾年的遭遇說不得了，說起來眼淚也要哭乾。伯爵，在柏林的三年是我一生最榮耀最快樂的日子，那樣的日子已經永遠過去，再也不會回來了。」

「聽你說得多傷感！我都替你難過。到底都發生過些什麼事？如果你還相信我是你的老朋友的話，不妨告訴我，讓我為你拿拿主意，出出力。」

金花見瓦德西的態度和語調仍是那麼和善，特別是那份把她視為朋友，平等相待的誠懇，是多年不曾經歷過的了。這使她無法不感動，像迷失的流浪人重新遇到昔日故舊那樣，她把多年來不幸的遭遇，由洪家被逐，女兒被搶，兒子夭亡，生活費被吞，到重新淪落風塵，以賣笑為生，說到傷心處不禁滂沱淚下，最後道：「伯爵，現在坐在你面前的，已經不是那個榮華尊貴的洪夫人，而是一個下賤的風塵女子。伯爵會看輕我吧？」

瓦德西有耐性的靜聽，偶爾現出驚異和憐憫的神情，但只是隱約的，不過分的，一點也損傷不到他那種歐洲貴族男子的高貴莊重的儀態。

「別難過，你永遠是我們的老朋友洪夫人。」瓦德西輕撫小鬍子，唇邊掛著含蓄的笑。「我看你的境況不很好，有要我幫忙的地方只管說。」

「我的境況的確不很好，不過比起北京的大多數老百姓來要算是好的——」金花欲言又止的考慮了一下，坦然的正視著瓦德西。「伯爵，我是有點事情要請你幫忙，就是請你約束你們的軍隊，叫他們不要再虐待中國的老百姓，中國老百姓犯了什麼罪？先讓義和團亂殺亂砍了一頓，現在又受外國軍隊的折騰，其實我們平常也沒過著好日子。伯爵，你們的軍隊太兇了，饒了這些手無寸鐵的百姓可好？」

「有這種事？我以為外面已經平靜，不是已經貼出安民的告示了嗎？」瓦德西彷彿很出乎意外的。

「事實上老百姓已經被折磨得不成人了。恐怕伯爵還得嚴格的囑咐他們。」

「好，我一定嚴訓他們，軍人怎麼可以不守紀律。」

「有伯爵這句話就夠了。」

「洪夫人，我也有事要求你呢！我們這次總共帶來四百噸麵粉，天天吃麵包，兵士直吵吃厭了。而且麵粉已所剩無多。」

「伯爵想求我做什麼？難道叫我給買白米？」

「是的，想求你給買些糧食。不要白米，米飯我們吃不慣，我們要的是洋山芋。價錢多少我們都不在乎，苦惱的是沒處去買。奇怪，已經停戰了，怎麼店鋪還不門開呢？」

「伯爵，我剛才不是說了嗎？老百姓被嚇壞了，躲避都來不及，那裡還敢開門做生意。」
「所以，這件事非託你去給私下疏通不可。」
「我那有那麼大的辦法？」金花說著笑笑。「再說，你們的兵吃得越飽越好，打起我們中國人來就越有力氣。伯爵，別忘了我是中國人，怎麼能幫你們買糧食？」
瓦德西沒想到金花會說得這樣直接，雖弄不清她是認真還是開玩笑，尷尬的感覺仍是不可免。他沉吟了一會，收了笑容，十分鄭重的道：「洪夫人，戰爭是很不幸的事。可是既然已經發生了，怨懟鬥氣也於事無補，現在我們所要做，所能做的，是用有效的方法止住戰爭，實現和平，如今中國方面已經派了李鴻章和慶親王奕劻做代表，我們這方面的八個國家，也都授命給本國的使節做講和談判。議和會議不久就要開始，不過，李鴻章這個人——」瓦德西有點不屑似的半張著半邊嘴唇，嘴裡呼出的氣把小鬍子掀得微微顫動，話卻不說下去。
「李伯爺的赫赫大名在中國沒人不知道，以前我們洪老爺總說他是滿朝文武裡第一個懂洋務的。有李伯爺這樣的人代表議和，伯爵還有什麼不滿意的嗎？」
「不是不滿意。其實李鴻章還是我指定的。本來慈禧太后想派榮祿做談和代表，我們當然是不能接受。李鴻章這個人本可以相信，糟的是他跟俄國太接近，這是我非常不喜歡的。他居然還不知進退，說他是清朝大臣，不便隨便進入內宮，要求我在德國使館裡跟他見面，不要在皇宮裡，呵呵！」瓦德西戲謔似的淡笑兩聲。
「所以我根本不見他。」
「原來伯爵還沒見過李伯爺！」金花感到瓦德西的氣焰難忍，沉重的默然了片刻，憂心忡忡的道：「伯爵，既是決定談和，就該快快的開始，這不是李鴻章李大人一個人的問題，而是全北京老百姓的問題。一天沒有真正的和平，老百姓就一天不能安心過日子。」

「我懂得。我們也差不多，一天糧食問題不解決，我的心就一天不能安。有些兵士不能適應氣候和飲食，病倒了。事實上他們也希望議和快快實現，他們好快快的回家。我看糧食問題你就給想想辦法，洋山芋、牛肉、蔬菜，是我們最急切需要的。」

金花眨巴著眼睛考慮了一下，爽快的道：「好！我就去給試試糧食的事。可是伯爵，我也請你好好的約束你們的士兵。快快的見李鴻章大人和慶親王，把戰爭結束掉。」

「別擔心，該做的總是要做的。」瓦德西先環顧一眼逐漸流進來的黃昏天色，再掏出懷錶看看。「老朋友久別重逢，別盡談些硬幫幫的，還是輕輕鬆鬆的聊聊家常吧！你吃了晚飯再走，哈哈，你一定要嘗嘗我故鄉哈奴瓦出的好酒。」

「哈奴瓦的烈酒？哦！我還記得那次在你府上品嘗的經驗。希望今天可別辣得我流眼淚。」往事帶動了金花的好情緒，她也興致勃勃笑容滿面的。

「如果你怕辣得流眼淚的話我還有上好的法國香檳。」

「我現在有酒量。就喝杯烈酒吧！」

瓦德西吩咐開飯，下面的人已把席面擺好，廳內外幾十隻大宮燈全部點燃，柔和的光芒從彩繪薄錦的罩子上溢出來，映著水晶杯中黃澄澄的酒。煎牛肉、拌豆角、鹽水煮洋山芋，在德國也算最簡單的飯了，但對於許久沒有好好飽食過一頓的金花，無異是瓊漿玉液。她與瓦德西對面而坐，慢慢的吃著，品著，談著，無限和諧。

「你們的大皇上威廉第二和他的皇后可好？記得他們招待我和洪老爺喝下午茶，好親切的。」金花回憶著，半杯酒下肚，她周身舒坦暖和面色紅豔。

「我們皇上和皇后都好，兒女成群，個個健康活潑，嗯，很是不錯。」瓦德西重重的斟了一口酒，皮膚鬆弛的面孔上露出得色。「皇上對我最眷顧，這次遠到中國，他很不放心，怕委屈了我，讓給帶了兩百瓶香檳和五十瓶哈奴瓦烈酒。哈哈，連我最愛的一匹馬荷西亞也給運來了。還告訴我的副官：『如果發現將軍到危險地帶去，你要立即阻擋。』哈哈，皇上是知道我的性格的。」

瓦德西談興極濃，接著講了一段他在普法戰爭中如何勇敢的故事。

「伯爵遠來中國，伯爵夫人情願嗎？」金花岔開了話題。

「她不情願，捨不得啊！動身的時候她一直送我到義大利的那波里。臨行還為我禱告，請上帝保佑我。她是我所知道的女子中最偉大的。呵呵，對一位女士說這樣的話，彷彿不夠禮貌。希望洪夫人沒見怪。」說到妻子瑪莉，瓦德西像變了一個人，驕氣消失了，灰藍色的眼珠裡，聲音裡，都流露著感人的溫柔。

「伯爵夫人的確是個了不起的女子。」金花用餐巾擦擦嘴角，動作優雅得有歐洲上流社會的貴婦風儀。「伯爵，你喜歡戰爭嗎？」她帶點孩子氣的問。

「我說過的，戰爭是個討厭的東西，誰會喜歡它！不過，在某些時候是避免不了的。譬如說，要是我們的軍隊再不來，我們的教士和外交人員的命運——呵呵，可就不知會糟到什麼地步呢！」瓦德西口氣的肯定，表示出他是多麼的堅信自己的看法。

「伯爵，可惜你只看到事情的一面。」金花也不示弱，德語雖然忘了不少，意思倒說得明白。

「中國老百姓是最老實，最不會侵犯人的。假若不是教會和教民欺侮得他們太厲害，他們絕不會無緣無故的尋仇做對。」

「是嗎？呵呵，洪夫人，你還是那麼會說話。」

「伯爵，不是我會說話，真相是如此。」

金花告辭時，瓦德西命人拿出隻小箱子和一個包袱，道：「這是送給老朋友的一點小禮物，希望能幫你解解急。糧食的事勞你費心。軍隊也不會再騷擾百姓，一切都會好轉的。」

金花坐在轎子式馬車裡，望著漫天燦爛的星星，悠然如置身在夢境之中。

孫三正急得熱鍋上螞蟻般的，繞著桌子轉圈圈，見金花右手捧著包袱左手提著小箱子進來，先是楞了一楞，接著就眉開眼笑的道：「你坐上馬車就沒影了，一去大半天，我直犯愁，想可別出了事吧！那洋大帥送了你些什麼？打開讓我開開眼。」

「我還不知道送了點什麼呢？」金花坐在炕沿上打開了箱子，孫三失聲叫道：「天哪！這麼多大銀元！少說也有一千。那包袱裡又是什麼稀奇玩意？也打開瞧瞧。」

包袱裡是兩套藏青色庫緞繡五彩壓金花邊的褲褂。金花仔細看看，不覺嚇得半天出不得聲。原來那花邊繡的全是龍鳳，不用猜，就知道是慈禧太后的日常便服。「罪過！這衣服我怎麼敢穿？洋鬼們把皇宮給抄了！」

「洋大帥手筆真大。你又沒陪他過夜，就送一箱子銀——」

「呸！你放那門子屁？」金花啐了一口。惡狠狠的打斷孫三沒出口的話。「你當人家瓦德西伯爵像你們一樣，見了雌的就要嫖嗎？告訴你，人家可是把我看成老朋友的，口口聲聲叫我洪夫人——」

「他沒……幹麼送錢給你？嘻嘻！」孫三嘻皮笑臉的。

「你的豬耳朵聾啦？告訴你：他看我是老朋友，見老朋友生活困難，送點錢救救急。你這顆髒心！」

「洋大帥把你當成老朋友？有這種事？」孫三大惑不解。

「是有這種事。世界上有好多事是你這個大粗胚沒見過的。唉，廢話少說，辦正事要緊。現在錢有了，過兩天我就出去找房子。留在通州的你去接進京來。」金花見孫三要搶話，立刻擋住他：「你別又嚇得屁滾尿流的。我沒叫你今天去接，是說時局平定些再去接。瓦德西伯爵託我給採辦糧食，天知道，糧臺大事那是女人辦的？」

「在這個兵荒馬亂的當口到那兒去辦糧食？」

「說的是呢！」金花面色凝重的認真思索起來。

一連幾天，金花乘著瓦德西元帥借用的馬車，後面跟著幾個騎馬的德國軍官，一家一家的去敲糧食店的門。有的糧食店仍把大門關得鐵緊，但大多數的店家從門縫，中見有金花帶路，料想不是來殺人劫貨的，便猛著膽子開了門。

「戰爭已經停了，大家應該和氣相處。洋兵缺糧食，你們要想法子供給。洋人是說了話算數的，說多少錢一定給，如果不給的話我擔保。你們總相信賽二爺的吧！」金花把同樣的話說了一遍又一遍。

店鋪掌櫃的多半回答：「有賽二爺擔保還有什麼可擔心的？賽二爺是菩薩心腸，救了多少北京的老百姓！既然不打仗了，我們買賣總是要做的。」然而也有的說：「洋兵殺了我們的人，我還得找糧食餵他，我瘋了嗎？不，我是不會賣一粒米給他們的。」

金花召集到十四個糧食店的，叫他們能供應洋芋的供應洋芋，不能的供應米麵，瓜果蔬菜、肉類、雞蛋之類的也行。價錢方面，十四個掌櫃眾口一詞的要提高。「洋人把半個北京城都打完了，買糧食多付錢是應該的。咱們這叫以德報怨，肯供應他們的吃就不錯了。」其中一個最年長的說。

事情總算順利解決，見有大錢可賺，誰也不肯落後，沒幾天，二十來輛裝滿糧食的大板車，便浩浩蕩蕩的往德國軍營前進，押車的掌櫃以為一定貨到錢來，誰也沒想到半路殺出幾股洋兵，把車上糧食全部劫空。

「賽二爺，這買賣沒法子做。」掌櫃們圍著金花訴苦。金花氣得直皺眉頭，連忙乘車去見瓦德西。到達瓦帥辦公處，見兩個中國翻譯也等在那兒。「這不是賽二爺嗎？你怎麼到這兒來？」兩人之中的一個很驚奇的問。

「唔——」金花猛然記起，這個翻譯姓曲，父親在朝廷做半大不小的官，他本身會詩文，算是北京的名公子之一。「我是來見瓦大帥的。曲少爺是來做什麼的？」

「你見瓦大帥？」姓曲的跟他同伴相對看了一眼，隔了半天才慢吞吞的道：「瓦大帥可不是什麼人都見的。李伯爺派我們來交涉事情，等了快一個鐘頭了，還沒見著——」

「洪夫人，大帥請你進去。」曲翻譯話沒說完，管傳達的小軍官已經笑嘻嘻的來傳令了。金花隨著那德國軍官進去時，聽到曲翻譯小聲道：「奇怪，瓦大帥見個妓女幹什麼？」他同伴輕笑了兩聲，答：「食色性也，洋大帥也不會例外。」

瓦德西正坐在書案前看公文，見金花進來禮貌的站起身道：「你好，洪夫人，聽說運糧食出了問題，怎麼回事？」

「伯爵，別國的兵也缺糧食——」金花把搶劫的經過描述了一遍。「我看伯爵要派一隊德國兵押車，最好把糧車上插上德國旗。那就準定沒人敢來搶了。」

「嗯，好主意，就這樣辦。」瓦德西點頭贊成。

「伯爵，李鴻章大人派來的兩個翻譯，在外面等了好久了，他們也許有重要的公務要跟你談。」金花試探著。

瓦德西一手捻著八字鬍，冷笑的傲然道：「他們的重要公務我知道，無非是做無理要求，慶親王和李鴻章我已見過，並且也到慶親王府答拜過，議和條件他們知道得非常清楚。一定要先懲治戰爭禍首，那幾個親王：載漪、載勛、載瀾，還有那個殺了不少歐洲人的董福祥，支持義和團跟我們做對的啟秀，統統要處死，否則沒法子議和。可惜剛毅和徐桐已經死了，不然不會饒他們。」激動的情緒使他原本紅潤的面色紅得更深了些，呼吸也變得重濁，有窸窸窣窣的聲音從鼻息中呼出。

金花沉默著，一時想不出合適的回答，怎麼說呢？瓦德西口中那串要處死的名字，是她長久以來痛恨的，但他們究竟是中國人，當一個西方人——雖然是老朋友，用惡狠狠的口氣說要把幾個中國人推上斷頭臺的時候，做為一個中國人的她，是無論如何叫不出好來的。

「對於懲治禍首一節，我們的態度是寬大的，其實並不是每個人都同意這樣寬大，譬如克林德公使夫人就不肯妥協，堅持一定要慈禧太后償命，光緒皇帝親身賠罪。她不但多次跟我談，還去見各國公使，託他們伸張正義，甚至託人帶信給柏林的政府大官，要求支持她的要求。所以，假如滿清政府弄不清自己的地位，一味拖賴的話，他們會後悔。」瓦德西藍眼珠瞪得炯炯生光，語氣中有不可動搖的威嚴和倨傲。

「克林德公使？是不是克林德男爵？在柏林的時候我認識一位克林德男爵夫人，她請我到家裡去喝過咖啡。」金花有些驚喜的問，克林德夫人的聲容笑貌驟然來到眼前。「我記得她是個和氣溫柔的人。」

「溫柔？和氣？嘿嘿，現在這個溫柔和氣的人變得和鐵獅子一般堅硬。」瓦德西隱約的歎息。「我們的兵對留在中國並沒興趣，不過和議不成只好在這裡過冬。難題太多，看樣子談和的事一時還實現不了。」

「伯爵，和平是中國老百姓最需要的事，可惜我幫不上忙，假如有什麼需要我做的，請不客氣的吩咐。」

「唔！」瓦德西又摸起小鬍子，「我看你不妨去跟克林德夫人敘敘舊，勸她別鬧下去啦！」

「我願意去試試——」金花猶疑了剎那，矜持的道：「伯爵，我能不能求你一點事呢？」

「什麼事？儘管說。」

「第一件是戰爭禍首要增加一名，就是徐桐的兒子徐承煜，他比他父親壞得太多，專門陷害忠良，害過我們洪老爺；許景澄欽差的死跟他有關，立山大人可以說是直接死在他的手裡。這個人不死我是服不下氣的。」

「徐承煜？他現在那裡？」

「已經被抓住了，在日本人手裡。」

「你知道得這樣仔細？」

「是的。前幾天我去看望許景澄和立山的家屬，詳細經過全部知道。伯爵，你不能放過徐承煜。」

「對，不能放過這個壞蛋。我記下來——徐承煜。」瓦德西把徐承煜的名字寫在紙上。「你第二個要求是什麼？」

「是——伯爵，戶部尚書立山是我的好朋友，他被徐承煜一幫人送上斷頭臺，死後家裡人連收屍都不敢，還是一個叫素芬的戲子弄了口棺材把他裝殮了寄存在廟裡。我們中國有句話，說是人死後『入土為安』。我想問問伯爵，是不是能派幾個兵保護，把立山的靈柩送到城外他的祖塋地下葬？」

「不要掛心，沒問題。你幫我的忙，我也應該幫你的忙。這件事我會交代奧朗布格伯爵主辦，並且派騎兵隊護送。我知道中國人是很在乎死後的事的，我一定讓立山大人風風光光。」瓦德西痛快的一口答應。

「謝謝你呀！伯爵。」金花的目的達到，面色頓時開朗，臨別時又輕鬆的提醒了一句：「門外還等著兩個翻譯呢！」

「兩個小翻譯？也罷，看你洪夫人的情面，我準他們覲見就是了。」瓦德西向金花吻手道別。

31

素車，白馬，隨風飄動的招魂幡，披麻戴孝的家屬，默默無聲，走在淡淡秋陽裡的長長的隊伍，緩慢而沉重的步履，送葬者苦澀空茫的眼神，似乎都不能給這被戰爭摧毀了的古老城市再增加一分悲傷，相反的，街道兩旁擠滿了看熱鬧的人，看他們臉上興奮的表情，彷彿是正在欣賞一齣內容奇譎的好戲。

也難怪，整整七、八個月了，北京人像掉進了十八層地獄，看到的聽到的，不是殘殺就是死亡，嗅到的不是血腥就是屍臭。驚恐、絕望、傷愁，如滾滾洪流，將歡樂全部淹沒。街道荒涼房舍敗破，人們老鼠般的躲躲藏藏，在這麼長的黑暗荒涼凌虐之後，人人渴望開懷的笑笑，人人渴望看到生命的熱絡，即或是送葬的儀隊，看上去也是生氣勃勃帶著鮮活色彩的。

看熱鬧的人早在議論了，多久啦！死個人還不如死隻狗，整車的屍體推到城外的野地，一個大土坑幾百個寃魂，那有收屍成殮的一說？亂世人命不值錢哪！就連那些王公大臣，死後屍首還不是垃圾般的爛在地上，誰敢去碰？據說立山大人最愛在戲子姑娘身上花大錢，瞧，他的錢真沒白花，要不是戲子給收屍，賽二爺給求瓦大帥，在這種亂世時候還有這番風光？居然一整隊洋兵騎著大馬護送，乖乖！這樣的派頭怕連王爺也輪不到。

隊伍在前進，人們在交頭接耳，德國騎兵隊高大的馬匹步伐劃一的踢踢踏踏。北京城從瘋狂中回到平靜了。

離隊伍不遠處，一個身披白色斗篷的女人，騎著一匹墨黑色的駿馬，神情悠閑的跟隨著，群眾中忽然有人叫道：「瞧，那不是賽二爺嗎？」

「賽二爺？」

「賽二爺你好！」

呼叫的聲音此起彼落，人們的興趣已經從看出殯轉為看賽金花了。

「你們好啊！這些天沒出事吧？」金花坐在馬上笑盈盈的。

「託福，這些天倒沒事。洋兵也不往院子裡闖啦！謝謝你呀！賽二爺。」

「我的鋪子已經開門了，洋兵來買東西照樣給錢，沒再聽說有搶啦劫啦的事了。」

「北京城多虧有個賽二爺，不然我們不定還要受多少苦！」

「你是賽二爺嗎？」一個十來歲的小男孩，手裡提隻醋瓶子，口齒清晰伶俐。「賽二爺到我們家吃餃子好不好？我媽剛才還念叨——說不知賽二爺什麼模樣，真想看看哪！」

「是嗎？我把餃子吃光了你吃什麼？」

「我媽包了好多，你吃不光的。你真吃光了我就不吃。」孩子想了想，紅著臉道：「我媽說，賽二爺救了我們，應該謝謝大恩。」

「看你人小，話可說得老到。回去告訴你媽，說大夥兒都是受了苦的人，不必謝，安心的過日子吧！」金花的心裡熱呼呼的。活到這個年紀，到今天才算懂得了什麼叫榮耀。以往的日子，那怕是被王爺捧著寵著的一刻，其實還是屈辱的。她曾把自己比喻做大宴中的一道名菜，功用是給貴人老爺們下酒開胃助興。當他們讚美她的時候，總是眨巴著兩隻色迷迷的眼珠，好像恨不得一下子看穿她的衣服，剝光她的身體，索性把她按在床上宣淫。那裡像這些純樸老實的小百姓，他們讚美她、謝謝她，乃誠心誠意。

為了避免洋兵闖進民宅強姦婦女，她曾答應設法為他們解決色慾問題。如同一家一家敲開糧食店的門一樣，她也一家一家敲開妓館的門，向那些塗了一臉煤灰，嚇得哆哆嗦嗦，沒處藏沒處躲的姑娘們說：「好姊妹：如今咱們國家遭了大難，洋兵的槍炮是不講情面的，只瞧瞧這些天，多少人喪了生，多少婦女被姦，世界已經亂了，沒處評理去，咱們能救救自己人也算盡一份心。洋兵要姑娘，找不著姑娘就姦良家婦女。所以，姊妹們，洗去臉上的煤灰，攏攏頭，換上好衣服，壯起膽子去接待洋兵，好擋著他們再闖進民宅去胡鬧。洋人也是人，我會跟他們打招呼，要求他們不要粗野，你們用不著害怕，錢的方面，我已經講好了，一次一百銀元——」「一百銀元？」姑娘們中有那膽子大的被說動了，也有的道：「不管多少錢，為了救咱們的姊妹，咱們幹！咱們苦命，心可是善的。」

色慾的要求總算給解決了，不然北京城那裡會這麼快就恢復到目前這個局面！金花想得出神，一轉眼才發現送葬的隊伍正在出城。她翹著脖子朝靈車注視了一會，便掉轉馬頭，往東交民巷的方向轉去，心裡一邊盤算，見了克林德夫人該怎麼開口？多年沒有往還，今天的自己又是登不得大雅的身分，像克林德男爵夫人那麼地位崇高的貴婦，不會拒絕相見或賤視她？

金花心中嘀咕著，可並沒有打消前去拜訪的念頭：一則是答應了瓦德西和李鴻章，不能變卦，再則是她盼望和議盡速達成，洋兵快撤退歸國，老百姓好重新整理家園，過平靜的日子。李鴻章派人來託她給轉圜運用，是她從來不曾料到的。李伯爺這等威震天下的朝廷重臣，居然要求她賽金花來給辦事，一個風塵女子混到這個境地，總可揚眉吐氣，擡得起頭了吧？

李鴻章不只託她去見克林德夫人求情，也託她在瓦德西面前發揮影響力，請他不要堅持，並向德皇及各國公使通融懲治戰爭禍首的條件。伯爺說：「大清朝的規矩是懿親不過刑。洋人要殺莊郡王和端親王，還要殺瀾公爺，也太不給咱們面子了，還有那董福祥，不是說他不該殺，是不敢啊！他手上有重兵，城破時候連老太后也不說一聲，帶著人馬就自個兒往西走了。這樣的人朝廷敢判他死嗎？別人處死都沒話說，不殺幾個，洋人怎麼肯罷休？不過，西安方面軍機處有來電，說本來沒有徐承煜的，為什麼現在忽然也要把他問斬？是不是弄錯了？伯爺說這一項也要請他們重做考慮。」李鴻章派來傳話的人姓周，捧來一袋金元寶，半敞著口亮晃晃的擺在茶几上。她一邊聽一邊打量那金子，少說也值幾萬兩銀子，直待姓周的說完，她毫無笑容的道：「周老爺先把金子收起來，不然我話說不下去。」

周某彆扭的看看她，袋口一紮，收起了金子。

「朝廷的困難我懂得，我會尊照李伯爺的意思去辦事，能辦到什麼程度我也不敢說。承瓦德西元帥念舊，很看重我，可是我也得有分寸，不能做過分的要求。」

「是的是的，李伯爺會體諒的，不過慶王爺那方面——」

「周老爺，你要告訴慶王爺和李伯爺：徐承煜陷害忠良，壞事做盡，他是個非死不可的人。我不會為他開脫的。如果慶王爺和李伯爺不滿意，我就乾脆完全放手不管。你先去把我的意思傳達了，然後立刻給我回話，我才能決定管不管這檔子事。」她板著面孔，一字一句說得堅定，姓周的只好回去報信，當天晚上他就來答了話：「慶王爺和李伯爺同意賽二爺的意思，說會強迫朝廷非處死徐承煜不可，就說是民命難違，『採訪都人公論』。伯爺請賽二爺多跟瓦大帥討討情，總是咱們這邊越少吃虧越好。」姓周的討好的笑著說。

「我知道了。待有結果會通知你。」她一揮手把姓周的打發走了。

瓦德西伯爵對她的信任令她感激，凡是她的要求他都允為設法，可恨的徐承煜是死定了，端王載漪和瀾公爺可能免死充軍。聯軍的軍紀大為改善，目前已少有搶劫姦殺的事，商家都開了業，老百姓漸漸的恢復了正常生活，立山大人的靈柩也風風光光的即將入土，最使她感到安慰的，是瓦德西採納了她的建議，並且發動了其他各國的公使共同具名核定：徐用儀、許景澄、袁昶、聯元、立山等五個大臣，「應立行開復原官以示昭雪抵償之意」。凡是聯軍方面提出的要求，李鴻章和慶親王奕劻無不忠實的轉達朝廷。朝廷裡從太后、皇上，到親王大臣，全領教了洋人槍砲的厲害，平日作威作福，這當兒全變得低聲下氣逆來順受。想想朝廷裡的暗無天日，忠奸不分，金花立時感到渾身的血脈都在膨脹，覺得給那些人吃吃苦頭是必需的。

她又去看望許景澄和立山兩家。兩家都是一副敗破淒涼之象，許夫人的圓面孔都瘦尖了，拉了她的手只是哭，「做了一世清官，忠心耿耿的為國家做事，最後落得個砍頭撤職的下場。北京這個地方是不值得留戀的，待時局平定些，我就帶著家小回南。」許夫人傷心已極的說。「姊姊，回家鄉養老是好主意，你別擔心，我會給安排車船，一路會有人照顧。」她說。

立山家更悲慘：萬貫家財全部被沒收，百十多個義和團員住進宅子裡，又擺壇場又殺人打人，把最後的一點細軟也搜盡了。立山家人口眾多，上有老母下有幼兒，姨奶奶就四、五個，幾十口人連著三天沒米下鍋，要不是她弄了一車糧食叫給送去，怕真會因飢餓而出了人命。「我們老爺交了你是他的造化，如今我們一家大小就靠你大力照顧。」立山夫人說著就要給她下跪，被她硬給擋住了。

從立山家人口中，她得知盧玉舫已在戰亂中死去。幾個月的時間，天地大大的翻了個身，往日尊貴的如今不尊貴了，不尊貴的卻尊貴了，她，一個給老爺們取樂的風塵女子，平時對老爺們要怎樣的討好奉承，以託他們的庇蔭維護？誰會想到她有這樣一天？京裡的那個王公大臣不來跟她攀交情、送重禮，求她保護？連慶親王和李鴻章大人也託給她奔走說項，一個賣笑的苦命女人，居然管起國家大事來了。這下子她總算為自己報了仇雪了恥，陸潤庠、汪鳴鑾、孫家鼐那群洪家的老友，應該再也沒有辦法說她淫蕩無恥，瞧不起她，或用什麼手段對付她了。

金花想得心悅，嘴角上不覺浮起一抹淺笑。她一手牽著馬繮一手握著皮鞭，任那大黑馬不慌不忙的任著性子逛，穿過珠市口大街，轉入崇文門大街，直往東交民巷去。

克林德夫人的住宅門禁森嚴，站了兩個德國衛兵看守。金花報名說是柏林時代的舊識洪夫人來訪，不一會回話的就來了，恭敬的說克林德夫人有請。金花心中七上八下的進去，唯恐此行不能達成任務。

克林德夫人穿了一身純黑衣裙，淡黃色的頭髮編成辮子盤在頭頂，尖尖的臉兒益形瘦長，脂粉不施，對她的臉龐顯得有點過闊的嘴唇，蒼白而無光澤。

「十年不見，想不到你在北京，很高興你來看我。」克林德夫人伸出雙手走向金花。

「親愛的克林德夫人，重逢是多麼讓人愉快啊！這些年來我不知多少次想起柏林的老朋友。」金花伸出雙手迎上去。

「是啊！那時候我們無憂無慮，現在——唉！」克林德夫人憂色滿面，笑得勉強。傭人奉上茶點，金花被讓坐在絲絨沙發上，談起柏林，兩人的距離便越來越縮短，昔日柏林的生活是可愛而值得追憶的，談到有趣處，金花和克林德夫人會不約而同的笑出聲來。

「有回柏林的打算嗎？」金花沒忘她此行的目的，試探的問。

「早就想回德國，可惜有重要的事沒解決，還不能。」克林德夫人收起了笑容，陰沉的道：「洪夫人也知道吧？我的丈夫被你們中國人殺死了。」

「知道的。那個人是董福祥的部下，現在已經押在監裡，我們中國的刑法是殺人償命。那個人被判了死刑。」

「他不過是個小嘍嘍，無足輕重的，判了死刑也抵償不了。你們中國的事全是慈禧太后一個人控制，她要負全責。應該判她的死刑才對。我現在守在北京的原因，就是要爭這口氣。瓦德西元帥和那幾國的公使都太軟弱。我已經跟瓦德西說了幾次，建議他派兵西進，到西安把慈禧那個老女人抓回來，或者就地正法，不然我無論如何不會甘休。」克林德夫人憤怒的說。

「克林德夫人，我非常同情你的遭遇，一個女人失去了丈夫，而且是在這樣的情況下——」金花的語調流露出傷感：「你知道嗎？從柏林回來沒幾年我丈夫就去世了，從此我就成了個無依無靠任人欺侮的。」

「你是說洪公使也去世了嗎？」

「是的，七、八年了。」金花沉默了一會，深沉的道：「戰爭是很殘忍的事。夫人，在這次戰爭中不知有多少女人失去丈夫，多少母親失去兒子。多麼不幸啊——」

「那是你們中國人的事，而且這次戰爭是你們中國人發動的，後果該由你們承擔。」克林德夫人突然粗暴的插嘴。

「夫人，你的話是不對的。正因為很多西方人有你這樣的思想。覺得自己比中國人高，中國人可欺，處處想踩著中國人，才會發生戰爭。夫人，你要知道，中國人和你們西方人一樣是人，太受欺壓也會反抗的。」

「哦？難道反而是我們的不是？」克林德夫人傲慢的仰著頭，臉上掛著冷笑。「發生戰爭已是很不幸的事，所以現在雙方在謀求補救，達成和議。中國方面的戰爭禍首反正是要治罪的，西方方面也該借機會反省，以後雙方和平友好相處才是。克林德夫人，我知道你是仁慈善良的，難道你喜歡德國兵留在中國殺人放火？不希望他們快快回家鄉去？」

「他們都很想家，在這裡吃住很不習慣，各國兵營裡都在流行痢疾，每個禮拜都有病死的。唉！可憐的年輕人，真希望他們快回自己的家鄉去。」

「和議不成他們是回不去的。如果你堅持要以太后抵命，和議便永遠達不成。」金花欠欠身子，坐得和克林德夫人更近些。「你在中國住了這麼久，不會不知道，對我們中國人來說，太后做什麼都是對的，太后的命比全中國的老百姓的命加起來還重要得多。要太后抵命根本不可能。」

「哦！」克林德夫人怔怔的想了一會。「難道我丈夫就白死了不成？」口氣倒是緩和多了。

「兩國交兵，不斷來使。這次我們犯了大錯誤，自然要表示歉意。在中國，最大的光榮莫過於立牌坊，那情形就像在德國立銅像一樣。」金花眉眼傳神，手比形式，話說得甜蜜親切。「牌坊好大的。上著五彩顏色，繪著花卉鳥獸，再刻上克林德男爵的生平事蹟，和中國方面道歉的文字，該是多麼的隆重光榮！幾十年後，不，幾百年後，凡是到北京的人都會看到，你想，那不比抵命好多了嗎？」

「唔——」克林德夫人果然被金花的一番話說得動容。她斂眉尋思，很是拿不定主意，但終於改了口：「你說的也對，造座牌坊更有紀念性。不過，就這樣便宜了慈禧太后我真不甘心，我要她道歉，要跪在地上給我道歉——」

克林德夫人一句話沒完，金花已經腰肢一扭，輕巧的滑下沙發，跪在克林德夫人跟前。「讓我替她道歉，好不好？別再傷心氣悶了。我們大家快快幫助和議達成，讓大家和和平平的過日子。」

「哎喲，洪夫人。你怎麼——請起來吧！」克林德夫人把金花扶了起來，兩個女人諒解的互望著笑了。

金花任務完成，騎著大黑馬，高高興興的回到石頭胡同的新家。

這是一座精緻的宅第，前後四進院子，幾十間房，旁門進去的跨院是馬廄。孫三已從通州把金花的母親，幾個姑娘和十幾個僕人接到，加上新雇的一群馬夫，四十多個人的生活開銷龐大，金花仍舊幹她的老行業。但礙於「賽二爺」的聲威太響，走到任何地方都會贏得感激與驚讚之聲，彷彿她是個救苦救難的活菩薩，身分地位驟然變得崇高了似的，再加上又有瓦德西和克林德夫人之流的在眼前，不能不顧及尊嚴，因此沒有正式掛牌，只擺出半住家的局面。

金花見院外停著車馬，就知道有客來訪；近月來幾乎天天有送禮的、問安的、探親的——好多王公大臣的兒子認她做乾娘乾姊，推都推不脫。她剛下馬，門房便湊上來報告，說內務府宗二爺、肅王府的三公子，和荀貝勒的大公子，等在裡頭多時了。

金花掀開串珠門簾走進屋，等著的幾個男人立刻像約好了一般，霍地一聲站立起來。

「乾娘好興致，又騎馬去啦？我爹說上回見乾娘精神不大足，想是太累的關係。他特別託人買來吉林長白山的千年老紅參，叫我送來給乾娘進補。」肅王的三公子長得橫寬矮胖面團團的，手裡獻寶一般的捧了個錦盒。

「你父親太費心了，我讓你們二十來歲的人叫聲乾娘已夠折壽的，再吃下千年大紅參還受得了！」金花嘻嘻哈哈，一點也不在乎的。經過這場浩劫，她算是看透了王公大臣們的作為和能耐，覺得他們既愚且詐更缺膽量，原有的一點敬重轉成了輕蔑，對他們說話也就帶幾分放肆。「你把盒子放在桌上，回去謝謝你爹。」

「二弟，」等在一旁已有點不耐煩的宗二爺，牽起金花一隻手便往外走。「你跟我來，給你看個稀奇物事。」他神祕又討好的。金花並沒跟他拜把子，而太后面前的大紅人，位高名大鬍髮斑白的內務府大臣宗二爺，連個信兒也不給就拉起他「弟弟」的手？金花差點想問他那天拜的把子。

宗二爺把金花牽到跨院的馬廄裡，指著一匹兩尺多高的小馬道：「我知道你新近學會了騎馬，給你弄了匹稀奇的小高麗馬來，你瞧瞧牠的顏色，牠的皮毛！你見過這個種的馬嗎？」

「確沒見過。」金花仔細瞧那馬，身上是銀褐色，光亮如緞的毛，頸上的鬃中間是黑，兩旁是白，中間的黑線從背脊直通馬尾，真是美麗已極。她正要去摸，宗二爺連忙擋住道：「別碰，你別看牠個頭不大，脾氣可兇，發起蠻來你受不了。」他突然俯在金花耳旁嘻嘻的：「牠就像我。」

「像你？呸！」金花瞟著宗二爺。「馬是真好。可是我已經連騾子帶馬的有四十三匹了，都是老爺們送的。你叫我把牠往那兒擺？我看你留著自個兒用吧！」

「不賞面子嗎？賽二爺有瓦大帥就忘了老朋友。」

金花隱約的皺皺眉頭，自然是收下。

「二爺，慶王府和醇王府的幾個小王爺到！」門房來報。

「我就來。叫姑娘們先陪陪——」金花話沒說完，一擡眼見荀公子站在跨院的門口，接著肅王的三公子也來了。

「你們回去吧！跟你們老爺子說，盡可放心，治罪名單上沒有他們。」金花小聲說，把兩人打發走了。

金花回到內院，遠遠看到廊上站著四個衣冠華麗的璧人，他們之中最大的也還是個孩子，但已個個出落得面如冠玉，眉清目朗。舉手投足間流露著富家子弟的貴氣。幾個人見金花進來，遠遠的就請安作揖，口呼乾姊。

「聽這幾張小油嘴叫得多甜。你們這幾個孩子，怎麼生得這樣標致？我看你們實在應該去見見瓦大帥，看了你們他就不會一開口就罵人了，叫那洋老頭也見識見識，知道咱們王族裡也有璧玉一般的人。」金花輪流的拍拍四個人的臉蛋，一扭身帶頭走進客廳。傭人奉上茶點，金花從玻璃櫃裡小心翼翼的拿出個大鐵盒。

「這是瓦大帥送我的洋糖，好東西！除了你們這幾個小油嘴別人我是不給的。嗯，快嘗嘗。」金花把盒子端到幾個人面前，每人拿了幾顆，吃著談著。

「你們就是來請安的嗎？沒別的事？」金花點上一支細長的洋煙，徐徐的吐著煙霧，明知故問的。

「事情是有一點點，就是，我伯父想知道，瓦大帥對朝廷派親王到德國去道歉的事，到底同意了沒有？依我伯父的意思，想叫我去，老實說——」說這話的是載灃，光緒皇帝的親弟弟，他是這四個小王爺裡最年長的，也只有十八歲。他所說的「伯父」便是慶親王奕劻。

「老實說什麼？跟我別藏話。」

「老實說，我可不願意去。洋夷的地方咱們不認識，一個親王倒去賠罪，還得先問洋大帥同意不同意？」載灃搖搖頭，長圓形的面孔上仍洋溢著孩子氣的笑容。

「其實我倒願意出洋去玩玩，偏偏我們老爺子不派我。」載搏說。他是慶親王的第二個兒子，也是所有王公子弟裡生得最亮眼，性格最活潑大膽的一個。跟著他的話，另外兩個小王爺也表示不怕去外洋，最好四個人一起坐大洋船旅行。金花忍不住格格大笑，拍拍手道：

「小孩們別瞎吵了，國家大事那是由你們玩的？吃了糖，我還有洋餅乾，也嘗嘗。然後乖乖的回府，回慶王爺說，我會跟瓦大帥討情，請他找個時間見見你們——」

「見我們，我也去？」載搏興奮的提高了嗓子。

「當然，連這兩個小的也去。不過要等消息。你們就先回去吧！」

金花送走了幾個小王爺，跟著又闖來幾個英國法國的軍官，原來是聽說德國軍營裡食物豐富，有洋山芋吃，他們也要拜託金花給採辦糧食，金花同他們談生意直到天黑。傭人剛擺上碗筷伺候晚飯，來探聽回話的周老爺又匆匆而到。金花把見克林德夫人的經過描述一番，最後道：「告訴慶王爺和李伯爺放心，事情不會再起變化，就這麼定了，咱們給建牌樓立紀念碑，一筆帳就算勾消。其實瓦德西元帥和克林德夫人都待得不耐煩了，急著想回國，至於那些小兵，水土不服，吃住都不習慣，想家想得已到肝腸寸斷的程度，大家都巴不得立刻達成和議，洋人回他的洋國，咱們中國人重過咱們的太平日子。」

「我回去一定把二爺的意思照實轉達。」姓周的態度恭謹語調懇誠，一派謙謙君子的言表。「慶王爺和李伯爺都說：多虧有賽二爺給打點照顧，事情才辦得通。想表示點小意思致謝，偏二爺是個硬氣的人，不肯收，倒讓他們挺不安的。兩位大人都說，等太后和皇上回京知道詳情，絕對不會虧待二爺的。」

「說那裡話，給大家做點事是應該的。」金花嘴上這麼說，心裡卻已經興奮的在盤算：太后和皇上會怎麼謝她？表揚嗎？賜見嗎？不論怎樣對她都是無上光榮，足以顯示出她不是一個平常的煙花女子。

32

兩隻江西景德鎮的五彩盤龍的炭火盒裡，火燒得正旺，燃透了的木炭泛著耀眼的殷紅色，偶爾會發出一響清脆的爆破聲。

瓦德西一手塞進制服的胸前開口處，一手拿著煙斗，在地上來來回回的踱著大步。他奇怪火已燒了許久，為什麼還是這麼寒冷？中國式的建築，雖說是皇宮，外表金碧輝煌，裡面嘛，依他看還是太簡陋粗糙，屋頂太高，建材是木料，地面又是冷硬的大石板，空空曠曠的一間大屋子，那裡存得住熱氣？這使他格外的懷念起柏林家中溫暖的起坐間，在沒有應酬的晚上，晚飯後他和瑪莉總是對坐在燈下，閒聊家常和社會上的新聞，瑪莉知識的豐富超過一般男子，又健談，但她是極女性的，而且信仰篤誠，當她用柔美的聲調朗誦聖經中的一段，脈脈含情的眼光輕睨著他的一刻，總使他獲得一種難以言喻的，溫馨安寧的感覺，剎那之間，彷彿那些惹氣傷神的政治舞臺上的煩惱全消失了。跟她在一起的日子是那麼可愛，可惜他們沒有兒女，否則她也會是最好的母親……

瓦德西發覺自己陷在這樣深的鄉愁之中，不覺重重的歎了口氣，而許許多多的現實問題，又如潮水般滔滔湧來；沒跟中國開戰之前，各國都以為中國弱得不如一隻紙糊的老虎，不出三個月一定可以迫使中國俯首稱臣，然後把土地分成八分，戰勝國各得一塊新殖民地。最初誰也沒料到事情這麼棘手，到中國已經半年多，許許多多的問題仍是懸而未決，目前階段，和議僅僅是有了個雛形，雖說經過一番討價還價，戰爭禍首算是懲處了，但要真正達成和議，雙方簽字履行義務，還不知要拖到何時？

想不到滿清的王室這般懦弱，停戰已久。慈禧太后和光緒皇帝還賴在西安不敢回鑾，而據說李鴻章又病倒了，不知他是真病還是故意的拖延時間，如今士兵們個個想家，情緒低沉，由於食物與氣候的關係，健康情況普遍不好，拖過一個漫長的冬天已經很不容易，如果再拖到在這裡過暑期，後果就更讓人憂慮，關於這一點他已給皇帝威廉第二做了幾次報告，說明春天已到，氣溫漸漸上升，傳染病勢必流行，若是不在暑天來臨前撤兵回國，一部分士兵的生命便會毀於疾病。奇怪的是皇帝怎麼竟無動於衷，來電只指示談和的要點，對於撤兵之事竟是隻字未提，那麼在中國還要待多久？何時才能回鄉？思前想後，他簡直不耐煩得有些暴躁起來。像隻被關在籠子裡的困獸，他焦灼的來來回回的走著。

「將軍，洪夫人請見。」跟著副官的話，瓦德西已聽到女人衣裙腳步的窸窸窣窣聲。「快請。」他說。精神不覺一振。

「天氣這樣好，伯爵怎麼不出去走走？這屋子裡陰陰暗暗的，多沒意思。」金花披著件玄色的狐皮斗篷，戴著同樣色質的護頭，額前別著一隻桂圓大小的珍珠，水汪汪的隱波，粉撲撲的臉色，滿面春風有說有笑的進了屋。

「你說得很對，這裡陰陰暗暗的，好沒意思。這時候柏林不知是白天還是晚上，不知我太太在做什麼？」

「伯爵想家啦?想家就快快回去吧!」金花故意的調侃，這些日子，她已成了瓦德西的常客，每隔三天五天總要來一趟，有時會達續著每天來。同瓦德西閒談憶舊是她來訪的目的，受奕劻和李鴻章之流的人託請，給說情傳話，敲敲邊鼓探探虛實，更是她不能不來的原因。

「回去?哈，洪夫人說得太容易了。談和的事，到如今還在討價還價，沒有一點實際的進展。我們十幾萬大兵就好像陷在稀泥裡，動彈不得。怎不讓我煩惱。」瓦德西一屁股坐在太師椅裡，面孔上鬆弛的皮膚沉重的下墜著，啣在嘴裡的煙斗半天也不吸一下，似有無限心事。

「伯爵，討價還價的並不光是我們中國人，你們不也在討價還價?」金花解下斗篷，伸出兩隻纖纖玉手，在炭火盆上搓來搓去的取暖。

「哦?你這樣想?」瓦德西顯然為金花的話感到意外，聲調裡有覺察得出的激動，「我們已經做了最大的讓步，本來慈禧太后應該算戰爭禍首的，現在為了給中國人面子，不單不治她罪，反而擡舉她，歡迎她回京料理談和大事，想不到她一點不合作，到如今也沒有回鑾的意思，同時也擋著光緒皇帝回來。可以說是毫無誠意。載勛、載漪，應該砍頭的，也依你們的要求，一個允許自盡，一個放逐邊疆。像董福祥和載瀾那樣的壞人，也放他們一命。難道我們還不寬厚嗎?我想我們是太仁慈，太大度了，所以中國人以為我們軟弱，有意的戲弄我們，這是不可以?」

「哎喲，伯爵真生氣了。」金花見瓦德西表情嚴肅，也不敢太放肆，只若無其事的淡然笑笑。「從柏林到今天，我認識伯爵也算日子不少了。向來只知道伯爵是位尊貴又和氣的人，那知道也會發這麼大的脾氣。」

「我不是發脾氣，我實在是為中國人的態度感到絕望。譬如說，我想找李鴻章當面談談，把事情快些解決，可是想不到他故意推託，說是生病。這不是明擺著沒誠意。」瓦德西被金花說得有些不好意思，已不那麼板著面孔。

「唔，伯爵，你可錯怪了李鴻章大人，他是真病了，而且病得很重，聽說吐血。想想看，一個七十八歲的衰弱老人，還得擔負這樣重的責任，也不容易啊！派別人來談你們又不同意。」

「那沒辦法，中國人裡我們就相信一個李鴻章。」

「原來伯爵達我也不相信？」金花調皮的瞟瞟眼睛。

「那裡，你是我們的老朋友，比李鴻章還可信。」

「伯爵這句話說得我好開心。」金花銀鈴般地朗聲笑了。

瓦德西沉默了半晌，面色益發和悅，好情緒似已回轉。

「那幾個小親王來過了。那幾個孩子個個生得標致，很可愛的。如果他們組織一個兒童團，一塊到柏林去見我們皇上可就有趣了，可惜只那個叫載灃的去。」提到幾個小親王，瓦德西忍不住笑了。他想：孩子多麼可愛，可惜自己一個也生不出。

「外面太陽好著呢！伯爵不想出去溜溜馬？」金花試探著問。她已成了瓦德西騎馬的伙伴，常常陪他出遊。

「好哇！我倒真想出去溜溜，你是騎馬來的嗎？」

「我誠心來陪伯爵玩的，怎麼會不騎馬來？」

「好啊，我們去。」不待瓦德西吩咐，勤務兵已把馬鞭和騎馬用的軍斗篷拿在手上，等著伺候。

「元帥，一位姓蔭的軍人，和那位常來的周先生、曲翻譯來求見，說是慶親王和李鴻章派來的。」正當瓦德西把斗篷往身上披的當兒，傳令兵進來報告。

瓦德西繼續披他的斗篷，傲慢的挺起脖頸。

「慶親王和李鴻章自己不來，專派些無足輕重的小人物——」瓦德西遲疑了剎那，揮揮手：「叫他們明天來。現在我正要出去，沒空。」

「伯爵，他們一定是來傳達有關和議的事的。」金花說。

「我知道。可是還是得明天見。他們當我是誰呢？想見就見得著？何況我的荷西亞也想念我了，跟牠出去逛逛是我此刻唯一想做的。」瓦德西穿戴妥騎馬的裝束，接過馬鞭，擡起右手做了個「請」的姿態，就和金花走出屋子。

金花騎著她的名叫「煙熏海騮」的大黑馬，瓦德西跨上他從柏林帶來的紅鬃戰馬荷西亞，踢踢踏踏的便出了中南海大門，並轡朝西直門方向而去。

初春的陽光不脫寒意，給人的感覺分外明亮高爽，天地彷彿頓時開闊了許多。戰事雖說停了，北京城仍在斷垣頹壁的淒涼景象中，商鋪店家全開門了，街道旁邊擺滿了賣古物、書畫，繡貨的地攤，帶著幾分諂媚與畏縮的笑容的小商人，一點也不鬆口的比手畫腳的跟外國大兵磨著價錢，戲院的門口貼著紅紙海報，賣烤白薯的小販兩手交叉在破棉襖的袖子裡，隔上一會就拖長著嗓子大叫一聲：「烤白薯啊！又熱又甜！」

北京城呈現出一種畸形的繁榮，皇城根下最具威望的人物也不再是太后和皇上，而是八國聯軍的大元帥瓦德西，和豔名震動天下的名妓賽金花。每當金花和瓦德西並轡馳騁，人們便會以驚訝的，好奇的，攙著些冷漠的眼光默默眈視著，平常爭著叫賽二爺，笑著湊上來搭話的，也不叫不說不笑，只當她是個從不相識的陌生人。

今天又是如此，兩匹馬踢踢踏踏的走，路人沉默的冷眼觀望，望得金花有些難以言喻的不自在，連瓦德西也感到了那些眼光中的敵意，「那些人都是壞人嗎？」他忽然揚起馬鞭指了指，口氣傲慢。

「不，他們是好人，善良的老百姓，不會傷害任何人的。」

「是嗎？我不信，你仔細瞧他們的表情，那裡面有仇恨。」

「不僅有仇恨，也有輕蔑。」

「哦？」瓦德西由鼻孔裡呼出一股氣，震得小鬍子顫了顫。「仇視，輕蔑！他們是不應該，也沒有資格這樣做的。假如他們以為白種人的軍隊到中國的目的是來攻擊，欺侮中國人的，那就大錯特錯。事實上我們是來保護中國老百姓的，試想，如果我們的軍隊再不來，會是什麼情形？恐怕受傷害的不僅是歐洲的使館和僑民，大多數的北京市民也要遭野蠻的義和團殺光。哼！這些不知感謝的笨人！」

瓦德西驕狂的語言和態度深深的傷了金花，她幾乎有惡言相向的衝動，但她終於在沉重的沉吟中轉為平和：「伯爵，你的想法任何一個中國人都不會接受。中國人不認為你們的軍隊是來保護他們的，實際上中國人不需要西方人的保護，會自己保護自己。」

「哦？」瓦德西有點不悅的強做微笑。

「伯爵，錯就錯在這裡。你們白種人總以為在替天行道，以為你們是世界的主人，想做什麼就做什麼！你們的教會把不信耶穌的中國人當成下等人來壓迫，你們的軍隊把中國人當成奴隸來殘殺，你們沒有把中國做為平等的朋友，而是視為矮了幾級的殖民地。伯爵，因為我們是朋友，我不得不告訴你真話。」金花面含笑容卻字字有力，說得瓦德西瞠目結舌，半天做聲不得，過了好一刻才冷笑著道：

「洪夫人，你的話說得我傷心，難道我和柏林的所有朋友，對你的友情還不夠熱情誠懇嗎？」

「伯爵，只對我一個人友善是不夠的，應該對所有的中國人友善。」金花和婉的笑笑，有意把氣氛引向輕鬆。

「對所有的中國人？呵呵！洪夫人，你知道那並不容易。」

「為什麼不容易？因為中國人是黃種人？因為中國窮，弱嗎？伯爵，如果你們不肯平等對待中國的話，你們就不能阻止中國人仇視你們。」

「你這樣為中國人說話？你親口說過：在柏林的三年是你一生中最快樂的日子，在中國總是吃苦受難，而且，你也看到了那些冷漠的眼光，他們對你輕視，你替他們做了那許多事情，得到的居然是這樣無情的回報。」

「戰爭把人變得不知該要什麼？我為他們做事他們感謝，可是看到我與西方人，尤其是……他們又免不了輕視，也許在他們的眼睛裡我是個賣國的女人，如果他真這樣想，我便也會傷心。在柏林那三年雖然是我一生中最快樂的日子，在中國常是受苦受難，到頭來我總還是個中國人。我不能不替他們說話。」

「是嗎？洪夫人，我想你是對的。」

「我們的談話是不太冷硬了？怎麼對得住這美麗的風景？」金花指指遠處綿綿不斷的青山。

「的確太冷硬。我的荷西亞已經不耐煩了。」

「我的煙熏海騮也要發脾氣了。伯爵，跑跑去！」

金花把鞭子一揮，煙熏海騮已經挺胸揚尾順著大路如風而去，瓦德西的荷西亞也不甘示弱，立刻跟了上來。在開敞的曠野中，兩匹馬像兩道急浪，在煙塵霧海中飛躍奔騰，一口氣跑了三、四里。

金花和瓦德西跑跑溜溜，在野外消磨了整個一下午太陽快落山前才策馬回城。分手時，金花不經意的閒問道：「伯爵，八國列強不瓜分中國的事算是決定了？」

「決定了。」說到談和，瓦德西便連連的搖頭：「怎麼分？誰都想要好地方。俄國人不是不聲不響的就把東三省占了？我們的大皇帝威廉第二說得好：『中國破破爛爛，分了有什麼用？而且分贓不均又會起爭端。不如幫助中國現代化，跟他們商業貿易，對雙方都有好處，』這個話總是很友善了吧？呵呵！」

「哦？」金花聽得似懂非懂，但知道不會被瓜分了，心裡便有幾分喜悅，一邊盤算著，瓦德西的這幾句話，應該一字不動的傳給慶親王和李鴻章。「這樣說，伯爵回德國的日期不會遠了。」

「但願不遠了。」

「伯爵，慶親王和李鴻章派來的人等著你接見呢！」

「我知道，明天會見他們，希望和議快快達成。」

「是哦，這些日子伯爵一定會很忙，我就不去打擾了。過些天再陪伯爵騎馬解悶。給伯爵夫人寫信時請代我問候。」金花在馬上與瓦德西微微俯首為禮，掉轉了馬頭，往回家的路上走去。

八大胡同一帶也呈現著畸形的繁榮，不過來尋歡作樂的不再是中國的王孫公子，而是黃髮碧眼，穿著制服的歐美幾國的中下級軍官和士兵。娼戶的姑娘們對接待這幫人原是十分仇視、畏懼，甚至抱著必死的決心的，但日久之後，姑娘們的心變了，出賣靈肉給敵人的歉疚逐漸退去，反覺得穿長袍邁方步的中國官老爺，上了床不見得會比一個毛頭小夥子的洋小兵懂得憐香惜玉，事實上是更無聊無能，令人生厭。何況洋人出手大，給錢多，有時還會帶點小玩藝來做禮物，讓人在感覺上很舒服，因此他們是這個區域裡受歡迎的人物。

洋人到的地方，清廷的官兒們就不見足跡，沒人知道他們的真正心理，是因為怕見洋人？還是心中有愧？抑是要保持泱泱大國男子漢的尊嚴，不與小洋人在這種場合為伍？總之，他們情願去相姑堂子和煙館，樂戶是不登門檻的了。

金花到家已是掌燈時分，前後幾進院子間間屋子燈火通明，年輕的外國軍人正在跟姑娘們動手動腳的調笑，鮮活的黑色人影映在雪白的窗紙上，倒像天橋草棚子裡演的皮影戲。

金花怔怔的看了一會，便到自己的房裡，丫頭老媽子給脫衣脫鞋打洗臉水，報告那位大人派的什麼人來過。金花在外面跑了一天，感到人睏馬乏，昏昏然有點睡意，也無心細聽，揮揮手命她們先下去，待她歇會兒再來。不想丫頭老媽剛退出，孫三就雄赳赳氣昂昂，半截黑塔似的擋在眼前。金花瞟了他一眼，漠然不理。

「這早晚才回家？敢情又是去陪那個洋老頭子去了？」

「我願意陪誰就陪誰，要你管？」金花厭惡的把頭一扭，連看也不屑去看。她的態度大大的激怒了孫三。

「我就是要管。這個班子不是你的嗎？這可好，你什麼都不管，天天就陪著那個老毛子尋開心，大事小事全丟給我，我成了給你打雜管事的了——」

「你本來就是給我打雜管事的嗎？你當你是誰？」金花微掀著肉嘟嘟的小嘴唇，冷冷的。

「我當我是誰？嗯——」孫三一個箭步跨到金花面前，把他的大腦袋幾乎碰到金花。「我是你的男人。」

「虧你不嫌肉麻，你別笑死我。」金花真的格格格的笑個不停，笑了好一陣才說：「我這種人要什麼男人？如果要，也輪不到你——」她一句話沒完，孫三拍的一個大嘴巴已經打到臉上。

「你放屁。你敢再說一句看我不要你的命。你個天生的婊子胚，專挑老的往懷裡送，那洋老毛子都快七十了，難道他比我的能耐還大，能把你——」

金花被孫三沒來由的一頓攻擊，氣得心都在發抖，恨不得撲上去挖爛他的皮，咬下他的肉，至少也得加倍的還他幾個嘴巴。但想想正在姑娘們屋裡做樂的洋狎客，她就只好忍下一口氣；如果那些平日對她必恭必敬的外國官兵，發現她的真實生活是如此，會是什麼想法？傳出去豈不丟臉？為了保持洪夫人的尊貴，她已藏身在幕後，幾個月來，從不在客人跟前露面。若是此刻跟孫三大吵大鬧，暴露身分，等於演戲給人看，孫三無非是看穿了這一點，才故意在這個節骨眼上找她麻煩。金花輕蔑的注視了孫三一會，咬著牙道：

「你別以為我把你這流氓胚子沒辦法，這當會我不跟你計較，你等著吧！算帳的一天早晚會有。」

「你算吧！我等著呢！」孫三說罷悶悶的歎了一聲，垂頭喪氣的出去了。金花並不睬他，只喚老媽子關照廚房，給她煮稀飯，預備幾樣南方小菜。

「太太，今天兩個洋大兵打了孫三爺。」老媽子忽然說。

「哦？為什麼？」金花大出意外。

「也說不清為什麼？那兩個洋兵進來就哇啦哇啦的叫，要這要那，要挑姑娘，大剌剌的，一副粗胚相。孫三爺跟他們打交道，言語不通，又比又說的，不知怎麼碰到了那兩個洋兵，就打了起來。孫三爺那敢回手，被那兩個洋兵打得鼻孔流血。」老媽子繪聲繪影的。

「受了洋人的氣不敢吭聲，只敢拿自己人撒瘋，果然是個道地的烏龜王八命。」聽說孫三挨了洋兵的打，金花對他的恨和怒便不覺的在下降，她一邊吃著清粥小菜，心裡便轉來轉去的想：孫三這樣一個人，原不是她所敬所愛，願與之白頭到老的，但是多年的老搭檔了，吃的是這口飯，沒有孫三當家管事怎麼撐持場面？再說，孫三雖然生性平庸，談不上風流俊雅，有時還會跟她動粗，可是除了他，誰會對她這麼忠心耿耿？跟孫三在一起六、七年，別說來往的同行姊妹，就說家裡的幾個姑娘，那個沒幾分姿色，憑孫三的地利人和，要同誰親近也不是難事。然而他從沒有過一星一點的偏邪心思，好像天下的女人就只一個她，得意、犯愁、撚酸、吃醋，全由她起。一個風塵裡打滾的女子。能獲得這份忠誠並不容易，何況，孫三的那點子功夫，豈是任何平常男人能與之相比的……

金花吃著想著，對孫三的恨已轉為原諒。「你知道孫三爺到那兒去了嗎？」她問老媽子。

「三爺沒騎馬也沒坐車，邁著大步往西邊去了。」

「哼！準又是找他的狐朋狗友灌老酒去。」金花吃過飯，拿出帳本來清清帳目，把幾個金元寶鎖在衣櫃的抽屜裡，忙活了一陣，便到床上歪著，孫三回來時，她正迷迷糊糊的要入睡。

「嘖！」孫三雙手扠腰，一臉酒氣，直挺挺的立在床前。

「哼！你還回來幹麼？我正想去告你做過義和團呢！」

「是嗎？」孫三并不多說，三下兩下的把自己剝了個精光，霍地一下鑽進金花的被窩，老鷹捉小雞似的把她壓在身下，粗野的揉搓轉動。金花先用拳頭捶打孫三，後來就抱緊了他寬大的身體，用舌尖舔他的膀子，頸子和胸脯。

「你要跟洋人告我做過義和團嗎？」

「那是氣話，我那有那麼狠的心哪！寃家！」

「我知道。我吃醋撚酸，是因為你是我的老婆。如果只把你當個相好，也犯不上認真。」

「是啊，是啊……哎喲……」

兩人纏綿了半夜，第二天睡到近午才起床，給金花打洗臉水的老媽子緊緊張張的道：「太太，昨兒個夜裡著火，皇宮三殿全燒光了。」

「真的？你那裡來的消息？」金花放下了正在攏頭的梳子。

「全城都在傳說，說是火苗冒得幾丈高，滿天黑煙。」

金花不由得不信了，急忙的梳洗更衣擦擦抹抹，連早飯也顧不得吃，騎上煙熏海騮就往皇宮去。中南海大門已被封鎖，幾個德國兵守在門口。一堆看熱鬧的人圍成個大圓圈，好奇的呆呆觀望。守衛的兵士見是金花，一句留難的話也沒有，道聲「洪夫人你好」就把她放了進去。

金花直往儀鸞殿去找瓦德西，到了那兒，只見偌大一個輝煌巍峨的儀鸞殿，已燒成一片焦黑的殘跡，滿地水漬煙屑，幾個軍官正指揮兵士們整理現場。金花見其中兩個軍官是熟人，便上前打招呼問道：「這是從何說起？怎麼會發生火災呢？瓦德西元帥沒受到傷害吧？」

「元帥僅是受了驚。他剛睡熟，就起火了，幸虧他反應快，雖然年紀大了，到底是軍人，披上衣服就從窗子跳出來了，什麼也沒來得及拿，只緊緊的抱著他的帥笏。」說話的軍官姓史密德。另一個姓邁耶的接著道：「不過元帥非常傷心，因為他的參謀長史瓦滋霍夫少將不及逃出，被燒死——」

「啊！史瓦滋霍夫少將死了！」金花不覺驚叫。史瓦滋霍夫少將也是她所熟識的。

「真是想不到，火爐子的火苗燃著了牆上的木板，居然引發了這樣大的事！」史密德少校說。

「瓦德西元帥呢？我想看看他。」

「元帥指揮救火，叫人搶救史瓦滋霍夫少將，整整忙亂了一夜，疲倦加上傷心，身體和精神都支持不住，剛才休息去了。洪夫人有要緊事嗎？」邁耶中校問。

「沒有。我本想去慰問幾句，既是他休息，就不打擾了，在元帥面前請代我致意。史瓦滋霍夫少將的死使我很難過，這實在是很不幸的事。」金花說完便跨上馬由原路出來，到大門前，遠遠望見曲翻譯和兩個常來傳達事情的官員，正在低聲下氣的跟守衛的德國兵要求什麼。幾個人看到金花，好像突然看到王母娘娘自天而降，驚喜之餘及時轉移目標，立即把她圍往。

「賽二爺，聽說儀鸞殿失火，上頭叫我陪兩位大人來給瓦大帥道驚，連帶著問問有沒有需要幫忙的地方。」曲翻譯笑瞇著眼，挺巴結的口氣。

兩個官員中的一個，早已換了姿態，正經而嚴肅的把臉繃得不見一絲人情。「嗯，你跟他們混得很熟，嗯，不錯，你去跟他們說，朝廷官員有公事要見瓦大帥。」語調裡有命令的意味，也有輕蔑的意味。

金花朝幾個人掠了一眼，牽起嘴唇嘲弄的笑笑。「老爺們要見瓦大帥現在可不是時候。人家遇到這麼倒楣的事，忙活了一夜，那有功夫招待客人？瓦大帥正在休息呢！既然站崗的不讓進，我看幾位老爺就改天光臨吧！」她舉了舉馬鞭為禮，把繮繩一拉，踢踢踏踏的騎著大青馬逕自走了。

「奇怪，正經人進不去，窰姊兒倒能進去！」

「一點不奇怪，窰姊兒能做的咱們做得到嗎？你聽她說了沒有？那老毛子還在被窩裡呢……」

金花隱隱的聽到曲翻譯和那兩個官員說。

「太太，裡面有個姓沈的客人在等著。」金花回到家一進門老媽子就趨前相告。

「姓沈的？」金花想不出她認識過有姓沈的客人。掀開簾子進房，一個眉目開朗身著便袍的青年人坐在太師椅裡，見她進來，那人立起身來施禮，自我介紹道：「我姓沈名藎，從上海新來的。」他談吐文雅，有濃重的湖南口音，金花判斷這不是來找樂子的一般客人，便問：「沈相公到北京來做什麼啊？兵荒馬亂的。」

「正因為兵荒馬亂我才來採訪新聞。我是上海新聞報的記者，知道賽二爺跟八國聯軍的瓦德西元帥認識，他嗎，我是沒法子見到的，只好拐個彎到你這兒探聽點消息，希望賽二爺指點一二。」

金花沉吟著，知道又有麻煩上身，沈藎的姓名和湖南口音使她想起戊戌年間立山對她說過的話：「那個叫譚嗣同的湖南人在他家鄉很有一些死黨，最積極的是一個叫唐才常一個叫沈藎，姓唐的抓住殺了，姓沈的逃亡到日本去了。」

「沈相公要向我打聽什麼事呢？」金花機警的試探。

「我想知道，所謂議和的內容都是些什麼?聽說八國列強要瓜分中國，不知確實與否?由李鴻章和奕劻這兩個老賊代表和談，總是叫人不放心。我在日本的時候打聽出李鴻章跟俄國訂了個『中俄秘約』，把中國主權像送禮一般的出賣，就斷定他是個大奸雄，在報上結結實實的討伐了他幾筆。如果他這次再做同樣的勾當，我的筆不會饒過他的。」沈藎說得口沫橫飛，面孔激動得泛紅，比起原來的文靜儒雅彷彿是另外一個人。

「沈相公自然知道，像我這樣一個人是跟國家大事沾不上邊的。不過，從旁聽得，和談還在商議的階段，我想還不到批評的時候，所以請相公先別動筆，免得惹出枝節。至於瓜分中國，我可以肯定的告訴沈相公，是不會的了。」金花說著頓了一會，又道：「像沈相公這樣的英雄人物自然是不怕死的，不過我勸你還是謹慎些，不要暴露身分。你的朋友譚嗣同相公死得好慘，我親眼看到行刑。」

「你知道譚嗣同是我的朋友？」沈藎很出乎意外的口氣，接著便擺出不在乎的神態：「我不怕。該做的就不能不做。無論如何要謝謝你的忠告，賽二爺。」

他說完便快步走了。

33

兩頂堂皇的官轎，在一堆隨從、僕傭的簇擁中停下。轎簾掀開，眾人七手八腳的扶出兩個弓腰彎背，眉毛鬍子白如霜雪的老者。穿了盤蟒黃馬褂的是慶親王奕劻，頭戴鑲著兩顆大東珠的便帽，身著石青九蟒四爪長袍的是肅毅伯李鴻章。兩人站在階下，一臉愕然的對面相覷。

「也未免太不像話了，怎麼可以在太廟裡舉行宴會？難道洋人不知道這是什麼地方？沒有人告訴他們嗎？」慶親王滿面寒霜，目光凜凜的掃著眾人。

「歐洲人愚蠢，八成不知道這是什麼地方。我看咱們還是進去吧！」李鴻章的口氣淡漠。胳膊一動，四、五個隨從已經連攙帶推的把他扶上了臺階。慶親王稍稍遲疑了剎那，便也被扶了上去。

守門的法國兵高聲向大廳裡報告：「慶親王和李鴻章大人到。」

兩個老人吃力的跨過高門檻，朝裡面走去，法國公使畢盛和他的夫人已經迎上來。「兩位光臨，很榮幸，請入座吧，客人已經到齊。宴會定在七點正，現在已過半小時。就等兩位了。」畢盛面含微笑，話中卻有不滿之意。

慶親王和李鴻章按照指引到給他們預留的座位上。慶親王坐在畢盛夫人的左手，她的右手邊則是瓦德西。瓦德西的另一邊是畢盛公使，李鴻章緊挨著畢盛而坐。慶親王和李鴻章的幾十個親近隨從人員，屏風般的團團圍住，站在他們的背後。

宴會開始了，是法國式的鵝肝大餐，喝的是香檳酒，賓客三、四百人，包括各國使節和上級軍官。自從來到中國戰區，這還是第一次的盛大宴會，因此每個面孔上都有興奮的顏色，只有慶親王和李鴻章顯得悶悶不樂。慶親王陪著勉強的笑，酒喝得少，吃得也不踴躍。李鴻章不吃也不喝，就連連的吸他的旱煙袋，兩眼朝四周東掃掃西掃掃，對棚頂上點綴的花花綠綠的紙條彷彿特別欣賞。

飯吃到一半，畢盛公使起身致詞，他先表示即將卸任返回法國，對在北京相識的各國同僚朋友，是如何的捨不得，「特別是我們的合作，關於和議的磋商，可說是愉快的經驗，而且取得了偉大的成就。」畢盛用很感情的聲音說。

當畢盛這麼說的時候，瓦德西便捻著小鬍子，浮起一抹帶有諷刺意味的微笑，心裡道：「我和你們合作可並不愉快。為了瓜分中國，吵吵鬧鬧的只差沒動刀槍，通商和要求中國賠款的事，態度也是那麼曖昧，就怕別人占了便宜。到今天和議還沒達成，取得了什麼偉大的成就？」

「是的，我們取得了偉大的成就，而與親愛的友邦們在此相遇相聚，使我感到何等的榮幸與愉快。」畢盛公使瘦長形的面孔上洋溢著文雅的笑容。但他突然臉色一變，笑容驟逝。「遺憾的是，我們是在一種極令我們憤慨和悲傷的情況下相遇的；中國人殺戮我們的傳教士，圍攻使館整整五十天，天主知道，這是多麼可惡可怕的犯罪行為！」他越說越激昂，最後一句簡直聲色俱厲，使在座的人不禁愕然。

畢盛說一句，站在他背後的中國翻譯照翻一句。慶親王默默的飲著香檳酒，李鴻章默默的抽著煙袋，兩人像兩個入定老僧，木愣愣的全無表情。

主人致詞既畢，慶親王按節目的進行致答詞，他語調緩慢，聲音也不大，面帶微笑的用又滑又純的京腔道：「法國的香檳酒是真香，本親王還是第一次嘗著呢！嘿嘿！菜也不錯。畢盛公使回國，我祝他一路順風。新任的鮑渥公使面還沒見著，只希望他是個講道理的人。嘿嘿，香檳酒真不賴，謝謝啦啊！嘿嘿！」

慶親王說完坐下了，翻譯問要不要翻成法語，慶親王和李鴻章不約而同的搖搖手。誰也沒聽懂慶親王的談話內容，都劈劈拍拍的鼓了一陣子掌。

撤去筵席，軍樂隊已吹吹打打的奏起皇帝圓舞曲，瓦德西請畢盛公使夫人共舞，慶親王和李鴻章原已一腔氣悶，見這群洋大人把神聖的太廟當成跳舞場，越發的看不順眼，趁勢起身告辭。

瓦德西與畢盛向無私交，不過是爾虞我詐的分贓夥伴，此刻也不願以聯軍統帥之尊，為這個宴會捧場，所以跳過兩隻曲子便回到帥府。一進門副官就報告：「稟元帥，洪夫人家裡有人來送信，說洪夫人墜馬受傷，傷勢不輕。奧倫布格上校派醫官帶了兩個護士兵去看了。」瓦德西聞言吃了一驚，道：「墜馬受傷？想不到！待醫官回來你叫他來見我。」他話剛說完，提著醫藥箱的軍醫官已經進來老人：「洪夫人從快跑的馬上摔下，跌到石頭臺階上，後腦骨裂了一條縫，差一點就要傷到腦子。我給她做了手術，呵呵！她的頭髮又黑又濃，像發光的緞子，我把它們剪去了一大塊，才把腦後的皮肉縫合。要是給中國那些赤腳醫生搞，可能會性命不保。」

「現在沒有危險了嗎？」

「我想沒有了。不過一定得療養一段長時期。」

「好吧！謝謝你。洪夫人是個可憐的女人，也是一個讓人喜歡的朋友，我們應該幫助她。過幾天我會去探望她。」

瓦德西只探望過金花一次，第二次去時，已是他的回國前夕，「老朋友，我是來向你告別的，承我們大皇帝的恩准，我和我們的官兵要回國了。」瓦德西快樂的說。

「啊！伯爵，我多麼替你高興，你不久就會跟伯爵夫人團聚了。」金花斜倚繡枕，整個頭上纏著紗布，不施脂粉的臉泛著缺少陽光的蒼白。「伯爵，不瞞你說，我也想去柏林呢！」

「是嗎？那麼跟我一道走吧！到我們家去做客，我太太不定怎麼歡喜。我說過，柏林的朋友都懷念你。」

「謝謝你的好意！我那能去呢？說著玩罷了。伯爵，你這一走，和議的事怎麼辦？不會拖得更久吧？」

「你別擔心，現在事情很就緒，中國和談代表裡面有幾個能幹人，像蔭昌、周馥，跟各國代表處得都不錯，很能合作。目前是和議草稿已經有了，再進一步商量就可定案。這是各國領使的事，不是我的事了。哈哈！我的責任已完，只等回柏林向大皇帝威廉第二報告去啦！」瓦德西說話時眉飛色舞，聲音裡充滿喜氣，似乎不能，也不願掩飾他的好情緒。

「是啊！伯爵真是個幸運的人。」金花缺乏瓦德西的好情緒，反而有些黯然。

「你的運氣也會好轉。這次戰爭中你為中國做了許多事，可以說有目共睹。以後大家會感激你、報答你，不會再迫害你。就是我，也是很感激你的，你替我們解決了許多困難，否則和議會拖得更久。唔，你不看看我送你的一點小禮物嗎？」瓦德西把放在桌上的一個大紙盒交給金花。

「伯爵送我什麼好禮物？讓我看看。」金花打開盒子。拿出一座亮晶晶的，足有半尺多高的金鐘，下面拖著一柄長長的鐘擺，十二個小金人團團圍住，她扭過發條，鐘擺便滴滴答答的晃起來，十二個小金人忙活活的繞著鐘擺繞圈子，繞了一圈又一圈。「真好玩！我喜歡。」她高興的叫。

「哈哈！我知道你會喜歡。」瓦德西的圓面孔笑得紅通通約，對他送的禮物異常得意。「你替我幫了不少忙，我一直想送你件紀念品，這是託一個部下從柏林帶來的。」

「多謝伯爵的費心。我看到它就像看到柏林，唔，柏林，還有慕尼黑，特別是巴伐利亞的鄉下，多讓我懷念！」金花抱著金鐘，小孩子作夢般的念叨著。

「好好的保重，也許有天你會去舊地重遊。」

「伯爵，謝謝你的美言，不過那一天是永遠不會來了。倒是，你何時和伯爵夫人來遊遊山逛逛水呢？我們中國的風景是了不起的，尤其是江南，我的故鄉——」

「希望真有那麼一天，和瑪莉同來。」

「不過，伯爵，」金花調侃的笑著眨了下眼睛。「再來可別帶大兵啊！」

「唔——」瓦德西摸著小鬍子沉吟了片刻。「就這樣吧！後會有期。你安心養傷。醫官要跟我們一道撤退的，我已吩咐他行前來看看你，給你留下必需的藥品。保重，再見！」瓦德西伸出他的大手，握著金花緊緊的搖晃了一陣。

瓦德西走了，帶走了八國列強的十一萬大軍，也帶走了金花的輝煌時代。有關和談的一切再也輪不到她過問了，湊上來趨炎附勢，搶著叫乾娘乾姊乾妹妹的，頓時全失了蹤，慶親王和李鴻章派來打探消息，託請傳話說情的，更是無聲無影，從此不再登門。

戰爭後的京城在復甦，在繁榮，金花卻倚在床上，頭纏紗布，每日從窗口看外面的一小塊天。七月間，李鴻章終於久病不治，大量嘔血後死在賢良寺官邸。九月間，和議達成，條約總共十二款，沒有一款不是揭中國人的皮，喝中國人的血的。然而一般人民並不關心和約的內容，他們關心的是，是否洋兵確實全部撤退，戰爭已經過去，可以重整家園，過太平日子了？就連朝廷也沒因此自責自省。依然與往昔一樣的虛張聲勢，窮奢極侈的炫耀浮誇，要表現大國風範，陰曆八月二十四日，慈禧太后和光緒皇帝自西安動身回鑾，一路走走玩玩，慈禧在李蓮英之流的親信慫恿下，停留闗封過了生日，才回到被她丟棄了一年多的皇城。

回鑾的隊伍，只大車一項便動用三千輛。一路之上浩浩蕩蕩、旌旗招展，百姓們搶著看熱鬧，算是開了眼界。到達河北省正定縣，鐵道大臣盛宣懷已預備妥火車迎接，共二百多輛車廂，其中有五節為花車，是經過特殊裝潢，剛進口的新車。

車廂用黃色錦緞圍繞，窗簾為西洋絲絨鑲金銀色流蘇。最講究的一輛由太后乘用，稍次的為皇上用，在半路上被廢掉的大阿哥居然也占著一輛。慈禧太后的專車裡有洋式鐵床一張，幾張桌子上擺著乾果十九碟，以便隨時取食，連吃飯的用具也齊備了，成套的大碗小碗、一品鍋、茶杯茶壺，全是一式的團龍花，上面鐫著「臣盛宣懷恭呈」幾個小字。除此之外，連自鳴鐘，穿衣鏡，朱紅油亮的大珊瑚樹之類的擺飾也沒有忽略。一路之上太后的心情格外開朗，彷彿打了勝仗凱旋歸來，有時還從車窗上和看熱鬧的民眾揮手微笑打招呼。

到達北京，站裡站外，來接駕的王公大臣跪了黑壓壓的遍地，還搭了彩篷，擺了香案，鳴鼓奏樂。慈禧太后在一片磕頭聲中由李蓮英扶下火車，坐上金漆龍輿，在大隊人馬的護衛下回到紫禁城。

慈禧太后在宮裡巡視了一番，見儀鸞殿燒成一片廢墟，古玩、玉器、名畫也被搜劫去大半，自是心中忿忿。洋人她不敢罵，以前被她痛恨的，親西方的大臣如今全屬忠臣，自然不能罵，能罵的無非是那群主張重用義和團的滿洲王公大臣。「載漪是口蠢豬，開頭都是他們幾個鬧的，害得我們吃了這樣大的虧，載勛死了就死了，我也不心疼，他活著也不會老實，反會惹事。剛毅，算他命好，病死了，不然他也得死。這個東西盡在騙我，把野狐禪似的拳匪說成法力通天，鬧到後來是這個局面，哼！可恨。」她一邊看一邊狠狠的說。

通洋務，跟洋人辦過交涉的，當初反對義和團的，現在都升了官，慶親王早就賜了雙俸，李鴻章追贈哀榮，榮祿、袁世凱、盛宣懷，都升級加俸。周馥和蔭昌是和談代表中瓦德西最欣賞的，自然使太后另眼看待，不單給了大官做，並特別恩賜召見，當面嘉獎了一番，就連曲翻譯和張翻譯也進了總理衙門，被目為洋務專家。慈禧太后見光緒皇帝總是愁眉苦臉，便指著他道：「你還有什麼不樂的？你疼珍丫頭，我已賜恩追封她為貴妃。那個狠心的混蛋崔玉貴，實在不應該推她下井，他倒下得去手，可惡，我已把他攆出宮去了。你還有什麼不滿意的？整天擺著張黃連樣的臉子給誰？」

「老佛爺萬安，兒子沒有不滿意，兒子只是為戰後的賠款問題和國計民生擔憂。」光緒皇帝跪在地上說。

「沒有不滿意就好，別的問題都好解決。只要你別再信那些奸人的話，咱們母子一心，什麼事會不圓滿？俗話說：家和萬事興，家裡過得熱熱活活，外頭還有不好的？」

「是的，聖母的金言兒子記著。」皇帝深深磕頭。

宮裡一片新氣象，高高的宮牆之外的北京市民，也在鼓著興子恢復舊日生活，顯得生氣勃勃，缺乏生氣的是養了一冬頭傷的金花，直到第二年的春天傷口才完全長好，她才又梳妝得珠光寶氣綾羅綢緞的走出大門，她出來的第一件事，就是去探望立山和許景澄兩家。在她養傷期間，許景澄夫人和立山夫人並沒有親身來慰問過，但她一點也不怪罪她們，任何一個良家婦女都不適合到她住處，何況像他們兩位這樣高貴的夫人，整半年，每隔個把月就打發人來送點吃喝，問問安或道道好，已足以表示她們的忠厚和不忘舊。金花對她們是滿懷感激的。

她先去立山家，到了那階前立兩隻石頭獅子的紅漆大門口，發現站了四個守門的家丁，經探詢打聽才知道正院已換了主人，立山一家搬到旁邊的側院去住了。

金花不覺楞了半晌，吩咐轎夫拐到旁街進了側院，見裡面雖不似原來的氣派，倒也花木扶疏廣闊開敞，住著不會不舒服，她心頭的結才漸漸的鬆開。

立山夫人聽說金花來訪，連忙命傭人請到上房。

「賽二爺的傷痊癒了吧？看來精神很爽朗哪！」立山夫人親熱的攏著金花的手，跟她隔著茶几對面而坐。

「從外頭看，精神還不錯，裡頭可沒那麼好。自從受過傷，就得了個頭痛的毛病，一痛起來天昏地轉，眼前一片模糊，心裡躁得恨不得抓人來揍一頓，近來我常沒來由的發脾氣，家裡人都跟著受委屈，唉！」金花很怪罪自己的口氣，無可奈何的搖頭歎氣。

「你應該再找大夫看看。」

「算啦！什麼醫生沒看過我這個腦袋？中國的德國的全試過。沒用。」金花翹著兩個指頭揉著太陽穴，眉峯微微蹙著。「你們什麼時候搬到這裡來的？我一點沒聽說。」

「搬過來快半個月了。」立山夫人富福態的臉上露出悽楚的笑容。「說是發還沒收的財產，說穿了不過是一筆爛帳。人在人情在，人不在了，孤兒寡婦只好任人踩。珠寶玉器被搜劫的，不過還了十之一二。現錢更別提，庫裡的金銀本來沒數，誰拿去還會送回？我們老爺一輩子仗義疏財，其實那有傳說的那麼闊氣！家大人多，不能不為往後的日子打算。」立山夫人說著放低了聲音，指指正院的方向。「那是新進京的尚書大人，偏就相中了我們的房子。我想也好，每年收入萬把兩銀子的租錢，對家計不無小補。唉！我全看透了，錦上添花的多，雪中送炭的少。我們老爺交上你，也不知是那輩子的造化。」

「喲！夫人，你說得我都坐不住。臉要紅嘍！」

「我不是恭維，是真心話。」立山夫人認真的說。想了想又道：「還有那個素芬，跟你一樣，在我們困難的時候，叫人給送錢送食，照顧著呢！別人嗎？受過我們好處的多的是，可都不上門了。」

「夫人，你要看開，人心本來就是這麼勢利的。」

「我看得開。」立山夫人冷冷的噓了一口氣。「徐承煜那個壞東西，殺人償命，仇也報了，我沒什麼看不開的。」

「說起徐承煜——夫人，知道嗎？連他老子徐桐也是他下手要命的。」金花突然想起了大新聞般的。「洋兵進城的時候，他跟他老子說：『咱們大清帝國完啦！』他老子說：『那不行，我們姓徐的是至死不能過洋毛子那種野蠻的日子的，咱們父子殉國吧！』你想，徐承煜那麼怕死的人那會殉什麼國呢？結果他把老子徐桐脖子套上繩子，自個兒逃了。這件事我還是最近才聽人說起。」

「唉！糊裡糊塗的打了一場仗，有人送命有人升官，聽說凡是跟洋人沾著點邊的都一步登天，你給朝廷，給老百姓做了那麼多事，可有誰出面對你表示表示沒有？」

「我算什麼？做的那點事也是不值一提的，那裡會有誰對我表示什麼？」金花自嘲的笑了，垂著眼瞼沉吟著道：「他們做他們的官，我經營我的老行業，井水不犯河水。現在糟的是我得下這個頭痛的毛病，沒法子專心，也提不起興致，目前只好就維持半住家的局面，能夠開支就成了，別的事懶得去想。」

兩個女人天南地北的閒談了一陣，立山夫人要留金花吃午飯，金花道：「不必了，我還得到許府去看看，聽說他們要回南方，近幾天就要動身。」

立山夫人便不再虛留。金花到許家時，許夫人正在指揮傭人收拾行李，箱箱籠籠的擺了一地。「真是說走就走。姊姊這一回南，我不又少了個去處。」許夫人對她看看，一臉的苦笑：「北京這地方我不留戀，回家鄉養老去！」

「姊姊，也許我說句話你會笑。我看柏林回來的運氣都不好，從最早的劉錫鴻到我們洪老爺，到姊夫，連汪鳳藻運氣都不好，放了一次日本公使差不多等於被趕下臺。」

「其實汪鳳藻那個人有學問，你姊夫就總稱讚他，可是不知他是怎麼回事？轉到學界也不順利。金花，別談不相干的了。我有幾句話要跟你說，本來想打發人去找你呢！」

許夫人把金花帶到側面的小客廳，表情有幾分神祕。

「金花，咱們姊妹一場——」

「全靠姊姊擡舉，本來我是不夠資格高攀的——」

「你別打斷我，聽我說。」許夫人面色謹肅的，「我這一回南，咱們再見的機會就很少了，所以有句話要告訴你。」

「唔，姊姊。」

「花無常好月無常圓，你也是上三十的人了。我勸你為後半生想想，趁勢收山，找個可靠的主兒，別在風月場裡打滾了。」

「唔，難為姊姊對我的關懷——」金花平靜的心，被許夫人的話說得直打漩，震撼而沉重。「姊姊說得有遠見，我確實到了為後半生打算的關頭了。可是，姊姊，我早看透，那來的『可靠』主兒？當初洪老爺多麼可靠，他撒手一去，我就成了今天這個德行。」她勉強笑著的擺擺手。「姊姊你別為我費心傷神，我自知留意。」

「那就好。可是我特別要提醒你，打仗時候，你結了不少仇人，背後議論你的大有人在，你要收斂，要小心。」許夫人的這句話是金花從來不曾想到的，她感到意外，驚訝，楞了半天才慢慢吞吞的道：「我結了仇人？沒有呀！」

「你插手的事太多，知道得太多，想想看，以你的身分——唔，一個女流之輩，那些王公大臣做不到你做到了，他們受得下嗎？」

「姊姊的消息那裡來的？」

「是你姊夫一個舊部下說的。他也是聽來的。說是有人到慶王爺面前問：賽金花在庚子之役裡為朝廷做了許多事，又保護了上萬的北京市民，是不是應該奏請朝廷表揚一下？那知慶王爺聽了笑笑，同旁邊正跟他聊天的老朋友孫家鼐中堂對看了一眼，說：『這也不成話了，朝廷大事，怎麼跟一個風塵女人扯上關係？傳說得也太離譜了吧！』說是孫家鼐比慶王爺還過火。叫那問話的人不要再以訛傳訛，遇到再有人說賽金花與庚子之役的事要否認——」許夫人欲言又止的住了嘴。金花冷笑一聲，伶牙利齒的接上道：

「姊姊，你不說我也猜得出，他們準定把我損了個夠，說我是妖孽，招搖撞騙什麼的！孫家鼐、陸潤庠，是一個窩裡的，他們念了一肚子書，眼睛裡沒人，膽子比耗子膽還小，義和團來了也逃，洋兵來了也躲，那時候他們的神氣全不知到那國去啦！他們那點子神氣就是對付我。哼！慶親王，虧他還是個王爺呢！求我的時候時他兒子喚我聲乾姊，現在倒說這種話！就算我這個風塵女人下賤，我也看不起他們。」金花說得激動。白淨的臉子紅得像喝醉了酒。

「你要把事情看清楚才不會生氣：這個世界本來是屬於他們的。」許夫人平靜的說。

金花沉默了一陣，悻然無力的點點頭。「姊姊說得有道理，他們是怎麼做都對，我還是收斂收斂吧！」

金花在許府吃過午飯便告辭，經過克林德的紀念牌樓時，她對著那漆得通紅，上面刻著光緒皇帝具名的道歉文字的木頭大門。鄙夷的瞅著，恨不得啐它一口唾沫。

金花雙手抱著腦袋下了小轎，跌跌蹌蹌往裡去。

「我的頭痛得要裂開了，快把煙燈點上，哎喲……」她軟拖拖的跌臥到楊妃榻上。老媽子和小丫頭點煙燈的燒煙泡的忙成一團。金花拿起煙槍重重的連吸了幾口，舒服得呻吟著伸了個懶腰。

孫三一手撩著袍角一手拎了鳥籠子進來，見金花抽鴉片煙，搖頭冷笑的指著她道：「好傢伙，你真抽上了。我的姑奶奶，你沒看到嗎？我們姓孫的硬是被幾桿煙槍抽個空，你迷上這玩藝兒，咱們這點子基礎也就快完啦！」

金花並不理會孫三，只顧咕嘟咕嘟的抽，抽完喝了幾口熱茶，對孫三努努嘴道：「你過來。」孫三放下鳥籠走過去剛要坐在榻沿上，萬沒料到金花高舉煙槍朝著腦門就敲，一個核桃大的青包立刻鼓溜溜的凸起。

「你這是幹什麼？發瘋啦？告訴你好話——」孫三袖子一捲，說著就要動手。

金花厲喝一聲，用煙槍指著孫三：「你今天要是敢動我一指頭，我就立刻轟了你出去。我告訴你，在這個大門裡我要做啥就做啥，我說的就是王法。外面受氣也罷，家裡不能受氣——」她仰面楞著眼怔想了一會，轉為懶洋洋的道：「皮肉換來的日子也是日子。我要重振聲威，我偏要過得熱熱鬧鬧的給他們看……」

金花天天說她要重振聲威，但時時發作的頭痛使她變成了另一個人，她變得暴躁、多疑，消沉，每當犯痛就抱著頭叫：「我的頭要裂開了，我什麼都看不見了，眼前一片漆黑。哎喲，快快燒煙燈。」

金花染上了煙癮，金花班的牌子早摘了，雖然吃的仍是這口飯，卻是住家的模式，靠上海帶來的月娟、素娟和在天津人班子的兩個姑娘支持門戶，來往的盡是些由熟人輾轉介紹的客人，其中很多是慕了金花的名，懷著好奇的心要一睹賽二爺真面目的。那時金花便裝做健康人一般，照樣的陪著談笑做樂，勉強維持著局面，離她時時不忘的「重振聲威」的目標，似乎越來越遠。

34

日子像正在蔓延的梅毒，外表不見痕跡，內裡卻在潰爛。庚子之役與歐美十一國訂的「辛丑和約」，沉重地壓在中國人民的身上，不知那天才能還清這份巨債？而新的壓榨又來了，俄國硬逼著訂了「交收東三省條約」，光緒二十八年俄軍佔領營口到期，理應撤兵交還，都賴著不走，反向清廷提出新要求七項。

清政府雖然早在流亡西安時就發布了「變法上諭」，宣稱維新，事實上不過是老罈裝陳酒，王公大臣們同往昔一樣的驕奢淫佚，一點新的氣象也看不出來。

一些傳說在民間流傳：說是南方在鬧革命黨，領頭的名叫孫中山，在英國和日本成立個了什麼同盟會，並在日本和南方幾省還辦了幾份報紙，鼓吹革命。金花也聽到這類傳言，她弄不清革命的終極目的是什麼？僅知道是反對朝廷的，因此朝廷稱革命黨為亂黨，抓住一定殺頭。孫三曾看過殺革命黨，回來形容給她聽：「頂多二十郎當歲，眉清目秀的書生，臨砍頭還叫著要推翻滿清呢！哎喲！這些亂黨，膽子好大！居然不怕死！」聽孫三的口氣，彷彿革命黨人全是亂黨暴民，十分可怖、可憎。

金花對革命黨倒不那麼恨和怕。她看透了清廷的窩囊無用，和那些大官們的媚上欺下，滿懷私心。認為從慈禧太后到守宮門的衛兵，個個都該革新作風。但她是個飽經世故吃過大虧的人，不曾輕露顏色，輕出言語，遇到客人們在酒酣耳熱時，或議論朝政，或褒貶革命黨，她只用心的聽著。聽多了，誰正誰邪，自有評判。

時間過得很快，已是光緒二十九年，金花對鏡自照，發現眼角已隱隱的顯出皺紋，青春易逝，不由得她不心驚。

這年秋天，金花收到弟媳自故鄉託人寫來的信，說她弟弟阿祥病歿了。金花自孩童時候就最疼弟弟，捧著信難過得渾身打抖，反倒一滴眼淚也滴不出，只反反覆覆的念叨：「老天太狠心了，老天爺太狠了……」

金花決心不服擺佈，掙脫厄運，請來一位出名的風水命相家，算算她到底犯了什麼剋沖？那風水先生姓金，進門第一句話說她房子不好：「陰氣重，犯兇，應該換地方」，並且當場就介紹了一處新居：「房子造得堂皇，在陝西巷，成龜形，開班子準旺。」金先生肯定而有把握的。金花一心要重振聲威轉換運氣，便搬到陝西巷重新開張，一面請醫生治頭痛，一面用偏方戒煙。到次年秋天，果然事情一件件的好轉，於是她打起精神南下回鄉，給停在廟裡的弟弟下葬，順便也要物色幾個姑娘，開展業務。

金花在蘇州辦完了事，接著到上海採辦什物，等船北上。一天到法租界去逛洋行，剛要進門，迎頭被兩頂停下的小轎擋住，前面的轎子走下一位年輕秀麗穿戴講究的太太，後面的一頂是個奶媽模樣的婦人，懷裡抱著一個白胖的男娃娃。金花立刻認出，這位太太是幾年不見的碧柔。她喜出望外，連忙快步趕上前去，叫了一聲：「碧柔妹妹，還認識我麼？」

碧柔怔了一怔，睜大著兩隻水汪汪的眼睛淡淡的瞅著金花道：「真是不敢認了，是金花姊姊嗎？」

「唔！」金花熱火火的心頓時冷透，嘲諷的牽著嘴角笑了笑：「看妹妹這氣派，準是唐相公發了。如今妹妹做了貴夫人，又抱了胖兒子，多叫人羨慕啊！可是貴人也太多忘了，怎麼把當初冒死幫助你的人都忘了呢？」

「金花姊姊說那裡話，我真是沒認出來。」碧柔朝金花上下打量一陣，言語仍是淡淡：「你的情況怎樣？」

「我？這輩子是沒法子超生了，做的還是老買賣，那有你那麼好的福氣。」金花見碧柔只望著她不答話，眉眼間甚至露出不耐煩的表情，覺得多說也沒意思，便漠然的道：「好吧！再見了，尊貴的太太。」

碧柔的態度刺瘍了金花的心，一路上鬱鬱悶悶的回到北京，見了孫三捺不住氣憤的道：「當時我要是聽了你的話，把那個娼婦留在班子裡就對了。真個是婊子無情戲子少義，為了成全她，立山大人白白的搭上一條性命，我擔多大風險？搭多少的銀錢心思？今天她身分高了，不認我了。也好，從此再也不做這種傻事。」

金花把遇到碧柔的經過詳細的形容了一遍，孫三道：「告訴你金玉良言你不信嘛！想想看，我還會害你不成？以後還是聽我的吧！」

南方買來的幾個姑娘個個綺年玉貌，金花的頭痛病治癒了大半，本人也出面交際應酬，金花班果然應了風水先生的話，生意一天比一天盛，賽二爺又恢復往昔的豔名，王公大臣，文人雅士，明公子和大富豪。要找尋歡歡樂的去處，總忘不了她。

難開五個月歸來，金花漸漸的發現家中起了不小的變化，第一個變化是孫三，他不再提著鳥籠滿街溜，也不再跟她拌嘴或動粗，他變得和氣而和平，如果她發脾氣或責備他，也不分辯，反而笑嘻嘻的安慰她，耐心的給她解釋，開導。金花想不通，是什麼使孫三變了個人？

第二個變化是月娟。從金花第一天掛牌關班，月娟就跟她，從上海到天津北京，前後整整十年，月娟總是那麼柔順乖巧；她也從來沒有擺出當家媽的身分，彼此的關係維持得很是和諧。但是這次回來後月娟變了，變得對她不假辭色，找碴跟她爭吵，每天懶洋洋的睡到近午才起，不是挑飯不好就是挑菜不鮮，一言不合就反鎖上門不見客。弄得金花莫可奈何。

第三個變化是連連的丟東西丟錢，鎖在抽屜裡的金子銀子會不翼而飛，值錢的擺飾和首飾已經丟了七、八樣，金花氣得犯了頭痛病，把全院子裡的人，從馬夫廚子到姑娘，全搜了一遍，仍是沒有絲毫線索。「依我看，說不定是那個不成材的客人偷的。」孫三說。月娟被搜之後跟金花的衝突了一場：「你把我當賊待？你搜出什麼了？別說我沒偷沒拿，就是拿了你什麼也是應該的，給你賺了十年銀子，你還不夠本？我正想跟你攤牌呢！我快上三十的人，不想賣了，拿錢來，我走。」月娟在屋裡隔著窗子叫。金花怕有客人來聽到，急得咬牙切齒。

「整天這麼吵吵叫叫、不分上下，這也不成體統了。我念她多年跟我，對她客氣，這個娼婦怎麼不懂呢？孫三，把門給我踹開，讓我進去收拾她。」金花說著就要往裡衝。

「算啦！你要演全武行嗎？月娟說的也沒錯，快三十的人了，你該放人家走。」孫三拉住了金花。

「咦，你這是對誰說話呢？我放她走，怎麼放法？像嫁碧柔一樣的把她嫁掉嗎？不會再有那種事。」金花狠瞪了孫三一眼，轉對窗子裡道：「你要是有相好的客人呢，不妨叫他來談條件。要是真不想吃這碗飯，想退出班子呢，也得談條件。我花大把銀子把你買來的就白白放你走了不成？這些年來我對你總還不錯吧？有話不妨說明，總這麼鬧算那門子的規矩？」

家裡的瑣碎事弄的金花不勝煩惱，外面陸潤庠和孫家鼐又差人來對她警告，要她為洪家和全體蘇州人留些臉面。停止掛牌營業，「你的所作所為，讓我們都擡不起頭。」那人學著陸、孫兩位朝廷重臣的話說。

「奇怪，他們放著國家大事不管，專管我！你回去說，我要做什麼是我自個兒的事，不勞他們費神。」金花傲慢的翹著光滑秀氣的下巴，把來人給趕了出去。

陸潤庠和孫家鼐的干涉，越發激起金花的憤慨和不平，下定決心不妥協，誓與他們抗衡到底。她要加倍的振興業務來氣氣他們。但是月娟的態度使她看清，除了放她走路之外沒別的途徑可行，於是她重新買個年輕姑娘，補月娟的缺。

新買的姑娘十九歲，瓜子臉，雙眼皮，穿著藍布大襖，紮著紅布腿帶，看上去像個剛從鄉下來的孩子，卻在小李紗帽胡同的茶室裡混過七、八個月了。

「嗯，模樣還不錯，我新買的姑娘名字都帶個鈴字，你就叫鳳鈴吧！」金花端詳著鳳鈴。鳳鈴低垂著頭，兩眼盯著腳尖，一句話也不答。金花見鳳鈴沒反應，便又自顧自的說了一些。鳳鈴始終不開口。金花開始動怒了，指著鳳鈴道：「你也不是沒見過世面的人，不要做出這副嘴臉。吃我們這行飯的，全是苦命人，你好好聽話我不會虧待你，你要是耍脾氣扭著來哦！我可也不是好惹的。」

鳳鈴仍然兩眼盯著腳尖，木頭人般的不言不語。金花真的發怒了：「你們把她帶到她的房裡去。這兩天我不叫她，大後天陸中堂的少爺來擺席，請許多重要人物來吃午飯，到時候你給我打扮得光光鮮鮮漂漂亮亮的出來陪客，要是不聽話啊，你就試試着。」

鳳鈴被秀鈴、麗鈴兩個姊妹扶到房裡去了，依然無話。

陸大少是九門提督陸傳霖的兒子，他席開兩桌，請的全是跟他身分相等的公子王孫。金花一早就吩咐姑娘們梳洗打扮準備，只有鳳鈴仍是文風不動的勁兒，金花到房裡去催了她兩次，頭次厲聲命令，第二次順手朝背上甩了兩掌，第三次叫秀鈴去催，秀鈴急慌慌的向金花報告：「鳳鈴的樣子不對，恐怕生了暴病。」金花趕過去看，只見鳳鈴眼珠通紅，喘氣急促，雙眉痛苦的曲扭著。腳邊的地上丟著一個空煙膏罐子。

「哎呀呀，鳳鈴，你……你為什麼服毒啊？」金花急得抓著鳳鈴的手連連搖晃。想不到這回鳳鈴竟開口了：「我……我答應……答應他的……不能……跟他，就……就為他死……嘔嘔……我難過……」她斷斷續續語音不清的。

「他是誰？在那兒呀？你為什麼不早說呢？」

「他……是個……當兵的……在……城外……」

「天哪！從何說起呀？你們快把她擡到後頭去灌救，我得到前頭去了。」金花丟下鳳鈴跑到前廳，風流飄逸的陸大少正笑容滿面的跨過門檻。

陸大少的宴會猜拳，行令，唱詩，直鬧到太陽落山才散。老媽子踉踉蹌蹌的嚷著進來：「不好啦！不好啦！鳳鈴姑娘死啦……」

金花被人以「虐婢至死」的罪狀告到衙門，名如烈日豔比嬌花的賽二爺成了殺人兇手？事情即刻傳遍大街小巷，像一聲霹靂雷，震動了整個北京城。

辦案的五個御使中倒有四個與金花相識，當日跟她挑情逗笑，甜話說了一籮筐，有個御史大人還跟她有過一宿風流，這時叫他們怎能板起臉來把她當犯人審？官場的反應尤其令他們為難：為賽金花說情開脫的達官顯要很多，但是以勢力施壓，要求趁機把賽金花治罪押監，或放逐充軍的也不在少數。幾個御使的住宅門前連夜車水馬龍訪客不斷。弄得他們不知怎樣處置才能面面俱到。

五個御使整整商量了一天，終於想出了好辦法：不如借著殺人罪的名目，把案子交給刑部，給他個不露行跡的推屍過界。

刑部是過大堂，關死囚、施刑罰的地方，可比不得御史衙門那麼有人情味，金花一去就被下到大牢。

金花由四個獄卒監視著走過一條窄長的甬道，地面水涔涔的，兩旁的磚牆直通天衢，陽光被擋在外面，一種由潮濕、霉腐，和彷彿是屍臭混合成的異味，衝襲著鼻子和眼睛，強烈的程度直逼得人淌眼淚。

甬道的盡頭是兩扇厚重的黑色木門，遠遠看去就像兩個直豎立起的棺材蓋子。領頭的獄官鏘琅一聲打開門上的大鎖，對金花咧嘴笑道：「賽二爺，委屈了，希望你住得慣。」

金花站在門口向內張望，看出這是一間與所有牢房隔離的，孤零零的土屋。泥地，泥牆，接近屋頂的地方一口半月形的小牆，透進一線暗淡的光影。金花正待開口，那領頭的獄卒又說了：「今兒早上我把蘇元春帶來——」

「蘇元春，不是跟著馮子材打法國兵的那個將軍嗎？」

「對，就是他，那時候他是大英雄，這時候他可是癩狗熊啦！賽二爺沒聽說嗎？他『縱兵殃民，缺額扣餉』，被人彈劾了。要不他那兒會光顧這個好住處呢！嘿嘿！」

「今早上來？他不在裡面嘛！」金花不懂那獄卒的意思。

「對啦！他不在。他害怕，不敢住這屋子，給了我們哥們三百兩銀子的酒錢，我給他換了個地方。」

「哦？」金花明白了，原來在跟她收買路錢呢！「他怕什麼？那個牢房不是黑漆漆陰森森的。」

「是啊！牢房那能跟府裡的客廳比。」獄官斜眼狡猾的瞅著金花。「不過這間跟別的牢房又不同。二爺，你壯著點膽子，跟我瞧點悚人的物事兒。」

金花隨那獄官進去，發現屋角的泥地上有片黏糊糊的東西，再仔細看看，才看出是一具打碎的人體，爛肉，殘骨，頭髮，和著烏紅色的血液一片狼藉。

「天哪！」金花恐怖的尖叫一聲，轉身就往外跑。那獄官擋住她道：「賽二爺，你不能走，這間房是派給你的。」他說著指指地上的屍體，「這死鬼是出名的亂黨沈藎。」

「沈藎——原來是他！」金花倒反而平靜了。「你們把這樣一個人就……就……」她心中憤慨，話可不敢說出口。

「太后老佛爺親自賜的懿旨，叫把他杖斃。哼！這種亂黨，放著好好的順民不做，要辦什麼報紙，專揭朝廷的短，跟太后和皇上做對。膽子倒大，敢拔真龍嘴邊的鬚子。他要是肯招呢！保不定能留條小命。就是不招，幾根大棍子火辣辣的打下，連哼哼都不哼哼。呵！賊皮子！」

「既然打死，為什麼不把屍首收拾了？」

「昨天夜裡行的刑，我們還沒功夫管這閒事！賽二爺別挑錯，就包涵著一點兒吧！不過——要是賽二爺害怕，當然我也可以給想法子換換地方。嘻嘻！」

「不必換，我不怕。」金花揚起下巴頦傲岸的笑笑。

「不怕？」四個管監獄的都現出意外的神色。

「人誰無死？怕那門子？這種直到打死都不吭一口氣的人，分圖是個英雄好漢，不會變鬼來嚇人的。」金花先把挽著的包袱丟在靠牆的草堆上，自己再坐下？腰桿子挺得筆直。

「喝！原來賽二爺是個大膽兒。那是最好，我們也不用費事了。」獄官估計榨不出油水，便也不再多話，一努嘴巴，三個獄卒全跟了出去，鏘鏘琅琅一陣響，棺材蓋形狀的大門已被鎖住。

腳步聲去遠了，空曠的牢房陷在悸人的死寂裡，金花依稀置身於地獄最底層的最陰黑的角落。聽不到人聲，嗅不到人氣，窗口透進來的一線微光正在暗淡，碎爛的屍體發出惡濁難聞的血腥味。焦慮悲傷與憤怒使金花像正被烈火燒著那麼痛苦，五臟六腑灼熱的絞做一團。「沈相公，你明明知道在這個世界上是不能說真話的，可是你說了。沈相公，你是個了不起的英雄，有你這種人在，這個朝代也就長不了啦！」她對著地上那攤模糊的血肉說。

金花把牢房細心的巡視了一遍，思索著用什麼東西盛起靠窗那面牆角下的乾土，把沈藎的屍體掩蓋住？到底讓她在草堆下找出一塊凳面大小的木板，於是就做起運土掩屍的工作，直到小窗上透進冷冷的月光，才把所有的乾土舀盡，蓋住了碎骨爛肉。然後她便跪在小土丘前，深深的叩了三個頭，嘴裡念叨著：「沈相公，請受我一拜。」

黑牢裡關了三天，刑部大堂開庭審案。坐在正堂旁邊的審案大人砰的把桌子一拍，厲聲道：「賽金花，你知罪不知罪？你行為不檢，敗壞風俗，今又虐婢至死，心黑手辣。我問你話，你要從實招來，不然你就試試受刑的滋味。」

金花聽這聲音很耳熟，擡頭一端詳便認出了，她仰面直視著堂上嘻嘻的嬌笑著道：「哎喲，裕老爺，你別拍桌子打巴掌的嚇唬我呀，難道你忘了咱們那一宵之情嗎？」

裕老爺的胖臉直紅到脖頸。堂上傳出隱隱的笑聲。只有正堂老爺毫無笑意，反而把他那張清官特有的正氣臉板得鐵青。

「住嘴！」正堂老爺把桌子拍得更響，嚴肅的道：「公堂之上你居然敢胡說八道，你的膽子也太大了，眼睛裡也太沒有王法了。不給你點厲害看看恐怕你還會放肆。」他說著朝下面命令：「預備刑具。」

整個公堂上的人，全在色迷迷的盯著金花，記錄供的掉了筆，管上刑的站著不動，那位丟了臉的裕大人早一溜煙的從後門逃走。正堂大人見金花目不轉睛的注視他，也無法控制的周身不自在。這更使他加倍的震怒：「太不成體統！你虐婢至死，又擾亂公堂，真是罪大惡極……」

一場堂詢在混亂中結束，金花照舊押監，但換了最上等的牢房，有床鋪桌椅和洗澡盆，而且還可以從外面的小飯館叫菜，金花樂於享受這些優渥，但心裡卻不住的猜測，是那位大官替她說了好話託了人情？直到四個德國使館武官處的軍官來獄中探望，謎底才得揭曉：原來德國公使聽說金花犯了殺人罪被押在監，後來又聽說正堂葛寶華聲稱金花是妖孽、禍水，留在世上無非是貽害蒼生，敗壞道德，已決定判她死刑，所以及時就去找了慶親王，明白的告訴：「洪夫人對庚子之役的貢獻很大，我們很是感謝她，如果你們把她處死，我們是不會坐視的。」

「要不是貴公使說起，我還真不知道有這回事。想來案子不致很嚴重，我會派人去關照，死罪是絕不會判的，公使先生請敬心。」慶親王客氣而親切的一口答應。

金花聽德國軍官如此說，非常痛恨慶親王的虛偽，不過也不想在洋人面前拆穿他的真面目，只說了些感謝的話，並順便打聽了一下瓦德西的近況，一個軍官道：「瓦德西元帥和我們公使並沒聯繫。他算是退休了，住在哈奴瓦老家，聽說正在病著。」

「什麼病呢？不很重吧？」

「好像是腸子方面的病，從東方回去他的身體就不好。願上帝保佑瓦德西將軍快快恢復健康。」

「讓我們這麼希望吧！」金花說。

自從四個德國軍官來過，金花就成了獄裡的特殊階級，獄卒不敢惹她，獄官巴結她，正堂葛寶華大人板得鐵青的面孔也明顯的鬆活了一些，雖然仍舊拒絕她請求保釋或會見家人的要求，處死和動刑之類的恫嚇話倒是不提了。

35

火車顛簸得厲害，吊在頂上的兩盞洋油燈像女人耳朵上的墜子，搖搖擺擺的顫動不停讓神經質的擔上一分心思，直怕那裡面的油會晃出來。

昏黃色的光暈似混濁的濃霧，瀰漫在簡陋的三等車廂裡，乘客坐得並不滿，全在熟睡著，鼻鼾聲夾在輪軌撞擊的巨響中，形成一種非常奇特的噪音，那聲音令人有可笑，也有與外面黑茫茫的靜夜不相配稱的感覺。

金花是車廂中唯一清醒的。熟睡的母親靠在金花的肩膀上，她睡得那麼香甜，那麼安寧，手裡的四方形包裹抱得那麼緊，看上去倒像個不曉事的老嬰孩。金花不敢稍動，怕把母親驚醒，腰桿子仍然坐得筆直，翻江倒海滔滔奔騰的是腦子裡千愁百結的思緒。

遞解回籍是她不曾料想到的，家裡的變化更是令她瞠目結舌，幾乎當場暈死過去。班子裡上上下下五十來個人走得一個也不剩，四十四匹騾馬，嵌寶鏡臺，霞璽鎮尺，織金煙盒，銀絲畫屏，成堆的金元寶、大銀元，櫃子裡的綢緞衣服和珠寶首飾，全沒了影。空空的幾進大院子，只剩下一個被嚇傻了的老母親，母親手上緊緊的抱著瓦德西伯爵送的十二個小金人的自鳴鐘。

「媽媽，人呢？孫三爺、姑娘們和伙計老媽子們呢？」

「走了。帶著大包小包的走了。孫三爺從我手裡拿去鑰匙，說要取銀子營救你。他沒去救你嗎？我看他趕了一輛騾車，帶了二十來匹馬，跟月娟姑娘一起走了。」母親眼光瞪得直直的夢囈般的說著。「他們想要這個金鐘，我抱著不放手，我說：『誰敢搶，我就撞死給你們看』，嘻嘻！到底被我保住了。」

「媽媽，你做得好。看看，這是什麼？」她打開金鐘下面的小門，拿出藏在裡面的一枚鑽石花──多年前洪老爺在柏林買給她的，這也就是她僅有的了。

聲名、財產、同甘共苦的伴侶，一瞬間全部失去。如今賽金花穿著舊衣，抱著小包，攜著老母，是個正在被押解回籍的罪犯。由北京到上海，她已在火車上過了三天三夜。今晚在上海坐上這趟去蘇州的火車，路途原不算遠，照說早該到了，只因為半途中車頭出了故障，延擱了幾個時辰，把這無趣又無奈的旅程拖得更長。

車子的速度漸漸緩慢下來，汽笛嗚嗚的鳴叫兩聲，輪子不動了。熟睡的人一個個的自夢中驚醒，金花母親也醒了，「到蘇州了嗎？」她揉著眼睛問。

「沒有吧！不像啊！」金花朝窗外張望，不見一絲人跡和一幢房屋，只見空蕩蕩的原野。「怕又是出了毛病！」她說。

乘客耐心的等待，半個時辰過去了，火車仍然不動，也沒有人上來解說，眾人開始鼓譟，有人怨，有人咒，金花站起道：「大家別急，我下去問問，看是什麼原故？」

「你不要隨便跑。你跑了我們如何交差？」坐在斜對面椅子上的兩個解差中的一個說。

「老總，你瞧瞧這副荒郊野地的德行！就算我生了翅膀也飛不遠的。我還有個老娘押在這兒呢！你們放心吧！」

一彎鐮刀形的小月牙，幾顆明明滅滅的小星星，高懸在灰濛濛的天空上，把遠處的山崗和近處的樹群映出一脈影影綽綽，描繪出一幅悽寂得悸人的夜景。

金花站在車門前遠眺著望了一會，便順著鐵道往前去，剛走幾步，就發現不遠處有個拎馬燈的人緩緩迎面而來。

「火車頭又出了毛病嗎？這裡是什麼地方？離蘇州還有多遠？」不待他走近金花便提高嗓子問。

那人沒有回答，逕自一個勁的往近來。馬燈拎得很低，金花清晰的看出，他穿了一襲純白色的長衫，衫角在夜風中顫顫飄搖。

那人在金花面前停住腳步，還是一言不發，卻把馬燈提得高高的。兩張臉在燈光的照耀下明亮了，兩個人也不約而同的猛然一驚。

金花的心跳得怦怦的。這個人是誰？不會是洪老爺的鬼魂吧？天下會有生得這麼相像的？瞧那五官、眉、眼、直挺的鼻樑，容長的臉龐，白淨的皮膚，特別是那副玉樹臨風的身架子，文靜儒雅的表情，她斷定洪老爺年輕時代就是這個樣子的。莫非洪文卿在陰間聽說她遭了厄運，受了委屈，特來佑護她安慰她的？

「深更半夜，你一個婦道人家怎麼在野地裡跑？」那人開口了，文縐縐的聲音。金花終於知道，他不是洪老爺的鬼魂，而是一個真正的人。她調理了一下情緒，笑著道：

「我這個婦道人家什麼都不怕。你知道我是誰嗎？」

「不知道呢！沒見過。」那人靦靦覥覥的說。

「你聽過一個叫賽金花的嗎？」

「賽金花——沒聽過啊！」那人輕咳了一聲。

「賽二爺，狀元夫人，沒聽過？」

「沒有。我見識少，別見笑啊！」

「哦？」金花真的吃驚了。一個這樣儒雅俊秀的年輕男子，居然不知名震九城的賽金花，叫人如何能夠相信？「你也是這趟車上的乘客？」她忍不住好奇的問。

「我是隨車的稽查員，住在昆山，專管昆山到蘇州的一段。」

「哦！原來是站上的職員。貴姓？」

「姓曹，叫曹瑞忠。」曹瑞忠指著來的方向道：「前面的鐵軌出了麻煩，正在修，不久就可以開車了。」

「不久嗎？已經夠晚了，車到蘇州恐怕城門已關了呢！」

「唔，糟得很！你一定要進城？」曹瑞忠很抱歉的口氣。

「是的。告訴你吧！我叫賽金花。你去跟同事的打聽打聽，說不定有誰會知道。我現在是個犯人，押解回籍的，車上還有兩個解差跟著，回到蘇州老家我就自由了。我恨不得立刻到家。再說，也不想在城外住客店。」

「唔——」曹瑞忠認真的思索著。「有了，車到蘇州後我去給你找一隻小船，走水路進去就不用過城門了。」

「曹相公，那就謝謝你啦！」

車到蘇州時已過午夜，曹瑞忠陪同金花一行到碼頭雇了船，站在岸邊看他們離去。白色的人影朦朧了，消逝了，水上的聲色繁華光燦燦的來到眼前，初夏的微寒之夜，是文人雅士尋樂的好時光。小船行經倉橋濱附近河面。只見幾艘明窗畫舫燈火通亮，窗裡人影晃晃，悠揚的歌聲借著水音冉冉傳來：「……良辰美景奈何天，賞心樂事誰家院……」一個脆嫩的聲音在唱。

金花看到光陰滔滔的倒流而回，一個天真未鑿的小姑娘，身穿粉紅襖，頭戴綠翡翠，新鮮得像花蕊上的露珠，多少王孫公子匍匐在她的裙腳下，歌頌著她的美麗，爭著奉獻他們的所有，換取她的笑靨和肉體，她慷慨的，零零星星的在賣，以為永遠賣不完，永遠不會老。二十年過去了，她變成了個一無所有，被押解回籍的犯人，燈紅酒綠富貴榮華不過是鏡花水月一場空，未來的前途惹她愁苦……「一朝春盡紅顏老，花落人亡兩不知……」另一個女孩子又在唱。

河上夜風強勁，金花冷得抱緊了肩膀，泥菩薩般的定定坐在船頭，對著黑黝黝的河水，眼眶一陣痠熱。

發配回籍不是有面子的事，金花每天就周旋在思婆巷那幾間老屋裡，很少外出遊逛，有次去觀前街買頭油被人認出，離開店時門口就圍了一群人指指點點，弄得她連著許多天心裡疙疙瘩瘩。她消遣日子的方法就是跟弟媳閑聊。

「再說說你遇到德宮的經過。」

「姊姊，我已經說過好幾遍了。」

「再說一遍，我愛聽哪！」金花差不多是央求的口氣。

「好，我說。」弟媳帶點不耐煩的歎息一聲：「那次我去城外的廟裡還願，廟門口停了幾頂轎子，我問管門的小尼姑是誰家的內眷？她說是洪狀元的兒媳婦帶著小姑子德小姐來給洪夫人做佛事。我聽說德宮在庵裡，就巴巴的等在外頭。不一會，她們出來了。一個身量細高的小姑娘，後面跟著矮胖的老媽子。」

「不對啊！阿祝是個大個子。」

「一定是阿祝走了，或是老了死了，換了新的。」

「哎喲！那怎麼行？德宮那裡會慣？阿祝是從她一出生就帶她玩的。」金花憂心得蹙起眉峯。

「怪不得德宮那麼瘦。」

「唉！瘦是瘦了一點，氣色也不很好，怕是底子弱。」

「不對，德宮的底子很結實，小時候又圓又胖，臉蛋兒紅得像小蘋果。他們沒好好待她。」金花氣呼呼的。

「姊姊別著急，德宮也不算很弱。」弟媳後悔說話走了嘴，連忙設法彌補。「女孩兒這個歲數多半瘦一點，長大了會壯實的。」

金花沉思著不做聲，過了好一會才道：「弟妹，你說我去看看她可好？」

「我看不好。看看又怎樣？你更傷心，她也不能認你，反倒弄得她心神不安。再說，洪少奶奶——我是說她嫂子，那裡會答應你去探望呢？姊姊，死了這條心吧！權當你沒生養過。」

「我怎麼沒生養過？我明明生過兩個孩子！」

「唔。」弟媳找不出更好的話來安慰，只得岔開話題：「那個尼姑庵裡有個叫了淨的姑子，說是認識你。」

「了淨？準定是桃桃大姊。她什麼長相？」

「黧黑的一張圓臉，杏核眼，薄嘴唇，五十多歲。」

「倒像是桃桃大姊，可是桃桃大姊是張銀盆臉，雪白，怎麼會是黧黑？」金花果然轉移了注意力。

金花跟弟媳正談著，一擡頭，見曹瑞忠站在天井的另一頭，不禁喜得轉悲為笑：「你怎麼不聲不響的就進來了？」

「老太太在門廳，她說你在裡面。叫我進來。」曹瑞忠穿著一身藏藍色的半舊夾衫，頭髮梳得纖絲不亂，一張臉子像剛在水裡洗過那麼潔淨清爽，沒說話先笑得露出兩顆尖尖的大齒，越顯得唇紅齒白。語調也總是那麼和平文靜。「這是一點藕粉和酥糖，都是二爺愛吃的。」他把手上提的紅紙包交給金花，接著轉過身去摀著嘴連連輕咳幾聲。

「勞你費心。每次都帶東西。」金花把曹瑞忠讓進堂屋。

堂屋正對天井，比兩旁的隔間明亮，但也是暗森森的。屋內陳設簡單，除了地中央的八仙桌和四個酒缸形的五彩瓷凳，就只朝南靠牆處擺了隻高腳几和兩把太師椅，十二個小金人的自鳴鐘在几上答答的響，對面掛著的大油畫鮮活奪目，與這簡陋的屋子比稱出不相配的華麗。

「總聽說西洋人畫油彩，可沒見過，在二爺這裡算是開了眼。」

「是嗎？」金花直視著曹瑞忠那張細緻的臉，發現他不僅神似洪文卿，神情間也頗像沈磊。這次在蘇州又聽到沈磊的消息，上個月他回鄉奔母喪，動身歸去前曾來家向弟媳打聽她的下落，弟媳給了他她在北京的地址，而她竟又離京回籍，「不該見的人便永遠見不著。」她自嘲的說。心中黯黯。

金花講著她得這幅畫的經過，曹瑞忠聽得入神，當她講到畫蘭花，他便打斷道：「二爺還能畫一筆？賞我瞧瞧。」金花忸怩的謙虛了幾句，笑著到隔間取出那幅給洪文卿畫的，上款寫著「半癡山人」的墨蘭。曹瑞忠用心的欣賞了一會，認真的道：「不錯啊！筆功很到，墨也飽滿，這蘭草很勁秀有致。可惜，裱糊得粗糙了一些，還有，缺了方印章，那有畫畫不蓋印章的呢？要是二爺不嫌棄，我願意刻兩方印章給二爺玩。」

談起繪畫，曹瑞忠一反平時的靦腆，發表了一番行家的見解不算，居然還會刻印章，這就使金花更覺得他難以了解，她常感到這個青年人神祕如謎：他眉清目秀，言談舉止莊重文雅。看上去像個書香之家的公子，但他的職業是鐵路上的小職員。而且從不提起身世，有次她故做不經意的問：「家裡有些什麼人？老太爺老太太都健在？」「父母早已過世多年了。」曹瑞忠只木訥而簡單的答了這句話，她也就知趣的不再往下探詢。

「你真多才多藝。學過刻金石？」金花把話題回到印章上。

「沒學過，弄著玩玩罷了。你的這些東西，」曹瑞忠指指壁上的油畫和桌上的蘭草，「一直留在蘇州？沒帶到北方？」

金花朝著兩幅畫注視良久。隱隱喟歎：「沒帶去北方，連上海也沒帶。我生活顛沛流離，總沒個定處。這兩幅畫是紀念性的，怕丟，所以存在蘇州老家。要是有天真定下來，就會帶走，連著那幅『採梅圖』一起。」

曹瑞忠表清淡淡靜靜，說話慢吞吞的，耐性卻是常人所不及，吃過晚飯仍不告辭，直坐到起更時刻才走。

曹瑞忠已經來造訪多次。第一次是在金花回到蘇州半個月之後。那天是她本人開的門，見一個穿白長衫的後生紅著臉站在門外，她只覺眼熟，半天才認出是曹瑞忠。

「你現在知道我是誰了嗎？」談話時她玩笑的問。

「知道了，你是鼎鼎大名的賽金花，賽二爺。我向我同事打聽，他們都笑我，說我是鄉下佬，連這樣有名的人都不知道。」

「不知道更好。跟賽金花在一起胡纏的，挑不出幾個好東西！你跟同事說了認識我？」

「說了，他們不信。他們說：孤小人別吹牛吧！狀元夫人賽金花什麼世面沒見過？怎會理睬你？」

「哈哈，有趣——」金花聽得哈哈大笑。

自那次起，曹瑞忠每個月至少來一趟，帶的禮物不是酥糖、藕粉，就是瓜子、茶葉，身上永遠是件舊長衫，連馬褂都沒見他穿過。跟他在一起她滿心歡喜，但可惜他距離她的世界太遠了，雖然他懂得畫藝又會刻印章。

母親和弟媳都阻擋金花去看德宮，金花自己也明白看了徒增傷感而已，並無意義。但她竟瞞著家人，一連三天躲在洪府對面的老榆樹背後，期望德宮出門時偷看一眼。等了三天，撲了三次空，第四天她原決定不再去癡等，而臨時卻又無法控制的，半瘋一般的奔了去。

上百年的老榆樹，樹幹子有一口井粗，金花靠在背面，眼珠一刻也不放鬆的盯著那兩扇鑲著金環子的紅漆大門。她已等了四個小時，紅大門開開關關幾次，偏是沒見著像弟媳形容的那樣一個女孩兒出來——自從與德宮分開，就沒有再見過她，即或兩人在衢上碰個對面，也不能認出是她的女兒，聽弟媳的描述，她才對德宮有了點輪廓印象，否則連這點模糊的影子也沒有……

金花正陷於絕望的冥想裡，院子的側門突然打開，三乘小轎魚貫擡出，停在離大門不遠處的牆邊。金花連忙屏住了呼吸，兩眼張大得不敢眨動，緊緊的注視著紅大門。

轟轟隆隆的一陣響，兩扇紅漆大門打開，幾個丫頭老媽子擁著一個黃瘦的中年婦人出來，金花立刻認出，是陸潤庠的女兒，洪府的少奶奶。接著一個細高䠷身材，瓜子臉形、窄肩膀、長脖頸，皮膚蒼白得沒有一絲血色的女孩兒，由一個矮胖的老媽子引到門外。

「呦，德小姐，我把披風給你放在床上的，怎麼你沒穿呢？這樣子晚上回來不著涼才怪。十幾歲的人，還是沒有記性。你等著，我去給你拿。」

「好媽媽，別囉嗦了，我等你。」德宮討好的口氣。

老媽子進去，德宮等在門口，面孔正對著金花。

金花早已哭得涕淚交流，幾次幾乎失聲，她狠狠的咬著樹幹上的老皮，強睜大被淚水沖浸著的眼珠，要把德宮瞧個透。德宮的五官嬌秀，小巧的懸膽鼻，櫻桃口，兩隻微微上斜的丹鳳眼，不就像從自己臉上抄下來的？她身上那件水藍色的綢衫，一看便知質料上好，可是式樣何等老舊！這孩子，多麼單薄啊！好像來陣小風就會吹倒，一定是有病吧？他們給她找醫生診治過嗎？啊！孩子！孩子，我的德宮，我的寶貝，你知道嗎？知道你的媽媽怎樣想你，疼你、愛你，在這兒偷看你嗎？我可憐的孩子……她的心在滴血，在嘶叫。

老媽子拿著披風大搖大擺的出來道：「快，快，德小姐，你嫂子早上轎了，就等你啦！」

「朱媽媽，誰在哭啊？」德宮一邊穿披風一邊問。

「什麼？誰在哭？」老媽子側耳細聽。金花忙把濕透的紗汗巾子堵在嘴裡。

「那裡有誰在哭，別胡說了。」

「德宮，你在做什麼？快上轎。」少奶奶從轎子裡伸出頭來說。

「嫂嫂，累你久等了。」德宮進了轎子，轎夫擡起往巷外走去，傭人有的跟隨有的回到院子裡，紅大門重重的關上，巷子裡又恢復到原來的寂靜。

金花哭著跑回家，進門就叫：「我看到她了。」

「你看到誰了？」母親和弟媳不解的問。

「看到德宮了。我可憐的孩子！」金花孩子般咿咿的哭著。

「唉！何苦呢！明明是自找傷心喔！」母親深深歎息。

「姊姊，再別去看了。」弟媳說。

「不去了，再也不去了。蘇州這地方我不能長住，受不了啊！真受不了啊！」金花半瘋似的叫著，母親和弟媳安撫了好一陣子才平靜下來。

金花真不再去看德宮了。她去尼姑庵拜訪那個可能是桃桃大姊的尼姑。跟管門的小尼姑說要見「了淨」，那小尼道：「了淨在後園子種菜呢！我帶你去。」

金花隨著小尼姑到後面菜園，遠遠的便看到一個尼姑在用力的挖土，從背影她便斷定是桃桃大姊。

「桃桃大姊，你看誰來啦！」金花親熱的叫。

桃桃緩慢的轉過身，定定的望了金花一會，才丟下鋤頭走近來。「金花妹妹，你回來了？很好，唔，很好。」桃桃大姊的笑容和語調都是淡淡的。彷彿金花是個不曾相識的陌生人。金花感到極度的失望，也淡淡的道：「十多年不見，桃桃大姊變成了活觀音，我都不認識嘍！」

「別再叫我桃桃，我叫了淨。」桃桃嚴肅的說。

「了淨？真能『了』能『淨』嗎？」金花懷疑的笑著，一邊打量著桃桃的黑布袍、禿頭，和被太陽曬成褐紅色的面孔，驚奇於一個人怎麼會變得這樣多？

「能了才能淨，願淨才能了，有了有淨，求淨必了。」

「大姊可不是在和我打啞謎嗎？我沒慧根，那裡懂得佛語。我來看望你，只是想同你敘敘舊，問你過得好不好？」

桃桃的表情漸漸轉成柔和：「我出了家的人，依佛生活，不講究吃穿享受，重要的是心裡平安。以前我一身罪孽，見佛不敢擡頭，那才叫苦。如今我只做兩件事，一是修行，一是種菜，這個菜園就歸我種。我們庵裡是不吃外面的菜的。」她指著綠油油的蔬菜田。

「這樣大一個的菜園你獨個兒種？不太辛苦嗎？」

「不辛苦。心安就什麼都不覺苦。」

「喔！大姊，你的話好難懂。」金花迷惘的搖搖頭。

「這些年我跟外界是隔絕了，沒聽過你的事。你過得怎麼樣呢？已經離開了那個髒水塘嗎？」

「我？這不是兩手空空的回家了。連髒水也沒得給我混了。大姊，我跟你恰恰相反，缺的就是心安。」金花沉鬱的猶疑了一會，便像訴苦似的，把多年來的經歷敘述了一遍，從在上海的紅極一時，繼被迫去天津投奔孫三家，到與立山的交往，庚子之役中與瓦德西伯爵重逢，和議時在幕後調停奔走，拯救北京居民，王公大臣爭著來拉交情求庇蔭，而到最後卻因要維護他們的臉面，要滅口，判她放逐回籍。「大姊，我活了半輩子，總在受騙受苦，孫三也會欺騙我，真是作夢也沒想到。前些時候我偷偷的到洪家看女兒……」提起德宮，金花眼圈紅紅的咬著嘴唇，話再說不下去。

「金花妹妹，」桃桃從頭到尾平靜的聽著，這時口氣也是平靜的。「你吃這許多苦，惹這許多氣，皆因為你不求淨，也不肯了的緣故。其實啊，萬丈紅塵到頭來不過是一場空，到那時候，你不淨也得淨，不了也得了，與其吃那許多苦，惹那許多氣才熬到那一天，為什麼不早早的斬斷塵緣，一了百淨？」

「大姊是有道行的師太，我是凡世裡的蒼生，這塵緣要斷也難！」金花一聽桃桃傳教就皺眉，覺得句句不入耳。

「金花，咱們曾經是好姊妹，你第一天到富媽媽的班裡就跟我親，最聽我的話。」

「是啊，那時候全憑大姊愛護。」

「所以我要點明你三條路，怎樣走？由你自己斟酌。」

「唔，那三條路？」

「第一條，落髮為尼，到高山上的廟裡去修行。你不要到這個庵裡來，這裡離熱鬧城市太近了，對你不合適。」

「唔，」金花忍不住笑起來。「第二條呢？」

「找個老實的種田人，或是做小生意的，嫁了他，一夫一妻勤勤勞勞的做人家，那怕窮、苦，也比給達官貴人做三房四妾痛快。最後一條路啊！是走不得的——就是回到髒水塘裡繼續混，直到孤死，窮死，爛死……」

桃桃大姊的最後幾句話像是一道惡咒，幾日來就在金花的耳邊迴盪，弄得她茶不思，飯不想，心神委頓。這天下午她正想靠在床上小做休息，補償昨夜的無眠，不想曹瑞忠來了。曹瑞忠像往常一樣，沒說話先輕咳兩聲：「二爺，我來看你了。」他在外間堂屋裡提高著聲音，聽來仍是文文弱弱，細聲細氣的。

「瑞忠，你進來聊聊。」金花從枕上爬起，倚坐在床頭。

「不打攪你養神嗎？」曹瑞忠手上提個紙包，矜持的站在門檻前，白淨的臉子罩著一層興奮的紅暈。

「進來呀，坐。」金花朝床沿努努嘴。曹瑞忠聽話的坐下，一邊把紙包遞給金花：「南京板鴨，你嘗嘗。」

金花拿著包板鴨的紙包翻來覆去的把玩，沉吟著道：「瑞忠，咱們認識也快一年了，可是我從來沒問過你的家世。你——今年多大啦？那裡出生？」

「我是南匯人，今年——呵，都二十九啦！」

「二十九？比我小好幾歲呢！你——娶過親嗎？」

「我——」曹瑞忠半天答不上話來，臉脹紅得像酒醉。

「看你羞得這個樣子，大概是沒娶過？」金花兩隻水泠泠的黑眸子停在曹瑞忠的臉上，窘得他更手足無措，吞吞吐吐：「唔——不——唔，沒有——」

「三十來歲的人了，為什麼還不娶親？」

「因為……嗯，父母早亡，太窮，怎麼娶啊？」曹瑞忠很困難的說出這句話。

「可憐見的。瞧你，這麼整齊的人材，這麼莊重的品格。瑞忠，問你一句話，你願意娶我嗎？」

「啊——」曹瑞忠驚得呆住了，脹紅了臉出聲不得。

「你怕，是不是？別人當然告訴你許多我的醜事。」

「不是，我不怕，從我第一眼看到二爺——」

「什麼二爺三爺的，多難聽！叫我金花。」

「是，金花——」曹瑞忠拚命的搓著兩手，好像不搓破不罷休似的。「第一眼看你，我就——就再也忘不了你啦！所以，唔，呵呵！」他乾笑了幾聲。

金花聽得全心舒坦，憐愛的拉起曹瑞忠一隻手，一邊搖一邊叫：「瑞忠！瑞忠。」

「能娶你這樣的人，我是連作夢也不敢夢的。可是——我窮，不過是鐵路局的一個小職員，無家無業——」

「這都不是問題。榮華富貴我享過，過眼煙雲罷了！唉！瑞忠，我別的什麼也不要，只要你的誠心。我看你是個老實、重情的人。瑞忠，別擔心，我有法子把我們的日子弄得亮亮堂堂的。」金花臉上的憂傷一掃而淨，喜悅的光彩把她形容得出奇的美麗。

「唔，金花，好姊姊。」曹瑞忠紅著臉囁嚅的叫。

36

金花穿了一身素淨的竹布衫褲梳著如意小髻，耳朵上戴著葉子形的翡翠墜子，衣襟鈕子掛著一束雪白的玉蘭花，手上挽隻小竹籃，連著早晨溫煦的陽光，邁著輕快的步子，心神欣悅的走在弄堂裡的石板路上。

「曹師母這樣早就去買菜啦！」住在弄堂口隱鄰居太太正在門口洗地，見金花經過，笑嘻嘻友善的問。

「早晨的菜肉都新鮮，我想趕早買條活魚。我家相公最愛雪菜黃魚。」金花幾乎帶有些驕傲的說。

「怪不得大家都說曹相公有福氣，曹師母賢慧呢！快快去買活魚吧！不耽擱你啦！」鄰居太太熱絡的揮揮手。

金花出了弄堂，仍在回味著鄰居太太的話，想不到自己也會修到這一天，被人稱師母，稱奶奶，而且誇她賢慧，說曹瑞忠娶了她是有福氣。這是何等可貴的讚美！

當她決定與曹瑞忠結為夫妻的一刻，便暗自立下誓言，以前的賽金花如今已死，今後的賽金花將隱姓埋名洗盡鉛華，安安分分的做曹瑞忠的妻子，她要與他白頭到老，再也不去涉那個「髒水塘」，她要好好的活，可不要像桃桃大姊說的：孤死，窮死，爛死。

她咬牙忍痛的，把洪老爺在柏林給買的鑽石花賣了三千兩銀子。兩千銀子給曹瑞忠運動升遷為總稽查，一千兩銀子買了這幢一樓一底的住家房子，兩口子就和和順順的過起日子來。

共同生活一年多，恩愛絲毫沒減。曹瑞忠不僅外表酷似洪文卿，連性情也十分相近，總是那麼溫存體貼，說話輕言輕語，兩人之間從沒紅過臉。金花對曹瑞忠是越看越愛，覺得活了半生還是初次這麼幸福過。唯一使她擔心而感到美中不足的，是曹瑞忠的體質太虛弱，咳嗽症一天天的加劇，找名醫診治，吃各種補品，都看不出明顯的效果，也許身體的痛苦影響了他的情緒，有時他會沒來由的悲鬱，看上去心事重重。一次她直截了當的問：「瑞忠，你不快樂嗎？跟我在一起不滿意喔？」曹瑞忠聽了急得把她摟在懷裡，連連叫道：「金花，好姊姊，我活了這麼大，第一次有人心疼我，我太滿意了，真怕這日子轉眼即逝。」「傻瓜，我會永遠對你這麼好，日子長著呢！不要胡思亂想吧！」她安慰他，他也接受，但是過幾天又露出憂慮的神情。

每想到這一點，金花的心上便像壓著一塊石頭那麼沉重，她為不能使丈夫得到完全的幸福而憾然。

金花到市場買了一條游水黃魚，幾樣蔬菜水果，又去店鋪買了幾兩燕窩和紅棗，回到家已是近午。吃過簡單午飯，和女傭顧媽一邊聊天一邊做針線——給曹瑞忠縫冬衣，接著就吩咐顧媽殺魚洗菜發燕窩，自己親手烹調。曹瑞忠的收入僅夠小康生活，金花必得精打細算，只雇用這個蘇州娘姨顧媽給打粗，細活多半自理，她不但不以為苦，反而覺得日子過得有興頭，強過終日坐在繡樓裡閒養著。

傍晚時分曹瑞忠回來時，香噴噴的雪菜黃魚湯的味道溢滿小樓，八仙桌上早已擺好碗筷，金花梳理得淡雅潔淨，專等夫婿歸來，說說一天的新聞趣事，共享晚餐。

曹瑞忠回來了，步履踉蹌，面色青白，消瘦的身體在杭綢長衫裡晃蕩。進了門話也不說，就靠在椅背上。這光景看在金花眼裡益發添了心事，連忙湊上去柔聲問：「瑞忠，你不舒服嗎？別是病了！」

「別擔心，我不過有點累。」曹瑞忠說話時照例夾著咳嗽。

「你的神氣確是很累。喝兩碗雪菜黃魚湯上床休息吧！」金花盛了一碗熱氣騰騰的湯放在曹瑞忠面前，他嗅了嗅，說了聲「好香」，便用湯匙慢慢喝著，但喝到半碗便放下，「我的頭暈得厲害。」他說。金花把曹瑞忠扶進臥房，替他脫去長衫，安置在床鋪上。「好好的睡一覺。」她的口氣像在安慰小孩，一隻手在他頸後來回的輕輕撫摸：曹瑞忠的後脖頸有個巴掌大的疤痕，據說是童年時被玩伴打傷的。她聽了老大不忍，每當表示親熱的時候便常常這麼一邊撫摸一邊說話，好像這樣做就能挽回他所遭受過的不幸似的。今天他剛觸到他的皮膚就失聲而叫：「你病了，熱得火燒一樣。」

曹瑞忠病倒了，咳嗽加劇，熱度不退，消瘦的兩頰如塗了胭脂般緋紅，連著吃了十幾服藥也不見效。一天傍晚，他忽然大口的嘔出鮮血，半邊床被腥熱的血水浸滿。金花嚇壞了，吩咐顧媽去請醫生。曹瑞忠拉著金花道：「好姊姊，我今生能娶到你，是我的造化，怕的是天妒有情人，到不了頭——」

「不要胡思亂想。」

「你對我千恩萬好，我不是沒良心的人。只想盡力報答。」

「我們是夫妻，談什麼報答不報答？你病得不輕，快找大夫來是真，別的話可以慢慢談——」

「不，醫生治得了病，治不了命，別費事吧！你也看得出，我這病不是一天兩天得的，神醫也醫不好。我有話非跟你說不可，再晚就說不成了。」曹瑞忠拉住金花不放。
「什麼話非要搶著現在說？」見曹瑞忠嚴重的表情，金花不禁疑惑了：「你說吧！我聽著。」
「金花，好姊姊，我對不起你，我騙了你。」
「哦？」金花震動的坐直了，目光定定的停在曹瑞忠臉上。
「我娶過親——」
「你居然騙我，你——你娶過親，你為什麼……」金花又驚又怒，而更多的是傷心，一使勁甩掉了曹瑞忠拉著她的手。「原來你娶過親！」
「其實也不算娶過親，我沒娶她，不過她算是我的老婆。」
「這叫什麼胡說八道！你沒娶她她怎麼算你老婆？你滿老實，想不到更陰壞。現在你一個字不許瞞，把事情實實在在的告訴我，要是我發現有假話，哼！」金花狠狠的從牙縫裡說出來。連曹瑞忠也會欺騙她，確是作夢也不曾料到的。那麼這個世界上還有什麼人可信任？她感到自己用全力維護著的小天地已在一瞬間碎成片片，這打擊太猛烈也太突然，以致無力承受。她像一朵被暴風雨摧毀的殘花，迅速的枯萎凋謝，霎時內現出憔悴的老態。
「我真的沒娶她，是入贅的。」曹瑞忠見金花炯炯的注視他，等他的話，便接著道：「我沒出生就死了爹，五歲不到娘也死了，唯一的親人是個生癆病的娘舅，他把我帶去撫養。舅母是個刻薄人，並不願意賞這碗飯給我吃。十一歲那年，舅舅病死了，舅母就託人給我找了個學徒的地方，把我趕出家門。我那夜叉老婆就是我師父的獨養女兒。」

「哦？青梅竹馬一塊玩著長大的！」金花酸溜溜的冷笑。曹瑞忠不理會她，繼續回憶道：「師父是個裱糊匠，人倒不壞，就是好酒，常常喝醉。每喝醉回來，一進門師娘就拿大耳光子搧他，哎喲，說起我那師娘，真是天下第一等的潑婦，所以才會養出像我老婆那樣的女兒。」

「我在他們的店鋪裡當學徒，每天早上五點起床，給師父師娘和師姊打洗臉水，做早飯，打掃屋子，倒馬桶，直做到給他們倒掉洗腳水，全家上了床，才輪到我睡覺。師父師娘吵嘴都拿我出氣，尤其是師娘，沒有一天不打我——」

「有這樣兇惡的女人？」金花的怒氣不自覺的轉了方向。

「師娘打我，要是遇到師姊高興呢！她就罵她娘，護著我，要是遇到她不高興呢！她就幫她娘一起打，打得更兇。這位師姊生得人高馬大，足足大我五歲，在我十六歲那年，她拿著一把尖刀，硬逼著我睡到她房裡——」

「嘻嘻，我以為良家女子全是三貞九烈的呢！想不到也有這麼下作的。」金花解恨似的出聲冷笑。

「我十八歲那年，師父師娘收我入贅。跟這個母老虎一樣的師姊成了親。第二年她生了個男孩。」

「連兒子也有了！不錯呀！為什麼你不待在家裡？」

「因為，她太兇惡、太潑辣、太跋扈了，加上她的醉鬼爸爸潑婦媽媽，如果再待下去只有兩條路，一是自盡一是發瘋。所以，我一咬牙就逃了，在鐵道上找個小事存身。遇到你的時候，我剛逃出來兩個月。」曹瑞忠說了一大段話，累得氣喘咻咻，額上冒出亮晶晶的汗珠。他摸索著又握起金花的手，微笑的望著她：「好姊姊，我不是有心要騙你，是羞於說出這段見不得人的歷史，更怕說了真相你不理睬我。我——我是真心真意愛你——」

金花仍在定定的注視著曹瑞忠，眼光卻不再凜厲，緊繃的臉皮也鬆展了，那上面明顯的寫著寬恕，柔情，和疼惜。「瞧你，同我一樣，吃過多少苦！以往的事別再想了，好好的養病要緊。放心吧！我總跟著你的。」

「我放不下心。聽說他們到處在找我。」

「他們是誰？她父母再厲害也不過是兩個老人，能把你怎麼樣？假如她找上門來放潑，你就寫張休書休了她。」

「好姊姊，你閱歷雖廣，怕也沒見過她那樣的人。你不是問過我，頸子後面的大疤怎麼來的嗎？告訴你真話，是她用熨衣服的烙鐵燒紅了燙的。」

「天哪！好狠的心腸！」

「她真可怕，像條毒蛇，夜夜纏我，不許我睡覺。」

「哦？」金花越聽越奇，反而不那麼氣憤了。

「我怕極了，只好逃走，希望永遠不再看見她。可是她就要找來了，說不定會帶著她那兩個表兄弟。」

「表兄弟？」

「是啊！表兄弟，兩個貪吃懶作遊手好閒的流氓。也是最會欺侮我的。」曹瑞忠露出驚恐之色。

「你這樣怕他們？」金花不解的搖搖頭。

「我已經不怕了，一死便擺脫了所有的苦難。我要死的人了，還怕什麼？好姊姊，我是替你怕。」

「他們找不到，找到我也不怕。你不要說話吧！快休息。」

「好姊姊，你這麼疼我，我總沒陪你多說說聊聊，我就要走了……唔，好姊姊，請記住，我姓黃，曹是入贅的姓……」曹瑞忠的嘴像關不住的閘，一句跟著一句，先還清楚能懂，後來就變成胡言囈語。他說一陣咳一陣，兩隻眼珠子骨碌碌空茫茫的瞪得溜直。高高凸起的顴骨像塗了朱砂般的緋紅，他忽然從枕頭上爬起，與厲鬼廝纏似的雙手在空中亂抓，接著大口的鮮血從他張大的嘴裡源源噴出，雪白的薄紗帳染上一片石榴色。

曹瑞忠在金花的驚叫中沉默了，倒下了，死了。

金花沒有流淚，沒有呼天搶地的怨命運，只盯著曹瑞忠的屍體發呆，多年前父親死在血泊中的情景凜然重現，她懷疑這一切可是真實？或僅是惡夢一場？

曹瑞忠的遺體剛入墳墓，他所懼怕的一群人就出現在金花的惡夢裡。曹瑞忠的妻子寬寬的身體上穿著亮緞大襖，頭戴珠花耳吊玉墜，濃髮一絲不亂的梳了個朝天髻，使她越發看上去高如泰山。她一進門就指著金花喊叫：

「好個要生楊梅瘡爛死的娼婦，千人騎萬人壓，讓番鬼子抱著睡覺的賤婊子。你勾引了我的男人不算，還下毒把他害死。我都打聽清楚了，什麼狀元夫人賽金花，呸！別叫我嘔出來！我現在只跟你要人。」她說罷便悶頭朝金花撞來，嚇得金花倒退到牆角。潑辣的女人她見過，卻沒見過潑辣到這等火候的。

「曹大奶奶，有話好說，別動手啊！」顧媽媽在一旁陪笑。

「沒什麼好說的，先把曹瑞忠交出來，別的帳慢慢細算。」曹大奶奶板著扁扁的南瓜臉，眉毛、眼梢、鼻孔、嘴角，全像被繩子用力拉著似的往下彎。她擡起沉重的眼皮仔細的巡視屋子裡的陳設擺飾。「殺千刀的小癟三，用我的銀子養野雞，小公館皇宮一樣堂皇。媽媽你看！」她對跟在旁邊的老太婆說。

「是哦！用我家的銀子。」老太婆一臉橫肉，五官根她女兒一模一樣，說話時把嘴唇癟得像隻掃地用的簸箕。同來的兩個獐頭鼠目的年輕男人，從一進門就東摸摸西看看，這時其中一個道「表姊，人家的派頭可比你闊氣，好多的新奇東西連我也沒見過。」

「富生這傢伙說話好沒見識！什麼叫『人家的』？房子是姓曹的買的，屋子裡的大小物件是用姓曹的銀錢買的，誰姓曹？我姓曹。連房帶物全是我的。」曹大奶奶拍拍自己的胸脯。

「不對。房子和家具什物全是我賣首飾買來的。」金花挺身上前，口氣理直氣壯。

「是你的？」曹大奶奶不屑的猛啐一口痰。「我已查明白了，買房子的人叫曹瑞忠。曹瑞忠是我們家的入贅女婿。我是他老婆。他連人都是我們家的，別的東西更是我們家的。你是誰？我們姓曹的可不承認你。你敢再囉嗦一句，我就先給你點厲害嘗嘗，然後再跟你到衙門論理，告你謀害我的男人。」

「我沒謀曹瑞忠，是你們一家人謀害他的——」

「臭屁！當我不知道你的底細？我羞也替你羞死！」曹大奶奶用手指在臉蛋子上，猛刮了幾下。「你不是因為害死人才發配回籍的嗎？可見你是常常害死人的。我不告你謀財害命是我宰相肚子裡撐船，饒了你。你敬酒不吃，還跟我放潑賴財？好娼婦，不給你點厲害看你也不認識你曹大奶奶。富生、貴生，把那婊子的褲子剝下來，推她到外面去亮亮相，免她悶得慌。」

曹大奶奶一聲令下，她的兩個表兄弟立刻笑嘻嘻的按著金花就要動手。金花慌得又罵又叫，顧媽上去死命的攔住：「兩位相公別動粗，事情可以平心靜氣的商量。」

「沒什麼好商量的，你們兩個立刻走，把地方還給姓曹的。」曹大奶奶說是沒得好商量，顧媽還是死皮賴臉的陪笑討情，得她的同意，允許金花帶走一些日常用的衣物，和幾樣具有紀念性的裝飾品。

顧媽叫來一輛馬車，主僕二人便在暮色中離開了這幢住了兩年多的房子。走的時候弄堂裡的鄰居特意出來送行，說著惜別的話，眼光裡掩不住同情與驚異。到今天他們才知道，原來這位淡妝素抹，常挽著竹籃上菜場的曹師母，竟是名滿天下的賽金花。

金花和顧媽找到一家小旅店過夜。

「顧媽，告訴我，這是作夢嗎？還是真的？」金花突然問。她坐在屋裡唯一的桌子前，目光呆癡的注視著油燈，燈光映在她憔悴的臉上，顏色青慘慘的。

「太太，想開些吧！世界就是這個樣子的，沒理可講。」

「顧媽，你還跟著我？我如今真是兩手空空了，你看到的，這就是我的所有。」金花指指屋角。那裡立著一幅大油畫，一幅捲起來的，上款「半癡山人」，下款「擷英女史金桂敬繪」，和蓋了「賽金花」印章的蘭草，一隻亮晶晶的十二個小金人的自鳴鐘，和兩個花布包袱。當然，還有她視為至寶的「採梅圖」。

「太太，你放心，別說你還有這些東西，就算你什麼都沒有，得去討飯，我也跟隨你。」

「哦？」金花感到一股熱呼呼的暖流湧進心裡。與曹瑞忠同居的第一天顧媽就進入她的生活，但她從來沒跟顧媽深談，或打聽她的家世過，只把她當成一個普通的傭人。直到曹瑞忠病重、死去，曹家的人找上門，她才看出顧媽的忠心可靠。此刻她不僅對顧媽感謝，也因自己以往沒對顧媽看重而歉疚。「顧媽，謝謝你呀！難得你這樣忠心。」

「太太，別這樣說，我們都是苦命的女人。」

「哦？」金花用驚異的眼光打量顧媽，發現她雖稱不上美麗，人才倒也是很整齊的，而這時她才想起，兩年多來，顧媽很少笑過，臉上總是像罩了一層烏雲，陰沉沉的，三十出頭的年紀，兩邊的鬢腳都花白了。由此看來，她的遭遇一定也是很悲慘的。「顧媽，你嫁過人？」

「嫁過，那死鬼吃喝嫖賭一樣不缺。婆婆是個心狠的老虎婆，母子兩個打我打得一身青。家產蕩光了，他們就把我押到煙花間打野雞。為了我的孩子，我只好吞了眼淚忍受。後來那死鬼喝醉酒掉在河裡活活淹死，孩子也病死，我就從煙花間跑脫了。」

「你娘家沒人嗎？」

「一個老娘，一個傻弟弟。」

「傻弟弟？」

「是啊，傻弟弟，十五、六歲了，每天就啃手指頭傻笑，幾次送出去學手藝都給退回來。」顧媽彷彿在說與本身不相干的事，一直都是平靜淡漠的，但金花已感覺出她有意掩飾的苦澀。「我娘家姓蔣，弟弟叫蔣乾方。」她又說。

的說。

「你的情況跟我差不多完全一樣。我也有過一個弟弟，我最疼他，可惜他死了。」金花也平靜

「這是命啊！有人命薄，有人命厚。」

「你說得對。拿我而言，想做正經人總做不成，現在我索性認命，下賤到底，還是賣我這點剩餘的老本吧！顧媽，把那十二個小金人的鐘遞給我。」

顧媽把鐘交給金花，金花打開鐘擺下的小門，取出兩隻菱角大小的金元寶。「瞧，這就是我的開辦費，少是少了些，不過比沒有強。狀元夫人，賽二爺，呵呵，今非昔比嘍！將就點兒吧！」她自嘲的笑笑，把兩個金元寶擺在掌心裡玩搓著，發出嘎嘎的響聲。

「天哪！好險，那母夜叉差一點把鐘留下。」顧媽餘悸猶存的。

「可不是，幸虧那個老太婆怕『送終』，不然連這點開辦費也沒了。」金花說罷忽然惡作劇的哈哈大笑，顧媽先是怔怔的望著她，望了一會。也跟著前仰後合的笑起來。

37

細長一條的弄堂，兩排半舊的樓房像兩個永遠不願碰頭的寃家，僵直挺硬的平行對立著。式樣是很單調的，上層一排方格木窗，多半糊著白棉紙，有兩家較時髦的換成了透明玻璃，紗窗帘的影子從玻璃上透出來，顯得十分突出。下層進門幾乎每個門口懸隻滾圓的大燈籠，晦澀的光暈懶洋洋的溢在暮色裡，紅紙上寫的黑字是姑娘們的花名。

黃浦灘頭初秋的黃昏，燈火一星星的亮起，空氣裡仍凝聚著夏天遺下的濡熱，悶悶的，沉重得彷彿天蓋子在朝地上壓，舉頭遠望，西邊雲腳依稀飄浮幾抹彩霞的殘跡，天空確像比往常低了許多。尋歡的客人已經出動，這個區域少有穿短打的勞動階級光顧，但也不是豪門公子和富商巨賈的目標，上海最走紅的花國領袖從未在此處顯過芳蹤，這兒是二流妓女的集中地。

歲月在流馳，像黃浦江裡滔滔的濁水，一波驅著一波，一浪鼓著一浪，六、七年來，年年都有新鮮事故，先是光緒皇帝和慈禧太后的死，接上來是三歲的小皇帝溥儀即位，再接下來的是暗潮洶湧了多年的革命，狂風暴雨般的爆發，滿清三百年的江山終於被推翻。如今的中國已沒有皇帝，代之的是個矮矮胖胖身著戎裝的大總統，他的相片常常出現在報紙上，名字為袁世凱。

人稱現在的中國為中華民國，領導革命建立中華民國的人叫孫中山。有那不明就裡的，還以為孫中山不顧死活的革命是為了自己要當皇帝，後來見他當了幾天大總統就下野讓賢，才知道世界上確實有這種不為一己只為眾生的奇人，現在被歌頌、讚揚、稱羨的，不再是親王、名臣、狀元郎之流，而是革命的烈士和勇士，他們的英勇事蹟在人群中傳頌，吳樾擲炸彈炸五大臣，事敗身死，徐錫麟槍殺安徽巡撫恩銘，被捕犧牲，心臟被殘忍的滿州官挖出祭在恩銘靈前。不單男人革命，許多女人也參加革命，杭州女子秋瑾，會做詩會舞劍還曾遊學過日本，在紹興起義，事洩遭清廷殺害……太多的傳奇故事、動人心弦的程度賽過城隍廟裡的說書，普遍的程度乃婦孺皆知，幾個黃包車夫聚在一處也能繪聲繪影的說上一段。

一切在變，新式學堂裡的大洋樓蓋得沖天高，男人梳了三百年的辮子剪下去了，戴官帽穿朝服的官員絕了跡，最時髦的男士講究穿洋服，戴呢子禮帽，金絲眼鏡，頸上打黑緞領花，手拿亮光光的手杖。

時代在變，人心在變，人們見了面會說：「現在可不是皇帝時代了，現在是民國。」言下頗有得色，然而皇帝時代積攢下的陰影未因民國的成立而消逝，租界仍然存在，西洋人仍在中國的土地上為所欲為，無知的中國人在外國租界的掩護下成立幫派，販賣鴉片走私毒品，貧窮者依舊貧窮，富有者依舊富有，貪官汙吏的子孫仍是歡場中一擲千金的豪客，賭場、煙館、妓院，並未因民國的成立而稍減一家，戰爭的氣氛源源瀰漫，暗殺的事時有所聞，今年二月間，曾任農林總長的宋教仁在滬寧車站遭人暗殺而死，使得人心惶惶，到四月間真相公布，原來是當今執政者的指使，這就更增加了小民們的疑慮。時代像正在燃燒的原野，處處有戰火的火芒，革命成功了，民國成立了，小規模的戰爭卻不停的在進行，革命的人士在繼續拚命，冶遊的人在繼續遊蕩，小花園妓女戶的營業絲毫沒因大環境的改變而減少繁榮。

整個弄堂唯有一家沒懸燈籠，只在門旁掛個銅牌，上刻「京都賽寓」，下刻同意思的英文。金花把兩個金元寶換成現錢，用一百二十元租了這間兩樓兩底的舊房子，勉強的布置了一下，既不報捐也不掛牌，就在妓女區裡擺出半住家的姿態，實際上操起老行業來。

老的一輩在凋零，年輕的一輩對狀元夫人之類的軼事缺少興趣，闢始的幾年門庭頗是冷清，後來一本名叫《孽海情天》的小說在坊間流行起來，書中女主角的名字居然是金花最早入歡揚的花名——富彩雲。當人弄清楚了富彩雲就是庚子之役時震動九城，而今天在小花園以私娼身分見客的賽金花時，好奇的尋芳者便又絡繹於途，特別是一些遺老遺少之流，他們懷著憂喜參半的落寞心情，到金花這排場並不醒目的弄堂房子來打茶圍、搓麻將、擺酒席，以傷感的聲調敘說著往日的風華。

金花從不注意書市場的動靜，有關《孽海情天》的一切，全從那些文雅的遺老遺少型的狎客嘴裡聽得，他們告訴她，這本小說是洪文卿把弟方仁啟的兒子方淨寫的，小說林書局出版，一出來就很暢銷。書中的風流韻事，是讀者大眾茶餘酒後的閒談資料。他們在說這話的時候，臉上浮著不懷好意的笑，眼裡冒著戲謔的目光，一個老得弓腰駝背，頭髮鬍子全白，做過巡撫大人的狎客曾經當眾問她：「《孽海情天》裡說你到去歐洲的船上，跟洋船長有過魚水之歡，在柏林又跟當時只有二十多歲的美少年瓦德西有段私情，這麼看來，你對洋人的胃口不小啊！經驗豐富得很哪！說來聽聽，洋人到底是怎麼個物事？比我們強嗎？嘻嘻！」他說完便鬼眉鬼眼的淫笑，旁邊的人也跟著起鬨，齊聲叫她：「說來聽聽嘛！讓我們增增知識！」

「你們不都進過考場嗎？學問還不夠，還要增知識？」

「我們進過考場，文章響噹噹一寫一大篇，知識也不算不豐富，不過終究缺了一點，譬如說洋人的那個……嘻嘻！」一個做過御史的老男人嘻皮笑臉的。

「方淨在孽海情天裡寫些什麼我不知道，我只知道我根本不認識什麼洋船長，跟瓦德西伯爵更是清清白白。」金花收起笑容，正著顏色，聲音裡有不容侵犯的莊嚴。

「別客氣啦！狀元夫人一向豪情萬丈，為何今天倒忸怩起來，樊樊山在〈彩雲曲〉裡不也寫：『此時錦帳雙鴛鴦，皓軀驚起無襦褲。』還有比這說得更明白的嗎？狀元夫人，我看你就別再三貞九烈，撇開胸懷痛快的說說，讓大家樂樂。」另一個做過高官的老頭兒摸著鬍子，覷著老眼笑著說。

「說嘛！讓大家笑笑。」大夥兒嘻嘻哈哈，笑聲直衝屋頂。

金花塗著厚粉的面孔逐漸變色，像暴風雨前的天空，陰沉而鬱冷。她微牽嘴角鄙夷的哼了一聲，怪幽幽的道：「痛快的說說？讓大家笑笑？我並不傻，難道還不明白你們想聽什麼？你們想聽我說，跟那瓦大帥在慈禧太后的龍床睡覺睡得真痛快，想聽我說在柏林就跟他通姦，當然不只跟他一個人通姦，還有洋船長呢！也許還有洋翻譯、洋廚子、洋聽差，豈止是洋聽差，還有中國小聽差阿福呢！方淨不也寫得明明白白了嗎？呸！」金花雙手扠腰，下巴頦朝上微揚，兩條烏黑的細眉毛下的眼珠子斜睥著，弄得一屋子人不知她要做什麼？一張張笑得像擰過了勁，沒抖開便曬乾了的破衣服。皺紋扭在一處的老臉，轉成驚愕的表情。

金花意猶未盡，提高了聲音：

「笑啊！怎麼不笑了？」她說著便嬝嬝嫋嫋的走到一個老頭兒跟前，彎下腰用手指連連梳理幾下他的長鬍子。「你，老牛破車，上了床只聽牛喘。可趕不上半里路。你要聽？要聽什麼？嗯？」她站直了東望望西掃掃，嘴唇一咬，忽然一把抓住另個老頭兒的衣領。「你們花錢買我的身子取樂還不夠，還要栽我的贓，奪我的清白，可憐我半輩子過的盡是人不人鬼不鬼，受人作踐的日子，只有在柏林那三年受到尊敬，人家把我當高貴人待，你們居然連這丁點乾淨都不許我有，都要編派我，我——」金花還要往下說，客人已怒容站起：「傳說果然不虛，咱們走吧！」他們丟下幾枚銀洋，交換著眼色走了。金花尖著嗓子格格的好笑了一陣。

自從女兒德宮死去，金花就變得越發的不像她自己。她變得很愛笑，一笑起來就格格的沒完，很多上門的客人硬是被她那尖銳古怪的笑聲給嚇跑了。

德宮是在五年前病死的，母親和弟媳有意瞞著她，所以金花當時並不知道。她是從一個蘇州來的朱姓客人那兒知道德宮去世的消息的。朱老闆世代開棺材鋪，他瘦窄一條的青白臉，骷髏架子般的身材，本身就像具死屍，死屍在她身上稀裡呼嚕的忙活了一陣，擡起頭挺多情的道：「你也真命苦，好好的一個女兒又歿了，下半生靠誰呢？我看你不如跟我回蘇州做姨奶奶吧！大話空話我不說，將來一口好棺材是少不了你的。」

「你說說清楚，德宮死了？」金花一手抓住棺材鋪老闆一隻耳朵，直眉瞪眼凶惡惡的打斷他的話。

「哎喲！你別抓得我這樣緊，痛啊！奇怪你女兒去世洪家沒告訴你嗎？是上年的事。木頭是在我店裡定的——」

「你店裡定的？」

「對呀！我店裡定的。」

「你把我女孩兒裝在棺材裡！我把你這個天殺的……」金花嘴裡嘀咕著，雙手鐵一般的掐在朱老闆的頸子上，急得朱老闆一邊掙扎一邊聲嘶力竭的喊救命，不一會兒顧媽破門而入，硬把金花的手扳開，嚇傻了的棺材鋪老闆連忙披上衣服，後腳跟不上前腳的跑了。金花赤裸裸的奔下床，尖著嗓子嚷道：「還我孩子來，還我孩子來！」她的身體滑溜得像條魚，顧媽用足力氣也阻擋不了，便那麼一絲不掛的衝到弄堂口。

賽金花得了瘋傻症的閒言在弄堂裡傳說，有些平日嫉妒她的妓女會幸災樂禍的道：「狀元夫人神氣不起來了，門牌上刻幾個洋文又怎樣？洋人就有胃口嫖瘋子？」

金花痛恨別人說她有瘋傻之症，可是她又控制不了自己的情緒，高興時便嘻嘻哈哈的高聲笑，悲傷時便木頭人似的直著目光不發一語，但一發呢，又像大河開了閘，一句天南一句地北的聒噪個不停。因此她的客人明顯減少，來光顧的也少有閒情吟詩做賦的裝風雅，他們找她只是尋求肉欲的發洩，她常自譴的說：「我是一床爛棉絮，價碼不高。」她每說這話，顧媽就會眼圈泛紅。

黃昏已經快盡了。金花仍然懶洋洋的靠在沙發上。那沙發是法國式、彎腿、黃緞面，她從一個歸國洋人處廉價買來的，沙發倚窗而放，她坐在上面正好看到外面的暮色。

「太太，天不早了，好妝扮了。」顧媽已催了兩次。

「不忙，沒客人上門，妝扮給鬼看？」

「別這麼說，客人說來就來，遲了來不及。」

金花仍是不動，朝外面怔怔的凝視了一會，忽然怒沖沖的道：「顧媽，你說我明天去找方淨理論好不好？」

「不好，方老爺大前年來，你不是問過他了，有啥用處！」

「對呀！沒有用處，他就是笑，還說幫了我的大忙。」金花不禁想起那次見到方淨的情景：他穿著白杭綢大褂，手持摺扇，腳登新式皮鞋，剪著流行髮式，光淨的臉上浮著含蓄的笑容，一派文雅挺秀。方淨是跟了一群朋友來擺酒碰和，尋樂子的她早把方淨恨得牙癢，不待他坐定就直截了當的問：「方老爺，你當年在洪老爺家住，我沒有對不起你呀！你為什麼寫書糟蹋我？」

「我那裡會寫那麼大一本書來糟蹋你？」方淨打開摺扇連連搧了幾下。「我那麼寫，是根據需要。可以說有必要。」

「哦？這我就更不懂了，根據什麼需要？有什麼必要？」

「嗨！」方淨無可奈何的搖搖頭，齜著白牙笑了。「我這部小說主要是描寫晚清三十年來的怪現象，這裡面必得有個貫穿性的人物，哦？什麼叫貫穿性？就是有個角色要像一條線一樣把所有人物和情節連成一串。我想來想去，只有你具備資格做這條線，所以不得不借重。」

「我不懂什麼線不線，我只想問你：從那兒你得到證據，我跟瓦德西在柏林通姦？跟洋船長通姦？跟洪老爺的小聽差阿福通姦？依你的說法，我在洪家的時候沒做別的，就忙著跟人通姦？」

「唉！你顯然沒有看懂《孽海情天》，也不了解寫小說是怎麼回事？我告訴你，寫小說是很不容易的，要處處埋伏筆，找線索，如果我不把富彩雲描寫成風流尤物，不安排她跟瓦德西在柏林通姦，下面可怎麼寫呢？後面的情節就是由這個線索引出來的。」方淨顯得很費力的說，一副對牛彈琴的尷尬表情。

「你說的大道理我一樣也不懂，我就知道我很敬重洪老爺，洪老爺也真心真意的疼我，護著我，那時候我勉強也算個良家婦女，偷人通姦的事是沒有的。沒有的事你不該無中生有，讓人以為我是淫婦，破壞我的名譽。」她仍服不下這口氣，方淨卻嘻嘻的笑出了聲。「別再為這件事跟我糾纏了，我是來玩樂的，不是來打嘴仗的。老實說，如果你今天還是我的小太師母，我絕對不敢用你的花名，編你的韻事看，可是你吃的是這口飯，曾經是轟動九城的名花，還在乎這點小事？再說，我這麼一寫，等於給你做義務宣傳，幫你大忙。你想，對不對？」

金花的回答是「不對」，但沒有說出來，因為說不清，寫書的文豪學問大——方淨不是那時候就立志要做文豪的嗎？自己知識淺薄，說一句被駁兩句，不如不說，除非她也提筆做一本小說，把方淨描寫成淫棍，偏又沒那本領，還有什麼可理論的？「唉！認命吧！」金花想著便出聲的歎息，顧媽在一邊聽了問：「你說什麼？」

「我說認命吧！」金花懶洋洋的站起，拖著腳步到梳妝臺前坐下，拿起大粉撲往臉上塗抹，顧媽站在身後給她梳頭。

金花抹了一陣，頹然的丟下粉撲：「擦了四層了，還蓋不上這幾條短命的魚尾紋，人老珠黃，把一罐子香粉全擦上也沒用。」

「太太又在滅自己的威風了。太太這個歲數，有太太這個模樣的怕找不出兩個。跟太太一塊兒走紅的四大金剛，都見老了，金小寶胖得面團團，像個彌勒，林黛玉也出了雙下巴，那有太太這等風神？就是新選的四大金剛，我看也趕不上太太。」顧媽剛給金花梳了一個嶄亮的小髻。

「夠啦！別安慰我，多少斤兩？我自個兒心裡有數。金小寶、林黛玉，那不叫發胖，叫富態。人家命好，有家有靠，怎會不發福？誰到這個歲數還吃這口飯？新的四大金剛，個個二十郎當歲，花蕊似的，我拿什麼比？別的不提，就說那排場，唉！眼見她起珠樓，眼見她宴賓客，眼見她樓塌下了哇！嘿嘿……」金花說著忽然哼唱起來，聲音尖尖抖抖的。她近來特別喜歡哼唱，一唱就反反覆覆的沒完，此刻又沒完沒了的哼上了。

「太太，你真的不想領兩個姑娘？」顧媽有意打斷她。

「不想。」金花答得鋼鐵般肯定。「不再做那個孽，就賣我這床棉絮吧！顧媽，要是有天我爛死了，你就賣掉這點細軟，將就過幾年苦日子。你跟我一場，也是緣分。」金花把一排泛黃的珍珠花插在鬢角上，彷彿不很在意的說。

「太太又說這種話。」

「我說真格的。我死那天，我老娘八成不在了，要是她不怕苦，真要壽比南山呢！你可要照顧，唉！還有我那苦命的弟媳婦──」金花從鏡子裡看到守門的老烏龜阿五，掀開珠串簾子伸進他白蒼蒼的頭，便停止談話。

「太太，魏先生來了。」老烏龜打個大呵欠。

「魏先生？哦！是他。天哪！我衣服沒換，胭脂也沒抹，顧媽，把我那套白軟緞的裙襖──」

「別張羅，就我一個人，來隨便談談。」一個平靜的男人聲音。

金花朝門口看去，見魏斯靈魁梧的身架子立得挺直，臉上的微笑和他的聲音一樣平靜。她的焦躁不安頓時消失了，宛若迷途的航者突然望見到燈塔裡的燭火，心裡被希望和喜悅填滿，忍不住又嗔又笑的道：

「好個魏先生，來無影，去無蹤，足足一年沒上門。」

「我去了南洋，今年回江西起事失敗，逃來上海，不然那有機會來看你。」魏斯靈坐到彎腿沙發上，神閒氣定的樣子好像坐在自己的家裡。金花把顧媽喚到身邊，低聲吩咐：「叫阿五關上大門，有客人來就回太太不在家。」顧媽領命匆匆而去，金花踱到魏斯靈面前，纖瘦的身體在肥大的家常布衣下顯得格外瑟縮，兩隻愁苦的眼睛裡有千言萬語，但她只淡淡的道：「難得魏先生還記得我，多謝呀！」

「我們也認識三年了，那會不記得。」魏斯靈從西服口袋裡摸出枝雪茄煙插在嘴上，金花忙劃火柴替他點燃。

「三年也不過見了三面。」她說。

「三面嗎？」魏斯靈吐出一串煙霧，想了想，又道：「對，是三面。」

金花記得清楚，魏斯靈第一次和朋友們來吃花酒，是在三年之前。他和他的朋友給她的印象深刻而奇特，因為他們和她以前所接待過的客人不相同。他們的年紀都不很大，最年長的可能是魏斯靈，估計也不超過四十歲。都看上去文質彬彬談吐儒雅。那時民國還沒建立，他們之中卻沒有一個是梳辮子的。魏斯靈跟她談了很久，題目一直圍繞著死去的革命黨人沈藎：「聽說他是在你住那個牢房裡被杖斃的？」「是的，打得骨碎肉爛，可怕極了，你認識他？」「他是——唔，跟他見過，想聽聽他在獄裡的情形。」「沈相公……」她把在獄裡處聽到的有關沈藎的事，詳細敘述一遍。

魏斯靈第二次來是獨自一個，進門就掏出一柄銀鞘鑲寶石，一尺來長的小劍交給她，「拜託你把它藏好。也請你給個地方讓我躲躲。」他神色慌張的說。她把他藏在阿五的大木床後。魏斯靈躲了一星期才離開，她也才知道他是個上了黑名單的革命黨。

第三次便是去年此時，民國成立兩年了，革命黨人成了新貴和英雄，魏斯靈不忘救命之恩，特別登門來致謝。他不能算是她的狎客，到今天她沒賺過他一文錢，不曾跟他有過肉體關係。雖然她曾幫助過他，也不覺得那就是非報不可的大恩，如果他從此不再登門，她也不會想他念他，或責備他忘恩負義，他距離她的世界畢竟太遠了。

「金花，你在想什麼？」魏斯靈悠然的噴一口煙。

「唔！」金花自冥想中驚醒，怔怔的打量著魏斯靈那張濃眉大眼的長方臉。「金花」的稱呼讓她感到受寵若驚而親切，他以前是稱她為「賽女士」的。她知道像魏斯靈這種穿西裝打領花的新派人物，見了淑女會稱「女士」，但是對她這個沒出路的過氣老妓也稱「女士」，使她覺得多少有些當不起。總之，在她的心目裡，魏斯靈是個傳奇人物，就像大鼓書詞裡的梁山泊好漢、宋江林沖之流。聽他叫聲金花，她竟半天轉不過勁兒也答不上話。

「你怎麼不說話？我問你在想什麼？」

「我在想，不已經是民國了嗎？你們的命怎麼還沒革完？」金花掩飾的笑笑。

「民國雖然成立了，封建勢力還沒有完全消滅。我們稱現在是第二次革命，對象是當今的政府。我這次就是追隨李烈鈞進行獨立運動失敗，才逃到上海的。」

「你總這麼動刀動槍，一會逃一會兒躲的，不怕嗎？」

「不怕。怕死的就不會革命。」魏斯靈劍眉挺得昂揚，筆直的鼻樑和炯炯的目光裡現出男性的勇毅，一副英雄氣概。金花心井裡的死水又起了波瀾。這是一個什麼樣的男人啊！如果她能，她真願把自己奉獻。然而她太寒磣，太卑陋，太微賤了，他是天上閃亮的星星，她是地上被踐踏的泥土。兩者是永遠無法並行的，她實在沒的可奉獻……金花思緒慼慼，笑顏慘淡的試探：「要是——要是魏先生不嫌棄的話，留在這兒吃晚飯好嗎？」

「好是好，問題是我空著兩隻手逃出，一文不名。」

「魏先生如果談錢，就是瞧不起人。」

「你如果再叫我魏先生，也是瞧不起人，我有名字，叫我斯靈。」

「哎喲！叫你大名我是萬萬不敢的，別折殺了我。」

「金花，不要這個樣子。人都是一樣的，我們是朋友，不是嗎？朋友當然是平等的，我叫你金花，你叫我斯靈。就這麼辦！」魏斯靈爽朗的笑笑，彷彿這一切都很自然。金花感到更古怪了。他先不許她稱「老爺」，叫稱「先生」，現在則先生也不許稱，要叫名字了。跟娼戶女子講平等，多奇特、多新式的人物，果然是時代變了。

結果，魏斯靈不單在金花處吃了晚飯，還留了宿，不僅留宿，竟然一留一星期。整整七天，「京都賽寓」的大門都沒開。金花和魏斯靈像一對結褵多年的老夫妻，靜靜的享受著與世隔絕的平安和恬淡。他們向對方述說自己的過去，好的和壞的，悲傷的和歡樂的，金花噙著淚，像受了委屈的孩子向母親傾訴，敘說半生來的坎坷遭遇，「我有罪，我骯髒，可是上天不肯照顧我，叫我一個微賤的苦命人能怎麼辦？」她差不多是用懺悔的聲音說出這句話的，魏斯靈安慰她道：「你並沒那麼重的罪，是時代不好，逼人犯罪。而且，一個人自知有罪，他的罪已經輕了，真有罪的是那些明明做了許多壞事還口口聲聲自稱聖賢的人。你不要自慚形穢，其實這世界上骯髒有罪的人多得很，說穿了他們不見得比妓女乾淨，別看外表被捧得那麼偉大。」

「斯靈，你的見解和所有的人都不一樣，在你的面前我覺得自己正在脫胎換骨，正在變成一個乾淨人。」

「我說過的，你比很多人都乾淨。」

「斯靈，你是讓人羨慕的，有家，有妻子兒女。」

「我的妻子是奉父母之命娶的，兩人向來無話可談，兒女倒生了一對。為了革命，我幾度到外國，在南洋跟一個女同志發生愛情，因為老家有妻室，沒辦法跟她結合。同居了幾年，還不知怎麼是個了局？」魏斯靈坦白的說出他的煩惱。

「為什麼不娶她。三妻四妾的男人多的是。」

「革命的人不能討姨太太，不合我們的革命精神，我們講究男女平權。我和她的感情愈來愈遠，可能要分手。」

「天哪！你真是個難懂的人。」金花像仰望一座高山峻嶺。用崇拜的眼光望著魏斯靈。

夜晚，他們柔和的，充滿信賴的，享受著對方的肉體，多年的經驗使金花感覺出，魏斯靈沒有把她當成妓女，他是愛她的，不是一般狎客對賣身女人的蹂躪，而是有情意的佔有和交換，她會問他：

「你是愛我的，對嗎？」

「對的，我躲在你這裡那幾天，對你看得很透，你是個不平凡的女人，有熱心，有豪情和膽識，差的是命運，我很被你感動，金花，我從心裡愛你疼你。」

「唔，斯靈，你是一場暴雨，把我完全洗乾淨了。」金花把她纖柔的身子偎在魏斯靈寬闊的胸膛前，夏夜的月光越窗而入，白花花的灑在兩個赤裸裸的軀體上，金花覺得從來沒有這麼輕快爽沁過，她依稀的回到了童年，跑過長長的窄巷，舉頭雙塔在望，那時，她是潔淨又清白的，雖貧苦卻有尊嚴，她以為那樣的日子是永遠不再了，從沒料到會有魏斯靈這樣的人進入生命裡，她不僅愛他敬他，更願為他獻出卑微的一切所有。金花想著便不能自己的嗚咽起來，魏斯靈沒用話語勸慰她，只輕輕撫摸著她光滑赤裸的背脊。

美麗的日子終有盡頭，魏斯靈走時道：「上海我是待不住的，三兩天內我要出國，也許去日本，也許去南洋，都說不定。不過有一點是肯定的：我必不負妳的一片癡心，我會再來。」

「我知道你會來的，去吧！我等你。」金花安詳的說。

自此以後，金花很少再朗聲怪笑，也不用哆哆嗦嗦的聲音無止無休的哼唱，但沉著的面孔上永遠揮不去一抹等待的神情。弄堂裡的人都在議論，猜想是什麼神醫妙藥，治好了金花的瘋癲之症。

38

魏斯靈像以前一樣，一去便斷了信息沒了蹤影。金花真心真意的在等，常常臆測著他去了日本，還是南洋？有時便忍不住買份《申報》來翻，想在消息中找些線索。但她識字不全，只能半讀半猜。她模糊的讀得，時局並不穩定，各類奇怪怪的事故，像怒海中的狂濤巨浪，一陣陣連續不停的震盪著人心：袁世凱正在野心勃勃的擴張勢力，與革命黨採對立態度。俄國的武裝部隊侵佔了外蒙古的唐努烏梁海地區。孫中山在日本召開中華革命黨成立大會，公布宣言。歐戰爆發，袁世凱聲言對歐戰中立。日本對德國開戰，派兵在中國的山東半島龍口登陸，並佔領青島，過了兩個多月，忽然對中國提出「二十一條」。金花看不懂「二十一條」的內容是什麼？只知道那是欺負中國人，要毀滅中國這個國家的壞主意。

上海市民組織了國民對日同志會，召開群眾大會，呼籲拒用日本貨。金花痛恨日本，不肯後人，把保存的兩個日本製的小玩藝砸個粉碎。她萬沒想到袁世凱竟承認了「二十一條」，並且叫人民不要排斥日本貨，接著他就露出了想當皇帝的狐狸尾巴；他的一些同道跟隨唱和，說帝制比民國好，到了民國四年的十二月中旬，袁世凱宣布承受皇帝的大位，改國號為中華帝國，明年為洪憲元年。

緊接著孫中山發表〈討袁檄文〉，東南各省紛紛獨立，成立護國軍，討伐袁世凱，逼得袁世凱只好取消帝制，恢復當他的大總統，局勢像陰晴不定的氣候，瞬息萬變，各種謠言在暗中流傳，人們的心像撐在箭上的弓，緊繃繃的虛懸著，直到這年六月袁世凱病死，情況才現出些許平靜，小百姓們也才跟著暫鬆了一口氣。

不管外界怎樣在變，在震動，金花在小花園那兩樓兩底的小房裡的日子卻沒有變。如果說有，便是客人越發的稀少，門庭更形的冷清。她懶於梳妝，連粉也不擦得那麼厚了，通常是一張淡白的清水臉，一個不加裝飾蓬鬆小髻，窄腰小襖愈顯出她原本纖細的身體是如何的瘦弱。雖不再怪笑也不再用顫巍巍的聲音反覆的哼唱，卻不料她又有了新的不尋常的舉動：一次在深夜裡，正當一個壯大的客人在床上向她猛烈攻進時，她忽然發狂般的嚎叫起來，聲音高亢而悽厲，長長的，像深山裡的狼嗥，驚動了四鄰也嚇跑了正在迷醉的客人。從那一刻起，她便聲言不再陪宿，營業的範圍僅止於打茶圍吃花酒。

這當然是很好笑的，認識金花的人都忍不住笑的議論：「這個老娼婦怕是癲狂症不輕！虧她怎麼想出來的？不陪宿鬼才會去光顧她，人老珠黃，還擺紅姑娘的架子，好個不識相的！」，「太太，為什麼你要這樣做？上門的客人已經快沒有了，日子怎麼過啊？」連顧媽也幾次三番的問。

「沒有孝子賢孫送錢，咱們就喝西北風，我這個爛皮囊是不肯給人糟蹋了。誰不是爹生媽養的？為什麼別人身子是他自己的，我的就不是？就得任生張熟魏的揉著玩？別的事我做不了主，自個兒的身子我倒偏要做主，誰要敢硬來，我就咬他的那個。嘻嘻。」金花滿不在乎的挺挺胸。

「太太，你還在等魏先生嗎？」顧媽曾用近乎憐憫的口氣試探。

「在這個世界上他是我唯一的盼頭。」

「老爺先生們的嘴甜過蜜糖，說得人耳朵發軟，可轉眼也就忘了。對千金小姐許下的願也未見得守信，對咱們這種人就更不算數了。太太，你大江大海什麼世面沒見過，我看你認不得真。」

「不，你不懂得魏先生的為人，他說話一定算數。」金花從來是深信不疑的這麼回答。

她在等，魏斯靈足足三年沒音訊，日子像沉在深海之底，黑暗得不見一絲光芒，上門的客人幾近絕跡，金花幾次拿出首飾和綢緞衣服叫顧媽到當鋪去換取生活費。

「看到嗎？賽金花臭得賣不出去了。」金花會自謔的說，但每次說完這句話，總會加上一句：「在別人的眼裡我已經是糞土，只有在魏先生的心裡我還是金子。」

「唔，魏先生。」顧媽認為魏斯靈是永遠不會再來了。

魏斯靈高大的身影突然在「京都賽寓」出現時，連金花也不曾料到。「給你，替我收著做紀念吧！」魏斯靈一進門就掏出那把小劍交給金花，金花只好接住。

「快收拾東西跟我進京，今晚上的快車。」魏斯靈用他的江西口音高聲說，濃眉大眼的方面孔上浮著快樂的笑容。

「收拾東西？進京？」金花被弄傻了，失笑的臉上滿佈疑雲。

「我現是國會議員，得立刻進京。我言而有信，要帶著你一起。還有什麼可考慮的，快收拾東西。」他語氣篤定，身架子挺得筆直，有點不耐煩似的催促。

「你三年來連片紙隻字都沒有，來了就催！可是，我有什麼可考慮的？日等夜盼的不就是你嗎？」金花先是驚愕，接著是激動，後來就抽抽噎噎的邊泣邊說：「幹我這行的，修的就是這一天，行，我跟你去，東西也沒的可收拾，臭的爛的全留在這裡吧，賽金花這個人是從此沒了。」

金花當夜便帶了顧媽、採梅圖、柏林的油畫，上款半癡山人的墨蘭、瓦德西送的十二個小金人的自鳴鐘、幾件素淨的隨身衣服，隨同魏斯靈上了去北京的快車。房子裡的家具和一切什物全送了阿五。

金花和魏斯靈住在櫻桃斜街一個兩進的四合院裡，顧媽之外只有一對江西來的劉姓遠親夫婦算是傭人，女的漿洗打掃男的掌竈，日子過得十分簡素。魏斯靈有天對金花說：「我是個兩袖清風，靠薪俸過日子的人，你不會覺得委屈吧？」

「斯靈，你問得我好難過。難道你看不出我的心？跟著你，那怕討飯挨餓也是痛快的。」

「有你這句話就夠了。金花，你知道我有什麼打算？我要跟你正式舉行結婚典禮。」

「不，不需要的，這樣跟你在起我已經很滿意了。」

「需要的。正式結婚表示我對你的尊重，也讓所有的人知道你是我的妻子。」魏斯靈鄭重而胸有成竹的。

「你的妻子？唔，斯靈——」不待金花說完，魏斯靈繼續道：「南洋的酈女士跟我已經分手。家鄉的元配對我從來沒有一點了解，兩人之間連話都少說，可是她是個老式的農村婦女，沒辦法接受離婚，說穿了她更可憐，也是個犧牲者。這次我特別回去把這件事了了，雖然不辦離婚手續，夫妻的關係是解除了。她留在家鄉，我長住北京，孩子——兒子故世了，女兒已出嫁，小孫子跟我們住。你同意嗎？我們開始籌備婚禮吧！」

「叫我說什麼呢？斯靈，你把我脫胎換骨變成了一個新人。」金花囁嚅的掀動著嘴唇，都說不出想說的話，她恨不得跪在地上感謝上蒼賜給的這份好造化，一個像她這樣卑賤的苦命女人，不但獲得她所摯愛，崇拜的男人的心，還將成為她明媒正娶的妻子，該是什麼樣的幸福和榮耀！她太激動了，滾熱的眼淚一陣陣的上湧。

金花和魏斯靈的婚禮在上海的「新旅社」舉行，新娘穿著水粉色緞質瘦腰拖地禮服，頭披同色薄紗，手捧綠葉扶襯的粉紅色玫瑰。新郎身著黑色燕尾服，裡面是漿得硬挺的雪白絲料襯衫，頸間打個黑蝴蝶，手持大禮帽，看上去黑白分明神采奕奕。

婚禮是最新式的，金花坐著花馬車，前面軍樂隊引路，到場的賀客四百餘人，有魏斯靈的革命伙伴，有滬上政界和商界聞人，席開三十五桌，證婚人是信昌隆報關行的朱經理。當證婚人宣讀結婚證書時，大家聽得清楚，新郎四十九歲，新娘四十七歲，新娘的名字不是賽金花，也不是富彩雲，更非曹夢蘭，而是任何人都沒聽過的三個字「趙靈飛」。金花要做新人，連名字也洗刷得不帶一絲舊痕跡。

金花從此成了國會議員魏斯靈的夫人。

民國七年，歐戰結束了，德國戰敗，政府決定將聳立在東單西總布胡同的克林德紀念碑拆除，塗掉當年慶親王奕劻和李鴻章所擬的碑文，把整個牌樓移到中山公園，改名為「公理戰勝牌坊」。遷移的那天有盛會慶祝，主辦人念及金花與牌坊的建立有直接關係，特別送請帖邀她參加。

對金花而言，昔日的她已不存在，今天的她是魏斯靈的太太魏趙靈飛。她不願聽到任何人提起賽金花的名字和有關賽金花的事情，包括好的與壞的。也不去觸碰已往的舊關係，不久前，已成伶界大亨的素芬故去，北京很鬧哄了一陣，開了規模龐大的追悼會，她收到訃聞卻沒有到場。跟立山、盧玉舫等的後人她也不來往，總之，她只想做魏太太。因此她猶疑，該拒絕還是接受？倒是魏斯靈極力鼓勵：「去吧！這是你一生的榮耀，怎可以拒絕？我陪你去。」

慶祝會十分盛大，到場的貴賓數百人，金花在眾多的男士高官之間，顯得特殊又特別纖小羸弱，她亦步亦趨的依在魏斯靈高大的身軀旁，彷彿怕失去他的保護似的。

慶祝會開始了，首先由國務總理段祺瑞演說，接著一些軍政要員如錢能訓之流，也上臺去說了一段，全是慷慨陳詞，什麼國家民族公理正義等等。金花萬沒料到竟有人提議：「各位也許不知道，我們的來賓中有位不同凡響的人物，庚子之役時候名震九城的賽二爺就在此地，我們總得請她上臺說幾句。」

跟著這句話是一陣劈劈拍拍的掌聲，所有的眼光都集中在金花的臉上，他們打量她、研究她，像要在她身上找出異於常人之處。但他們顯然失望了，站在魏斯靈身旁的金花穿著黑色外衣，襟上別著一朵慶祝會發給的紅色絨花，薄施脂粉的面孔上掛著矜持的微笑，腦後一個如意小髻，耳垂上一粒小小的白珍珠，清雅質樸得看不出一點名花的氣概。竊竊私語之聲像上湧的暗潮，一句句湧進金花的耳鼓：「她就是跟八國聯軍統帥有過一腿的賽金花？真看不出她有那麼大的鋒頭。」，「你看她，裝模作樣的挺像回事，學正經人呢！」，「裝也白裝，方淨的《孽海清天》、樊樊山的《彩雲曲》已經交代得明明白白，清白是裝得出來的嗎？」，「唉！自古美人如名將，不許人間見白頭啊！她要是庚子之役過去便死掉，就好得多，何苦到今天還裝這個神氣現眼。」……

金花聽得真切，矜持的微笑消失了，換上了一副冷漠倨傲的面孔，她微揚著下巴頦，睜大微微上吊的鳳眼，不屑一顧的回望著那些人。有人還在叫：

「請賽金花女士講講斡旋和議的情形。」

「請賽二爺說說和瓦德西勝軍認識的經過。」

「賽女士不要客氣，我們很想聽聽你在庚子之役時候的故事。」

「唉！金花，我看你上去說幾句吧！不然，大家那會干休。」魏斯靈輕輕觸碰了金花一下，壓低了聲音說。

「不，我不說，沒什麼可說的。我想回家了。」金花慘淡而帶點憂傷的。

「怎麼能半途而退呢？還是等散會再走吧！」魏斯靈暗中緊緊的捏了一下金花的手，金花默然對他回眸一笑。

金花和魏斯靈待到散會才離去。散會前有個節目是合影留念，金花個頭小，又是女性，被安排在最前面的位置。

魏家的生活沒有大門大戶的氣派，四合院裡的日子倒是溫暖的，金花和魏斯靈像兩個熱戀的老情人，在家有說不完的話，外出總是如影隨形同出同進。前些時金花從蘇州接來她的高齡老母，魏斯靈從江西金溪接來四歲的小孫子阿全，祖孫四代，融洽和樂得宛若四條在水中嬉戲的魚，如果說這生活裡也有煩惱，便是那對劉姓夫婦與顧媽之間的摩擦。顧媽多次向金花抱怨劉嫂子對她歧視，故意在她面前出口不遜，編派金花的壞話，金花總勸她：「忍耐吧！裝聾吧！任她說什麼都別接岔，咱們這點安靜的小日子經不起折騰。他們是魏先生的親戚，咱們也不好給魏先生添心事。」每當她這麼說，顧媽就會冷笑著道：「太太，你變得越發不像你了，你變得好怕事。」

「怕事？是嗎？唔，也許是的，你知道我現在最喜歡的事是什麼？是天塌下來也不管，就帶著全全玩。」

阿全剛到北京時，黃瘦的小臉上只見兩隻骨碌碌的大眼睛，穿著長袍的小身體單薄得彷彿太陽毒些就能把他曬化。金花帶他看醫生，給他買營養食品，不到三個月孩子就變成了圓團臉，腮幫白裡透紅，眼眸子清亮得像一汪水。金花親自給阿全洗澡穿衣，從洋貨店裡給他買西式海軍裝、小皮鞋，把阿全打扮成個洋娃娃。她不叫他阿全，叫他全全、娃娃、寶寶、乖乖、心肝、寶貝，常常把他摟在懷裡，說：「叫奶奶，叫奶奶。」「奶奶，奶奶」阿全總緊摟著金花脖頸，奶聲奶氣的叫。「我的寶寶，你怎麼這樣乖，這樣靈，奶奶多疼你呀！」她會喟歎著喃喃。

金花對阿全付出了最深切的愛，就像她曾對自己的孩子付出的那樣，有時她會凝視著阿全無邪的小臉不知不覺地陷入沉思，「要是承元活著可不只這麼點點大，早成人了。」「德宮離關我的時候不也是四歲嗎？可憐的孩子，怎麼年輕輕的十九歲就死了！」她悠悠的想，心頭隱隱作痛。

阿全愛吃北方特產的黑棗，於是院角落裡的一棵棗樹就被金花看住了，秋季棗子成熟，每天由顧媽幫忙親自採摘一籃，本身捨不得吃、一小半給魏斯靈飯後解膩，大半給阿全吃著玩。

日子像揚滿了風帆的船，平靜的順波輕輕滑過，有深情體貼的魏斯靈，有天真可愛的小阿全，有相依為命的老母，有忠心耿耿的顧媽，金花有一種難以言喻的，甚至用幸福與滿足之類的字眼都不足以形容的充實感，「夠了，我夠了，再無所求了。」她常對自己這麼說，也確實這樣相信。

阿全剛滿六歲便入了附近的小學，期終拿回的成績單上赫然寫著「第一名」，這就更使金花感動得不知怎樣寵他才好。如果與人閒聊，不管熟與不熟的，她都會繞著圈子故意把話題轉到阿全身上，用不經意的口氣說：「我們的小孫子全全，唉！這個孩子真叫人疼。聽話，心性又靈，年年考頭名，他那個小腦袋也不知怎麼長的，唉，全全這孩子！」

金花愛阿全，阿全也愛金花，大事小事全找「奶奶」，奶奶是他的依靠也是他的母親。金花終於找到了一個好場所，投出去她儲存了幾十年的母愛。

魏斯靈在江西的親屬多是久聞京都繁華，而從未進過京的，現在魏斯靈貴為國會議員長住京城，還娶了新人安了新家，誰不想借機會來玩玩逛逛開開眼界？先是魏斯靈的堂兄一家，接著是表兄表弟，最後是女兒靜媛和女婿帶著兩個孩子，女兒一來就磨著魏斯靈給她男人找事，事情給找了，薪金足夠維持四口之家的生計，但他們並沒有搬走的意思，魏靜媛口口聲聲說：「這個家是我爸爸的，我們吃爸爸住爸爸過得著，我們從家鄉千辛萬苦的來，為的就是來享天倫之樂。」她生著一個鼓鼓圓圓的小臉，櫻桃口大眼睛，一笑起來嘴角下湧現兩個滾圓的小渦，那樣子甜美已極，可她偏就是不愛笑，說話的時候兩眼望天，傲氣得不可一世。

於是，原來不太寬敞的兩進四合院，塞得像蒸饅頭的蒸籠，滿騰騰的。

金花自覺是魏府的當家長輩，這個院子裡的女主人，有責任把大家安頓舒服，另方面又唯恐微賤的出身引起親戚的輕視，所以極力的表現寬厚大度，處處委屈自己寬待別人。她的想法是誠之所至金石為關，想以至誠的心與實際的作為去換取他們的心。

如今金花和魏斯靈只佔用一個房間，連阿全的小床也搬了進來，以便空出地方讓大夥兒住得寬綽。吃飯時席開兩桌，大人圍著圓桌面，孩子們在八仙桌上用餐。魏斯靈的薪俸本可供他自己的小家庭過充裕的小康生活，現在一堆嘴巴白吃白喝的情況下，變得拮据，不得不絞盡心思節省。金花不再製新裝，不買喜歡的小玩藝，不跟魏斯靈帶著阿全去吃小館或聽戲。如果生頭痛腦熱的小毛病，不單捨不得請醫生，甚至連藥都捨不得買。

金花怕魏斯靈憂心，更不願製造事端擾亂和諧，一直是默默的做默默的忍——她歷盡風霜，經驗已太豐富，知道處在她的地位忍字是多麼的重要。倒是魏斯靈主動的問過她：「家裡添了許多人，多虧你招呼，不累嗎？錢夠用嗎？」「過得去。你的家人就是我的家人，你的女兒就是我的女兒。我招呼他們是應該的。」金花勉強笑著，苦水往肚裡嚥。她早就覺察到，從那些人進門的一刻起就不友善，到今天也沒把她放在眼裡。果然，她對魏斯靈說的話傳到魏靜媛的耳朵裡，第一次的風波便發生了。

「怪了，我母親好好的活在金溪，我明明是她的女兒，怎麼又變成別人的女兒了？我再不濟也是個清白的人，那個厚臉皮的往我身上噴髒水可不行。」那天魏斯靈到議會去了，金花正坐在窗前的書桌上算日用帳，知道魏靜媛在天井裡故意說給她聽，便放下帳本走出來。

「靜媛，不要這個樣子——」

「請你不要叫我的名字，我的名字不是你叫得的。」魏靜媛冷冷的打斷金花沒說出的話，青春煥發的俊臉上板得沒有一絲笑容，杏子形的大眼睛毫不隱藏的露出輕視。

「好！以後再也不叫姑奶奶的大名就是了，姑奶奶，既是一家人，何必這個樣子？我其實是一番好意。」

「一家人？好意？」魏靜媛嗤之以鼻的哼了一聲，寒冰般的眼光停在金花臉上。「我們魏家是個質樸的耕讀之家，世代清白，我爸爸是從事革命的，名譽向來最好，也想不通他到這個歲數是受了什麼蠱？做出這種敗壞家風的事。」她說著把臉一仰，傲慢的邊走邊道：「哼！誰是什麼來路當我不清楚！在我面前裝正經人，別叫我笑掉大牙。」

這只是第一次，自此以後每隔三天五日金花總會聽到幾句冷言冷語，有時來自魏靜媛，有時出於堂嫂或表兄之口，鬧得最激烈的一次是顧媽與劉嫂子對打，兩個胖女人抱著撕扯，拉下來劉嫂子一綹頭髮。劉嫂子滾在地上哭喊叫救命，所有的家人除魏斯靈因去議會不在家之外，全被驚動了，站在廊簷下像看好戲似的白眼望著金花，沒說出的話已表示得十分明顯：「你帶來的傭人行兇傷人，看你如何處置！」

「哎喲，天哪！下賤老婆要傷我的命呀！救救我呀！」劉嫂子抱著頭滾在地上叫。她男人拿著菜刀從廚房奔出來跳腳道：「不成了，反了，髒的爛的都成王了。」他傻大黑粗的像廟門上的門神，說著就往顧媽面前衝，顧媽也不示弱，還在用她的蘇州腔北京話嚷嚷：「沒見過這種沒良心的，大家欺侮一個人，人家把心掏出給你們吃你們還嫌沒味道呢！有什麼了不起——」

「顧媽，你就少說兩句，省省吧！你叫我怎麼辦？上吊嗎？」金花一邊阻止顧媽，一邊安慰劉嫂子，這才勉強把事情壓平下去。滿腹的酸楚，只好回到房裡抹眼淚。顧媽問：「太太，他們明明在欺侮你，你為什麼不跟魏先生說？」

「我決定跟魏先生那天就立下心願，那怕天塌地陷也要跟他白頭到老。說了沒好處，反而鬧得更大。唉！算了吧！我能忍耐，願老天可憐我。」

金花說她能忍耐，然而也有不能忍耐的時候。

「奶奶，你真的是一個婊子嗎？」阿全睜大著黑亮的眼珠兒問，小臉上的表情仍是信賴的。

「你聽誰說的？誰告訴你這種混話？」金花急紅了臉。

「小虎告訴我的。我問他什麼叫婊子？他說就是專門陪男人睡覺的，說睡了還給錢呢……」

「住嘴，再不許說這種話，多難聽，再說我要打手心的。」

阿全立刻不說了，但是如何能止住小虎不說呢？小虎是魏靜媛的長子，八歲的孩子個頭倒有十歲一般高，精靈古怪的壞主意一籮筐，金花是沒法子控制他的。

又過了幾天，阿全放學回來不聲不語，小臉蛋上有哭過的痕跡，衣服也被撕破了兩塊，金花見狀大驚，忙擁著問怎麼了？阿全垂著頭不做答，隔了好一會突然鬪：「奶奶，你以前是不是叫賽金花？」

「你問這個做什麼？這跟你有什麼相干？你——」

「我要知道你叫不叫賽金花？別的話我不要聽。」阿全一反平日的乖順，倔強的鼓著腮幫，瞪著大眼。

「我——我以前叫過——」

「哈，那就對了，你就是個婊子。是專陪男人睡覺的。我在學校被同學笑話，他們叫我是婊子養的……」阿全說著嗚嗚地哭個不停。金花忙把他抱在懷裡，連口心肝寶貝的輕喚著安慰。那知阿全一猛勁掙脫，躍得遠遠的叫：「你別碰我，我不跟你好了，你又髒又臭……」他說著竟逃開了，從此真的不再像以前那樣跟金花親熱、接近。

金花可以忍受所有人的蔑視和譏諷，唯獨不能忍受阿全嘴裡說出那些殘酷無情的話，不能忍受他的逃避與冷漠。她看出處境已和昔日在洪狀元家沒有分別，下場將不會比跟曹瑞忠的結局更好，她考慮是否應該把整個事態跟魏斯靈講明，由他出面把他們趕走。她在迅速的憔悴。她母親傷心的哭道：「都怪我，不該把你送到那種地方的。今天你把肉割下來給人吃，人家也不放過挖你的舊瘡疤。其實那時候一家人餓死反倒乾淨。」

金花決定自救，吞吞吐吐的把意思跟魏斯靈說了：「家人來住住玩玩團聚團聚，原是好事，你也看到我怎麼招待他們的。我的出身底子你不挑，他們挑，我用一百分的熱心他們也是回我冷言冷語，現在弄得連阿全都嫌我了，再下去會演變成什麼樣子？我看你出面勸他們離開吧！」

「有這種事嗎？我一點也不知道。」魏斯靈大出意外。

「知道你特別疼你女兒，也知道你跟堂表兄弟都親近，怕你為難、煩心，我咬牙忍著，瞞著你。」

「這——」魏斯靈果然現出既為難又煩心的表情，眉頭皺得緊緊的，鼻樑骨上端兩眉之間鼓起一個小肉峯。他把雪茄煙插在嘴角上巴搭巴搭的抽了幾下，終於下決心道：「這種態度不行。你別難過，我有法子解決。」

魏斯靈雖說有法子解決，金花仍無法釋去沉重的憂慮，長時期的相處使她認識到，這些親屬們不是簡單人物，魏斯靈能革命，可不見得能對付他們。

事情的發展比金花想像的更壞，魏斯靈召集家庭會議，沒說上幾句話就起了爭端，父女互怨、兄弟反目，吵得面紅耳赤翻天覆地。

「我娘給你生兒育女侍奉父母，犯了什麼罪？你就把她休了，弄個下賤女人進門？這還不算，連我也要趕走了。你當我不知道你受誰的挑撥嗎？我可不是我娘，沒那麼容易打發。」魏靜緩頻頻冷笑，氣得面色青白。

「斯靈，想不到你會這樣對待自家人，唉唉，真想不到！」魏斯靈的堂兄背著雙手在地上兜圈子，頭搖得像搏浪鼓。「當初家裡苦到那個程度還供你出去讀書，你讀了書又要搞革命，一家人跟著擔驚受怕吃苦，你看看，」他說著撩起袖子亮出牛腿般粗細的胖胳膊，指著上面的一條大疤。「你看看這塊疤。我和你兄弟幾次給抓進滿清的衙門，你以為那個刑好受嗎？家裡出了革命英雄，我們跟著吃些苦也罷了，面子上總是光彩的。誰也沒想到你是這種人，弄得我們的臉都沒處放，不過做了個小小的國會議會就猖狂得六親不認，你要是做了總統我們還有日子過？」

「有那妖孽鬼怪嫌我們礙眼，出主意趕我們走，是辦不到的，我們為你吃過苦，今天吃你喝你是應該的。」堂嫂說。

表兄表弟見堂兄嫂和魏靜媛勇敢發言，也不示弱，表兄道：「我直爽人說直爽話，斯靈，你太讓我們失望了。你要弄清楚，我們進京不是來遊逛的，我們可以說身負重任，是來勸你懸崖勒馬的。」

「國之將亡必有妖孽啊，家之將敗也必有妖孽。」表弟說。

半天不做聲的魏斯靈霍地一下子站起，把桌子重重的拍得山響，豹子眼瞪得兇光凜凜，厲聲叫道：「出去，都給我出去，我不用你們教訓，出去！」

「出去？別人先出去我才出去，這是我的家。」

「別跟我們擺國會議員的架子，沒人吃這一套。」

「也好，今天就算算總帳。」

「我再說一遍，國之將亡必有妖孽，家之將敗也必有妖孽。」

正在眾人叫叫嚷嚷亂成一片的時候，忽然窗外傳來重物倒地的聲音，接著是斷斷續續的呻吟聲。

金花心上倏的一震，連忙快步奔到屋外，只見她久病的老母倒在屋簷下，血液從她咧開的嘴角像條正往外滑動的紅絲帶，涔涔的流。

「啊！血……血……」金花慌亂的叫。父親死在血泊中的臉和曹瑞忠死於血泊中的臉在她眼前清晰的擴大，死亡的陰影像一座山，把她壓得看不到一絲光亮。「媽媽，你該在床上躺著的，你為什麼要起來？……血，你在吐血……」

「我要聽聽他們……唔……金花，媽媽對不起你。這個世界上沒有地方容……你，回蘇州找你桃桃大姊，出……出家去……去吧！」母親吃力的說出最後一個字。

金花的母親在如此悲慘的景況下死去，魏斯靈感到格外的歉疚與不忍，他不顧眾人的議論和阻撓，周轉了一筆錢，給辦了一場非常風光的盛大喪事。

金花母親的故去，多少喚起了一些親戚們的惻隱之心，爭執和挑釁是平息了，但冷言冷語及白眼相向依然如舊。魏斯靈的濃眉不再開展，笑聲不再爽朗。高大的身軀彷彿枯縮得矮了一截，背脊也現出微微的佝僂。金花看在眼裡，痛在心裡，有天便鼓起勇氣直著問：「我給你造成多少難題，也許我離開麻煩就能了結。」

「離開？你到那裡去？永遠不許再提這兩個字。」

「斯靈，一切煩惱都是我給你造成的，你不後悔娶我嗎？」

「一點也不後悔。你對我的體貼照顧讓我感謝還來不及。得到你這位知己我是此生無憾了。親戚們的誤解你不必理會。慢慢會好轉的。」魏斯靈有些無奈的安慰金花。

「有你這句話我就是上刀山下油鍋也無怨了，他們說什麼我裝做聽不見就是。」

金花漸漸的真能做到裝聾做啞，唯一裝不來假的是對阿全的關懷。

阿全早把他的鋪蓋搬到小虎的房間去了，雖然見了金花仍叫：「奶奶」，聲音卻是低得像隻蒼蠅在嗡嗡，眼皮也不擡，顯然是羞於啟齒。金花問他話，他只答三言兩語，一點也不像以前那樣，恨不得把學校裡發生的瑣碎一滴一點也不遺漏的告訴她，他不再伏在她的懷裡撒嬌，處處躲著她，但他在迅速的消瘦，圓圓的小下巴尖削了，眼神裡掩不住迷惘與愁苦。阿全的轉變痛碎了金花的心。

嚴冬過盡，春天也在消逝，夏日緩緩來臨，金花的日子卻無改變。如今她最擔憂的是魏斯靈的健康，因他近來常犯頭痛，而且越犯越強烈，扎金針吃中藥西藥不過減輕少許，過幾天犯得更兇，就在一個炎熱的午後他小睡方醒，跨下床便跌倒在地，從此不起。

魏斯靈的死對金花無異青天霹靂，來得太過突然，她一滴眼淚也擠不出，直著目光呆癡得像個夢遊者。

喪禮在江西會館開弔，披麻戴孝的金花朝上一望，滿牆的輓聯有一半是罵她的，意思不外是：女人禍水，如果魏斯靈不娶她這個妖孽必不會死。

金花連考慮也不需要便決定離開魏家的人。她沒分到一間屋一文錢，仍然帶著她的幾件寶：柏林的油畫、上款半癡山人下有曹瑞忠刻印的墨蘭、洪狀元題字的採梅圖、瓦德西送的十二個小金人的自鳴鐘，和前幾次不同的，只是多了一柄魏斯靈送的小劍。

「我真是窮途末路了，你還跟著嗎？」金花問顧媽。

「太太，」顧媽哭著。「還用問嗎？我是跟定你了。有件事情得跟太太商量，就是我那個傻弟弟，他一個人在家鄉，我太不放心——」

「那就叫他來吧！只要他不怕跟著挨餓。」

臨行時，金花挺著腰桿，微揚著下巴頦，擺出泰然自若的架式，預備神神氣氣的出去，但她感到門後有對眼睛在偷看，那眼光使她不能也不忍抵禦，她終於停住了腳，輕聲的問：「誰在門後？」

「奶奶，奶奶，你不要走，你帶著我……」阿全從門後像隻小野獸般的衝出來，撲到金花懷裡哭喊。

「全全，我的乖孩子！」金花淚眼模糊的摟緊了阿全。

「奶奶，帶著我。」

「好全全，你早就知道的，奶奶不能帶你。奶奶是——」

「我不管你是什麼人，我就是要跟你。」阿全固執的說，兩隻手臂緊緊抱住金花的大腿。

「全全，你將來要長大要做個體面人，奶奶……奶奶不能……」金花嗚咽得說不下去。

「好啦！你走吧！阿全是我親姪兒，我們會照顧他，你放心吧！」魏靜媛似乎受了感動，口氣異常的和善，一邊把阿全摟在自己懷裡，阿全瘋狂的連踢帶打，哭叫著「奶奶，奶奶」。金花猶疑了剎那，終於一狠心，蒙著臉奔出了大門。

尾聲

雪花濛濛，細碎得像牛毛，在嚴寒的空氣中漫無邊際的飄浮，淡霧般把人的視線罩上一層淒迷。人們戴著羊皮風帽，交叉著兩手，小心的走過新雪鋪滿的街道，所幸無風，但逼人的酷冷卻在任性的肆虐。

哈爾飛大戲園門人頭聳動，凍得絲絲喝喝的洋車夫還在川流不息的拉來新客。賣票處窗口上面紅紙寫著的大黑字像是吉祥符，使人忘了冷，忘了擠，熱活活的心裡盼望的是能夠買到一張票，新春正月本是尋樂的季節。

「五塊錢一張票，也太貴了。簡直是敲詐。」

「有特別好戲嘛！你瞧瞧那大紅紙上寫的：賽金花女士親自登臺演說她的身世經歷。這樣的節目可說千載難逢，值得的。」

「我以為賽金花早死了呢！想不到平地一聲雷又冒出來了。也好，讓我也開開眼，五塊大洋不白花。」

「我真不懂，賽金花紅遍天下，她賺的錢別說後半生的溫飽，就是打座金山銀山也足夠，怎麼會淪落到這步田地？」

「八毛錢的房捐都交不出，還要寫呈文請求免交，要不是多事的記者給登在報上，真不能相信是真的！」

「聽說她的房東正在告她欠房租，她就要上法庭了。」

……

天太冷，等待買票站得兩腳僵痛，嘴上活動活動多少能增加點暖和，愛說話的北京人那肯讓舌頭閒著。

人堆裡有個青年，長圓臉大眼睛，魁梧的身架上一襲青布棉袍，頸上圍了一條毛料的花格圍巾。他兩手從袍子的開衩處伸到裡面的西服褲口袋裡，嘴唇緊閉，面色憂沉若有所思。他彷彿是單獨來的，又像似在躲著誰或怕被人認出，低著的頭從不曾擡起。

樓上樓下全部滿座，連過道上也擠得水洩不通。那個青年站在門旁，背抵著牆，仍然低垂著頭。文武場早在吹吹打打。加官跳過，接上的是空城計，城門大開，羽扇綸巾的諸葛亮有板有眼的又說又唱，觀眾已是萬分的不耐煩，到他挺瀟灑的撥起琴來，下面早是噓聲四起罵聲不絕。

「快滾下去，我們要看賽金花，誰看你諸葛亮。」

「賽金花快上場，五塊大洋錢哪！」

「諸葛亮下去，賽金花快來。」

「別想賺黑心錢，我們是衝著賽二爺的大名來的。」

「五塊大洋不能白花。不信大爺就砸啦！」

「賽二爺上場，賽二爺上場！」

「賽二爺，就別『猶抱琵琶半遮面』啦！哈哈！」

「賽金花！賽金花……」

諸葛亮終於在嬉笑怒罵的吵鬧聲中，訕訕的邁著快步提著扇子下去了，鑼鼓聲也停止敲打，場子裡的電燈一排排的熄滅，只剩下舞臺前的兩個大型照明，泛白的威光有霹靂前閃電的凜厲，亮晶晶刺辣辣的直投在臺中央火紅色的地毯上，射出了一個鮮豔奪目的大光圈。場子裡安靜得如同沒有人跡的深山之谷，觀眾們屏住了呼吸，集中了目光，懷著好奇與興奮的企盼，定定的望著舞臺。

一個矮小瑟縮的黑色影子從上場門慢吞吞的，彷彿有幾分不情願的，半天才邁出一小步的走出來，站在光圈中央。

觀眾們這才把她看清楚了，她穿件長及腳面的舊式黑毛皮大衣，領子上的毛特別長，毛茸茸的掩住了整個脖頸，僅僅露出一張白得不見絲毫光彩的尖臉。那張臉是木然、呆癡、看不出表情的。她的頭髮光滑的朝後面梳去，結成一個饅頭大的小髻。她的兩隻手侷促不安的互搓著，這就使人看得清楚，雞爪般乾枯的手指上沒有戒指，毛皮領子上露出的兩隻輪廓美好的耳朵上也沒有耳墜。她渾身上下最能顯示出生命力的地方就是那雙搓個不停的手，否則，那從頭到腳的一片陰黑，紙白色蒼老的臉，深深下陷得像窟窿似的眼窩，都會讓人懷疑她是不是從棺材裡爬出的死屍。

「這就是鼎鼎大名的賽金花嗎？我的天！」

「她會是個大美人？瓦德西會看上她？」

「賽二爺就是這副德行啊？真糟糕！不該花這五塊大洋的。」

年老醜陋的賽金花使觀眾失望了，大家有受騙的感覺，但是他們還沒完全絕望，因為廣告上寫明的，賽金花要親口說她的風流韻事，如果她說得動聽呢，就還是值回票價的，於是敗興的觀眾又開始吵叫：

「賽二爺快說說庚子之役的故事吧！我們等不及啦！」

「你跟那個叫瓦德西的老毛子到底在皇宮裡住多久？著火那天晚上從窗子跳出來沒摔著啊？」

「水上桃花為性情，湖中秋藕比聰明。說幾句吳濃軟語來叫咱們潤潤耳朵。」

「快敞開了說說你的故事吧！我們等不及啦！」

「你要老實告訴我們，在跟洪狀元以前你是青倌還是紅倌？」

哄叫聲像雷鳴，震盪著屋頂。站在紅色光圈裡的黑衣人有了反應，她凹下去的眼睛兇光四射，裹在皮大衣裡的身體在發抖。這時，一個西裝筆挺的男人從另個門快步而出，對臺下一鞠躬，笑嘻嘻的朗聲道：「各位觀眾請安靜，我們今天請各位光臨，就是來聽賽女士的演講的。賽女士是庚子之役的女英雄，大家一定早就知道了，當然賽金花女士的身世也是曲折動人的。賽女士不是沒見過世面的人，一定會大大方方的跟各位說說的，不過大家要安靜，吵吵叫叫的弄得賽女士緊張，她怎麼講呢？好啦！現在由我正式恭請賽金花女士，一起鼓掌歡迎。」

掌聲像海潮，一陣陣的升高。

「我……我……」臺上的老婦人蠕動著嘴唇。但誰也聽不見她在說什麼，那介紹她的男人道：「賽女士說，她早就不叫賽金花了，她叫魏趙靈飛。」

「哦！」異口同聲的驚愕自觀眾席間響起。

「我……我……」老婦人好像很怕冷，小小的身體在皮大衣裡明顯的顫抖，凹下的眼窩在燈光的反射下有水樣的閃亮，「我……」她用右手指指喉嚨，便像等待審判的囚犯一般，垂下雙臂站直了。怯生生的，討饒似的望著臺下。

「賽女士，啊！不，魏女士說她喉嚨痛，不能說話，就由我來替她說幾句吧……」

站在門旁的青年已是滿臉淚痕，在眾人不滿的哄叫聲中悄然離去。

深夜裡，兩輛人力車在城南貧民區的一條窄巷裡停下，一個穿著棉襖棉褲的老婦先下來，趕到另輛車前扶出裹在皮大衣裡的老婦人。大門已經嘎的一聲開了，一個四十多歲的男子傻楞楞的站在裡面，他不言不語，咧開大大的嘴笑著，在幽暗的光線裡只見一排白花花的牙齒。四、五隻長毛狗也晃頭搖尾的擁到門口，汪汪的犬吠聲震動著靜夜。

進了屋，老婦人連連呼冷，問另個老婦道：「顧媽，沒有火嗎？」顧媽掀開煤爐蓋子看看，對那男子道：「乾方，你沒生火？」「姊姊別罵我。沒……沒有煤啦！」蔣乾方結結巴巴的，好像用了好大的力才說出這幾個字，說完便齜牙傻笑來，格格的發出和母雞下蛋時的啼聲差不多節奏的笑聲。

「別難為你弟弟，這是他們給的，明天去買煤來吧！」老婦人從大衣口袋掏出一個紅封套丟在桌上，跟著的是一聲長長的歎息，一陣長長的咳嗽。顧媽撕開封套拿出裡面的鈔票認真的數。「黑心鬼，他們賣了那麼多票，才給十五塊錢！」她憤怒地提高了嗓子。老婦人擺擺手，苦笑著輕聲輕氣的道。「算了算了，別生氣，明天有錢買米買煤，咱們該高興。天太晚了，你們別吵我，我念了經好睡覺。」

「這個時辰還念經？睡覺吧！」

「再晚也得念，對待佛爺要誠心誠意。」老婦人說著便跪在靠西的香案前，對著一尊老得泛黑的舊佛像，和那旁邊牆上貼著的褪了色的紅紙對聯，嘰哩咕嚕的誦起了經。

屋子裡冷得像冰窖，主僕兩個只好擠在一張小鐵床上彼此取暖，老婦人徹夜未眠。「我叫乾方買了一百斤門頭溝的硬煤，裡外兩個爐子都燒得旺旺的。開水也燒好了，你要吃藕粉嗎？」

老婦人沒答顧媽的問話，把頭微微擡起，朝床前燒得通紅的煤爐子注視了一會，滿意的說了一聲「好旺的火」，又躺下了。

「太太，今天有樁稀奇事。你看。」顧媽遞過一個信封。老婦人欠身半坐起，兩隻手哆哆嗦嗦的半天才拿出裡面的東西：一張寫了字的紙和兩張一元的紙幣。

「請你不要再做別人的牟利工具了，我會省下能省的錢接濟你。」老婦人念完不禁陷入沉思，喃喃的道：「這是誰啊？這是誰啊？」

自這次以後，居仁里十六號的大門裡，每個月或每隔四、五十天總有個信封丟進來，封內兩張鈔票而無片紙隻字。直到盛夏時候，顧媽才發現誰是送錢的人。「太太，你想不到，是阿全。阿全長大了，高個頭像魏老爺一樣，好神氣的，就是不太愛說話——」

「你——快告訴我，怎麼知道是阿全？」老婦人驚喜得忘了病痛，缺血色的臉上浮現笑容，下陷的老眼泛著喜悅的光。

「今天我起得早，正在收拾香爐，忽然看見門縫裡丟進一個信封，我就急忙的追出去，他跑得快，可我追上了，硬抓住他問了幾句話。阿全說：魏家的人全在南邊，他是因為考上北京大學才來北京的，說是三、四年了，念什麼法律系。我告訴他你病著，他說知道。」

「知道怎麼不來看看我？」老婦人失望得面色和眼神全失去了光彩，口氣是忿怨的。

「是啊！我叫他進來坐坐，見見你，他推諉著說：『下次吧！今天沒空。』就走了。」

「唔……」老人衰弱的哼了一聲。

自這以後，老婦人日裡夜裡想的只有一個人——阿全，回憶像一隻美麗的蝴蝶，色彩繽紛，忽遠忽近。「顧媽，買籃大粒的黑棗，叫乾方給阿全送去，帶著這張條子。」她拿出一張寫著歪歪扭扭的，「全全，奶奶想見你一面」幾個大字的紙條。

蔣乾方把黑棗送去了，回來結結巴巴的說：「阿全不久會來看望奶奶」。這句話比仙丹神藥還靈，病得終日咳喘喊痛下不得床的老太太精神大振，叫顧媽和蔣乾方擦屋子洗地，罐子裡剩下的一點茶葉千萬不要動，留著招待阿全。

一夜無眠，到天亮才朦朦朧朧的睡去，醒來已近正午，因聽到顧媽和她的傻弟弟蔣乾方在討論什麼事情，便喚他們進來。顧媽一邊進來一邊道：「太太，這會子不冷了吧？」

老婦人每天早晨掙扎著起床，洗過臉梳過髻，眼巴巴的望著大門等阿全，聽到門上有點動靜她就會神情緊張的說：「準是全全來看我了」。結果，她是一次又一次的失望。偶爾有人上門，不是討欠債的就是來挖掘祕聞的報館記者，全然不見阿全的影子。「你去看看吧！乾方人傻，也許把話沒說明白。你對阿全說，我不過是想見他一面，別無所求。」她對顧媽說。顧媽到北京大學的宿舍跑了一趟，帶回的消息更令她心碎，原來阿全已經畢業回到南方工作去了。

老婦人不再起床，不再梳洗，也不再等待了，她的身體病弱得像塊一碰即碎的朽木，不分日夜的蜷縮在床上。兩眼直直的望著天花板，沒人知道她是在回憶還是在憧憬。一天黃昏前，她正朦朧欲睡，忽然聽得顧媽在外面道：「魏先生，我們太太近來真是病得不輕，恐怕……」，「我來了，我來了！」她不待聽完，就咬牙掙扎著從床上爬起，披上棉襖，拄著拐杖，搖搖晃晃的到外間。「阿全，我知道你會來的。」她說。

來訪的客人個子不高，鼻樑上架著一副金絲眼鏡，態度很文雅，年紀頂多二十七、八歲。

「賽女士，我是『北方日報』的記者，特別來採訪你的。」

「你，是記者？你不是姓魏嗎？魏驥全？小名阿全？」

「是姓魏，叫魏惜文，不叫魏驥全。」年輕有點好笑似的笑了。「我從來沒有小名。」

「唔——」老婦人還不放棄試探：「你不是江西金溪人，你祖父不叫魏斯靈？」

「我是湖北通城人，我祖父不叫魏斯靈。」

「唔——」老婦人終於死了心，兩隻乾枯的眼睛裡淚光閃閃。「你老遠的來專程採訪我，我很感謝，可惜沒什麼可以奉告。」過了好一陣她才囁嚅的，含混的說。

「無論如何要請賽女士跟我談談。」魏惜文已拿出記事和自來水鋼筆。「請問賽女士，你住在這兒多久了？」

「整整十五年，從離開魏家那天就搬到這兒。」

「聽說你信佛信得很誠？」

「非常的誠。苦海無邊，回頭是岸。我回頭已經太晚。」

「請問，你今後有什麼打算？」

「唯一的打算是能熬過這個冬天，明年春天回蘇州去。」老婦人著面色越發陰沉，傴僂的背也更傴僂，整個人像突然縮小了許多。「我想家啊！」她不勝欷歔的。

「呵呵——」魏惜文不自然的笑笑。「賽女士，關於你在庚子年間的事，外面有許多不同的傳說，譬如，呵呵！譬如跟瓦德西的傳說，有人說你跟他在儀鸞殿同居四個月，有人說你在柏林就跟他——呵呵，跟他有不可告人的關係，可是也有人說你根本就不認識他。對於這件事你怎麼說。」

「我可以老實的告訴你，我認識瓦德西伯爵，跟他的關係清清白白，在柏林的時候沒有不可告人之事，在中國也沒有不可告人之事。一些人任意編故事糟蹋我，欺辱我，是因為我身分低賤，沒有抵抗的能力……」她沉吟著不再說下去，神情黯然。

「那些人，我指那些欺侮過你的人，你不恨他們嗎？」

「恨？也不必了。那些給過我痛苦的人，我原諒他，幫助過我給過我快樂的人，我謝謝他……」她說著又頓住了，半張著的形狀優美的嘴唇微微抖動，凹下去的眼窩裡被水樣的東西浸著，亮晶晶的。「為人在世原是如此的，眼望天國，身居地獄，這樣的苦苦掙扎便是……唔……便是一生啊！」

聲音裡含著那樣多的苦澀，無奈，和深深的慨歎。

老婦人吃力的慢慢站起身，目光空空茫茫的，像陷在渺不可測的夢境裡。

「賽女士，你——」

「不。」老婦人對魏惜文擺擺手，和藹的淡淡一笑。「談得已經夠多了，再……再見吧！」他不待魏惜文告辭便逕自轉身，拄著拐杖一步一步艱難而緩慢的，走進了臥房黑寂寂的，幽暗得不露一絲光明的窄門。

（全書完）

・初稿完成於一九八八年二月十八日（陰曆大年初二）
・一九八八年四月十七日第一次修改完成
・一九八八年六月十四日再次修改完成脫稿
・一九八六年四月二十九日開始寫，寫寫停停，足足拖了兩年

釀小說48　PG0970

賽金花：戲夢紅塵的傳奇女子

作　　者　趙淑俠
責任編輯　蔡曉雯
圖文排版　詹凱倫
封面設計　陳怡捷

出版策劃　釀出版
製作發行　秀威資訊科技股份有限公司
114 台北市內湖區瑞光路76巷65號1樓
電話：+886-2-2796-3638　傳真：+886-2-2796-1377
服務信箱：service@showwe.com.tw
http://www.showwe.com.tw
郵政劃撥　19563868　戶名：秀威資訊科技股份有限公司
展售門市　國家書店【松江門市】
104 台北市中山區松江路209號1樓
電話：+886-2-2518-0207　傳真：+886-2-2518-0778
網路訂購　秀威網路書店：http://www.bodbooks.com.tw
國家網路書店：http://www.govbooks.com.tw
法律顧問　毛國樑　律師
總 經 銷　聯合發行股份有限公司
231新北市新店區寶橋路235巷6弄6號4F
電話：+886-2-2917-8022　傳真：+886-2-2915-6275

出版日期　2014年3月　BOD一版
定　　價　450元

Printed in Taiwan

國家圖書館出版品預行編目

賽金花：戲夢紅塵的傳奇女子 / 趙淑俠著. -- 一版. -- 臺北市：釀出版, 2014.03
面； 公分. -- (釀小說；PG0970)
BOD版
ISBN 978-986-5871-95-6 (平裝)

857.7 103000717

讀者回函卡

感謝您購買本書，為提升服務品質，請填妥以下資料，將讀者回函卡直接寄回或傳真本公司，收到您的寶貴意見後，我們會收藏記錄及檢討，謝謝！
如您需要了解本公司最新出版書目、購書優惠或企劃活動，歡迎您上網查詢或下載相關資料：http:// www.showwe.com.tw

您購買的書名：________________________________

出生日期：________年________月________日

學歷：□高中（含）以下　□大專　□研究所（含）以上

職業：□製造業　□金融業　□資訊業　□軍警　□傳播業　□自由業
　　　□服務業　□公務員　□教職　□學生　□家管　□其它_____

購書地點：□網路書店　□實體書店　□書展　□郵購　□贈閱　□其他

您從何得知本書的消息？

□網路書店　□實體書店　□網路搜尋　□電子報　□書訊　□雜誌
□傳播媒體　□親友推薦　□網站推薦　□部落格　□其他________

您對本書的評價：（請填代號　1.非常滿意　2.滿意　3.尚可　4.再改進）

封面設計____　版面編排____　內容____　文／譯筆____　價格____

讀完書後您覺得：

□很有收穫　□有收穫　□收穫不多　□沒收穫

對我們的建議：________________________________

____

____

____

請貼
郵票

11466
台北市內湖區瑞光路 76 巷 65 號 1 樓
秀威資訊科技股份有限公司 收
BOD 數位出版事業部

（請沿線對折寄回，謝謝！）

姓　　名：＿＿＿＿＿＿＿＿　年齡：＿＿＿＿　性別：□女　□男

郵遞區號：□□□□□

地　　址：＿＿＿＿＿＿＿＿＿＿＿＿＿＿＿＿

聯絡電話：(日) ＿＿＿＿＿＿＿＿　(夜) ＿＿＿＿＿＿＿＿

E-mail：＿＿＿＿＿＿＿＿＿＿＿＿＿＿＿＿